逞娇

CHENG JIAO

蓬莱客 著

Ⅰ

九州出版社
JIUZHOUPRESS

图书在版编目（CIP）数据

逞骄. 1 / 蓬莱客著. —北京：九州出版社，2022.11
ISBN 978-7-5225-1256-3

Ⅰ. ①逞… Ⅱ. ①蓬… Ⅲ. ①言情小说－中国－当代 Ⅳ. ①I247.5

中国版本图书馆CIP数据核字（2022）第191348号

逞骄1

作　　者　蓬莱客　著
责任编辑　王佶
出版发行　九州出版社
地　　址　北京市西城区阜外大街甲35号(100037)
发行电话　（010）68992190/3/5/6
网　　址　www.jiuzhoupress.com
印　　刷　三河市中晟雅豪印务有限公司
开　　本　700毫米×970毫米　16开
印　　张　23.25
字　　数　400千字
版　　次　2022年11月第1版
印　　次　2022年11月第1次印刷
书　　号　ISBN 978-7-5225-1256-3
定　　价　52.00元

目录

第一章 …… 〇〇一
第二章 …… 〇二五
第三章 …… 〇五〇
第四章 …… 〇七五
第五章 …… 一〇〇
第六章 …… 一二五
第七章 …… 一五〇
第八章 …… 一七四
第九章 …… 一九八
第十章 …… 二二一
第十一章 …… 二四六
第十二章 …… 二七〇
第十三章 …… 二九五
第十四章 …… 三一九
第十五章 …… 三四三

第一章

苏青青醒过来已经三天了，此刻她躺在躺床上，帐子开着，屋子靠墙的一张桌边，坐了一个盯着她看的中年女子。

苏青青一时不知该怎么反应，悄悄扯高被头，捂住了大半张脸装睡，从眯着的眼睛缝里打量。

这女子四十来岁的年纪，头发在脑后盘成一只圆髻，严严整整，连额前的碎发也用头油梳得油光水滑，纹丝不乱。她上身穿了件青底素面缎的斜襟褂，下身是茄紫色连珠卷草暗纹裙，裙沿下摆露出两只没裹过的脚，脚上是双黑色的绒面绣鞋。打扮虽老气，但头发丰泽，皮肤白净，看起来颇显年轻。

风韵犹存的鹅蛋脸，饱满的额头，两道细眉，凤眼斜挑，眼角就跟要飞进鬓发里似的。这样的眉眼，年轻时想必是妩媚动人的，但经过岁月的磨砺，这个女人的一双眼睛里，只剩下了精明和严厉的光。

叶云锦盯着闭目缩在被窝里一动不动的女儿，细眉渐渐皱了起来。

二十八年前，她嫁入苏家，到了第十个年头终于有了身孕，几个月后丈夫就没了。她怕万一生女会被人觊觎家财，生产前就做好了两手准备，结果生的果然是个女儿，对外就当成了小子养，取名雪至。

苏家少爷是女儿身的事，苏家除了红莲和对叶云锦忠心耿耿的老管事苏忠、吴妈夫妇之外，别人谁也不知道。

在当时，问题是解决了，但也埋下了隐患。

苏家女儿长大后，去了省城读书，适逢时局颠覆，见识多了，受新思想熏陶，渐渐开始不满母亲对自己人生的操纵。

做母亲的也不知道，女儿喜欢上了一个男子，于三天前趁学校放假的机会从省城回了家，和她摊牌，要求立刻恢复女儿身。

毫无准备的叶云锦自然不答应，母女冲突得很厉害。苏雪至说了些冒犯的话，叶云锦盛怒之下，打了她一个耳光，她情绪失控冲出家门，径直跳进门前的河里。

前几天一直下雨，河水有些急，她被追出来的家人救上后，人已陷入昏迷，躺了一夜才苏醒。

女儿没大事了，叶云锦庆幸后怕之余，却又越想越恼，加上事忙，就让红莲寸步不离盯紧她，故意三天没理睬她。没想到红莲说她这几天不哭也不闹，就躺着，让吃饭吃饭，让喝药就喝药，叶云锦又觉反常了。

叶云锦怕她又私下有别的打算，所以今天午后放下了手头的事来看女儿，进了屋，见她还是不理自己，分明是在装睡，忍了一会儿，心里又冒出火气，抬手重重拍了一下桌子："你给我起来！"

"啪"的一声，把正观察她的苏青青吓了一跳，她一个激灵，急忙睁开眼睛，心里微微发虚，生怕被这个精明妇人看出什么端倪，慢腾腾地从床上坐了起来，耷拉着脑袋，心里正想着该怎么应付。

幸好，一旁的红莲主动替她解了围。

红莲飞快地扭着两只小脚到了床前，扶她让她靠在床头上，一边往她腰后塞枕头，一边挤眼示意她，接着转过身劝叶云锦："夫人你别这样，有话好好说，姐儿胆小，当心又吓了，你看她这几天多懂事啊……"

"她胆小？懂事？"做母亲的冷冷哼了一声，"胆小的人会干这样的事？懂事的人会这么不体谅我的难处？竟还敢往水里扎！她这是想逼我上绝路是吧？不说帮我，但凡还有半点心，她也不至于这么对我……"

红莲给她倒水，哄她消气。

红莲是叶云锦当年的陪嫁丫头。叶家那时是经营药材生意的中等人家，女儿怕疼，死活不肯裹脚，叶母也就作罢。等女儿长大，进苏家门算是高嫁，怕女婿嫌弃脚大，就从穷人家买了打小裹脚专等养大了卖出去的女儿一道嫁了过来。几十年下来，主母和妾倒成了贴心人。每当叶云锦发怒时，整个苏家上下瑟瑟发抖，也就红莲敢冒出来说两句话。

叶云锦这回是真的着恼，腾地一下站了起来，一把推开面前递来的茶盏，她抬手指着耷拉着脑袋的女儿继续厉声斥骂，唬得红莲赶紧挪着小脚到了门后，悄悄往外看了两眼，又急急地挪了回来，小声地央求："夫人，夫人，当心让人听到了……"

"听到就听到！她都敢这样了，我这辈子还有什么指望？用不着她了，我明天自个儿去把人都叫来，当着全保宁县、全叙府人的面承认，我叶云锦没儿子！让他们笑话好了！这点子破草烂根的生意，谁想要，拿去好了，也省得我这么操心……"叶云锦的声音越来越高，但眼角的睫毛下却渐渐带出了几分湿意。

“夫人，您行行好吧！饶了姐儿，她就是性了倔，她知错了……”红莲紧张得嗓子都发抖了，回头拼命用眼神恳求苏青青赶紧服个软。

苏青青也看了出来，自己的“母亲”是真的发火了。

她不是真的苏家女儿，和面前的“母亲”没有什么过不去的心结。正想开口认错，先把这场面给揭过去，但很奇怪，心里竟仿佛仍残存着几分怨气，想认错的话，被什么给拦了似的，一时竟说不出口。

见女儿竟丝毫不为所动，叶云锦怒气越盛，加上这几天晚上心事重重没休息好，忽然觉得眼前一阵发黑，人晃了一下。

“夫人！姐儿！还愣着干什么？还不赶紧认个错！”红莲一把扶住叶云锦，冲还在床上发呆的苏青青嚷了一声。

苏青青驱散了心里的那种怪异之感，立刻掀开被子下床，正要上去，这时外头传来了一阵隐隐约约的喊话声：“夫人！夫人！舅老爷来了！”

舅老爷就是叶云锦的娘家哥哥叶汝川，年轻时也考过秀才，奈何连考不中，死了心，在省城那边也经营起药材生意。他长袖善舞，八面玲珑，后来不但发了家，还因声望卓著，被推举为行会会长。他对妹妹叶云锦也很是疼爱，从前叶云锦最困难的时候，得过他不少的助力。

好事不出门，坏事传千里。天德行苏家少爷刚从省城回来，就和女掌柜争执起来，出门跳河险些丧命，这消息早已传遍了保宁县城这个小地方，但自己在省城的兄长居然这么快就得知消息，还是让叶云锦有些意外。想到现在别人不知道在背后怎么议论这事，要强了半辈子的她猛地一阵气短，心口突突地跳，勉强定了定神，再次低声命令红莲看牢女儿，随即开门走了出去。

女主人走了，红莲松了口气，赶紧又扶着苏青青让她回到床上，一边替她盖被子，一边低声念叨：“姐儿，我知道你可怜，但夫人又何尝容易？再怎么样，也是你娘，你那天怎么能用那样的话伤她的心？你昏睡的那天晚上，夫人就在观世音跟前跪了整整一夜，等你醒来我去找她，她两个膝盖都肿了，站都站不住。她不会让你一辈子都当少爷的，姐儿你再委屈一下……”

苏青青仰在枕上，眼睛盯着帐顶，脑海里回想着三天前吵架的情景。

当时，苏雪至把平日积聚起来的对母亲的不满全都发泄了出来，口不择言，说她一门心思钻钱眼，恨自己不是儿子，现在不是旧时代了，人人平等自由，如果不能自主人生，活着不如死去，最后还斥母亲表面一套背后一套，让死去的父亲蒙受了羞辱。

应该就是这句话激怒了叶云锦，当时她脸色煞白，打了女儿一记耳光，接着，就发生了那桩意外。

“姐儿，你有在听吗？”

耳边传来叹气声，苏青青扭过脸，对上了红莲望着自己的目光。

她能感觉到这个小脚姨娘发自内心对自己，或者说对苏雪至的关爱，见她脸色愁苦，目光小心翼翼，略略不忍，于是含含糊糊地应：“在听呢……谢谢红姨……”

姐儿去了省城读书后，这两年和女掌柜的关系越来越僵，连带着也迁怒起自己，认为她是母亲的“帮凶”，已经很久没管她叫姨了。

现在突然听到她又像小时候那样叫自己，红莲受宠若惊，愣了一愣，眼眶忽然发热，急忙偏过脸，扯出手帕，飞快抹了抹眼角，随即转回脸笑道：“听进去就好，听进去就好……姐儿你饿不饿，我去给你拿吃的啊……”

苏青青摇头说不饿，红莲坐在床沿边，手伸进被子替她揉小肚子，问她现在来月事的那几天里，肚子是不是还疼得厉害，揉了几下，忽然仿佛记起什么，又去解苏青青的衣襟。

苏青青身上穿着男子的家常中衣，不知道她的意图，就看着她替自己解衣。

红莲替她解开中衣的襟扣，露出一层贴身里衣，目光扫过她的胸部。

那天从水里被捞出来后，红莲替她擦身换了衣服，没有裹胸，她翘着手指，比成尺的形状，在她胸前横竖地比了几下，低声说：“咱们好像又饱实了些呢，束紧了不舒服吧。好在天气就要转冷，姐儿你放心松着些，咱们外头有厚衣裳遮挡呢。原先那几条湖丝的贴身也凉了，前些日我新缝了几条，专门叫人用绒棉纺线织出来的，又轻暖又服帖，不会磨疼你，晚上我拿来你试试……”

苏青青这才明白过来，原来她是要替她准备平日用来缚胸的绑带。

红莲正用手比着，忽然听到门外又传来一阵急促的脚步声，接着门竟被人一把推开。她吓了一大跳，替她飞快掩回衣襟，转头见是家里的使唤丫头小翠闯了进来，生气地骂：“脑子呢，当规矩是摆设？谁准你这样冲进来的？嘴巴留着不会用，我给你撕了喂狗去！”

小翠慌慌张张地退到门槛外，喘着气嚷道：“不好了，出事了！舅老爷来的路上，遇到一伙土匪打劫，差点丢命，幸好郑大当家路过救了人，给送了过来！舅老爷血糊糊的！夫人让红姨你赶紧去拿药！”

药保管在库房里，钥匙在红莲这里，她闻言脸色大变，顿足嚷了句天杀的，吩咐苏青青别乱跑，转身扭着小脚就跑了出去。

小翠跟着走了，屋里只剩下苏青青一人，她躺了一会儿，也从床上爬了起来，胡乱穿了件男人外衣，走到门口，低头看了眼自己鼓起的胸，又退回来，翻出一条束带，使劲把胸勒得扁平，开门跨了出去。

叙府虽地处内陆盆地，山重川险，却靠着两江交汇启长江的得天独厚地利，扼踞西南通往外界的水路，自古就是商贸中转汇集之处，下辖二十来个县，人口稠密，铺号林立。

人活着，吃穿住行生老病死，盐铁茶酒药材行。苏家就是叙府众多药材行里的一户。到苏雪至祖父那一辈，保宁县的天德行在叙府大大小小上百号的药材商里，也算排得上名了。虽然在他死后，有几年败落了下去，但瘦死的骆驼比马大，苏家一直都是位列当地大户的人家。

十几年前，叶云锦在手头稍能周转的情况下，就毅然用高价把当初丈夫背着她卖掉的半边宅院给盘了回来，打通后，让它恢复了公公在世时的模样。虽然有人背后议论，她这个举动不过是为了收服苏家人的心，但议论归议论，反正苏家人是从此又重新扬眉吐气起来，宗族里的几个“年高望重者”也彻底闭了口，再不敢对着叶云锦指手画脚。

所以现在，苏家宅邸前后有四五进深，院子套着院子。

苏青青凭着记忆，终于摸到了前头。场面乱哄哄的，她停在了堂屋的一扇侧门后。

舅舅叶汝川已经被人抬着送进偏厅，卧在一张长榻上。人虽然不至于像小翠描述得那么夸张，但确实伤得不轻，一侧脑门看着少了一角皮肉，头脸凝满血污，一条腿弯着，似乎也受了伤。

苏家的大门侧旁就开了间药铺，丁郎中内外兼治，每日坐诊，早赶到了，一边麻利地清洗着叶汝川额侧被生生削去了一块皮肉的伤口，一边说：“舅老爷，您忍忍。您今天是真的命大，这一刀都见骨了，幸好撇歪了。阎王跟前都走过一遭，日后必有大后福！”

叶汝川早年走南闯北，风吹日晒，面皮紫铜，此刻却脸色蜡黄，闭着眼，有气没力地动了动嘴，苦笑：“借你吉言。”

处置好头上的伤，丁郎中又开始摸腿正骨，把叶汝川痛得死去活来，幸好刚才吞了红莲取来的止痛用药，折腾完，昏昏沉沉地睡了过去。

叶云锦眼睛发红，用手帕擦了擦眼角，起身从屋里走了出去。

叶大鼻青脸肿，胳膊吊着，正神色忐忑地等在外头，见叶云锦现身，扑通跪地："姑奶奶，是我没用！我没保护好老爷！要不是遇上了郑大当家救下老爷，我死也没脸做鬼啊……"

他身材孔武，是练家子，叶家马夫，也兼保镖，叶汝川出门常跟着，此刻满面羞愧，不住磕头。

叶云锦阻止他，问起事情的经过。

叶大定了定神："老爷那天好像有急事要找姑奶奶，从外头回来就上路了，昨晚坐船，到了米粮驿码头，看着离县城不远了，想再快点，今早上岸雇了辆车，才出去不远，道旁突然蹿出来一伙土匪，车子过不去。老爷当场说给盘缠，叫让条道，谁知那帮人二话不说，拔刀就朝老爷当头砍了过来，我拽着老爷躲了一下，刀头这才砍偏，我推着老爷上了马车，赶着车掉头拼命跑，那帮贼人骑马，在后头紧追不舍，眼看就要追上来了，幸好这时对面郑大当家骑马带着人路过，被他喝了一声，那伙人才逃走……"

他又磕头揽罪。

叶云锦安慰了他几句，叫人安排他也去休息养伤。

苏忠跟了过来，问要不要去衙门报案。

这两年，一纸公文，原本的州府名号被废，不再沿用，县太爷也变成了县知事，但老百姓不管，该怎么叫还是怎么叫——反正衙门就只大门口换了个牌子，原来的县太爷上蹿下跳了一阵子后，回来换了身皮，又继续做县知事，里头的人，基本也都还是从前的那一拨。

叶云锦咬着后槽牙说："你也听见了，不是寻常土匪，这是冲着人来要命的！报了官也没用，还平白多事。先压下吧！"

苏忠应是。

叶云锦想了起来，看了眼四周："郑大当家呢？刚才我只顾我大哥的伤，来不及招呼人。"

苏忠忙道："他们把舅老爷一送到就赶着回府城了。我追出去想招呼，没见着大当家，就只追上了他手底下的兄弟王三当家。王三当家说他没进县城，还有事，送舅老爷到了县城门口，人就先走了。"

叶云锦微微蹙眉，望着大门方向，似在凝神想着什么，片刻后，收回目光，似还想问什么，忽然瞥见女儿不知道什么时候也出来了，就站在不远处的堂屋角落里，略略一顿，改口："知道了。毕竟救了舅老爷，是咱们的恩人，咱们这边，不能短了礼数。"

苏忠也看见了，立刻提高音量："夫人要是信得过，这事交给我。我会备好谢礼，代夫人登门道谢。”

叶云锦微微颔首，随即继续和苏忠说了些别的事，说完，转头，发现女儿的身影已经消失了。

……

晚上，叶汝川一醒，睁眼，几口喝了药，张嘴就让人去叫妹妹来。

叶云锦很快进来，见兄长要起身，快步上去阻止。

“没事，我命硬，死不了……”

叶汝川被妹妹搀扶着，龇着牙，慢慢坐直身体。

叶云锦说给他熬了骨头羹，这就叫人送来。

“吃不下！我这趟过来，是有个事儿要和你商量。”

“有什么事，等好些再说吧……”

“等不及！”叶汝川摆手。

叶云锦自己是个急性子，但兄长和她相反，慢脾气，一句话要留三分的人，这回却这么急。

她坐了下去：“什么事？”

叶汝川摸了摸自己包着纱布的往后要缺一片的脑门，咬牙切齿：“郑大当家送我来的路上，提醒我说，这帮劫道的脸生，他也看不出来历，肯定不是叙府地界的，叫我往后多加小心。就算没郑大当家的话，我心里也是门清。除了荀大寿，谁会想我死？怪我自己大意了，没想到他仗着背后有人，现在竟敢对我下黑手了！”

荀家也是本省药材行的大户，一直以来，荀大寿就想坐上行会会长的位置，但无论是威信还是实力，从前一直被叶汝川压过一头，早些年也就只能缩着不动。

现在变了天，去年他攀上了一个从前清知府如今摇身变成大员的陆宏达，局面一下就变了。

荀大寿步步紧逼，叶汝川毕竟在省城经营多年，虽没什么高官靠山，但条条道上的人还是结交了几个的，加上他为人仗义，肯为中小商户着想，大家自然不愿让一向有着贪利自私之名的荀大寿坐上这个位子，年初商会会长改选，虽然有省里新立的卫生官员出面，但荀大寿还是没能如愿。

明的不行，他现在就暗地下手。

要不是运气好，兄长这回怕是要丧命路上了。到时候说起来，就是遭遇土匪，到哪里说理去？

而且，这也不是让出会长位置就能完的。即便兄长让出会长这个位子，一山不容二虎，荀大寿接下来必定是要吞了叶家的产业和市场，连带也会波及自己这边。

除非她和兄长甘心认输，把苦心经营了大半辈子的一切，都白白送人。

叶云锦眉头紧锁。

“妹妹，我这回来找你说的事，就是和这个有关！”叶汝川却一下就来了精神，“你还记得贺家吗，当年他们家，不是有个先天不足，要长年拿老参调养歇着的孙少爷吗？”

叶云锦一怔：“贺家？”她略一思索，“是十几年前咱们去拜过几次老爷子的那门远亲贺家？”

“对，就是那个贺家！”叶汝川忘了腿，一拍，顿时面容抽搐，“嘶”了一声，见妹妹面露关切起身，急忙摆手，“没事没事，你听着就是。贺家的那个孙子，当初出事的时候也就十来岁吧，身子还不好，不但没死熬了过去，现在在外头竟还做了不小的官，年轻有为，前程无量。贺家又要起来了！”

叶云锦一愣，慢慢坐了回去，说：“那又怎样，贺家和咱们叶家本来就算不上什么正经亲戚。从前的往来，也是咱们自己找上去的，人家给脸，才让咱们进去给老爷子磕个头。你口口声声认那位孙少爷是兄弟，人家有喊过你一声老哥？怕连你是圆是扁都不知道。何况，从前贺家出事，咱们也没伸手帮过什么，现在人家起来了，怎么上门再开口认亲？”

叶家母亲和贺家夫人是远得已经八竿子打不着的表亲姐妹，这在从前，就算一家犯了事要株连九族，另一家大概也是挨不着刀的。

叶汝川笑道：“你还真说对了，当年我就帮过一把手！”见妹妹神色诧异，叶汝川不禁有些得意，“十几年前贺家抄家，上下百口人，逃的逃，卖的卖。有天有个人牙子找上我，问要不要买丫头，说是贺家出来的，识文断字，聪明伶俐，模样一等一，就是价钱高了点。我就去看了，竟是老管家老柳的那个叫什么眉的孙女，从前去贺家拜老爷子的时候见过，那会儿也就十来岁吧，我寻思着糟蹋了不忍心，就买了下来，听她说老家还有人，后来给送了过去。”

“当初也没存着什么想法，毕竟从前也上门认亲戚，得到过便利的，既然遇上了，不伸手说不过去，也就是几两银子的事儿。没承想几个月前，我替一个京师回来办事的学官老朋友接风，竟听到了贺家那个孙少爷的消息，说如今风光得很。只是一开始，也不知哪来的风评，道是心狠手辣，手上不知道多少条人命，不是个善主，他信以为真，也就作罢，没想到有回偶然碰见，知道是同乡，竟意外谦和，以后辈自居，极有风度的一个人，他就此难忘，在我跟前夸赞不已，说三人成虎，谣言可恨，平白坏了人的名声。我就想起了当年这事，托朋友传了封信，提了半句。本来我也没存什么指望，不过是被逼得没办法，厚着脸皮碰碰运气而已，没想到前些时日，那边竟回了消息！”

红莲刚才端了碗熬得白花花的大骨汤进来，听得入神，忍不住催促："舅老爷，那边怎么说？”

“贺家孙少爷叫人带话，说听说咱们家有孩子在省城这边读医，他那边有个陆军医学院，如今正招生，让孩子去考，只要成绩合格，能顺利完成学业，日后他可以帮忙荐到卫生司去任职。”他的眼睛炯炯发亮，“妹妹！不说日后如何，这是贺家孙子念旧，愿意认咱们做回亲戚的意思！咱们能不抓住这机会吗！他荀大寿有陆宏达做靠山，咱们有贺家！”

“这可太好了！说起来，贺家当初不就是被姓陆的给陷害的吗！”红莲也兴奋地插了一句。

贺家在前清时，是省城里的仕宦大族。老太爷那会儿放江南道台，主盐政，因为不愿和当时任知府的同乡陆宏达同流合污，不但遭到诬告，竟还被举证，说贺家几十年前就曾和入川的长毛石达开有往来，不但坐实逆反，还在石达开死后，私藏了一笔数目惊人的长毛窖藏。

老太爷拿不出窖藏，也无法为贺家洗脱罪名，朝廷定罪，大夜弥天，原是当地朱门世族的贺家，就此消失在了省城人的视线里。

十几年后，就在贺家旧事被人渐渐遗忘的时候，没想到当年的贺家后人竟又出现了，还能被当作靠山，也难怪兄长这么急着要来找自己。

叶云锦踌躇着。

做兄长的却没留意到妹妹的沉默，继续说道：“妹妹，别管是什么国，红顶才是正道，尤其咱们这种人家。所以我来找你，赶紧让雪至过去，认下这个表舅舅！千万别错过机会！”

叶云锦迟疑了片刻，想起女儿三天前的那个决绝举动，试探说：“大哥，贺家孙少爷也不会指定要雪至去。你也知道，她不大方便。我看，不如把贤齐从东洋叫回来，让他去念，也是一样。”

叶贤齐是叶汝川的独生子，两年前，苏雪至去省城念医校的时候，他看不上，要去东洋留学，说那边医学发达。叶汝川虽然不放心，但最后拗不过儿子，还是答应了他的要求，送他去了东洋留学。

叶汝川说：“我何尝不知道雪至不方便。先前立刻就打电报给贤齐，让他回来，他不肯，说什么志不在仕途，还说学业到了关键期，功课门门优秀，是高才生，等东洋的学念完，教授还要推荐他去西洋继续深造，打死也不肯回。我实在是没办法，总不能去东洋把人给押回来，就想着让雪至先顶上去，等贤齐拿到文凭回了国，再重新安排。现如今，只要攀上和贺家的关系，多多往来，到时候以贤齐的资历，不愁他不帮忙。”

“妹妹你放心，我全都考虑好了，”他又说，“雪至去了那边，一应入学和日常，我都会安排好，不会出岔子。”

叶云锦知道瞒不下去了，示意红莲去门口看着，这才把三天前女儿闹着要恢复女儿身险些出事的经过说了出来。

“大哥，”这个要强了半辈子的女人眼角红了，“我是个命苦的人，这辈子就这么一点骨血。我原本打算等找到稳妥合适的人，就替她招赘上门，让她做回姐儿。现在看着是不成了，更不要说再让她去那边念书了。她要真的出了事，你说，我活着还有什么意思？”

叶汝川目瞪口呆，顿时说不出话来。

红莲默默放下手里的大骨汤，悄悄退了出去。

叶云锦这些年是怎样一步一步走过来的，再没有人比身为长兄的叶汝川更清楚了。

他的妹夫，当年的苏家少爷苏明晟，文质彬彬，读书人，风花雪月吟诗作对，另有心仪之人，没多久，将那女子置为外室，后来还染上了鸦片。苏家老爷那时身体已经不行了，苏家的生意靠着妹妹硬是撑了起来。

十年过去，妹夫身体掏空，剩个骷髅壳。长年不着家的人，总算回到那个被他卖了一半宅院的苏家了。

大概是苏家祖坟总算烧对了一回香，就是那段时日，妹妹终于有了身孕。

本来这是大喜事，没想到不久之后，喜事变丧事。

有天，妹夫竟喝了酒，醉醺醺地跑去外头撒酒疯闹事，不小心一脚踩空掉进河里，被人从急流里捞起来送回家后，不久就没了。

妹妹生下遗腹女，只能把闺女当小子养。总算这么多年过去，本以为熬出了头，没想到世道又变了，如今又滚出来这样的大难关。

叶汝川做梦也没想到，外甥女竟闹了起来。放弃吧，这是天上掉馅饼的机会；但再劝妹妹强摁着外甥女做苏家的少爷，那自己还是人吗？

“你别多想了！就这样吧，我再发个电报给贤齐，逼他马上回来！”话虽这么说，但想起儿子上次那决然的语气，叶汝川实在没信心，人一下又感觉有气无力，脑门和腿疼得厉害。

叶云锦暗叹了口气，正要端汤让他喝，忽然外面传来红莲喜悦的声音：“夫人！舅老爷！你们看，谁回来了？”

门被人叩了两声，只见一个面皮白净西装革履的青年出现在了门外，架着金边眼镜，一手提着文明拐，另手拎个手提箱。

他停住，平光镜片后的两只眼睛往屋里飞快巡视一圈，定在床上的叶汝川身上，撒手丢下文明拐和手提箱，一脚跨了进来，大步奔到床前：“爹，你怎么样了？你没事吧？”

叶云锦呆了，这突然闯进来的青年不是别人，就是刚才谈及的叶贤齐，她的侄儿！

叶汝川终于也反应了过来，嘴巴张着：“你不还在东洋吗？上回还说学业忙碌，放假也不回！什么时候回的？”

叶贤齐打量了眼床上的老父亲，模样虽凄惨，但看着应该没大事儿，暗暗松了口气，扶了扶压着鼻梁令他感到很不舒服的眼镜：“我这不是挂念爹……”他又转向一旁的叶云锦，“还有姑妈。所以虽然学业繁忙，但思亲心切，改了主意，坐船回了。听说爹来姑妈这边，立马就追了过来。没想到爹你竟出了事，我极是担心，刚才就那样闯了进来，惊了爹和姑妈，是我的错。”

侄儿打小机灵，就是调皮捣蛋，以前还不愿从医，出去了一趟，变得这么斯文知理，别说老父亲了，叶云锦也是又欣慰又欢喜。

虽然家里接二连三出了不幸的事，但见到侄儿这样从天而降，她原本压抑的心情也好多了，高兴上前，亲热地握了握胳膊：“回来就好，回来就好！你还没吃吧，想吃什么，姑妈亲自去给你做去！”

“不用，谢谢姑妈，我吃过来的！”叶贤齐拒绝，问父亲是怎么回事。

叶汝川脸上的笑意消失了，叶云锦也沉默了下去，最后跟进来的红莲讲起了事情原委。

红莲还没讲完，叶贤齐已勃然大怒：“欺人太甚！我这就找人去！他对我爹干过什么，我也让他尝尝一样的滋味！”

他一把扯下架在鼻梁上的金边眼镜，打开手提箱，扯起里头的衣物，抖了几下，抓起掉出来的一把枪，往兜里一揣，就往外面去。

叶云锦大惊：“拦住他！”

红莲眼疾手快，一把就抱住了经过自己身边的叶贤齐，死死不放。

叶贤齐瘦，被红莲死命抱住，怎么也挣脱不开。

“哎哟，红姨，我喘不过气……”他直翻白眼。

红莲赶紧松手。

叶贤齐呼吸了两口气，又要抬脚，被叶汝川喝住了：“你给我站住！那边什么人，是你去了就动得了的？你当你谁？”

叶贤齐僵在门口，慢慢转身，咬牙：“难道就这么咽下这口气？”

“上次我给你发电报的事儿，你还记得吧。刚才和你姑妈正商量，想让你回来过去，正好，你自己回了……”

“别，我不去读！”刚才还发狠的叶贤齐脸色一变，没等老父亲说完，人就跳了起来，拼命晃着双手，“我说过了，我在那边成绩优异，就这么半途而废，改念这种野路子的医算什么事？爹你不想我拿文凭了？”

“对了！Yale[①]！ Yale！”他嘴里冒出来两句洋文，“知道耶鲁？教授答应推荐我去继续深造！我日后是要做大学问的人！我志不在仕途！不是还有雪至吗？让她去啊！”

叶云锦听不懂侄儿嘴里吐出来的洋文，也不知道耶鲁是什么。但女儿三天前的事，已是人尽皆知，也没必要瞒着了。

叶贤齐听完了经过，说道：“你们还没问，怎么知道她就一定不去？我跟她从小关系好，她肯听我的。我去问……”

他拔腿就往外去，这时门外传来一道声音：“我去。”

屋里几个人都是一愣。

门应声而开，只见苏雪至站在门外，脸上带着微笑。她穿着竹叶青色家常细布长袍，颈处的立领盘扣扣得整整齐齐，整个人看着清清爽爽。

她冲叶贤齐点了点头，叫了声表哥，随即进来，走到叶云锦的面前说：“娘，我来看看舅舅。还有……”在观察了这家人三天后，苏青青抬起眼睛，几天来第一次直视着自己的“母亲”，用清晰的声音说道：“我想通了，以前怎样，往后还是怎样。”

现在开始，她是苏雪至，苏雪至是她。

原来的名字，是她的过往，她的来路，自己知道就行了。

叶云锦不知道女儿怎么突然又转了心性，竟主动说要去参加考试，争取机会。

兄长的这条门路确实很有吸引力，但毕竟和送女儿去省城读书不一样，没有家人就近照看，让女儿一个人去，叶云锦实在放不下心。

① Yale：耶鲁大学（Yale University），简称“耶鲁”“Yale”。

尽管兄长打包票，有他的那位老友在，林林总总都会安排好，绝对不会出岔子，但她还是心绪纷乱，在女儿表态之后，也不知自己是喜是忧。

苏家闹的乱子很快就过去了，苏家又恢复了原来的平静——甚至，要是不去想舅老爷的倒霉事，苏家的气氛还有些祥和喜乐。

外头的人还在翘着脖子等着继续看天德行女掌柜和苏家少爷的战争，没想到一转眼传出新消息，说苏家少爷那天是误饮了烈酒，醉得厉害，这才闹了笑话。人家母慈子孝，别提多好。

等着看笑话的人自然不信，分明是叶云锦为了保全面子编造出来的。过了两天，等看到那个清俊的苏家少爷斯斯文文地陪她去县城的南园看戏，替她剥瓜子倒茶，总算是死了心。

“那天苏少爷落水，说不是吵架出的事，打死我也不信！那婆娘就是厉害，从前压男人一头，活生生克死了自家男人，现在又把少爷也治得服服帖帖，都闹成那样了，少爷还是低了头。”看热闹的人改了口。

“呜呼哀哉，牝鸡司晨，正气不复也！”老秀才苏家三大伯吸了口水烟，睁开一双昏花的老眼，望着苏家方向，低低地嘟囔了一句。

十来天后，这天晚上，苏家设了一顿家宴。吃完了这顿饭，明天一早，苏家少爷苏雪至就要动身出发去往天城了。

现在是七月中，开学时间是九月中旬，看着好像还早，其实从西南叙府到北方的天城，一个月内到就算是顺利了。

到了那边后，想拜访混脸熟，要等吧？是你求人，不是人求你，人家不可能候着你，一去就能见得着。

等见了人，叫完了表舅，接下来在那边怎么落脚，身边的人里哪些是需要提早打好交道的，这也要时间。

外甥女这一趟出门事关重要，叶汝川原本是要自己亲自送过去，再替她打点好一切。没承想出了这种事，现在连下地都还不利索。

叶云锦说自己送女儿去，却被一口拒绝。

虽然女儿态度和气，和之前与自己剑拔弩张划清界限的样子判若两人，但这却并没有让叶云锦感到有半点的欣喜。

她看得出来，女儿是真的不想自己同去。

她不想的原因，也绝不是她用来拒绝自己的那个理由，怕她舟车劳顿太过乏累。她就是不想自己和她同行，如此而已。

当时她也就沉默了下去，和兄长商议后，决定派苏忠带着几名壮丁一同送她过去。

苏忠知道她的身份，办事也老练周到，到了那边还有叶汝川的老友从中引荐指点，可以放心。而且，叶贤齐也自告奋勇同行，说护送表妹去，等表妹到了，他再坐船回东洋，继续他的学业去。

儿子如今这么懂事，令叶汝川老怀甚慰，欣然应允。

晚上的家宴，叶云锦让红莲也上桌，红莲连连推辞，被叶贤齐使出吃奶的力气，连推带抱地弄到桌前，也就笑着从了，挨着半边的椅面坐下。

席间叶云锦和苏雪至二人话不多，但有叶贤齐和红莲在，不愁气氛起不来。叶汝川虽然伤情未愈，忌酒，但今晚也很兴奋，颇是健谈。

叶贤齐向父亲打听贺家的那位孙少爷。

叶汝川说："他名汉渚，表字烟桥，至于年庚……"他心算了下，道："贺家是壬寅年出的事，我记得那年他年方十二，如今又是寅虎年，十二载，恰一个轮回啊。真正是年轻有为啊。"

叶贤齐诧异，他都二十了："这要是去了天城，见着了面，叫我怎么喊表舅？"

叶汝川顿时不悦了："辈分大过天！别说比你大，就算比你小，该喊什么你就给我喊什么！"

叶贤齐耸了耸肩，从面前的一盘鲜椒小炒嫩牛里挑了一筷子："是，是，知道了！"

叶汝川对儿子的这种漫不经心的口气感到有些不满，但儿子如今这么出息了，自己也不好再像从前那样动辄教训，于是加重语气："不说辈分高低，贺家从前在省城，那是真正的世代官宦，名门望族，老太爷高风亮节！当年但凡睁只眼闭只眼，贺家也不会落得那样的田地！"

叶贤齐显然不爱听老父亲说这种老皇历，应付似的嗯了两声，突然仿佛想起什么，来了兴趣，凑向老父亲："爹，不是说当年贺家和长毛私下往来，后来还得了窖藏，这才被抄家的吗？听说当时都掘地三尺了，连茅房都被挖了个底朝天！他们贺家是不是真的有藏宝啊？"

叶汝川这下真的生气了，扣下筷子："这种谣言你也听？全是捕风捉影，栽赃陷害！你再胡说八道，饶不了你！"

叶贤齐嘟囔："又不是我说的……"

叶云锦怕兄长和侄儿起无谓的争执，急忙插话："贺家孙少爷现如今的身体也不知道怎样了，想必是好了，否则怎么能有今天。所以这回苏忠带过去的见面礼，我也没放那些鹿茸虫草之类的东西，免得招人晦气。"她又叹息了一声："我记得孙少爷的父亲走得早，说从小是老太爷亲自教养的。当时贺家满门入狱，就他和胞妹没了消息，看来是一起被送走了。不容易啊，那会儿才十来岁，还带妹妹，能有今天，想必吃了不知道多少的苦。说起来，从前我虽也登过几次门，但竟没见着，只记得贺夫人疼他身子弱，舍不得让他多吹风，据说深居简出，长年读书，平日是不大见外人的。”

叶汝川顺着妹妹的话茬，打开了话匣子：“我是有回给老太爷送去他定的两支长白老人参，这才在老太爷的跟前晃了一眼。孙少爷白齿青眉，天上石麟。虽说身子先天弱了些，但听说聪敏好学，老太爷对孙子寄予厚望。当时我一看，就想此子才器，必有大为。如今看来，我果然没看走眼。”

苏雪至正默默听着舅舅那显然是马后炮的奉承话，不想他忽然问自己：“雪至，你和你表哥小的时候，我记得有年逢节，我带你们去了贺家，老太爷还给了你们红包，勉励进学。你还记得吗？”

“多久前的事了，谁还记得那些……”叶贤齐低声应了一句。

“没问你！”舅舅没好气地说。

苏雪至费力思索了片刻，摇了摇头。

舅舅略显失望，但很快笑道：“没事。反正去了后，就能重新认下这门亲了。若顺利入了学，往后须用心功课，好为你母亲争光。”

从前的苏雪至大约志不在学医，加上受了母女关系的影响，之前学业并不尽如人意。不过，叶汝川倒并不担心她入不了学。

贺汉渚既然开口让她去了，问题就应该不大。

苏雪至抬眼，见叶云锦正在看着自己，一对上自己的目光，却垂眸，端起了吴妈新送上的一盏雀舌茶，轻轻抿了一口。

苏雪至点头：“舅舅放心，我记住了。”

家宴结束，苏雪至跟着叶云锦送叶汝川回房。叶汝川说她明天大早就要出发，让她早点休息，苏雪至也就随他了，目送叶云锦和叶贤齐扶着他离去，自己也回了房。

出门要带的东西和行李，红莲和吴妈早已替她收拾好了，什么都用不着她自己想，明天她只要人上路就行了。

关上门，她的第一件事就是解下束胸的缚带，长长透了两口气。

才放下缚带，就听到外面响起轻微的脚步声。

苏雪至赶紧抓起缚带，一下蹦到了帘子后。

有人叩了叩门。

“谁？”她从帘子后伸出个脑袋。

“我。”是叶云锦。

苏雪至再次放下缚带，整了整衣裳，从帘子后走了出去，打开了门。

叶云锦坐到桌边，望着墙边放着的一只女儿明早要带走的随身行李箱，起先没说话。

苏雪至也就默默站在她的边上。

屋里静悄悄的，桌上点着的两支洋蜡头烧得正亮，火苗轻轻摇动。

终于，叶云锦收回了落在箱子上的目光：“东西都整理好了？有没有什么缺的？”

苏雪至摇头：“红姨她们都帮我收拾好了，不缺。”

她点了点头，从衣襟里拿出一张已经盖了印鉴的空白庄票，放在桌上：“这世道，出门钱也不便多带。到了那边，万一手头不够了，自己填个数，去钱庄提钱应急。”

苏雪至说：“谢谢娘。”

叶云锦没什么反应，站起了身。

苏雪至知道她要走了，送她往门口去，却突然见她停步，又转过头来说：“姐儿，你和我说实话，这回你舅舅的安排，你是勉强，还是真的愿意？”她顿了一顿，“你现在要是不愿，我不勉强你。”

苏雪至露出微笑：“娘，我不勉强。”

叶云锦看了她一眼，点了点头，掉头走了出去。

苏雪至从前求学时，也交往过一个男友，但是最后，对方离开了她。

他说很爱她，但她自私冷漠，就是回避型人格，有病，和她交往太累，他没法坚持。

他建议她开始下一段感情前，先去看看心理医生，免得再祸害人。

那个时候，苏雪至才知道自己有病，难怪选了那个职业，果然非常适合她，用不着和活人打交道。

感情没了，她也不觉得难过，愈发证明了这一点。

现在苏雪至就觉得自己又面临着这样的境况。

苏家女主人叶云锦那“强势”“不近人情”的外壳，似乎因为半个月前的那一场意外，迅速崩裂。

苏雪至其实完全可以表现得比现在更富有人情味，这样大家都好。

但她做不到，真的没法做到。

不说从前的她会如何，就是她自己，也没法坦然接受和叶云锦“母女情深”。

那感觉……太怪异了。

就像现在这样，很可以了。

苏雪至这样说服了自己。

半夜了，想到就要开始在这个既陌生又似曾相识的新世界里的生活，说没有半分紧张，是不可能的。

苏雪至在枕上翻来覆去，想东想西，怕明天没精神，就强迫自己睡觉。迷迷糊糊临睡前，忽然又想到了那个自己这趟奔着要去认的亲戚。

汉渚烟桥。

汉水边，烟桥起。

什么样的人，才能配得上这样的名字？

苏雪至觉得自己这颗乏味而无趣的脑袋，实在想不出来，打了个哈欠，闭目睡了过去。

天亮了。

几辆马车停在了苏家门前，下人来来往往搬着箱子。

红莲依依不舍，拉着苏雪至的手叮嘱个不停，看着好像就要眼泪汪汪了，忽然又破涕为笑：“咳，我这是干什么，你这趟出门是好事。下次回来了，记得给姨带点吃的。你红姨就好这一口。”

那头，叶家父子也在屋里说着话。

当老子的端架子，绷着脸让儿子继续好好念书，说：“我给你取名贤齐——”

“知道，见贤思齐！我天天记在心里呢！”

叶汝川话被抢了，一顿：“要不是为了你完成学业，雪至也不至于答应出远门。你姑妈和雪至是为了成全你。做人要讲良心，你不能辜负她们。”

叶贤齐点头如捣蒜，伸出手。

叶汝川眼睛一瞪：“又要钱？上次发电报的时候，不是已经管我要了一笔？”

叶贤齐赔笑：“不说我在东洋的开销了，那是处处用钱啊，我已经很省了！这一路送表妹去北边，至少也要一两个月，打尖，过卡，我当表哥的，总不能让表妹往外掏吧？”

叶汝川一想也是，虽然和苏家不是外人，同行的苏忠也不会计较这些，但自己这边不能短了。他身边正好带了几张银票，拿了出来递过去。

叶贤齐接过，连声道谢。

儿子小时候皮猴，雪至是女儿身的事，叶汝川自然不会告诉儿子，怕他嘴瓢了没把门的，没想到外甥女和儿子的关系好，十几岁的时候自己告诉了他，当时把儿子吓得哇哇叫。叶汝川知道后，告诫儿子事关重大，千万不能出去乱说。好在这一点上，儿子倒明白利害，一直没出什么岔子。

这回外甥女是要出远门，毕竟和从前不大一样，儿子既同行，叶汝川自然也忘不了这个。又命他切记，对任何人都不可泄露，更忌多嘴，言多必失。

叶贤齐满口答应："爹你放心，我明白。这些多年，你看我有对哪个说过一嘴？"

父子正说着话，叶云锦带着苏雪至来和腿脚不便的舅舅辞别。

叶汝川对外甥女自然也少不了一番叮嘱。

终于一切完毕，叶云锦将女儿送出去。

"娘，您留步。"这么些天过去了，"娘"这个称呼，苏雪至终于叫得有些顺口了。

叶云锦停了步，改而看向苏忠。

苏忠立刻躬身："夫人放心，都交给我。"

叶云锦微微点头。

苏雪至上了停在门口的马车，马车启动，见叶云锦带着红莲和吴妈等人站在门外的台阶上目送自己，红莲低头抹了抹眼睛，朝自己不停地挥着手里的小手绢儿，叶云锦一臂似想抬起来，动了动，又缓缓地放了回去。

她略发虚，装作没看见，同车的叶贤齐这时探身出去，冲叶云锦嚷了一句"姑妈放心有我在呢"，砰的一声关了车门，一切都被挡在了外头。

苏雪至暗松了口气。

上路后，一切平顺，第二天的午后，一行人抵达了叙府府城。

府城人烟阜盛，江边的大码头上，舟楫往来如梭，几条载满洋货的船只刚刚到达，次第靠埠，岸上，挑夫和苦力光着上身挥汗如雨，担着各种货物往来健步如飞。

福全船记的掌柜已经早早亲自等在码头，见一行人到了，忙带着船夫前来迎接。

叶家和苏家是福全船号的大主顾，运出去的货，一向都从福全走。这回要送少爷出去，虽然只几天，掌柜也不敢怠慢，派了一条最好的船，配了最有经验的船老大。

苏忠和掌柜寒暄了一声，掌柜随即转向苏雪至和叶贤齐，恭恭敬敬地见礼，笑着一一喊哥儿好。

叶贤齐忽然指着前方说：“咦，那不是郑大当家吗？他救了我爹，我得去谢谢他！”

苏雪至循着表哥的指点望了过去。

几十步外另一个埠头上，过来几个人，周围的挑夫和船家纷纷上去和中间那人打招呼，“大当家”“大当家”的声音不绝于耳，表情十分恭敬。

那人身材精瘦，左边面颊一道疤痕，但因为皮肤黧黑，看着也不怎么显眼，年纪过了半百的样子，腰杆却依然很挺。

前清亡了也几年了，但像这个年纪的，大多数人的脑后，至今都还拖着辫子不剪，想着说不定哪天，朝廷它就又回来了。

这人却是一头短发，坚硬根根竖起，灰白色的两鬓，一身的劳作装束，乍一看，和周围日头下的那些正争相向他恭敬问好的挑夫水手们并没什么两样。

但是这个人的眼，却一下就令苏雪至感觉到了不同。

距离不算近，苏雪至却能感觉到对方眼里的光——不是咄咄逼人的精光，那是一双仿佛丛林深处老猎人的眼，敛尽锋芒，却又深藏着威严。

苏雪至知道这个人——半个月前救过自己舅舅的那个“郑大当家”。

她当然不可能对这个人有什么不满，就像表哥说的，感谢还来不及。但在她的心里，在看到这个人的一瞬间，竟突然涌出一种抗拒之感。

虽然这种感觉一闪而过，但苏雪至还是有点顿悟。这感觉，应该来自她的潜意识——原来的苏雪至，不喜欢这个“郑大当家”。

对方的两道目光也转了过来，看到了她。

苏雪至留意到，他似乎一顿，迟疑间，脚步缓了下来，没再过来了。

苏忠抬头，望了眼天：“日头辣，少爷你先进舱，别晒到了。”

苏雪至知道苏忠是想支走自己。她也无意让苏忠为难，就上了船，进舱后，斜靠着舱窗，看见苏忠带着叶贤齐朝那人快步走了过去。

叶贤齐虽西派，但该有的礼节，一板一眼，拱手致谢，大约是小时候没少挨舅舅的教训。

“大当家的，今天可算遇到您了。前次登门拜谢，您也不在，没见着您金面。上回要不是您，我们家舅老爷怕没那么容易回来。大恩大德，无以为报，我们两家人对大当家您都是感激不尽！”苏忠说着深深作揖。

姓郑的双手一把托住苏忠胳膊。

苏忠立刻感到双臂一股暗力上来，想再躬身，却无论如何也是沉不下去了。见他不肯受礼，苏忠只能作罢。

郑当家脸上方露出淡淡笑意，收手放开苏忠，朝两人点了点头："叶少爷、苏管事客气了。那天我是恰巧路过，遇到了，吆喝一声罢了，不敢当恩德。叶老爷人平安就好。"

"托您的福，我们家舅老爷伤情恢复得还行。这不，我们家少爷要去北边念书了，我送他去。"说着，转身指了指自家雇的那条船。

郑当家看了一眼，收回目光："少爷一路顺风，学业有成。"

"多谢多谢！您是忙人，那就不打扰您，我先回了，趁着今天好风好水早点出发，好赶下头一站的汽船。"

郑当家抱了抱拳，目送苏忠和叶家少爷朝着那条船走了回去。

叶贤齐走了段路，扭头，见郑当家已经转过脸，和他边上的一个人在说话了，低声抱怨："忠叔，多好的机会，这样遇到了，你刚才怎么就不提一嘴，让他关照下咱们？"

这条江道绵延曲折，两岸崇山峻岭，除了水险，神出鬼没的水贼，也是行船人家的一大隐患。

这姓郑的，是叙府水会的当家。

他原本不是当地人，谁也不知道他真正的名字，因为他水性好，加上旁人敬重，就给起了个郑龙王的名号。

也没人知道他的来历，只说他是差不多三十年前正当壮年的时候来这一带的，刚开始只是红船[①]上的水手，后来竟一步步成了水会当家。

前清快亡的最后将近十年里，官府根本无力约束沿江水贼，原本的红船制也废弛了，除了会派船保护往来的官员，民间江船一旦倾覆，毫无救援，轻则失尽家当，重则船毁人亡。

这姓郑的就出面将沿岸的那些人组织起来，在险滩地段重新设了红船巡逻，并定下规矩，向往来船只收取一定的过路钱。没事买个放心，出事下水救援。

江上每天的往来船只不计其数，即便是最有经验的船老大，也不敢保证自己下次不会出事，且交了这点钱，就相当于受到庇护，水贼有正事干了，自己行船也更安全，船家自然乐意。

而水贼里的大部分人，也更愿意从事这个有着稳定收入且相对而言更

① 红船：清朝时期长江上游官府出面组织的救生船。

安全的活儿，加上碍于姓郑的施压，将几伙不愿听命依然在江上劫船的一锅端了，众人无不惊惧，纷纷从命。

不单叙府下去的这段江道，就算整片上游，沿江两岸但凡吃着沾水这口饭的黑白两道，听到郑龙王这名字，无不要给三分面子。

虽说如今江道比从前好走，也保不齐会有外来的不懂规矩，所以叶贤齐抱怨苏忠不开口。

苏忠说："表少爷，我刚才过去招呼，没说就是说了，说了就是没说。"

叶贤齐迷糊："什么说了没说？你就是没说！"

苏忠哎了两声："到了到了，表少爷你先上船吧，我数数行李去，别丢岸上了。"

叶贤齐只好作罢，纵身跳上了船，一头钻进船舱，见表妹坐在窗旁望着外头江面，仿佛在想心事。他忽然想起个事儿，眉头一皱，笑嘻嘻凑过去，附耳低声说："雪至，我就知道，你不会不答应的！你不是喜欢那位傅君吗，我好不容易替你打听到了消息。你说巧不巧，下半年他也不在你原来的学校了，竟也被你要去的那间军医学院给聘去任教了！你要不去，往后怎么有机会再见面？这可真叫缘分呐，缘分！"

叶贤齐摇头晃脑，一脸感慨。

苏雪至早就知道自己这个表哥怎么的那天就如此巧，舅舅一出事，他就冒了出来——根本不是他恰好从东洋回来。

苏雪至在放假前的那一周，从学校放学出来，回住的舅舅家，经过一间当铺，竟意外地看见应当在日本的表哥走了出来。

叶贤齐解释，他这学期提早放假了，前几天刚从日本回来。舅舅要替他安排婚事，他坚决抗拒，不想回家，所以现在寄居在朋友那里，手头有点紧，就当了怀表，让表妹替他保守秘密，千万别告诉舅舅。

苏雪至一口答应，请他去吃饭，还答应借钱给他应急，吃饭时向表哥透露烦恼，说自己仰慕学校里一个去年从东洋留学回来任教的青年，名傅明城。

傅君好像是北方人士，日本学医，留学归来后原本可以留在条件更好的大都市，但他立志报国，想促进本土西医发展，知道内陆省份的西医教资落后，毅然应聘，去年就到了苏雪至所在的那所西医学堂执教。

傅君年轻有风采，举手投足间颇有大家子弟的气度。据说他出身富贵，来自北方的一户豪门，但他自己却从未提及半句。

他多才多艺，除了教医科，还兼体育，平日和学生也互动颇多，学生都很喜欢他。见苏雪至成绩落后，担心她毕业有问题，还主动为她补习功课，勉励她好好学医，将来以医救国。

傅君是出于师长对学生的关心和鼓励，苏雪至却正当妙龄，恰少女怀春的年纪，接触多了难免生出情愫。但想到自己的特殊情况，母亲蛮横无情，是应当被打倒的封建家长，她凭什么只能屈服？她决意这次放假回去就和母亲摊牌，要求做回女子。

她料想母亲轻易不会同意，让叶贤齐陪她一起回去，帮她在母亲面前据理力争。

叶贤齐为了借钱，两眼一闭，张口就应，等跟着苏雪至回家，还没进县城门又开始胆怯了，找借口极力劝说表妹打消主意。

陷入痴恋的女子总是分外勇敢。苏雪至心意坚定，恼他临阵脱逃，索性自己回家，于是有了后头发生的那一连串意外。

叶贤齐没想到表妹和姑母会闹得这么厉害，当时听说苏家少爷投了河，胆战心惊，在苏家外头转了一天，第二天听说没事了，终于放了心。没想到才过了几天，又听说自己爹出了事，来这边的路上遇到土匪，这下再也躲不住了，那天就跳了出来。

这会儿一道出门，他生怕表妹心里还生自己的气，前几天就暗中替她打听消息，这会儿献宝似的将消息说了出来，还以为表妹会很兴奋，却见她只淡淡地“哦”了一声，越发认定她心里还在恼自己，讨好地说：“雪至，你太厉害了，竟能想出那个法子吓唬姑妈。要不是你自己改了主意，我看姑妈肯定点头了……”突然，他醍醐灌顶一般，“我知道了！你不会是已经知道傅君也要去天城执教的消息，这才又改了主意吧？”

苏雪至嫌他话多，絮絮叨叨老太太似的，含含糊糊搪塞了一句，就靠在一旁榻上，抄起一本医科教材，翻了起来。

叶贤齐愈发肯定了自己的猜测，想起前些天自己为了打听消息跑的腿，不免有瞎子点灯白费蜡的空虚感，见表妹不睬自己看起了书，也无趣地仰在了对面的一张榻上，长长伸了个懒腰：“嗳，这船窄的，屁股都不能挪……真想快点换汽船啊！”

一路顺风顺水，几天之后，如他所愿，船顺利到了汽船的换乘地，下游重城渝城。

这年头，外头的江河水面上，各种冒着黑烟的大小汽船已往来不绝。但从叙府下去的这段长达将近两千里的上游江段，变幻莫测的水势和险恶的地形，成为阻挡外来者进入这个古老王国的巨大屏障。

一般的汽船逆流而上时，在一些险水地段，不像人力船能依靠纤夫助力，或因没有足够的马力对抗水力，或因季节水枯，无法支撑安全的常规通过，所以迄今为止，进出的汽船班次稀少。

本月就只一艘福莱号，于二十号从渝城出发到沪。

苏家早早就发电报到渝城分号，本想为两个少爷订两间头等舱包房，却没想到头等舱所在的整个顶层，竟已被不知是什么来路的人给包了，只剩下层通铺。幸好掌柜和船公司的人熟，终于搞到一间中层的包间。

没办法，只能让两位少爷住一起了。

苏雪至无所谓，反正晚上睡觉中间会拉帘子。

至于叶贤齐，更是压根儿就没把苏雪至当女孩子看待。

两人就同住一间舱房，但没想到上船的头天晚上，就出了个意外。普通间毫无隔音可言，半夜，隔壁传来妖精打架声。

苏雪至眼睛盯着舱房顶棚上的一片锈斑，回忆人体生殖器官构造和解剖面，面无表情。

但做表哥的，这个时候终于意识到表妹是女孩子，这样会教坏她，十分气恼，冲上去就啪啪啪地奋力拍隔板。

声音停了。隔壁男的倒是一声不吭，女的就厉害了，竟不甘示弱，一边捶隔板，一边骂，中年女人的尖细嗓子，一口浓浓海派音。

叶贤齐气得空跳脚，别的舱房也没人吭声，大约都在偷听，咬牙切齿，狠狠踹了一脚隔板，叫苏雪至先出去。

苏雪至就照表哥安排，先出去了。

已是深夜，为防撞礁，船已停航在一片缓水区的岸边。

除了船头方向亮着一团灯火，其余地方都黑乎乎的，看不见半个人影。

今夜天气很好，满天繁星，江水轻涌，山峰被深蓝色的夜空勾勒出起伏的线条。

深夜穹苍，江流之上。

这一刻，倘若立在这甲板上的是位雅人，当发幽思微。再不济，也该赏景怡情。

苏雪至却没这样的心情。白天为了转船，赶路有点累，她现在只想躺下去休息。人站在二层狭仄幽暗的船尾甲板边等着，百无聊赖。忽然她的鼻息里闻到了一股烟草味，好像是从头顶飘下来的。

她下意识地仰头望去，看见上层甲板的一个角落里有道影。光线很暗，看不大清楚，但轮廓是男子，高个，背影略消瘦，面对着船舷外的江峰，在抽烟。

她有一种直觉，这人应该在自己头上的那个地方站了有一会儿了，至少是比自己先来的。

周围是如此的安静，连白天澎湃的江水此刻也睡了。她甚至能听到男人衔在嘴里的那根香烟里烟草受着火星炙烤而发出的嘶嘶声。

看着这道仿佛已然和这夜半江峰融在一起的沉默黑影，她忽然生出一种自己贸然侵入别人私域似的唐突之感。

她立刻屏住呼吸，轻轻转身，想要悄悄地离开。

这时，耳边却传来了一阵脚步声，表哥从舱房里跑了出来，语气无比震惊："哎哟我去！雪至我跟你说，那个阿福，居然两分钟不到就完事了！两分钟！我的娘！那个女的在骂没用呢——"

苏雪至下意识地再次仰头看去。

那人也正转头，看了自己这边一眼，仿佛有被惊扰的微愠，抬手将烟蒂远远地弹进了江里，便转身要走，却忽然低头，刚夹烟的手握拳，手背轻轻压了压嘴，微微偏过脸去，短促闷咳了一下，随即迈步离开，身影迅速地消失在了夜色里。

第二章

这个下半夜，隔壁时不时搞出点动静。苏雪至后来是太困，自顾自就睡了过去，叶贤齐却气了一夜，第二天大早，愤愤开门，恰隔壁的门也“咿呀”一声开了，出来一个伙计模样的，顶着两只熊猫眼，打着哈欠，没精打采地端个尿壶从叶贤齐的面前走过。

女人拿个梳子，一边梳着烫过的发，一边走了出来，膀子上松松地搭了件袄，露出里头的一片鲜绿抹胸，见叶贤齐横眉怒目盯着自己，索性靠在了门框上，斜眼过来，一副讥笑的模样。

苏雪至出来，拽着气得翻白眼的表哥进去，想让他找苏忠想想法子。

女人看见了她，眼睛一亮，竟露出了亲切笑意：“小兄弟，侬也住隔壁啊？侬是要去哪里，做啥子啊？”

这下不用拉了，叶贤齐立刻将苏雪至推了进去：“你当心，离这女人远些！外头这种婆娘可多了，专门勾搭你这种小白脸！”

“晦气鬼——”女人大约听到了他的话，门外传来嘀咕声，“砰”的一声，那边的门也合上了。

叶贤齐去找住在下面通铺里的苏忠。也不知道苏忠去找了谁，白天就有船上穿号服的人过来，把女人叫了去。当天晚上，打架声是没了，取而代之的是女人不停地使唤阿福的声。

“阿福，口渴，给我拿杯水——”

“阿福，腿疼，给我捏捏脚——”

“阿福，胸口疼，来帮我揉揉——”

叶贤齐忍无可忍，又去拍隔墙。

隔壁传来女人的声音：“嫌吵？有能耐，住上头去呀！”

“就是，倒是住上头去啊！”阿福跟着为女主人摇旗。

叶贤齐差点吐血。

隔壁折腾到了下半夜终于消停，又传来了阿福的打鼾和磨牙声。

天才蒙蒙亮，苏雪至就听到叶贤齐窸窣起身的动静。

隔着帘子，她睁开惺忪睡眼，含含糊糊问了声。

“我就出去溜达下，你再睡，别管我！”

苏雪至实在是困，趁这会儿隔壁没动静了，眼睛一闭继续补觉。

叶贤齐跑到下面去。

苏忠年纪大了觉少，加上出门，人绷着，早就醒了：“表少爷，一大早的不睡觉？昨晚上隔壁又闹夜猫子？”

叶贤齐把人拉到甲板，指了指顶层：“忠叔，知不知道什么人包的？我昨天问过，上头总共十来间房，算上跟上去伺候的，也就六七个人！这是想轮着把屋都睡一遍？”

苏忠说：“表少爷，昨天你跟我说了那个事后，我也想到了，立马就去找司务打听过。原本也想着能不能多出点钱，匀两间房出来。司务说，再多钱也不成，客人不知道什么来头，就是为了图清静，才包下来的。”

苏忠说着，眉头也是皱了起来，表少爷也就罢了，自家“少爷”却是黄花闺女，隔壁住着这样油盐不进胡来的……

“这样吧，表少爷你先回，我再去找人添点钱，无论如何，这回给你们换个房。”苏忠说着匆匆走了。

苏雪至睡到差不多中午，被一阵敲门声惊醒，好像是苏忠来了，赶紧绑好胸，套上衣服去开门。

原来是苏忠找到了一个愿意和他们换房的人。是个单身汉模样的中年人，人好，非但不介意隔壁的吵闹，反而很热切地愿意和他们换。

苏雪至自然高兴，没看见叶贤齐和他一起，就问表哥在哪。

苏忠说表少爷一早见了个面就不见人了，自己也正叫人在找，找到了就告诉他这个好消息。

苏雪至就先收拾起东西。

叶贤齐一个早上都在下面盯着顶层看，转来转去，这会儿来到二层通往三层的楼梯口，沿着楼梯上去，还没几步，就从身后被不知道哪里冒出来的一个大汉一把扭住胳膊，叶贤齐就被摁在了墙上，动弹不得。

他“哎哟”一声：“放开，我有事儿！”

那人没理他，扭头对身后另一个人说：“上去把豹哥叫来。”

没一会儿，上面的那个“豹哥”就来了，他身材魁梧，大光头，面相不善，问什么事。

“豹哥，这家伙一早上都在转悠，盯着上头，十分可疑。”

叶贤齐见“豹哥”两只眼睛冷冷扫向自己，心神一凛，赶紧说：“我就住二层的，姓叶，我过来真有事！”又把自己爹的身份和名字报了出来。

那人看了他一眼，拂了拂手，让人松开他：“什么事？”

叶贤齐松了口气：“我是想问问，你这边能不能帮个忙，匀两间房出来。我跟我表弟住下面，隔壁晚上吵得不行，根本没法睡觉。我表弟身体不大好……”

他话还没说完，豹哥就冷冷地说：“不行。回去！”说完就走。

叶贤齐心有不甘，追了上去：“哎，多少钱我都出，帮个忙……”

“再不走就扔下去！”那个豹哥头也没回。

刚把叶贤齐叉在墙上的那人不耐烦了：“你小子，走不走？”

“行，我走，我走还不成？”

“快点！再不走，不客气了！”那人喝了一声，模样凶神恶煞。

叶贤齐也看了出来，上头的人不好惹，只能作罢，悻悻转身要走，这时，听到身后传来一道声音：“豹子，干什么呢，这么吵？”

他扭头，见楼梯口过来了一个人，和刚才那几个粗人不一样，是个年纪和自己差不多的年轻公子哥儿，还和自己一样，西派装扮。

那个豹子简单解释了一遍，说：“下头的兄弟叫我，我就问了一声。打扰王公子休息了，是我不好。”转头喝道：“还不把人弄走？”

叶贤齐赶紧往后退，大声嚷：“这位王公子，看您也是斯文人，咱们出门在外，所谓天下兄弟是一家，能行方便就行个方便，对吧。我表弟身子弱，出来前我答应我姑妈，路上要好好照顾他的。两个房间不行，一个也可以！我让我表弟住……”

王公子瞄了他一眼，作势让赶他的人停下：“留过学？”

“对，日本学医！”

王公子打量他片刻，冷不丁问：“会打桥牌吗？”

叶贤齐一愣，随即反应了过来：“会！”

王公子打了个响指，扭脸冲豹子说：“反正有空房，让他们上来！”

豹子一顿：“王公子，这不行，四爷那边……”

“我会和四哥打招呼的！路上还那么多天，不找个事儿，叫我怎么打发时间？缺一个，四哥自己又不打！”王公子说着就走了。

叶贤齐大喜，撇下那头还一脸不情愿的豹子，几步并作一步，几乎是蹦下了梯，恰遇到到处找他的人，还没听完，就奔回到住的地方。

隔壁那个还在睡觉的女人被这边的动静给吵醒，披了个衣服开门出来，见原来是要和个单身汉换房，鼻孔里嗤了一声：“乒乒乓乓，这么大动静，不知道的，还以为是要上去了！”

苏忠是生意人家出来的，还带俩小少爷出门在外，自然不想多生事，正要截话，叶贤齐“呵”了一声：“还告诉你，爷就是要搬上去，住你头顶！”转脸对苏雪至说，“走，咱们搬上去住。”

苏忠急忙将他拉到一边，问清究竟。

叶贤齐清了清嗓：“刚在外头观景，听见上头有人喊我。巧不巧，包了上头的那个王公子，就是我在日本留过学的一个同学！知道我和表弟同船，就请我们搬上去住。”斜眼见那女人诧异闭口，门后钻出来半个脑袋的阿福一脸艳羡，心情大快，就差仰天大笑三声了。

苏忠刚才除了意外，也是有点担心上头人非善，怕惹上麻烦。现在听表少爷言之凿凿，信以为真，也就放了心。

苏雪至和这个表哥处了有半月了，觉着他人挺好，但有点飘。她真觉得，叶贤齐不大像是能潜下心来学医学得这么好的人。倒不是说，学医的成绩优异者，一定要一板一眼，刻苦严肃。

她利用这段时间，草草翻了些手头有的西医资料，这个时代医学的发展高度和深度的分支已经初具框架。光是她的初级课本内容，就涉及解剖学、组织学、生理学、细菌学、病理学、医化学，药物学等。

虽然在她看来那些内容比较浅显基础，但依然是枯燥而繁杂的。再往上，不投入大量的精力和时间，不可能学好。

而她的表哥，横看竖看，不像是会把大量时间投入到学习中的人。

对这个可以搬上去住的好事，虽然她直觉表哥的表现有点蹊跷，但也没理由反对，于是跟着叶贤齐上去。到了登顶层的楼梯前，却看见一个面相令人不敢靠近的光头带着几个人站那儿，说要搜身，看下箱子。

别说搜身了，她的箱子也是不能看的，里头有红莲给她准备的一大堆贴身东西。

“豹哥，我表弟脾气有点怪，从小不喜欢人碰。我给你们看好了。你们放心，看他样子就知道，小鸡也抓不起来，怎么可能是坏人？”叶贤齐急忙挡在她面前解释。

豹哥依旧面无表情：“抱歉叶公子，搜了再上。”

苏雪至说：“表哥，你上去住吧，我就住忠叔换的那间屋，挺好的。”

叶贤齐看了眼上头，迟疑了下，再扭头，表妹已经提个箱子，招呼送他们来的苏忠一起下去。

他满心想要住顶层，但想到让表妹一个人住下面那种鱼龙混杂的地方，晚上又不能让苏忠派人守她房里，不怕一万就怕万一，懊恼地顿了顿脚："算了！那我也不住了！"转身跟着要走。

却听刚才那个王公子的声音响了起来："等一下！"

苏雪至以为是和叶贤齐说话，没回头。

"那谁，叫你等一下，没听见？"

苏雪至转脸。

"你！对，就你——"上头晃下来一个双手插兜的青年，脸孔雪白，和叶贤齐差不多年龄的样子，停在了楼梯中间，扭头对边上那个面相凶恶的人说，"跟个女的差不多，一指头就倒下去的，我能出什么事？四哥就是想太多，太过谨慎了。"

叶贤齐眼睛一亮，附和："就是！我表弟文文静静，身体还不好，不能吹风，整天就猫房间里，你叫他出来，他都不出！"

苏雪至盯他一眼。

他朝她飞快地挤了下眼。

"就这么着了！上来吧！"王公子显得挺满意，歪了歪头，示意两人上来，他转身上去，皮鞋跟踏着铁制的楼梯板，发出响亮声音。

还没上去，就遇到了这样一出。就算上头是故宫大殿，苏雪至也没兴趣了，并且直觉这个王公子和叶贤齐，似乎也没他说得那么有渊源。但看叶贤齐兴致勃勃的样子，她就没吭声，跟着他默默搬了上去。

上面的条件，确实比下层要好不少。收拾好后，苏忠下去了，表兄妹两人各住一间，就这样安顿了下来。

没过两天，借了叶贤齐的嘴，苏雪至就知道了包下这层楼的这拨人的基本情况。

这一层楼，不包括他们表兄妹，总共应该住了六个人，王公子、伺候的王妈、王公子的两个保镖以及那个叫豹子的。

此外，还有一个人，但叶贤齐还没碰到过面。那人似乎不喜欢出来，整天待在屋里。王公子对他仿佛很敬重，关系应当也较旁人亲近，叫他四哥。其余人提及的时候，叫四爷。那个豹子，应该是那个四爷的人。

这一行人的目的地是京师，他们要在京师换乘火车。

天城离京师不过几百里，就半天的火车，和他们也勉强算是同路人了。

至于王公子，大名庭芝，应该颇有来头，之前好像是在这边的乡下散心，住了些时候了。喜欢玩儿，除了打牌，还是个票友，唱念做打样样精通。脾气上来有点冲，大部分时候，挺平易近人。

苏雪至自己很快也发现，这个顶层真的空。甲板面积本来就比下面大了许多，船尾那个方向还有一片休息区，放了几张带着顶棚的太阳椅。即便是白天也空荡荡的，难得看到人影。

但多一事不如少一事，没事她也不想去外头晃。

叶贤齐既对王公子说她身体弱，苏雪至索性也配合他，每天若非必要，基本上就没出去过。

她的表哥陪着王公子打牌，混得似乎颇有排面。王妈在牌桌旁伺候茶水时，听得他在日本内外科兼修，不但熟知各种内科病症，亦精通外科，开膛剖腹，不在话下，咋舌不已。做夜宵的时候，爱屋及乌，不忘给叶公子那位体弱的表弟也会送上一份。

这样过了几天，这个晚上，她早早上床休息，王妈来敲门，不是来送夜宵的，说王公子让她去棋牌室。

苏雪至的第一反应，是不是表哥哪里不慎得罪了人，心里有点不安，整理了下，穿上衣服匆匆过去。

到了才知道，是自己想多了。

这位王公子爱打牌，之前在乡下住的时候，为了打发时间，把边上的人教会了，这次同行上路，他的这两个保镖就是他之前在乡下的牌搭子。原本缺一个人，不能成局，前两天凑上叶贤齐正好。谁知今晚上，其中一个保镖被那个豹子安排到下面增加人手，这里人就又少了一个。

王公子对豹子的这个安排很是不以为然，但碍于“四哥”，也不好叫回来，王公子牌瘾上来，就想到了叶贤齐的表弟，说把人叫来，让叶贤齐立马教，教会了就顶上来。

叶贤齐为难，表妹之前没有接触过这个，怕她一时学不会，刚才推脱，王公子好像就不高兴了，沉下脸。

人在屋檐下不得不低头。

叶贤齐把苏雪至拉到一旁，说了一下情况，话还没说完，王公子的手指就叩了叩桌面，语气带了不耐烦：“还嘀咕什么啊，人都来了，还不赶紧教？我当初学了半小时就上桌了！给你们一小时好了！”

叶贤齐没办法了，只好求表妹赶紧学，学会了规则，上桌先对付一下，等那个保镖回来，就用不着她了。

“都怪我，早知道就不上来住了。”他背着王公子低声说，神色有点懊恼。

苏雪至算是彻底看出来了，这个王公子，根本不是叶贤齐之前说的什么“平易近人”。就那种骨子里高高在上，根本没把人放在眼里。他们就是陪他玩的，呼之则来挥之则去的那种。

不过，她倒也没什么类似于受到巨大羞辱后的愤怒之感。

没实力，就别指望得到平等和尊重的对待。

不涉及底线的情况下，她没必要反应太过。

她看着一脸忐忑的叶贤齐，点头：“没事，趁这工夫，你教我就行了。”

表妹一口答应，比以前好说话了许多，叶贤齐松了口气，忙拉她坐到桌边，花了十几分钟给她讲解，讲完了说：“哪里不懂，你再问我。”

苏雪至说：“大概会了。”

叶贤齐惊讶，正在一旁弯腰打着桌球的王公子停了下来，扭头瞥了她一眼。

“你确定？”叶贤齐还是不大相信。

苏雪至点头：“基本差不多，可以试试，那些复杂的，上桌了再慢慢摸索。”

王公子掏出怀表看了一眼，丢下球杆走了过来说：“行啊，小表弟天纵英才，这么快就学会了？那就开始吧。放心，咱们可以玩小一点。”

苏雪至和叶贤齐对坐东西搭档，王公子和他保镖坐南北方。

叶贤齐起先有点担心，怕表妹记不住桥牌这么多复杂的规则，惹王公子不悦。没想到她竟丝毫没有出错，和自己默契配合，加上自己运气也好，坐庄赢了全部十三墩牌，做成了这几天的第一个大满贯。

牌局结束，赢了钱，他有点不敢置信，实在是忍不住，哈哈大笑，见王公子脸色不大好，盯着自己表妹一言不发，赶紧又忍住了。

苏雪至抬眼，朝王公子笑了笑：“刚才忘了讲，其实以前我在学校，学过几天的。”

王公子的脸色这才好看了些，撇了撇嘴：“再来！”

这晚一直打到深夜，这个王公子才打着哈欠同意散了牌局。这样连着打了几天，苏雪至遇到了来这里之后的第一个大麻烦。

她来了月事，感到腰酸，小腹阵阵胀痛。这个还能忍，关键是，她担心红莲给她准备的东西会漏，所以当天就说自己身体不适，躲在房里。

休息了两天后，人终于感觉舒服了些，这天傍晚在房间里看书，感到有点口渴，正好壶里的水喝完了，就顺手提起水壶，想去厨房打水。

出来在走廊上，透过窗玻璃，看见王公子站在甲板上正唱着戏：“孤王离了燕京地，梅龙镇上景致多，将玉玺交与龙国太，朝中的大事托付了众卿……”

苏雪至也没停留，继续往厨房去，突然，那个王公子看见了她，停了下来：“你等一下！”

苏雪至只好停下，见王公子朝自己走了过来，绕着转了一圈，两只眼睛落在自己身上，不住地上下打量着。

苏雪至心里不禁微微紧张，还以为自己哪里被他看出什么破绽，急忙微微低头，尽量让衣领完全遮挡住自己没有喉结的脖颈。

正忐忑着，见王公子击了一下手掌：“好啊，真好！这身段，这脸条，不扮青衣花旦，也太可惜了！”说完又问，“会唱吗？唱两句听听。”

苏雪至微微松了口气，原来是为了这个。

没等自己开口，表哥叶贤齐已经抢着帮她推脱了：“王公子，我表弟他不会，真不行！您说的这个，他玩不了！您要是一个人觉着没意思，我来啊！您要我青衣我就青衣，花旦我就花旦！我陪您！”

王公子“切”了一声：“就你？也不照照镜子。你当谁都能唱啊！”又转向苏雪至，“不会没关系。我听你声音也挺不错，清亮圆润，包我身上！”

苏雪至说：“王公子，多谢您慧眼抬举，但我真的不行，学不来这个。”

王公子的脸迅速就变了：“哟，架子不小，脸还挺大呀，这么清高，那你别上来呀，哪来的，给我滚回哪里去！”

叶贤齐一听，脸色也变了：“这两天多谢王公子您招待，叨扰了。我这就带着我表弟下去了。”说着抓起苏雪至的手，抬脚就走。走了几步，却听身后传来一道冷笑声：“当我这是你家呢，说来就来，说走就走？”

叶贤齐扭脸，见这王公子双手插兜，身体斜靠在栏杆上，眯着眼，神色不善。

气氛一下凝固了。

苏雪至感觉到叶贤齐抓着自己的手越来越紧，手心有点湿。

她迟疑间，没想到这个王公子却突然又哈哈大笑了起来：“逗你玩呢小表弟！别怕啊！”说着朝她走了过来，笑眯眯说，“小表弟，你条件是真不错，关键是脑瓜子也好。别以为唱戏用不着脑，傻瓜能唱好戏？就这样定了，我收下你，好好调教，日后我再捧你，包你大红大紫，绝不比如今的那些名角儿差！”

和这王公子玩票不一样，正儿八经唱戏的，那是下九流的行当。

苏雪至见叶贤齐面容浮出怒色，急忙扯了扯他胳膊，示意他不要开口，她正要先把这个心血来潮的王公子应付过去，忽然看见那个豹子走了过来：“王公子，四爷有个事和您说，劳驾您了。”指了指船尾方向。

苏雪至抬眼，这才看见那头的一张椅子里坐了个人，只不过因为面向船尾背对着这边，所以刚才没有留意。

不只是自己。这个王公子好像也不知道那个四爷就一直坐在那里，“咦”了一声：“四哥怎么一个人在那儿？”

苏雪至看着他到了船尾和那个人说话，片刻后，话说完了，那人轻轻拍了拍王公子胳膊，像在勉励他，随即站了起来，朝着这边走来。

苏雪至刚才就已认出那个背影，这个“四哥”，果然就是那天晚上自己碰见的那个抽烟的人。

这回终于看清楚了，男人其实还很年轻，二十四五的样子，不像王公子和表哥那样西式打扮。

他穿件寻常的青色长衫，容貌极好，但大约因为皮肤淡淡透着不十分健康的苍白，像此刻，当脸上没有笑意的时候，便显得眉目分外森凉。

他整个人看起来，像是一把薄薄的青剑，透着寒气。

对方很快走近，到了表兄妹的面前。

“四……爷……”表哥叶贤齐显然有点被这个人镇住了，招呼都带了点磕巴，不像他平常说话利索。

四爷倒也没端架子，点了点头。

不知道是不是错觉，苏雪至感到对方目光在自己的身上略略停留了一下，随即从她和表哥的面前经过，走进舱门里，身影消失。

也不知道这位四哥和王公子说了什么，王公子的情绪显得有点沮丧，大约也是因此彻底忘了刚才的那一茬，一脚勾过来一张椅子，一屁股坐下去，两脚就翘着架在了栏杆上，面对着江尾山峰后的夕阳，一动不动。

苏雪至和表哥对望一眼，心照不宣，一起悄悄地从甲板上退了下来。

叶贤齐跟着进了苏雪至的房，关上门就重重地打了下自己的头：“我可真是猪啊，这不是让你羊进虎口吗？万一他要还让你学戏……”

“你跟他真是日本同学？”

叶贤齐“呃”了一声：“这个……这个……”

“行了，知道了！”苏雪至哼了一声。

叶贤齐心虚地摸了摸头，讨好地赔笑：“雪至你放心，我这去找那个豹子，跟他说一声，咱们搬下去，免得出事。”

苏雪至本来就是为了不想扫他兴才跟着上来的，现在他改了主意，她自然求之不得："那找个什么理由？"

叶贤齐眉头一皱："就说忠叔人不舒服，咱们回去照顾他。那个王公子想找碴儿，也没由头。"

苏雪至有时候真挺佩服自己的表哥，主意是说来就来，而且这个借口确实很不错。

叶贤齐安排苏雪至先去下面找忠叔，叮嘱她别说实话，免得他担心，就说上面住着拘束，两人想找借口下来，让他装个病。对好话后回来，装作刚知道忠叔人不舒服的样子，再一起去找王妈，说了下意思，请王妈去传个话，然后等在外头。

王妈进去叫人，过了一会儿，那个叫豹子的从里面走了出来。

叶贤齐说："刚才我表弟下去拿东西，这才知道忠叔有点不舒服。大概年纪大了，出来有点水土不服。忠叔是我们家老人，就跟自家人一样。我就跟我表弟商量了一下，想一起搬回去，方便照顾他，特意过来跟你们说一声。这几天我们兄弟多有叨扰，多谢四爷还有王公子！"

这人听完了，说："不必搬下去了，你们就在这里住着，让病人上来，有空房。"

刚才叶贤齐说话的时候，苏雪至一语不发，微微低头，现在听到这个叫豹子的竟然这么回复，十分诧异，忍不住抬起眼。

对方面无表情，不像是在信口开河。

叶贤齐也是一愣，随即反应过来，忙摇手："不用不用，我们搬下去就好，真的……"

"就这样吧。"这人扭脸，吩咐等在一旁的王妈再去备个房间。

表兄妹没办法，只好先回来了，关上门碰头再次商量，怀疑这应该是那个"四爷"的意思，否则，这个叫豹子的不可能自作主张。

但那个"四爷"，他为什么要让他们住在上面？是为了让他们继续陪王公子玩，好帮王公子打发在船上的枯燥时间？

叶贤齐现在颇有一种上了贼船下不来的感觉。关键是，这条船还是自己削尖了脑袋使劲钻上来的。

表兄妹干瞪眼，一时没辙，忽然听见外面传来一阵脚步声，出去一看，只见王公子的一个保镖拎个箱子领了个人正走过来，可不就是忠叔？

不止如此，王公子竟也亲自来了，跟在后头，笑眯眯说，他刚听说了这事，就让保镖下去接人，让他们家的老管事在这里好好休息。

王公子都这么给脸面，忠叔人也被弄了上来，表兄妹只能连声道谢。

这个意外的一天终于过去了。之后王公子就跟没事人一样，依然叫两人打牌，好在没继续逼迫苏雪至跟他学唱戏了，兄妹终于慢慢放下了心。

船沿着江流自西向东就这样又走了两日，这一天，行经一处大镇附近停泊，补充补给。

苏忠和少爷不一样，是在外跑惯的人，在房间里躺了两天，条件再好，也是躺不住了。他亲眼见两位少爷住得好，那个王公子也整日笑吟吟的样子，放了心，趁着这停船的机会，说病已经好了，向王公子道了谢，又搬了下去。

半日后，伴着大烟囱里烧出来的一条黑色烟龙，船开动了。

前两天下雨，江中涨水，这段江面骤然宽阔了不少。澎湃的江水，稳稳地托着这条三千马力的汽船，在急流中继续东行。

等过完了这一段江道，再往前，到明天，船就结束上游航段，开始进入外省地界了。

刚才路过的那个镇，是东去船只的必停之地。从那里上来了不少的买卖人，带着茶叶熏鸡等各种当地货物，高声叫卖，还有耍猴弄江湖把戏的。在船上已经闷了六七天的乘客都兴致勃勃地出来，一时中层和下层的甲板头尾上挤满了人，比平日要热闹不少。

苏忠自然看不上这种上船来叫卖的东西。他刚才趁着停船，亲自上岸，去买了当地著名的好茶，这会儿带着，来到了通往顶层的楼梯口，请守在那里的保镖去将自家少爷叫出来。

昨夜打牌又到半夜，打完了才回来，王公子也不知道哪根筋发作，又让人来叫，让陪他喝洋酒。苏雪至装睡没去，表哥却舍命相陪，喝得烂醉，睡到现在还没醒来。

苏雪至就出来了。

“少爷，这是我刚才上岸特意去买的茶叶。这是给你和表少爷的。这是送给王公子他们的，劳烦少爷代我递过去，就说谢谢他们了。”苏忠说。

苏雪至扭头，看了眼此刻就趴在甲板栏杆边上看着下面热闹的人，接了过来，走过去把话转了一遍，双手奉上茶叶。

王公子瞄了一眼，人没动，歪了歪头，示意跟着的保镖拿着。

苏雪至正要走。王公子招手示意她靠近，指着下层甲板上一个正被几个小孩围着浇糖人的摊说：“要不要吃啊，小表弟？”

苏雪至下意识摇头，见他脸一沉，立马改口说好。

处了些天，她已经渐渐摸到这个王公子的脾气了。反正顺着他就行了。他要给自己买糖人，那就接，怕不干净的话，回去扔掉就是了。

王公子的脸色果然阴转晴了，立刻探身出去，冲着下面招手，高声呼喊，一时惹得下面的人纷纷仰头观看。

苏雪至不禁怀疑，说不定这个王公子早就想买，只是放不下面子，正好拿自己做由头。

她不习惯这样的场面，往后缩了缩，王公子却丝毫也不在意，回头问苏雪至，要龙还是凤。

那个叫豹子的走了过来，停在身侧低声说："王公子，下面人杂，您还是进来吧。"

王公子的脸又垮了："刚才前面停船，你不让我下去，现在我就买点玩意儿哄哄小孩子，这你也要管？四哥没说我甲板都不能上吧？"

"对不住王公子，小的无能，实在是怕万一。"豹子的态度很恭敬，但语气却没有半分让步的意思。

王公子和他对峙着，仿佛负气，就是不走。

苏雪至不想掺和，慢慢地继续后退，正要掉头溜之大吉，就在这个时候，中层甲板的一个角落里出来一个小贩模样的人，冷不丁从衣服里掏出一把枪，朝着顶层王公子的方向开了一枪。

"砰"的一声，苏雪至的耳边响起一声尖锐的炸裂声，子弹好像就在距离她不过数尺的头顶飞了过去。

那个豹子猛地一扑，一下就将王公子扑倒在了地上。保镖也反应了过来，迅速拔出枪，一左一右，挡在了王公子的身前。

枪手见一枪不中，竟继续朝着这边冲来，到了下面，手抓着二层一间舱房的窗试图爬上来。只是，还没来得及爬到，又一声枪响。

这一次是枪手的后背中枪，他的身体如一块石头一样坠了下去，砸在了下面的甲板上。

是下层的便衣保镖及时赶到，开了枪。

下面的甲板上发出阵阵尖叫声，刚才还在做买卖的乘客和小贩们纷纷四散逃开，场面乱得成了一锅粥。

苏雪至不怕死人，研究没有生命的人体，本也是她的职业。但在她的人生里，却第一次目睹这种由鲜血活肉构成的生物从生到死的场面。

这种惊悚而恐怖的感觉，是她生平第一次体验。

一开始她顿住，随即反应了过来，不敢跑，立刻抱头蹲了下去，尽量让自己不显眼。

豹子和保镖都去保护王公子了，没人管她，她蹲下去后，又怕自己离活靶子王公子太近，于是手脚并用，连滚带爬，飞快地挪到了一个角落里，继续抱头龟缩一动不动。

这一瞬间看似发生了很多事，其实极快，从第一声枪响到她逃命到枪手跌落，不会超过一分钟。

她抬起头，意外地看见甲板上多了一个人。

那位“四爷”也出来了。

他应该是在她刚才逃命的时候闻声而出的，事发突然，他甚至来不及穿好外衣，身上只着了一套雪色的湖丝阔褂中衣，似一道闪电，她才眨了下眼，就见那道白影疾奔到了王公子的近前。

“四哥，枪手死了，我没事了，你不用出来——”还被压在下面的王公子抬起头喊。

“当心还有埋伏！立刻带他进去！”他打断了王公子的话，冲着那个豹子厉声喝道。

他的手下二话没说，和保镖将王公子从地上拉起，护在中间，朝着舱房方向迅速而去。

苏雪至还蹲在角落里，见他停在原地，双目如隼，迅速地扫视周围。他看见苏雪至的时候，起先一愣，随即皱了皱眉头，迈步就走了过来。

苏雪至突然感到有点紧张，居然忘了起身，还那样抱头蹲在地上，仰头看着他，就跟吓傻了似的。

他奔到她的近前，俯身，手一捞，抓住了她的一只胳膊，将她整个人从地上一把拎了起来，带着往舱房方向去。

不料这时，没来得及让人喘一口气，意外又接踵而至。

枪手跌落后，乱纷纷的下层甲板上，那个卖糖人的竟从奔窜的人群里现身，身影灵活，敏捷无比，他径直奔到二层舱房前，踩着一道窗台，纵身一跃，手就抓住了顶层甲板的一道栏杆底，发力翻身，人越过栏杆，转眼间落在了顶层甲板上。与此同时，他手中的枪也举了起来。

“趴下！”就在枪手登上甲板开枪的电光石火之间，苏雪至听到身边的男人吼了一声，接着，松手，一把丢下她不管，自顾朝前面王公子的方向扑了过去。

就在这一瞬，枪口却突然转向正冲向王公子的那道白色背影。

"砰——"

苏雪至的耳边也再次传来一声火药在枪膛被撞针引爆发出的巨响，她就保持着刚才被四爷丢下时的姿势，蹲在甲板上，忘记了害怕。

谁能想得到，这第二个枪手的目标，不是前面的王公子。

她以为那道白色背影就要喋血了，眼皮子底下，情况却再一次反转。

这个被枪口对准的人，仿佛脑后生眼，在枪响的一刹那，身形微微一滞，随即猛地卧倒在了甲板上，迅速往侧旁打了个滚。

子弹击空，射入了距他不过十几厘米的一片甲板上，木板射出一个大洞，激得木屑飞扬。苏雪至还没看清，就见他手里握了一把枪，朝对面迅速反击，"砰砰"两声。

枪手大约也是意外，没想到这一枪会失手。尽管他胳膊中弹。但依然强悍无比，很快，闪身到了一张椅子后，借着掩护，继续朝着这边开枪。

"你给我趴下！"四爷依然仰着，眼睛紧紧盯着对面的枪手，再次开枪回击之际，突然又大吼了一声。

苏雪至一个激灵，回神，慌忙抱头趴在了地上，正闭着眼睛祈祷，千万不要被流弹打中，忽然身后有人将她拉了起来，掩护着，迅速地离开了顶层甲板，退到楼梯口。

苏雪至抬头，这才看清了刚才带着自己脱离危险区的人，是个精瘦的中年黑皮汉子，看着有点眼熟。她一顿，想了起来，那天出发时，她在码头见过，这人当时就跟着郑龙王。

还没彻悟过来，又见苏忠和家里的几个随从急匆匆地赶了过来。

苏忠满头大汗一脸焦急，一抬头，看见了自家少爷，松了口气，赶紧爬上来，呼哧呼哧喘气："少爷！你没事！太好了……"话音未落，突然又想了起来，"表少爷呢？他在哪儿？会不会有危险？"

苏雪至猜烂醉的表哥现在还在梦里，就算被枪声惊醒，应该也不至于跑到甲板上来找死，解释了下，让他放心。

苏忠擦了擦汗，这才留意到那人，诧异："三当家？怎么您也在这里？"原来此人正是当日护送受伤的舅老爷回来的那位水会三当家，名王泥鳅。

苏雪至说："忠叔，刚才我被困在上头，是三当家救了我，把我带出来的。"

苏忠"哎呀"一声，立刻紧紧握住了王泥鳅的手："太感谢了！三当家，您是恩人哪！"

王泥鳅笑道：“大当家派我出来办点事，恰好同船，没想到遇到这种事，就顺手把苏少爷给带出来。小事而已。”

苏忠攥着人手感激不尽时，苏雪至的心还是悬着，记着上面，听到枪声仿佛已经停了，迟疑了下，回到通往甲板的那扇门后，探出脑袋朝外看了一眼。

枪手倒在了藏身的椅子后面，一动不动。

那个四爷，正缓缓地从甲板上坐起身，手里还握着枪。

“四哥，你没事吧？”王庭芝奔了回来，蹲在他的边上，惊魂不定。

“放心，没事。”四爷站了起来，掸了掸白色衣裤上沾来的尘土。

豹子奔去检查枪手，回来禀：“死透了！”

四爷点头：“上面没事了，你下去看看情况，还有没有同党。”

豹子带人下去后，王庭芝盯着那个倒在血泊里的枪手，神色透着几分迷惘，突然，他仿佛顿悟，猛地转头：“我知道了！这帮人的目标是四哥你！一开始故意向我开枪，其实目的是引出四哥你！”

四爷笑了笑：“你先进去吧，万一还有同党。”

这是默认了。

王庭芝没走，掉头就到那个已经死透的枪手跟前，捡起枪，对着又砰砰地开了几枪泄愤，直到子弹打光。

“四哥，是谁对你下手！你跟我说，我非把他开膛破肚不可！”他回来，咬着牙，一字一字道，眼睛里闪着凶光。

四爷笑着拍了拍他胳膊，声音温和：“庭芝，进去吧。”

王庭芝显得有点不甘，但还是听从了安排，慢吞吞进了舱房。

四爷打发走了王公子，突然仿佛想起什么似的，转头迅速望了下左右。

苏雪至依然猫在梯门后，直觉他是在找自己，带着犹如劫后余生的几分轻松心情，笑着冲他挥手，表示自己没事。

虽然刚被丢下了，但她可以理解，那样的情况下，换成是自己，也会这么做的。非亲非故，本来就没照顾你的义务。一开始能过来带自己，就已经不错了。

她笑着摇手报平安，却见对方毫无反应，只看了眼从门后蹦出来的她，随即转回脸，迈步朝着甲板边缘的栏杆走去。

苏雪至顿时尴尬了，笑容和那只还在招的手僵住，顿了一顿，收了笑，手也若无其事地缩了回来。

想起还没对那位姓王的水会三当家亲自道个谢，她转过身。

就在这个时候，下面船尾的方向，再次传来几道沉闷的枪响声。

片刻前还挤满了人的下层甲板，此刻已经空荡荡，只剩那具掉下去的枪手尸体。

最下层通往底层货舱的船尾入口处跑出来一个人，一条腿中枪，滴着血，一瘸一拐，拼命往前冲，还没跑几步，支撑不住，扑倒在了甲板上。

豹子带着人追出来，将人控制住，喊道：“四爷！下面货舱里发现了这家伙，身上带枪，看见我们，开枪就跑，应该就是同党！”

刚进去的王庭芝骂了一声，掉头就冲了出来，也不走梯道，抓着栏杆直接翻了出去，纵身一跃，跳到二层，再从二层跳下，推开保镖上去，一脚踩住了那人腿上的枪伤伤口。

“说，谁派你们来杀我四哥的？”他咬牙切齿。

对方起先闭着眼睛，一声不吭，伤处被王庭芝用尖头皮鞋狠狠地踢了几脚，痛声惨叫，却还是闭目不言。

王庭芝大怒，从保镖手里拿过枪，一枪打碎那人另一条腿的膝盖。

“不说是吧，爷我有的是法子对付你！”他冷笑。

“知道这什么地方吧？长毛子翼王石达开当年也折翼的地方！他也算是枭杰，被千刀凌迟仍神色自若，可惜爷我晚生几十年，没得见。不过没关系，不是有你吗？爷倒想看看你有没有石达开当年的硬骨头！”

那人睁眼，见他拿了刀子朝自己头皮贴来，露出恐惧神色，大叫：“我说！我说！我们总共四人，一路分着上船，约定这一站动手。给了安家费，要务必刺死四爷。计划是先向王公子你开枪，等引出四爷，我和老二再一起动手。我刚才害怕，后悔了，就没出来，老二应该是死在上头了……”

“死了活该！谁雇的你们？”王庭芝又狠狠踢了他一脚。

那人也不敢喊痛：“死了俩，加我，剩下那个就是雇我们的，挑两篓水瓜，人现在应该藏在通铺里。你们抓住他，就知道上头的人了！”

豹子立刻掉头，带着人冲往通铺，却听舱里发出几声枪响，乘客一片惊叫，许多人从舱门里奔出，四处逃跑。其中一道人影朝甲板的船舷狂奔而去，看样子仿佛想跳江。

“抓住他！”豹子大叫一声，立刻追去。

狭窄的甲板走道上，挤满了刚被枪声惊出的乘客。豹子朝天开了一枪，大喝让开，但速度还是被阻，怕误伤，也不敢贸然对着前方用枪，眼睁睁看那人冲到了船舷前，翻身就要跳下去了——

王庭芝在鸡飞狗跳和尖声叫骂声中连推带搡，径直踩着地上一片不知是谁人摔倒后的胳膊和腿，纵身奋力一扑，伸手终于抓住了那人的一条腿。

伴着身体的惯性力，两人一道撞在了栏杆上。

“龟儿子！我看你往哪儿跑——”他大笑，笑声还没消，意外的一幕发生了。

福莱号是旧船改造，下层甲板的栏杆有些地方早已锈蚀，船司却一直没有更换，平常看不出来，刚才猛然这样被撞，本就锈蚀的一道杆子承受不住两个成年男子体重的骤然冲击力，栏杆底部和甲板的连接处，蓦然折断。

豹子眼睁睁看着王公子收不住势，和那人一道，跌入江中。

“王公子——”他冲到落水处，探身出去，只见江涛汹涌，哪里还有王庭芝的身影？

船抛锚，停了下来。

当苏雪至跑到底层甲板时，据说那个四爷已跃下水去救人了。

船舷附近站满了人，围成一圈，窃窃私语。

豹子似乎不通水性，眼睛盯着波涛汹涌的江面，神色焦躁万分，不停地在那道折裂了的栏杆边走来走去。

片刻后，附近湍急的江流里，陆续冒出几个刚一起跳下水去捞人的水手，抓着轮上同伴伸来的长竿，筋疲力尽地爬上来，湿漉漉地躺在甲板上，不停喘着粗气。

豹子不见主人上浮，目眦欲裂，大吼：“给我再下！谁救上人，加钱！一千，两千！要多少给多少！想做官，就让你做！”

水手们相互对望了一眼，一个水手低声说：“这位爷，不是我们不想要赏，是真没那个能耐。这里早几个月还成，现在水真的太大了，上游的水泻下来，人都在打转，踩不住水……”

不但如此，在这段江面下，暗礁林立，到处都是危险。

有钱拿，也要有命花才行。

水手长年行走江道，见多了被水吞噬的命。量力而行，不 过不去的水，人人都知道这个道理。

“砰——”豹子朝天开枪，眼睛发红，神色狰狞：“都给我下去！不下，老子先崩了你们！”

一个水手扑通跪了下去：“大爷您高抬贵手，饶了我们！我们有老有小，要是死了，全家也都得跟着饿死！刚才已经吹哨叫红船了，那上面有水里的高手，您再等等……”

剩下的人也跟着不停磕头，哀声求饶。

豹子鼻翼愤怒张翕，眼皮子不停抽动，枪口顶着领头水手的头，慢慢扣动扳机。

“出来了，好像出来了！”突然，有人指着前方高声大叫。

苏雪至急忙看去。

果然，在前方七八十米开外的江面上，一块突出水面的黑色礁石后，真的出现了一团白影。

那是一个人，托着另外一个人，头浮出了水面。

他仿佛想要靠近那块礁石，但却被水流冲开，无法再回头了，朝着前方继续漂去。

在他的前方，不远之外的江面之上，泛着一大片白色的泡沫状波浪。

外行人看来，这片水面飘逸而轻盈，而其实下面暗藏凶险——这代表了大旋涡。

别说人，就算是一艘船，经过这里操控不好，也极有可能会被卷进，葬身水底。

“四爷——”豹子冲到船头，高声呼叫，却眼睁睁看着那团白影朝着旋涡越漂越近，他眼睛红得滴血，猛地转身，嘶吼，“放小船！我下去！”

船上再次响起一片窃窃私语声，船长和司务忙命人照办。

苏雪至双手抓着船舷，人探了出去，手心不停冒汗。

突然，她的身后，有人抓起甲板上的一团缆绳，伴着周围人发出的一道惊呼，“扑通”一声，纵身跃入水下，瞬间就不见了踪影。等那人再次冒出来，已是在几十米开外的江中了。

竟是那个水会的三当家王泥鳅！

只见他犹如两肋生翅，顺着汹涌江涛迅速漂流而下，很快就到了刚才的那块礁石旁，竟半身出于水面，将绳打了个大活结，朝礁石抛去，不偏不倚套中，收紧，借着绳攀上礁石，随即冲着前方那团已经漂到羽浪边缘的白影喊了一声，振臂，奋力一抛，将绳索的另一头抛到了白影的身畔。

水中人伸出空着的一臂，一把抓住向着自己抛来的绳索，迅速在掌中缠了几圈，随即紧紧攥住。

王泥鳅拽着水中绷直的绳，将他和已昏迷的王公子拉回到了礁石旁。

这时，那个豹子也带着终于肯下水的水手操着小船划到了礁石旁，将几人接上，迅速回到了大船上。

四爷目底布着一层淡淡血丝，脸色微微苍白，一上来，人就扶着栏杆，弯腰，面朝江水，剧烈地咳嗽了起来。

豹子神色显得十分担忧，冲了过去：“四爷，你——”

四爷低头咳着，垂落在额前的一绺短发，不停地滴滴答答往下滴水，溅落在他高挺的鼻梁上。

他没抬头，摆手，表示没事。

苏雪至就在近旁，眼尖，分明瞥见他压了咳的一片衣袖上，依稀沾了一缕血丝的痕。

不止这样，他的左大腿一侧，不知在水下受了什么伤，人一上岸，没了江水的稀释，还在流的大片殷红的血便迅速地染红了白衣，十分触目。

“四爷，你腿——”

他终于止了咳，再次摆手，接过一个保镖递来的外衣，披在肩上，随即直起身，朝王公子快步走去。

王庭芝人躺在甲板上，双目紧闭，昏迷不醒。

王泥鳅一上来，就解开王公子衣裳透气，让他趴着，垫高腹部，脸向下，拍打他的背，几次后，有水从口鼻里流出来，等流光了，再用力拍他的脸，按压人中。

保镖也大声叫着王公子。

这是水上过活的人的溺水救治经验，从前就用这种法子救活过人。但这次，人却没有反应。

苏雪至推开了几个挡着自己在前头看热闹的乘客，快步奔了过去，叫保镖把看热闹的全都赶走，蹲下去说：“三当家，我在学堂恰好学过一种闭气的救治法子，你照我的法子办，帮我！”

三当家应是。

苏雪至确实在最近看的一册现行的实用诊疗指南教科书中看到过关于人工呼吸和按胸救治闭气方法的介绍，但具体操作的准确科学性，自然无法和心肺复苏术相比。

苏雪至立刻教他标准的双人心肺复苏法，让他照自己频率压胸，她负责畅通王公子的呼吸道，吹气，观察他的颈动脉和瞳孔变化。

这样相互配合重复多次，终于，王公子的眼皮翕了下，恢复了自主气息，片刻，他慢慢地睁开眼睛，嘶哑着声，含含糊糊嘟哝：“这是在哪儿呢，我怎么感觉有人往我嘴里吹气……”

保镖狂喜："四爷你看！公子醒了！醒了！他没事了！"

苏雪至抬起头，见对面那个四爷原本凝重的眉峰轻舒，抬眼看了眼自己，随即吩咐人，先送王公子上去休息。

她站了起来，背过身，飞快抬手擦了下嘴。

刚才时间实在紧迫，也来不及找纱布隔开，只能这样了，擦过嘴，忽然想起一件事，走过去对王泥鳅说："三当家，你记住刚才的要点，一个人也可以救人的。往后若再遇到有人溺水闭气，就照这法子，应该会比你原来的法子要好。"

王泥鳅是亲眼所见，深信不疑，点头说记下了，又夸道："苏少爷，你是又聪明，又能干！用老话说，上知天文，下知地理啊！"

苏雪至笑着说："三当家你才是英雄豪杰。今天还救过我，我都没向你道谢。"

苏家公子态度竟这么和善，王泥鳅颇有几分受宠若惊，忙摆手："苏少爷你太客气了，我算什么英雄，水里那点活儿，雕虫小技而已！"

苏雪至说着话，眼角瞥见那个四爷好像朝着这边来了，恰苏忠在另头朝自己张望，似乎有话，于是转身走了过去。

四爷停下，问王泥鳅的名讳，向他表谢。

他面带笑容，语气诚挚。

水会三当家王泥鳅这趟出来，原本是不打算在苏家人面前露脸的，等明天过了最后一段上游江域，船进入了外省，水道相对安全，他也就掉头回了，却没想到今天在两省交界的这片水域，遇上了意外。

他之所以现身，将苏少爷从险境里带出来，是他应该做的。而刚才冒险，临时决定下水搭一把手，除了知道苏家少爷和这一拨人同住顶层，关系亲近外，他的心里，多少也是有些折服于面前这个不知身份的"四爷"的胆魄，那种在湍流里的坚忍，面对旋涡临危不惧，绝不是人人都能做得到的。

现在人全都上来了，那个溺水的，也靠着苏少爷的法子救醒了，也算是有惊无险，见这位四爷来道谢，也就报上了来历，只说是水会郑龙王的人。说着话，见对方左腿一侧衣物被血染得尽都成了赤色，血混合着水，沿着织物正不停地滴落，知道应该是他刚才在水下时被锋利的礁岩割破的，说："请四爷先去治伤，身体要紧。"说完抱了抱拳，转身去了。

四爷也没再强留，目送他离去，直到对方消失在了甲板走道的尽头，才突然抬手，一把搭住了身边豹子的胳膊，低声说："扶我上去。"

豹子见他额头微微泛出一层水色，不知是冷汗还是没有干的水，手心发冷，人看着仿佛突然被抽了力气，已经没了刚才说话的中气，怕是失血过多，支撑不住了，急忙照办。

上了住的地方，坐下去，四爷抬起伤腿，搭在了一张椅上，撕开裤管，就露出了大腿上的一道长达尺余的伤口，血肉外翻。

上来这么久了，还在不停地流血。

四爷低头，用递来的一块洋巾压着伤口，以暂时止血。

王妈刚从王庭芝那里过来，见状，慌慌张张地去打温水。

"轮上的医生呢？还没来？"豹子见四爷草草处置下伤，人就靠在了椅背上，微微闭目，神色显得有些萎靡，心急不已，问外头的一个手下。

门外传来了脚步声，船司经理和司务匆匆赶了过来。

"医生呢？"

经理掏出手帕擦汗，结结巴巴地应："没，没医生……"

"什么？"

司务急忙解释，说刚开始的时候，船上照规章配了一名随船医生，但后来都没出什么事，船司出于节省成本的目的，把医生给裁了。

豹子回头看了一眼，那条压着伤口的白洋巾，短短片刻，已被血染透了。这样的伤，不缝合处理，根本没法止血，更不用说愈合了。

他立刻问最近的能停靠的地方，当得知最快也要明天晚上才能到，不禁脸色发青。

经理是亲眼见过这人拿枪顶着水手脑袋差点开枪的一幕，心惊胆战，不住地躬身赔罪。

四爷忽然睁开眼："豹子，叫王妈拿烧酒和针线过来，自己先处理吧。"

王妈恰端了温水匆匆进来，听见了，嚷："不是还有那位叶公子吗？他说他在日本开膛剖腹！请叶公子来！"

苏雪至被苏忠拉到一个角落里说话，意思是四爷这拨人看着挺危险的，这段航程才走了一半，再让两位少爷和他们挨着一起，他实在是不放心。

苏忠掩不住面上的担忧之色。

苏雪至想了下，说："我先上去看下表哥在干什么，再找个机会和他们说，就说王公子四爷都需要静养，我们不好打扰了。"

就算被那个四爷猜出是他们想避祸的借口，也无妨。反正就只路上这么几天同行而已，日后又不用再见面了。

和忠叔分开，苏雪至回到了顶层。

发生了这么多的事，现在消停下来，已是傍晚。

她撞见自己的表哥打着哈欠从对面走了过来，看见她，问："雪至，人都去哪儿了？饭点了，王妈怎么不在厨房里？"

整条船差点翻了个天，他倒好，睡到现在才醒过来，张嘴就吃。

苏雪至推他进了房间，关上门，把发生的事讲了一遍。

叶贤齐真的是做梦也没想到自己醉酒睡了一觉，醒来就什么都不一样了，跳了起来："什么？四爷遇刺？王公子落水？他们现在怎么样了？"

苏雪至说："王公子休息下就没事，四爷应该也没大碍，上船的时候，我看见下面有个医务房……"

话音未落，传来了一阵拍门声。

苏雪至过去开门，见是那个牌搭子保镖，来找表哥叶贤齐，说："叶公子，有个事要劳烦你了。四爷受了伤，轮上没有医生……"

叶贤齐走进了房间。

当他拿开那块止血的洋巾，两只眼睛盯着这道又长又深的口子，他脸色煞白，比受伤流着血的四爷看起来并没好多少。

王妈端着托盘等在他身旁。盘里盛着用来清洗伤口的烧酒和已经穿好的针线。

"叶公子！劳烦你快些！"豹子见他半晌不动，而四爷面色愈发疲倦，伤口的血水依然在渗，实在是心焦，忍不住开口催促。

叶贤齐抖了一下，在周围殷切的目光注视下，伸手去拿针线。却大约是手指头打滑，拿了好几次，才勉强捏住，他的手朝四爷的伤腿慢慢伸过去，手抖得就像筛子，终于，眼看就要碰到了，突然，他仿佛自己被针头给刺了一下，后退了一步，一把放下针线，哭丧着脸说："我说实话吧！我之前说的那些在日本学医的话，都是骗人的！我去那边读医，读了几个月就退学了！你们找别人吧，我真的干不来……"

四爷原本靠在椅上，双目半睁半阖，精神看着有些不济，此刻抬眼看他，挑了挑眉，显得有些惊讶。倒是没说什么。

房里剩下的人，可就没他这么平静了。

王妈大失所望，"啊"了一声："骗子？"

豹子忍着怒气："你说什么？你不会？"

叶贤齐本就对他怀着畏惧，见他发了火，慌忙后退，不住告饶。

四爷忽道："算了。"他轻轻一声，房间里就安静了下来，众人转头，见他抬手，揉了揉眉心，转向王妈，“王妈你来吧。”

王妈脸色顿时也变了，连连摆手：“四爷，我怎么行？我只会缝衣裳，不会缝伤口啊！”

四爷一臂支在椅子扶手上，撑着身体，笑：“你就当缝衣。”

“四爷，我真不行，我怕我缝歪了……”

“把口子缝起来吧，先止血。比起他们，你应该最合适。”

王妈终于白着脸答应，鼓着她这辈子全部的勇气，捡起针，哆哆嗦嗦地举着，凑近了那道伤口。

“四爷，我……”王妈手抖个不停。

四爷微笑鼓励说：“我不疼。”

“等一下！”

刚才跟着来了站在门外的苏雪至，实在看不下去了，在众人的转头注视下，走了进去。

“我来吧。”她说，“我之前在医校读了两年，也有学过这个。”

她其实也撒谎了，她从前也没有替活人缝合伤口的经验。她缝合的，都是解剖完毕的口子。不过，出于对解剖对象当有的尊重，她最后缝合的时候，从没敷衍过。该怎样就怎样，一针也不会少。

无论如何，论手法之熟练，她肯定远胜眼前这个仿佛下一秒就要晕厥的老妈子，处理这种看起来应该没有伤到股动脉的开放伤口，问题应该不大。

王妈大大地松了口气，“啊”了一声，放下针线就跑了过来，把她当救命菩萨一样迎了进来。

她让王妈去烧水，把针线拿去煮一刻钟。

王妈连声应好。

她走进盥洗室，卷起衣袖，用肥皂洗手。洗着的时候，看见表哥叶贤齐跟了进来，一头的汗，关上门低声说：“雪至，你真行？你在医校真学过这个？”他看起来一脸的不信，飞快转头，看了眼身后，“不是已经叫王妈缝了吗？你何必自己揽事？万一弄不好，他们怪罪你怎么办？”

苏雪至盯了他一眼，举起洗好的手，说：“给我开门！”

运气还算不错。创口位于左大腿股动脉下方附近，距离不过一指。位置再偏过去一点，这位爷还能不能撑到现在，恐怕就难讲了。

苏雪至弯腰检查腿伤。上下长六寸，最阔处豁口约半寸，最深超过半寸。创腔壁软组织呈撕裂挫损状，伤口内还有残留的砂石和异物。

“礁石割的？”出于职业习惯，她顺口问了一句。

结合她当时目睹的情况，能造成皮肉这种损伤状态的，推测最有可能就是带着锐利角度的礁岩。

他低低地“唔”了一声。

她抬眼瞥了一下，见他强撑精神的样子，立刻用要来的凉开水冲洗伤口，冲掉砂石杂物后，烧酒洗一遍，权作消毒，再简单处理下受损的创腔，最后用针线缝合这道皮肉外翻的，长长的口子。

没有持针器，只能用煮过的剪刀来咬住针体帮助抽拉，直针也没有勾刃。这一场特殊的缝合，对于她这个施术者而言，不但是个很大的技术考验，对于对面的这个男人来说，其实也差不多。

她之前没用过普通针，直针本也不适合缝合伤口，刺入皮肤后，针壁因为摩擦力，难免会拉扯周围的组织，针体也很有可能会因此折断。

现在唯一能做的，就是尽量快，越快造成的痛楚和二次损伤也就越轻。

“会有点疼。”她盯着男人腿上的伤口，提醒一声，举起了针。

一旁，王妈偏着半张脸不忍看，一只眼睛的视线却又不停地瞟过来，嘴角随着苏雪至抽拉针线的动作，跟着也一抽一抽。

苏雪至生平第一次，在缝合时这么聚精会神，眼睛看着伤口，几乎一眨不眨。手稳的优势也终于起了作用，在试了几针后，很快顺了些。

终于，十分侥幸，没有折断针，伤口顺利地缝合。

血渐渐止住。

她再次用烧酒消毒，取蒸过的棉布覆盖伤口，处理完，发现自己额头竟出了汗。

她吁了口气，收口剪断，抬眼，见四爷面容线条僵硬，在看着自己。

对面这位爷，一开始在她进来时，就已经显得很疲倦了。这会儿脸色更白得像纸，满头都是豆大的汗，但大概是忍痛忍出来的，精神居然看着反而又好了些，人靠在椅上，见她抬起头，冲她微微点了点头，用带着几分嘶哑的声低低说：“劳烦苏少爷。”

苏雪至一边洗手，一边说：“这里条件太差，包括我在内，都是权且对付一下的。我建议你尽快上岸，找西医院再进行正规的消毒和进一步的治疗，务必当心感染。你伤口不浅。”

四爷被王妈服侍着躺下休息。苏雪至随后向王妈仔细叮嘱护理要点，尤其是一定不要用没有经沸水煮过的任何东西去碰触伤口。

“好，好，我记住了。”王妈点头如捣蒜。

今天实在是发生了太多的事，苏雪至这会儿也感到有点乏了，“嗯”了声，走出了四爷的房间，回往自己住的地方。

走了几步，身后有人追上来叫她。

她转头，见是那个豹子。

豹子神色显得很是恭敬，先是向她道谢，又说：“苏少爷，有个事能不能再麻烦你？”

苏雪至看着他。

“我怕王妈应付不来。苏少爷晚上你能不能搬过来？”

苏雪至想都没想，说：“实话说，我自己也是三脚猫，只知道点护理皮毛，更算不上是医生。”

她说的是实情。而且说实话，她也不大愿意再留下来熬夜照顾人了。

“我即便留下，能做的也不会比王妈多，所以没这个必要。现在你们最要紧的，是尽快去医院接受正规治疗。”

这个叫豹子的，大约没想到她一口拒绝，表情看起来意外又不甘。

“豹子，让苏少爷回去休息。我没事。”房间里传出一道声音。

苏雪至透过那扇半开的门往里头瞄了一眼，隐隐看见床上，那道身影略微僵硬地翻了个身，面向里侧卧了过去。

里头的人都这么发话了，这个豹子自然也就作罢。

苏雪至看着他转头要走，忽然想起一件事，叫住了他，示意他随自己往前走几步，低声说：“还有个事，想和豹子爷您说一下。四爷和王公子不是都需要休息静养吗？我和表哥就不方便再叨扰了。等下就搬回去。”

苏雪至冲豹子点了点头，转身回了房间。

第三章

叶贤齐正在门口伸头探脑，一看见她回来，急忙将头缩了进去。

苏雪至走进房间，盯着殷勤倒水还亲手送来要喂自己的叶贤齐，一把推开杯子，沉下脸：“表哥，舅舅一直以为你在日本学医成绩优异，还到处显摆你寄给他的成绩报告单。你这是在干什么？”

叶贤齐的脸立马哭丧了下去，指了指自己：“雪至，你看你表哥，从头到脚，哪个地方写着合适从医？我真的不行啊！是我爹非逼我的！我去了日本，学了仨月我就……”

“我就掉头发！”他抹了抹头发，“我可不想做秃子！”

苏雪至本来是替满心信任儿子以儿子为荣的舅舅感到有点生气，现在见他一脸委屈，还说仨月就学掉了头发，虽然十分怀疑他这话的真实性，但逼迫一个对从医没兴趣的人去学医，确实也是件痛苦的事。

她神色稍稍缓和了些：“既然不想学了，为什么还满口谎言骗了这么久？还有，你这两年到底都在干什么？”

叶贤齐叫屈：“雪至，你舅舅那个脾气，你也知道，我不撒谎，日子怎么过？要是被我爹知道，他非打死我不可！这两年……”他顿了一下，道，“我在日本改学经济金融了！日后一样事业有成！”见表妹还盯着自己，急忙上去讨好地替她揉肩，“我的问题是小问题，先放放。现在有个要命的大问题！我觉着咱们还是快点搬下去好。那个四爷实在太危险了，谁知道他结了什么仇家，会不会半夜又跳上什么刺客杀手，万一要是伤到了你……”

“行了！”苏雪至没好气地打断了他，“还等你说？我已经和他们说了，现在就可以搬下去了。”

表哥终于嘘了口气，奉承：“这可真是士别三日，当刮目相看！雪至，你真的越来越厉害了！表哥我佩服，往后我就跟着你混日子……”

他一边嘴里说着，一边去开门，想去下面叫人上来帮着收拾东西。

门打开，叶贤齐一愣。

“王公子？”

苏雪至抬头，见王庭芝居然来了，人靠在门边，眼睛扫了下里头：“这是想搬下去了？”

表兄妹对望了一眼。

苏雪至有点诧异。没想到他精神头还挺好。白天差点没了气，现在竟然活蹦乱跳，不但看着一点事都没了，居然还有心情来找碴儿。

叶贤齐赔着笑脸：“是我提出来的，和我表弟无关。这不，四爷出了点意外，要养身体，我怕你们嫌吵，怕打扰你们……”

他话还没说完，那个王公子摆了摆手：“理解，能理解，赶紧走吧，又没人拦着你们。”说完瞥了一眼苏雪至，双手插兜，掉头走了。

表兄妹这边继续忙着收拾东西，王庭芝朝前走了几步，经过走廊拐角后，忽然停了下来，示意保镖上来，皱眉问：“今天帮我吹气的，真是那个姓苏的小子？”

保镖点头，面带佩服之色：“是啊王公子！您刚被捞上来的时候，人都闭了气，那位水会的爷想救，没救成，苏少爷出来了，教了个法子，让水会的爷帮着按，他替王公子您吹气，这才把您救活的。”

王庭芝撇了撇嘴角，露出嫌弃的样子，从兜里摸出来一块手帕擦了擦嘴，进了四爷的房。

四爷靠坐在床头。王妈正给他递红糖水，说给他补补流掉的血。他笑了笑，没说什么，接过喝了，看见王庭芝进来，把空杯递给王妈。

“庭芝，你怎么出来了？”

王庭芝快步走到床前：“四哥，我没事了，你感觉怎么样？”

他低头看了眼四爷那条受伤的腿，神色十分愧疚：“全怪我，没什么本事，还非要逞能，不但没帮上四哥你什么忙，反而连累了四哥……”

王庭芝的父亲王孝坤是京师里有头有脸的人物之一。前两年新旧更替争斗剧烈，王家有个仇家，知道王公子喜欢玩票，计划利用他在戏院的机会绑架，幸好预先得到消息，这才没有出事。

王庭芝原本有个兄长，早年死于意外，现在王家就剩他一个儿子了。王孝坤对他的行径不满，加上又出了那样的事，就将他送来这边的乡下隐秘之地，一是避祸，二来让他修身养性。现在那个仇家解决了，加上王庭芝母亲要求，王家就将他接回去。

因为王庭芝和四爷关系好，就听他的话，王孝坤也信任四爷能力，且四爷这回正好回乡祭祖，所以王家就请四爷同行照看。

受人之托，四爷不敢放松，一路戒备，却没想到王庭芝没事，自己倒遇到了这样的意外。

他展眉，抬手拍了拍王庭芝的肩："没事，我有九条命！只是你记住，下回不能再这样了。"

王庭芝被他这样安慰，心情终于好转了些，点头答应，忽然又想起刚才那对表兄弟，心里终究感到有些不舒服，说："四哥，那对表兄弟也忒不仗义了。先前是自己求着要上来住的，现在可好，我睡一觉睁开眼，嘿，人家急着要走了！"他下意识地摸了摸自己的嘴，"别看那俩一个表哥一个表弟，人前都是那个表哥在说话。我看实际暗地会来事的，还是那个表弟！"

四爷笑笑："他们已经帮了很大忙了。今天要不是他们，怕就是要出大事了。"

王庭芝一想也是，知道四哥需要休息，不敢再打扰，退了出来。

这边的表兄妹，当晚就悄悄地搬了下去。

第二天傍晚，天擦黑，船靠了岸，过夜后，继续东去。

当天，苏雪至从表哥那里得知一个消息，四爷那一拨人，昨夜就上了岸。

表哥感叹了一番，又说："也不知他们到底是什么来头，大约往后是不会再碰见了。说起来，雪至你一帮帮俩，那么大的恩，他们竟然没什么表示？就这么走了？实在是不仗义！"

苏雪至懒得理他，低头继续看自己的书。

随后的一路再没出过意外。船抵沪后，忠叔安排继续北上，九月初，经过一番舟车劳顿，一行人终于抵达了此行的目的地，天城。

一行人抵达天城的当天，舅舅的那位老友庄阗申就派了人来接待，不让他们住旅馆，定要他们住他在天城的宅子里，说自己人正好在京师，立马联系贺烟桥，让他们等消息。

盛情难却，苏忠就带着两位少爷暂时落脚在了庄家位于天城最繁华的西大街的一处宅院里。原本以为至少要等个几天才有动静，没想到庄阗申第二天大早就从京师坐火车匆匆回了天城，下午到，带来个消息。

那位爷他没见着，但对方给了他回复，说最近不方便见客，苏叶两家的心意领了，让他们不必特意跑一趟京师，还说医学校入学的事已经和校长打过招呼，直接过去，照校方的要求履行必要的入学手续就可以了。

带着主家的殷殷期待而来，现在却连个见面的机会也得不着，苏忠未免失望，觉着应该是对方不愿他们过多纠缠，这才找借口推脱的。

好在庄阆申又说，贺汉渚是亲自和他通电话的，听对方语气颇是诚恳，应该不会是在推脱，让苏忠不要多想，先把入学的事给落实了。

苏忠一想也是，这才稍觉安心。把两家给庄阆申准备的礼送上去后，立刻着手少爷入学的事，这中间自然也少不了庄阆申的带路和引荐。

这位庄阆申是从前的商务官员，如今换了顶翎子，继续效力新府，依然端老饭碗，在工商部任佥事。他和叶汝川因为生意本就往来了几十年，确实有几分交情在。这回又得知苏叶两家攀上的故交，恰是那位姓贺的，这两年京畿赫赫有名的一位少壮派人物，他早就有心结交，但苦于一个"同乡"身份并不足以将关系拉近一步，又碍于自己年岁较长，太过殷勤有失身份，忽然得了这样现成的好机会，办起事自然尽心尽力，第二天亲自带苏家少爷赴校拜见校长。

出门在外，衣装就是人的脸面。苏雪至是第一次出省去天城这种大地方，见人要穿什么，之前苏家也颇费了一番脑筋。

苏雪至本打算仿表哥叶贤齐的衣着，穿如今最摩登的西服，家长商量一番，又恐太过张扬，出门求学当以谦恭朴素为宜，最后定下来，赶做一套西服应不备之需，主穿这几年在这边省城的男学生里也开始流行的叫文明新装的立领哔叽面料制服，再准备几套老样式的改良长衫。

今天去医学校，苏雪至就穿文明新装。

苏忠比面临面试的少爷要紧张得多，昨夜一夜没睡好觉，一大早爬起来，烧了炭，亲手用熨斗替少爷把今天要穿的衣裳熨得服服帖帖，没半点折痕，皮鞋也是擦了又擦，亮得光可鉴人。

苏雪至束了胸，换上衣服，出门前，对镜照了下。

衣服是照着身材定做，很合身。虽然她个头不算高，就青年男子的标准而言，显得有些瘦弱，但穿得精神，五官长得也出色，和母亲叶云锦像，柳叶眉，凤目，鼻梁秀挺，镜子里看起来，活脱脱是个白面俊少年。

苏雪至最后又整理了下特意做得稍高以遮挡喉结的立领，开门出去。

庄阆申看见她，连声夸赞好人才。

军医学校位于天城北郊，是由原本隶属不同上级管辖的几所带了军方性质的医校合并新成立的，校舍也是新的，刚建成没两年，面积颇大，教学室、礼堂、行政教育科室、图书馆、解剖实验室以及学院食堂、宿舍，全都齐备，还带了一所附属医院。

上周，学校就开始新学年的各项工作了，教授、教官和学生，大部分都已返校。

因学校不允闲人入内，同来的苏忠和表哥就只能在外头等，苏雪至跟着拿了通行证的庄阗申进了校门。

校长姓和，名治忱，早年留学东洋，后来又去西洋，医学博士，做过前清的医官，现如今担任校长。和校长戴眼镜，态度严肃，颇是冷淡，和庄阗申略略寒暄，不过问了学生两句，就叫助手将新来的学生带去教务长那里，进行入学资格的文化课测试。

苏雪至知道这位校长对自己没好感。

这很正常，学术学者和商人学者不一样。这位和校长，应该是个治学严谨的学术学者，怎么可能会喜欢像自己这种空降掉下来的学生?

根据她从庄阗申那里得来的信息，这所军医学校的学制，设普通科、本科、研究科三级教育。

普通科学制三年，加军队实习半年，完成后可升入本科，一年后，成绩与军队实习再次合格，可以继续进入研究科深造。

学校出来的毕业生，虽然只有少部分可以进入政府高级部门或者军方的高级机构，比如陆军部供职，但剩下的也都是直接授予官职，赴各地就任。

所以，学校对普通科新生的入学资格要求也是相当高的。除了规定年龄十八至二十五之间，身体强壮，熟汉语，略谙英文等要求外，对中途插入转学的高年级学生的过往成绩，更是有着明文规定。

而苏雪至从前在省立医校的成绩相当惨淡，基本是丙等，解剖学和与拉丁文有密切关联的药物学还不及格，是前段时间，靠着舅舅的关系才把成绩单上的丁等升成了丙等，算是稍微好看了一点。

但这样的成绩单，还是拿不出手的。现在，这样一名学生却申请跳过普通科，直接进入本科班学习，做校长的碍于面子，或者上方压力，又不得不捏着鼻子接受。

苏雪至向办公桌后正眼都不看自己的校长鞠了一躬，默默退了出来，跟着领路人继续去见教务长。

教务长姓秦，倒是客客气气的，叫人拿了几张卷子给她做，还让她别紧张，放心答题。考卷上，物理、化学、动植物、国文、英语各有涉及，还有几道生理学的题目，再考了几个拉丁药名，最后问怎样革除现今国民各种不良卫生恶习。

对于苏雪至来说，问题不是题目，而是她必须要用繁体字答题。幸好除了最后一道，需要写的内容不多，且之前她也一直在弥补这个短板。

轮到最后一题，她也不太清楚现如今政府对民众的公共卫生要求，但大体应该就是那些，随意罗列了几条，诸如勿随意吐痰排泄、勿夏日赤膊、勿生饮冷水、勿共食共用器具等，临场发挥答了一通。

答题结束，现场评卷，成绩判了甲等。

文化考就这样意思一下，通过了。

接着是身体素质检测，让她绕着操场跑几圈，应该是一千米测试。

尽管她调整呼吸，注意步态，但耐力不行，等一千米跑完，缚住的胸口难受得差点要爆裂，透不出气。

以苏雪至的估计，自己拼尽全力跑出来的这个成绩，在男子里，绝对是不及格的，但也通过了。

最后的体检，对于苏雪至来说，这才是最大的考验。

好在一切也早有安排。

庄阗申的官虽然不算大，却是京畿里混了多年的老油子，人脉多，路子也广，跟哪的人好像都有交情。昨天听苏忠说自家少爷从小脾气特立，不喜他人碰触，更不愿当众裸肤，拍下胸脯保证，说事情交给他。

果然，体检的时候，等检查皮肤病需脱裤解衣襟，对方草草看了看双手脖子，挥了挥手，就在纸上打了个钩。

最后，苏雪至被安排了需要见的人，是一个名叫李鸿郗的学生监。

所谓学生监，就是管理学生的人，掌管实施军事训育，监视学生纪律操行，稽查学生勤惰等事宜。在校方，除了一个巡检专员，学生监和教务长，一并位列校长之下的二把手。

李鸿郗的态度极是殷勤，他从庄阗申口中得知这位名叫苏雪至的插班本科新生希望单独住宿，二话没说就答应了。

其实，苏雪至之所以要求跳过前三年，直接插入本科开始学习，除了不想过多浪费时间外，也是出于住宿方便的考虑。

学校规定，普通科是多人宿舍，只有本科和研究科的学生才有资格住双人宿舍。而对于特殊情况的，比如成绩殊优的已婚者，或者来自卫健委进修的初等、中等医官，或者家庭为学校捐款超过一定数额的学生，则根据本人请求，可酌情安排单人宿舍。

苏家出了一笔钱，这个单人宿舍来得非常顺利。而学生监李鸿郗对她的态度，更是关心有加，亲自给她介绍学校的基本情况，向她罗列学校的军纪和纪律，李鸿郗还告诉她，每个入学的学生都必须掌握马术。

普通科的学生在入学第一年，会被编入一个连队，就近到军队去学习并考核骑术。当得知她没骑过马，李鸿郗立刻表示可以特殊处理，将她临时编入今年新招的普通科班里，和新生一起接受马术训练。

苏雪至再次表示感谢，想起忠叔还在外头等着自己，急忙朝外走去。快到校门，忽然听到身后有人叫自己："苏雪至？"

她扭头，看见一个穿着修身马甲和西装的年轻男子手里拿着教案，站在一幢教学楼旁的路边，应该是在和几名男生讨论问题，大约无意看见了她，停了下来。

苏雪至一顿，脑海里浮出了一个人。

是表哥说起过的那位傅明城，傅君！

看到傅明城的一刹那，苏雪至下意识一顿，迅速地再次使劲搜刮自己的记忆，最后确定，从前的她，确实只是对眼前的这名青年男子单方面地怀了爱慕之心而已，没有向他吐露过感情，对方也不知道自己是女人，更不会知道她还曾为了他回家闹过一场。

她停了下来，脸上露出笑容，朝他点头，叫他傅先生。

傅明城和边上的几个学生交代了几句，快步走到她的面前："苏雪至，真的是你，刚才我还以为我认错了人！你怎么会来这里？"他看了眼四周走动的学生们的身影，忽然顿悟，"你是转学来了这里？"

苏雪至点头："是，这学期起，我就来这里继续学习了，插入本科班。"

听到本科班，傅明城有点意外，但也没多说别的，只点了点头："很巧，这学期我得到从前一位老师的推荐，得以有机会来这里担任和校长的助教，主讲解剖生理学。"他用略微复杂的目光看了她一眼，顿了一顿，"苏雪至，省城医校的解剖课名不副实，难免影响你的成绩，这里应该不一样了，我相信你一定能学好的！往后你若课程方面有困难，尽管来找我。"

他说的名不副实，意思是省城风气保守，民众和舆论普遍反对人体解剖，医校很难得到标本开展正常的教学，只能用模型进行拆解，模拟解剖来上课。

苏雪至应好，向他道谢。

傅明城点了点头，露出笑容："咱们又做师生了，这是难得的机会，你无须客气。"

两人说着话，刚才遇到个熟人走开了的庄阆申回来，一眼看见傅明城，"呀"了一声，快步上前，用熟稔的语气笑道："明城，你何时回的天城？

怎的我竟都不知！上月才在部里遇过你父亲，当时谈及你，见他还颇多牵挂。没想到你这就回来了！太好了，你能回来，你父亲想必甚是欣慰。”

傅明城露出微笑，叫了声伯父，但似乎并不想顺着这个话题说下去，只朝庄阗申和苏雪至点了点头，说自己还另有事，随即告辞。

等人走远了些，庄阗申叹了口气，低声说：“苏少爷，知道他是谁吗，船王家的小儿子。一表人才，东洋留学，什么都没得说，可惜有一点，是如夫人生的，听说正室大夫人对他很是不喜，兄弟关系也有几分不睦。不过，好在船王对他很是爱护，也算是不幸中的万幸了。”

苏雪至记得以前在省立医校的时候，就有传言，说他出身于北方的豪门，倒也没什么很大的吃惊感，只循了庄阗申的介绍，看了眼那道远去的背影，转过头，见校门就在前方了，叶贤齐和苏忠就在外头张望这边。

叶贤齐仿佛早就留意到了她，见她望了过来，冲她挤了挤眼。

苏雪至猜他刚才必定也看见了自己和傅明城说话，不忘之前那茬事，这才冲着自己扮了个这样的促狭表情。

她跟着庄阗申出了校门。

苏忠已经等了快半天了。虽说那位贺家表舅保证一定能让少爷顺利入学，但久久没见她出来，终究是不放心。此刻终于把人等出来，不用他多问，庄阗申立刻就笑着对他说恭喜，他就明白了这事成了。

庄阗申说：“苏少爷入学考试成绩优异，当场判了甲等，实在是雏凤清声，大有可期，连带我亦面上有光！”

苏忠喜笑颜开，连连向他致谢，问了些关于开学的事宜，一行人就先回了庄家，开始忙着准备开学。

开学时间是三天之后。苏雪至提早一天搬进了自己接下来要居住生活的学校宿舍。苏忠怕少爷一个人应付不来，不顾苏雪至劝阻，去寻那位学生监李鸿郗，获得许可后，一路把苏雪至送进了宿舍。

她住的是幢两层楼的建筑，特意要了一个靠边的房间。

隔壁住的是来自陆军部军医司的一名已婚科员，名叫陆定国，预备要升科长，先来这里进修半年，以获得本科学历。

再过去住的那位，据说是上学年普通科三年级时以第一名的成绩升上本科的一个学生，名叫高平生，因为成绩优异，想要专心向学，不愿住集体宿舍受无谓干扰，这学年申请到了这间单人宿舍。

苏忠为了帮少爷搞好和“邻居”的关系，恰见两人仿佛都在，便敲开门，奉上了一份带出来的自家吃食和茶叶，说了些自家少爷初来乍到，日后多多关照的客气话。

高平生瘦削而沉默，态度有些冷淡，似乎不大想要接受礼物的样子，隔壁的陆定国圆头圆脸，看着倒是十分乐天好相处的模样，笑呵呵答应，还和苏忠扯了不少闲话。

这幢宿舍楼对面就是教师宿舍。苏忠得知少爷从前在省立医校的一名教师今年恰也转来这里继续执教，等安顿好少爷，又特意去拜访了一番。对方温文尔雅，答应日后关照自家少爷，苏忠终于稍稍放下了心。

明天就是正式开学的日子，苏雪至送走忠叔，住在了学校里。

当天晚上，她在灯下研究本学期的课程表，半点也没觉得轻松。

本学期的必修专业课程有解剖生理学、细菌学、诊断学等，这些对她来说，问题应该不大。

让她有课业繁重感的，是和军医有关的内容。她需修军阵卫生学、军阵防疫学、野战卫生勤务学、战术学、地形学，还有一门国际公法。

除了这些必修的，还有选修。

比较了几门可选择的课程，她决定修德文。

这个学校采用的专业教科书，基本是德日系版本，很多学生在普通科的时候，就已经开始学德文，她必须马上开始补。

再加上她还要补一门原本第一年就要修的马术课……

正看着，隔壁的陆定国来敲门，笑呵呵地给她送来了一网兜的橘子，说是刚回了趟家，从家里带过来的。

苏雪至忙请他坐。

陆定国瞄了眼桌上的课程表，叹气说，这不是人过的日子，他实在是没办法，学历不够没法升职，这才又回来修本科。又羡慕苏雪至年轻，家里有钱，不用愁前途，说自己现在根本没法再专心于学业了，担心万一成绩通不过影响升职，又抱怨要养家里的太太和一双儿女，现在这点俸禄实在太过微薄……

苏雪至自然安慰他。

闲话了几句，陆定国仿佛想起什么，突然来了兴致，问她："小苏，你知不知道，为何原定明日的开学典礼要推迟到半个月后？"

苏雪至自然不知道，摇头。

陆定国看了眼窗户外的方向，见没人，这才压低声，神神秘秘地告诉她，原定的计划，督办、市长和新来天城赴任的卫戍司令部司令，三人将一起出席明天的典礼，却不知为何，卫戍司令有事耽搁了，推迟赴任，现在人还没到天城，于是军医司司长建议推迟典礼，等人到了，再举行开学典礼。

本校直属军医司管辖，上司都这么说了，学校还能说不？于是推迟，现在就等着那位司令到任再举行了。

“不过一个开学典礼而已，知道这些人为什么都要来？”陆定国继续考她。

苏雪至茫然摇头。

陆定国脸上露出得色，再次低声说：“医学资源宝贵啊！知道不，洋人军队对军医这块极其重视。各派都想染指军医学校，希望能被自己所用。所以，要么都不来，要来，自然大家一起来！”

“懂了吗？”陆定国最后问她。

苏雪至还是不十分明白其中的关系。但她感觉是说，这几个人好像彼此不对付，都想把军医学校抓在自己手里，于是含含糊糊应了一声。

“不知道要来的那个司令到底是什么人啊，到了现在，我居然都还打听不到消息……”陆定国最后又感叹了一声，显得很是好奇。

舅舅和母亲叶云锦原来的打算，是让她先来上学，维系好和那位贺姓表舅的关系，等日后表哥毕业从日本回来，托对方安排表哥代替她去入职。以表哥的优异成绩，问题应该不大。

她来这里的目的，只是作为一条纽带，建立起和贺家的联系，毕竟她不可能一直混在男人堆里，等表哥回来她就可以功成身退了。

苏雪至早就觉得自己的表哥有点不靠谱，但没有想到，他竟然不靠谱到了这种地步。他在日本竟根本没有学医！所以将来就不存在代替她入职的可能了，日后自己到底何去何从，苏雪至也还没想好。

但无论如何，既然已经来了，那就好好学。虽然接下来会有不少内容和自己已有的知识面重合，但新的东西也会很多。

苏雪至就这样，开始了自己在军医学校的新生活。

她的第一节课是解剖学。

这门课是医学的基础学科之一，重要性不言而喻，本校普通科的第二学年就有了安排。现在的学习，是内容的深化和细化。

苏雪至插入的这一年的本科班，共有学生六十余人，全部一起上课，此时大家正坐在教学楼最大的阶梯教室里，等着这门课的教授，本校校长和治忱来授课。

苏雪至早早到了，坐下来，随后陆续进来的人，没有人坐在她的旁边，等快上课时人都差不多坐定，她的周围还是空荡荡的，身影与其余三三两两坐在一起说笑寒暄的学生对比，难免显得孤零零的。

陆定国是最后来的，大概早上起得晚，苏雪至从宿舍出来的时候，他的窗户还拉着窗帘。只见他踩着铃点，匆匆忙忙，第一眼就看见了苏雪至，朝她的方向跑来，跑到一半仿佛忽然又想起什么，硬生生地刹住，带了点心虚似的，避开苏雪至的目光，改坐在了就近的一个位子上。

大概因为是第一节课，内容不是很重要，和校长没有亲自来，上课的是助教讲师傅明城。

傅明城先是介绍了本学期这门课程的内容，主要是之前普通科没有系统学习的病理解剖，也包括部分法医学的内容，他强调本学年的课程将更侧重实验。快下课时，他看了眼一个人独坐的苏雪至，点了她的名，让她站起来，随后笑着对学生道："在座的同学，大多从前就是同班，彼此熟悉，这有利于团结合作。同时，新的学年，也有新同学加入。下面，请苏雪至同学介绍下自己。"

苏雪至被吓了一跳。

她心知肚明，自己被鄙视排挤了。但这也正常，谁叫她是靠着非正常的手段才入的学。

讲台上的傅明城含笑看着自己，眼神带着鼓励，躲也躲不开了，她只能站起来，简单介绍了自己的姓名，随后朝周围微微欠身。

傅明城带头鼓掌，教室里终于起了一片稀稀拉拉的掌声，夹杂着后排不知道谁的轻声嘀咕："就是那个靠着几道中学题就跳级上了本科的少爷？"

教室里发出一片轻笑声，笑声中，下课铃声打响。

苏雪至装作没听见，坐了回去。

上午上完课，她去食堂打饭，傅明城追了上来，和她并排走路。

"苏雪至，今天我疏忽了，考虑不周，让你尴尬了，我向你道歉，希望你不要放在心上。"他的语气带着歉意，十分诚恳。

苏雪至本来就没怪他的意思，笑道："我知道傅先生您完全是出于好意的。再说了，那也不叫事，我没难过，傅先生您不要自责。"

傅明城终于有些释然，再次鼓励她："这样就好。你往后多加努力！"

苏雪至点头。

晚上天黑后，她点亮房间里的电灯，埋头书桌继续学习，过了一会儿，隔壁的陆定国又来敲门了。

她已经反锁门，也除去了胸缚，现在只好又穿戴回去，套了衣裳，过去开门。

“忙什么呢，半天才开，我见你屋里灯亮着，就给你端碗鸡汤来。我太太傍晚送来的，一大锅，慢火熬的枸杞乌鸡。小苏你尝尝。”

陆定国笑眯眯地将手里的鸡汤放在了书桌上。

苏雪至客气推辞。

他挥了挥手：“就一碗鸡汤，又不是什么好东西，你不要，那就是嫌弃。”

他都这么说了，苏雪至只好收了，笑着道谢。

陆定国摆手：“客气什么，我是本地的，又比你大了好些年头，老大哥关照一下小老弟，本来就是应该。”

苏雪至再次道谢。

陆定国送出鸡汤，却没立刻走，而是靠在书桌角上，探着圆圆的脑袋，瞄了眼那本摊着的德文教材，“嘿”了一声：“小苏，你这也太努力了！才开学，你就玩真的啦？”

苏雪至说：“我德文太差，本来就不能和你们比，再不努力，我怕落得更多。”

陆定国称赞她用功，又扯了两句，说：“小苏，我听说了个事，大家都在传，说你认识我们曹司长。是不是真的？”

苏雪至早看出来，陆定国摸过来，目的肯定不是送鸡汤那么简单。

她能入学，应该是那个贺表舅找了军医司的这位曹姓司长。管辖本校的司长亲自出面要塞人，校长再不愿意，也没法不点头。

她自然不能跟陆定国说，把自己弄进来的，其实是那个贺表舅。反正是开后门的，谁出面，又有什么区别?

陆定国见她不说话，以为她是默认。

他所在的军医司，是陆军部下辖的八司之一。按理说，小苏是自己部门司长的亲戚，他更应该搞好关系。

但要命的是，司里最近都在传，说曹司长办事不力，陆军总长对他不满，有意撤换。换的人，有可能是从军学司那边来的。

谁都知道，陆军部里，军学司的张司长和曹司长不对付。

学术出身的官员斗起来，精彩程度，也绝不亚于武夫。

要是和小苏走得太近，万一被认定是曹司长的人，日后，新来的司长还不得给自己小鞋穿?

他就一个每月拿二十银圆薪水的小科员，太太整天在他耳边抱怨，说他没用，他还指望能顺利升科长呢。

这就是为什么早上他在去教室的路上听到这个消息后，不敢坐到小苏边上的原因。

和同班同学不一样，他才不在乎小苏是不是后门进来的。

他怕的，是自己日后会被位置不稳的曹司长给牵连了。

现在确定了小苏和曹司长的关系，陆定国心里暗叫一声好险，立刻做了决定，往后，人前绝不能和小苏太过亲近，免得遭受池鱼之殃。

当然，人后亦不可得罪小苏。别说曹司长还在位子上，就算真下来了，要搞自己一个没背景的小科员，还不是动动嘴皮子的事？

他咳了一声，又闲聊几句，催苏雪至趁热喝，笑嘻嘻地退了出去。

苏雪至起身把人送走，喝了鸡汤，把碗洗干净了还过去，回来反锁门，换了衣服，继续埋头学习。

这样一晃眼，十来天就过去了，苏忠那边，一直得不到能去拜访那位贺家表舅的机会。

现在是秋药材的集中交易时间，家里生意很忙，舅老爷又受了伤，他实在有些等不住了。庄阗申让他先放心回去，说这个事交给他，他一定上心，等贺汉渚有时间了，他就带苏少爷过去，把少爷引荐给他。

庄阗申办事还是非常牢靠的。

苏忠就跑到邮局，往省城发了电报给舅老爷，简单说了下这边情况。

叶汝川收到电报，和妹妹商量了下，也只能这样了，让苏忠先回来。

忠叔回去的那天，恰好是学校休息日，苏雪至便出来送。

苏忠要走，表哥叶贤齐这边也没事了，自然该回日本继续上学。出发的日子，和苏忠是同一天。

苏忠的意思，是他先送表哥去坐船，然后自己再走。

天城是北方重埠，海运发达，自然也有出发去日本的轮船。叶贤齐已经定好船票，连连拒绝，说忠叔年纪也大了，这一趟舟车劳顿，跑前跑后，现在雪至安顿稳了，头等大事就算解决了，自己的事不用他再操心。

表少爷态度坚决，言辞又恳切，对自己充满了关心，苏忠十分感动，也就作罢，叮嘱他路上当心，还从自己的腰包里捞出来几块带着体温的银圆，非塞给他不可。

就这样，忠叔带着同行出来的几个人一道，被表兄妹送走了。

告别老管事，苏雪至转向表哥，叶贤齐说：“雪至，你现在学业忙，你不用管我，更不必送我。我自己去。”说完，他招手拦了路过的一辆洋车，提着箱子上去，扭头冲苏雪至挥了挥手，就催车夫拉他去码头。

苏雪至盯着他坐黄包车匆匆离去的后脑勺，心里怀疑他是借着念经济，在日本那边混日子，但愿是自己错想了，希望他能真的学成，日后拿个文凭回来，那么舅舅的气，应该也会平一些的。

她回了学校。接下来的生活，就是一个人，宿舍教室饭堂三点一线，每天都要学到半夜才休息，说实话，只要忽略身边不时投来的鄙视目光，她还挺喜欢这样的生活状态，并不觉得枯燥或者辛苦。

这样过了一周，这天下课，学生监李鸿郗叫人让她去他办公室接个电话，说有人找。

电话是庄阗申打来的，兴冲冲地告诉她一个好消息。

原来，新任的天城卫戍司令，竟然就是她的那位表舅，贺汉渚！

庄阗申说，贺汉渚昨天抵达了天城，今天晚上，市长要在饭店举行一个欢迎酒会，让苏雪至六点前到饭店，自己会在门口等她，到时候把她介绍给贺汉渚。

他叮嘱，务必穿着正式，千万不要迟到。

军医学校实行的是类军事化的管理，不但学生平日穿军装，高层管理人员，即便是和校长，也身有军衔。

今天不是休息日，按照校规，学生是不能外出的，擅自出去，如触犯军规。

挂了电话，苏雪至还没开口，坐在桌后的李鸿郗就说道：“方才庄老和我说过了，特殊情况，今晚允你外出，下不为例。”

苏雪至朝他躬了躬身，走了出来。

下午上完课，她回到寝室，看看时间差不多了，准备换下校服外出。

她不打算穿西装，现在出去，西装打扮，还是有些惹人注目的。

她穿了一件月白色的细纱长衫，外面一件雪青提暗花的马褂。这样的穿着，适合正式场合，也不招眼。

夜幕降临，街道两旁霓虹闪烁，站在饭店气派的大门外，就能看见里面灯光如昼，不时有阵阵乐声飘出来。

六点钟到了，庄阗申却没现身，苏雪至只好等在门口的一个角落里。

不时有汽车开进饭店大门，停在通往大堂的宽大庭院里，穿着制服的阿三跑来开门。车里下来打扮入时的精致女人，踩着高跟鞋，挽着身边或西装革履或长袍马褂的男伴，说笑着，往里头走去。

苏雪至一直等到了将近七点，腿都要站酸了，才总算看见庄阗申坐了辆东洋车匆匆赶到，给了车夫几个角子，打发走人，站在门口找人。

苏雪至走了出去，他忙招手，说自己临时出了点事，所以来晚了。

饭店的大厅轩敞而豪华，头顶硕大的水晶灯耀目得晃眼，处处是人，衣香鬓影。

这个时间，他们已经错过了开头的欢迎仪式，现在是舞会时间。

苏雪至遵从吩咐，先等在门旁的一个角落里，庄阗申往里去，眼睛四处找人。

苏雪至也看着前方，很快就注意到了一群人。

大厅中间，一个穿着军装的男子背对着这边，正被几人围着在说话，形如众星拱月。这样的一幕，很难不让人去留意。

看背影，这男子年纪应该不大，个头颀长，感觉好像有点眼熟？

男子一侧的胳膊，还挽了一个穿了条西式粉色公主裙的窈窕淑女，说话间，男子发出一阵大笑，周围的人也跟着笑，纷纷附和。

等一下，这声音……苏雪至忍不住又看了一眼。

这个时候，庄阗申好像也留意到了这人，急忙从人堆里挤过去，快步走到那人身后，应该是打了声招呼。

男子扭过脸，看了过来。

苏雪至一下子就惊呆了，竟是那个同船一起走了些天的四爷！

只见那个四爷扭头，脸上还留着方才的笑意，见是庄阗申，抬眉，微微颔首。庄阗申就趁机上去，寒暄了两句，在一旁等，那个四爷继续与人说话，过了片刻，庄阗申再觑准一个空档，他指着苏雪至所在的方向，说了几句话。

苏雪至虽然听不见，但估计他是说苏叶两家的人把少爷送到后就先回去了，剩下在这边念书的少爷，现在带过来，想认识一下之类的话。

四爷再次回头，往她这边迅速地看了一下，随即扭回去，应该是和边上的人道失陪，接着，他就转身走了过来。

庄阗申没想到他主动走了过来，顿了一顿才回过神，跟了上去。

刚才那个挽着他胳膊的窈窕淑女也跟了来，看起来和他的关系很是亲密。

走得近了，苏雪至就看清楚了，那位淑女是个看起来年纪绝对没有超过十八岁的少女，她红唇琼鼻，双眸亮晶晶，长得十分漂亮。

苏雪至再次感到意外，这位四爷，人自然是称不上老的，但竟会和这么一个以她的标准而言还没成年的少女交往……

这人径直走到她的面前，停下。

庄阆申已经追了上来，忙介绍："四爷，这位就是我刚才和您提的苏家儿子……"

庄阆申话还没说完，苏雪至就见他冲着自己点了点头："前段时日不便见客，怠慢了。方才听庄老说，贵府那位管事已经走了？"

这神情，这语气，别说吃惊了，都完全看不出哪怕是一点点的意外——就好像他早就知道自己是谁似的。

苏雪至起先一阵困惑，电光石火间，忽然明白了过来。

以此人这一路上对那位王公子的重视程度，怎么可能会因为王公子的坚持而贸然放几个陌生人上来？默许她和表哥搬上来，他必定已在背地里查过他们的来历。

这也就能解释，为什么几天后，当她和表哥为了躲开王公子逼迫她学戏想搬下去的时候，那个豹子留下了他们。

虽然这位四爷的这种举动，根本谈不上冒犯，甚至可以被认为是对他们的某种照顾。

但在明白过来后，苏雪至想他从头至尾，不动声色，就旁观着自己和表哥两个人在他的眼皮子底下蹦跶，心里忽然生出一种类似于被愚弄，或者说，自己太蠢的感觉。

"哥，他是谁呀？"跟他过来的少女打量苏雪至，开口发问，眼神里带了点好奇。

庄阆申笑着插话："这位想必就是贺府明珠？果然秀外慧中，大家风范。"

贺汉渚看了眼身旁的粉裙少女，点头："是，舍妹在这边的女中读书，今晚无事，定要跟来，就带了过来。"话语简短，但一双即便笑起来也带了几分淡漠的眼里，却流露出掩饰不住的宠溺之色。

苏雪至一顿，忽然想起之前自己在家中饭桌上听来的一些关于贺家的事。

原来这个少女，就是贺家的那个妹妹，她却竟然以为……

"庄老，商务部高就，也是同乡。"这个叫贺汉渚的人，继续为他的妹妹介绍着庄阆申。

"哪里哪里，四爷抬举了，碌碌无为，混日子罢了。"庄阆申摆手自谦。

“伯父好。”贺家妹妹十分礼貌，站在兄长身边，立刻向年长者问好，眼睛很快又落到了苏雪至的脸上。

庄阆申忙朝沉默着的苏雪至递了个眼色，随即催促：“雪至，这位就是贺四爷，你不是一直想见的吗？还不快叫舅舅？”

庄阆申为了替她和对方拉近关系，自动把那个“表”字都给去掉了。

苏雪至尴尬得脚趾抠地，但见贺汉渚看向自己，仿佛在等着，一咬牙：“表……舅好……”

肩负着叶家苏家两家人的嘱托，她终于还是完成了任务。

贺汉渚的神色看着倒是如常，点了点头，算是受了，正式认下这个表外甥。

“雪至，还有这位，你应当叫她……”

没等庄阆申说完，对面的少女抬起一双白嫩小手，捂嘴笑了起来，眼睛亮晶晶地看着苏雪至，轻轻摇头：“不要！我才不要他叫我表姨呢！”

庄阆申抚须，呵呵地笑：“女公子烂漫可喜，是老朽唐突了，唐突了！雪至，那就不叫了！”

贺汉渚也笑了，望着妹妹的目光一片温柔：“舍妹不懂事，叫二位笑话了。”他说完，打发妹妹，“你去坐坐，我还有事。”

贺家妹妹看起来仿佛有点不愿，但还是听从了兄长的话，又看了一眼苏雪至，掉头走了。

很快，就有几个珠光宝气的太太带着女儿过来，围住了她。

妹妹一走，这人脸上的笑意就消失了。苏雪至见他两道目光投向了自己，神色严肃，但语气倒是带了几分关照后辈似的温和：“今天我恰叫豹子问了一声，说你开学也有一周了？怎么样，有没有遇到什么难处或者不方便的地方？若需帮忙，尽管开口。”

苏雪至怎么可能告诉他自己在学校受到排挤的事——本来就是自己理亏，她立刻摇头：“没有，一切都很顺利。谢谢您了。”

他“唔”了声，微微颔首：“往后我也在这边了，有事的话，叫人和豹子说一声……”

“烟桥！”这时，大厅的入口处传来一声洪亮的叫声，立刻吸引了全场的注意力，只见又进来了几个人，当先的是个中年人，马脸，一身警服，肩膀带着好几个星杠，冲这边叫了一声，满脸的笑，快步走到近前，伸手就用力地握住了他的手，“哎呀，烟桥老弟！你总算来了！你可把老哥哥我给等死了！之前我是日盼夜盼，盼不到你来，前些天外头又闹事，我就出了个门。没想到我一走，你就来了，还听说老周今晚给你办欢迎仪式！得，别说一天的火车了，就算是爬，我也非得爬回来不可！”

他的话引来一阵善意的笑声，大厅里的人纷纷看过来。

马脸说完，眼睛就看向四周，很快找到了埋怨对象，那位“老周”，一个长袍马褂的圆脸中年男子：“好你个老周！你怎么做市长的？存心和我作对？趁我不在，想悄悄地把我上司给迎了，好打我的脸，是不是？”

那个姓周的市长已经笑着走了过来，连连赔罪：“怪我疏忽，我自罚！”说着，端起手里的酒杯，喝了一杯。

马脸说：“我也自罚！不过，老周的套路，我是看不上的！我不多，也就一瓶白干！自带！”说着，从身后跟着的一个随从手里接过一瓶酒，拧开盖子，仰脖，竟咕咚咕咚一口气地喝了下去，那瓶酒足有一斤之多。

“烟桥老弟，这下你该谅解老哥哥了吧？”马脸一口气灌完，将空瓶子的口对着地。

贺汉渚拊掌，随即转头朝侍者打了个响指，吩咐取来红酒和杯子，说：“怪我疏忽，竟没有知照局长，也该罚。不过，论豪气，我是不敢和局长比的，只能自罚三杯了！初来贵地，往后必有不到之处，也请局长多多行个方便！”

说完，在众人的注目之下，他端起玻璃杯，自己倒酒，一饮而尽，接连三杯，最后含笑亮杯。

他自斟自饮的时候，苏雪至留意到贺家妹妹的表情好像有点担忧，似乎想过来，但终究是没动。

大堂里响起了一片欢笑声，随后是热烈的鼓掌声。

“不敢不敢，你这不是折杀我了？”马脸红光满面，哈哈大笑，“谁不知道，你可是拿着尚方宝剑来的，能先斩后奏。往后我这天城警局上下几千号人，包括我在内，任凭差遣，唯命是从！”

“司令，市长，局长，报纸记者准备拍照了！”一个秘书模样的人凑了上来提醒。

欢声笑语和掌声里，苏雪至看着他被人簇拥着，朝里走去。

她和庄阗申就被遗忘在了这里。

她的视线，落在那条此刻被军裤裤管包裹着的左腿上，他的腿修长笔直，步伐矫健而平稳，完全看不出不久之前曾受到过那样严重的伤。

他后来的医生应该有提醒，伤口没有痊愈之前，不要喝酒。

这时，她听见边上的庄阗申感叹了一声：“雪至，上回我就对你舅舅说过，他为人谦和，今晚你亲眼看到了吧？我其实也该早想到的！这个司令的位子，可是一盆炭，烧屁股的，除了他，想来也没有谁能坐得住了。”

苏雪至收回目光，看向庄阗申。

庄阗申时刻不忘自己肩负提点友人子侄的职责，指着前方的人，替她细细介绍解说：“我看了一圈，今晚天城的政要，几乎悉数到场。不但天城，连京师也来了不少人，光是军部，就到了四五个司长。”

他指着几个穿军装的人，一一指点。

其中就有陆定国的上司，军医司的曹司长，是个戴眼镜的中年人。

“商界名流亦无一缺席。那位就是船王傅先生，你校那位讲师的父亲。”

傅明城的父亲已经年过六旬了，拄着拐杖，穿一套黑色的长袍马褂，人看着却还硬朗，就是刚才与贺汉渚谈笑的人当中的一位。

“以及各国公使领事和夫人。”一堆穿得花花绿绿的男女洋人。

“你再看，刚才那位姓周的，是本市市长，主行政。迟到自罚的，孙孟先，天城总警局的局长，下辖五区二十一县警棚。本市还有一位督办，姓廖，掌军政，今晚上不知为何没看见人。”

“市长也就罢了，手下无兵，这位孙局长和那个姓廖的，一掌警，一掌军，都是本市跺跺脚都动地皮的实权人物。此地行政、警力、军政，三者皆不缺，知道上头还要设卫戍司令部的用意吗？”不等苏雪至答，庄阗申又接道，“司令部直属总统府，司令由总统直接任命，平时所辖的卫戍部队由陆军部指拨，部内设参谋、秘书、副官、执法、军需、军医六处，权责重大，除了执掌地方警备和治安，也管百姓灾害与救防、保护公府和官署。”

“不过，这些都是次要的……”他压低了声，“司令部真正压人的，是在特殊情况时，有权调用京师附近驻军为己所用，指挥地方官和警力。”

“也就是说……”他的声音压得更低了，手指了指上头，“其实是上边对这里不放心，派人来监视督办，分化权力。”

苏雪至看着前面的那道背影，明白了。

“是你？”耳边突然又响起一道声音，似曾相识。

苏雪至扭脸。

不远处，一个公子哥儿丢下正说着话的人，把手中的酒杯一放，朝着这边走来，两只眼睛盯着苏雪至，一脸的诧异。

看来今晚上是一个都不能少——老相识王公子驾到了。

“你怎么会在这里！”他停在近前问，语气诧异。

“哎呀，王公子？”庄阆申惊喜地迎了上去，“好久没见着了！王公子您何时回的？比从前愈见精气神了！”

王庭芝双手插兜，点了点头，算是回应，两只眼睛继续盯着苏雪至。

庄阆申就有点儿回过味了，看了眼苏家儿子：“王公子您和苏少爷认识？”

王庭芝不应，场面冷了下去。

庄阆申一大把年纪了，也帮了自己不少的忙，苏雪至不想令场面太过尴尬，开了口：“不敢说认识，就是之前我来的路上，恰好和王公子同船了几天。”

庄阆申恍然：“原来如此，这可真叫巧啊！”见王庭芝还盯着苏家儿子看，神色似乎不是那么和善，他忙拉出苏家儿子和贺汉渚的关系，“王公子，你还不知道吧？苏少爷和四爷是亲戚，要叫舅舅的。”

王庭芝拖长声调“哦”了一声：“大老远跑来，原来是攀亲戚的。难怪——”

苏雪至也不知道王公子怎么就一副欠揍嘴脸，在船上的时候，她除了没答应照他的意思学戏，好像也没得罪过他。

很想回他一句，还好出来攀亲戚了，要不然有人怕是早就见不着太阳了。转念一想，这话要是真说出来，现在是痛快了，日后更麻烦。

男男女女，陆续下了舞池跳舞。

“庭芝哥哥！”伴着一声娇脆嗓音，贺汉渚的妹妹过来了，神色欢喜。

“你什么时候来这边的？我以为你还在京师呢！上次我去也没碰到你。刚才我还问四哥了！”王庭芝看见她，脸上立刻露出笑容，撇下身边的人迎了上去。

“今天刚来的。走，我请你跳舞去。”

“好——”

两人看起来很熟的样子，一边说话，一边下了舞池。

等人走了，庄阆申低声提醒：“这个王公子，是陆军部总长的儿子，不大好惹，我记着去年一年都没看见人，也不知道去了哪，怎么突然又回来了？雪至你往后离他远点，别招惹他。”

苏雪至应好。

几个庄阆申的熟人看见他，招呼他过去，庄阆申要带苏雪至一起去。

苏雪至不喜欢人多的场合，也不愿意和生人说话，发展人脉也不是她来这里的目的。认下了那个表舅，她的事就完了。

她推脱，说去解手。

庄阗申叮嘱她回来再找自己，然后便和人攀谈去了。

苏雪至到了摆放食物和酒水的台桌旁，打算找点吃的。

军医学校饭堂供给学生的伙食，说实话挺糙，味道也变幻莫测，就好像厨师闭着眼睛做出来的，咸淡全看他心情。

这个位置，恰距离贺汉渚不远。

事实上，整个晚上，她很难不去注意这个人，他是今夜的中心人物，他在的地方，就是灯光的焦点，想不留意都不行。

他和那些人已经拍完了照，在沙发落座。有人切了雪茄敬他烟，他没拒，点着了，开始吞云吐雾，谈笑风生间，酒会也渐渐进入作乐阶段。

一个穿军装的大概喝多了，开始起哄，苏雪至思路一向清晰，记性也好，刚才庄阗申向她介绍了那么多人，她全都记住了——应该就是陆军部的军务司司长，姓姚，端着酒杯，走过来打断了他和市长的叙话，邀请贺汉渚和一个女人跳舞，说对方是天城第一美人，对他慕名已久。

女人灵蛇般的身躯外裹着条颜色艳丽的软缎旗袍，应当是本城的著名交际花。即便以苏雪至作为女人的眼光去看，她也是极有魅力的，红唇乌发，艳光四射，在众人随之而来的起哄声中含笑望着他。

贺汉渚纹丝不动，只笑了笑，说舞技拙劣，不好唐突佳人，说完，抬起左腿，随意地交在了右大腿上。

能扛起一城花帜，自然有过人之处。

女人一怔，随即笑道："贺四爷不给我面子，我是最记仇的。罢了，且先记下这一笔，日后要四爷加倍偿还！"说完，一双妙目笑吟吟转向警察局长，"孙局长，四爷不给我面子，你不会也不给吧？"

孙孟先没立刻回应，先看了一眼贺汉渚，见他确实无意起身，这才抹了抹头发，笑哈哈地站了起来："贺司令不给唐美人面子，我求之不得啊，那这好处，就让我占了！"

众人跟着一阵笑，看着局长挽着美人下了舞池。

贺汉渚依然交腿靠坐，面带微笑，姿态闲适，将烟掐在了烟灰缸里，转脸继续和市长叙话。

那个醉了的姚司长，也立刻被人强行拉走。

这意外的一幕，就过去了。

苏雪至很佩服高情商的人，这个姓唐的美人，真的讨人喜欢，不但风情迷人，连她都忍不住想多看几眼，而且善于察言观色。更厉害的是，不动声色间，化解了对自己的不利，甚至能把不利转为有利。

这种本事远比念书要难，她就永远做不到。她唯一擅长的，好像就剩念书、泡工作台。

咖啡续命，红酒助眠，这就是她从前的生活。

苏雪至最后看了一眼唐美人那柔软如水的腰肢，余味未尽地收回目光，拿起一只擦得晶莹剔透的玻璃杯，倒了半杯酒，低头嗅了嗅，正要喝，忽然听到身旁有人说："你喜欢那个交际花？我看你老是看她。"

苏雪至转头，见是贺家妹妹一个人走了过来，停在边上，顺着自己刚才的目光，狐疑地盯着舞池里的唐美人。

她失笑："你误会了。"

"你在喝酒吗？我也想尝一尝。但我哥不许我喝。他老管着我，说我还是小孩子。我看你比我也大不了多少！"贺家妹妹盯着她手里的酒。

苏雪至看了眼刚才和她一起的王庭芝，现在他搂着另一个女伴，在舞池里嘻嘻哈哈地跳舞，周围人纷纷避让。

她把酒顺手倒进一旁的废水盘里，放下杯子："你哥是对的。我也不喝了。"

女孩子嘟了嘟两只腮帮子，以表不满，模样很是可爱："我叫贺兰雪，十七岁了。你叫什么名字，你多大？"

"苏雪至。"她没回几岁，说十八，有点心虚，就她这鬼样子，哪能沾上十八岁少女的边儿？

"你的名字真好听啊！是不是生日是下雪的那天？或者你娘怀了你的时候下了雪？而且这么巧！我们的名字都带了个雪！"贺家妹妹好像有点小兴奋。

苏雪至不知道叶云锦为什么这么取名，也没法理解贺家妹妹的兴奋点，她没应付小姑娘的经验。

反正她小时候不是这样的，木讷寡言，不讨人喜欢。

她只一点感觉，贺家妹妹被保护得很好，苏雪至怕说错了话，万一被贺家妹妹告到她哥哥面前，那就没意思了。

她朝贺兰雪笑了笑，转身想离开，却听她说："刚才我听庭芝哥哥说，我哥的腿伤，是你救的？原来就是你呀？你太厉害了！也谢谢你苏公子。咱们不但是亲戚，你还救了我哥哥！"贺兰雪的语气诚挚而欢喜。

苏雪至一怔，看向王庭芝，他似乎留意到了贺兰雪在和自己说话，一边跳舞，一边频频扭头张望这边。

“贺小姐客气了，我胡乱缝的……你不用谢。”她应了一句。

贺兰雪摇头：“一定要谢的！你救了我哥哥！就是我有点担心……”她回头，看了眼自己兄长所在的方向，“我就和你一个人说，我哥腿上的伤，其实现在还没完全好，我知道他走路肯定有点疼。他还有咳嗽的老毛病，天一凉，夜里就容易干咳，有时咳得厉害，都不能睡觉。给他看病的德国医生鲁道夫也查不出原因，就让他注意休息、保暖，不要喝酒，也不能抽烟。原本情况已经好了些，这次回来，不知道怎么回事，竟又咳了！医生本来是不同意他现在就来赴任的。他来就来了，你看他，今晚上还喝这么多酒！还抽烟！我看着都要气死了！可是就算我跟他说，他也不会听我的……”

贺家的妹妹大约真的把自己当成亲戚兼兄长的救命恩人了，愁眉苦脸地诉着情况。

苏雪至瞄了眼贺汉渚。

他边上的人，现在已经变成洋人了。

根据贺兰雪的描述，如果排除掉不太像的肺气肿，可以考虑是气道反应性增高，对冷空气有过敏反应，可以试着口服能减轻气道反应的抗敏药物。

不过，她不知道现在有什么药能有类似的功效，再说自己也不是医生，而眼前她不知该如何应对面前这个忧心忡忡的“小表姨”，顿了一顿，含含糊糊地说：“这个……我也不太清楚……”

“苏公子，等下你和我一起帮我劝一下我哥好不好？你救过他，还是学医的，他肯定听你的！”

原来这才是小姑娘的目的。

苏雪至断然拒绝：“贺小姐，我真不行！当时是赶鸭子上架。这回我上学，还是走了你哥哥的后门。”

贺兰雪竟然不信，摇头：“苏公子你别谦虚了！我前些天趁休息去京师探望我哥哥，恰好遇到鲁道夫医生向我哥哥问起你，说那么简陋的条件下，能用普通的针把那么严重的伤口处理成这样，非常了不起。他说缝合之良否，与创伤的预后有莫大关系，要是创缘内有褶皱，或者缝合不整，就会妨碍治愈。鲁道夫说，他自己都有可能做不到那么好。还说你绝对是个外科高手，头脑冷静，考虑周到，不但缝合止血，还想到了伤口感染的可能，缝一针单独打结，利于后面医生处理时拆线引流，不影响整体。他听我哥哥说你很年轻时，很惊奇，说有机会想认识你，和你交流内脏啊，还有血管之类的缝合方法呢。”

“苏公子，你明明这么厉害的！”她看着苏雪至，眼眸闪亮。

“这个……这个……”她倒是愿意和医生交流她所了解的适合不同手术部位的各种缝合方法，但绝不是现在。

对着一脸期待的贺家妹妹，此刻苏雪至忽然有点怀念起表哥，要是换成叶贤齐，肯定张嘴就能说出应付的话。

“怎么了，苏公子你是怕我哥哥吗？”她回头，看了眼自己的兄长。

苏雪至被提醒，忙道：“也不算是怕，就是我跟他说了也没用的。那位德国医生绝对比我有权威吧？他不照样没听？”

贺兰雪应该是认同了她的话，轻轻叹了口气：“你说得也是，算了……我哥哥确实有点固执，不会听人劝……”她再次扭脸，看了眼舞池，“苏公子，认识你很高兴。刚才我看你都是一个人的，不如我请你跳舞？”

苏雪至拒绝：“我不会跳，贺小姐你和别人去跳吧。”

“没关系，我可以教你！很简单的，一学就会！”

贺兰雪很热情，苏雪至却不可能点头，她不适合和人肢体接触，更不想下舞池引来注目：“贺小姐，我真的……”

“小妹，苏少爷可是有名的清高，你能请得动？想跳舞，还是我陪你吧！”身后又传来了王公子的声音。他丢下刚才那个女伴，不知道什么时候又来了。

贺兰雪一愣，迟疑了下。

苏雪至忽然想到一个很好的理由：“对了，庄伯父刚才叫我去找他。你们聊吧，我先去了。”她朝对面的二人微笑点头，转身走了。

这个晚上剩下的时间，她老老实实跟在庄阗申的后头，伯父叔父地叫，脸都要笑僵。终于熬到可以退场，庄阗申带她去寻贺汉渚辞别。

贺汉渚正和几人站在酒店门边说话，等了好一会儿，才等到结束，眼看又有人要上去，庄阗申赶紧快步插了进去，叫了声四爷。

贺汉渚转头，见是他二人，停下来，听庄阗申说要走了，看了眼站他身后的苏雪至，扭脸吩咐豹子：“叫人开我的车，送他们。”

豹子应是，转身要走，又被叫住：“还是你自己送吧。务必送到。”

豹子再次点头，随即对庄阗申和苏雪至道：“二位随我来。”

庄阒申连连推辞："这怎么好意思？我们自己回去就行了！不敢耽误四爷！"

贺汉渚微笑道："不必客气，耽误不了。"

庄阒申再三推辞，终还是推不过去，最后只能接受四爷的特殊礼遇，在周围人艳羡的注目中，带着苏雪至昂首来到汽车旁，等豹子给他打开车门，弯腰钻了进去。

回去的路上，他趁着前头那位四爷的贴身副官专心开车，觑了个空，附到苏雪至耳边，轻声得意道："雪至，今夜收获匪浅，四爷也实是给足了我面子。你放心，往后我会常常带你去的，亲戚关系，必突飞猛进。"

第四章

饭店在天城东南方向的新地租界里，庄阆申的住宅在中心的老城区，而医学校建在城北。照远近顺序，先送庄阆申，再是苏雪至。

学校在河边，不但路远，出城后有段路的两边是大片的乱葬岗，到了晚上，四周黑魆魆的，点点鬼火，看着就有些瘆人。

苏雪至倒不怕坟场和死人，她怕活人。

来这边开学还没几天，她就不止一次地被陆定国提醒，天城鱼龙混杂，治安堪忧。租界有巡警日夜巡逻，但其余地方有大大小小的水会和脚行把持地盘，街头的扒手和混混让人防不胜防，天一黑更是什么都有可能发生。

已经这么迟了，能坐车回，自然省心。

她被送到了学校的大门前，汽车停下来，她正要开门下车，那个豹子已经推门下车快步过来，替她打开了车门："苏少爷您走好。"

刚才他送庄阆申到家的时候，没有下车，现在对自己的态度却不大一样，和之前在船上时相比更是天差地别，自然是因为船上后来发生的那事的缘故。

苏雪至向他道了声谢，下车走了进去。

豹子目送前方的身影消失在校门里，这才开车回去，他没再回饭店，穿过老城区，直接来到了位于法租界一处幽静地段，满是玫瑰的庭院所包围的两层洋楼。

这里就是贺公馆，去年小姐来读女中，为了方便她居住，四爷在距离学校不远的这里置了这座公馆，这座公馆本是前清一个外交大臣的别业，附近居住的都是天城的一些名人。

庭院里亮着灯，门半开着，仿佛刚有汽车出入的样子。门房听见动静，出来见是自家的车，急忙跑来开门，说四爷刚回不久，是王公子开的车，王公子进去坐了一会儿，刚走。

豹子停好车，径直入内。

四爷和小姐果然还坐在客厅里。

“四爷，照您吩咐，已经将人都送到了。”豹子走了上去，说道。

贺汉渚点了点头，从沙发上站了起来，一旁的贺兰雪也立刻站了起来，一把扶住了他的胳膊：“哥，我知道你腿肯定疼，我扶你上楼梯！”

贺汉渚笑了起来，屈指弹了弹妹妹的脑门：“就你机灵？你哪只眼睛看见我疼？早就好了，不用你扶。”说完丢下妹妹，皮靴踩着刻了美丽花纹的柚木楼梯，拾级而上。

“哥哥你讨厌！我都说过多少次了，不许你再弹我脑袋，这样我会笨掉的！”贺兰雪摸了摸被弹得有点疼的脑门，生气地顿脚，追了上去。

贺汉渚已经上了二楼，停在楼梯口，等妹妹追上来，转头说：“哥真的没事，今晚也不早了，你应该累了，回房间休息去吧。”

贺兰雪嘟了嘟嘴：“那好吧，哥哥你也早点休息！”

贺汉渚看着妹妹的身影走进走廊右侧的一个房间里，自己往左，也进了房间。

他一进去，步伐就变得有些凝重，解开军装的衣领，脱下后随手扔在一边，在靠窗的椅子上坐了下去，手掌揉了揉额，拿起桌上的一沓文件，翻了翻。

公馆里做事的吴妈送来一杯水，说道：“贺先生，洗澡水和衣服已经准备好了。”

贺汉渚点头，放下文件，起身进了浴室。再出来时，他已换上睡衣，用雪白的毛巾擦了擦湿漉漉的头发，坐到床边，伸手拉开床头柜的一只抽屉，从里面取出一瓶药水，用棉花蘸着，给腿上的伤口上药。

线早已经拆了，但这条长长的伤疤，看起来依然狰狞而丑陋，疤口缝合处新长出的的淡色皮肉，因这几日的疏忽变得微微肿胀。

他涂了药水，端起床头柜上放着的一杯水，吞了药，转头见吴妈的身影在门口徘徊，便问她是不是有事。

吴妈“哎”了一声，急忙进来说：“贺先生，是这样的，我今天得到了个家里的消息，说我儿子腿摔了，孙子又生病，加上农忙，儿媳一个人怕照应不过来……”

吴妈是本地的，家在几十里外的乡下。

“你回吧，等家里事处理好了再来，多久都没问题。”贺汉渚语气十分温和。

吴妈松了口气，又有些过意不去："实在是对不住您，我这一走，不知道什么时候才回来，公馆里就剩梅香，我担心她做不好事……"

梅香是个小丫头，平日替她打下手的。

她一咬牙："要是先生您不方便，您可以另外请人，不用等我了。"

贺汉渚微笑："没事，你放心回吧。小姐喜欢吃你做的菜。去年我不在这里，你把她照顾得很好。"

他拿起扔在床头柜上的一只皮夹，抽出几张钞票，递了过去："给你孙子买糖吃。"

这间公馆人口简单，除了先生小姐，就吴妈带着梅香，外加门房兼园丁老夏，关键是无论是小姐还是先生，人都很好，说话和气，不像吴妈从前做事的人家，对下人颐指气使的。

吴妈又是感动又是意外，推了一番，终于还是将钱接过，连连鞠躬，退出去前，她忽然想起一件事，喜笑颜开地说："对了贺先生，白天你们不在家的时候，柳小姐打了电话来，问先生您是不是已经到了这边，还问您的身体情况，我说您一切都好。她还和我闲聊了几句，让我转达对小姐的问候。她人真好。"

柳小姐是大学生，在北京的一间大学念秘书，经常趁休息，来这里看望贺小姐。

吴妈说话时，贺汉渚已经回到桌边，再次翻着文件了，放在最上面的，是一张邀请函。

吴妈见他没回头，翻着邀请函，只"唔"了一声，就朝他背影又真心实意地鞠了一躬，退了出去。

过了一会儿，豹子来敲门。

"陈秘书问您，需不需要再推几天？"他看了眼贺汉渚的腿，问道，见一旁的窗户开着，怕夜里冷风进来，便上前去关窗。

贺汉渚丢下邀请函，转过头说："已经让他们等这么多天了，不用再推了，就明天吧。"

推迟了十来天的开学典礼终于举行了。

第二天早上，全校临时停课，医科和药科两个专业共五百多名学生齐聚礼堂。

九点，门外传来动静，负责现场秩序的学生监李鸿郗飞快地奔了进来，示意学生起立鼓掌。

伴着学生们如雷的掌声，今天拨冗莅临参加本校本学年开学典礼的诸位贵宾面带着平易近人的笑容，在校长和教务长的陪同下鱼贯进入礼堂，于主席台落座。

来的人里，除了贺汉渚外，基本也是昨晚在饭店里露过脸的，周市长，姓孙的警察局长，学校直属上司军医司司长曹宪。另外还有两个人，虽然昨夜苏雪至没见过，但从穿着也能判断身份，一个是本市督办廖寿霖，一个是来自教育部的巡检专员宗奉冼。一武一文，一个戎装八字胡，一个长袍布鞋面容清癯，一看就知道谁是谁。

礼堂里的掌声渐渐平息，一行人也各自落座。

看这些人的座次安排，倒也印证了她这些天被动地从陆定国和庄阗申那里陆续听来的各种八卦零碎。

巡检专员宗老先生是留过洋的著名学者，社会名望很高，总统都奉其为座上宾。他受聘入教育部执事，但据说他脾气古怪，十分清高，不喜武夫，批评误国，昨夜大饭店的欢迎仪式，他也没去。而他今天坐在了中间最尊贵的位置。

他的左手边是新上任的卫戍司令贺汉渚，右手边是廖寿霖。

昨夜回去路上，庄阗申告诉她，据说廖寿霖昨夜身体恰好不适，所以缺席欢迎酒会。

这两个人，往后将是天城的两尊大佛。

贺汉渚身边是周市长——周市长看似人畜无害，却说不定什么时候就暗地戳人一刀。

廖寿霖边上坐着警察局的孙局长。据说这位局长从前和廖寿霖也不大对付，但现在，头上突然多了一个司令部，二人的关系就难说了。

孙局长看似粗人一个，但能坐上拱卫京师的警察局长之位，自然不是等闲之辈。传说他早年出身帮派，后来又有了军方关系，背景复杂。

校长介绍完众人，请专员发言。

宗老先生引经据典，字字珠玑，勉励大家医者仁心，勤奋钻研，树立理想，坚定信仰，做智仁勇的青年，日后成为医药建国的高等人才。

第二个发言的是谁，就有点微妙了。

从职务和等级来说，廖寿霖曾受封将军头衔，年龄也大，贺汉渚却不过二十多岁，军衔也只是上校。

但卫戍司令部直属总统府，地位凌驾于地方督办府之上。

所以，按理说这两人谁先讲话都没问题，但这顺序就很微妙了。

宗老先生发言完，看了眼自己左右两边。

校方装睡，不出声。

短暂静默后，贺汉渚先开了口，含笑请廖寿霖发言。廖寿霖忙摆手推脱。

贺汉渚再笑请，廖寿霖再笑推。

如此三番，还没定下来第二个发言的人，看得台下的苏雪至焦躁不已，心里直翻白眼，这帮人能坐到主席台上，论装腔作势的本事果然不是一般人能比拟的，有这工夫，她都能背下几个德语单词了。

终于，在宗老先生的主持下，好不容易才确定了今天的第二个上台发言的人。

宗先生说："新民国需新气象，后生更该当仁不让。"

老先生一锤定音，廖寿霖神色好似有些勉强，却哈哈笑着附和："专员说得极是！"

贺司令言简意赅，说他来之前，特意调阅了统计局的统计数据。

当前欧日等国，平均每一千市民配有医士一名。我国四万万民众，以此标准，当有医士四十万，而实际上，全国持有注册执照的正式医士却总共不到一千人，差距巨大，也更凸显在座各位学子的重要。将来学成，既可以服务军队，也可以服务民众，同样肩负医学推广普及的薪火之责。

他最后说，只要自己在任一天，医学院将来无论有何困难，尽管去找，他必鼎力相助。

这段发言不但获得学生的热烈响应，苏雪至也觉耳目一新。

本以为他会讲一番套话——领导发言都这样的，苏雪至早习惯了，没想到他还挺有内容的，看起来，他秘书处的工作做得确实可以。

果然，等轮到第三位廖督办发言，说的话就成了泛泛之谈。无非是重复了一遍宗老先生的调子，最后也说定会全力襄助医学院的发展。

三位大佬讲完，再由军医学院的顶头上司曹司长讲几句，校长最后代表校方感谢诸位贵宾的莅临，礼堂活动就告一段落了。

按照进度，下面是邀请贵宾去参观解剖标本室。

这其实才是校方今天最重视的一个环节，校方请了记者拍照，预备发表在报纸上，目的是向社会大众普及医学解剖的常识，消除大众恐惧、抵触甚至诋毁的心理。

标本教学室空间有限，校方只选了本科班和研究科班的一些学生代表陪同，选中的学生自然都是课业优秀的佼佼者。

苏雪至所在的本科班，因开学不久，还没举行测考，按照入学考试成绩，取了高平生等五六人陪同。没有陆定国，自然更轮不到苏雪至了。

陆定国看着高平生等人跟随而去，等周围的其余学生渐渐散去，边上没人，对苏雪至说："其实也没什么，跟了一趟，就算最后得以合影留念，又能怎样？我是不在乎这些虚的，请我，我也不去……"

话音未落，见学生监李鸿郗走来，冲着身旁的苏雪至招了招手。

苏雪至莫名上前，竟是被李鸿郗吩咐同行。她一愣，忙摇头推脱："我成绩不够格，不方便同行。"

李鸿郗说："你初来，更应当多学习。这就是个很好的学习机会。必须去！"顿了一顿，又低声叮嘱，"你跟在同学后面便可，不必开口说话。"

苏雪至回头看了眼目瞪口呆的陆定国，朝他抱歉地点了点头，只好跟了上去，她在门口穿上白大褂，进了标本室。

标本室的架子上陈列着瓶瓶罐罐，各种泡在福尔马林里的人体器官清晰可见，其中有一具人体骨架，还有一个医学界人士带头捐献的由自己的夭折婴儿解剖后制成的完整标本。

苏雪至向标本躬身，抬起头，恰见已在前面的那位表舅看了眼自己。

她垂目，跟了上去，默默走在最后。

看得出来，诸位在场的大人们，包括贺司令在内，哪怕平日杀人如麻也面不改色，此刻却全都感到不适，却仍要强忍，一路保持微笑参观，接受拍照。

苏雪至很快发现，专员宗老先生和这些人不大一样。

老先生参观仔细，频频停下发问，最后和学生提起了自己当年的旧学业。

原来他当初也曾学医，后来是中途改业。

老先生感慨，就在数年之前，人体医学解剖还被视为犯法，被严厉禁止，医学校只能用狗尸代替，好在如今，在众多有识之士的呼吁和推进下，政府终于颁布了旨在保护以医学研究为目的解剖条例，可谓一重大进步。这也是他当初接受聘任到教育部任职的条件之一。

苏雪至不由得由衷敬佩，她望着老先生，跟随周围的人一道用力地鼓掌，拍得手心都有点疼了。

本来她还觉得，被学生监强行叫进来，很是别扭。

现在却觉得运气好，能近距离目睹当代大师学者的风范，聆听教诲，十分荣幸，更是幸运。

宗老再次勉励在场学生，务必珍惜机会，刻苦向学。一时兴起，还笑说，就在前些时日，他还在旧书箱里翻到了当年自己在笔记本上绘的人体主动脉和静脉分布图，想起年轻时熬夜背诵动脉静脉表的一幕，十分怀念青春时光。

教务长便笑着上来凑趣，请他现场给学生演示一番。

宗老笑着摆手："不是谦虚，是真不行了，忘得七七八八。不过……"他环顾了一圈面前的学生，"我倒是希望你们给我露一手。谁愿意做我的老师，来画一幅，我再重温一下当年的学生时光。"

中国人讲究内敛，凡事不显山露水，也不宜主动展示才艺，须靠别人的一番推动，方可出列献技。

宗老说完，学生当中，即便是自信能画出一幅好图的，也没有立刻就毛遂自荐，而是看着别人，笑着低声相互推举。

几个和苏雪至同班的学生不约而同地将目光落到了她的身上。

今天这样的机会，原本只属于成绩优秀者所有。这个姓苏的少爷，靠家里和军医司司长曹宪的关系，仗着有几个钱，几乎免考入学、住好宿舍就算了，现在居然又跟他们一样，获得了这样难得的殊荣。

不趁这机会折辱他一番，更待何时。

几人相互使了眼色，不动声色地退到了苏雪至的身后。

苏雪至一下就从不起眼的末尾，变成了立于前列。

苏雪至自小扮作男子，气质自然比寻常的女孩多了几分英气。女孩底子的天生秀色，加上少年的英气，本就令苏雪至看起来和身边的男学生不大一样，颇是惹眼，何况现在前面无人遮挡。

宗老一时兴起发话，无人自荐，也知学生们羞于展示自己，笑看了一圈，一下就留意到了苏雪至，他眼前一亮，于是笑着鼓励："你叫什么名字？要么你来一试？"

苏雪至糊里糊涂，还没明白过来怎么突然自己前头没了人，就听见宗老的邀约，见他含笑望着自己，标本室里的人也全都看了过来。

她下意识地扭头，见那几个刚才在自己前面的同学已经到了后面，看着自己的神色里带了几分挑衅，这才从茫茫然里回过了神。

在场的几名校方高层，谁也没想到会出现这样的一幕。

这个插班生，怎么会出现在这里？

和校长忍不住皱眉，掩不住不悦之色。

教务长更是紧张。人体血液循环的主动脉和静脉图，说不上十分困难，但想完全画清楚，画得美观，若没有基础，并不是件容易的事。他不信曹司长介绍过来的这个插班生能画得清楚，更不用说美观了。毕竟，他之前在省立医校的成绩单就摆在那里。

在场的学生都是本校的优秀学子，而宗老挑出来的这位，却画不出来，当着这么多贵宾乃至记者的面，这让学校的脸往哪儿搁？而且，这不是直接打曹司长的脸吗？

教务长忍不住盯向学生监李鸿郗，心里埋怨他拍马屁拍过了头，这下看他怎么收场。

李鸿郗也没想到事情会变成这样，吓了一大跳。

因这名学生是曹司长介绍来的，而曹司长人就在这里，李鸿郗想让司长知道，自己确实有在关照这个学生，所以才想让他露个脸。

李鸿郗可没想到，巡检专员会和学生来这么一场对话，现在还注意到了苏家少爷，让他出列画图。

这要是画不出来，这个苏少爷当场丢脸不说，学校也跟着丢脸，而且最要命的，曹司长岂不是要怪自己？

李鸿郗看了眼曹司长，见他不知为何正望向一旁的贺司令，神色看着有些紧张。

他懊悔不已，也没空暇多想，正想上去先打断，这时，同行的教员傅明城先开口了：“宗老，他姓苏，是本学期从下面的省立医校刚插班进来的，年纪最小，胆子也小，平日都不大说话，且有些课目的进度可能也要落后些。不如另叫一位……”傅明城看向高平生，“不如让这位同学试一试。”

宗老却笑着点头：“不错不错，年纪这么小，将来大有可为。我看他眼光就很灵。不要紧张，尽管大胆来，画错也没关系，正好当堂纠正，共同学习。”说完，他从怀里取出一支水笔，鼓励说道，“这支笔不算贵重，是我平日写文章用的，送你，权当今日的纪念。”

李鸿郗还想和傅明城一起劝阻，却见刚才一直定在那里的苏家少爷忽然点了点头，随即走到一面黑板前，拿起红蓝两支粉笔，一手一支，画好心脏后，以心脏为中心，开始画脉管，右手动脉，左手辅以静脉，一气呵成，没有任何修改，一幅工整犹如教科书般完美而准确的人体血液循环主动脉和主静脉及重要分支图就出现在了黑板上。

苏雪至将名称也一一列在旁，工工整整，一笔一笔写完，然后放下粉笔，朝宗老先生鞠了一躬，站到一边。

那几名学生呆住了。他们原本的意图，是等这个苏家少爷出了丑，自认无能，再推举第一名的高平生上去，为学校挽回颜面。谁能想到，他竟能画出来？不但画了出来，还画得如此详尽美观，且还是双手同时工作。就算是学业第一的高平生，自认也做不到如此的程度。

可称是惊艳。

校长有些惊讶，看了看黑板上的图，再看了眼默默站着的这个学生，皱起来的眉，终于舒展了些。

教务长和学生监更是喜笑颜开，立刻带头鼓掌。

“不错！不错！功力不浅！”宗老走到黑板前，欣赏片刻，十分欣喜，将自己的水笔递了过去。

苏雪至在许多双艳羡而不解的目光注视中双手接过水笔，随即躬身，恭敬地道谢。

“年纪轻轻，孺子可期！”宗老连声称赞，在参观结束拍照留念时，还提议选这幅手绘图为照片背景。

苏雪至就站在宗老的身边，拍了合照。

一行人从标本室出来，今天的开学典礼，也就临近尾声了。

曹司长寻了个机会，上来奉承贺汉渚：“四爷，您的外甥儿，不但一表人才，还满腹才学，堪称人中龙凤。”

“有句老话怎么说的？外甥随舅！”

贺汉渚听着曹宪的满口奉承，望了眼前头不远之外的苏家儿子，见医学校里那个姓傅的年轻讲师走到他边上，好像是在夸他。

他一边脱着白大褂，一边和这讲师说话。因这讲师个子高，他的头就略仰起，侧颜颇是俊秀。难怪在船上的时候，庭芝说他适合扮女子，非逼他跟着学戏唱旦不可。

当时贺汉渚已知道这姓苏的少年恰就是早年对自家人施过恩惠的叶老爷外甥，见庭芝实在胡闹得厉害，于是出声阻止了。

贺汉渚的视线无意落下些，掠过了苏家儿子上仰的脖颈，心里忽然涌出一阵怪异之感，略略一顿，再看过去，苏家儿子已低头，抬手整了整衣领，将脱下的白大褂挂了回去，随即加入了预备欢送贵宾离校的学生队伍，神色严肃而冷淡。

他心里生出的那种怪异感也就随之而去了，他觉得自己大约是被庭芝给影响了，竟想多了。

“烟桥，晚上有没有空，赏脸，容我做个东，喝酒去。我的好些兄弟都想叫你一声司令！”孙孟先笑哈哈地走了过来，开口邀约。

他话音未落，忽然听到身后传来一阵大呼小叫：“局长，孙局长！不好了，出大事了！”

孙孟先扭头，见是手下一名叫姚能的警署区长正急匆匆地往这边赶，跑到面前，一副气都要喘不过来的样子，嫌在贺汉渚面前丢脸，皱眉：“什么大事？能有什么大事？就算天塌下来，也砸不到你！”

“局长，真出事了！罗家帮的罗金虎死了，说是四方会的人毒死的。我刚得到消息，罗家帮纠集了数百人，抄着家伙，这会儿正往四方会去寻仇！”

“什么？罗金虎死了？我前几天还看见他了！”孙孟先大吃一惊。

罗家帮的罗金虎和四方会的陈铁佛，是天城老城区的两大地头蛇，多年来为争夺地盘，纷争不断。陈铁佛现在年纪大了，身体出了问题，把事情交给了干儿子陈英。那个陈英据说年轻能干，颇得人心。

四方会的地盘在老城区的城隍庙附近，是中心地带，万一真相互打杀起来，局面失控，绝不是一件小事。

孙孟先立刻扭头，对着贺汉渚做了个赔罪的动作，说下次再请客，转身匆匆走了，一口气赶回到中心警局，终于得到一个算是好的消息，说罗家胡同的人暂时被四方会请来的中间人给压住，两边只伤了几个人，没出大事，现在已经退了回去，但罗家帮放下话，说一命偿一命，要四方会交出凶手陈英，要不然绝不善罢甘休。

孙孟先听说没出大事，松了口气，继而皱眉：“到底怎么回事？”

一名参与了整个事件的队官向他禀述经过。

七天前，四方会的陈英主动向罗金虎示好，说想和他解决长久以来争执不下的地盘相接问题，以化解嫌隙，请了中间人出面，在天城著名的老饭馆天霄楼做东，宴请罗金虎。

罗金虎当时倍觉有面子，就去了。据说，当时两边人也谈得很好，陈英那边适当做了些让步，谁也没有想到，罗金虎得意地回来后，当天晚上，人就开始呕吐昏迷，大小失禁，抢治了六七天，用尽各种方法，本城传统中医、洋人西医，最后连跳大神都请上了，也是没用。

就在昨晚，罗金虎口吐血水死了。

罗金虎原本人好好的，就因为赴宴归来，如此一命归西，罗家帮的人怎肯善罢甘休？

“局长，现在怎么办？罗家帮认定就是四方会下的毒，四方会不承认。现在两边都上了家伙，这要真闹出事，可不是小动静。报纸舆论对您施压还在其次，万一惊动了京师那边……”

这件事怎么处置，实在棘手，两边都不是能听凭警察控制的主。

姚能的神色显得很是担忧。

孙孟先起先也是眉头紧皱，忽然目光微动，抬手，指了指头顶：“不是已经有人来帮忙了吗？”

姚能起先不解，忽然顿悟：“局长，您是说……那位？”

“对，就是那位。司令部主地方警备，主治安，他不管，谁管？咱们听凭差遣就是了。”

姚能点头，奉承道：“还是局长英明。只是，咱们这边要是全撒手不管，也说不过去……”不等孙孟先开口，他自己先道，“局长，有了！前些天下面不是新招了一批生蛋子？派几个过去，充个数。”

孙孟先鼻孔里“嗯”了一声：“贺司令一来本城，就收到了如此一份大礼，想必很是欣喜。”

出了这样的意外，贺汉渚很快也离开学校，回了他在天城的办公场所。

卫戍司令部的位置选在老城区的最东面，隔一条河，河对面就是租界。这里距天城警察总局也不远，两处机关背对，中间隔了几条街。

下午三点，贺汉渚坐在位于二楼的司令办公室里，给他写了今早发言稿的秘书处处长陈天雄向他汇报着目前为止所知的关于罗金虎案的一些详细情况。

六天前，在罗金虎出现中毒症状的第二天，罗家帮的罗老二盛怒之下，带人去把天霄楼给砸了，掌柜被打伤。

前一晚同席的所有人，包括那位在中间搭线的雕爷，全部没有出现大的身体异样。

“不过，据说这些人获悉罗金虎中毒，当夜就立刻集体跑去西医院洗过胃，所以，也不排除和食物完全无关。”

“当晚回去后，那个罗金虎有没吃过别的东西？”

“他女人说当晚他回来时，人已经醉得差不多了，喝了几口水，直接就睡下了。”

“尸体现在还停着？”

“是。罗家帮认定是毒杀，扬言要拿到陈英人头后才发丧。”

“警察局那边现在干什么？”

“听说往两边各派了几个巡警，正在进一步调查具体情况。别的，暂时还没什么动静。”

陈天雄说完，见贺汉渚不置可否，没再说话，也不知道他在想什么，就又说：“司令您放心，虽然这事看起来棘手，搞不好影响也会很大，但孙局长在天城多年，应该能够……”

他话还没说完，就听到外头司令部大门的方向隐隐传来一阵嘈杂声，急忙走到窗边查看。

“司令，你来看！来了很多人……”他扭过脸，“好像是罗家帮的，头上都系着白布！这些人不去警察局，来这里想干什么？”

贺汉渚没起身，只从抽屉里摸出一支烟，在边上找到打火机，低头，点着了烟。

很快，豹子也上来了，敲门入内，说罗家帮的人一身孝服地跑来这里喊冤，起先还想冲进来，被执法处的人拿枪指着后，老实了下来，但还是不走，依然围着大门，称警察局包庇四方会，把陈英保护了起来，请求贺司令做主，为罗老大申冤。

贺汉渚踱到窗边，向外看去。

至少上百人，白衣孝巾，堵在司令部的大门外，对着门口一排执法处士兵手里端着的钢枪，神色悲愤。这一幕自然引来路人围观。看客不敢靠近大门，就挤在司令部马路的对面，人越来越多，里三层外三层，议论纷纷，热闹得就和菜市场差不多了。

司令才来这里第一天，就遇到这样的事，场面未免也太难看了些。

豹子神色渐渐发狠：“全是不见棺材不落泪的主！我去把带头的抓起来！”

贺汉渚说：“急什么，这才开始。”

果然，过了一会儿，从马路那头又涌来了一帮穿青衣的人，也是个个神情悲愤，他们高声呐喊，说陈小爷无辜，罗家帮自己死了人，凭空讹诈，警察局和罗家帮一个鼻孔出气，抓走了陈小爷，要求司令部彻查，还陈小爷和四方会一个清白。

两拨人相遇，在大门外彼此怒目相对，很快就起了冲突，见了血。

“司令！”豹子不住地看贺汉渚。

“该孙局长登场了。”贺汉渚不紧不慢地说。

话音才刚落下，就见街上果然又来了一拨人，孙孟先带着一队巡警冲了过来，他满脸怒容，厉声叱骂：“你们当这是什么地方？在我局子里闹就算了，我看你们是吃了熊心豹子胆，竟还敢来司令部闹事？我话先放这里，谁要是惹到了贺司令，别怪我不给面子，统统抓起来！”

两边的人终于不甘不愿地停了手，各自后退了几步，司令部的大门前，现出了一条道。

孙孟先举目，眺了眼门内的那幢楼，喝令手下看着两边的人，自己匆匆入内。

伴着一阵噔噔的皮鞋蹬踩楼梯声，孙孟先很快上了二楼，一看见贺汉渚，忙着赔罪：“我来迟了！叫那帮子人扰了你的清静，是我失职，你千万担待！我也是万万没想到，你刚来，竟就出了这样的乱子！这叫我怎么向你交代？怪我无能啊！”

他一副痛心疾首的模样。

贺汉渚似笑非笑地看了他一眼，又坐到了桌后：“自己人，有什么可交代的？要不是局长及时赶到，我这边恐怕已经失陷了。说起来，我司令部上上下下，该感谢局长才对。”

孙孟先干笑：“取笑了，取笑了……我过来呢，是想向你汇报罗金虎一案的进度，那个四方会的陈英有嫌疑，同时，也是出于人身保护的目的，我把他叫去问了下，他坚持说没投毒。无凭无据，我不能因为苦主的几句话就定人罪；放了吧，他又确实有嫌疑。现在我是两头挨骂……”他一脸的为难，但很快又转为毅色，“不过，司令你放心，这个案子是我分内之责，我必竭尽全力，尽快查明真相！要是这帮人不知好歹，再敢来司令你这里闹事，司令只需打个招呼，我立刻派人，来一个抓一个，来一对抓一双，绝不容许秩序败坏，干扰司令！”

贺汉渚淡淡道：“有劳局长。”他说完，捻灭烟，往后一靠。

孙孟先立刻说：“那就不打扰司令了，我先告退。”

等他走了，贺汉渚起身，再次来到窗前，低头看着孙孟先带着巡警，驱散聚在门外的人。

“四爷，这个姓孙的故意抓人，态度又模棱两可，罗家帮以为他保护四方会，四方会的又认定他偏向罗家帮，嘴里说尽快，只怕在鬼扯，是想拖延时间，把火烧到司令部这边，给四爷您一个下马威吧？”豹子语气带着不忿。

贺汉渚没开腔，凝神沉思之际，一个副官敲门，说四方会的老会长陈铁佛来了，恳请求见司令，望司令拨冗赐见。

陈铁佛年轻时是天城数一数二的强人，如今年迈，衰病缠身，跟前只有一个义子陈英，于是他就将地盘和会长位子传给了陈英，自己洗手退隐，这两年已不露脸了。

贺汉渚坐了回去：“带进来。”

陈铁佛至今还留辫头，瘦辫稀疏，他进来后，二话没说，循了前清的礼节，立刻就磕头伏地。

贺汉渚没动，看了眼豹子。

豹子上去将人托起，陈铁佛不起，坚持磕头，说今天知道得晚了，来不及阻止手下的人，他这是要给外头那些来闹过事的儿孙请罪，请司令大人不记小人过。又说他已发话，往后四方会的人绝不敢再来司令部这里滋扰了。

贺汉渚的神色缓和了下来，这回亲自起身来扶。

陈铁佛依然不起：“老朽厚着面皮求见司令，除了要替外头那些不懂事的儿孙赔罪，也为义子陈英鸣冤。他这次宴请罗金虎，绝没有毒杀的意图。”

三教九流，各有行规。脚行的不同帮会也各有地盘，不能随意越界。

这些年，作为天城最大的两大脚行，四方会和罗家帮为地盘之争，相互之间常有争斗，有争斗也就免不了伤亡。死了的也就死了，剩下妻子儿女却是无依无靠，以泪洗面。

陈铁佛说，他在道上混了一辈子，无儿无女，时局变天，他也早看开了，没了从前的争强好胜，陈英想化干戈为玉帛，他便同意了。陈英打算将状元码头的生意让给对方，往后井水不犯河水，只求个安稳，这就是七天前那场天霄楼宴会的初衷和唯一的目的。

“万万没有想到，罗金虎回去后竟中毒身死，这件事，我们这边也是哑巴吃黄连，有苦说不出。现在人人都说是陈英下的毒，他百口莫辩，人也被警察局抓走了。我想来想去，想到了司令您，只能来求见司令，为他申冤。只要他能没事，老朽甘愿代死！”说完，陈铁佛又郑重叩首。

陈铁佛走后，贺汉渚独坐片刻，让人去把军医张志恭叫来。

卫戍司令部下设军医处，但还没处长，暂时只有张志恭一个人。他早年就读于前清开办的医学堂。司令传，张志恭就匆忙过来，当听到司令问他会不会尸检，他慌忙摆手：“司令，这个我真不会，我也没做过，我怕误事！您要是需要，可以从警察局那里调人。那边有专门的仵作！”

贺汉渚拂了拂手。

当天，军医学校接到了一个任务，派遣精通解剖的人去做尸检。

不久前颁布的《解剖条例》明文规定：“警官及检察官对于尸体，非解剖不能确知其致命之由者，得指派医生执行”。

所以上头让军医学校出人，没毛病。

问题是，学校里主病理解剖教学同时也兼在附属医院执业的几个人，没人愿意接活。

现在虽然有了“法医”这个新词，但法医等同仵作的这种观念依然根深蒂固。包括军医学校在内的一些医学校，高年级虽也开设法医的相关课程，但限于目前这门学科整体发展水平、内容基础，教学一般只涉及器械损伤鉴定、生前死后损伤鉴定、中毒鉴定以及血痕、毛发鉴定等内容。其余的，全看医师自己的水平和摸索。而且，即便是毕了业的学生，也很少有人愿意继续从事这种工作。环境差，待遇低，不被社会尊重和理解，这就是现状。

人是卫戍司令部要的，教务长不敢不当回事，正要强行指定，傅明城主动开口，说他愿意去。

教务长大喜，勉励了一番，说车在外头等着了，让他立刻过去。

人是昨晚死的，越早尸检越好。傅明城接下事后，不敢耽搁，点了几名学生同行，除了做助手，也兼作现场教学。

他特意把苏雪至也叫上了。

早上的事，令他很是惊喜。当时出来后，还特意鼓励称赞了她一番。现在见她来了，解释：“苏雪至，你不要有任何的心理负担。在国外，由医生解剖尸体探查死亡原因的历史由来已久。这对你来说，也是一个很好的锻炼和实践机会。等下到了那边，你协助做记录。”

苏雪至自然不会有任何的抵触，于是跟上同行。

司令部派了车，车上的负责人自称是军医处的人，姓张。

罗家胡同位于老城区的热闹地带，住在附近的居民听说司令部派了人来验尸，一传十十传百，全都跑来看热闹，把罗家所在的那条街给堵得水泄不通，当看到车里下来几人，应该就是执行验尸的人，“呼啦”一下，自动分出了一条路。

罗家是座二进的四合院，门前挂着白幡，一帮人头上系着白带，正坐在院子里哭丧。

罗金虎的兄弟罗老二已经得到消息，司令部要派人来验尸，同意了。刚才警察局那边也派了几个人，来协助司令部。

罗老二听说验尸的人到了，便出来迎，将众人带进了灵堂，说那几个警察局的人已经到了，就在里头了。

苏雪至抬起眼，视线就定住了，她差点以为自己眼花了。

居然让她看见了自己的表哥叶贤齐?

他穿着巡警的衣服，双手背后，正绕着棺材晃来晃去，一副很感兴趣的样子。

就在这个时候，他也抬起头，看到了跟着傅明城进来的苏雪至。

表兄妹四目相对，刹那间，两人都是一副吓傻了的表情。

还没等苏雪至反应过来，叶贤齐飞快地朝她冲来，不由分说，将她拖了出去，拽到了院子的角落里。

“雪至，你怎么会来这里？”

“这该我问你！你怎么在这里？”苏雪至已经有点回过味来了，一把甩开他拽着自己的胳膊，冷脸问道。

叶贤齐干笑：“这个……这个……我不是不放心你一个人在这里，所以毅然决定推迟学业……”

“滚蛋！你就混吧，看你能骗舅舅骗到什么时候。”苏雪至骂了一句，转身要走，被叶贤齐拉住了。

“唉，你别生气，算了，我跟你说实话吧，去年我就被开除了！我哪敢回家啊，回来后，就在外头晃。之前不是送你来这里了吗，我看这边还挺好，我就不走了。正好前些天看见警察局招人，我就去考。就凭我，通外语，学历高，自然一考而过，我就干了这个。”

他挺起胸膛：“惩恶扬善，匡扶正义！雪至，这才是我叶贤齐应当终身追求的事业！”

苏雪至冷冷地盯着他：“你干了什么好事，为什么被开除了？”

叶贤齐“呸”了一声：“一个小日本嘲笑我们甲午战败，我气不过，打断了他两个门牙，学校要我公开赔礼，我不干，就被开除了。开除就开除，谁稀罕，我就回来了！”

这时，灵堂的方向传来一阵吵闹声，好像是出了什么事，苏雪至一时也顾不得叶贤齐了，转身奔进去，就见傅明城和学生被罗老二带着一帮人给围住，罗家的徒子徒孙纷纷从外头涌进来，一脸的愤怒。

原来，这些人起初以为验尸只是像从前那样，检看一下外观，直到他们看到傅明城取出器械，这才知道要开膛剖腹，于是他们不干了，闹了起来。

“你们就是在偏袒四方会！想让我大哥不得安生！你们要是敢动他一根毫毛，我和你们没完！”罗老二控诉完，他身后那些徒子徒孙就涌了过来，对着傅明城和他边上的几个学生推推搡搡，去夺他们手里的东西。

“还有这个！这里还有一个！”有人看见了刚进来的苏雪至，嚷了一声，冲了过来。

叶贤齐赶紧跳到表妹面前，大喊：“警察！看你们谁敢动他，全抓了！”

那个人一顿。

“兄弟们！听说陈铁佛今天去了司令部。我看那个贺司令也不是什么好鸟，就是收了好处对付我们！别信他们了！这就去和四方会的拼了，替大哥报仇！”罗老二双眼通红，大吼一声，操起一把雪亮的砍刀，振臂高呼，顿时群情涌动，里头的人全都跟着抄起家伙，气势汹汹往外涌去。

“快跑！”叶贤齐吓了一大跳，拉着苏雪至，撒腿就跑。

就在这时，外面突然传来一声枪响，顿时镇住了所有的人。

苏雪至身不由己，已被表哥给推到了院子角落里，藏在一只大水缸后，听到枪声，她扭头看去，见贺汉渚身边的那个豹子带着一队士兵从门外冲了进来，喝道：“贺司令到。”

一个穿着军装的男人现身，从四合院的大门里跨入，在无数道目光的注视之下，径直穿过院子，走进灵堂。

来人正是新到任的本城卫戍司令部司令贺汉渚。

贺汉渚停在灵堂门槛前，站定，没立刻说话，只将两道目光投向罗老二，他看起来并不冷厉，但周身隐然透出的那种压迫之感，却如同整个世界都要听从他发号施令一般。

“这是要去哪儿？”他问。

罗老二不敢造次，僵在了原地，见贺汉渚的目光落在自己的手里，慢慢放下砍刀：“贺司令大驾光临，有何指教？”

贺汉渚看了眼停在灵堂中间的那口棺材：“不是答应验尸了吗？”

罗老二看了眼傅明城：“贺司令，不是我们出尔反尔，只是，这种验尸法子，不行！”

傅明城刚才为了保护带过来的工作箱被逼得退到了角落，现在围着他抢东西的人散开，他立刻走过来说：“二当家，以前官府的验尸法子只看表层，没法查清真相。你们不是说罗老大是被毒死的吗，毒物种类繁多，我需要彻底检验才能查明原因，确认罗老大真正的死因是不是中毒，如果是中毒，又是中了何种毒物。”

罗老二断然拒绝：“不行！老大被陈英毒杀，本就死不瞑目，我不会再让他受这样的不敬对待！”

傅明城无奈，看向贺汉渚。

贺汉渚眉头微蹙。

苏雪至挣脱开叶贤齐紧握的手，从藏身的水缸后出来，说："二当家，西洋国的诸多皇帝，如法兰西拿破仑一世，路易十三世、十七世，俄国亚历山大三世，法国加儿九世，还有德国威廉三世等，生前何等荣耀尊贵，但死后无一例外，全部接受了解剖验症。你们老大也是这样。傅先生今天带我们来，不是存心冒犯，恰恰相反，这是为了替他申冤。"

院子里的人面露诧异，纷纷低声议论："真的假的？西洋国的皇帝也这样啊？"

傅明城眼睛一亮，朝她赞许地点了点头，随即道："我以人格担保，他说的，千真万确！"

贺汉渚扭过脸，瞥了眼从大水缸后走出来的苏家儿子。

罗老二仿佛有些被说动了，在他迟疑间，苏雪至听到灵堂里传出一道拉长的哭声，一个全身孝衣的女人从门里飞奔而出，趴到棺材上，哀哀痛哭："哎哟我的亲夫嗳，可怜你被人毒杀，无处申冤不说，死了还不得安宁，他们要你挨刀子，你这是作了什么孽啊！"

女人还颇年轻，有几分姿色，一把鼻涕一把泪地死死抱着棺材不放，老妈子和丫头跟出来劝也劝不动，灵堂里哭声不断。

罗老二一咬牙："贺司令，对不住了，人死为大，不能动刀！"

贺汉渚面无表情，做了个手势，身后的执法士兵立刻上来，架着罗老二就往外去。

罗老二大吃一惊，奋力挣扎："这是干什么，我犯了什么事？凭什么抓我？"

罗家帮的人也激动了起来，又围了上来。

贺汉渚冷冷道："那天晚上一起吃喝的人，除了罗老大没人出事，你们平白砸了饭店不说，把掌柜也打成重伤，现在人还躺在医院。伤及无辜，你们全当没事吗？"

罗老二喊道："饭店有没有串通，现在还不好说！"

"所以我问你们，到底验不验？"贺汉渚猛地喝了一声，目光陡然严厉，他扫视了一圈面前的人，"不止罗老二，那天去闹过事，打过人的，一个也别想跑！"

灵堂里顿时安静了下来，那个女人也停止了哭，张着嘴，一动不动。

士兵放开罗老二，罗老二叫了几个人，围在一起，低声商量了一会儿，又过去和那个女人说了几句话，女人抹着眼睛，嘴里嘟囔着“尸骨未寒，人心就变”，哭哭啼啼地进去了。

尸检终于得以进行了。

傅明城让罗老二驱散无关之人，他拉起一道布帘子，和学生一起穿上防护服，戴了口罩和手套，取出工具，预备工作。

他们将尸体从棺材里被抬了出来，除去衣物，平放在一张长板上。

死者的死亡时间不长，外观与生前基本相同。

傅明城主刀，一个学生协助，苏雪至和另外一人负责做记录。

贺汉渚坐在外面，在罗老二等人的陪同下，喝茶等着结果。

傅明城鼓励学生不要紧张，随后让苏雪至记录下被检查者的姓名、年龄、职业、住址和鉴定事由，接着检查外观，描述尸斑和尸体的硬化程度，皆符合昨夜至今死亡时间不足二十四小时的特征。

死者已被清洁过身体，但因为死亡时间还不久，所以很多死前的第一特征都还得以保留。

苏雪至照着傅明城的观察口述，一一记录。

他描述得很是详尽，检查五官，发现了眼底分布的血斑，他认为是死前所留。

傅明城随即开始了正式的解剖，先检查死者胸肺。

肺泡内有水肿及残留淡红色的泡沫样痰液，符合此前所说的咳血水而死的症状。

傅明城随后又开始检查死者的胃部。

死者赴宴回来后，就出现了“中毒”症状，拖了六七天死去，现在胃里剩少量的残余食物，还有一些疑似是中药液的黑色液体。

傅明城连同凝固的血块一起取样，当即在现场用带来的试剂和显微镜检查毒性，苏雪至他们协助。

一个小时后，那道神秘的帘子掀开。

等得焦急不已的罗老二冲了上去：“怎么样？我大哥是被毒死的吧？”

他的身后，罗家帮的人同样一脸期待。

傅明城摇了摇头，接过苏雪至手里的检查记录，说：“经过检查，死者体内没有任何毒物残留。因此可以判定，罗老大是死于急性左心衰竭引发的一系列反应，解剖可见血管扩张，肺血增多，所以后期才会咳出泡沫状血水。另外，你们说的口唇发绀等现象，看似中毒，其实只是这种病的症状而已。”

“什么！你胡说八道！”罗老二勃然大怒，上去一把夺过记录，翻了翻，啪地扔到地上，“我不信！”

罗家帮的人更是又失望又愤怒，冲上去就要砸设备。

学校显微镜紧缺，学生上课，现在只能多人共用一台。

傅明城急忙去护，他的右侧胳遭了重重一击，他闷哼了一声。

“住手！”豹子大喝一声，带着几个士兵上前，将打砸的人迅速制服。

苏雪至见傅明城脸色有点发白，那只被打到的右胳膊僵着，她忙上去问：“傅先生，你怎么样？”

傅明城起先说没事，接着动了动胳膊，微微“嘶”了一声，一顿。

苏雪至怀疑他可能骨裂了，低声提醒：“傅先生您等下还是去医院吧，照下X光机，放心些。”

傅明城点头：“行，我去看看……”

“傅先生！”两人正低声说着话，一个声音响了起来。

苏雪至转头，见是贺汉渚走了过来。

“那就是说，你这里可以出具正式的检验结果了？”他望着傅明城，问道。

傅明城说：“是，我可以百分百确定罗老大的死因不是中毒。再整理一下，我就可以签名。”

贺汉渚点头：“出来后，你直接把报告交给警察局！”

也就是说，这件事到此结束。

罗金虎死于自身原因，不是中毒。

既然不是中毒，那自然和四方会无关了。

罗老二一动不动，神色僵硬。

贺汉渚扫视了一圈面前罗家帮的人：“此事到此为止。谁敢再借这个由头寻衅滋事，重惩不贷！”说完掉头就走。

豹子带着人跟上去，一行人刚出了四合院的大门，身后就传来刚才那个女人的哀号声：“我的夫啊，你平常一顿吃五碗饭，从没见有半点毛病，怎么平白就成了自己死了……”

看热闹的人交头接耳，议论纷纷。

走到车旁，豹子打开车门。

贺汉渚脚步微微一顿，转头道：“这帮人不会就这么善罢甘休的。你派人盯着点。”说完弯腰，钻进车里离去。

罗家里头，尸体已被重新缝合好，也穿回衣服，盖上了白布，女人跪坐一旁，哭天抢地的。叶贤齐见罗老二脸色很是难看，仿佛随时就要发作的样子，他担心表妹会被波及，催促苏雪至等人赶快离开。

傅明城带着学生出来，又翻看苏雪至做的检查记录。

记录条理清晰，完全是按照自己的口述记录的，无一遗漏，也没什么可修改的地方，傅明城看了她一眼，忍着手腕的隐痛，在报告末尾签上名，交给叶贤齐几人，随后在一个学生的陪同下，去了本市一间有X光机设备的日资医院。

等他一走，叶贤齐便让同行的人去送报告，自己把苏雪至扯到一旁，耳提面命，命令她往后不许再来这种脏地方。

"你可是女孩子！"他看了眼周围，低声提醒。

苏雪至盯了他一眼，扬手叫了辆路过的东洋车，坐了上去，让车夫送自己回学校。

叶贤齐抬头看了眼已经暗下去的天色。

"我的姑奶奶哎，你怎么越来越不听话了！等一下我！"做表哥的赶紧追去，跳上去和她同坐，他一路念念叨叨，埋怨苏雪至不听话，最后将她安全送到了学校。

苏雪至回到寝室，天已经黑了，晚上八点多的时候，她从隔壁陆定国那里得知了傅明城的消息。

他的右手果然是骨裂了，晚上没回学校，好像是回了自己家。

苏雪至坐在灯下，没法像往常那样静心学习。

虽然尸检结果明确，案子也一下清楚了，但她心里，总觉得还有疙瘩。

白天验尸的主要目的，是判断死者是否中毒。虽然死者没有中毒，傅明城给出的死亡原因也和她的看法一致，但临走前，那个女人的诉说、报怨和罗老二那帮人的样子，不停地在苏雪至的脑海里出现，她无法安心。

显然，这样一个鉴定结果，没能令罗家帮的人心服口服。

事实上，这个结果也不能令苏雪至自己满意。

如果是急性左心衰竭导致的死亡，那么，是什么引发的？饮酒过量？还是别的什么东西？

深夜，苏雪至还在床上辗转反侧，终于她再也忍不住，起身穿好衣服，来到学生监李鸿郗住的宿舍门前，叫醒了他，说有急事，要打电话给贺汉渚身边那个叫豹子的副官。

她必须现在就找他说，不然死者的死亡时间越久，就越不利查出真相。

正好她手里有那位豹子的联系方式，是之前庄阗申给她的，让她留着，以防万一。

李鸿郗见是她吵醒的自己，找的还是贺汉渚身边的人，不过是在心里抱怨了一声，也就把办公室钥匙给了她，让她自己去打电话。

苏雪至到了办公室，拨通电话让接线员转接，等了一会儿，那头传来豹子的声音："苏少爷？"

"是。有个事，你这边能不能尽快再去查下，罗金虎出事的那个晚上，他从饭店回去后有没吃过别的东西？要快。"

豹子顿了一下："行。"

大约一个小时后，她接到了豹子打回来的电话，说派人连夜去审了罗家的老妈子，老妈子起先只说喝了水，随后才承认，罗金虎回来后，他的女人曾要老妈子去厨房拿炖好的红参。

"多少？"

"老妈子说，当时炖了差不多一两。平常是几个人分的，那晚上全给罗金虎端了过去。"

苏雪至的眼前仿佛陡然看到了什么东西。

"我怀疑罗金虎的死因和红参有关。我需要再进行一次尸检。尽快。可以吗？"她问道。

豹子来到贺汉渚的房间门前，听到里面隐隐传出几声压抑的低低咳嗽声。

他敲了敲门，里面咳声止住，随后贺汉渚出现在门后。

他将苏家少爷的话说了一遍。

贺汉渚立刻点头："没问题！你马上去接他，把他送过去。"

豹子迟疑了下："四爷，白天靠你压着，他们才答应了。结果当时说没中毒，放了人。现在又要来一次，我怕他们……"

这种死了人的麻烦事……还不如跟着四爷打仗来得痛快，豹子在心里暗暗地想，却听四爷道："我再走一趟吧。"说完他转身入内，很快换好衣裳出来，朝楼下走去。

旁边房间的门开了，贺兰雪穿着睡衣跑了出来："哥，大半夜的，你要去哪里？"

"有点事。"

"还是白天验尸的事？还没完？我刚才听见你们说话了！我也要去！"贺兰雪有点兴奋，一脸期待的样子。

"别胡闹！睡觉！"贺汉渚沉下脸，丢下妹妹快步下了楼梯，坐上车，汽车很快开出大门，驶入了夜色中。

苏雪至在李鸿郗的办公室里翻找，果然，很快让她翻到了一份教职工联系手册，她在上面查到了傅明城的紧急联系备用方式，是个电话号码。

她直接打了过去，接电话的像是个女佣，大概是半夜被吵醒，语气不是很好，等听到苏雪至报上姓名，说要找傅明城，那边的语气更不好了。

“二公子？等着！”

苏雪至等了好一会儿，等到都怀疑女佣是不是根本没去叫，才终于听到那头传来傅明城带着疑惑的声音：“苏雪至？”

“对，是我！”

苏雪至松了口气，急忙为自己冒昧打扰他休息而道歉。

傅明城说没关系，问她什么事。

苏雪至就把自己的所想和他简单说了一下。

傅明城语气显得有些惊诧：“你是怎么想得这么深的？”

巴彬斯基征。

她是想到了这个。

作为最经典，也最重要的一个病理反射，巴彬斯基征后来被写进了全世界的医学教科书，每天都会被神经科医生用到。但现在，伟大的法国神经科医生巴彬斯基提出这个观点的时间还不长。据苏雪至所知，目前应该仅在欧美医学界里为人所知。傅明城是日本回来的，他有可能对这方面的消息不是很关注。

苏雪至解释说：“我前段时间补习功课，到处查资料，无意间在一份介绍欧美最新医学研究成果的文章里看到的。这是一个法国医生前些年提出来的。白天回来后，我忽然想到了这个，死者生前有没有可能存在巴彬斯基征阳性锥体束受损的情况，如果有，这通常表示是由脑血管病引起，譬如脑梗死、脑出血以及肿瘤脑炎等原因所致。”

傅明城由衷赞许：“你考虑得实在细致！你大概还不知道，国内现在的医学教育分成了欧美派和德日派，从哪边回来的追捧哪边，他们都自认正统，彼此相互抵制。不止社会如此，甚至校内的学术也彼此对立。咱们学校采用的是德日系教材，我对欧美那边的消息确实没过多留意。谢谢你的提醒，在这一点上，你是我的老师。”

苏雪至直切主题，说自己想到这点后，便请贺汉渚的副官去查，得知罗家之前有所隐瞒，罗金虎死前吃过红参，所以她怀疑直接罗金虎的死因和红参的过量摄入有关系，因此她想再次解剖，验证猜想。

“傅先生你的手受了伤，不能操刀，我可以代替，你若方便出来，你可以在一旁指点我。”

傅明城立刻道：“好，我马上过去，半小时内到！”

苏雪至挂了电话，带了工具箱，来到学校门口等待，等了大约二十分钟，看见远处黑漆漆的野地方向出现了两个光点，光点越来越大，最后变成光束。

光束像两柄刀子，划破黑暗，照亮着向她这边延伸而来的夜路。

汽车停在了校门外。

一个脸生的司机从车上跑下来接她，迅速为她打开车门。

苏雪至以为车里来接自己的是豹子，结果竟意外地看见了贺汉渚。

他一个人坐在后排，见她现身，转过脸。

苏雪至反应过来：“表……舅？！”

大概是第一次起了个坏头，每次叫他的时候，苏雪至总是控制不住地舌头打圈，没法一气呵成。

贺汉渚点了点头，示意她坐进来，说：“出来的时候收到消息，罗家胡同那边有动静，豹子先去了，我来接你。”

苏雪至想起白天罗老二一脸不服的样子，便明白了。

她立刻坐了进去，汽车很快掉头向南，朝着老城区疾驰而去。

“我刚和傅先生通过电话。他的手骨裂了，但也会一起过去，等下我来操刀，他指点我。”出发后，苏雪至对身旁的人交代了一声。

贺汉渚闭着眼睛，头微微后仰，靠在座椅背上，好像假寐，只“唔”了一声。

苏雪至自然也不会再说话了，她转过脸，看着窗外的乱葬岗，团团鬼火，望去好似一盏盏的小灯笼。

正胡思乱想间，汽车碾进一个大坑，突然剧烈地耸了一下。

苏雪至没有防备，上半身往前一冲，根本没法自控，眼看着一张脸就要撞在前头的椅背上了——汽车靠椅背面是坚硬的木头。

眼看五官就要被压扁，苏雪至一侧胳膊突然被身旁伸来的一只手及时抓住了，苏雪至的身形一下止住了去势。

她转过脸，见贺汉渚看着自己说：“当心。”

苏雪至：“谢谢。”

隔着衣物，贺汉渚都感到手掌里捏着的苏家儿子的胳膊又细又软绵绵，和女人差不多，肌肉毫无这个年纪的男青年该有的劲实感，贺汉渚松开手，提醒她：“你要加强锻炼。你这样的体质，就算马术这门课通过了，也很难通过接下来的军事体育。”

苏雪至原本最怕的就是这两门课，正心里犯愁，被他这么一提醒，更是烦恼不已，闷闷地“嗯”了一声，坐正身体，也没兴趣看鬼火了。

贺汉渚也不再开口了，继续靠在椅背上假寐。

汽车走完郊道，进入城区，停在了白天来过的那条胡同外。

现在已是深夜一点，本该是夜梦最深的时刻，但是此时胡同内外却灯火通明，点点火把，远远看去像是一条火龙。

豹子和执法处处长丁春山带着两个排的士兵拦在街口，乌洞洞的枪口对着巷子里那群密密麻麻的清一色的黑衣人，那群人领头的正是那个罗老二。

苏雪至下车，一看这个阵势，急忙放慢脚步，落在后头。

有了上次在船上的经验，她学聪明了。

万一真打起来，她也不指望这个表舅会顾自己，她要先找好地方，方便逃命。

豹子快步迎了过来，说罗老二准备带人火烧四方会在北码头的仓库。

第五章

仓库附近就是棚户区，一户挨着一户，密密麻麻的，一旦火势蔓延，控制不住，后果不堪设想。

罗老二厉声道：“贺司令，你给的验尸结果，我不认！道上有道上的规矩，杀人偿命，天经地义！我劝司令部少插手，除非你把我毙了，否则，往后我们罗家帮怎么出去行走？这个仇，不能不报！”

“报仇！报仇！报仇！”他身后的一群帮众也跟着举臂高声呐喊，住在附近的居民不敢出来，躲在门后偷看。

贺汉渚扭头找人，身后忽然没人了，再一看，苏家儿子跑到了汽车的对面，只露个脑袋，朝这边张望。

贺汉渚一顿，抬手，勾了勾指，命令苏雪至过来。

苏雪至只好从汽车后绕了回来，走过去。

“你确定和红参有关？”他低声问。

涉及自己的专业，苏雪至就有信心多了。

“八九不离十！”她应，说完见他点头，竟就没再多问别的，转脸冲着豹子使了个眼色。

豹子立刻说：“司令有话，二次验尸！”

和白天不一样，这次，完全是命令的口气。

“什么？”罗家帮的人全都蒙了，待回过神，罗老二暴跳如雷，只是人没还跳起来，他脑门一凉，被一只冰冷的枪口顶住了。

豹子恶狠狠地道：“敢乱动，我的枪子可就没我人这么客气了。你公然聚众纵火，还妄图对贺司令不利，杀了你那是正当自卫，谁能说个不字？”

他话音刚落下，丁春山立刻上去从罗老二的身上摸出两把枪，利落地卸下弹匣，在手上抛了抛，冷笑：“私藏禁械，判你个三五年也不冤！”

“进去吧，二当家。”豹子顶着罗老二的脑袋，将人往里推，罗家帮的帮众不敢上来，慢慢地分开了道。

“你们这是干什么？司令部就不讲王法吗？不就吃了几片红参，我当时忘了没说，那又怎样？陈英杀了人不管，你们来这里欺负我们！老天呐，你怎么就不睁开眼——”那个女人哭号着从里面冲了出来，突然看见罗老二的头被枪顶着，她的脖子好像被什么给卡住了似的，陡然消了声音，往后退了退。

贺汉渚带着苏雪至大步进了院，望了眼里头那具又被钉了起来的棺材，从兜里摸出一方折叠得整整齐齐的雪白手帕，轻轻压了压鼻，他没进院，伸脚勾来一张凳，坐了下去。

苏雪至只能站在他的边上。

等了一会儿，没看到傅明城来，贺汉渚摸出一只怀表，低头看时间。如此重复了几遍，他等得不耐烦了，抬头问她：“你自己行吗？”

苏雪至心里也奇怪，傅明城怎么还没到。或许是遇到了什么意外，所以迟迟没到？听他这样问，苏雪至下意识地点了点头。

“那就你上，不用等了！”贺汉渚立刻站了起来，“需要助手帮你做个记录递个东西的吗？”他一边说，一边打量他的手下。

那些人大约知道接下来是要干什么的，全都露出紧张的神色，纷纷低下头去，拼命往后缩。

“丁春山，你帮他吧！你学历最高！”最后，贺汉渚的视线停在了执法处处长身上，吩咐了一句。

丁春山二十出头的年纪，比叶贤齐大些的样子，人长得挺精神，一看就是摸枪的人，他听到贺汉渚叫了自己的名字，也不敢反抗，应了声是，勉强走到苏雪至的身旁，按她的吩咐，命令手下人开棺，把尸体再抬出来，像白天那样放置。

有枪口顶着，罗家帮的人不敢违抗，伴着那个女人抑扬顿挫唱戏一般的嘤嘤哭声，一阵乒乒乓乓之后，遗体再次放在了架起来的长板上。

苏雪至叫丁春山拉起帘子，驱散闲杂人等，再叫两个人协助她去除遗体衣物，一个人在近旁提灯补充照明，最后苏雪至也准备完毕，停在了尸体旁。

白天傅明城已经检查过全身，但没有仔细检查外生殖部位。

在丁春山几人投来的古怪目光的中，苏雪至手握镊子，仔细察看。

她口述，叫丁春山记录。她无意间抬起头，见贺汉渚不知什么时候居然也进来了，不过就远远地停在帘子旁，依然以帕压鼻，侧目看着自己这边，一副随时都准备出去的样子——就好像这里脏得不行，空气中也漂浮着尸体散发出来的看不见的腐烂分子似的。

这个表舅可能有点洁癖，或者轻微的偏执，加隐形自恋。

她不信这种人的手上没染过血，或是没见过死人，现在却搞得一副他很娇弱的模样。

苏雪至见不得男人矫情，立刻收回目光，继续专注在自己的事上。

白天的解剖，对死者胸腹的检查已经相当充分，没有再进行一次的必要。

苏雪至想要执行的，是颅脑解剖。

她取出剃刀，利索地剃去了死者头部的毛发，接着用利刀划开头皮，指挥丁春山等人协助，费了一番功夫，终于打开了死者的颅脑。

光线有点不够，她抬头，示意汽灯靠得再近一些。

丁春山从惊悚中回过神来。

他在战场上也是见过无数死人和血的，那场面不可谓不血腥，不可谓不残酷，但那种场面和此刻相比，是两种完全不同的感觉。现在他只感到后颈寒毛倒竖，急忙将灯提得再近一些，想看又不敢看。

苏雪至继续做事。

开颅后，可见死者左侧硬脑膜的下腔有一团约一百毫升的暗红色凝血块，同侧的蛛网膜下隙出血，大脑半球有受压回平的迹象。

也是同一侧，死者大脑额叶皮质内有一指甲盖大小的暗红色结节，取出后剖开，剖面呈蜂窝状。

至此，可以初步证明，她推导的方向是正确的，脑血管瘤畸形破裂而引起蛛网膜下隙出血，导致了罗金虎急性左心衰竭而死。

但在下最后的论断前，还需要进一步的鉴定。

鉴定的关键，是要查找脑底动脉是否有动脉瘤。

苏雪至低着头，双眸一眨不眨，专心致志地仔细剥离开脑底出血区的蛛网膜，分离出脑底各动脉的分支，她手指灵敏而轻柔，就好像在对待心爱之物似的，唯恐因人为的失误而破坏了它。

终于完成整个步骤，一切都非常完美。

接着她取病变处切片，进行镜检。

经镜检，见死者血管形态不规则，管腔大小不等，管壁薄厚不均，局部明显增厚，呈垫片形状，也有部分单薄，破裂出血。

至此，尸检终于可以结束。

苏雪至开始缝合，手法自然也是无比的熟练，她无意间再次抬眼，又看见了贺汉渚。

他不知什么时候已经靠到近前来了，此刻就站在丁春山的后头，眼睛盯着苏雪至的动作，神色看着有点古怪，好像在走神。

苏雪至没多想，继续自己手上的事，很快，她完成缝合，用白布遮挡住死者，摘下手套和口罩，冲他点了点头："结束了。"

他瞥她一眼，走了出去。

苏雪至洗了手，站在台阶上，对着满院子的人宣布结论："白天的验尸结果没错。刚才进一步确证了发病的根源，根源在于红参……"

她话没说完，低头抹着眼睛的女人就飞快地跳了起来，打断她："你这个小少爷，你懂什么？红参怎么可能害人？我们罗家帮的人可是天天吃！"她神色激动地转向罗老二，"老二你说，嫂子是不是三天两头给你们炖红参补身体？你们谁吃了出过事？怎么就家里老大吃了出事？他这分明是包庇陈英，血口喷人！"

"就是！红参怎么可能害了老大！"罗家帮的帮众纷纷附和，被豹子喝止住。

苏雪至这才继续说："解剖得见，罗老大的脑血管有畸形病变部位。这种畸形病变，不会超过一个指甲盖的大小，甚至会更小，所以大部分带病的人平常看起来是没有症状的，但破裂的危险一直存在，并且，随着病变范围扩大……"她抬手，指着自己的头，用尽量浅显的话解释，"就像一个煮熟的鸡蛋，开始只是有一点坏了，然后坏掉的范围慢慢变大，直到坏掉。人脑也是这样，周围组织慢慢受到影响，人就开始出现反应，比如癫痫，也就是俗称的羊角风，通常以壮年居多……"

"对啊！去年老大不是发了次羊角风！"一个帮众突然嚷道。

"烂脸七！你别胡说八道！你们老大什么时候发过羊角风？"女人冲着那个帮众骂道。

那人急忙低头，缩了回去。

苏雪至看了那女人一眼，继续说道："当然，不是每个人都会发羊角风。引发血管破裂的原因也很多，过于紧张、情绪激动、摔倒等都有可能引发血管破裂。而你们老大这一次，是因为吃了过量的红参。"

"红参确实没毒，但有扩张血管的作用，过量服用会导致脑血管迅速膨胀，给人造成一种兴奋的假象。对于正常人来说，问题可能不大，但对于罗老大这种本身就带着畸变的病人来说，过量摄入红参，如同吃了毒药，加上他当晚又喝了酒，双重刺激之下，脑血管迅速扩张，薄壁部位破裂出血，人从而昏迷呕吐，看起来就像是中了毒，最后引发了令罗老大死亡的急性左心衰竭。”

“所以，造成罗老大死亡的诱因，是那天晚上参加宴席回来后，服用了过量的红参！”苏雪至的语气带着绝对的肯定。

至于罗金虎出事的那晚为什么要吃那么多红参，苏雪至也有个大胆的猜想——他很有可能是拿红参来助力了。不过，这一点也没必要说出来，只接着刚才的话补充：“其实不止红参，中药里，妇科常用的艾草，治风寒感冒的麻黄，利水渗湿的木通，祛风用的苍耳子等，过量服用，也都有可能导致人的意外死亡。无论是中药或者西药，摄入都要讲一个适量。”

院子里鸦雀无声，突然，那女人跑过去，抱住了盖着白布的罗金虎，摇晃着哭，哭了两声，她又一屁股坐到地上，用力地拍着大腿：“哎哟我的夫，你一走，我就被人这样欺负，非要说我害死了你，我也不想活了！我不如跟着你走好了……”说着她又从地上爬起来，弯腰朝着近旁的柱子上撞，被人拉住也没有作罢。

一时之间，场面好不热闹。

苏雪至生平还是头回遇到这样的场面，她看了一会儿也没辙，只好转向贺汉渚，指望他能出来镇住这个女人，谁知他转身就朝外去了，院中的罗家帮众人纷纷给他让道。

苏雪至望着他消失的背影，还没从惊诧中回过神，耳边突然响起豹子的大吼：“玉如意！伺候的老妈子说，当晚罗金虎吃了将近一两的红参！你却说他回来只喝过水就睡了。你为什么撒谎！给我老实说！”

那个叫玉如意的女人可算是停了撞柱的戏码，抹着眼泪嚷：“我家男人出了大事，我吓都吓死了，一时忘记不行吗？谁整天记得住吃喝的东西？”

“带进来！”豹子又一声大喝。

执法士兵将罗家的老妈子带进来，老妈子两条腿站都站不稳了，软坐在院子的地上，抖抖索索地说：“我说实话，你们千万不要抓我，一开始是太太不许我说的，我若是说出去了，她就要我的命！”

说完，也不用人再问，老妈子就把那夜的事都抖了出来。

那晚罗金虎回来后，说往后要多一个码头了，春风得意，自然要和女人亲热一下。正好厨房炖了红参，玉如意听说红参也有壮阳助兴之功，让老妈子全部拿了过来，罗金虎吃下去，没过多久，人就昏了过去，怎么弄也弄不醒。

玉如意当时慌了神，她直觉罗金虎的昏迷和红参有关，怕罗家帮众人怪到她的头上，就给了老妈子一点钱，威胁她不许对外人提这一茬。

至于她为什么一口咬定是四方会的陈英下毒，根据老妈子的说法，也是有缘故的。

玉如意本来是个唱戏的，有点名气，去年被罗金虎看上带了回来，偶然的机会，她认识了四方会的陈英。

陈英行事不但有几分旧江湖的豪杰风范，能聚拢人心，人也年轻英俊，相形之下，罗金虎就没眼看了。玉如意动了念头，私下勾引陈英，却被陈英不假辞色地给拒了，她怀恨在心，所以才一口咬定是陈英投的毒。

帮众顿时愤怒不已，冲着玉如意怒目而视，吐着口水。

“宰了这个臭女人，替大哥报仇！”有人喊。

刚才一直没开腔的罗老二目露凶光，操起一把匕首，冲上去就要刺玉如意。

玉如意惊恐地尖叫了一声，绕着停尸台逃，嘴里喊救命：“罗老二你想干什么，杀人灭口吗，你也不是什么好东西……”

她一个妇道人家怎么逃得过罗老二的追杀，几步就被赶上。只见罗老二挥刀，眼看就要划向她的咽喉，“砰”的一声枪响，一直站在苏雪至身边的丁春山开了一枪，正中罗老二的胳膊。

逃过一劫的玉如意跌跌撞撞地跑向苏雪至，扑通一声跪在了她的脚边，死死抓住她脚，不停地哀求：“小少爷！小少爷！我知道你厉害，求你救救我！我真不是故意的！谁知道那个死鬼吃了红参就不行了？我实在是没办法……”她惊恐地看着身后还想追杀自己的罗老二，“我本来就看不上那个死鬼，我是被抢过来的。我过来没多久，这个罗老二又背着死鬼占了我，我是有苦说不出！这回罗老大出了事，诬陷陈英的主意也是他出的！现在他又想杀我灭口，小少爷你救救我——”

罗家帮的帮众顿时哗然。

罗老二捂着流血的胳膊，咬牙切齿：“贱人！还敢血口喷人拖我下水！我非宰了你不可！”说完捡起掉在地上的刀，又想冲过来。

“全都抓起来！”豹子下令。

士兵一拥而上，将罗老二捆了起来，把死死拽着苏雪至的玉如意也给强行拖走了。

今晚上，除了尸检结果，意外是一个接一个，简直满地鸡毛……

苏雪至看着玉如意哭哭啼啼地被执法士兵带走，心里暗叹了口气，她默默收拾了自己的东西，提着箱子朝外去。

苏雪至走出罗家大院的门，抬眼，看见贺汉渚原来没走，还站在汽车旁，正和一个人在说话。

“四爷的大恩大德，陈英没齿难忘！往后必会约束好手下兄弟，不给四爷你添麻烦。四爷若有用得着我陈英的地方，无论何时，也尽管开口，四方会上上下下必以四爷马首是瞻！”夜风隐隐送来男子的说话声。

苏雪至没过去打扰，寻思是不是可以请豹子派个人把自己送回学校，却见贺汉渚朝着自己这边指了指，不知说了什么，然后陈英走了过来，停在她的面前道谢：“四方会陈英，多谢苏少爷妙手神技，为我洗脱罪名！”

陈英年约二十七八，眉目之间果然有枭杰的英气，难怪那个玉如意对他动心，求而不得，继而报复。

不过，苏雪至倒是被他的话提醒了，突然想起了傅明城，客气了两句，说自己来自医校，这个是分内之事，而且傅明城才是第一个证明他无罪的人。苏雪至说完朝他点了点头，走向了还立在汽车旁的贺汉渚，问他有没有收到过关于傅明城的消息。

“电话里他说半小时到。他既然答应了，就不会无缘无故不来。我担心他路上是不是出了意外。”她解释道。

贺汉渚看着面前这个攀亲攀过来的小外甥，他似乎和傅家小儿子关系匪浅，以前是师生，现在不但继续师生关系，看他对傅明城仿佛还有着一种超乎平常的信任和关心。

刚开始，贺汉渚也没想着真要认下这么一个外甥，让他来这边念书，纯粹只是出于简单的还人情的意思。现在他倒渐渐觉着，这个苏家儿子还是可以栽培的，说不定日后是个人才。

而这个外甥，现在却给贺汉渚一种类似于胳膊肘往外拐的感觉。

打个或许不是那么恰当的比方，现在要是他的妹妹贺兰雪另认了一个兄长，对那个人的信任和倚重还超过了自己，总归不是一件叫人愉快的事。

贺汉渚见她向前后黑漆漆的街巷张望，说：“你说得不错。他刚确实派人来过这里传话，说家里临时出了点事，出不来。人我已经打发走了。”

苏雪至放心了：“那就好。”

贺汉渚淡淡“唔”了声：“上车吧，顺道送你回去。”

没想到他有始有终，还愿意送自己回去，苏雪至求之不得，“哎”了一声，赶紧去拉车门，打开门正要坐进去，迎面看见一张冲着自己笑的脸。

车里除了司机，还有一个人，居然是贺兰雪！

贺兰雪冲她甜甜地笑，伸手抢着要帮她拿工具箱：“我帮你！”

苏雪至回神，下意识地避了一下。这是习惯，不便让别人碰这种特殊的东西，这也是为了对方的感受而考虑。

“谢谢贺小姐，我自己来。”她坐了进去，将工具箱轻轻放在脚边。

贺汉渚没立刻上车，而是迎着从罗家大门出来的手下走了过去。

贺兰雪探头，偷偷看了眼兄长的背影，飞快地解释：“晚上我让我哥带我来，他不带，我实在想来，就打电话给王庭芝，是他送我来的。刚才被我哥看见，他先跑了。”

她望着苏雪至，眼神充满崇拜：“苏少爷，你怎么懂这么多？你好厉害啊！你累了吧？你赶紧靠着休息，我不打扰你了！”

折腾到现在，苏雪至确实有点乏，但因为解决了疑惑，她的精神其实还是不错的。不过，她有点对付不来贺兰雪，闭目靠在椅背上休息。

贺兰雪果然不出声了。

贺汉渚吩咐手下把人交给警察局，和陈英点了点头，随即离去。

丁春山目送司令背影，想着今夜的事，忍不住低声说：“豹哥，四爷今晚上是不是有点冒险？万一苏少爷查不出来，说法对不上号，岂不是没道理，当着那么多人的面，咱们四爷怎么下台？”

豹子淡淡地道：“怎么上去，就怎么下。”

丁春山一怔。

“道理这个东西，能讲就讲，讲不通，那就不用费口舌去讲。跟了四爷这么久，这个道理你还不懂？”

丁春山恍然大悟：“懂了！豹爷您教训的是！”

贺汉渚坐进前排副驾位置，回头瞥了眼后排。

苏家儿子应该有点累，闭目靠在椅背上，看着好像睡着了。

贺兰雪大约怕他再责备，见他上来了，立刻也学苏家儿子的样，飞快地闭上眼睛，歪头假装睡觉。

贺汉渚收回目光，转头，低声吩咐司机回去。

苏叶两家受到陆宏达下面人的威胁和迫害，把儿子送来，显然是想攀附他摆脱困境。

如果贺汉渚也决定要把这个远房外甥当自己人来栽培了，那么就要求苏雪至明白，对自己必须绝对的忠诚。

忠诚若不绝对，便如同绝对的不忠诚。

他会再考虑一下的，如果最后决定了，等有空，可以和苏雪至谈一下，让他明白这个道理。

医学校和贺公馆一北一南，是两个方向，比起来，贺公馆的距离近些，那自然就是先回近的地方了。

路上，苏雪至怎么可能真的睡过去。

出了老城区，道路变得宽阔，汽车转上了去往贺公馆的那条梧桐道。

她想当然地认为是先送贺家兄妹回去，然后司机再送自己出城。

苏雪至已经默默打好了感谢的腹稿，睁开眼，又对上了贺兰雪注视的眼眸。

“苏少爷，你醒啦？”她立刻高兴地问。

苏雪至微笑，点头。

“现在都两点了，而且你看——”她指着远处天际骤然划过的一道闪电，“快要下雨了，你回学校远，出城的路又不好走，黑灯瞎火，听说全是鬼火，可吓人了！不如晚上就住我们家呀，明早再回。”

她留完客，立刻问自己的兄长：“哥哥，你说对不对？”

不等前头那位有所表态，苏雪至立刻婉拒：“谢谢贺小姐好意，但不好打扰你们休息，要是贵府司机不麻烦的话，我还是回学校更方便些。”

“不麻烦的，只是你晚上住我家更方便！你洗了澡，也不用担心没衣服换，我哥哥有，可以借你穿！”

苏雪至赶紧再次拒绝：“我……”

“我哥哥腿上的伤还没痊愈，他自己都不上心，不去医院！你上来，顺便再帮忙看看好不好？”小姑娘的眼睛里，露出了担忧之色。

苏雪至就有点搞不清了，贺兰雪这是为了留客才让她看伤口，还是为了让她看伤口而留客。

“哥哥！苏少爷正好在，麻烦他再给你看看吧。我真的不放心！”做妹妹的又恳求了起来。

苏雪至只好等贺汉渚的决定。

贺汉渚无所谓的样子，头也没回，随口说：“那就留下吧，明早再回。”

“长辈”发了话，苏雪至只能听从。

贺兰雪高兴地对她说："吴妈回乡下了，现在家里只有梅香一个人。不过没关系，我可以和梅香一起帮你收拾房间。"

车很快开到了，透过铁艺镂饰的大门，可见房子亮着灯。

门房老夏跑来开门迎接："贺先生，柳小姐刚来了，进去了。"

贺汉渚没什么反应，只朝里面亮灯的地方看了一眼，但贺兰雪明显一愣："她什么时候来的啊？我出来的时候，都没见到她！"

"是啊小姐，您坐王公子车走后没一会儿，她就来了。"

"她是出了什么事吗？这么急！大半夜过来？"

"小姐，这个她没说。"

贺兰雪看了眼自己的兄长，随即对苏雪至解释："是我们家以前一位老管事柳伯的孙女。我小时候，祖父出了事，在京师的天牢里没了，抄了家，人也散光了，是柳伯把我祖父接了回来，柳伯在路上染了病，回来不久，人也没了。再后来，我哥哥知道了柳伯孙女的下落，把她接了过来。"

她安慰苏雪至："你别拘束，没事的，她在这边也有单独的房间，来了就住她自己的，不会影响你。我家空房很多的！"

说话间，苏雪至跟着下了车，她忽然想起自己到这里前，从舅舅叶汝川口中听来的那段掌故，十二年前，他偶然买下贺家一个老管事的孙女，那女孩当时才十来岁，舅舅命人把她送回了老家。

没想到自己在这里遇到了那位老管事的孙女。

大门到客厅中间有一段路。

贺汉渚还站在门房那里，听老夏向他报告今天白天送来的信和寻他的人。

贺兰雪带着她先往里去。走上门厅廊阶的时候，苏雪至听到一阵说话声从半开的客厅大门里飘了出来："梅香，不是我说你，吴妈走了才几天，你也太懒了……厨房东西不摆整齐就算了，我去四爷房间瞧了瞧，桌角都积了一层灰。四爷是最爱干净的。他刚来这里，整天忙着事，外面都够他累的，你这样，他回来怎么住得安心……"

女子的声音听起来还颇为年轻，也就二十多岁的样子，她的声音不重，但却自带一种威势。

"四爷说我一个人忙不过来，叫我整理小姐房间就可以了，不用打扫他房间……"又传来一道怯怯的辩解声。

"他是体恤你！正因为如此，你是下人，更要自觉，不能偷懒……"

“是，是，是我不好，我错了柳小姐，您不要赶我走，我一定改……”

“好了好了，哭什么？我又没说赶你走，你知错就好了，说你，还不是为了你好……”那声音变得缓和了，还带了笑意。

“谢谢柳小姐！谢谢柳小姐！您真好……”

苏雪至随贺兰雪进入客厅，迎面看见一个年轻小姐走了出来，她身边跟着一个十五六岁的小丫头，小丫头眼睛红通通的，不住地向她躬身道谢。

柳小姐果然年轻，感觉和贺汉渚差不多的年纪，身材是南方女子特有的那种玲珑娇小。她穿蓝色短袄黑色长裙，文明新装的打扮，有着女大学生特有的纯美气质，但一头微微卷曲的乌黑披肩长发，又让她平添了几分清媚的韵味。

柳小姐正和梅香说话，忽然看见贺兰雪走进来，眼睛一亮，脸上露出笑容，撇下丫头快步迎了上来：“兰雪！你回来了？我刚才到的，老夏说你跟王公子一起出去了？这么晚了，我正有些记挂。”

贺兰雪点了点头：“明眉姐你怎么突然来了？这么晚，我还以为你有急事。”

她的语气没柳小姐那么亲密，但也绝不是冷淡或是不礼貌，而是更类似于熟人之间的那种随意。

“我听说吴妈有事回了乡下，怕四爷和你没人照料，所以请了假过来。你哥哥呢？他还没回吗……”柳小姐说着，双眼看向门厅的方向，视线就落到了还站在门口的苏雪至的身上，“这位是？”

“我们家亲戚，姓苏，军医学校的，晚上住我家。”贺兰雪简单介绍了下。

“苏公子你好！”柳小姐立刻走了过来，微笑着主动朝苏雪至伸出手，行这两年社会大力宣传推广的新式握手礼。

“我姓柳，叫明眉，在北京一所大学修行政学，认识你很高兴。”

苏雪至急忙放下箱子，和她握了握手：“苏雪至。”

柳明眉点头，松开手，扭脸喊那丫头：“梅香！还不去给客人收拾楼下客房！”又对贺兰雪道，“我刚煮了夜宵，快好了，等下就能吃了。”

梅香“哎”了一声，慌慌张张要去收拾，被贺兰雪叫住了：“楼下房间太小，背阴！楼上有间大的朝南，他可以住那里。”

随后贺兰雪招呼苏雪至随自己上楼。

“没事，我看住下面更好，方便些……”苏雪至忙道。

遇到这样意外的场景，苏雪至有一种作为一个外人的强烈尴尬之感，但已经这样了，也不能掉头说走。

贺兰雪说着就领苏雪至上去："不要住下面，上面房间更好，反正空着！你快上来！"又对柳小姐说，"我哥哥在后头，你忙去吧，不用管我们。"

苏雪至只好提着箱子跟上去，经过柳小姐的身边，朝她点了点头。

跟着贺兰雪上了二楼，被引往靠左侧走廊的空房时，她听到贺兰雪低声对自己说："你真的不要有半点拘束。她固然算不上是外人，我小的时候，她就在我哥哥那边做事了，但也就那样，我哥哥还没娶她。"

梅香在贺兰雪回来后，就显得放松了许多，她抢着铺床、擦桌椅，预备盥洗室里的香皂和毛巾，动作麻利，很快就把客房收拾了出来。

贺兰雪又亲自跑去贺汉渚的房间，从他的衣柜里拿来一套睡衣放床上，说没看到新的，但好在是干净的，让苏雪至洗了澡换。

苏雪至宁可穿回自己的脏衣，也绝不会碰别的男人的贴身物。

当然，这一点她是不会让热心的贺兰雪知道的，就道了声谢。

这边一切预备好，贺兰雪惦记她兄长的腿伤，她出去又很快过来，说已经催哥哥洗完澡了，现在请苏雪至去查看伤口，回来就能休息了。

"实在不好意思啊，这么晚了，还要你熬着。"贺兰雪连连道歉。

苏雪至说没事，跟着她去了贺汉渚的房间。

贺汉渚的房间就在同层同侧的斜对面，很近。

门开着，贺汉渚一副刚从浴室出来的样子，头发是湿的，不像白天那样有型了，他额发垂落，显得凌乱，身上随意裹了件黑色绸面的西式斜襟系带睡袍，大马金刀地坐在床沿上。见贺兰雪带着苏雪至进来，他抬起手伤的腿，直接架在了对面的凳上，撩开睡衣前面门襟露出大腿，说："看吧！看完了，你俩赶紧给我去睡觉！"

苏雪至上前看了下大腿伤处，创口生出来的结痂有些微浮肿的迹象，边缘发红，一看就是疏于护理，问："你有严格照医嘱用药吗？"

"他肯定没有！"一旁的贺兰雪嚷道。

"我有啊！洗完澡都有擦药！"做哥哥的争辩，指了指床头柜上一瓶看着像是医生自配的药水。

苏雪至望了一眼，标签上用英文标注是百分之三过氧化水素，也就是过氧化氢，边上应该是瓶百分之零点一的依沙吖啶液，还有消毒酒精，以及一支疑似代马妥耳的药膏。

除了那瓶过氧化氢和酒精，依沙吖啶和药膏也都已经没了。

“用完了，你没再去开吗？”

贺汉渚顿了一下才道：“我是觉着差不多了，没大问题……”

苏雪至不知道他是真的漫不经心，对肌体的自我愈合能力太过自信了，还是太忙没时间，或者忘记。

像这种病人，应该就是医生恨不得掐住脖子的那种典型——辛辛苦苦帮他治好了，病情稍微好转，他自己就连药都不肯好好用。

苏雪至冷冷地说：“是没大问题，应该不至于死人，但会拖很久。一旦二次感染，你就知道，到底是差不多，还是差很多。”

贺汉渚迅速抬眸，瞥了她一眼，语气软了下来：“行了行了，知道了！明天就去开！”

“哥哥，你自己说的！你可不能又忘了！你再不去开药，我就跟着你！你去哪儿，我也去哪儿！”贺兰雪气鼓鼓地嘟嘴。

这时身后响起一道柔声：“兰雪，我这次过来，特意先去了趟鲁道夫医生那里，已经替你哥哥补了药。我都带过来了。”

苏雪至转头，见柳小姐带着梅香来了。

梅香手里端着碗看着像是夜宵的东西，柳小姐自己拿了一只小药箱，放下后打开，指着里面，对贺汉渚说：“四爷，鲁道夫医生叫我再提醒你，先用过氧化氢清洗，再用生理盐水，然后用依沙吖啶，最后上药膏，看情况覆纱布。他叫你记得坚持，这样才能好得快。我想你平日应该事忙，顺便在鲁道夫医生那里向护士也学了些护理。”

苏雪至知道这是用不着自己了，松了口气，说：“那我先去了。”

她冲看过来的柳小姐点了点头，转身出了房间。

“四爷，你先趁热吃吧，等下我就帮你上药。兰雪，你和苏少爷的，我也盛出来了，你们要是不下去，我叫梅香送到你们房间去……”

从刚刚有点熟悉起来的寝室一下换到一个全然陌生的环境，苏雪至很不习惯——主要还是因为自己本身并非男人，需要隐瞒身份。陌生的地方，让她感到很不安全。

苏雪至反锁了门，她也不敢洗澡，就在盥洗室里蘸水擦了下身子，出来更不敢不穿紧胸束身，最后还是穿回自己原来的衣服，走到床前，两个指头捏起床上那套男人的衣裳提到一旁，这才爬上了床。

时间已经很晚了，外面淅淅沥沥下起秋雨，离天亮也没几个小时了。

苏雪至关了灯，闭上眼睛，她不时听到外面的走廊上传来几下门开开关关和走路发出的脚步声。

终于，一切都安静下来，疲倦袭来，但苏雪至还是没法入睡，她在黑暗里翻来覆去，不知道过了多久，伴随着窗外秋雨打在梧桐叶的细细沙沙声，她终于迷迷糊糊地睡了过去，等她猛地睁开眼睛，窗外已天光微白。

天亮了，雨也停了。

苏雪至坐起来，揉着眼睛看向房间里的一座小西洋钟。

早上五点一刻了。

昨夜和贺家的司机约好了早上五点半送她回。虽然现在还困得要命，但她必须得起来了，否则赶不上早操——虽然那个学生监应该会网开一面，但这样明目张胆地搞没必要的特殊化，苏雪至也过不去自己这一关。

她爬了起来，穿好衣服，匆匆洗漱完毕，人也清醒了些，很快收拾好自己的东西，预备离开。

她怕吵醒其他人，轻轻地打开了门。

走廊里的光线还很昏暗，耳边静悄悄的，不闻半点声息。

她打了个哈欠，正要出去，忽然看见斜对面贺汉渚房间的那扇门开了，伴着里面隐隐传出的好像发自浴室的沙沙水声，一个女人从门内走了出来。

是柳小姐。

朦胧的晨曦勾勒出柳小姐的倩影。她披头散发，身上只着了条睡裙，是那种带着蕾丝花边的漂亮的西洋公主式睡裙，她的肩上松搭了件同样式的垂到臀下的短袍，光裸着一双纤细小腿，脚趿了双绣花拖鞋。

苏雪至起先脚步一顿，好似窥破别人隐秘，有点紧张，下意识想先退回来。她忽然又想起昨晚贺兰雪说的话和柳小姐的言行做派，又放松了。

以前大户人家的少爷公子，年幼起房里应该就安排稳重的丫头来服侍了。

不过那是封建社会。现在是新民国了，就看男人的态度了。贺汉渚要是个负责的人，将来肯定会娶她，到时候自己还要叫她表舅母。

苏雪至顿时放松了，正好见她似乎也看到了自己，就直接走了出来。

柳小姐轻轻合上门。

苏雪至朝她点了点头，随即经过，径直下了楼，走出客厅，看向大门口的方向，司机已等在那里，她急忙加快脚步，忽然听到身后有人叫她。

苏雪至转头，见是柳小姐追出来，她已经套上一件遮得严实的外套。

柳小姐走到她的面前，将手里提着的一只小食篮递了过来，微笑道：“我昨晚后来才得知，烟桥受伤，你帮了莫大的忙，真的非常感谢你。太匆忙也来不及准备什么东西，一点小糕点，不成敬意，现在还这么早，你带上，路上在车里吃。”

苏雪至没推辞，直接接过，向她道谢。

柳小姐含笑点了点头：“苏少爷你走好，有空常来。”

苏雪至走了几步，忽然想起件事，迟疑了下，终于还是转头，叫住了正准备进去的柳小姐，告诉她，把依沙吖啶液隔水加热到和人体差不多的温度再使用。

“这样效果更好，比常温使用，更有利于促进伤口恢复。”

为了证明权威，她说是从一个外国医生那里得知的法子。

苏雪至说完，转身迎着略带湿寒的秋日晨风，踏着庭院里昨夜被秋雨从树上打下的湿漉漉的梧桐叶，上车匆匆离去。

贺汉渚随意披了件浴袍，擦着头发从浴室里出来，见窗帘拉开了，被子整齐地叠好，桌上放着早餐——抹好黄油的面包、烤好的香肠、几个煮蛋，还有一杯冒着袅袅白烟的浓黑咖啡。

没有上锁的门被轻轻叩了两下，接着柳小姐手里抱着刚熨过的衣服走了进来，挂到一旁的衣架上。

柳小姐抚正衣领，笑道：“四爷你太累了，昨夜熬到那么晚，今天这么早又要出门做事了。我知道你喜欢吃德式早餐，以前我教过吴妈，就是感觉她老做不好。”

“还有，我见你桌上有香烟和打火机。四爷你不要抽烟了好不好，咳嗽的老毛病，这么多年一直没好……”

贺汉渚没说话，扔下毛巾坐到床边，拿起药水处理腿伤。

柳小姐快步走了过来，伸手去拿他手里的药水瓶：“四爷，我来帮你吧。”

贺汉渚抬头，看了她一眼。

柳小姐的手一顿，停在了他手背的上方，随即笑着收了回来。

“对了，四爷你稍等！那位苏少爷说，加热依沙吖啶液到体温能促进药效。你等等，我先拿去用滚水温一下……”她再次伸手去取药水瓶子。

“不必了！”贺汉渚说了一句，继续处理伤处，他很快上完药，站起来，脱下身上的浴袍丢在床上，自顾走过去，开始穿衣。

柳小姐怔怔地看着男人露出的精瘦后背，忽然听他再次开口了：“我这边用不着人，你不必耽误学业特意过来。回吧，等下我叫司机送你去火车站。”

他的声音听起来温和而平静。

柳小姐没动。

他很快套好衣裤，边扣着制服上的一颗铜扣边转头，见她还立着，说：“还有事吗？”

柳小姐咬了咬唇，垂下眼眸，低头走了出去。

贺汉渚过去走推开窗户，望着外面满地的秋雨落叶，回过头，看了看桌上的早餐，端起咖啡，喝了一口。忽然门再次被推开，柳小姐去而复返，竟奔了进来，从后一把抱住了他的后腰。

深色液体在杯中晃了一下，溢了出来，溅了一滴在制服的袖上。

他没动，依然那样端着咖啡：“你怎么了？”

“四爷，前些时日，我听说大总统有意把侄女嫁给你，是真的吗……”身后，柳小姐的声音微微哽咽。

“放开吧。”贺汉渚声音已经发冷了。

柳小姐瑟缩了下，却依然没有松开抱住男人的双手，她慢慢将脸贴上了他的后背，轻声说：“四爷你还记得吗，我的名字就是你从前替我取的。那天你在书房里读书，我在一旁替你剥着葡萄，你忽然说我眉毛长得好，你还笑着念了一句词，我至今没有忘记，‘翠柳艳明眉，戏秋千，谁家倩盼’，你说我恰好姓柳，就给我改了这个名，柳明眉……多美的名字啊！”她潸然泪下。

“我知道贺家的仇人还在，我更知道自己的身份，我就希望能像以前一样，留在你的身边伺候，一直陪着你……”她一顿，像是突然想起什么，飞快地转到他的面前，依然抱着他腰，仰头望他，急急地说，“四爷！夫人以前让我去你跟前，叫我用心服侍，她说将来会让我做你的人……”

男人看着她，神色平静，双目如渊。

“明眉，我母亲早就死了。你对我也完全没有用处。没有用的女人，我要来何用？”他目光依旧温和，语气也那么平淡，仿佛完全不知从他的薄唇里说出的话是如此的冷漠和无情。

柳小姐僵住了。

“我不需要伺候，更不用人陪伴。我把你接来，养着你，让你过着小姐的生活，还送你去读书，是承你祖父当年的情。你这么聪明，不会不明白的。”他放下了手里的咖啡。

“回吧。”最后他说道，语调还是如此温柔，如同一个情人。

柳明眉的两只胳膊无力地从男人的腰间垂落，最后终于松开了，她苍白着脸，流着泪走了出去。

无情的男子，他早已经忘记了少年时和眼前丽人调笑的那段风流与多情，把她一个人丢在了那座深深的宅院里，走不出来。

柳明眉哭着朝外走去，走到庭院的时候，贺兰雪穿着睡衣从后面追了出来：“明眉姐，你别太难过了，我哥哥他……”

贺兰雪回头，看了眼二楼自己兄长卧室的窗户。

窗后空荡荡的，没人。

柳明眉拭泪微笑：“兰雪，谢谢你还肯出来送我。我没关系的，我先走了。你记得照顾好你哥哥。”

柳明眉转身离去。

贺汉渚解了刚扣上的衣扣，脱去身上这件袖头已被玷污的衣服，从衣柜里另取了件外套，低头正在穿，听见身后传来一阵急促的脚步声。

妹妹来了。

“今天不是没课吗？你最懒了，怎么这么早就起了？”他扬了扬眉，和妹妹调侃了一句，低头继续穿衣。

“哥哥！你太坏了！你比我以为的还要坏！刚才你和明眉姐的话我都听见了！我本来以为你打算搞三妻四妾那一套，我没想到你比这个更坏！冷血，趋炎附势，唯利是图！你把我们女人当什么了？”

“我再也不喜欢你了……”贺兰雪端起桌上那杯他只喝了一口的咖啡朝他当胸泼来，随即抹着眼泪转头跑了出去，回到房间，“砰”的一声关了门。

正在打扫客房的小丫头梅香听到动静跑了过来，见四爷一身的咖啡液，滴滴答答的，狼狈无比，吓了一大跳：“贺先生你怎么了？”

贺汉渚低头看了眼自己刚换上的衣服，拂了拂手，打发她去陪小姐，自己又开始脱外套。

早上这么折腾下来，等他到了司令部，时间已经不早了。一进去秘书处长陈天雄就指了指会客室的方向低声说：“孙局长一大早就来了……”

孙孟先快步走了出来，一把握住贺汉渚的手：“贺司令，昨夜我就听下面报告了，说罗金虎一案已经被你顺利给破了，罗老二等一干人滋事诬陷，罪证确凿。我是佩服万分，更是感激万分，一大早什么也没干，必须先来你这里道个谢！多亏了你啊，你大概不知道，该区民众对罗金虎一帮人早已是怨声载道，我们警局也早想动手了，正在暗中部署，没想到还是被你司令部给抢先一步。你这是为民除害，新官上任三把火啊！”

贺汉渚抽回手，把人让进办公室，一番推心置腹后，孙局长表示，警局为了响应上头新政，正在紧锣密鼓准备大干一番，拟从加强卫生防疫、整顿社会治安、革除陋俗陋习等几方面入手，他已叫下头人制作行动计划，等完成之后，第一时间把计划书递交上来，请司令部校正，指导警局的工作。

谈完了事，孙孟先告辞，贺汉渚也没留，起身把人送到了办公室的门口。

孙孟先一出司令部，脸上的笑就挂不住了。

他没想到自己一觉醒来，就被告知司令部已查明真相，解决了这个他原本以为要拖很久的纷争。

来接他的警局区长姚能看了眼他的脸色，小心地说：“局长，我刚听说了一个事。四方会的陈英昨夜亲自去向贺汉渚道谢，十有八九，往后是要投向他了。局长您以前对陈英颇多器重，这人却不识好歹。”

孙孟先面上阴云密布，扭头看了眼司令部办公室的所在，哼了一声：“刚开始而已。天城这个地方，水深着呢，龙是没有，会咬人的老王八多得是！等着瞧吧。”

贺汉渚站在窗前，看着孙孟先和他手下匆匆离去的背影，沉思之际，陈天雄敲门而入，说庄阒申刚派人送来了一封柬帖。

贺汉渚接过，打开看了一眼。

原来是庄阒申要回京师了，临走前特意给他来信辞别。

老先生是个讲究人，写信用的是从前官场身份代表的开化桃花纸，内容更是一丝不苟：

“贺司令大鉴昨得京中急电要事促某即日北上匆匆就道未能走谢留奉数语以别此致即请勋安”

贺汉渚随手丢开信，忽然他想起一件事，把信又拿了回来，又看一遍，沉吟片刻，叫陈秘书进来，吩咐他立刻去请老先生来一趟，共进午餐，开司令部的车去接。

陈秘书遵命而去。

庄阒申确实明天要回京师了，但并不是什么“京中急电要事促”。

他年纪也大了，官做到这个职位，高不成低不就的，没什么大事轮到他，现在其实就跟个闲人差不多，到处走场而已。他在天城也有段时日了，得回一趟京师，好让天城这边的亲朋感觉他在那边依旧很忙。

贺汉渚这里自然是要正式写个信的，他也没指望能有回音，正在家里叫人收拾东西，没想到辞别信上午才送出去，这么快就收到了消息，说贺司令得知他要回去，恨公务繁忙无暇脱身，特意派车接他去司令部共进午餐，以叙别情。

庄阗申大喜过望，自觉颜面倍增，换了身体面衣裳，出了门。

庄阗申到了卫戍司令部，秘书处处长陈天雄亲自在门口等候。

等他被带到司令部办公室，见里面已摆好一张方桌，桌上酒菜齐备，贺汉渚亲自从门里走出来迎，庄阗申不禁红光满面，连连摆手："司令百忙之人，老朽何德何能，竟承司令这样的情，实在是不敢当啊！"

贺汉渚将他请入座中，秘书等人退出，带上了门。

贺汉渚亲手斟了一杯酒敬他，笑道："我与庄老本有乡谊，世伯又是长辈，见识广博，深谙官场之道，我来这里后得到过不少的指点，心里感激，这回知道庄老要走，原本无论如何也要送行的，可惜匆忙，来不及预备，只能因陋就简在此设一饯行便饭，聊表心意，还望勿怪。"

庄阗申想不起来自己之前到底哪里指点过他，但他都这么说了，认下就是，嘴里客套了一番，接了酒杯一饮而尽。

对酌几杯后，庄阗申渐渐面酣耳热，人也飘飘然了，但他毕竟也是在官场混了半辈子的人，心镜却还明着，说："老朽自知是无能之人，蒙贺司令看重，日后若有用得到的地方，尽管吩咐。"

贺汉渚说："此前庄老你代叶汝川投信，这事还记得吗？"

庄阗申点头："自然！苏家少爷如今能就读医校，日后前程可期，全都还要倚仗司令的关照。"

贺汉渚微笑："这些年际遇飘萍，自顾不暇，我确实疏忽了亲眷。记得祖父大人在世，最看重血脉之缘，常说人若无亲，如同无根。这回苏叶两家，要不是庄老你从中牵引，我险些就错过了，想到祖父大人的教训，我实在愧疚，好在已经认了回来。但苏叶两家的事，我一无所知。所谓亡羊补牢，庄老若是知道些什么，请悉数告知，免得日后我回乡拜访，什么都不知道，见面疏漏，说我怠慢了亲戚。"

庄阗申被这一番发自肺腑的自剖和自责感动了，笑道："司令问我，就问对了人。实不相瞒，当初叶老爷找到我，请我从中引荐。司令贵人，我怎敢胡乱点头？怕万一有个不妥，岂不是我的过？所以事先托当地的能人细细替我打听过了。不敢说万无一失，但那两家大体的事，我是知道的。司令想问什么，尽管问，我必定知无不言，言无不尽！”

贺汉渚就问他苏叶两家的祖上、亲宗、生意、平常和什么人往来。

庄阆申一一解释，谈兴上来，自己又主动说起了苏少爷母亲叶云锦的掌故。从她当年如何嫁入苏家，烟鬼丈夫不着家，到后来如何撑起苏家门庭和生意，十年后再生出遗腹子……讲得是绘声绘色，媲美天桥说书。

“四爷，我还听来一个秘密……”庄阆申压低声音，“据说女掌柜和叙府水会当家郑龙王关系匪浅。说十八年前，她男人醉酒出去就是想找郑龙王闹事，结果自己一脚踩空，掉进了水里，当时水势湍急，还是郑龙王下水把人给捞回来的。我还听说，她男人气不过，又去了外头养的女人那里，结果没两天就死在了烟床上。叶云锦怕消息传开难听，给了那个女人钱，封了口，趁天黑把那烟鬼给抬回家，说是死在家里了！”

“四爷你说，是不是都能搬上戏台子了？”庄阆申嘬了一口酒，摇头叹气。

贺汉渚脸上带笑，眼底无波：“苏家儿子呢？他的日常如何？”

庄阆申说：“这个我也问过的。都说苏家规矩多，叶云锦对少爷管教严格，少爷平日不大与人交往，在省立学校，也就与当时就是教师的傅家二公子关系好。二公子常帮他补习功课。”他笑，“四爷，这孩子天资过人！老实说，他从前功课也只是中游，如今大约是懂事了，奋发向上，进步神速！将来再有四爷您提携，前程无量啊！”

“傅二公子当初就在他所在的医校任教，如今又恰好同校。这么巧？”贺汉渚沉吟了下，忽然发问。

庄阆申大约没想到他会问到这上头去，一愣，摇头：“这……我就不清楚了。傅家小儿子东洋留学归来后，听说便致力于本土的医学教育，应当就是巧合了。四爷你有疑问？”

贺汉渚笑了笑：“随口问问罢了。关于苏叶两家，你还有没别的什么消息？”

庄阆申刚才已经把自己知道的从苏家祖上三代开始的事都给抖搂得差不多了，听到贺汉渚这样问，他搜肠刮肚又想了一下，突然想起一件事。

这个事吧，出于对苏家少爷的保护，庄老头子确实不大想说，但转念一想，要是自己现在不说，日后通过别人的嘴传到了贺汉渚的耳中，岂不是落了下乘？

他略一犹豫，说：“确实还有一件事，有点蹊跷。就是几个月前，苏少爷来这里之前，从学校回家，和女掌柜大闹了一场，当时好多人看见，他冲出来跳了河，幸好跟出来的家人救他上来了。”

贺汉渚明显来了兴致：“为了什么事，要闹到投河的地步？”

庄阗申说：“地方小，人多嘴杂，当时苏家虽然放话，说是少爷喝醉了酒误落河中，但谁信啊？保宁县里各种传言满天飞，甚至有说少爷要在省城谈什么如今的自由恋爱，被女掌柜压下了，他想不开，投河去了。这可纯粹是污蔑谣言了！我先前出于关心，向叶老爷打听过，叶老爷说，确实是他妹妹女掌柜平日太过严厉，管儿子管得紧，那天少爷回家喝醉了酒，和母亲拌了几句嘴，这才不小心失足掉下去。我是觉着没错的，要不怎么没过几天，苏少爷就高高兴兴动身来这边上学了？四爷您瞧，他如今多精神，哪像个会投河的人？”

贺汉渚不语，给他倒了杯酒。

庄阗申这一顿喝得醉醺醺的，最后又坐了车回家，倒头就睡，心满意足。

但这一天，苏雪至的心情却不大好。

早上她虽然已经在赶了，但回来的路上，遇到了一段昨夜被雨水冲软的路基，轮胎陷在坑里陷了好些时候，等最后弄出来赶到学校，已经迟到，早操课将近尾声。

昨夜她有事跟着贺汉渚走了，确实在学生监那里请过假，所以今早不参加早操，也不算是无故违反纪律。但其余人不这么想，众目睽睽之下她迟到，学生监那里却什么事都没有，就说苏雪至请过假，其他学生对她自然更是非议颇多。

到了第二天，也不知道是哪个传出的消息，说苏雪至前夜出校，原来是被贺汉渚接去参与尸检了，据说成功破案立了功劳——这本就容易招来嫉妒，大家只认定是瞎猫碰见死耗子，运气好罢了。

更绝的是，当天庄阗申酒醒动身，临走前特意来学校探望了苏雪至，说表舅贺司令对她甚是关爱，望她戒骄戒躁，恪勤匪懈，方不负贺司令的好意。

好巧不巧，庄阗申说的话被人听到了，当天晚上，消息就传开了，苏雪至真正的后台原来是新到的卫戍司令部司令贺汉渚。

对于苏雪至来说，这绝对不是一件好事。

她发现，除了学生监李鸿郗对她的态度愈发殷勤，陆定国开始笑眯眯地和她同坐上课之外，同班的其余人对她更是“敬而远之”。

接下来的几天，她不得不开始怀疑，是不是那夜在贺家睡了一夜的缘故，她的运气一直坏了下去。

原本苏雪至就害怕的马术课，上得果然很糟糕，全班新生五十个人里，就她表现垫底，连胯下的马都好像感觉到了她的无能，不听使唤。

教官分明是个暴躁的人，手里的马鞭动辄抽到学生的腿上，对着她，却连开口骂也不能，只好冲她不停地瞪眼睛，有多憋屈可以想象。

苏雪至是个羞耻感很强烈的人，她摸着被马背颠得发疼肿胀的屁股，暗自发誓非得练好不可。这天下午，她又去附近的一所军营里上马术课，上完课后，见天色还早，她申请单独再练，得到批准后，一个人在马场里练习。

经过几次练习，现在她终于能在马背上坐稳，于是她想再多练下控马越过浅障。原本还算顺利，不料不远处的靶场突然起了几下枪声，她的坐骑胆小，受了惊，突然狂躁起来，不听驾驭，自顾狂奔。

苏雪至一时没法驾驭，面对这么快的速度，她有点慌，边上也没人可以求助，她只能趴下去，以这种狼狈的姿势，尽量保持平衡。

正紧张着，突然听到身后发出一阵哈哈大笑声，苏雪至扭头，见王庭芝和贺兰雪竟来了。

贺兰雪显得很焦急，王庭芝却在狂笑，一副幸灾乐祸的样子。

要想驾驭坐骑，必须让它感觉到背上有足够压制和征服的力量。

苏雪至一咬牙，夹紧马腹，抓着缰绳坐直了身体，在摇晃中默诵教练教的动作要点，她冒着可能会摔断脖子的风险，猛地拉紧缰绳。

坐骑又奔了一段路，终于听从了苏雪至的指令，慢慢停了下来。

苏雪至爬下马，后背全是冷汗，贺兰雪飞快地朝着她跑了过来，问她怎么样了，神情关切。

那个王公子却慢悠悠地晃了上来，嗤笑："小妹你担心什么，这么厉害的苏公子，有什么是他做不到的？骑马而已。"

苏雪至没理他，只朝贺兰雪点了点头，说没事。

"你都出汗了，赶紧擦一下！"贺兰雪拿出一块香喷喷的手帕，递给她。

苏雪至从不会主动去碰别人的东西。

虽然贺兰雪可能不在乎，但她依然没接，只抬袖，自己用衣袖擦了擦额头的汗。

王公子嘴里"啧"了一声："小妹，你这不是热脸贴冷屁股吗？人家不领情。”

贺兰雪生气了：“你怎么老是和他过不去？他哪里得罪你了？”

王庭芝瞄了眼苏雪至，见对方面无表情，当自己根本不存在一样，他忽然觉着有点没趣，哼了一声：“得，我错了，以后不敢了行不行？我还有事，先走了，晚点再来接你！”说完他扭头就走，走了几步又忽然掉头回来，对着苏雪至说，“你给我照顾好她，要是掉了一根汗毛，你自己知道的！”

等王庭芝一走，贺兰雪急忙安慰苏雪至：“你别往心里去，我从小就认识他，他这个人就这样，其实人还是可以的。”

苏雪至说没事，问她找自己干什么。

贺兰雪这几天负气不和兄长说话，见他这几天好像也很忙，早出晚归的，因此贺兰雪心里更是发闷，她今天没事，忽然想起苏家儿子，就让王庭芝送自己过来。

现在真的见到了人，见他对自己的态度也不是很热情，贺兰雪咬了咬唇，说：“我没事，就过来看看你。你继续吧，我看你骑马。”

苏雪至感觉莫名其妙，也没说什么，让她坐一边，自己再练了几圈，发现她坐着发呆，不止如此，经过近前的时候，留意到她眼睛还有点红。

苏雪至迟疑了下，终于还是下了马，过去问她怎么了。

贺兰雪闷闷了半晌，说：“我担心我哥哥。”

苏雪至顿时没话了。

“我知道他很不容易。但他为了报仇，为了权势，好像什么事都能做得出来……”

苏雪至也没法评论这个。

贺兰雪的眼圈更红了：“他这次遇到刺杀，回来根本就不让我知道，是后来王庭芝说漏了嘴，我才知道的。苏少爷，要不是当时你正好也在船上，现在都不知道会怎样。”

“我就哥哥一个亲人了，我真的怕，我怕他会再出事……”她的眼泪扑簌簌地掉了下来。

苏雪至赶紧安慰她：“没事的，你也不用太过担心了，不会有那么多的意外。”她想起了那位柳小姐，“或者你也可以和柳小姐说的，让柳小姐多劝劝，应该也有用处。”

贺兰雪拿手帕抹了抹眼睛：“没用的，我哥哥根本不听人劝。何况她也走了，被我哥哥赶走了，我就是因为这个，和我哥哥吵了一架……”

“贺小姐，你别难过了。”苏雪至这下也不知道该怎么安慰她了，只好机械地说着这种其实没半点意义的话。

她这么一安慰，贺兰雪刚擦掉的眼泪又出来了，摇头：“我哥哥可能很快就要结婚，娶总统的侄女。我其实不大喜欢柳小姐，但比起柳小姐，我更不喜欢那位小姐……”

苏雪至终于有点弄明白，这是怎么一回事了。

柳小姐那夜来了，大约是逼婚，贺汉渚为了娶那位小姐，提起裤子不认人，柳小姐被赶走，兄妹冲突，贺兰雪心情不好，所以今天来找自己玩儿。但这种事她能说什么?

她沉默着，坐在贺兰雪的边上，拔着草，陪她一起发呆。

天色渐渐暗了下来，靶场那边的枪声也静悄了。

等面前的草薅得差不多了，苏雪至抬头看了眼天，说：“不早了，要不先回去? ”

贺兰雪的心情似乎也好了些，抹了抹眼睛：“对不起苏少爷，打扰你骑马。我没事了。”

苏雪至松了口气，跟着站起来，这时，马场的入口处走来了一个人，是那位豹子。

苏雪至知道他是来接贺兰雪的，点了点头，正准备牵马离开，没想到他说：“苏少爷，您也一起来吧。四爷在饭店包了个包间，请您和小姐一起去吃饭。”

贺汉渚会请妹妹吃饭，原因不难猜，十有八九是为了哄妹妹高兴。但怎么也捎带上自己，这就有点费解了。

苏雪至可不会自作多情到以为他会真的把自己当亲戚。想来想去，难道是为自己前些天对罗家帮一案出了力的奖励?

做表舅的赏脸邀饭了，外甥自然不能无故退却。

苏雪至骑马骑得一身是汗，就先回去换衣服，因被提前告知是去西餐厅，她之前也被庄阒申教导过许多时下的社交规矩，因此就穿了那套之前一直束之高阁的西服。

豹子已经替她向学生监李鸿郗打过招呼，苏雪至收拾好匆匆出来，贺兰雪看见她，眼睛一亮：“苏少爷，你平常应该多穿西装的！”

雪白的衬衫，宝蓝色的修身马甲，同色的黑条纹排扣外套，配领结和皮鞋，这就是苏雪至的衣着。她出来前，为防夜风吹乱额发，便往短发上也稍稍抹了点发油。

不得不说，一套合体、制作良好的西装，真的能让男子增添风范。

穿上这套垫肩西服，苏雪至作男子肩膀不够宽、个头不够高的两个缺点就被掩饰了。虽然离高大威猛自然还很远，但照镜的时候，苏雪至感觉镜中的自己，也沾了那么一点俊朗和帅气的边。

第六章

贺汉渚请妹妹和表外甥吃饭的地方，是一间名叫“伯娜”的法国餐厅，是天城最著名的西餐厅。苏雪至与贺兰雪到的时候，夜幕已是降临，只见餐厅擦得透亮的大玻璃窗内垂下白色的花样窗帘，环境幽雅，灯光明亮，映出贴在玻璃上的硕大的Bonheurts洋名，食客个个衣冠楚楚，面带笑容，举止优雅，确实合着餐厅名字，一派幸福的模样。

贺汉渚还没来，两人先被侍者引到订好的桌旁，是餐厅一处幽静宽敞的位置，桌上铺着雪白的桌布，摆着擦得闪闪发亮的银色餐具，此外，比别桌还多了一只金色花瓶，瓶里插了一束白玫瑰和百合，花朵散发着幽幽的芬芳，侍者说是餐厅特意为贺小姐准备的。

看得出来，贺兰雪的心情好了不少，她的脸上已经带了笑容，落座后，她拿来菜单给苏雪至看，两人低声讨论着喜欢吃什么。

既然已经来到天城最贵的西餐厅，还有人请客，自然要好好地享受美食，不能浪费。

苏雪至认真研究菜单。

等了大约十来分钟，餐厅的外面走进来一个人，餐厅里有客人认出了他，看着他低声交头接耳，也有相熟的，忙放下手里刀叉，起身点头哈腰地招呼。

那人面带笑容，和向他招呼的人一一点头，走了过来。

苏雪至目瞪口呆，甚至有点尴尬，懊悔今天自己穿了西服。

这个进来的人，就是今晚付钱的金主，贺汉渚。

他也西装革履，和第一次见到时穿长衫以及随后军装的样子又不一样了。自然是不错的，大长腿，挺直的身材，非常适合穿西装，风度翩翩，举止绅士。

问题是，他穿的是和苏雪至同色系的西装！不止这样，他的西装居然也是条纹的！

唯一的区别，她穿宝蓝，他是深蓝。

苏雪至拼命驱赶走脑海里冒出来的那可怕的三个字，吃饭的心情，一下大打折扣，唯一的庆幸，就是这个年代应该没有那种说法。

贺汉渚很快来到桌前，领班亲自过来替他拉开椅子，他坐下前，脱了外套，递了过去，苏雪至见他目光掠过他的妹妹，随后，在自己的身上定了一定，好像也留意到了她的衣服。

苏雪至很快就接受了这个巧合——不接受又能怎么样。见他看自己，她就站了起来，叫了声表舅。

他微微点头，示意她坐回去，又看向他的妹妹。

贺兰雪依然捧着菜单，低头认真地读，好像不知道他到了，刚才脸上的笑也不见了。

苏雪至扭开脸，眼睛盯着桌上的那瓶鲜花，数着玫瑰花的花瓣。

贺汉渚又迅速地瞥了眼苏雪至，随即起身，走到妹妹身边，轻轻拍了拍她的肩，示意她跟着自己来，随即带着贺兰雪来到里面的一间休息室，低声说："外人在，给哥哥一点面子，回家了再继续生气行不？"

贺兰雪"扑哧"笑了出来，看了眼外头那位专心看花又俊又帅的苏公子，轻轻"嗯"了一声。

贺汉渚也笑了，带着妹妹出来。

苏雪至眼角瞥见人回来了，贺兰雪的脸上也恢复了笑容，知道兄妹应该和好了，她也松了口气。

贺汉渚大方地说："想吃什么，随意点。"

在军医学校吃了这么些天陆定国嘴里的"猪食"，苏雪至现在不想吃蔬菜，她想吃贵的龙虾、蚝、牛排、鹅肝，全点了，还加了一瓶标有五十年藏的香槟——这其实纯属猎奇了。要知道，香槟的保存年份一般不超过二十年，三十年就是极品了，这里却有五十年份的香槟，遇到了不尝一下，只怕错过以后再没机会了。

贺汉渚听她点这个，瞥她一眼。

苏雪至装没看见。

贺兰雪点了两样菜，贺汉渚随后也随意点了一个菜，叫侍者发单。

很快，菜陆续上来，除了苏雪至点的，还有开胃菜、汤、头盘。香槟插在碎冰里，也被送来了。

龙虾肉鲜甜，蚝多汁，鹅肝入口即化，牛排她吃全熟，外焦里嫩，裹着美味的黑胡椒汁。

美食当前，苏雪至心无旁骛，吃得很开心，没怎么留意同桌那对兄妹的情况。等她吃得差不多了，还剩一块小甜点，她抬起头，见贺汉渚和贺兰雪都在盯着自己。

她吃掉甜点，喝完了杯中最后一口大概是因为昂贵所以品起来好像更好喝的香槟。

“要不要再来一点？”贺兰雪立刻问她。

苏雪至拿起餐巾，优雅地轻轻抹了抹唇，说：“饱了。谢谢。”

贺兰雪笑着点头，说：“我去洗手。”站了起来，却不知道为什么，突然一顿，又慢慢地坐了回去。

一个一直留意着这边情况想来套近乎的人见这桌吃完了，终于有了机会，笑呵呵地走了过来，和贺汉渚殷勤地搭讪。

喝了水，又喝了香槟，还吃了点水果，回去路还挺远，苏雪至也想去卫生间了。

军医学校的厕所是一排敞坑，她不便公然上厕所，每天只能等到天黑之后再去倒马桶。但这种地方，应该就不必有这样的担心。

她看了眼贺兰雪，见她还坐着不动，以为她又不想去了，也没多留意，见贺汉渚和那个人还低声说话，她就起身，去了卫生间。

果然，这里的男厕布局和她想象的一样，除了站位，还有几个有隐私的门位。

她进去，关上了门。快用好的时候，听到又有人进来了，应该用了站坑。

无所谓，反正自己就是男人，她现在已经完全习惯了这一点。要不是每天需要束胸，以及无法避免的生理期，她觉得自己和男人差不多了。

她走了出来，目不斜视，直接到一旁的水龙头去洗手。

正弯着腰洗手，她的眼角方向涌入了一抹深蓝色。

她下意识地扭头，居然是贺汉渚！

苏雪至淡定地转回了脸，眼睛盯着面前激流哗哗的水龙头，三两下洗完手，转身要出去，听见贺汉渚说：“等一下。”

据说男人有种厕所文化，在这里遇到了就喜欢侃大山。这个表舅，不会也是这样吧？

他转过身来，却没立刻接下去说话，还在低头整理着他的裤子。

苏雪至不动声色地再侧身过来些，看着对面墙上镶嵌的马赛克，她礼貌地问：“请问您有事吗？”

他整理好衣服，走到她用过的水龙头前，俯下身，背对着她洗手："等下你先不要回学校，去一趟我那里，有点事，完了我叫人送你。"

"知道了。"

苏雪至迈步出了卫生间，远远看见贺兰雪还是那样坐着，上半身显得有点僵硬，不住地左右张望，好像有点着急，忽然看到她回来，立刻又坐直了身体，一动不动。

苏雪至终于察觉到她不对劲了，走回来问："贺小姐你怎么了？"

"没事没事！"她很不自然的样子，"苏少爷，等下你和我哥先出去吧，不用等我。"

苏雪至看了她一眼，发现她的两只手放在桌下，紧紧地攥着裙面，裙子是浅色的。

忽然，苏雪至顿悟，不会是小姑娘刚才站起来的那一下，生理期突然造访?

贺汉渚这时候也回来了，见妹妹还那样坐着，随口道："还不起来?不去洗手的话，好走了。"说着，在侍者的服侍下套回了外套，发现妹妹还是没动，奇怪地看着她，"怎么了你?"

贺兰雪支支吾吾："我想再坐一会儿……你们先去……"

苏雪至忽然插话："表舅，贺小姐刚和我说，她喜欢桌上的花。要不您先上车，我帮她包好，一起带出来。"

"对对对！"贺兰雪拼命点头，"哥你先去，不用管我。"

贺汉渚盯了两人一眼，迈步去了。

苏雪至脱下自己的外套，上去递给贺兰雪，轻声说："你冷吧，搭一下吧。"

贺兰雪如遇救星，急忙接过，半披半搭，让外套垂到臀下。

苏雪至转过身，等她终于慢腾腾地站起来，瞥了一眼。

铺了雪白织物坐巾的椅面上，果然已经印上脏污。虽然只是一小摊，但十分刺目。

不远处，领班就立在那里。

贺兰雪的脸庞涨得通红，一副局促不安的样子，她低着头，眼睛也不敢看苏雪至，显然又尴尬又无助。

苏雪至端起贺兰雪剩的小半杯深色饮料，往椅面上一倒，招手叫来领班："不好意思，不小心打翻了饮料，弄脏了椅子，钱加在账单里。"

领班反而连声道歉，说没关系，没弄脏贺小姐的衣裳就好。

苏雪至笑着道了声谢，从花瓶里抽出花，带着贺兰雪走了出来。

贺汉渚坐在车前排的右位里，等得好像有些不耐烦了，见两人终于出来，妹妹肩上罩着外甥的外套，手里紧紧握着花，外甥说贺兰雪有点冷，所以才把自己的衣服借她了。贺汉渚瞄了一眼低着头一声不吭的妹妹，不能理解的表情，随即扭脸，叫司机开车。

汽车直接开进贺家，贺汉渚叫妹妹回房休息，苏雪至跟着他进了二楼书房。

他脱了外套，丢在椅背上，扯开衬衫领口，示意她去关门，自己就坐了下去。

苏雪至照办，关了门回来，站他面前。

"随便坐。"他的背部完全放松地靠在椅背上，两条长腿随意张开，双手松松地搭着，目光则笔直地望着她。

苏雪至不知道他把自己单独叫来想说什么，但从他这种充满侵略性、隐含高高在上意味的肢体语言来推测，接下来他要说的内容，对自己而言，应该不是什么愉快的事。

果然，宴无好宴。

苏雪至选了张侧对他的椅子，坐了下来避免正面的目光接触。

他好像有点不满她坐偏了，微侧着脸，看了她一眼，说："来这里也有些天了。怎么样，都还顺利吧？"

和他的坐姿的气场相反，他神色和蔼，语气充满关切，是一种来自长辈对后辈的和蔼和关切。

"是，一切顺利。谢谢表舅关心。"她略带戒备。

他微微颔首，看着她："你学校在北郊，所以北门你也进出过不止一次吧，有没留意到附近的庙宇？"

天城这个地方，因为是北方的商业和水陆中心，四面八方来的人也多，出去的也多，人人都想求个平安发财，城中到处都是大大小小的庙宇，旧城北门也不例外，附近散布了好多庙宇，苏雪至自然有看到。

她应："有注意过。"

"都有什么庙？"

苏雪至不知道他怎么和自己说起了这个，就照自己所见说："张公祠、三圣庵、三皇庙、玉皇阁。"

"还有呢？"他继续问。

苏雪至一时想不起来了，摇头："我来了后，也没出去逛过，就几趟来回路过时看了几眼，就这些吧？”

贺汉渚对她的答案显然不满意，提示：“北城门进来，北街过去一点，刘家胡同口，很显眼。”

幸好苏雪至的记性好，她略一思索就想起来了：“对了，还有一座关帝庙。”

他微微颔首。

“知道为什么立关帝庙吗？”苏雪至听到他又问自己。

“因为关羽忠义。”

“那么你知道忠这个字的说法吗？”

这是在考文化史？但这个苏雪至确实说不上来，她摇头，听他说：“忠，首先有‘敬’的含义。《说文解字》把忠释为敬，认为这是发自内心的恭敬和尊重。这是忠的起点。有一位朴学大师，名段玉裁，则解释说，尽心曰忠。也就是说，为人效力，应当倾尽全力，不存二心。”

苏雪至听得一头雾水，只能沉默着，听他继续侃侃而谈：“刚才是字面的解释。从历史的角度来说，忠，也就是忠诚，更是普遍的伦理规范和道德的准则。儒家认为，‘天之所覆，地之所载，人之所履，莫大于忠’，事实上，并非只有儒家这样认为，在思想最活跃的先秦时代，就这一点而言，诸子百家也是持了相同的观点。公子高说，不忠者无名以立于世。韩非子甚至直接说，为人臣不忠，当死。”

苏雪至后颈嗖的一凉，睁大了眼睛。

贺汉渚注视着她，继续微笑道：“我再给你说个故事。吕布你肯定知道，对吧。其人有三国骁勇善战第一猛将之名，最后投向了曹孟德，曹孟德爱才，天下皆知，但却乱箭射杀了他，为什么？我相信你肯定也知道，吕布的所作所为，毫无忠诚可言。”

“一个人有本事，若无忠诚，则如一柄利剑，我可用，敌也可用。即便曹孟德将人留在了身边，也如隐患，所以干脆下了杀手。”

他停顿了一下，注视着她：“懂了吗？”

苏雪至似懂非懂。

他说的话，她自然每一句都懂。就是说，忠诚是美德，不忠诚没好下场。

但她实在不懂，他这样引经据典、深入浅出、耐心十足地给自己讲授“忠诚”，目的到底是什么？

不懂装懂不是她习惯，她摇头：“表舅，我其实不是很明白您的意思。您要是有话，可以直接和我说。”

贺汉渚一顿，坐直身体，双目注视着面前这个看起来确实不像是在装糊涂的苏家儿子。

“苏雪至，你舅舅叶汝川千方百计把你送来这里，目的是什么，你应该知道吧？”他耐着性子问。

省城里的荀大寿攀了个厉害的后台陆宏达，对方是京师里的要人，舅舅叶汝川自然斗不过了，还差点没了命，知道面前这个人的存在后，就送自己过来认亲，希冀能当靠山。

“知道……”她老老实实承认，“是希望我们苏叶两家能得到您的关照。”

贺汉渚点了点头，脸上也终于现出了今晚上坐下来后的第一丝还算满意的神色，他的后背又靠了回去，这次还交起腿，把他那条受伤的左腿随意地架在了右腿上。

“既然你知道，那就简单了。接下来我的话可能会让你听了不舒服，但是实话，更没必要拐弯抹角。老实说，就算从前我祖父在世时，你们苏叶两家和我贺家也根本算不上是什么正式亲戚。不过，这一点不重要。你们两家有诚意，从前和我贺家也确实有过往来，那么日后再做亲戚，也是好事。我贺汉渚自然算不上什么有本事的人，但遇到事，也不会不管。别的不敢保证，保你们两家在叙府的安稳，这一点，应该还是可以做得到。”

他的语气听起来淡淡的，但话里的自负和睥睨却是扑面而来。

到了现在，苏雪至才终于渐渐回过了味。天下原来真的没有白吃的餐，自己还要了那么一瓶五十年的香槟……

她慢慢有点紧张起来，沉默着。

此刻面前的这个男人也无须她说什么——因为还轮不到她开口，只听他接下去说道：“我考虑过了，可以认下你们苏叶两家，日后正式以亲戚关系往来。”说完，他停了下来，不再开口。

书房里随之安静，他也不再看她了，从抽屉里摸出一支香烟，但没立刻点燃，只连同一只金属打火机，一并捏在手中把玩。

灯光从他的背后照下来，他的脸上不再有笑意，五官的轮廓隐在了一团泛着青影的光晕里，仿佛蒙上了一层冷漠的薄纱。

苏雪至知道，他要说的已经说完了，现在该轮到自己开口了。

“那么……我们两家需要做什么……”她放松自己略发紧的喉咙，终于开口问道。

“忠诚，绝对的忠诚。”他沉沉地应。

她明白了，为什么刚一坐下来，他先是给她讲了那么一堆听起来有点远的东西。

她也一下放松了，还以为他要苏叶两家干什么呢，这个应该没问题。但还没来得及舒气，听见他又说：“当然，如果哪天我快倒了，或者死了，被我的敌人消灭，你们要转投别的靠山，自然没问题。但，只要我还在一天，我就不会容许背叛，不容许任何的欺瞒和首鼠两端。”

“如果被我知道……”

他随手将打火机扔在了桌上。铁块随着投掷的力溜了过来，堪堪滑到桌面边缘才停住。坚铁摩擦过木头，发出一段突兀而刺耳的噪声。

“我贺汉渚心胸狭窄，睚眦必报。”他轻描淡写地说。

就在大约一个钟头前，坐在餐厅里吃饭时，苏雪至还觉得今天晚上颇是轻松，是她来到这里之后过得最愉悦的一个晚上，可谓是精神和肉体的双重享受了。现在，那种感觉已经彻底地消失了。

她立刻表态：“贺先生您放心——”她改口叫他贺先生了。

“舅舅和我母亲那里，他们既然选择了投靠您，自然不会再有别的想法，他们不是那样的人。何况，除了您，我们两家再去哪里找一个能和荀大寿后台相当的人？他们把我送来这里读书的目的，就是希望能和您拉近关系。这回我来上学，舅舅原本是要自己送我来的，也正好借机正式拜访贺先生您，没想到他出了那个意外，腿脚受伤，实在无法出门，只能错过了机会。贺先生日后您若有空，他们随时希望能再来拜访。”

她没有信口雌黄，说的确实是实话。

他的唇角微微扯了扯，皮笑肉不笑的样子，点了点头：“这样就好。”

苏雪至舒出了口气。

这个男人今晚和他妹妹相处时流露出的随和与柔情，差点让苏雪至麻痹大意，放松警惕，他现在的样子才是他本来的面目吧。

苏雪至不想再过多停留，今晚上他要说的话应该都已经说了，自己也替苏叶两家表明了态度。

“贺先生，要是没别的事，我先回了。也不早了，我想回去休息，明天还要上课。谢谢您的晚饭，很好吃。”她站了起来，朝他礼貌地道别，见他不置一词，就转身朝外走去。走到门口，苏雪至正要伸手要开门时，忽然，身后传来一道声音：“你自己呢？”

苏雪至没听懂，转脸看他。

他依然那样靠在座椅上，面上带着微笑："刚才你替你的舅舅和母亲表了态，你自己呢？怎么想的？"

苏雪至一愣，苏叶两家向他表忠还不够吗？连她也需要表忠？有这个必要？

"贺先生……您大概误会了，我家里完全是我母亲当家，我不管事。"苏雪至反应了过来，立刻解释。

贺汉渚的脸色微微一沉，笑意消失："我栽培的人，日后如果吃着我的饭，看别人的锅，你说，我该怎么办？"

苏雪至终于听明白了。

他这意思，是看中了自己，不嫌自己是个小人物，打算重点培养，现在要她也向他宣誓表忠？

苏雪至一下就蒙了，立刻下意识婉拒："贺先生，您高看我了，我就一……"

"就算你光会吃饭，不会做事也无妨，用不用是我的事，不用你考虑！"

苏雪至怀疑他在顺道讽刺晚上自己吃得太多，她闭了口。

"怎么，是我这座庙太小了，容不下你这尊大佛？"他似笑非笑，语气玩味。

苏雪至定住了。

苏叶两家投靠他，和自己单独向他表忠，这是两码事。

这个人，他绝不是什么能被道德约束的人。他的底线在哪里，她并不知道，或者他根本就没有底线。和没有底线的人共事……不对，应该说，替没有底线的人做事，谁知道等在前头的是什么。

现在闭着眼睛张口表忠也容易，但接下来，如果他要自己做什么违背她底线的事，她是做，还是不做？

别人让她做事，能做到的，她会答应，如果做不到，或者不愿意，她是绝不会碍于面子而勉强答应的。

而且，先不论底线的问题，就说一个眼皮子底下的事。如果向他表忠了，照这个人近乎变态的要求，"不容许背叛，不容许任何的欺瞒和首鼠两端"，那么第一件事，她是个女儿身的事，要不要告诉他？

不说，就是欺瞒，以后被他知道了的话，怎么办？

说给他知道……怎么可能！

苏雪至脑子里想来想去，始终没法说服自己，见贺汉渚的脸色渐渐阴沉了下去，急忙补救，希望能糊弄过去："贺先生，我家人的想法和态度，就是我的想法和态度，没有区别。"

他笑了笑，修长的手指在桌面上轻轻叩了几下："回去了，再考虑下吧，等想好了，随时找我。我这个人没什么长处，耐心还是可以的。"

苏雪至心一凉，知道他还是没被糊弄过去。

他这是在赶人了，她在原地定了片刻，默默地转过身，正要出去，忽然听到身后又传来他的声音："以后还是叫我表舅吧，挺好的。还有——"

伴着一阵椅子拖动的声音，他仿佛站了起来。

苏雪至再次转头，见他已经踱步走到了窗边，推开一扇窗，靠着窗，低头点着了手里的那支烟，口中仿似随意地说："往后还是别随便跳河了。投一回胎做人，也不容易——"

"想死，还不简单。"他对着窗外的夜色，深深地抽了口烟，随即扭过脸，侧目瞥了眼她，拂了拂手，结束了今夜的谈话，"出去吧，把门带上！"

苏雪至关门的时候，听到门里传出几声低低的咳嗽声。

她心事重重，直接下了楼。

夜色笼罩下的整座贺公馆，空旷得像座死寂的空屋。楼下的客厅里，只剩亮得晃眼的灯光。耳边是落地大钟秒针走动发出的滴答滴答声。

苏雪至快步离开了这个地方。大门外停着车，司机就等在车旁，见她出来，给她打开了门。

回去的路上，连同这个夜晚，苏雪至的耳边仿佛一直回响着贺汉渚最后看似无心说的那句话，越想越觉得意味深长，带着讽刺和浓重的威胁。

她懊悔万分，检讨自己的思想和行为。

可以这么说，从她做了叶云锦女儿的那一天开始到现在，目前为止，一切都太过顺当了。

母亲叶云锦虽然严厉，有些不近人情，但看得出来，对女儿是爱的。

舅舅和表哥不用说，对她好极。

打过交道的外人，傅明城是老相识，其余人，庄阗申、学校里的学生监、教务长，因为介绍人的关系，对她也是一路绿灯，大搞特殊化。

唯一针对她的王庭芝，也没有给她造成过什么实质的麻烦。

还有贺家兄妹。妹妹不用说了，就算是贺汉渚，今夜之前，对着她的时候，也完全是一副略疏远的亲戚长辈的样子。

她的身边，没有真正的敌意。

所以她大意了，还是习惯用从前的思维方式，把自己周围的人、事和各种关系，想得简单了。

她错了，把贺汉渚看成了类似亲戚长辈的人，忘记了他的社会属性，在他面前过于放松了。

现在，她该何去何从?

一夜无眠，接下来的几天，苏雪至也心事重重的，上课走神，无法专心，上马术课的时候，还一不小心从马背上摔了下来，差点扭伤了脚。看着教官瞪得眼珠子都要掉出来的模样，苏雪至巴不得他也像对待别的学生那样，直接抽自己几下，她心里倒会更舒服些。

正好她又来了月事，她索性请了病假，课也没去上，就待在屋里。

这样过了一个星期，这天傍晚，有人来敲门，她听到是陆定国的声音，打开门一愣，旁边居然还有贺兰雪。

贺兰雪手里提了只衣袋，陆定国把刚才抢着帮忙提的水果举到苏雪至面前，笑呵呵地说："小苏，贺小姐来看你了！刚听说你从马背上掉下来，还请了几天病假，很关心你。"说完把水果放在桌上，又笑呵呵地退了出去。

苏雪至只好请贺兰雪进来，让她坐，给她倒茶。

贺兰雪显得很担心，问她身体情况。

苏雪至说自己没事，摔下来也没受伤，已经休息过了。

贺兰雪这才松了口气，指着带过来的袋子，小声说："苏少爷，衣服我洗过了，也熨好了，拿过来还给你。那天……"她咬了咬唇，面颊浮出一层淡淡红晕，"谢谢你了。"

苏雪至这一周过得乱七八糟，早就把衣服的事忘得一干二净，"哦"了一声，也没留意她的表情，接了过来，说了句没事儿不必特意送回来，就没话了。过了一会儿，见贺兰雪还那样坐着，两只手放在裙子上，显得有点拘束，苏雪至又觉得过意不去，就从她带来的水果里拿出一只苹果，取了小刀，削给她吃。

贺兰雪看着迅速挂下来的一条长而整齐的果皮，"哇"了一声："苏少爷，你苹果削得真好！"

苏雪至一笑，把削好的苹果递给她。

她接了过来，正要咬，又递了回来："你先吃。"

苏雪至摇头："你吃吧。"

她高高兴兴地吃起了苹果，说："我哥哥天天那么忙，我回家就对着梅香，一个人吃饭也没劲。刚才我听那个陆定国说，学校里的伙食像猪食，苏少爷你可以常来我那边吃饭。梅香虽然手艺没吴妈那么好，但做得也是可以的。等吴妈回来，就更好了！”

苏雪至含含糊糊地搪塞了几句，忽然想起一件事，问道：“贺小姐，你来我这里，你哥哥知道吗？”

她点头：“知道。昨晚我和他说了，今天来还衣服。他管我管得可严了。去哪儿都要告诉他。”她噘了噘嘴，抱怨了一句。

“他知道你来我这里，有没说什么？”苏雪至试探地问。

“没说什么啊，就让司机送我，叫我送完衣服，早点回，不要打扰你。”

苏雪至沉默了，等贺兰雪吃完苹果，就说自己要去查资料准备功课。

贺兰雪急忙站起来告辞。

苏雪至送她到了寝室外，她让苏雪至不用再送。贺兰雪刚要走，忽然想起一件事，说：“苏少爷，过些天是王伯父生辰，不在京师那边过，来天城。我和哥哥要去的，你也一起去呀。”

姓王的伯父，应该就是王庭芝的父亲了。

苏雪至说：“我和他们没关系，不便登门。”

贺兰雪说：“你不是我们家亲戚吗，到时候会很热闹的，你要是想去，直接带你去就可以了。”

苏雪至说学业忙，而且她的身份也不方便去这样的场合。

贺兰雪显得有些失望，说：“那好吧，没关系的。我先走了。”

苏雪至目送她离去，回往寝室，还没进去，隔壁陆定国就跟了过来，夸贺小姐如何如何的好：“没想到贺小姐竟然这么客气，说话轻声轻气，我还以为贺小姐也是个厉害的人呢。”

苏雪至应付两句，就坐到书桌前，低头翻着德文课本。

陆定国却还不走，靠过来说：“刚我听贺小姐邀请你去王总长那里过寿，难得的机会，你怎么不去？”

王庭芝的父亲王孝坤是陆定国上司的上司，是军部最大的官。他自然想去，可惜职位太低，根本进不去。

苏雪至说：“我和贺家人不一样，与王家没关系，不便登门。”

陆定国点了点头：“这倒也是，像王家和贺家这样铁的关系，也是少见。你知不知道，去年想对王家公子不利的那个仇家，也算是一个狠角色了，你猜他是怎么死的？”

苏雪至心不在焉，眼睛看着课本，问：“怎么死的？”

“就是被贺汉渚给弄死的，拉去活埋了，就给那家人送回来身上穿的东西，说让办丧事用。”陆定国压低了声音。

苏雪至打了个激灵，一下抬起眼，看着陆定国。

陆定国见她终于来了兴趣，又说了一段旧事：“王家贺家前清时就关系亲近，王总长的父亲当时是贺家老太爷的副手，忠心耿耿。所以现在贺汉渚和王家的关系好也是人之常情。要怪，就怪那个人运气不好，对付王总长就罢了，谁叫他想歪了，打王公子的主意？”

苏雪至分了些水果给陆定国，等他回去后，这个晚上，苏雪至又是一夜无眠。

离吃饭的那天已经过去了十来天，苏雪至没法再拖下去了。

第二天早上，苏雪至顶着两个黑眼圈，终于下了决心，活着挺好的，她决定投诚了。

也没办法不投诚。现在这个趋势，已经脱离了自己对他来说到底是不是真的有用的问题，而是变成了对方的尊严问题。

不说自己如何，要是真触怒了他，照这个人的心狠手辣，说不定还会迁怒苏叶两家。

当然，自己是女人的事，是绝对不可能说给他的。

她找学生监请了假，等白天的课上完后，进城找到了卫戍司令部，叫门口的卫兵帮自己通个消息，等了一会儿，她被带进了一间像是让访客等待的屋，说贺司令现在在见人，让她等着。

苏雪至只好等，干等了至少半个小时，终于听到对面的司令办公室里起了动静，门打开，她看见贺汉渚送出了几个人。

那几人穿着西装，手里拿着本子，端照相机，像是报社的人。

贺汉渚含笑叫人把报社记者送出去，等人走了，他脸上的笑就没了，低声吩咐站在一旁的秘书处长陈天雄，审阅过通讯稿件后再予以刊载。

苏雪至亲眼看着他转身进了里头已经无人的办公室，过了一会儿，她才等到一个秘书来传话，说她可以进去了。

贺汉渚坐在办公桌后，手里握着一支水笔，低头好像在阅着文件，她走进去，他也没反应，专心致志，头也没抬。

苏雪至停在办公桌前，等了一会儿，见他还是没看自己，略一迟疑，叫了声“表舅”——既然他发过话，让她继续这么叫的话。

他淡淡地“唔”了一声，一边继续工作，一边说：“有事吗？”

苏雪至说：“上次那个事，我想好了。”

“哪个事？”贺汉渚的目光依旧落在桌上。

“上次谈及的忠诚。”

贺汉渚终于掀起眼皮子，看了她一眼。

“我想好了，往后我也和我的舅舅母亲一样，投靠您，不会三心二意，首鼠两端。”

他不置一词，只停了下来，抬头看着她。

苏雪至见他盯着自己，既不说话，也没表情，心里渐渐发毛。

“你心里不服？”他忽然开口了，带着几分玩味似的。

苏雪至立刻摇头：“没有。”

“没有就好。”他淡淡道，又低头开始工作。

苏雪至的直觉，他好像不信她的话——其实也正常，因为就连她自己，好像也做不到全然相信刚从自己嘴巴里吐出来的那些话。

她在原地又枯立片刻，见他好像已经忘了自己的存在，自顾做事，犹豫几下，忍不住试道：“表舅，我能问一个问题吗？”

“说。”他看着文件，干脆地应。

“以后您……”她一顿，“我大概能为您做什么？”

“你说你能为我做什么？”他打量了她的胳膊和腿，“牢记你今天说的话，回去多想想。回吧，好好念你的书！”说完，他又继续看着文件。

苏雪至怀疑他套路自己。再看，他扭脸，望了下天色擦黑的窗外，起身去开了电灯，随即走到一个靠墙的文件柜前，打开柜门，在里面翻找起了东西，完全没再理会自己了。

“那我不打扰了……”苏雪至立刻转身要出去。

“晚了，你让丁春山安排个人送你回吧。”他走了回来，低头快速地翻着刚拿出来的文件夹。

“不用麻烦丁处长了，我自己……”

他抬起头。

“好的！谢谢表舅！”苏雪至立刻改口，退出了办公室。

直到回到医学校，苏雪至还是有一丝不真实感。

车停在了学校门外的路边，附近已经停了一辆，不知道是谁的。

丁春山替她开了车门，她下去，正要道谢道别，忽然看见一个人从校门里走了出来，是已经有些天没遇见的傅明城。

那天晚上，第二次尸检他没来，后来派了个人去罗家胡同捎话，说家里出了点事，无法脱身，随后这半个多月，苏雪至就一直没再见到他了。

傅明城于苏雪至而言，如师如友，这些天她也想起过他，但因为不方便，加上平时也没什么私交，她自然不会主动联系。只在前几天，她听说好像是他的船王父亲病倒了，没想到现在这里遇到，她便主动打招呼："傅先生！"

傅明城仿佛怀了心事，听到她的声音，方抬头，一怔，脸上露出笑容，快步朝她走来。

苏雪至向丁春山道谢。

丁春山点头，看了眼傅明城，扭头上车，走了。

"傅先生，您的手伤怎么样了？"苏雪至问道。

"没大事。"傅明城微笑，随即为那天晚上自己没有出现的行为道歉，"后来我听说，你独立对死者颅脑做了解剖，找出了致死的直接原因。那个案子能那么快就结束，离不开你的工作。非常好，我很替你感到骄傲。"

苏雪至谦虚了两句，和他再叙几句，怕耽误他的事，看了眼那辆停在路上的汽车："您是要走了吗？我不打扰您了。"

傅明城仿佛迟疑了下，说："雪至，你大约也听说了，我父亲身体出了点问题。确实是这样的。就是那个我失约没出去的晚上，他出现了中风症状。现在他人已苏醒，应该也没大的问题了，但人还在医院里观察……"他一顿，"即便出院，大约也会留后遗症，他年纪也大了，希望我能多陪伴，我也想照顾下父亲，所以我是回来向校长请假。接下来的一段时间，很遗憾，我可能暂时无法再执教。"

苏雪至安慰了他几句，表达了期待他能早日回来再教他们的心愿。

傅明城微笑："我也盼着如此。正好这里遇到你，我那边有一些邮自外国的包括法医学在内的最新书籍。如今我大约是没时间看，留着也是空置，你要是有兴趣，哪天我叫人送来借你，供你学习参考之用。"

苏雪至忙道谢，说自己一定会好好爱护，等看完了就还给他。

这天晚上，苏雪至终于恢复了学习的心情，埋头用功到深夜，上床休息的时候，开始回想今天去向贺汉渚"表忠"的经过。

她想起他最后留给自己的那句话，让她记住她今天说的话，回去多想想。

其实她最讨厌这种人了，说话说一半，留一半。

她就照他的吩咐去想，但大约是智商不够，实在想不出什么东西，于是打算换个方向，分析下他今天言行举止背后可能隐藏的真实意思，但又太困，脑海里才浮现出那一张脸，打了个哈欠，头一歪，就睡着了。

第二天，功课太忙，她把贺汉渚丢在脑后，没时间去想了。

这些天傅明城不在，病理都是和校长亲自上的。今天是一堂“quiz”，相当于开学后的第一次考评，成绩计入期末评分，加上校长十分严厉，对学生要求高，全班都很紧张。

苏雪至也不例外。虽然她不在意自己被同学排斥孤立，但性格里那种天生追求完美的特质，还是促使她希望，如果有可能，自己可以尽量把每一件事都做好。

每个人都分到一台显微镜，显微镜里是不同的片子，而且片子里是好几个不同的组织，每个人先看自己片子，和校长一声开始，所有人就交换位置，看别人的，再继续交换。每个人至少要看十张片子，把观察到的内容全部现场画下来，并写清楚是什么组织，什么样的病理分析。

这虽然属于基本内容，但却最是考验学生综合知识的功底，没有足够时间的付出和努力，不可能获得这样全面的能力，加上必须在规定的时间里完成十个位置的考试，同学们的心都紧绷着，尽管天气冷了，还有人满头的汗。

第二天上课，和校长当堂宣布昨天的成绩，苏雪至第一名，在规定的时间里完成了内容，全部正确。第二名是高平生，他也完成了全部数量，但有一个错误。

校长把卷子分还给学生，让大家纠错补缺，叫到苏雪至的时候，她上去领，见他端详着她，并且第一次朝她微微地点了点头。

她朝校长躬身，接过卷子，在全班神情复杂的注视下，回到了自己的位置上。

第二天，又是她最头疼的马术课，去了马场，她却意外地发现，自己居然有了一个“私人教练”，是卫戍司令部的丁春山。

苏雪至的智商虽然不足以彻底领悟来自贺汉渚的“指示”，但用脚趾头去想，也能想得出来，这肯定是自己这位表舅的安排。

丁春山果然马术超群，且耐性十足，教得也好。

这天傍晚，她上完课，回往学校，意外地在校门外看到了一个人，她的表哥叶贤齐。

叶贤齐穿着小巡警的制服，正在校门口左右张望，忽然看见她，眼睛一亮，招手：“雪至！”

苏雪至也好些天没看见他了，有点亲切，上去问他怎么来了。

叶贤齐将她拉到一边，说他所在的警棚接到一桩人命官司纠纷，别人不愿管，落到了他头上，他想让苏雪至帮他去看一看。

从天城旧城西门出去，分布着大片的村落。这一带以印制木版年画而闻名，平常种田，每年到了年末的几个月，就开始印制年画。

在这几十个从业的村子里，周家庄的名气很大。周家庄和李甸子相邻，还被一条河给连接起来，但这几年彼此之间的关系却是水火不容。

其实，据说李甸子这边的手艺最早还是向周家庄学的。但李甸子的人不厚道，十几年前以低于市场价的价格接连挖走了周家庄的几个大客，两边关系就此交恶，恰好周家庄当时的大师傅周老三又病死了，周家庄的年画就此没落了。直到几年前，周老三的儿子周庆年刻出了一张独一无二的百子送福图，大受欢迎，当年的销量遥遥领先，就此又一炮打响了周家庄的名声。

与周家庄鲜明对比的，是临近的李甸子。当年李甸子靠着不光彩的手段兴旺了一阵，但近几年早就不行了，见周家庄红火，村民难免眼红。

叶贤齐说的这起命案纠纷，发生在五天前。

周家庄的周庆年进城去买油墨，回村的路上遇到了李甸子的李祥瑞，周庆年的骡子不慎碰到了李祥瑞，李祥瑞当场发作，说周庆年故意想要撞死自己，打伤周庆年后扬长而去。

根据周家庄村民的说法，周庆年回去后，鼻部出血不止，当晚下半夜还呕血，撑了三天，前天不幸去世了。

这个李祥瑞不仅是李甸子的里长，还是个地主，家有几百亩的良田，雇着佃户，会些拳脚功夫，平日横行乡里，为人凶恶。当年就是他怂恿本村低价抢生意的，这几年因为嫉妒周家庄的生意，又带领村民在农忙时把流往周家庄田地的水给截了，为此，周家庄也闹了好几年。

审判庭判李甸子放水，周家庄村民拿了判决，白天扒开水道，晚上又被堵，如此反复，最后就连道路都被封堵了，李甸子说是本村地界，不让外人通过。周家庄的人告到当地警棚，警长收了好处，派人走个过场，判决如同一纸空文，周家庄苦不堪言。

周家世代是版画画师，可谓周家庄年画的灵魂人物。

新仇加上旧恨，周家庄村民愤慨万分，举着锄头拿着菜刀冲到李甸子那边，要为周庆年报仇。

李祥瑞不承认殴打周庆年，两边村民发生械斗，再次闹到了管辖区的警棚，警长就让下面人去查。

这种涉及乡民纠纷的事，本来就最难弄，现在又摊上了人命，而且，警棚里的老油条也都知道，警长和那个李祥瑞背地称兄道弟一起喝酒的，谁愿意去蹚这浑水，就把事情推给了新入职不久的叶贤齐。

叶贤齐满身正气，二话不说，带着个前清衙门里退下来的仵作前去验尸。仵作草草检查了下，说死者全身就只面门留有伤痕，这样程度的攻击，不可能打死人，认定周庆年的死和李祥瑞无关。

李祥瑞大喜，周家庄村民却不信，叶贤齐也不相信，他知道仵作收了李祥瑞的好处，就暗地给周家庄的人出主意，让他们去城里请律师，直接绕过警棚，找上头的队官，并威胁将此事公布给报社，揭露警局贪污腐败，包庇犯罪。

毕竟出了人命，周庆年在附近十里八乡也有点名气，那个队官名叫刘安，想起上司警署区长姚能前几天传达局长的意思，说孙局长预备严厉整顿，以扭转时人对警局的负面印象，他怕事情闹大连累自己，立刻亲自下去过问，当场撤了警棚警长，叫人先把李祥瑞抓了，还表扬了叶贤齐，他决定拿李祥瑞开刀，杀鸡儆猴，以平民愤。

李祥瑞大约也知道自己这次撞到了风头，一旦认罪就是死路一条，他在警棚里拼命叫屈，竟忍住了严刑拷打，尽管只剩半条命了，他还是抵死不认。

拿不到认罪供，又没有足够证据，就没法结案，叶贤齐想到了表妹上次干的活，他灵机一动，建议刘安效仿贺司令，请法医前来验尸，有了法医的权威结论，就算李祥瑞不认罪，也足以定罪。

这两年社会舆论大力宣传科学，刘安经提醒，得知他表弟就是军医学校开学典礼上和教育部巡检专员宗先生一起合过影上过报纸的青年，刘安大喜，立刻让叶贤齐请他表弟来帮警局验尸。

“李祥瑞不死，不足以平民愤！雪至我跟你说，知道他被抓后，就昨天一天，警棚里就来了不下十来拨的人，全是附近十里八乡以前吃过他苦水的，现在知道他要杀头了，个个拍手称快！”

苏雪至听到是乡下出了人命案，没推脱，进去找教务长，把情况说明，问是否同意让她代表校方过去帮助警局验尸。

这种官方摊来的活，就怕没人愿意去，现在她愿意，教务长求之不得，满口答应，说只要她自己愿意，校方可以给她提供一切的便利。

得到了批准，苏雪至准备好工具箱，随叶贤齐匆匆赶往周家庄那一带的乡下。

死者现在已被拉到警棚后一处临时搭起来的草棚里，周围挤满了附近各村闻讯而来的村民，好像还有几个记者模样的人。

一拨周家庄的人带着个七八岁大穿着麻布孝衣的小女孩，正等在草棚边上，他们看见队长刘安陪着一名模样文弱的白脸青年匆匆走来，急忙带着那孩子冲了过来，下跪恳求，不要动刀。

刘安生气道："说被李祥瑞打死了来告官的是你们，现在阻挠医生的也是你们！你们到底想干什么！还要不要查案了？"

村民都是老实巴交的人，害怕周庆年死了不留全尸，在阴间落不得好，见刘安生气，众人不敢出声，用畏惧的目光看着苏雪至。

刘安骂服了人，转向苏雪至赔笑："苏少爷，那就劳烦您了！乡下人愚昧，您别和他们一般见识。"

苏雪至正要进去，忽然停了脚步。

那个跪在地上的小女孩，瘦瘦弱弱，显然哭了很久了，两只大眼睛又红又肿，却流不出眼泪，眼底布满血丝，怯怯地望着自己，目光里充满了悲伤、迷茫和恐惧。

她略一迟疑，放下工具箱，走了过去，把小女孩从地上牵了起来，带到一旁，蹲到她的面前，轻声问："你叫什么名字？"

"小玉……"半晌，小女孩终于怯怯地应，声若蚊蚋。

苏雪至微笑："小玉，你不要怕，等我检查完了，我保证帮你阿爹恢复好。等他到了去的地方，他会一点事都没有，过得很好。"

小女孩起先呆呆看着她，渐渐她原本干涩的眼底涌出了泪花，点了点头，抬手擦眼睛，哽咽："好……"

苏雪至微笑，正要站起来，视线又停在了小女孩抬起的胳膊上。

她小心地握住，卷起衣袖，检查了下，指着她胳膊上的一块肤下瘀斑，问："这是怎么来的？"

小玉摇头："不知道，哪里碰一下，就会有……"

苏雪至又检查她另只胳膊，翻了翻她的眼皮，最后撩起她的裤管。

非常不幸，所见，如她所想。

她轻轻摸了摸小女孩微肿的膝关节，眉头微蹙，又问了小玉几句话，听到她的回答后，苏雪至出神了片刻，随即让叶贤齐把她牵回去，吩咐当心，不要摔碰到她，然后她走进草棚。

死者平放在一张架起来的破木板上，之前那个仵作充当她的下手，照她吩咐，除去死者的衣物。

苏雪至穿上衣服，戴了口罩和手套，准备完毕，首先检查死者外观。

死者年约三十，身体消瘦，关节异常肿胀，除了面部，其他部位没有明显伤痕。死亡时间两天，因为天气渐冷，除了靠近能嗅辨到极其轻微的异味之外，外观还没有大的变化。死者右手食指和中指的上指节间生着硬茧，符合版画师的职业特点。

苏雪至又检查死者面门，见面颊以及眉心、鼻尖部位的皮下软组织广泛出血，鼻骨完好未见骨折，鼻翼的黏膜下血肿，此外没有别的伤痕。

她取出解剖刀，在仵作投来的怪异目光中开始工作。

死者双侧胸腔内有大约五百毫升的黄色积液，胃部有约五十毫升的暗色液体，胃和食管的黏膜广泛性出血，在肠道里总共收集到大约一千毫升的黑色液体，脾被膜皱缩。

根据所见，基本可以做出一个病理推断，死者生前胃肠黏膜多发性糜烂，有出血和水肿现象，同时伴有多器官的贫血。

苏雪至结束了解剖，照刚才答应小女孩的那样，仔细地将死者缝合，让仵作杨三为死者穿好衣物。

收拾好了东西，她却没有立刻出去，而是立在这具尸体旁，闭目，陷入了冥想。

警局的刘安，一大群来自周遭村落的村民，此刻全都聚在这座草棚之外，怀着迥异的心情，在等待着她宣布结果。

“苏少爷？”仵作走到草棚口，张望了下外头，回来小心地叫了声她。

苏雪至睁开眼睛，走了出去。

等得有点焦急的刘安立刻迎了上来，低声问道：“怎么样，是李祥瑞打死的吧？”

没有条件可以做血液缺陷筛查，但根据死者的体表关节特征、解剖后的病例所见以及小女孩小玉的特征和她的回答——“父亲流血，哪怕是小口子，也要好久才能止住”，可以推断，周庆年患有血友病。

他是在凝血功能障碍基础上，鼻部遭钝性外力打击，鼻黏膜出血不止，继而造成内脏应激性大量出血，最后失血性休克的死亡。

苏雪至摇头：“周庆年死亡，从医学角度说，李祥瑞负次要责任。”

她详细地解释了一遍自己的结论。

刘安脸色一变，迅速看了看四周，将她请到一个无人的角落里：“你确定没错？”

苏雪至颔首：“是。”

他用商量的语气说："苏少爷，你看咱们能不能不要这么宣布，你就说……"

"不行。"苏雪至知道他的意思，拒绝。

刘安一愣，朝跟过来的叶贤齐使了个眼色。

叶贤齐也说："不会吧？雪至你就这样放过了那个恶棍？那这边这么多人等着，还有摇笔杆子的记者，怎么交代过去？"

周围的村民见她出来了，却迟迟没有宣布结果，议论纷纷，周围的喧声渐渐大了起来。

"我只根据检查做结论。李祥瑞再该死，在这件事上，从医学角度来说，他对死者的死亡是不负主要责任的。我也不想看到这样的结果，但很遗憾，如果我的这个结论不合你们的心意，你们可以另请高明。"

刘安神色显得有点不甘，他迟疑了下，和叶贤齐低声说了几句话，匆匆走了。

草棚周围的议论声越来越大，村民仿佛预感到了什么，冲着苏雪至指指点点，神色渐渐带了几分不满。

叶贤齐紧张地看着周围："雪至你先等等，你可千万不要说出去。万一激怒了这帮人，谁知道他们会不会干出什么事。刘队长去找区长汇报了，看上头的意思吧，先等着。"说着把她推进草棚里，又拉来几名巡警。

苏雪至站在表哥的身后，视线越过他，对上了那个一直睁大眼睛默默看着自己的女孩。

她的父亲是血友病患者，那么这个名叫小玉的小女孩，应该就是一个血友病携带者。

她比正常人和普通的无症状携带者有着更易于出血的倾向，这表示她的凝血因子水平，应该也在患者的范围之内，所以她出现了关节的病变反应。万幸的是，她应该处于轻度范畴。

小女孩忽然挣脱开拽着她的村民，跑了过来，从巡警和叶贤齐的身体缝隙里钻了进来，停在她的身边，看着被白布盖着的父亲。

"少爷，你是不是想说，我爹他是自己死的？"良久，她仰脸望着苏雪至，哽咽着问道。

苏雪至沉默了片刻："你会不会怪我？"

"我知道你是好人，你不会骗人的。"小女孩摇了摇头，眼泪扑簌簌地落了下来。

“区长，怎么办？那个苏少爷不肯配合。现场还有记者，我怕记者到处钻，万一瞒不住……”

姚能大骂：“谁让你把记者叫来的？”

刘安小声地解释：“我不是想为民除害，替咱们警区还有区长你争光吗。以为这是三指捏田螺，笃定了，谁知道那个苏少爷非要说周庆年是自己死的……”

“我看你就是想自己出风头，好露脸是吧！”姚能又骂了起来。

刘安不敢回嘴，扇自己嘴巴：“是，是，我错了，下回再不敢了！”

姚能阴沉着脸，想了下，命令他立刻回去盯着苏家少爷，在自己没回来前，不许苏家少爷开口说话，更不许他和记者接触，说完匆匆去找孙孟先。

警局被舆论痛批腐朽腐败已经不是一天两天。随着卫戍司令部和贺汉渚的突然空降，警察局长孙孟先骤感压力大增，最近他一直忙着制定警局改革计划，忽然被告知出了这样的事，他勃然大怒。

他的秘书兼幕僚侯长清和他耳语了一阵，他脸上的怒气消失了，大笑：“好啊，这个法子好！赶紧的，你给我去叫人！我马上亲自过去！”

孙孟先在天城也有些年了，要叫几个能用的喉舌和文人，自然不在话下，很快，一拨人出城，赶往西郊警棚。局长没立刻露脸，先亲自提审被打得已经不成人样的李祥瑞，说经过科学的法医检验，认定周庆年就是被他打死的。

李祥瑞恐惧万分，跪在地上，拼命磕头求饶。

看看差不多了，孙局长说，看在你诚信的份上，可以饶你一命，但要付出代价。

李祥瑞为求活命，自然什么都答应。这一切都安排妥当，孙局长才现身。

天城的最高警察局长竟也来了现场，停尸的茅棚周围一阵骚动。

孙孟先大步流星地朝着苏雪至走去，笑着向她道谢，说辛苦她了，请她公布结果。

苏雪至出了茅棚，当众宣布检验结果，详细解释了周庆年的病情。

苏雪至的直觉告诉她，等了这么久，连孙孟先也惊动了，亲自来到这里，这其中应该会有什么自己还不知道的内情。

声落，周围起先鸦雀无声，片刻后，村民开始窃窃私语。

这声音起先很低，但很快，一阵接着一阵，变成了嘈杂的质疑声，无数道愤怒的目光，齐刷刷地投向了苏雪至。

苏雪至沉默着立在原地，任由村民指指点点。

“你们不要骂他了！他不会撒谎的！”忽然，那个名叫小玉的女孩子从草棚里跑了出来，站在了苏雪至的面前，大声说道，“他说的是真的！去年，我阿爹刻版画，不小心划破了手指，一直流血，流了三天，好不容易才止了血。我也是这样……”

“三叔，三嫂，还有六伯，你们不是都知道的吗？”她转向刚才和她一起的那几个面带怒色的村民，含着眼泪说道。

村民议论的声音停了下来。

孙孟先走了过去，沉下脸，厉声呵斥：“知道这位少爷是谁吗？和大名鼎鼎的学者，教育部专员都合影上过报纸的！那个李祥瑞是什么东西？也值得他去胡说八道？”

局长官威果然大，他骂完，周围的嘈杂声就消失了，村民看着苏雪至，一声不吭。

孙孟先清了清嗓，脸色稍缓，这才又大声说道：“至于李祥瑞，虽然罪不至死，但苏少爷说得很清楚了，他对死者的死也负有不可推脱的责任。死罪可免，活罪难饶，现在我让他自己出来说怎么办。”

两个巡警拖着遍体鳞伤的李祥瑞走了出来。

李祥瑞朝着村民跪了下去，使劲地磕头，涕泪交加：“我愿意赔钱，弥补周家，再披麻戴孝，厚葬周庆年！村里水道我也不再叫人去堵了！我给周家庄的每户人家都赔十个银圆，回去了马上就发！求求乡亲们，原谅我的无耻和过错，我真的后悔了！”

要知道，现在的巡警，一个月也就七个银圆的薪资。

周家庄的村民相互对望着。

“还有！”他转向其余的村民，“为了表示我痛改前非的决心，我请最好的戏班子来唱戏，三天三夜……不，七天七夜！让十里八乡免费看！”

虽然没人敢站出来先说谅解，但大家脸上的怒气开始慢慢地消失，甚至还有人面露喜色。

“这个判决，还有人不服吗？”姚能大声向周围发问。

四周一片静默，周家庄的人也不再出声了。

看着差不多了，孙孟先高声命令李祥瑞立刻执行他刚才的承诺，让刘安监督执行，随即让周家庄的人把死者接回去。

“此案到此结束！”

村民再次相互议论着，唏嘘着，慢慢地散了。

这样一个结果，或许也是某种皆大欢喜。

记者和文人们上来，开始围着孙局长采访、拍照。

有人称赞："局长关于此案的处置，可谓恰如其分，法理与教化兼备，古代圣贤也不过如此，这个结果令人心服口服，实在是令我辈开眼，五体投地！"

周围起了一阵热烈的掌声。

孙局长笑眯眯地自谦，说："不敢不敢。不过实话说，就本案而言，本人倒确实是有一番感悟。"他一顿，周围安静了下来，"这个李祥瑞，平日为害乡邻，惹来众怒，原本为了顺应人心，我完全可以做成屈打成招，杀了了事。但我会这样做吗？绝对不会！关心民情之余，尊重科学，秉公执法，这才是我孙孟先的不懈追求和行事原则！正好借这机会，我告诉大家一个好消息，我决意整顿警局，更好地服务市政。接下来，请在场的诸位，予以严格监督！"

音落，周围又起了一阵热烈的掌声。

苏雪至远远在一旁，正对着以后要照顾小玉的那个三嫂叮嘱着平日的注意事项，说："万一不小心皮肤破损出血，压紧之余，蘸取新鲜血浆在伤口上，可以帮助凝血。"

三嫂拉着小女孩的手，面露为难之色："啊呀，这让我去哪里找血？总不至于要我自己……"她停了下来。

苏雪至也明白其中难处，正想着，忽然身后传来一阵脚步声。

她转头，见孙孟先在众人的簇拥下，笑容满面地上来，随后指着她对众人道："这位就是医学院的苏雪至，不但博学多才，深得宗先生赞赏，更是火眼金睛，任何罪犯都逃不过他的眼睛！"

苏雪至还没来得及躲，"啪"的一声，伴着一道镁光灯刺目的闪光，面前的一个记者对着她拍了一张照。

"苏少爷，本人还有一个不情之请，"孙局长笑道，"我诚心诚意，聘你担任警局特别医学顾问，日后还请多多协助警局工作。所谓，一身正义何所惧，敢为苍生质昊天！这是本人的座右铭，也与在场诸位共勉。"

苏雪至想都没想，说："局长抬举我了，需要的话，我也很愿意出力的，但我没有资格接受这样的头衔。我还是在校生，校内比我专精的人比比皆是，我只是接受校方委派前来协助警局工作而已。"

孙孟先大约没想到她一口就拒了，一怔，神色略尴尬，但很快又哈哈地笑：“好！这才叫新青年！不计名利，更见风范！既然这样，这位置就先为你留着，随时欢迎你上任。就算不上任，也一样期待日后协助——”

苏雪至烦死了这个满嘴官话套话的孙局长，见周围的人又开始奉承他，点了点头，说学校还有事得回去了，进了草棚，拿自己的东西。

遗体刚刚已被周家庄的人抬了出去，周小玉被三嫂牵着，跟在旁边，不停回头张望她所在的方向。

命案顺利地查清了，但苏雪至的心情却丝毫没有轻松的感觉。

她目送那道小小的瘦弱身影蹒跚而去，见表哥叶贤齐正被姚能叫去说话，很忙的样子，过去简单打了声招呼，说要回了。

叶贤齐立刻说送她，她说不用，借了他的马，让他有空来取，翻身上去，直接骑马回了学校。

第七章

苏雪至没有看报纸的习惯，不知道次日好几家报纸都报道了这桩两村人命官司案，经过就草草提了两句，报道的重点是结果，称赞孙局长与时俱进，不但兼顾人情和法律，而且尊重科学，爱惜人才。

消息发布后，广受好评，孙局长在舆论场上打了一个漂亮的翻身仗，甚至可以说，暗中还了他顶头上司贺司令一记颜色。

同一天的傍晚，叶贤齐来取马，苏雪至在校门口见他，发现他已经换了身制服，叶贤齐说是因为这个案子他出力有功，又说警局正需要新风气，他就被警署区长姚能破格提拔成了副警长。

叶贤齐嘿嘿一笑："全靠你的功劳，我沾了光呗！"

苏雪至和表哥又说笑了两句，想起个事："表哥，我看你最好还是早点向舅舅坦白，这样下去也不是事，万一哪天被舅舅知道就糟糕了。"

叶贤齐慌忙摇手："不行不行，我还没准备好！现在和他说，准保要丢半条命。至少也要等我混得像样了些，到时候再说吧？"

苏雪至见他当定鸵鸟，只好作罢，随口道："你想混出头，怎么不去找表舅？去他那边做事应该轻松些，想出头应该也更容易吧？"

叶贤齐难得一本正经："咱们家已经送你过去了，我现在要是再上门找他，怕人觉着咱们一家子都是狗皮膏药。我脸皮厚，不打紧，我怕他也轻看了你。我不累，跑来跑去挺好的，反正我是个闲不住的。"

苏雪至知道他是真心对自己好，有点感动，就嘱咐他做事小心，别太冲动，别随便得罪了人，要和下面人搞好关系，免得他们欺生，背地里合起来对付他。

叶贤齐一一答应："你放心好了，有钱能使鬼推磨，拨过来的几个人，带着吃喝个一两趟就混熟了。见风使舵这种事，我最拿手不过。"

大概是为了向表妹证明自己在里头确实有了人，他小声说，就今天，一个负责看守的巡警私底下告诉他，昨天偷偷看见孙局长其实先见了那个李祥瑞，说法医也认定他有罪，恐吓完，才出去搞了那么一出。

苏雪至这下终于明白为什么昨天耽搁了那么久，而且，最后连孙局长也亲自来了。

原来，真相变成了被操纵、打扮和利用的工具了。

她忽然感到有些迷茫。

这样的一个年代，真相到底是什么？正义又到底是什么？值得她去敬仰和追求吗？

她顿了一顿，再问那个名叫小玉的女孩儿。

那女孩儿临走时回首频频张望的那双大眼睛，仿佛印入了她的脑海，总是没法忘掉。

叶贤齐说亲戚三嫂一家会照顾她。

“我没事会多去看看的，好了你赶紧进去吧，我还有事，走了，忙得嘞……”

表哥的骑术看着好像还没她好，在马背上歪歪扭扭地晃着，调整了好几下，终于顺了些，这才骑着马一溜烟地跑了。

晚上苏雪至在图书室里看资料，一个学生过来，说傅先生找她。

她有点惊讶，急忙出去。

走廊拐角的树下立了一道静静等待的人影，果然是傅明城。

她快步走了过去：“傅先生？你怎么来了？”

傅明城说：“我父亲出院回家了，我下午去清和医院办手续，正好和学校是同个方向，就把上次和你说的书收拾好，顺便给你带过来。”说着，将手中拿的几本书递了过来，都是原版，其中一本是W. Johasena几年前出版的关于遗传学的著作，他在书里正式提出了基因的概念。

苏雪至忙小心地接过，连声道谢。

傅明城见她神色欢喜，也情不自禁地露出了笑容，说自己过来就是为了送书，这就回了。

苏雪至就送他，两人一边走，一边说话。

原来他看了今天的报纸，笑道：“说实话，来了这边后，我见你犹如脱胎换骨，整个人从里到外焕然一新。看来你选择出来读书是对的。我现在虽然不再是你的老师，但教过你这样有天分的学生，与有荣焉。”

苏雪至并不想上报纸，心里有点郁闷，就含含糊糊地应了一句，她又想起了另件事，心里一动，问：“傅先生，你了解过血友病吧？”

傅明城说：“Haemophilia，嗜血的病，只略微知道。最著名的例子就是十九世纪以英王维多利亚为肇端，在几十年的时间里，因婚嫁而蔓延到数个欧洲王室，所以血友病有皇家病之别名。据说女王四子度假时不慎滑了一跤，膝关节受伤，次日清早就亡故了，可见此病意外死亡率之高，但即便是英国皇家御医对此也束手无策。发病原因不清，推测是家族血统的遗传疾病。根据1820年德国医生纳赛的定则，血友病发病多见于男性，家族女性罕见发病，但据推测，未发病的部分女性后裔，应该是病变传递者。”

傅明城说完，饶有兴趣地望向她：“怎么了？你对这种疾病有兴趣？”

苏雪至说：“我遇到了一个小女孩儿，她的父亲是患者，就是昨天命案的那位死者。他的女儿照规律是传递者，但她情况特殊，应该是血液的凝血缺陷程度较高，所以现在有轻度症状。小出血应该不会致命，但万一有大出血，就非常危险了。你也知道，血浆能帮到她。我听说清和医院的条件很好，有没有可能和医院打声招呼，如果万一什么时候她需要紧急输血，能将她送去清和医院做最优先的安排吗？”又补充说，“输入的血必须和她的一致。”

“对！人类血液有血型之分，说起来我倒是被你提醒了，我送给你的书里，就有关于染色体、遗传基因的内容。我忽然想，这种病会不会和这方面有关系。其实我正在寻找将来的医学研究方向，或许，我可以试着研究这个崭新的领域？”傅明城显得很是兴奋，注视着她，目光微微闪亮，见苏雪至含笑望着他点头，他拍了拍自己的额，“看我，一时兴奋，把正事都忘了！你要是有时间，明天我们就可以把那孩子带去医院，先做个全面体检，确定她的血型，提早联系登记和她相同血型的供血者，有备无患。你放心，很方便的，我应该和你提过我和木村先生的关系。”

木村先生是清和医院的院长，是傅明城留学时结交的一位忘年交，因为崇尚中国文化，几年前带着妻子从东洋来到天城定居。

苏雪至终于觉得轻松了不少，笑着向他道谢，两人商议了时间，就约好明天等她上完课后，他来这里接她，再一起去接小玉去医院。

苏雪至记挂着这件事，第二天提早去请了假。她和傅明城约好是五点。提前五分钟出来，发现他已经开车过来等在附近了，就直接上了车。

也是巧，就在她上车后，卫戍司令部的处长丁春山恰也开车抵达，远远见她弯腰钻进了一辆车，他想叫也来不及了。

天城里汽车不多，仅那么十来辆而已，什么车牌号属于谁人，这一点对于他来说是必须了解的基本常识，自然看一眼就有数了。

他略略犹豫了下，想到司令吩咐自己来接人的时候并没有强调一定要将人接来，他想着应该没什么重要的事，于是便作罢，掉头先回了。

苏雪至到了周家庄，找到周小玉，顺利地将小女孩从三嫂那里接了出来，来到清和医院。

路有些绕，他们到的时候，天已经黑了。

车停下，苏雪至牵着周小玉的手带她下了车，见小姑娘有点紧张，正想安慰她，这时身后开来了另一辆车，停在了她身后。

竟是卫戍司令部的丁春山，他迅速从车里下来，走到她的面前，说贺司令派他来接她过去。

苏雪至一怔："有说是什么事吗？"

丁春山摇头："这个没说。就吩咐我接你去。"

"务必去。"他强调了一句。

苏雪至看了眼仰头望着自己的小姑娘，有点为难。

傅明城走了过来："苏雪至，有事的话，你去好了。放心吧，我会负责的，等检查完，我把小玉送回去。"

苏雪至无可奈何，只好点头，弯腰安慰了小姑娘几句。

小姑娘轻轻点头。

苏雪至就把她的手递给傅明城，这时见傅明城做了个稍等的手势，快步穿过马路，走进对面的一间杂货铺子，等他再出来时手里多了一颗包着漂亮的花花绿绿糖纸的奶油球洋糖，他递给了小玉。

小玉看着苏雪至，不敢接。

苏雪至这才明白傅明城的用意，意外于他的细心和周到，看了他一眼，就让小玉拿着。

小姑娘这才接了过来，紧紧地握着糖果棒子，轻轻说："谢谢。"

傅明城摸了摸小姑娘的头。

苏雪至见丁春山还在一旁等着，显得有点焦急，便朝傅明城点了点头，说了声麻烦，转身要跟丁春山走，忽见傅明城又递过来一颗糖。

她顿时想笑，摇头："我又不是小孩子，你怎么也给我买了？"

傅明城笑道："糖果不是只能给儿童吃，你拿着吧。"

她不爱吃甜的东西，但也笑着接了过来，朝他道了谢。

苏雪至以为丁春山开车会去司令部，没想到他送自己到了贺公馆。

老夏跑来开门，苏雪至下了车，发现庭院里已经停了几辆外来的车，二楼黑漆漆的，但一层灯火通明，隐隐有说笑声从房子里飘出来。

丁春山这么急火火地把自己拉了过来，苏雪至还当是有什么重要的急事，见状不禁有点蒙，就转向丁春山。他却避开她的眼神，只请她进去。

客厅里也不见人，茶几上留了七八杯喝过的残茶，烟灰缸里有一堆凌乱的烟蒂，说笑声、皮鞋踩着木地板走动的橐橐声、球杆击打桌球的砰砰声，从门厅对面走廊尽头一个半开着门的大房间里传了出来。

丁春山让她稍等，自己快步走了过去，苏雪至只好站在一边等着。

这时梅香从厨房急匆匆地出来，看见她，脸上露出笑容："苏少爷您来了？"

苏雪至点头，见她一个人收拾茶几手忙脚乱，就搭了把手，梅香慌忙说："少爷您别动，当心脏了手！我来，我自己来！"

苏雪至见她不自在，也就作罢。

梅香收拾了茶杯和烟灰缸，说："王总长的太太今天从京师到了这边了，小姐傍晚从学校回来被王太太接过去吃饭。贺先生这边也请客，好像是周市长他们一拨人，王公子也来了，都去房间里打桌球了……"

苏雪至透过那扇半开的门，恰看见丁春山走向贺汉渚。

贺汉渚没打球，坐在一张靠墙的沙发椅里，大概是因为在家，又是主人的缘故，他就穿了一件平常配制服的暗军绿色衬衫，领口处的几颗纽扣也松着，随意交着条腿，手里夹了支烟，转着头和一旁的周市长说话。

丁春山俯身凑到他的耳边，低低地说了句话。

贺汉渚脸都没转一下，拂了拂手，就继续和市长说笑。

丁春山从里面走了出来，带上门，见苏雪至还站在客厅里等着，只好朝他走了过去。

傍晚丁春山没接到人，回了司令部，向贺汉渚汇报，说自己晚了一步，苏少爷恰坐了傅明城的车走了。当时，贺汉渚虽然没有责备他办事不力，但从他的表情看，他对这个结果相当不满意。

丁春山以为上司有重要事，却被自己耽误了，立刻说再去接人，现在人是被他给接来了，却遇到了这样的一幕。

丁春山知道周市长今晚登门拜会，十有八九是为市政规划一事。

天城的老城区里旧屋拥挤，街道狭窄，路面多是泥道，晴天还能走，一下雨到处泥泞，加上随处乱倒的垃圾和排泄物，污水横流，简直叫人无法下脚，交通状况更是不可名状。

连孙孟先这样的人都知道要给自己立个牌坊，何况是市长，半个斯文人，他打算打通老城区的一段主干道，拓宽道路，平整路面，一来博个政绩，二来这也算是利民的一件好事。

但在规划的时候，遇到了一只拦路虎——道路被一座小庙和连着庙的矮墙给挡住了。

如果是普通的庙拆了也就拆了，但问题是这是四方会的地盘，尤其沿墙这一带就是一个热闹的集贸市场，因为利益受损，四方会是不会同意的。周市长正焦头烂额着，这时他被一个能人提醒，拿着市政规划图去卫戍司令部找贺汉渚。

贺汉渚看了规划图，让周市长另外划出一块地方供市场搬迁，随后答应帮忙。果然，前两天四方会松了口，规划得以顺利进行。

丁春山出来，他也有点过意不去，只好委婉道："实在不巧，司令现在很忙，和周市长谈着重要的事，让苏少爷您先上楼等着，随便坐。"

苏雪至感到莫名其妙，更是郁闷无比。

她上了楼，开了走廊上的小灯，坐在他书房门外的一张便椅上。好久过去，喧声不断，没有结束的迹象。

她等得无聊，索性闭目，把头往后仰着，靠在椅背上，默诵着这两天新学的一批德语词汇，背完了，又继续背军事理论课的条文。

正背着，苏雪至突然觉得面前仿佛有点不对劲，她睁开眼，竟对上了一张凑近的正打量着自己的脸。

她猛地从椅子上一跃而起，生气质问："王公子！你在干什么？"

王庭芝仿佛也被她的反应吓得不轻，退了几步才停住，撇了撇嘴："你这么一惊一乍干什么？不知道的，还以为我非礼你一个男人呢！"

苏雪至可算是回过了魂。她的第一个念头，是怕被他看出自己的异常，所以才那么大的反应。

好在这个王公子是大咧咧的人，刚才虽然不知道他靠这么近到底想看什么，但凭他这反应，应该没往自己担心的方向去想。

苏雪至也就放松了，避开了这个话题："王公子您有事？"

王庭芝没好气地说："我母亲得知你在船上帮过我，让我传个话，等我父亲寿日那天，你也来！"说完扭头就要下楼。

"等一下！"苏雪至叫住了他，"劳烦你帮我转达对令堂的谢意。到时候我恐怕……"

"不去是吧？行，知道了，我转话！"王庭芝歪了歪头，干脆地打断了她的话，转身就下去了。

苏雪至慢慢地吐出了一口气。

突然来了这么一出，她也没兴致继续背东西了。又过了片刻，楼下传出开门和说话的声音，伴着渐渐远去的杂乱脚步声。大约十来分钟后，楼下终于安静了下来。

苏雪至看见贺汉渚快步登着楼梯上来了，脸上没有笑意，眉间便就透出了几缕淡淡沉倦。

她迎了上去："表……"

他径直就从她的身边走过，进入了书房，丁春山也跟着走了进去。

她在外头又等了几分钟，丁春山出来了，朝她点了点头，低声说："司令叫你进去了。"

招之即来，挥之即去。听个指示，也要等上一晚上。

苏雪至想着背靠贺汉渚的好处，努力让自己保持着好心情，走进去，见贺汉渚靠在书桌后的椅子里，面无表情，两道目光投向自己。

她吃不准他叫自己来是有什么指示，但也看出来他心情不好，于是远远地便停住了，主动礼貌地问："您叫我来，是有什么事吗？"

他应酬是挺累的，但她也绝对不轻松，真的不早了，她想快点回去。明天有堂军事理论课的考试，她还没准备好。

"挺上相的，以后应该多给你安排些这样露脸的机会。"他打量她，语气平平，也听不出是讽刺还是真的在夸奖。

苏雪至一怔。

他从桌头的一叠纸张文件下抽出了几张报纸，"啪"的一声甩到桌面上，冲她勾了勾手指："你给我过来。"

苏雪至猜到那应该是傅明城提到的报道周家庄案的那几份报纸。她只好走了过去，觑了一眼，终于亲眼看到了自己的照片，吓了一跳。

本来当时就是冷不丁抓拍的，加上她躲了一下，照片里的她哭丧着脸，双目无神，更要命的是，她张着嘴巴，神情显得愈发悲苦。

虽然她不在意这些，但看到自己这种丑照被堂而皇之地登在报纸上，终究不是一件愉快的事。

现在她回过味了，对面这个人刚才是在讽刺自己。

贺汉渚见她两只眼睛只顾盯着照片看，脸色一沉，屈指，指节重重地叩了叩桌面："出风头的感觉，不错是吧？"

苏雪至终于拉回神，抬起眼，对上他那两道的乌沉沉的目光，一凛，又急忙看具体的报道内容。

看着报道里满篇都是对孙孟先的吹捧和赞扬，她忽然想起之前，从庄阒申那里听来的一些所谓的天城内幕。

贺汉渚和督办廖寿霖是对头，面上和气，但一旦时局有变，他们可能就会变成你死我活的那种对头。

孙孟先以前和廖寿霖不对付，但因为贺汉渚的到来，如今他立场不明。

难道孙孟先表面看着对贺汉渚毕恭毕敬，满口“司令”“烟桥”，实际上也是贺汉渚的对头？现在因为自己无意间的举动，孙孟先借机大出风头，贺汉渚认为自己故意去帮他的对头，所以迁怒自己？

苏雪至赶紧解释：“表舅你听我说，这件事从头到尾都是个误会。不是我自己想出风头，更不是故意要拆你的台。刚开始我以为只是一桩乡下的普通命案需要法医检验，学校也同意……”她指着桌上那张丑哭了的照片，“更不是我自己想上报纸帮孙孟先做宣传……”

“行了。”贺汉渚忽然打断她，“苏雪至，两件事，你给我听好了。第一，从现在开始，往后无论什么案子找你，你都要先征得我的同意，然后才能去！”

苏雪至一愣，他的语气听着颇是平和，但口吻里却充满不容置疑的命令。

“你知不知道，孙孟先拿你当幌子，恐吓李祥瑞，演出了那么一出戏码？”他侧目睨着她，好似恨铁不成钢，又透着三分讥嘲，“你自以为聪明能干，探究真相，高尚伟大，被人当工具利用都不知道，何其蠢笨！”

苏雪至沉默着，没有辩解，他说话难听，但基本也算事实。

他提的这个要求，虽然令她感觉很不舒服，犹如脖子上套了根绳索，但想到自己既已迫于情势屈服于面前的这个人，也就无法反对了。

“第二……”他顿了一下，看了她一眼，手指又在桌上叩了叩，“拿出来！”

苏雪至一愣：“什么？”

“傅明城给了你什么？给我扔了！”

傅明城送自己的东西？她兜里的那颗糖？

就算丁春山告诉他傅明城刚才给了自己一颗糖，他为什么要和一颗糖过不去？

苏雪至觉得为颗糖不至于，但又想不出来，除了这个还会是什么。

她把手伸进兜里，将那颗奶油球洋糖掏了出来，举到他的面前，诧异地问：“这个？”

“扔了。”他指了指桌边的垃圾桶。

“凭什么呀！”简直匪夷所思，苏雪至这下真的生气了。她是不爱吃糖，但他连这个也管?

“抱歉，不扔。”她立刻把糖放回兜里。

贺汉渚看着明目张胆反抗的苏家儿子，小白脸掩不住薄怒，眉头微微地蹙了起来。

傅家在北方是个特殊的存在。傅家的财富固然惹眼，但其拥有的在北方乃至在东南亚也称得上规模的船队和随之建立的路线网络，才是最有价值的东西。包括王孝坤在内的许多人，早都看上了傅家。

傅明城的父亲这几年开始放手，将部分生意转给长子傅健生经营。

最近，根据贺汉渚得到的消息，傅家人暗中和廖寿霖以及廖寿霖背后的陆宏达往来频繁。

船王有个侄女，可能会嫁给陆宏达的小儿子陆天慈。

如果两家联姻，这意味着什么，不言而喻。

而且，比起太太生的长子傅健生，船王似乎更器重原本立志从医的小儿子傅明城，有意栽培。傅家兄弟不和，家族内部，矛盾重重。

不过，这倒不是他要阻止苏雪至和傅明城往来的主要原因。

苏雪至虽然专业出类拔萃，确实有两把刷子，但充其量也就是一只小虾米，和傅明城往来固然不是他乐意所见，但说实话，小事而已，至少目前远远没到能影响他的程度。

贺汉渚原本想，苏雪至年纪小，又是初来乍到，像这种事，日后多得是机会让他自己慢慢去领悟。

但现在，贺汉渚的想法变了，不管不行。

苏家儿子在念书和专业方面确实不错，是个少见的天才，但其余方面蠢得一塌糊涂，属于那种被人卖了还在帮人数钱的货色。

而且最重要的是，他怀疑另一件事——苏家儿子和傅明城之间生出了不该有的关系。

这个怀疑起源于之前庄阗申所说的苏雪至和母亲闹矛盾投河的事，通过最近这段时日的所见所闻，贺汉渚觉着此事极有可能是真的。

这个表外甥虽然是突然出现的，但既然认下了，叫自己表舅，作为长辈，他不得不防患于未然。尤其这种事更要及早提点，免得他年少无知，误入歧途，将来越陷越深。

贺汉渚的视线从苏雪至的衣兜上收了回来，淡淡道：“今天起，不要再和傅明城往来。这就是我要对你说的第二件事。”

“你要吃糖，我给你买。还有，他送你的书也尽快还回去。你有需要的话，把书名抄给陈处长，我也给你买过来！”他又这样补了一句。

苏雪至诧异万分。

傅明城顺手给了自己一颗糖，这可以解释是丁春山多嘴说的。

但昨晚傅明城给自己送书，贺汉渚怎么也会知道?

她忽地顿悟——锦衣卫，不就最擅长盯梢跟踪、刺探隐私的活吗?

想到自己在校的一举一动原来都受到他的监视，苏雪至恐惧之余，更是愤怒不已。

“贺先生，我多谢你对我的关心。”她气极，声音都有点发抖了，“只是我实在不明白，你凭什么不许我和傅先生往来?”

贺汉渚没立刻回答她，取了支烟，想点，但打火机大约用尽了油，试了几次都打不着。他低声咒骂了几句，从抽屉里另外翻了盒火柴出来，取出一根，划了，点着香烟，这才抬眼道：“苏雪至，我个人对你的感情癖好没有半点轻视的意思。但虚凰假凤，世俗是不会接受的。就算傅明城和你一样，你们情比金坚，将来会有结果吗?别说转到明路，就算是暗地，你以为傅家知道后会容许儿子有这样的感情存在吗?到了最后，受最大伤害的注定会是你！”他甩了甩那根火苗已经燃到了手指的火柴，“你年纪还小，一时误入歧途也没什么，及时止步就行。想想你的寡母，她把你送来这里，难道是为了让你和你的所谓爱人鸳梦重温?”

苏雪至这才恍然大悟，一时无语至极，立刻澄清：“你弄错了！我没有你想的那种感情取向！我对傅先生更没有半点你所说的那种感情！”她见他注视着自己，显然并不相信她的话，又强调，“我说的是真的！不仅是我，他也不可能对我有什么想法！”

说自己喜欢傅明城也就罢了，真正的“苏雪至”确实如此，但他竟然以为傅明城对自己也是那种感情，苏雪至尴尬得简直要滴汗了。

“不管是以前在省立学校，还是现在，他都只是将我看成一个需要他帮助的学生而已！”

“那么你说说看，你之前在家中为什么要投河?随后又没事一样来这里上学?”

苏雪至一下顿住，张口结舌了一会儿：“我母亲管我太严了，所以我们闹了不愉快……”

他笑了笑，打断她：“我言尽于此，你好自为之。既然话说开了，我就再告诉你，不管你和他是不是有那种关系，往后你都不要再和他往来了！傅家可能要和陆宏达联姻，你不会不知道我贺家和陆宏达的仇吧？”他掏出怀表，匆匆看了眼时间，“也不早了，你也回吧。听好，晚上把你叫过来，就这两件事。第一，往后有事先通知我，别自作主张。我见多了像你这样的青年，有追求，崇尚高尚和伟大。但老实说，这个世道，真相和正义没你想的那么值钱。第二，你停止和傅明城往来。”

“这两点，能不能做到？”他注视着她，等着她的回答。

苏雪至仿佛凝住了，立在桌旁一动不动。

片刻后，大约是等不到她的回复，他忽然摇了摇头，弹去烟头上积的一段烟灰，将剩下的半支烟仔细地摆在桌缘上，让烟头的部分悬在半空，缓缓烧着，他自己则从椅子上站了起来，踱到她的面前，停住。

“坦白说，你令我相当失望。”他的语气已经和刚才截然不同，“上一次，我给了你三天的时间，我以为足够让你想明白了。结果你半个月后才来找我，说你想通了。果然，那时我就高估你了。”

“苏雪至，到目前为止，你还是根本就没想明白。你也确实不够聪明，或者说不识时务。”他低下头，盯着相距不过半臂的她，“你以为我真就这么需要一句你口头承认的所谓忠诚的承诺？事实上，从你被你舅舅叶汝川和你母亲送来这里的第一天起，你就已经定好了你的位置。你有选择的权利吗？”

“你以为我会嫉妒孙孟先上报纸？他被人吹捧，我就担心他夺了我的风头？我只是不喜欢我下面的人认不清自己的位置而已。”两人的中间，自桌缘边缓缓升起了一缕游动着的薄薄烟雾。隔着烟雾，他目光冷肃地俯视着她，嘴里说着不带任何感情色彩的话。

“每一个人都有自己的位置。人只有摆正足下的位置，”他指了指头的部位，“这里才会做出正确的思考，继而做应该的事。否则，只会导致事情的混乱，甚至是破坏。我话都说到这个地步了，现在，你总不会还不明白吧？”

苏雪至的视线不由自主地落在了男人那露在衬衫衣领外的喉结上。

它长在男人颈项咽喉的正上方，显得很突出，十分醒目。过去工作的时候，遇到过几起因为各种原因导致窒息死亡的案例，苏雪至曾多次切开过咽喉察看舌骨气管，所以她对喉结很是熟悉。

这个男人的喉结不但突出，线条形状也颇为鲜明，随着他说话的节奏，喉结在皮肤下表一动一动，像条小鱼，有让人想伸手去捕捉它的欲望。

一般来说，雄性激素越旺盛，男性的第二特征就会越明显。

“你在想什么？说话！给我说出来！”贺汉渚见她垂眼看着自己喉咙一言不发，他手指敲了敲桌面，语气已多了几分咄咄逼人的不悦。

刚才他说出这一番话的时候，苏雪至其实就已经明白了。

她从喉结上收回了目光，抬眼对上了面前那两道盯着自己的不悦目光，说：“我明白了，也记下了。”停了片刻，见他不作声，又说，“不早了，我能走了吗？”

他依然没什么表示。

她冲他点了点头，转身要走。

“站住！”身后传来冷冷的声音，“你不服？不服就给我说出来。”

苏雪至再也忍不住了，停住，转回身：“贺先生，你不觉得你太霸道了吗？我承认，你有立场。我刚才也说了，我接受。这样还不够？现在就连我心里怎么想你也要管吗？你对你的下属，一直都是这样要求的吗？恕我直言，要是这样，你要的不是下属，而是走狗！”

话冲口而出，说完，就见贺汉渚遽然变色，操起手边的一只文件夹，就要朝她的脸抽下来。

苏雪至尖叫一声，闭目缩头，一把抱住了自己的脑袋。

面门“呼”的一阵微风拂过，却没有预料中的疼痛，她慢慢睁开眼睛，对上了两道阴沉的目光。

只见他眯了眯眼，用文件夹的壳脊敲了敲她漏在外面的额头，微微勾唇：“养条蠢狗，还知道看家。”

“滚回去，给我好好反省！”他把文件夹扔回到桌上，丢下她，大步走到门后，一把打开了门。

苏雪至看去。

王庭芝不知道什么时候来了，竟就站在门外。

冷不丁门被打开，他好似吓了一跳，转身就走，走了一步又停下，转回来，神色尴尬地解释：“四哥，我……我可不是故意偷听的……我是……我是有事，回来找你……”

“什么事？”贺汉渚冷冷道。

“一时又忘了……好像也没什么大事……”他搔了搔头，“你们忙，继续忙……”他飞快地瞥了眼站在贺汉渚身后的苏雪至，转身就走。

贺汉渚停在门边，转回脸。

“还不走？留下是要过夜？”他冷冰冰地说。

苏雪至从他面前走过，出了书房。

门在身后关上了。

苏雪至低头走在走廊上，刚才的一幕一幕，贺汉渚说的每一句话，每一个字，都在她的心里翻腾，滚动。

渐渐地，她的脚步迟缓，最后停住了。

她立了片刻，再也忍不住了，骨血里那天生的因子终还是驱使她转过身，快步走了回来，一把推开书房的门。

贺汉渚正倚在一扇窗边，嘴里咬着那支已燃得所剩无几的烟，背影沉沉，暗得一如窗外的浓重夜色。

听到门被推开的动静，他倏然回头，目光似刃，见是她去而复返站在门口，贺汉渚慢慢捻灭烟头，不悦地挑了挑眉。

不待他开口，苏雪至说："我回来，两件事。"

"第一，我为我刚才说的走狗二字道歉，虽然他们并没听见。你对他们而言，应该是值得效忠的上司，所以他们才忠诚于你。无论怎样，他们的忠诚是值得称颂的美德，轮不到我置喙，更不该被我如此贬低。"

"第二——"

"我知道，真相在你们的眼里是工具，正义更是可笑的牌坊。我确实没那么高尚和伟大，我也无意追求。我所做的一切，是为了用我的所学去还原真相，为正义发声。哪怕正义用金钱衡量不值一文，越是长夜难明，在我的心里，它就越是光明的希望，至高无上！"

纵然真相会被当作工具去操纵和利用，难道就可以不再追求真相吗？

无论什么时代，都不可能是乌托邦和理想国。

她能做的，就是尽己所能，无愧于心。

她从不是善于发言的人，她是一个和不熟悉的人分开前都要先打好腹稿准备怎么告辞的人。但是这一刻，苏雪至心里仿佛有什么在翻涌，竟令她一口气说完这么长的一段话。

她微微喘了口气，顿了一顿，看着他。

"我承认，我确实很蠢，给你带来麻烦了，我的错。但我不是蠢狗。"说完，她退出去并关上了这扇刚被自己推开的门。

经过走廊拐角，王庭芝居然还没走，见她走来，说："哟，小白脸，看不出来，小胆还挺肥呀，敢这么和我四哥说话。佩服。"

苏雪至知道他在嘲讽自己，但她此刻情绪依然沸腾，没有心情搭理他，低头，迈步匆匆离去。

苏雪至下了楼梯，往庭院大门快步而去。

王庭芝一反常态，亦步亦趋跟着，一声不吭。

到了门口，贺家司机迎上来："苏少爷，您这边……"

王庭芝抢道："不用你了，他坐我车，正好顺路，我送他！"他打开车门，将苏雪至连拉带扯地推进前排座位，门一关，他也跟着钻了进来，车子开出贺家大门。

苏雪至的心情依然没有平复下来。

她的心跳还是加快，面颊发烧，皮肤下仿佛有无数的牛毛针尖，在不停地刺着她。

贺汉渚要她做的那两件事，她会遵照。

是憋屈，但也不是做不到。

但最后又是什么驱使她掉头回去，现在回想，除了需要为"走狗"那样的不当言辞向无辜的豹子和丁春山那些人致歉外，或许也是因为她无法忍受真相和正义受到了他那样轻慢的否定。

或许是因为从小的经历，又或许是苏雪至成年后又见识过太多人间罪恶的缘故，她其实是一个不折不扣的悲观主义者。

真相是否一定会大白，正义是否一定会发光，善的获得善待，恶的受到惩罚，面对这些如同哲学的命题，她从没乐观过。

但真相和正义的本身，却是高贵而永恒的，如人头顶上的星空，亘古存在，令人仰望，她从不怀疑这一点。

一个她喜欢的作家曾说，希望，是这个时代像钻石一样的东西。其实无论哪个时代，都是这个样。

去追求真相，让真相大白天下。

去相信正义，让正义点燃夜灯。

这样的念头，或许也是她和那些与她一样从事相似职业的人的共同点吧——试想，一个心中没有希望，没有敬畏，不相信真相迟早能够大白，正义终将得到伸张的人，又如何在黑暗之中面对各种人心和罪恶。

而现在，如同神灵一样的东西被人当着面如此轻慢踩在脚下，被贬得一文不值，她怎么可能无动于衷。

王庭芝开着车，不时偷偷看她，起先他一言不发，等出了北城，忽然"嗳"了一声："那个谁……你和那个谁，不会真的那个了吧……"

苏雪至从思绪中抽离出来，转脸，见他眉头抬了抬，眼睛瞟着自己，神色古怪。他一定是听到了贺汉渚说的那些话。

她辟谣："我不知道你听到了什么，但无论你听到什么，都不是事实。我和傅先生只是普通的师生关系，以前，现在，都是这样！”

误会自己没关系，万一有损傅明城的名声，那她真是罪人了。

既然有人开始这么怀疑了，即便没有人要求，她自己以后也会尽量减少和他的接触与往来。

王庭芝露出半信半疑的表情，又看了她几眼，终于扭过脸，继续开他的车。

苏雪至依然沉默地靠在座椅上，眼睛看着车外的野地。

天气渐冷，夜晚也不大看得到鬼火了。远处乌沉沉的，只偶尔有几团磷火被空气擦出微弱的蓝光，在夜色里漂浮闪烁着。

疾跳的心脏在慢慢放缓。原本滚烫的面颊也早已冷却了下去。

苏雪至知道，自己开罪了贺汉渚。

要是就自己一个人，话说了就说了，事做了更不必后悔。

但她想起来，她是苏叶两家送来攀亲的苏雪至。

一种夹杂着迷茫的沮丧之感，仿佛车外那无边无际的夜色，开始朝她涌了过来。

王庭芝顺着她的视线看了看，嘴里嘀咕：“鬼玩意儿，都这季节了，还跑出来吓人……当然了，您是不怕的，您不但是鬼见愁，您就连我四哥都敢顶……”他的心情仿佛不错，又哼起了戏，“孤王离了燕京地，梅龙镇上景致多，将玉玺交与龙国太，朝中的大事托付了众卿……”

学校到了，他停下车。

苏雪至回过神，她不知道他怎么突然这么好心送自己回来，向他道谢：“麻烦王公子了。您回去开慢点。我进去了。”

王庭芝扭过脸：“喂！一路都没一句话，在担心晚上的事？做了就别怕啊，看刚才把你厉害的！”

苏雪至没吭声，伸手推车门。

王庭芝突然又说：“行了，你放心吧，不就那么几句话吗，四哥绝对不会这么小心眼，这点肚量他不可能没有。我向你保证！”

他是在安慰自己？苏雪至觉得他更加反常了。

“谢谢，我知道。”苏雪至朝他点了点头，下了车。

王庭芝坐在车里，扭头看着前方的身影进入校门，逐渐消失在夜色里，想起了晚上的一幕。

当时，他自己也说不清出于什么心理，他好奇这个苏家儿子在人后独自干什么，就轻手轻脚地上楼，结果发现他靠在椅背上假寐。

他以为苏雪至睡着了，继续蹑手蹑脚靠近，然后……

一定是鬼使神差，又或者因为走廊上的小灯太暗了，当光影落在苏家儿子那闭着目的宁静眉眼上，一瞬间，他竟觉双眉若描，面容昳丽，苏家儿子竟像……像个女人……

自然，这种感觉一晃而过，也不可能是真的。

王庭芝下意识地摸了摸自己的嘴，出神了片刻，突然又露出厌恶的表情，抬手狠狠地打了下自己的头，随即一踩油门，飞快开走。

苏雪至回到寝室，已是晚上十点多了。

陆定国还没睡，听到她回来的动静，开门探出半个身子，说傅明城晚上来过一趟，见她还没回，就让自己帮着传话。

傅明城已经送小玉回村了，他带着小玉在医院里做了全身体检，建了医疗档案，血型结果也很快会出来，到时候再通知她，让她不用记挂。

苏雪至向陆定国道了声谢，进了寝室。

她进去的第一件事就是关上门、拉上窗帘，确定外面的人不可能窥见里面的一分一毫之后，才慢慢地坐到了书桌前。

她觉得自己像打过肾上腺素后药效消失了的病人，有气没力的。她又发呆片刻，忽然想起明天战术理论学的考试，于是强迫自己打起精神预备功课。

她起身脱了外套，挂在衣帽架上，衣兜甩在木质的架杆上，发出轻微的磕碰声。她把糖从兜里取了出来，看了一眼，打开抽屉，放了进去。苏雪至想着下次看小玉的时候，可以带过去。

这晚她复习到一点多，草草洗了睡下，第二天醒来头昏脑涨的，好在考试还算顺利，下午又是马术课的时间。

她的马术课是和一年级同上的。在她补马术的时候，不可避免会错过本科班的一些课程，主要是和野战有关的卫生勤务学内容，包括一些实地训练。好在马术原本就只安排了一个学期，再过两个月，就是结业考。她也不必每次上课都去，只要能通过最后的考试就行。

上两次的课程在丁春山的指导下，苏雪至进步很快，她本打算这边的马术课再上个一两次，就可以暂停，去追本科班的课程。

计划是做好了，但没有想到，下午的马术课，却意外连连。

丁春山没出现，并且在取马的时候，苏雪至原本一直练习用的那匹比较温顺的母马被别人牵走了，最后剩给她一匹大公马。

这其实是违规的。马匹和学员一旦绑定，没有特殊情况，直到考核结束都是同人同马。但马已经被骑走，考虑到自己一开始就是因为得了特殊照顾才分到了那匹好驾驭的小母马，苏雪至的底气本来就不足，也就不想找教官投诉，于是牵了大公马。

这匹马一开始并没有什么问题，且体型雄健，模样威武，跑得快，好几个人都想抢的。但最近的几次课，不知道为什么，它变得脾气暴躁，不好控制，还摔过人。

苏雪至有所准备，训练的时候分外小心，但还是出了点差池，在越过一道障碍墙的时候，大公马不知道为什么突然烦躁起来，不听她的驾驭，冲到障碍墙前时，突然硬生生地停了下来。

幸好苏雪至提前有所觉察，猛地抓稳缰绳，双腿夹紧马腹，才没被抛撞到前方的障碍墙上，但人的重心还是失了，加上马匹晃动，她身体一歪，人就摔了下来。

幸好地面都是泥巴，她也从丁春山那里学过落马如何保护自己，她控制身体尽量臀腿一侧落地，随即迅速滚了一圈，让身体离开马蹄可能践踏到的范围，刚脱离危险区域，她还没从地上站起来，教官就大步走了上来，朝她一鞭子抽了下来。

“啪”的一声，鞭子毫不留情地抽在了她的腿上，顿时，一股火辣辣的疼痛之感朝她袭来。

苏雪至猛地抬头，见教官冲着自己咆哮：“苏雪至！你怎么搞的！差点撞到边上的人！还不给我起来！继续！”

苏雪至蒙了一刹那，因为疼痛，也因为这个教官突然改变的态度。周围一起上课的学生看着她，神色各异。

她很快回过神，忍着腿上的疼痛，从地上站了起来，追上已经跑走的大公马，抓住缰绳，尽力安抚，努力让它重新平静下来。

马术课结束，她心事重重地回到学校。

傍晚，学生们陆陆续续往饭堂走去。苏雪至回往寝室，忽然身后有人叫她，她停步，见是教务处的一个秘书，让她把实验室的钥匙交还回去。

之前为了方便她检验的工作，教务处特意给了她一把实验室的钥匙，准许她可以任何时间自由出入。

“苏雪至，你还是学生，钥匙长期留你这里不便。交回来吧。”秘书是公事公办的语气。

苏雪至没多问，交了钥匙。

天黑后，她脱去衣服，检查腿上的鞭伤。

长长的一道鞭痕，从大腿的外侧斜拉至小腿，在白皙娇嫩的皮肉上留下了一道红肿的印记，皮肤渗着毛细血丝，碰触就是一阵刺痛。

苏雪至洗了澡，从苏忠留给她的一堆日常备用药里翻出伤膏抹了抹，然后穿好衣服，坐下，再次打开了书。

第二天的体育课测试俯卧撑，她照例成绩最差，不及格。

其实从上个月起，她就开始进行晨跑自训了，每天早早起来绕操场跑步。每天睡前，只要不是太累，也会坚持做满几组平板撑和俯卧撑。

但这种训练并不会在短时间内让成绩明显提高。

教官黑着脸，罚她和一个将将过及格线的同班男生放学后跑步。

男生跑五公里，她十公里，以示惩戒。

这是入学以来，她第一次在体育课上因为成绩不达标而受到惩罚。

此前，同样是这个教官，一直睁只眼闭只眼，从没说过半句不好。

放学，人散了，她和那个男生一道绕着操场跑。一开始还有人在一旁交头接耳，后来大约是看腻了，陆陆续续散去，再后来，一同被罚的男生也跑完了，最后操场上只剩下她和隔壁邻居陆定国。

苏雪至双眼平视前方，尽量调整呼吸，用自己能坚持下去的速度，咬着牙终于跑完了十公里，她已是汗如雨下，束缚得胸口发疼，脸色苍白。

她不敢立刻停下来，又继续快走了一段路，等身体的各项机能慢慢恢复到正常后她才停下，照从前的习惯，做身体各部位的拉伸。

拉伸不但有助于保持肌肉线条的流畅，避免腿部因为长期跑步变粗，还能锻炼肌体的柔韧性，防止运动伤害。

陆定国跑了过来，给她递水，说："这是怎么了，出什么事了？这两天不对劲啊！你又不是第一天不及格！我听说昨天的马术课，你被教官抽了一鞭？"

苏雪至擦了擦汗，接过水壶，喝了两口，便往寝室走，说："挺正常，人家骑不好都吃过鞭子，我骑不好，也该。"

陆定国一愣，追了上去："我觉着你这样要吃不消的。你还是赶紧找你表舅说说，看到底是出了什么事。"

苏雪至没应声，回到寝室，看见学生监李鸿郗手下的一个干事正等在那里，见她回来了，说："苏雪至，学生处重新审核了学生的住宿资格，你的条件不符合。明天立刻搬出来，住到集体寝室去！"说完报了个寝室号。

从马术课上被抢了马，挨了一鞭开始，苏雪至就猜到是怎么回事了。

从昨天起，所有特殊待遇统统都取消了。

别的没关系，但独立寝室对她来说无比重要。

况且这也是当初家里给学校捐了一笔钱才换来的，符合规定，不算空手套白狼。

学生监的职位特殊，李鸿郗晚上会经常住在学校里。

她问干事李鸿郗在不在学校，说自己去见他。

“监务长有事，回城了。”

苏雪至找去李鸿郗的办公室，果然没人，他住的地方也是门窗紧闭。

陆定国气得不轻，说自己和教务长的关系不错，立刻进城找教务长帮她去问问，说完就匆匆走了。

晚上快九点，陆定国回来了，他不再像去的时候那样义愤填膺，说话吞吞吐吐：“小苏，这是司长的意思，所有学生，不论出身，不问来历，一视同仁，此前有特殊情况特殊待遇的也一律取消。”他顿了一下，“你是不是得罪了……”他指了指头顶的方向，压低声，“你那个表舅？”

“他到底是不是你的亲表舅啊？”

贺汉渚的目的显而易见，他要让投靠他的苏家儿子知道，什么叫上，什么叫下，什么叫主，什么叫从，顺服的好处质疑的结果分别是什么。

这不过是指示校方取消对她的一切特殊对待，将沐猴而冠不知好歹的人打回到原形而已。

她沉默着，忽然外面传来一个女孩儿的声音：“苏少爷，你在吗？”

“贺小姐？”陆定国眼睛一亮，比苏雪至更快一步抢了出去，“贺小姐，这么晚您怎么来了？”

伴着一阵疾步声，苏雪至转过脸，见贺兰雪匆匆走了进来。

“苏少爷，我刚进来的时候听说了！他们说校方不许你再住这里了？”她的神色很是不满。

寝室不远的路边，有几个陆陆续续走过来的学生，远远地看着这边。

苏雪至用疑问代替回答：“贺小姐找我有事吗？”

贺兰雪一顿。

王伯父寿辰虽然还有些日子，但因为是六十大寿，王家格外重视，所以昨天王家伯母提早来了天城，筹备寿庆。

哥哥在国外的那几年，她还小，便被托付给了王家，所以她现在和王家人如同至亲。昨天王伯母来了，她自然要过去，回家有点晚，从梅香口里偶然得知，苏家少爷晚上也来过，但好像被贺先生教训了，贺兰雪就记在了心里。她不敢直接问哥哥，今天去找王庭芝，王庭芝却不告诉她发生了什么，只说是小事，没问题。

她不放心，今天放学回家，哥哥也不在，天黑下来，她一个人对着空荡荡的屋，想起了这件事，就让司机送自己过来，想找苏雪至问个清楚，没想到刚才进来的时候，听到路边的几个学生在谈论苏家少爷，说他昨天骑马被抽了一鞭，今天体育不达标，受到加跑的惩罚，还有，学校要他搬出单人宿舍。

少女的心情顿时转为焦虑，她赶忙过来询问，却被对方这样推挡回来。贺兰雪以为苏雪至怕事："你不用担心，我去找我哥哥。你等着，我这就去！"说完转身，掉头往外跑去。

苏雪至追了出去："贺小姐——"她拦住了贺兰雪，"我这边问题不大，小事而已，你不必和你哥哥提，免得打扰了他。"

"为什么呀！怎么是小事？你住得好好的，为什么赶你出去？现在赶，那当初为什么让你住进来？还有，我听见他们还说，教官竟拿鞭子抽你，还罚你跑步？你受伤没有？"贺兰雪的神情充满了关切。

苏雪至笑："我没事。大家一起学，都这么过来的，没学好，抽得也不重，意思一下而已。跑步更不算罚，平时我自己就天天跑。贺小姐，真的谢谢你的好意，千万不要拿我的事去烦你哥哥。"

"你真没问题？"贺兰雪犹犹豫豫。

苏雪至点头，这时，豹子竟现身了，从校门口的方向走来，看见贺兰雪，立刻快步上来，叫了声小姐。

"豹叔？你怎么也来了？"贺兰雪惊讶。

豹子低声说了几句话。

苏雪至隐隐听到他说四爷派他来接贺兰雪回去，这么晚了，不许她还在外头游荡。

贺兰雪咬了咬唇，闷闷不语。

苏雪至见豹子说完，转头朝着自己的方向点了点头，随即带着贺兰雪转身要去。

苏雪至开口："豹爷，您留步。"

豹子走了过来，苏雪至将他请到一旁，低声说："我开罪了四爷，说了不该说的话，我现在知道后悔了。当时他叫我回来反省，劳烦您能不能帮我问一声，四爷什么时候方便，可否见我一面。"

她确实后悔了，反省了——在想到自己代表着苏叶两家之后。

不是后悔说了那些话，而是后悔和那个人说了那些话。事后想想，她其实完全没必要和他人争论这些属于主观唯心层面的东西。

每个人的世界，确实都是不一样的。

星空在顶，并非人人都有仰望的欲望，更不必强按人的脖颈去望。

她现在就知道了找错谈话对象的后果——别的特殊待遇收回无可厚非，独寝是庄阒申出面用钱换的。据说校方资金短缺，才出了这么一条说起来不大体面的暗规。

自己的处境倒是小事，万一日后还有苏叶两家需要倚仗的地方。

其实想想，心在胸里也不用挖给人看，所以，闭口、低头、表忠，甚至歌功颂德，只要他要，不过是嘴皮子张合的事。

豹子看了她一眼，颔首，说有消息就让人告诉她，随即带着频频回首的贺兰雪去了。

第二天苏雪至没有照吩咐立刻搬过去，放学后，她在办公室外堵到李鸿郗，也没提自家用钱换来独寝的事，就说："监务长，我知道您是奉命行事。但我东西多，也要收拾几天，等收拾好，我就搬过去，不会让您为难。这几天，还请行个方便。"

李鸿郗一早以为苏雪至和司长是亲戚，后来才听说，他和贺汉渚才是亲戚，并猜测是攀附过来的远亲。

现在既然司长发话，点名针对这个姓苏的学生，不用说，肯定是苏雪至得罪了贺汉渚。

贺汉渚如果不是下达过什么意思，司长也不会特意关注这种事。

所以，司长的一句话——一视同仁，到了他这里，自然要靠自己的领悟和发挥。作为领导，有些话不可能讲得很透，这是官场的潜规则。

所以他照办了，又怕万一上头觉得还不够，索性把独寝也取消掉。

但这个独寝当初是收了苏家钱的，所以他心里也有点虚，就避而不见。现在被苏雪至堵住，本来还担心他提这一茬，没想到他闭口不谈，只提了这么一个要求。

所谓"路经窄处，留一步与人行""滋味浓处，减三分让人尝"，现在也没必要再做恶人，李鸿郗冷着脸说："限你三天！三天后就搬到集体寝室！"

苏雪至等了三天，始终没等到豹子的回讯，心里就明白了——贺汉渚不接受自己的反省了。

说实话，她起先有点困惑，不知道他的目的到底是什么。他这样对自己施压，不就是因为被冲撞了，让她知道后果，要她低头认错吗?

难道是觉着就这样放过太便宜她了，或者干脆就是那天被自己彻底给得罪死了，他已改了主意，不再认这门亲，任她在这边自生自灭?

学生监那边又来人催，声色俱厉的，说再不搬走，就以违纪记过。

要知道，累次两次记过，学校就能开除学生。

她要是真被开除了，怎么回去见母亲叶云锦和舅舅叶汝川?

军医学校又是类军事化的管理，没特殊情况根本不会批准学生出去住宿。

实在拖不下去了，苏雪至没办法，一咬牙，在这天的傍晚先搬了过去。

当初来的时候，是做长期独寝打算的，所以带的东西有点多。现在要搬去集体寝室，每个学生的生活空间只有一张床，床下一点地方，以及一张书桌和一个柜子，根本放不下她所有的东西。

陆定国也算仗义了，猜到肯定是小苏得罪了贺汉渚，虽然没胆子当着学生监那边人的面帮她搬东西，怕万一传到了司长和贺汉渚的耳中，但答应让她把暂时用不着的行李都寄放在自己的房间里。

苏雪至收拾了几套日常换洗的内外衣裳、学校制服、必须携着的隐私物，将它们放进一只带锁的箱子里，还准备带走一些书和简单的日常用品，剩下的就只能先寄在陆定国这边了。

她被安排的寝室已经住了七个同学，再加她一个，八张床位，分纵四横二，排在一个房间里。

空的一张铁床靠门，不用说，这是最差的位置。

暮色笼罩，沿途遇见的学生，纷纷对她行注目礼。

她一个人默默拖着有点沉的箱子，来到了集体寝室。

她现身在门口，寝室里几个原本正在说笑打闹的男生停了下来，相互丢了个眼色。

埋头看书的也抬起头，七个人全转过脸望着她。

陆定国已经把她室友的家庭背景等情况，都告诉过她了。

这七人里，对面那个黑胖青年叫李同胜，成绩下游，但家里开钱庄，据说常请客，出手阔绰，在班级里人缘很好。

李同胜旁边那个刚和他说笑的高瘦个子，名叫韩备。听陆定国说，好像是一个文教官员的公子，他一心想出国留学，但大概是搞文教的没什么油水，考虑到的家里经济状况，改念了这个学校。他成绩很好，在班级里位列前几名。苏雪至有感觉，他对自己不大友好。

再过去，一个叫张景易，一个叫崔广，还有一个卢文福，都是普通家庭考上来的。寝室里的这三个人，根据陆定国说法，平常以李同胜和韩备为中心。

剩下的两个人，一个叫蒋仲怀，来自不远的武术之乡沧州，家里开武馆的，前清时家族光是武举人就出过五六位，他身材魁梧，是一群医学生里当仁不让的体育健将，自然看不上苏雪至和寝室的最后一个人游思进。

游思进就是上次被罚和苏雪至一起跑步的那位，戴个眼镜，成绩中游，家里好像在老城韦陀庙街开了个小杂货铺。

苏雪至朝新室友笑着打了声招呼，除了游思进应了一声，急忙放下书，站起来，仿佛想走过来帮忙，其余人皆是一声不吭。

游思进看了眼旁人，迟疑了一下，停下脚步，略带尴尬地朝着苏雪至点了点头，默默夹起书，走了出去。

被孤立，在预料中。

苏雪至自己打水，擦桌，铺床。天黑后，同寝的人也没理睬她，陆续结伴或去自修，或到学生娱乐中心去活动，以度过夜晚的时光。

苏雪至收拾好床铺，坐在床边，转头看了眼空荡荡的屋子，听着从别寝室传来的嬉笑打闹声，心情无比的矛盾。

现在摆明了，贺汉渚是不打算这么轻易放过她了。

其实于她而言，挨打受罚可以克服，但在男寝混居真的是个大问题。倒不是什么男女有别，这个她不在乎。她是担心万一不慎哪里露出马脚，那就完了。何况，混寝对于她来说，解决生理问题也真的非常不便。

是卑躬屈膝地上门去求他，还是暂时先这样，看看他到底想怎么样?

她的犹豫和纠结，很快就被眼前来自混寝的巨大压力给盖了过去。

第一个就是束胸的问题。现在根本没有隐私空间可言了，但二十四小时束胸显然是行不通的。她怕胸部血液得不到流通，影响健康。

入住集体寝室的第一个晚上，九点多，室友陆续回来了，也没人理她，他们说说笑笑，各自洗漱准备休息。

苏雪至端了盆子拿了毛巾牙刷来到公共盥洗室外，听见里面的说话声："李同胜，你们寝室搬进来那个苏雪至，他成绩好，以后你们有问题可以方便探讨了。"

"得了，我们可不敢高攀！人家是来下凡历劫的，叫什么来着，天蓬元帅？以后还是要回天上去的！"

"你见过这样的天蓬元帅？错了，人家是九仙女下凡，投错了男胎！”那个蒋仲怀光着一副壮实的身子板，全身上下就一条裤衩，一边擦身，一边说了一句。

顿时，里面发出一阵爆笑声，看见苏雪至进来，笑声这才戛然而止。蒋仲怀清了清嗓，继续擦身。

苏雪至默默地在角落的空位置上洗漱，洗漱完毕回到寝室，熄灯后，在黑暗中，她等听到睡在一旁的蒋仲怀发出打呼噜的声音，在被子里慢慢地将束胸解开，又按摩了下，然后缩着身子，闭上了眼睛。

苏雪至这一夜根本不敢放松，一根弦始终绷着。

邻床的蒋仲怀睡觉打呼噜，声音一会儿长一会儿短，就好像在她的枕头顶上安了个喇叭；李同胜睡觉吧唧嘴巴，说梦话；大概一两点钟的时候，睡在最靠里铺位的张景易醒了，出去上厕所；剩下的几个人倒睡得挺沉的。

苏雪至是在张景易回来又入睡后才睡着的。她打了个盹，迷迷糊糊之间，居然梦见自己的箱子被人打开，里头的私密之物大白天下。

她惊得直接睁开眼睛，心扑通扑通跳得厉害，后背也是出了一层冷汗，她定了定神，从枕下摸出怀表看了眼时间，差一刻凌晨五点。

第八章

深秋初冬的时节了，白昼渐短，这个时间窗外还是黑乎乎的。

之前独住的时候，为了锻炼耐力和肺活量，苏雪至的作息是早上五点起床，晨跑大约一个小时，回来看一个小时书，七点多去上课。

此时她不再睡了，屏住呼吸，转脸观察了下室友。

借着房间里朦胧微弱的光，见其余人都还在呼呼大睡，苏雪至就在被子下面束回了胸，再躺到差不多六点，天光微亮，才坐起来穿好衣服，轻手轻脚地出了寝室，出去晨跑。

她去跑步的地方，是学校后方的操场。

医学校当初选址也是经过认真考量的，为方便取水，因此选择了靠近河流的位置。河流就在操场的西面，隔着一片高过人顶的芦苇丛，对面是大片坟地，都是些早年的无主荒坟。

医学生当然不怕鬼，但这个方向，本校学生没事也不会来。

苏雪至之前跑步经过时，就留意到操场边上有口水井。据说原本是供学校饭堂取水用的，后来接通自来水，水井就弃用了，也就是夏天学生在操场运动过后，贪图方便会来这里打水冲凉，现在天气冷，这里就无人问津了。

苏雪至怀了心思，跑到这里的时候，观察了下环境。

住在混寝里，她面临的另外一种困难，就是如厕和卫生。

如厕还好。虽然寝室区的厕所是敞天坑，但教学楼里的厕所，大概是考虑到还有教职员工和学校的一干领导需要隐私，因此有带门的位置。

最烦恼的是卫生。以前她习惯天天洗澡，现在就不用想了。学校每周放假一天，大洗可以进城找个地方解决。也不知道有没有女客澡堂。有的话最好，实在没有就去表哥那里，大不了自己租个房。

但她不能一周只洗一次，平日无论如何，也要有个能做到可以保持身体卫生的地方。

寝室附近就不用想了。她绕着操场跑，看了又看，最后在水井附近一处被浓密野草和芦苇遮挡的围墙角落里看好了一个地方。

除非特意走进来，否则即便从前面经过也绝不会留意到这里。

最后一个问题，贴身私密用品的洗晒。

这个就不用费脑子了，只能积起来，一周出去洗一次。反正来的时候红莲给她准备了好多，足够一周的换用。

总算想好了凑合对付的计划，这时天也大亮了，操场上开始有晨练的身影出现。

苏雪至又跑了两圈，再到单杠双杠练了一会儿，这才回寝室洗漱。

这个时间，大家都还在寝室里准备，她还没进去，就听到蒋仲怀的声音：“咱们九仙女这是去了哪儿，一大早就不见人，现在还没回？”

寝室里又发出一阵大笑声。

苏雪至没进去，等里头的人笑完了，转了话题，这才走进去，在众人的注目中，拿了东西去洗脸刷牙。

不知道是不是李鸿郗对她弱项科目的教官有所指示，或者是她小人之心了，她怀疑军事和体育教官之前对享着特殊待遇的自己已经忍了太久，现在借机全都发作了出来，惩戒已经带有针对性了。

每次上完课，即便她完成任务，没拖全班的后腿，也一定会被找个理由吃罚，而做学生的必须服从，否则就会被记过，记过两次就会被开除。

同寝的游思进作为男生里的倒数第一，两人大概是难兄难弟，和她的关系倒是熟了起来。这天轮到苏雪至打扫卫生，寝室就他们两个人，游思进主动过来帮忙。

“苏雪至，你早上起那么早，是不是去锻炼了？”

苏雪至点头，鼓励他和自己一道锻炼，又说：“平常课业你要是有问题，也可以和我交流，咱们相互学习。”

游思进惊诧地望着她：“苏雪至，没想到你还挺随和的。大家背后都说你高傲，看不起人，我也以为你不和人往来的。”

这就是误会了。其实她并不是高傲，而是不知道怎么和人往来，加上又忙，也不会特意费心想去和别人搞好关系，久而久之也就习惯成自然了，独来独往，落得个轻松。

而现在，她不知道自己住男寝到底要住多久，如果一直没法让身边的人接受自己，往后想要过好，难上加难。

游思进的话让苏雪至第一次开始关注起自己的这个问题。

当天晚上，自修结束后，熄灯前，她悄悄摸到了之前看好的地方。

这个时间，操场里黑漆漆的，连个鬼影也不见。

她从井里打了水，躲到角落里，清洗身子。

天气已经转冷，入夜更是寒凉。水沾在肌肤上，风一吹，浑身冒着鸡皮疙瘩，她打着哆嗦，咬牙匆忙擦洗了下，赶回了寝室。

其他人都已回来了，有的躺在床上，有的在看书，有的在说话。蒋仲怀大约身体好，不怕冷，这样的天气还光着膀子，只穿一条裤衩，两手抓着门顶的木框在做引体向上，把门给挡住了。

苏雪至停在一边，等着他做完。

他再做两个，跳了下去，让出了道，看着她从面前走了过去。

寝室里的其他人好像都没看见她，自顾忙活着。

苏雪至去厕所刷牙，回来看快到熄灯时间了，就去拿柜子里的衣服，伸手要开柜门，忽然看见一旁的游思进朝自己暗暗投了个眼色，随后好像怕被其余人觉察，又忙背过身去。

苏雪至迟疑了下，略有警觉，慢慢打开没有上锁的柜门。

果然，打开之后，发现柜子里盘了一条蛇。

是无毒的水蛇，但要是胆小，或者没有防备，乍一看蠕动吐着信子的蛇，还是十分恐怖。

她回头过，见刚才都还各自忙碌的人全都停了下来，盯着自己，一副等着看好戏的模样。

老实说，她有点讨厌毛茸茸的丑东西，譬如蜘蛛，但对蛇，再冰冷腻滑，吓人程度也不会超过她遇到过的夏天死了多日的尸体。

她知道这些同寝的男生在期待什么，当然不能让他们如愿了。

否则有一就有二，以后只会让他们以为自己更软弱可欺。

她伸出手，一把捏住了蛇头，转过身，冷笑："见我倒霉了，棒打落水狗是吧？我承认，我进来是靠了便利，活该被你们瞧不起。体育落后，拖了你们后腿，我也心甘情愿接受惩罚！"

她看着对面显然已经错愕的男生："大家都是接受过新教育的，能到这里，说一声精英也不算过。瞧我不顺眼，有种就在学业上干掉我！堂堂七尺男儿，玩这种把戏，真替你们害臊！你们不是城隍庙的混混！将来毕业了，都是救死扶伤的专业人士！"

她话音落下，所有人的眼睛都刷地看向蒋仲怀。

苏雪至盯了他一眼，冷笑："蒋仲怀，是你搞的？"

蒋仲怀终于反应了过来，指着李同胜和韩备："他们都同意的！"

躺在床上的李同胜嚷道："蒋仲怀，你小子这就不仗义了！关我屁事？又不是我的主意！睡觉了睡觉了！"说完拉起被子，盖住了头。

"韩备——"

"我好像还没洗脸——"被点到名的韩备立刻放下手里的书，端起脸盆扯了毛巾，掉头出了寝室。

其余人一声不吭，纷纷背过身去，上床的上床，看书的看书。

"我去！你们这帮龟孙子——"

苏雪至走了过去，把手里的蛇挂到了蒋仲怀的脖子上："您弄来的，劳烦您放生。好歹也是一条命，不好无缘无故让它遭了殃。"

她回到自己的床边，抖开被子，又翻了翻枕头，确定没什么异常，才躺了下去，盖上被子。

外面传来提示即将熄灯的打铃声。蒋仲怀黑着脸，从脖子上扯下蛇，拎了跑了出去，过了一会儿回来，一声不吭躺了下去。

苏雪至还摸不准这帮同寝男生的脾性，怕万一他们趁自己睡着了继续使坏报复，不敢睡觉，更不敢立刻解束胸。直到深夜，确定人都真的睡着了，边上的蒋仲怀又开始打呼，她才放下了心，慢慢在被子下解掉束胸。

接下来的几天，她不在的时候，他们有没有说什么她不知道，反正当面，大眼瞪小眼的都不怎么说话，也勉强算是相安无事。苏雪至最大的烦恼，就是她发现这些人喜欢乱丢臭袜子。

按说学医的应该更讲卫生，但除了韩备和游思进还好，其余几个，尤其是睡她边上的蒋仲怀，绝对不会当天洗袜子，全都要塞在床垫的角落里，这样的天气，苏雪至都能闻到一股慢慢飘来的烂咸菜味。

寝室这边还没算得上落下脚，没过几天，在体育课上，她又被军事教官给罚了。

坚持锻炼的效果已经慢慢展现出来了，她的耐力比刚开始已经大有提高。现在最大的短板，就是需要力量的俯卧撑和引体向上类的项目。她计划多抽出一点时间开始负重练习，以增强整体的力量和协调。

而今天受罚就是因为引体向上，规定必须做满十五个，她差了几个，没达到要求，教练二话不说，罚她下课后跑步。

体育课一般都是安排在下午的最末。下课后，白天的课目就结束了，同学解散，她在操场上开始罚跑。

一开始，同寝室的其余人也没走，和陆定国一起停在边上看着，交头接耳，虽然不知道在说什么，看着倒也不像幸灾乐祸。

渐渐天色转阴，起了风，最后下了雨，人陆陆续续走光，操场上只剩下她一个人。

跑十公里，需要她绕着四百米的跑道跑二十五圈，至少跑上一个多小时。

风雨越来越大，天色也昏暗了下来。她浑身早就湿透了，在雨水里踩着水洼，跑到将近二十圈的时候，脚下不慎打了滑，一下摔倒在地，手肘、膝盖和掌心顿时感到了被碎石摩擦的疼痛，低头看了眼，手心已是擦破皮，渗出了血，膝盖和手肘的部位应该也是一样。

她爬了起来，手心在衣服上擦了擦，继续朝前跑去。

远处的雨幕里，忽然跑过来一个人，竟是王庭芝。

他冒雨追了上来，拦住她，上下打量了她一眼，抓起她的手，看了看她的掌心，顿时火冒三丈："搞什么名堂？谁这么和你过不去？你脑子也坏了？这么老实！走，老子这就替你出气去！"拽着她的胳膊就要走。

苏雪至没走，抽回了自己的手："谢谢王公子的好意，我没事，很快就跑完了，你不要插手。"

王庭芝怒气冲冲："你什么意思？瞧不起我？谁？谁要对付你的？就那个什么学生监？我谅他也没这个胆子！你们校长？你等着，这就找他去！"

苏雪至宁可自己再跑个二十圈，也不想他这样插进来惹事，急忙拽住他："王公子，和校方无关！我成绩不达标，达标就什么事都没了！你赶紧回去！我知道你是好意，我心领了，跑完就回去了。"

"你心领个屁！你给我走就是了！谁敢说个不，让他找我！"王庭芝又攥住了她胳膊。

苏雪至看见同寝室的蒋仲怀和游思进几个人站在远处一幢教学楼的走廊上，正看着这边，她猜测应该是王庭芝来找自己，被他们带到了这里。

"王公子你找我什么事？你先放开我！"

"我知道了！"王庭芝仿佛醍醐灌顶，一下转过了头，抹了把脸上的雨水，"是四哥？是他，是不是？难怪你这么怕……"

苏雪至还没反应过来，就见他撒开了自己的手，转身匆匆而去。

苏雪至有一种感觉，他大概是要去找贺汉渚了。

她根本就不想出现这样的局面，无论他是要替自己求情，还是别的什么，都不是她想看到的局面。

她立刻追了上去："王公子你站住！你不要去，和你无关——"

王庭芝却置若罔闻。

苏雪至也顾不得罚跑了，一口气追到校门口，见他已跳上车，"呼"的一下开着就走了，车子很快消失在了雨幕中。

苏雪至焦急不已，转头看见同寝室的人就在后头，急忙跑过去，让他们帮自己向学生监说一声，随即冲出校门，追进了雨幕里。

王庭芝憋着一肚子的火，直接开车冲到了卫戍司令部的大门口，猛地踩下刹车，人跟着跳了下来，径直往里走去。

今日负责门岗的守卫队长虽然知道他的身份，但出于职责，还是上来拦，说司令还在开会，容自己先去通报一声，让他稍候。

王庭芝一脚就踹了过来。

守卫没防备，跌倒在地，迅速一个翻身爬起来，命手下按住他。

王庭芝勃然大怒，从身上直接掏出一把枪，顶在了他的脑袋上："兔崽子，敢拦我？信不信我直接崩了你？"

守卫示意手下进去通报，笑道："王公子息怒，请您稍候。"

丁春山很快从里面跑了过来，示意守卫放开人，见王庭芝脸色阴沉，没有拦他，由着他往里大步走去。

王庭芝奔上了司令部的二楼，一把推开会议室的门。

贺汉渚正坐在会议桌中间的位置上，抬起头，看了眼前方。

参会的几个处长转脸，见一向风度翩翩的王家公子站在门口，面带怒容，湿漉漉像只落汤鸡，不禁惊讶，面面相觑。

"今天就这样了。散会吧。"贺汉渚说了一句。

众人忙收拾面前的笔记和会议纪要，纷纷站了起来。

贺汉渚没起来，随手点了支香烟，抽了一口，指了指自己边上的座位，示意他过来坐："出什么事了？淋成这样？"

王庭芝盯着他，迈步走了进去，冲到他的面前，双手重重地压在会议桌的桌面上，倾身过去："四哥，你知不知道！就因为你轻轻巧巧一句话，他现在在那个破学校里，不但和人一起挤住，被人抽鞭子！外头这样的大雨天，他还被罚跑操场！就算你没亲口吩咐这些，你不可能不知道下面的人会怎么发挥你的意思！我就不懂了，他叫你表舅，还帮过你，你为什么和他过不去，要这么对他？"

贺汉渚抬眉，看了他一眼，靠在椅背上，淡淡地道："还以为什么事。你是说苏雪至吗？他除了成绩尚可，体格教育是最后一名，连基本的达标也做不到。这不是普通学校，穿着军装就要有军人的样子！还没叫他扛事，这么点苦也吃不下，出来读什么书？趁早回家当少爷去！”

“四哥你——”王庭芝大约是气急，张口结舌，一时说不出话。

贺汉渚站起来，走了出去，回来时手里已经多了一块干毛巾，丢到了他的身上。

“你回吧，赶紧换身干衣服，小心着凉。”他语气转为温和，“晚上我还有个应酬，我先走了。”他迈步出了会议室。

王庭芝追了出去，见他径直下了楼，从丁春山的手里接过一把撑开的黑色雨伞，自己打着，皮靴踏着雨水，走到了他的汽车旁。

司机替他开门，他将手里的香烟掷了，弯腰坐了进去。守卫打开铁门，汽车随即开了出去，很快消失了。

苏雪至搭到了一辆正好进城的骡车，紧赶慢赶，终于赶到了司令部的附近。

她不知道王庭芝会在贺汉渚面前说什么，她什么都不想他说，她心急火燎地朝司令部的方向狂奔，忽然看见对面开过来一辆汽车。

汽车开得近了，她看见了车牌，猛地刹住脚步，停在路边，借着路边的灯光，透过一面半开的车窗，看见了里头一张熟悉的侧脸。

那个人靠坐着，目光平视着前方，两旁店铺的灯光迅速掠过他的侧颜，半明半暗之间，他眉目幽暗，神色漠然。

再一晃眼，车就从她的身边疾驰而过。车轮激出一片水花，推着马路上的积水，仿佛一阵浪花涌到了她的脚下，浸泡着她早已湿漉冰冷的双脚。

她喘息着，感到胸口炸裂似的疼痛，这才惊觉，入城下了骡车后，因为叫不到东洋车，这一路她几乎是狂奔而来的，就在看到这张脸的这一刹那，绷着的一口气仿佛突然松懈了，到了体力的极限。

她捂着肚子，微微弯腰，大口大口地喘息着，雨幕里，迎面又开来了一辆车，停在了她的身边。

这回是她要追的那个人。

她被王庭芝拽上了车，坐在后座，喘着气，随后发现他不是往学校开，说：“送我回去吧。”

王庭芝仿佛没有听到。

“送我回去！”她又重复了一遍。

王庭芝脸色阴沉，猛地调转车头，开往北郊。

苏雪至喘了几口气，等能说话了，问道："你都说了什么？"

王庭芝一语不发，径直开车，一路开到校门口，踩下刹车，才转头说道："你也不用念这个什么破学校了，往后我罩着你！"他顿了一下，"你救过我的命，算是报答。放心，我不用你学唱戏！往后你想干什么都行！"

苏雪至一怔，抹了抹自己还在往下滴水的头发，说："半途而废不是我的习惯。谢谢王公子的好意。"

"你还看不出来吗？四哥他就是故意在刁难你！"

苏雪至心念忽然一动："他都说了什么？"

"没什么！"

"王公子，请你把他说的话原原本本一字不漏地告诉我！你要是不说，我就只能自己再去见他了。"

王庭芝看了她片刻，沉着脸，终于将贺汉渚的话转述了一遍。

"你过来，不就为了找靠山吗？他既然这么看不上你，你也不是非他不可的！你救过我，我去和我父亲说一声就行！"

苏雪至沉默着，出神了片刻，忽然道："今天谢谢你了，我进去了，你也回去，早点换身干衣服，免得受凉。"

她朝王庭芝点了点头，打开车门，下了车，不顾王庭芝在身后的呼叫，快步进了校门。

雨还在下，水珠不停地从头顶沿着她的眉眼，滚落到面颊上。

就在听到王庭芝转述的话后，苏雪至一瞬间突然若有所悟。

嘴巴讲得漂亮，满口真相和正义，实际却连就读一所军医学校也要靠着别人的庇护。

这样的一个自己，凭什么要求对方听她说的话？

甚至，她忽然还有一种感觉，那个姓贺的男人或许高傲到根本就不屑逼迫自己向他低头的地步。

一个小人物而已。

他在冷眼旁观罢了，翻手为云，覆手为雨，随口一句话，就能收获一场戏，他要看看她的骨气能不能配得上她那天的宣言。

如果她输了，灰溜溜地走了，或者要再次靠着他的庇护才能继续保有这一切，那才是他对她的羞辱，无言的，却也是最大的蔑视和羞辱！

人生不是不能输。

倘若拼尽全力，即使最后输了，接受羞辱也是无妨。那是人的能力上限，强求不来。

但如果没有用尽全力，那就是她的错了。

她望着前方的夜色，眼前仿佛浮现出了今晚车窗里一掠而过的那张漠然侧脸，她暗暗咬紧牙关，迎着对面的冷雨，加快脚步，朝着前方疾行而去。

寝室里，李鸿郗正疾言厉色地呵斥着七个人："苏雪至目无校纪，现在还不回来，记过处分！你们每一个人都要以此为戒，不要以为校规只是摆设！两次记过，立刻开除，铁面无情！千万别把自己当成一回事！目无校规，即便成绩再好，这人也有问题，绝不能用！敢包庇的，也别想当没事人！"

寝室里的七个人起先一声不吭，等听到这里，钱庄少爷李同胜似是不服，低声嘀咕了一句："他跑出去了关我们什么事啊，为什么连我们一起训？再说了，人出去的时候，不是叫我们帮着请了假吗？"

"对，我跟蒋仲怀一起请的，当时你不在，我们找了干事……"游思进也小声说了一句。

"什么叫包庇？怎么包庇了？我不就帮着带了句话？"蒋仲怀干脆顶了一句。

李鸿郗大怒，指着面前的几个男生："什么态度？沆瀣一气狼狈为奸不算，竟然还敢公开顶撞？我看你们是一个个都想记过了？"

一直坐在桌子前低头看书的韩备忽然扭过脸，慢悠悠地说："他们请假的时候，大概没给干事讲清楚。他正跑着步，那个王公子忽然来了，死活硬是把人给拽走了。您说，这个处分，苏雪至要是喊冤，是不是王公子那里也要对证一下？"

李鸿郗听到王公子也牵涉其中，气焰顿时矮了下去，心里大骂干事蠢货，连这个都没问清楚。但自己刚才的调子起得实在太高了，不止这七个，外头还有一堆学生都在盯着，一时下不了台，清了清嗓："总之，这个事学校一定会查清楚的，绝对不会随便放过任何违纪的学生，当然，也会酌情考虑实际……"

李鸿郗平日靠着拍司长的马屁，狐假虎威，对上头卑躬屈膝，对学生动辄威胁叱骂，大家全都看不惯他，现在见他吃了瘪，全都暗自乐了。

李同胜、蒋仲怀几个人相互使着眼色，外头有躲在后面的学生干脆偷笑了出声。

李鸿郗恼羞成怒，忽然指着李同胜和蒋仲怀说道："你们两个，上星期有人半夜翻墙出去，天亮才回，还把学校围墙都踹掉了几块砖，有人看见就是你们两个！这个事的性质太过恶劣，远超今晚这个请假的事！我正想找你们，立刻跟我去办公室，接受调查！”

李同胜和蒋仲怀对望一眼，立刻喊冤，矢口否认。

李鸿郗嗤之以鼻，看向同寝室的几人，冷笑：“还有你们，都在一起睡觉，不可能不知道！无视校纪，知情不报！等查清了，全都要负责任！”

气氛一下变得凝重起来，忽然外头喊道：“苏雪至回来了！”

众人转头，见苏雪至穿过门口男生让出的一条道，浑身是水地走了进来，走到李鸿郗的面前，朝他鞠了一躬，说道：“监务长，全是我的过错，和他们无关。出去的时候，因为情况特殊，来不及亲自找您请假，就麻烦他们帮了个忙。本来我也想早点回来的，但有事被拖住了。关于我的事，您要是需要调查，我一定全力配合，下次再有类似情况，我也一定多加注意，不会再犯。您说得对，校规第一，大家都要自觉遵守。”

李鸿郗的脸色这才缓和了下来。

他收过李同胜父亲塞的好处，关于翻墙跑出去的事，他本没打算追究，现在苏雪至给足他面子，他自然也就借坡下驴，哼道：“这次就给你们一个机会，下不为例！不早了，准备休息！”

门口的男生见没热闹看了，一哄而散。

游思进问：“苏雪至，你没出什么事吧？”

苏雪至低声说：“能帮我一个忙吗？”

“什么忙？”

“我晚上遇到点事，现在心里很乱。你们能不能让我一个人静一静，就一会儿。”

七个人又对望了一眼，迟疑了下，几个人都看向领头的。

“走？”李同胜问蒋仲怀。

“走！”蒋仲怀带头出去。

韩备手里捏了本书，游思进也拿了一本，七个人陆续走了出去，最后还帮着带上了门。

七个男生一字排开，蹲在外面的走廊上。韩备和游思进借着微弱的灯光看书，剩下几个人在聊天。

“哎，你们说，九仙女到底出了什么事？”蒋仲怀问边上的人。

“谁知道？下午王公子过来找，不是你和游思进带过去的？”张景易说。

"隔着那么远，你当我顺风耳啊？就看见王公子挺凶的，又拽又扯。"

"会不会就是他最近得罪了王公子，所以才被整了？"李同胜忽然插了一句，指了指头顶，"所以……吧唧一下，掉了下来！"

"有可能。要不然怎么追出去也没用，回来还这样子？"

"听说那个王公子不咋样……"

几人沉默了。

低头看书的韩备插了一句："你俩那天晚上去哪儿鬼混了？下次记得擦干净屁股！自己死就算了，别害了我们！"

李同胜和蒋仲怀忙道歉："知道知道，我们俩就去吃了个夜宵，学校的猪食真要吃死人了，吃完了不想立刻回来，随便逛了逛而已。"

"不过说真的，看不出来，九仙女还挺仗义。刚要不是他揽事解了围，咱们就麻烦了。"蒋仲怀说。

几人又一阵沉默。

"哎，他一个人在里头到底干什么呢？不会是得罪了王公子，现在这么倒霉，想不开了吧？"蒋仲怀突然扭头，看了眼窗户。

"哎，不对啊，窗帘都拉了！想干什么！"

几人回想苏雪至刚才的样子，越想越像那么回事，几人对望了一眼。

"不会吧，你别吓人了！我是见过死人，可不想看见人就死在我边上……"

几个人顿时紧张了起来，相继站起来，啪啪啪地使劲敲门，敲了几下，门从里面打开了，见苏雪至已经换了身干衣服，默默地站在门后。

几人都松了口气，怕再刺激到对方，一声不吭走了进来。

苏雪至等人都进来了，说："今天多亏你们帮我请了假，还险些拖累了你们。谢谢你们。"她声音低沉，带了几分嘶哑。

"没事没事……你想开点，就没问题了……"蒋仲怀看了眼自己和他相邻的床铺，赶紧劝了一句。

苏雪至一愣，这才知道他们想歪了，就顺着说："放心吧，我想通了。也谢谢你们的关心。往后你们要是对我有什么意见，尽管提，只要能做到，我会改。"

"没意见，没意见。想开了就好……"

这时外面传来了预备就寝的铃声。

"快熄灯了，睡觉，都睡觉……"

第二天早上，苏雪至在室友的鼾声里醒来，摸黑穿好衣服，轻手轻脚地走到外面，在双脚上绑了两只她昨晚临时做的小沙袋。

袋子里填的是土，重量是适合自己的三斤。

她正弯腰绑着，忽然听到屋里传来脸盆掉落在地的声音。咣当一声。因为周围安静，听起来就分外惊天动地。

“谁啊，一大早奔丧……”蒋仲怀带着睡意的骂声传了出来。

“哎，对不住对不住！我刚没注意，不小心碰到了脸盆。不好意思吵醒你了，你别骂，我今天帮你洗袜子好了……”游思进有点怕他，赶紧说。

“我呢？我也被你吵醒了！”李同胜的声音跟着传了过来。

“还有我们呐——”声音此起彼伏。

“行行行，今天你们的袜子我都包了！你们接着睡，我出去了——”游思进赶紧出来，追上了苏雪至，“等一下，我也跟你一起跑。”

苏雪至点头：“走吧！”

游思进跟着她跑完步，再练单双杠，等天大亮，操场上开始有人活动，他也跟着她做了整套拉伸，做完，感叹了一声：“酸爽……”

苏雪至笑了笑。很多人锻炼完不喜欢拉伸，觉得麻烦。但她最享受锻炼完的这个过程了，消除疲劳，放松肌肉，锻炼柔韧。

“走吧，回去了。”她擦了擦汗。

两人一道回去，游思进问她马术现在学得怎么样：“以前我学的时候，差点出了事，有次摔了，脑袋就卡在马腿边上。还好，分到的马温顺，没踩我。这要是一蹄子下去，我现在大概也不会还在这里熬了……”

苏雪至想着那匹大公马，说：“还行，是有点小困难，我再试试。”

这天下午，又是一周一次的马术课。

不用说，留给她的还是上次那匹大公马。

一周不见，它的脾气好像越发暴躁了，苏雪至看见马腹上还有几道被人鞭笞留下的伤痕。

因为坐骑不配合，课上得不是很顺利。中间休息的时候，苏雪至也不想再挨鞭子了，想牵着马离那个暴躁教官远点，免得他又盯上自己。她看着马匹晃着脑袋，显得有点躁，出于一个医者的本能，苏雪至忽然心念一动。

大公马本来好好的，脾气莫名暴躁，是不是生病，或者哪里不适？

她停下来仔细检查马匹。发现它全身除了那几道新添的伤痕，看着都没什么大问题。但有一处，引起了她的注意。

她发现大公马的一侧嘴角泛着泡沫，流着涎水，嘴边皮肤呈浸润状，泛白微肿。

她立刻安抚大公马，摸着它的脑袋，柔声和它说话，最后她扳开它的嘴，一下就发现了问题。

大公马右侧槽牙的牙床肉里，竟深深地刺入了一根宽约三毫米的木刺。牙床周围组织已经脓肿发炎，想必是之前吃食的时候刺入的。难怪它脾气突然暴躁，不受控制。

苏雪至立刻帮它将木刺拔了出来，又将它牵去马场兽医那里，要来一些消炎的草药，拌在粮食里，让它咀嚼。

大公马因为牙床问题，大概已经好些天没有好好吃食了，现在痛苦突然消失了，风卷残云般很快就将东西吃得一干二净，吃完了就温顺地站着，一动不动。

接下来的这节课，苏雪至一马当先，顺利地越过了一个难度最高的障碍。

教官手里握着马鞭，就站在一旁盯着，看他嘴型，似乎随时准备破口大骂了："你……还凑合！过！"

他扭过头，冲着后面一个正瑟瑟发抖的学生大吼一声："准备，下一个！"

马术算是正式入了门。

等上完课，将大公马交回去时，苏雪至特意去找了负责照看马匹的马夫，给他塞了几个银圆，让平日给大公马添点好料，晚上多喂一顿，许诺考核结束再给他五个银圆，算作他额外工作的报酬。

马夫平日也难见油水，见这个学生出手阔绰，满心欢喜，连声答应。

马术课的考核，应该是没问题了。

现在，她面前最大的困难，就是接下来大考里的首个军事体育科项目——五公里负重越野跑。

通过这门课后，下学期才能进入军事地形和枪支方面的学习和考核。

用蒋仲怀的话说，学校安排这样的考核内容，其实是在时刻提醒他们，毕业后真被送上战场，他们这帮人，除了要会替人治伤看病之外，学习如何伺机逃命和自保也至关重要。

玩笑归玩笑，对于苏雪至来说，这不但是她立在心里那座要翻越的山，而且，要是她能获得文化和体育课的综合成绩第一名，就可以经由正道，正大光明地获得再次搬回单人寝室的资格。

今天马术课的顺利，令她一扫之前因为接连的迎头痛击而带来的低落情绪。她的心情十分愉悦，整个人更是如同打了鸡血，愈发充满干劲。

晚上，她第一次丢开书，和游思进一起去了学生活动中心。

因为医学校是最近几年才建成的，虽然校方天天哭穷，但基本的休闲娱乐设施还算齐全。活动中心里，除了有可供学生用作体格锻炼的杠铃、石锁、举重、沙袋等设施，还有两张乒乓球桌。

因为是周末，明天休息，晚上这里的人不少，乒乓球桌前更是围了不少人，伴着乒乒乓乓的声音，人声喧沸。

苏雪至径直去了器械室，进行第一次的负重训练。

一个多小时的自训进行得很顺利，结束后，她正用毛巾擦着汗，游思进神色紧张地跑过来叫她，说他们寝室和隔壁寝室在比赛打乒乓球，形势有点不妙，让她赶紧过去，一起呐喊助威。

五局三胜为赢，每局分值有十分、二十分、五十分甚至一百分。今天晚上的比赛采用的是十分制。

现在已经进行了三局，本寝一比二落后，接下来对方只要再胜一局，这边就要输掉比赛了。

大家神色凝重。输了第二局的蒋仲怀一脸沮丧，输了第三局的张景易更是垂头丧气。见他们如此沉痛，苏雪至还以为他们赌的是什么很重要的东西，等问了游思进，她顿时无语了，竟是两边寝室清早常抢占厕所坑位和水龙头。

他们寝室的出战人员是蒋仲怀、韩备、张景易。按照约定，每个人最多只能打两局。

学校去年才添置的乒乓球桌。新式运动，医学生又忙，不可能天天来打，水平能好到哪里去。

比起来，韩备还算不错，蒋仲怀中等，张景易则是剩下几个人里唯一能拉出来凑数的。

现在就要第四局了，关键时刻，自然再派韩备上场。

他果然不负众望，拼尽全力，厮杀之后，获得胜利，将比分扳成了二比二。

最后的第五场，就成了决定结果的关键之局。

最会打的韩备已经用完了两次上场的机会，剩下蒋仲怀和张景易，自然是蒋仲怀上了。

但问题是，对方那个留到决胜局的选手水平不错，不比韩备差。

之前蒋仲怀和对方打过几次，从没赢过，且每次都是以至少七八分的大比分落败。

肩负了本寝兄弟的民生和荣辱，蒋仲怀自知技不如人，且刚才自己已输了一局，更是信心全无，他手里握拍，犹疑不决。

只见这边七人闷声不语，那边好像已经获得胜利。蒋仲怀迟迟没有开拍，周围看热闹的男生纷纷起哄催促。

蒋仲怀无可奈何，怀了风萧萧兮易水寒的悲壮心情，向身后同寝的兄弟投以沉痛目光，一咬牙，正要硬着头皮垂死挣扎，忽然听到一个低沉而悦耳的嗓音说："我来！"

他扭头，见竟是苏雪至开了口，顿时如逢大赦，也不管他是不是真的会打，反正只要不让自己当这个令兄弟受辱的千古罪人就好。

苏雪至示意对手稍等，叫韩备陪自己来到另一张球台前，乒乒乓乓地打了几十个回合，摸清手感后，回来示意开赛。

做裁判的男生一声令下，决胜局开始。

乒乓球比赛有时讲究气势压人。很多水平差不多的高手，一旦被打蒙，意志就容易崩溃，动作更是一泻千里。

一上来，苏雪至就凶悍异常，毫不手软，逮住机会就绝命抽杀，果然，没几下就把对方打蒙了。等对方反应过来想要应对反扑，已是来不及了，苏雪至又得几分，最后总共用了不到五分钟的时间，她率先得满十分，干净利落地结束了这盘决胜局，取得一个漂亮的大比分胜利。

刚才还如丧考妣的七个男生顿时喜笑颜开，兴奋得差点没把苏雪至抬起来庆祝，冲着对面目瞪口呆的对手喊话，随即簇拥着功臣，兴高采烈地回了寝室。

苏雪至今晚主动加入，纯属一种情绪上的感染，她不想看到同寝的男青年遭受羞辱。

与此同时，她也是生平第一次体验了一把被人众星捧月的感觉。虽然一向拒绝堕落，但她还是忍不住暗暗感叹，难怪大家都想出风头。

他们端着脸盆挂着毛巾拿了皂胰子，说说笑笑结伴往厕所去。

蒋仲怀走到门口，扭头喊她："九……苏雪至，你不来？"

"他们不敢争了，现在那边空得很！"

苏雪至说："你们先去，我再练一下俯卧撑。"

"不会吧，你这也太拼了！"

"我基础差，不练不行，怕不及格。"

"行行行，练吧练吧……"

第二天休息，家在本地的李同胜和游思进回了家。苏雪至等到九点多，以不会和腿疼为借口，拒绝了蒋仲怀让她一起去踢足球的邀请。等寝室的人陆续都走了，她收拾好东西，往学校大门走去。

她一直记着上次傅明城借给自己几本书说了几句话，就被人知道了的事。

自己是个小人物，不至于令对方一直暗中盯着。往好了想，也有可能上次只是巧合，毕竟边上来去的人多，可能是被谁看见了又无意传到他的跟前。但她心里总是落下了疙瘩，也怕万一运气不好被别的什么人无意撞见。她并不是每天都会去操场旁的水井，即便去了，也只是用浸湿的手巾很快擦一下身，换内衣而已，几分钟就了事。

如此一个星期了，她感觉自己全身的皮肤像是积了层垢，今天休息，她立刻就出来了。

眼下最重要的事，自然是找个地方去痛痛快快地洗个澡。

快走到学校大门的时候，苏雪至忽然看见对面路上开来了一辆汽车。

车子开得近了，她认出来好像是傅明城的车。

傅明城今天来学校，应该是找别人的。上次小玉的血检结果，他第二天知道后，也立刻打电话告诉她了，所以不会是来找她的。

正要走出去，苏雪至却忽然想起了另外一件事。她略一迟疑，最后还是转了个方向，没直接出校门，而是先去了附近的一幢教学楼，在门口站了一会儿，看着他从校门里走了进来，往里去了，这才转了出去。

她本来打算今天去表哥那里洗澡，转念一想，表哥也是男的，而且上次听他提了一嘴，就住在一间能长期包房的小旅馆里，进出什么人都有，洗澡也不方便，就改了主意，直接进城找澡堂子。她转了半天，全是男澡堂，最后好不容易，终于在一间日本人开的高级浴汤里看到女宾俩字。

门口一个穿着和服，脸涂得雪白的中年女人鞠躬拦住了她，用礼貌却坚决的语气告诉她，她应该去对面的那扇门。

天气有点冷了，苏雪至围了条黑色围巾，她解开围巾，让她看自己没有喉结，表示自己就是女人。

日本女人仔细地打量着这个特殊的客人，盯着对方平平的胸，还是不放心，最后靠近观察耳朵，看见客人的耳郭上生了一层细细软软宛如初生婴儿似的绒毛，男人绝不会有这样的皮肤，她这才确定了，脸上露出笑容，急忙鞠躬道歉，让了条道。

苏雪至疑心这个日本女人大约是怕自己吓到了客人，亲自领了她进去，一路迈着小碎步，对着几个还未穿戴整齐盯着自己看的女客们鞠躬道歉，嘴里重复着“对不起，她是女人”“对不起，她是女人”。

苏雪至要了一个单人池。房间很小，是完全日式的隔间，装修素雅高级，那池子里的水看着也很干净。

但现在梅毒颇是盛行，学校附属医院里常有这样的患者，前来就诊的病人里，体面人和下层人都有。

虽然苏雪至很想下到热水里舒舒服服泡个澡，放松一下全身，但出于专业的本能，她最后还是拒了诱惑，改用冲澡的方式洗澡。

解了束胸，脱光衣服，洗完澡，她按摩了腿上和身上因为训练弄出来的几块乌青，顺便洗了内衣，用取暖的火炉直接烘干，最后穿好衣服，走了出去。

日本女人向她推销买十次送两次的优惠活动。

苏雪至对这个洗澡的地方挺满意的，高级，安静，有隐私，最重要的是离学校很远，被熟人看见的可能性极小。

她买了十次，打算以后每周来一次。

日本女人很高兴，嘴里不住地道谢，一路将她送出了门。

她去买了点吃的东西，转去城西的周家庄去看小玉。

那个小姑娘，总是让她没法彻底放下。

她到的时候，看见小玉正坐在院子的一棵枣树下画画，看见她来了，小玉的脸上露出欢喜的笑容，起身要跑过来迎接。

苏雪至怕她摔倒，立刻迎上去牵住了她。

三嫂听到动静也从屋里出来，陪着絮絮叨叨地说了一会儿话。

小玉父亲死了，李祥瑞后来照着许诺赔了一笔钱，加上家里本来的一点财产，就算是看在钱的面上，三嫂一家应该不至于慢待小玉。

苏雪至坐了一会儿，又向三嫂和小玉本人仔细叮嘱了一些日常的护理和注意事项，让小玉万一有事就去学校找自己，说完见时间也不早了就起身离开。

小姑娘依依不舍地送她，送到门口，忽然扯了扯她的衣袖，让她稍等，小玉回到屋里，很快又走出来，递上一张已经装裱好得像是小画一样的东西，随即悄悄地看着她。

居然是张自己的剪纸肖像，虽然简单，但活灵活现，苏雪至一眼就能认出颇有几分自己的神韵。

“是我自己剪了送给你的。”小玉羞涩地说道，又补了一句，“你放心，我会很小心的，不会弄破手。”

苏雪至很惊喜，笑着向她道谢，说自己一定会好好收藏。

看完小玉，从周家庄回来，已经是傍晚。

在校门口，苏雪至意外地看见傅明城的那辆汽车居然还在，不过车里没人。

更意外的是，附近还停了一辆车，她也认得，是贺兰雪经常坐的车，贺家的那个司机就在车里。

苏雪至带着猜疑回到寝室，一进去，游思进就告诉她，傅先生找她有事，让她回来去图书馆找他，他在那里等着。

“还有那位贺小姐，刚来没一会儿，也是找你的。她听说傅先生在等你，也去了图书馆，现在应该在一起。”他又补充了一句。

两个人都在等，避也避不开，她只好去了。

到了图书馆，果然远远就见傅明城和贺兰雪两个人站在门侧的一处空地上正在谈话。

这个时间，大部分学生都走了，准备去饭堂吃饭，图书馆附近的人少了很多，说话声随风隐隐传入耳中。

贺兰雪好像在问自己以前在省立学校里的事。

“他平时不大和人往来，除了课堂上的事，我对他也不是很了解。”傅明城说。

贺兰雪好像松了口气：“原来苏少爷一直就不大爱说话啊？我还以为是他到了这里觉得不习惯……”

苏雪至快步上去：“傅先生！贺小姐！”

两人转头，苏雪至脸上露出笑容，朝两人点了点头：“我刚从外面回来，听说你们找我？抱歉，不知道你们会来，久等了。”

“无妨。贺小姐好像有事，贺小姐先谈吧。”傅明城笑道，主动往阅览室去，把地方让给了贺兰雪。

苏雪至客气地问她找自己有什么事。

贺兰雪却没说有什么事，先问她最近过得怎么样，听她说一切都好，就沉默了下去。

苏雪至等了片刻，决定结束谈话：“贺小姐，谢谢你关心我，要是没事，我送你出去？天晚了，你再不回去，你哥哥说不定又会担心。”

贺兰雪忙道：“等一下，我有事……”见苏家少爷停了脚步，一双眼角微挑的俊目投向自己，她的脸不禁微热，“苏少爷，你今晚有空吗？能不能来我家一起吃个饭？”

苏雪至不假思索立刻婉拒，说自己课业很忙。

贺兰雪解释说：“是这样的，今天是我哥哥生日。他从来都不过生日，前几年我也碰不到他，今年正好他在，我就想在家里给他庆祝一下。但只有我一个人，又有点冷清，我忽然想到了你，你是我们家亲戚，不算外人，所以想请你今晚也一起来，热闹一点……”

苏雪至清了清嗓：“贺小姐，祝你哥哥今天生辰快乐，但很抱歉，我恐怕真的出不来。我们本科班的学生要轮流去附属医院值夜班，今晚正好轮到了我。”

贺兰雪目露失望，立了片刻，轻轻咬了咬唇：“好吧，我也知道我很唐突。没关系的，抱歉打扰你了。那我没别的事了，我先走了。”

小姑娘和她哥哥不大一样，苏雪至对她其实蛮有好感的，看她忍着失望的样子，也有点于心不忍，但想到她后头的那个哥哥，顿时就什么念头都没了。

“我送你吧。”

“不用不用，傅先生好像等了你很久了，你们谈吧。”

贺兰雪转身走了，苏雪至目送她往校门口去了，随后转身进了图书馆。

傅明城正站在阅览室的一排书架前翻阅报纸，听见苏雪至的脚步声，抬头看了一眼，立刻放下报纸走了出来。

这里是阅览室，虽然没人，但也不便大声说话，两人随口聊着，走到外面，停了下来，苏雪至将带来的几本书递了过去，笑道：“正想找傅先生还书，您今天就自己来了，可巧。”

现在还书倒也不全是因为上次的那个事。反正迟早是要还的，加上也确实不便和傅明城有过多接触。

傅明城显得有点惊讶：“你都看完了？”

“囫囵吞枣地翻了翻，勉强看完。怕耽搁您自己用，所以拿来还您。”这几本书的内容对她来说没什么难度，珍贵之处在于书的版本。

“我没关系，你若有需要可以继续留着。”

“我偏重临床学习，这种前沿学术对我来说太过遥远，留着也是闲置。还是还您吧，您可能比我更需要。”

傅明城听她这么说，也就接了过来。

苏雪至装作不知道他早上就来过的事，又问他找自己什么事。

傅明城说：“其实我早上就来过一次，说你出去了。找你倒也不是大事，当初你刚来的时候，我还答应过你家里人，要照顾点你，最近我却忙于家事，疏忽了，很是内疚。今天有空，所以过来看下你，顺便问下，有没有什么我可以帮你的地方。苏雪至，虽然我的能力有限，但如果有需要疏通的地方，我应该还是可以试一试的。你有难处，尽管告诉我。”

苏雪至最无助的时候，也压根就没想过去打扰他，忙说：“没关系。有些教官是严厉了点，但也不算针对我一个人，主要是我自己的问题。寝室同学现在也熟了。没问题。”

“你真的能行？”他显得有点迟疑。

苏雪至感到他的两道目光凝落在自己的脸上，也有点感动于来自他的善意。

“是，没问题。”她笑道，“非常感谢您的好意。”

傅明城又看了她片刻，终于点头：“好吧，祝愿你能心想事成，学业有成。”

苏雪至表示感谢。两人又闲聊了几句，天色也开始暗下来了，傅明城告辞。苏雪至将他送走后，回到寝室。

“九仙女，老实交代！”蒋仲怀感恩的心情还没满一天就故态复萌，喊着给苏雪至起的绰号，还上来用肩膀顶了她一下，“说！那位贺小姐常来找你，是不是和你……”

他人高马大的，苏雪至被他这一下给顶得站不住脚，人直接就跌坐到了床铺上，她抬起头，见寝室里其他几人都盯着自己，表情暧昧，立刻沉下脸：“别胡说八道！坏了贺小姐的名声，谁担待得起？”

几人见她语气很是严肃，相互挤眉弄眼了几下也就作罢。

其实今晚原本不是她值班，但已经对贺兰雪那么说了，苏雪至就打算做足全套，和寝室里今晚轮到值夜的崔广换了个班。

天色越来越暗，快要晚上十一点了，贺先生还没回来。

前几天刚从乡下家里回来的吴妈见贺小姐一个人在客厅里枯坐着，暗叹口气，上去劝她先回房间休息：“贺先生回来我就去叫你。”

贺兰雪看了一眼钟表上的时间。

其实几天前，她就想邀苏家少爷一起过来的，但没勇气去。

她知道苏家少爷最近在学校过得不是很顺利，问王庭芝原因，王庭芝含含糊糊地说他也不清楚；问哥哥，他叫她不要管闲事。

虽然她不知道原因，但凭感觉应该是和自家哥哥有关。

她怀疑，是不是哥哥对苏家少爷有了什么误会。

哥哥对自家人一向都是非常照顾的。她觉得要是苏家少爷能常来家里走动，和哥哥的关系再近一点，即便有什么误会，也就能澄清了。

思前想后，今天她终于下定决心找了过去，却没请到人。

现在想想，没请到也好，来了也是空等，自己反而不好意思。

她再次看了眼大门的方向，怏怏地站了起来，正要上去，忽然听到外面传来汽车开进来的声音。

“小姐小姐！贺先生回来了！”刚才自告奋勇跑出去要帮她在外头看的梅香奔了进来，高声宣告好消息。

贺兰雪一喜，急忙小跑着出去迎接。

贺汉渚从司机打开的车门里下来，低低地咳嗽了一声，抬起头，看见妹妹小鹿一样地奔出来迎自己，有点奇怪：“这么晚了，怎么还没去睡觉？”

贺兰雪蓦然停下脚步，一声不吭。

贺汉渚见妹妹一脸委屈，笑了，顺手弹了她一个爆栗：“说都不能说了！看把你委屈的。”

贺兰雪咬了咬唇，丢下他掉头就往里去了。

贺汉渚一头雾水，看向跟出来的吴妈。

吴妈小声说：“贺先生，小姐说今天是你生日，她想给你做碗寿面。前几天我一回来，她就向我学了。今晚上什么都没做，就等着你回来呢。”

贺汉渚一怔，见妹妹的身影已经消失了，急忙追了上去。

贺兰雪已经上楼回了房间，还反锁了门。

贺汉渚在门外哄了好一会儿，她总算开了门，眼睛红红的，好像才哭过，他不禁有点心疼，笑道：“哥哥背你。”

贺兰雪见他像小时候那样哄自己，顿了下脚：“你去哪里应酬了，一身烟味，臭死了，我才不要你背呢！”

贺汉渚二话不说脱了外套，丢给梅香：“现在呢？要不要哥哥再去喷点香水？你喜欢闻什么味道的？要是家里没有，现在就叫人送过来！”

贺兰雪破涕为笑，摇头：“不要你背。”

贺汉渚摸了摸肚子：“哥哥肚子饿了。”

贺兰雪立刻说道：“今天你生日，你自己都忘了吗？我做好了长寿面，你等等，我现在就去煮给你吃！”

贺汉渚坐在桌边，听着妹妹在厨房里发出的叮咚声，目光渐渐凝定。

片刻后，从厨房方向传来脚步声，他回过神，见妹妹端着一碗面小心翼翼地走了出来，脸上便露出笑容。

贺兰雪将长寿面放到他的面前，先不许他吃，让他许愿。

贺汉渚笑着摇头："哥哥搞不来这个！"

"不行，一定要许的！还要闭上眼睛，这样才会灵。"

贺汉渚无奈，闭目片刻，睁开眼睛，拿起筷子问："可以吃了吗？"

"可以了！"

贺汉渚开始低头吃面。贺兰雪坐在一旁，托腮望着他，过了一会儿，忍不住轻声说："哥哥，我今天接到了那位小姐的电话。她说她过些天要来，预备替王伯父贺寿，问我喜欢什么。我说我没什么喜欢的。"她一边说，一边小心地看着哥哥的神色，见他没什么反应，"哥哥，我能问你个事吗？"

贺汉渚"唔"了一声。

她大着胆子说："哥哥，你真的要娶她了吗？"

贺汉渚眼皮都没抬："小孩子别管闲事！"

贺兰雪沉默了片刻："哥哥，那苏家少爷在学校里的事，是不是哥哥你吩咐的？"

贺汉渚停下筷子，抬起眼，目光陡然变得锐利："你又去找他了？是他和你说的？"

贺兰雪急忙否认："不是！他什么都没说！他还不让我找你说！"

贺汉渚放下筷子："兰雪，你为什么这么关心他？他对你示好？"

贺兰雪的脸唰地涨红了，慌忙摇头："没有的事！本来我想今天请他来的，他都不来！"

贺汉渚注视着妹妹，半晌，道："你暂时不要再去找他了。"

"为什么？"

"你听我的就是了，哥哥不会害你。"他淡淡道。

"你打心眼里瞧不起他，是不是？"

贺汉渚重新拿起筷子："别胡思乱想了。不早了，你去睡吧。"

贺兰雪盯了他片刻，猛地站了起来，转身往楼上疾步而去。

贺汉渚望着妹妹负气而去的身影，慢慢又放下筷子，一个人坐了片刻后，起身给丁春山打了个电话，问苏家儿子最近在学校里的表现。

丁春山有个表弟，也在这个学校就读。他说："听说他搬去了新宿舍，和同寝的人处得还不错。有时会看见他自己在操场跑步。对了，我正想明天和您说，傍晚傅明城好像来找他，说了一会儿话就走了。”说完，听那头没什么回应，迟疑了下，小心地道，“司令，需要盯紧吗？要不，我派个专业的？”

“不必了，就这样吧。”贺汉渚挂了电话，立了片刻，转身回到桌边。

梅香正收拾着那碗残面，刚端了起来，见他突然回来，忙又放了回去：“对不起贺先生，我看面都冷了，我以为您不吃了，要不我去热一下……”

贺汉渚拂了拂手。

梅香赶忙溜走。

贺汉渚一个人立在空荡荡的餐厅里，看着那碗渐渐凝出一层冷油的面，慢慢坐了回去，拿起筷子，几口吃完，又起身离开了。

附属医院位于老城的北门附近，从学校到医院要经过中间那段野坟路，大约七八里的样子，正好可以夜跑。

夕阳落山，两边的荒坟野地，远远看去，好像蒙上了一层红蒙蒙的光，比白天倒是多了几分暖色。

苏雪至一口气跑到医院。

今晚她充当胡医师的助手。对方是医学院的教师，同时也兼任医院副院长。

现在普通民众对西医的接受度不是很高，这和西医数量太少也有关系，加上是晚上，人更少，陆陆续续也就来了两三个人。

第一个患者舍不得扔掉坏了多日的腐肉，食用后上吐下泻。胡医师先给患者催吐，又用止泻剂治疗。

第二个患者是一名中年男子，遮遮掩掩地来看性病。

这也是苏雪至必须重新学习的原因之一，以了解现行药物学基础上的各种常见疾病处方。

她的道德观让她绝对无意去剽窃后来人的各种伟大成果，但入读医学院后，目睹种种病症肆虐而无药物的情况。如果能让像青霉素这种具有划时代意义的抗生素提早问世，造福人类，应当算不上是一种道德上的犯罪吧？最近她渐渐开始思考起了这个问题。

最后一个患者，是位年轻女人，她在门口徘徊许久。苏雪至见她始终不进，又不走，神色凄惶，便主动过去询问。

女人吞吞吐吐的，最后终于道明来意，她想要堕胎。

苏雪至看了眼她的小腹，还很平坦，应属于怀孕早期，问了一下，果然，大约四个月了。

她还没开口，就听胡医师出来赶人，女人苦苦哀求，最后更是下跪恳求，胡医师愈发疾言厉色，女人无可奈何，最后站起身来，低头流泪，蹒跚而去。

“小苏，千万不要一时心软替人流产！别管几个月，堕胎就是犯法！被人知道了，咱们是要吃官司的，懂吗？”女人走后，胡医师正色告诫。

像附属医院这样的正规医院不做流产，那么这些女人势必会转向黑医。就在前几天，病理科的课堂就引用了一个真实案例。

一年轻女子找黑医堕胎，黑医用天花粉末入药，但女子引产后昏迷，隔日死亡。家属以女子为耻辱，弃尸在医学院附近的荒野地里，警局接到医学院报案，将女子以无名氏处理，让医学院代为处置。

这个年代，因为极少有人愿意死后捐献遗体，医学院里被后世称为“大体老师”的来源，基本也就靠这种无名氏了。医学院得到遗体，等学生学习过后，再由校方予以安葬。

课堂上，那位女子的故事，不过是拿来供学生学习的冰冷案例而已。唯独苏雪至，或许因为自己也是女人的缘故，当时她就感觉浑身发冷，浑身起着鸡皮疙瘩。

她又看了眼那个渐渐消失在沉沉夜色里的女人背影，压下心里涌出的一种难言之感，低低地应了声是。

除了同情，她又能做什么?

这个女人离开后，就没再有人来看病了。夜深了，胡医师开始犯困，去值班室睡觉，他让苏雪至坐班，有事再叫自己。

第九章

苏雪至看书做笔记，和她一道值夜班的护士是个刚从卫生学校出来的年轻女孩，坐在旁边的一张椅子里，时不时地偷偷看一眼身边这个穿着白大衣的俊美实习医生。

“我好看吗？”苏雪至忽然停笔，抬起头冲女孩挑了挑眉，语气带有几分调侃，又有几分不悦。

护士羞惭面红，急忙摇头，说自己去检查药。

苏雪至呼出一口气，继续低头看书。忽然，外面传来一阵嘈杂声，只见十来个人抱着一个七八岁大的男童从门外奔了进来。

男童脸色蜡黄，神情痛苦，陷入神志半昏迷的状态。

家属姓马，是本地的一位富商，此刻神情焦急，说孩子得了肠痈，大声嚷道：“医师呢？医师呢？快来救命！”

肠痈就是西医里所说的阑尾炎。

苏雪至只是个学生，自然不敢越俎代庖，吩咐家属将病童平放于诊床上，立刻去叫胡医师。

胡医师匆匆出来替病童检查状况。焦心如焚的家属争相诉说病况，你一句我一句，直到苏雪至喝了一声才停了下来，由那个马富商讲述病情。

男童是他的儿子，大约一周前开始出现右下腹疼痛的症状，呕吐了一次，当时立刻去看了中医，中医诊断为肠痈，以汤药治疗。但随后几天，男童的症状愈发严重，疼痛持续不停，终夜无法安眠，不但无法进食，口吐黄水，到了今天，男童更是发烧致痉挛昏迷。

男童全部腹直肌严重紧张，右下腹高度压痛，无大面积传导疼痛，结合家人所说，胡医师诊断为急性阑尾炎，说：“应当尚未穿孔，但必须尽快手术，再拖下去，万一穿孔，怕有性命危险！”

马家的太太和祖母当场痛哭流涕。马太太冲上去打丈夫，口里骂道：“我说早点看西医，你非说西医害人，孩子要是有个三长两短……”

现今社会大众对西医的态度很是微妙，这位马富商就是西医的反对者。他满头大汗，慌忙道：“那快些，你救救我的儿子吧！”

天城能做这种手术的医院只有两家，军医院附属医院和清和医院。

附属医院的主刀医生是和院长与另一名外科医生。但不巧的是，两人这几天正好出差在外，参加一个全国性的外科医生学术交流会议。

胡医师解释了情况，让他们立刻送孩子去清和医院。

“你不行吗？你做啊！要多少钱我都给！”马富商焦急吼道。

胡医师急忙解释，说自己不是外科医生，做不了手术。

“那医院里别人呢！快去叫能做的来！”

现今持有资格证的西医不多，外科医生更是凤毛麟角。

医院里确实还有一名方入职不久的外科医生，但和医学院的学生一样，之前只看过和校长为病人手术，并无上台操刀的经历。

“那边不收！说吃官司还没完！就是先去了那边，他们让我们来这边找你们的！”马家人高声嚷道。

清和医院现在不做手术，是因为几个月前出的一次医疗纠纷。

一个病人盲肠穿孔，接受了紧急手术，却在一周后去世。家属虽然在术前签了保证书，但最后还是闹了起来，状告医院。

因为牵扯的人太多，舆情纷纷，加上家属闹得厉害，最后法院虽然采纳了医院辩解，裁定医院不负主要责任，但依旧勒令赔偿，进行整改。

清和医院刚赔了钱，现在还在整改期，如今不敢再接同类病人。

胡医生面露难色，看了眼奄奄一息的病童，只好叫人进城去把麻醉师和那名外科医生叫来。等待时，病童又呕吐一次，辗转呻吟，痛苦万分。

半个小时后，麻醉师和外科医生赶到，年轻医生见状，立刻将胡医师拉进室内，低声说道：“我之前只割过肉瘤腐肉，这种手术我没把握，不能做，我也不敢做！又是个童子！万一出了事，我怎么办？”

其实不用他开口，胡医师也知这其中的难处。

马富商一家人现在为救治儿子，满口承诺知情同意，绝对不追究医院或者医师的任何责任。谁知道万一出了事，他们会不会翻脸？

有清和医院的前车之鉴，没有十分的把握，哪个医生敢贸然动刀？

和校长要几天后才能回来，看病童的样子，随时可能发展成盲肠穿孔。一旦穿孔，什么都有可能发生。

肯定是等不到和校长回来了，现在唯一的法子就是劝马家人乘明天最早的火车，将男童送去京师医院就诊，快的话，明晚就能到达。

虽然又耽误一天，病情随时可能恶化，但这也是没办法，主刀医生没把握怎么进行手术？

几名医师正低声商议着，就听见外面一阵哭天抢地，竟是病童晕厥了。

几人正要出去劝家属速速改道另外求医，忽然看见今晚的实习医生苏雪至走进来说：“这个手术我之前练过，我可以做。”

几人看着她，很快反应过来。

这名学生曾两次登过报纸，对生理解剖似颇有研究，学校里的教师都知道。

那名刚赶来的医师以为苏雪至口误，立刻纠正：“即便有你协助，我也不会主刀实施这台手术的！还是让他们立刻离开，另外寻医！”说完就要离开。

苏雪至重复一遍：“我来操刀。”

医师停下脚步，扭头看她。

“我侥幸有过多次解剖经历，考虑到阑尾炎的高患病率，为提升临床技能，我有特意研究过。对于病灶的了解，不敢说全然掌握，但独立操刀应当没有问题。且之前校长临床手术示范，我也参加过……”

胡医师打断：“苏雪至，就算你真的具备主刀的能力，我也不会签字！万一出事，谁来承担责任？何况你只是实习医生，没有医师资格！”

苏雪至说：“不用医院为我担保。如果你们同意，我就和家属说清楚，这是我个人的医疗行为，让他们自己选择，万一出事我来承担责任。当然，如果真有不良后果，校方不可避免地多多少少都会受到名誉上的波及，所以这一点，还是需要你们的首肯。”

“不妥不妥……”胡医师断绝拒绝。

“在手术本身能得到保证的前提下，对于外面病童而言，是现在尽快手术的风险大，还是再耽搁一天送去京师求医的风险大？”

话音一落，室内几人全都静默了下来。

大家二者的利害，自然心知肚明。

盲肠炎最惧治疗不及，导致穿孔。

在场有资格操刀的医师并非真的不能完成这个手术，而是他不愿去做。

苏雪至说：“相信我，只要大家全力配合做好麻醉和消毒，我对手术有信心。事关人命，我不会拿这个来赌。”

胡医师尚在犹豫，门被一把扑开，马富商冲了进来，大喊救命。

胡医师急忙出去检查。

病童已陷入休克了。

胡医师立刻叫人实施紧急救治，他一咬牙，转头对家属道：“如果现在接受手术，这里是他来做！”他指着苏雪至，“他是本校本科班的实习医师，尚未毕业，也没有行医资格证，但他之前有过相关手术经验，愿意实施手术，并保证最大努力地完成。不过这是他个人的行为，和本院无关。如果你们接受，我们会尽快安排手术，否则，立刻转去京师！”

马家人看着年纪轻轻的苏雪至，顿时沉默下去。

麻醉师插了一嘴：“他姓苏，之前两次登过报纸，第一次和宗奉冼先生一道，第二次是孙孟先警察局长。”

马老太太已经哭得闭了气，躺在一边，被人揉着胸口缓气。

马太太看了眼闭目一动不动的儿子，泪流满面，一把推开闷声不语的丈夫，喊道：“我们同意！那些个给我儿子看病的中医，一个一个都有资格证吗？他上过报纸，肯定有本事！让他做！”说着跪到了苏雪至的面前，一把攥住她的手，“求求你，一定要救救我儿子！”

苏雪至没说话，看向马富商。

马富商狠狠打了下自己的头：“拿来，我签！”

护士取来知情同意书，胡医师又提笔，把刚才说的免责内容写了上去，并将手术可能导致的后果也一一列明。马富商抖着手签了名，又摁下手印，一式两份，准备妥当后，院方立刻准备手术。

此时距离男童被送来已经过去了三个小时，已是一点了，经过先期缓和治疗的病童终于被送进了手术室。

这台手术，对于苏雪至而言，最关键的地方在于严格而充分的消毒。手术室，手术台，初步蒸煮过的器械以及参加手术的人，须全部进行充分消毒。

手术开始前，病童平卧于手术台上，麻醉师进行腰部局麻，测量脉搏呼吸后，再施加少量药物，病童很快进入麻醉状态，再次测量血压脉搏，确认此时病童的状态适合手术。

苏雪至举起柳叶刀，在病童右下腹的腹直肌旁，稳稳地划下了这对她而言十分特殊的第一刀。

她横切，刀口约五厘米，柳叶刀依次逐层分离腹壁各层入腹，并放置切口保护器，苏雪至随即探查腹腔，寻找阑尾。

病童右肠骨窝有大量的混浊液体，右下腹有大网膜，她将其轻轻揭开，见到了一段巨大盲肠，肠体呈紧张浸润状，表面覆盖一层白色的纤维状渗出物。果然，盲肠已经呈现出将要穿孔的状态了。

她缓慢地分离开暴露的阑尾，游离并切断阑尾系膜，在距阑尾根部半厘米处双重结扎，离断阑尾，以后来采用的更有利于减少污染促进愈合的荷包手法，熟练缝埋。

至此，阑尾切除虽已接近尾声，但并没有结束。

她再次探查病童腹腔有无肠粘连，观察肠道有无合并梅克尔憩室、肠重复等先天性肠道畸形问题，确定没有问题后，用准备好的生理盐水反复冲洗腹腔，直到液体清亮，最后用无菌纱布蘸净残液。苏雪至最后检查，确认无活动性出血，随后清点器械纱布，逐层缝合切口，腹带加压包扎。至此，手术完毕。

二十分钟后，她将取下的阑尾送出去，让马富商夫妇过目，预备制成标本送做病理检查。

病童被转入病房观察，十几分钟后苏醒过来，随后又安然睡去，没再出现呕吐的现象，脉搏强实，状况良好。

胡医师站在病床前，看着正在亲自做记录的这个学生，想说些什么，唇动了动，又停了下来。

苏雪至叮嘱护士仔细照看，每隔半个小时测量一次体温、血压和脉搏，随即走了出去，向同行而出的胡医师和麻醉师鞠了一躬："谢谢。"

胡医师仿佛也放松了下来，叹了口气，用复杂的目光看着她，说："这里交给我吧，我会盯着。你也累了，去休息吧。"

她向胡医师道谢，转身去往休息室，面前呼啦啦地过来了一群人，将她围住，向她连声道谢。

马太太又紧紧地攥住她的手，使劲地晃："小苏！苏医师！太感谢你了！我一定要报答你！你要什么？你有没成家？对了，我有个侄女，和你很是相配，我介绍给你！"

苏雪至忙拒绝，好不容易终于摆脱了马太太，进入医院为夜班医师准备的休息室。

她并不觉得累，只有一种精神紧绷过后放松下来的飘忽之感。

今晚的这台手术，说实话，她并没有百分百的把握。

手术顺利结束，周围也安静了下来，她回忆着今晚手术的整个过程，脑海里忽然冒出了一个念头。

倘若当时，病童已经处于穿孔的状态，在腹膜炎感染机率大幅度增加而没有抗生素的前提下，在有资格行医的人不愿为病童的生死承担责任的前提下，她是不是依然还会有足够的勇气站出来，冒着对自己不利的风险，尽力挽救一个普通人的性命？

救治失败的后果，一把悬在医者头顶的达摩克利斯之剑。

众生皆凡人，包括医生在内。

她想了又想，说实话，自己也是无解。

她看了眼时间，凌晨三点，揉了揉两侧的太阳穴，从座椅上起身，打开窗户想通通风，忽然一顿。

这间临时休息室的窗外，就是一条道路。

她看见路边停了一辆汽车，车旁靠站了一个人，那人正在抽着烟。红色的明灭火光，在夜色染成的漆黑背景里十分醒目。

这里是医院侧门，她很确定那人不是病童家属，马家人全都挤在病房。借着医院一楼透出的模糊灯光，她忽然觉得那道身影有点眼熟。

那人仿佛也看到了她，从靠着的车身上直起身，扔掉香烟，面向她所在的方向。

立在窗后的苏雪至终于认出此人。

这个人是贺汉渚。

苏雪至的脑海里立刻浮现出那天在大雨之中，她弯着腰喘息，面前潮湿迷离的霓虹灯影里，车窗后那张一掠而过的漠然侧脸。

苏雪至不认为自己对这个人怀有什么成见，更没有不满。

每个人都有自己的喜恶和行事标准，轮不到别人臧否是非。是自己触犯了对方的底线在先，现在又凭什么去责难对方对自己不够大度。

趋吉避凶是生物的本能。她的第一反应是趁他没看见自己，赶紧后退，关窗，就当没见到。

但好像来不及了，他已经迈步朝着这边走来，好似目标就是自己，于是她只能打消念头，看着他来到近前。

他停在距离她七八步远的地方，朝她点了点头：“手术结束了吧？累吗？要是不累，出来一下。”

“我去学校找你，听说你来了这里值夜班。”他又补了一句，态度竟意外地平和。

她累或是不累，并不重要，他也不需要她的回答。他有事找她，要她现在出去说话。

苏雪至从医院侧门走了出来，见他已回到刚才的汽车旁，就走了过去。

该怎么称呼他，苏雪至迟疑了一下，于贺先生和表舅之间摇摆。

“表舅。”最后她还是这么叫他，“您找我有事？”

他站在路旁，没立刻应答。

苏雪至感到他在看自己，就耐心地等了一会儿，终于听到他开口：“上次你说你和傅明城只是师生关系，除此之外没有任何其他特殊关系，我希望你再给我确认一遍。”

苏雪至等着他说话的时候，也在猜他大半夜不睡觉跑来这里找自己的原因。但万万想不到，他开口说的第一句话竟然是这件事。

她简直无语：“这对您很重要吗？”

“是。非常重要。”他的语气竟异常郑重。

苏雪至一怔，借着医院方向投来的光看了他一眼，见他正神色凝重地望着自己，她忍着心里的不快，一字一字地道：“我再回答您一遍，我的感情取向和大多数人一样，没任何特殊之处。”

他微微颔首：“很好。我相信你。”

苏雪至也懒得问他为什么这么关注自己的私人感情，又等了片刻，见他没再开口了，就问：“您还有别的事吗？”

他依然沉默。

“您要是没事了，我想去休息……”

“我妹妹经常去找你吧？”他忽然说道。

苏雪至愣了一下，顿时想起昨天寝室里蒋仲怀几个人的反应，这下她终于明白了，原来他连夜跑来找自己，是要责难她勾引他的妹妹。

这可不是小罪名，她立刻澄清：“您千万不要误会，我对贺小姐没有半点不该有的想法！”说完见他没出声，又强调，“贺小姐什么身份地位？我什么人？就算我想攀附权贵，该有的自知之明，我还是有的！”

苏雪至说完，见他还是未置可否，身影在浓重的夜色下看起来阴森森的，忽然想起之前听来的关于他心狠手辣的各种传言。

一阵带着寒意的夜风吹过，她陡然汗毛倒竖。见他忽然抬手好像要从衣兜里拿什么东西，苏雪至心脏一紧，急忙后退了一步。

“我可以发誓！你要是真不放心，大不了我先离开这里！这样我就没机会和贺小姐碰面了！”她急急地道。

他盯了她一眼，摸出来一块手帕，转过脸去，低低地咳了两声。

苏雪至长吁了一口气，原来是虚惊一场。

他咳完，收了手帕，看着仿佛正要说话，忽然身后传来一阵踢踢踏踏的脚步声。

苏雪至转头，见是那个小护士找了过来，她看见自己，喊道："苏医师，胡医师刚去看了病童，说术后情况稳定！你肚子饿不饿？有煤油炉子！要不要我帮你烧个面吃？"

苏雪至说不饿。

小护士好像有点失望，"哦"了一声，一步三回头地回去了。

"上来！"他吩咐一声，转身上了车。

苏雪至看了眼四周，踌躇了一下。

他好像猜到了她的顾虑，微微哼了一声："这里不便说话。"

苏雪至只好默默跟上去，打开车门，坐了进去。

开出约几里路，他停了下来，推开车门，下了车，站在路边。

苏雪至只好又跟着下去，停在他身后，看着前方那道面向野坟地的背影，问："您有什么事？"

"我妹妹快满十八岁了，我不可能照顾她一辈子。"他没头没脑地说道。

苏雪至茫然不解，看着他低头，用摸出来的打火机点了支烟，随即转过身面向自己。

"你的家人将你送来这里是想投靠我。事实上，我不妨告诉你，我现在看着还算风光，但我什么时候会死，我自己都不知道。"他语气平静，好似在说一件再普通不过的事。

苏雪至怔住了，忽然想起之前在船上遇刺的事。

"不过，你大可放心。将来如果我活着，关照你们自不必说。就算哪天我死了，再庇护你苏叶两家几年也不是问题，十年二十年以后的事我没法保证，那太遥远，但至少目前这几年，你们不会再受威胁。我想，这应该也足够你们另外寻出路了。"

"您这是什么意思？"苏雪至实在太过诧异，不知他为什么要和自己说这些，忍不住打断。

他没回答，抽了口烟，自顾继续道："当然，就凭你们两家和我现在的交情，我根本没必要为你们这么费心。之前替你们挡了那个什么荀大寿，保住你舅舅的产业，已经还完了人情。所以，你们要是希望把这种关系延续下去，需要再做一件事。"他停顿了一下，"或者说，我想和你做个交易。"

苏雪至直觉这不可能是很容易的事，谨慎地问："什么事？"

"你娶我的妹妹，并发誓，承诺会保护她一辈子。"

苏雪至说惊呆也是不为过，回过神来，正要开口，见他抬了抬手，示意她闭口。

“我知道这对你很突然。但这样一来，我会真正把你们当自己人，保护你们两家的平安。将来等你们年纪再大些，结了婚，你们可以一起出国。你在医学方面应该很有天分，我送你去最好的医学院留学，将来也可以在国外定居，不必回来。如果你放不下家里产业，也可以回家做事。随便你，怎样都可以。我只要你做到一件事，善待我的妹妹，尽你所能照顾她，让她过好余生。”他说完了，终于停了下来。

苏雪至也从震惊中回过神：“这是不可能的，我没法答应！况且，这么重大的事，关系到贺小姐的终身，你对我又知道多少？你放心把她交给我？”

“你虽然不够圆滑，这样的性子将来可能会吃亏，但本性不错，是个正直稳妥的人，我相信你答应的事，不会食言。你应该就是我需要的那个人。我也叫人去叙府详细查过你家的底细，你的母亲和舅舅基本没什么大问题……”他的目光投在了苏雪至的身上，“我对你唯一不放心的，就是你的承受力，或者说，担当。很多本性不错的人，往往因为软弱，没有担当，遇到挫折很容易退缩，成不了大事算小，堕落毁灭者比比皆是。你还算可以，至少没有退缩，知道该去面对。接下来你若因为身体条件的限制，实在不能完成学校里的体育课目，也不必过于强求，免得伤身。能达标最好，不能也无妨。”

苏雪至终于犹如醍醐灌顶：“之前的事，算是试炼我？”

他不置可否：“总之，除了可靠之外，娶我妹妹的人也必须能担事。实话说，就医学校的这点事，根本称不上是什么试炼。如果你连这点事都不敢面对，我自然没必要再将希望放在你身上了。”

“您的意思，这还只是第一步的考验？”

“你可以这么认为。”他的目光投到了她的脸上，“怎么样？如果你接受，从今天起我会真正把你当成自己人，全力栽培你。”

太多的意外朝她当头砸了下来，她简直发蒙，想到那个很难让人不喜欢的小姑娘，话脱口而出：“我能问下你吗，贺小姐的终身大事，你就这样用交易的方式做了决定？你都不考虑她的意见？”

他仿佛有点诧异她问出这样的话，看了她一眼：“有问题吗？你不会以为婚姻是两情相悦的结果吧？何况，她对你也有好感！”

苏雪至一顿。

“当然，如果你真的看重这一点，等事情定下来后，你们可以多接触，在结婚前先培养感情。”

苏雪至慢慢地呼了口气，定下神，说：“贺先生，我很感谢您对我的信任，我也很希望贺小姐能有一个稳妥幸福的下半生。但这件事，抱歉我真的无能为力。我没法娶她。您还是尽快替她另谋婚事，别因为我耽误了贺小姐和您的事。”

贺汉渚似乎有点意外，看着她，半晌，缓缓道：“我以为这是一桩对双方都有好处的婚姻。当然，我无意强迫你去接受。但你可以再考虑一下，如果自己不能决定，我建议你和家人商议一下，看他们怎么说。”

“我真的很感谢您给我提供了这样的机会。我很抱歉，让您失望了。”也不知道是冷汗还是热汗，苏雪至感觉自己整个后背都变得湿漉漉的，被夜风一吹，人都要发抖了。

贺汉渚不再说话，抽着烟，视线望着前方那片黑洞洞的野坟地。

苏雪至站在一旁，惶惶不安，等了片刻见他还没反应，又小心翼翼地说：“您将来一定长命百岁，贺小姐也一定会有她的良缘！其实我对您提供的条件很感兴趣。如果有除了娶贺小姐之外的任何替代方式，您尽管告诉我，我一定答应。但这件事我真的做不到。我是个没用的人，真的配不上贺小姐，更担负不起她的下半生，万一耽误了她，您说是吧？”

他还是没反应，迎着夜风又抽了几口烟，丢掉，抬脚碾灭烟头。

“回吧。”他说了一句，转身就上了车。

苏雪至看了眼前后两头黑洞洞的路，忙跟了上去，又讨好地说：“谢谢表舅！”

“回医院还是去学校？”他眼睛望着前方，面无表情地问。

虽然胡医师说会看着病童，但苏雪至还是放心不下，再说这个点了，回去也睡不着，就说回医院。

贺汉渚发动汽车，踩下油门往医院去，很快开到大门前，停了下来。

“谢谢表舅！谢谢！”苏雪至觉得自己这辈子大概都没像此刻这样，诚惶诚恐地真心想讨好人。

说真的，就他提的条件，自己如果是个男人，怎么可能不识抬举地拒绝。她是真的没法答应。

她一边道着谢，一边下了车：“表舅您走好，回去路上慢点开……”

话音尚未落下，汽车就从她的身边呼地开走了，黑影迅速地消失在了夜色里。

病童安睡着，呼吸、脉搏和血压都在正常范围，体温也如预期下降了。

胡医师已叮嘱马太太，术后务必要等排气排便之后才能进少量流食。一切正常，医院也安排了专人看护，苏雪至见状便决定先回去了。

马太太对她热情异常，说刚派了家里的下人去天城有名的板桥胡同买老孙家的豆汁儿和沙葱羊肉包，让她吃好了坐自家的车回去。

虽然折腾了一夜，苏雪至却根本就不觉得饿。一想到贺汉渚找自己说的那个事，她的心里就像压了块石头，没半点胃口，也不想再和马太太纠缠，趁她走开的工夫，苏雪至悄悄离开医院，回了学校。

晨光熹微，她独自步行在昨天跑步来的那条路上。

远处野地的深处，仿佛笼罩着朦朦胧胧的寒雾，路边的荒草叶上覆着一层薄薄的白霜，走到半路，她到了昨夜和贺汉渚谈话的地方，看见路边他留下的那一截烟头，仿佛又一次地提醒她昨夜到底都发生了什么。

她目不斜视地走了过去。

这个白天，她始终处于一种惶惶的状态。她顾不得去计较昨晚谈话时他流露出的那种安排好了一切的自以为是。

她反复回忆着他昨夜说的每一句话，揣摩他离去前的细微表情，努力想弄明白他最后的想法，但却徒劳无功。

她一向不善于猜测别人的想法，至于贺汉渚这个人，她更是半点也不清楚他的脑子里到底在想什么。

她的心情乱糟糟的，感到无比的烦恼。

到了下午，医院里的消息就在学校里传开了。大家陆陆续续都知道了苏雪至昨夜主动站出来为马富商的儿子成功实施阑尾手术的消息。各种议论不断，有人说她为了博风头冒险拿病童的性命做赌注，也有人对她的胆量和技术佩服得五体投地，譬如她同寝室的几个人，看她的目光都变得敬佩起来。

就这样过了三天，医院传来消息，病童恢复良好，再住院一周就能出院回家了。

与此同时，贺汉渚那边也没有什么动静。

换个角度想，他似乎是个非常高傲的人，他应该没有想到，会被苏雪至给拒了。按道理说，他应该不至于继续抱着这样的念头。

所以，虽然得罪了人是铁定的事，但苏雪至也根本不必再担心贺汉渚会逼迫自己娶他的妹妹了。

在煎熬里度过了三天的苏雪至最后这样告诉自己，终于慢慢放下了心。

傍晚，上完课回来，她和同寝室的几人一道去饭堂打饭，走在路上发现学生们都看自己，神色各异，窃窃私语。

很快，蒋仲怀一个药学系的足球球友跑了过来说道："苏雪至，不好了，听说李鸿郗要开除你，通告都写好了！就等校长回来通过了！"

苏雪至一愣，还没反应过来，一旁的蒋仲怀喊了一声，带着人直奔学生监办公室，把正要离开的李鸿郗围了起来，问是不是确有其事。

李鸿郗冷冷道："该生在未获行医资格的情况下擅自操作，严重违反校规！这是侥幸没出大事，万一出了大事，他吃官司是罪有应得，连累校方，到时候谁负责？此事影响太过恶劣！学生监为严肃校纪，商议后一致决定予以开除，有什么问题？"

蒋仲怀说："别以为我们不知道！当时情况特殊，病童危急，根本就不适合再长途辗转送去京师！他若有能力，却拘泥教条不予出手，这和见死不救有什么区别？就算他违反校规，需要惩戒，也不该到开除的地步，至少，他有真本事，敢担责！何况，不是说明了，是他个人的医疗行为吗！"

李鸿郗哼了一声："万一出了人命，学校就不会受到名誉毁损的波及吗？况且，还没毕业，没有获得证照就如此狂妄，目无校纪，视法规如同儿戏！这样的学生，不予开除，往后学校如何开展正常教学！"

有人顶了一句："什么法规？三个月变一次的法规？我叔父半年前获得证照，前几天又被通知重新过去拿证，说少了考核内容。考试没考，钱是又交了两只大洋！"

李鸿郗拿起一根教鞭用力地敲了敲桌："你们想造反吗？上头怎么规定，你们照办就是！总之，该生没有证照擅自行医，开除的处理，没有半点问题！全都给我散了！再聚众闹事，全都记过！"

苏雪至追了上来，挤进去请求众人解散，不要再为这事和学生监争执。

李鸿郗鼻孔里冷哼一声，走了出去。

本校学生毕业后，名册会被送到警局，备案后，自动获得行医证照。

她现在没毕业，确实无证行医。

这样的行为，苏雪至比任何人都清楚，开除不算冤枉。

之前她还担心自己开罪了贺汉渚，会被开除。

没想到那边是误会，这边倒真的如此一地鸡毛。

原本她计划利用这一年的学习，熟悉这个时代的医学环境，以便将来更好地融入。现在这样意外地结束，说没有遗憾那是不可能的。

但她也没感到特别的后悔。事实上，那个晚上，在做出站出来的决定时，她权衡过得失，想过手术失败的后果。

但最后，她还是站了出来。除了对手术有信心，她也做不到在有较大把握的前提下，因为个人得失的原因将急需救治的病童推走。

医者也是人，需要自我保护，但保护到什么程度，这是一个见仁见智的个人选择问题。

校长后天回，她留在这个学校的时间只剩明天最后一天了。

这个晚上，在室友诧异的目光之中，苏雪至带着书照常去了自习室。第二天清早，依然是第一个摸黑起床，出去锻炼。

她和跟上来的游思进在操场上默默跑步时，在朦胧的晨曦里，忽然看见远处跑来了几个人，是同寝室的室友，连平常每天都要睡到最后一刻才起床的蒋仲怀也来了。

“九仙女！真汉子！今天都还有心情来跑步！我蒋仲怀没佩服过谁，你第一个！我就破例一次，舍命爬起来陪你跑！”

苏雪至看着面前的一张张脸，歪了歪头：“跑吧！”

大家跟着她跑，跑着跑着又嘶吼着嗓，旁若无人地唱歌：“亚东开化中国早，揖美追欧，旧邦新造……我同胞鼓舞文明……世界和平永保……”

几人嘻嘻哈哈，打打闹闹，陪苏雪至跑完了，天大亮，在同校人的侧目下，簇拥着她回寝室。

苏雪至这一天的校园生活获得了前所未有的关注，去哪儿都有人给她让道，向她行注目礼。

她平静地过完了这一天，下午上完最后一节实验课，她回到寝室，开始收拾东西。

室友也陆续回来了，仿佛什么事都没有，各自做着自己的事，有的埋头看书，有的扯闲话，眼睛却都瞄着她。

“我帮你。”蒋仲怀见她要够那只大箱子，急忙抢上一步拿了下来。

苏雪至道谢。

“嗳，明天就走，都没什么遗言？也不叫咱们往后去你老家那边玩儿？”

苏雪至说：“怎么没有遗言？专门留给你的！”

蒋仲怀侧耳，听她道：“臭袜子换下来最好当天洗，否则容易滋生细菌，气味难闻是其次，不讲卫生。”

蒋仲怀眼睛一瞪，看着就要骂人了，却又硬生生地忍了下去：“行，看在是你遗言的分上，我尽量！”

苏雪至见寝室里的其他人都默默望着自己，心里忽然有点感动，停下手里的动作，正色道："虽然我搬来这里没多久，但我会记住这段特殊的日子。谢谢诸位的关照，后会有期！"

寝室里的人上来，纷纷和她握手。

忽然，隔壁寝室的一个男生气喘吁吁地跑了过来，高声喊："苏雪至！校长提前回来了！叫你立刻去校长办公室！"

苏雪至和众人对望一眼，走出寝室。

该来的总是会来，而且提早到来了。

校长办公室外已经聚集了许多学生，把走廊围得水泄不通，众人看见苏雪至，立刻分开一条道让她进去。

和校长一向严厉，一直被学生在背后叫老古板。

苏雪至定了定神，做好了迎接暴风骤雨的准备，然后走进办公室。

和校长看着风尘仆仆的，穿着一身平日不大穿的西服，还打着领结，墙边则放着一只皮箱，看起来他应该是一回来就直接到了学校。

除了校长，李鸿郗、教务长、学校的另外几个领导以及胡医师和麻醉师等人都在。

众人脸色凝重，胡医师和麻醉师垂头丧气，应该是已经被批评过了。

和校长的脸上更是阴云密布。苏雪至进去，才叫了声校长，他立刻发作，痛斥她胆大妄为，自作主张，在院方反对的情况下，仍执意施行手术，加上没有毕业，无证在身，是极其严重的违规行为。

苏雪至低着头，任校长责骂。

等到和校长训斥完，李鸿郗立刻上前："校长，鄙人次日得知情况，震惊之余，也深感事态严重。因本部门负责学生风纪，所以当即召开会议，一致决定，对该生予以开除处理，以明校规。就等校长您签字了。"

校长看了他一眼，冷冷道："本校或者我本人，无论出于什么考虑，都绝对不提倡在校生的这种行为！但经过了解，当时情况确实特殊，可酌情变通，下不为例。鉴于该行为的积极正向结果，也算将功补过，我建议以记大过处分，留校以观后续。"

苏雪至猛地抬起头。

等在外面的学生也反应了过来，议论纷纷。

李鸿郗急忙凑到校长面前，低声说着什么。

没等他说完，和校长突然大发雷霆，拍案而起："他得罪了哪个大人物？你给我说清楚！就算是总统本人来了，我也就这一句话！他犯下大错，该受惩戒，但不至于开除！谁要赶人，干脆连我一起赶！我也不做这个处处要看人脸色的劳什子校长了！”

这个年代，能做到一校之长，尤其是大学校长，一般都是专业领域的巨擘，在社会享有很高声望，在校内更是当仁不让的一把手。

军医学校因为隶属军部，性质特殊，所以和校长平时对校务插手不多。他平常不苟言笑，对学生也一向严厉，但像此刻这样，突然发如此大的脾气，说出这样的重话，还是头一回。

话音落，全部人都呆住，办公室里鸦雀无声。

李鸿郗脸一阵红一阵白，张了张嘴，仿佛想再说什么，最后还是闭了口，再不敢出声。

外面的学生反应过来，突然爆发出一阵欢呼之声。

“校长万岁！”呼声此起彼伏。

“怎么回事？这是出了什么事？我来给小苏送点吃的，怎么小苏就出了事？都给我让开，我去跟校长说！”办公室外传来女人的嚷嚷声。

貂皮披肩、珠光宝气的马太太在几个男生的带领下拨开挡着路的学生，高跟鞋踩着水泥地，咯哒咯哒急匆匆地走了进来。

一见到苏雪至，马太太就站到她的面前，嚷：“你们怎么回事？那天晚上要不是小苏出手救了我儿子，我儿子现在都不知道怎样了！是我们求他给我儿子做手术的，你们凭什么这么对他！我可告诉你们，我家老爷和廖督办、周市长、孙局长天天往来！每年给他们捐了不知道多少钱！看见我家老爷，哪个不是客客气气的！就算那个新来的什么贺司令，我家老爷也是能说得上话的！谁是校长，出来，跟我评评理！”

办公室里突然闯进来一个泼辣妇人，众人顿时鸦雀无声，面面相觑，校长皱眉不语。

苏雪至急忙扯住怒气冲冲的马太太，说校长已经撤销了开除的决定，自己没事。

马太太这才松了口气，随即双目又如雷达般扫射众人：“那个谁，姓李的？说是姓李的找你的事？是哪个，给我站出来！”

李鸿郗见这马太太不要斯文，形同母老虎，慌忙后退。却被马太太一眼锁定，上来就拽他衣领：“你是吧？刚他们说你平时就欺软怕硬，不是个好东西！以为小苏背后没人，可劲儿欺负？我叫你欺负！”

外头学生唯恐天下不乱，何况有李鸿郗的好戏可看，一个比一个兴奋。蒋仲怀带头，干脆高声给马太太喝彩。

和校长见闹得实在不像话，忙厉声喝止，让人立刻把马太太给弄出校门，往后不许再入内。

学生监负责学校秩序的人急忙进来，连拖带扯，终于将马太太给请了出去。

“小苏你不要怕！有我在，有什么事你尽管来找我，我给你撑腰——”马太太被人给拉了出去，还回头高声地嚷嚷。

现场终于恢复了秩序。

和校长眉头紧皱，吩咐教务处下达记过处分的通知，随后叫人都散了，对苏雪至道：“你留下！”

胡医师等人急忙退了出去，李鸿郗也垂头丧气地跟着溜了出去，外头的学生也慢慢散掉。

苏雪至照着时人的礼仪，对着和校长深深地鞠了一躬，说：“非常抱歉，给校方和您带来了麻烦，也连累了胡医师他们。他们是出于道义才协助我的，没有他们，我一个人没法手术，这件事和他们无关。请您谅解。”

和校长没说话，看了她片刻，神色渐渐缓和了，走过来拍了拍她的肩：“胆子不小，本事也确实不错。但记住，下不为例！”

苏雪至听出他话中的语重心长，急忙点头：“是，我记住了！”

校长叹了口气：“我的意思，不是叫你往后遇到类似情况见死不救。救死扶伤是医家天职。我虽专攻西医，但出身中医世家，我从小就耳濡目染。但特殊情况之下，医者在天职和人性之间摇摆，不可避免。我是希望你们每一个人，在决心救治特殊病人之前，要评估好最坏的可能，确定自己能够接受最坏的结果，才能去做。尤其是，”校长顿了一顿，“像你这次的情况，万一结果不如预期，倘若你有毕业证照，吃了官司还可以辩诉。譬如之前清和医院一案，法院虽屈服舆情，但也不敢完全无视专业人士的证据，大不了最后赔点钱，可无罪结案。但像你现在，没有毕业证照，一旦吃官司，风险太大。世人往往只看结果，法庭更不会采纳医者良心去做判案的证据！”

苏雪至肃然起敬，对着校长再次深深鞠躬，感谢教诲。

“不过，我还是很欣慰，学生里有你这样秉承医家天职并勇于承担后果的人才。我是收到你同学陆定国的电报，得知情况，遂连夜坐火车提早赶回来了。”他补充了一句。

苏雪至意外于陆定国会发电报，对校长为了自己不辞劳苦连夜赶路，也很是感动。

她又想鞠躬，却被拦住："我听胡医师描述，你在手术中采用了一种他之前没见过的缝合结扎手法。看起来效果确实好，我想了下，用这种手法去缝合阑尾手术部位，也确实很有道理。这是你自己想出来的？"

苏雪至知道校长说的是荷包缝埋法，她顿了一下，吞吞吐吐地说："也不是我自己想的……"

校长饶有兴趣地看着她，等着她的下文。

她拼命地想借口，这种好像不能拿那个万能的从国外期刊上看见的理由来搪塞。

她突然灵机一动："是我以前在家时，看见一个兽医给病猪开刀就这么缝合。我发现这种法子比普通缝合法要好，有利于伤口愈合，就学了过来，稍加改良……"

校长深信不疑，感慨了一声："有智慧！我等自叹不如。你也善于学习，愿从兽医那里获益，实在难得！那个兽医人呢？还在吗？"

苏雪至摇头："后来走了，不知道去哪儿了。"

校长显得有点遗憾。

苏雪至忽然想起之前贺兰雪曾提及，给她哥哥看病的那位德国医生也对缝合很感兴趣。

普及一些经过无数外科医生们长期手术验证过的缝合方法，对于提高现今外科手术的术后愈合率，减少感染，应该有所裨益。

她趁机说道："其实不止这么一种，还有一些。等什么时候有空，我整理出来请校长过目，看是不是适合应用于手术。"

校长显得很感兴趣，颔首："很好。"他想了下，"对了，过些时候，我还要去京师参加一个万国医学研究会议。到时候，除了国内各医学院校的同仁，还有一些国外的医学教授专家也都前来参会，探讨一些当今世界最前沿的医学问题。你可以做我的助手，我带你同去，见见世面。"

苏雪至道谢。

校长颔首："没事了，回吧。"

等学生鞠躬离开后，校长想起了刚才李鸿郗附耳说的几句话。

李鸿郗说，这个学生当初是靠着一个大人物才入的学。前段时间，大人物又通过司长发话，要学校取消此前对该生的一切优待，显然该生开罪了对方，那人对他应该十分不满，想趁机把人开除。

就是这一番话，惹得他大动肝火。

他当然知道这个大人物是谁。当初就是对方一句话，学校被迫加塞名额。看这位学生当时的成绩，显然又是一个送进来混资历，将来出去预备尸位素餐的人。

碍于军医学校的性质，校长也只能忍。后来没想到，塞进来的学生，居然课业不错，罕见的优秀，校长终于有所改观，觉得该生可以培养，却没想到，现在对方又来了一句话，要把人给开除掉。

这可真叫是可忍，孰不可忍，这才当众发作，公开反对。

校长本人自然不惧得罪那个所谓的大人物，但现在静下来想一想，忽然有点替这个学生担心。

他虽然不知道苏雪至是如何开罪对方的，但不用想，必是那个所谓大人物的错。

人才难得。遇到这样一个各方面都出众的苗子，若是因为开罪小人，日后不能安心做学问，甚至遭到打击报复，那实在是个重大损失。

校长沉吟了片刻，拿起电话拨给宗奉冼，将发生在苏雪至身上的事说了一遍。

宗奉冼惊讶："就是上次开学典礼上的那个学生？"

校长说："对，就是他，苏雪至。一个非常难得的医学方面人才。也不知道怎么得罪了贺汉渚。倘若因此影响学业，我于心不安。这种衣冠土枭，手握兵权，没法讲理。我想来想去，只得求助宗老，您能否出面相帮，助学生摆脱困境，日后安心做学问。"

宗奉冼奇道："我早就听闻贺汉渚暴戾恣睢。之前见面过后，见他言谈里倒有几分士人风范。后来又听闻，他到任后，天城警局便开始整顿，说要做些利民实事，我还以为他有些不同，原来为人当真如此不堪？"

校长道："沽名钓誉，古来有之！"

宗先生摇头："这些个武夫，个个争权夺利，变相误国殃民不说，现在竟连个青年学生也不放过了！"

似宗老先生、和校长这些学者文人，骨子里本就对那些人带有偏见。现在出了这个事，印象自然更差。

二人在电话里感叹一番，宗奉冼沉吟道："过些天就是那个王孝坤的寿辰，前两日，他亲自打来电话邀我出席寿宴。我当时以身体不适为由，拒了。听闻贺王相交已久，想来他会出席。既然这样，我不妨一去，替这位学生在他面前说几句话。只要不是什么大的怨隙，想来这点面子他应该还是会给我的。"

和校长道谢，两人再叙几句，议定后，和校长这才放心，挂了电话。

苏雪至自然不知道和校长为自己操的心，回来后，见寝室里已挤满人，除了同寝室友，还有不少别寝室的人，全都等在那里，大家正兴高采烈地议论着刚才校长怒而拍案和李鸿郗吃瘪的事，见她回来，纷纷向她祝贺。

陆定国也在。

苏雪至心里暖烘烘的，向同学深深鞠躬，又低声向陆定国道谢。

陆定国摆摆手："都是同学，小事一件！将来发达了，记得提携！"

苏雪至忍俊不禁，这时听见一个平日喜欢舞文弄墨的男生说："李鸿郗说的大人物应当就是卫戍司令贺汉渚吧？实在欺人太甚了！我们学生虽斗不过恶势力，但也不能坐以待毙，我们应当团结起来，共同帮助！我有个想法，我认识一家进步报刊的记者，不妨请他将你的遭遇写出来，登报予以通告，让舆论向他施压。我相信，只要还有几分良知，报刊都会乐意转载的！"

大家都说这个主意不错，纷纷看向苏雪至。

苏雪至吓了一大跳，赶紧感谢大家的好意："可能是之前我不小心得罪了谁，也正在回想。等我想出来后，若是自己真的不能解决，到时候，我再请同学们一起帮忙！"

大家听她这么说，也就作罢，再叙片刻，饭点到了，据说今晚难得有红烧肉，一哄而散，争相去往饭堂吃饭。

这个晚上，苏雪至裹着被子抱住身体，躺在单人床上，在同寝室友的鼾声里，久久无法成眠。

学校这边，肯定是没事了。

但是对于她来说，还有另一个大麻烦。

她不知道到底是不是贺汉渚指示校方开除自己的，反正得罪他是没得跑了。

那晚上，她一听到他让自己娶他妹妹，想都没想，不留任何余地拒绝了他的"好意"，让他面子都没地方搁。

接下来，万一他若真的像同学担忧的那样，继续给自己小鞋穿，或者对付苏叶两家，那怎么办？

找王庭芝或者傅明城转圜？显然行不通！别说自己和他们没这个交情，就算有，他们也压制不住贺汉渚，对自己来说只会更加得罪人。

可此事若是就这样丢下不管，又好似埋了个地雷，不知道什么时候会炸，让人寝食难安。

她想来想去，想了很久，最后她决定尽快再去找贺汉渚，向他解释自己为什么拒绝他的好意。务必要让他明白，不是自己不识抬举，而是有着难言的苦衷。

要是从此能化干戈为玉帛，继续叫他表舅，恢复到刚开始的那种关系，那就完美了，从此便可以安心了。

该如何解释自己拒婚的缘由，这倒不难，但用什么方式，苏雪至颇费了一番脑筋。再三考虑后，她还是否决了上门当面解释的可能。一则，她没有过人的口才；二来，面对面说谎，怕自己做不到情辞恳切，担心万一哪里说错了话。

第二天，苏雪至在图书馆里写信。

涂涂改改，耗了几乎一个下午的空闲时间，终于写完了这封信。

她在信里说，那夜承蒙贺汉渚青眼有加，有意婚配，对自己而言，这件事有百利而无一害，原本应当欣然从命。当时断然拒婚，只是因为自己有难言之隐。

贺汉渚既然派人去查过苏叶两家的底细，那么应该听说过自己生父在长达十几年的时间里长期吸食鸦片。应该就是这个原因，导致婴儿弱胎，自己也是在成年后，才发现身带隐疾，不适合成婚。

之前贺汉渚有过疑问，自己当时为什么投河，又怎么没几天就转变态度，来到这里求学读书。

真正的原因，就在于此。因为先天隐疾，当时医学无法可治，自己便生出轻生之念，在和母亲争执后，一时心灰意冷，做出投河举动。

而后来，之所以又到这里求学，是因为自己想通了，人活着应当有所寄托，所以决定抓住机会，到更高的学府就读学医。

即便有生之年，万国的医学都无法治愈自己的隐疾，但若能学好医术，尽己所能，为世上其他形形色色的病痛患者带去希望，则自己这一生也不算是白来。

正是因为自己有难以启齿的生理缺陷，无法婚配，不能耽误贺小姐一生，所以当时断然拒绝。

回想来这里之后的这小半年时间，自己得到过不少来自他的关照。自己也侥幸帮过他的一些忙，虽然都是微不足道的小事，但也算是力所能及的勉力回报。

王庭芝曾说，他是个心胸宽荡之人，对此自己深信不疑。这也是促使自己在犹豫再三过后，毅然提笔写下这封信的原因之一，告知贺汉渚一切原本不能被人知晓的隐情，希望从此消除误会，再无芥蒂。

信末，她想了想，又添了一段，告诉他一个好消息，和校长决定带自己去参加即将召开的万国医学研究大会。

自己能有今天这样的珍贵机会，全都仰仗他当初的介绍之恩。往后，若他还有能用得到自己的地方，自己一定尽力效劳。

最后她祝他福安，收尾。

次日，礼拜天休息。

苏雪至早上出了学校，第一件事就是去卫戍司令部。到了大门前，铁门紧闭，两边岗哨持枪而立。

因为是礼拜天，苏雪至以为他不会在这里，只打算先将信交给卫兵，等他来了再转交。没想到丁春山恰就在门里，看见她，主动走了出来，问她是不是来找贺司令，说司令一早已经来了，就在里头，让她稍等。

苏雪至就把信取了出来，拜托他交给贺汉渚，随即离开了。

这封信苏雪至反复修改，读了又读，言辞恳切，从头到尾都是坦坦荡荡的语气。她不敢说没有任何的瑕疵，但给出的解释确实相当完美，最重要的是，将之前他质疑过的自己跳河，随后又高高兴兴来这里念书的问题联结了起来，逻辑吻合。

就她自己看来，整封信最大的逻辑问题，那就是吸食鸦片的父亲生出先天缺陷的儿子，中间其实没有必然的联系。但这种年代，医生忙着研究别的都来不及，谁会去关注这种想当然有道理的“道理”。

退一万步说，就算贺汉渚依然不相信自己的解释，问题应该也不大，她给了他足够的尊重和面子。

这封信的真正目的就是告诉他，尽管自己不娶他的妹妹，但也绝对无意和他对立。不但这样，自己还是个知恩的人，将来要是有所成就，不会忘记他的提携。

他这样的年纪就爬到了这种高位，就算他心胸狭窄，但看懂她的意思应该不难。再继续盯着她不放，对他又有什么好处?

送出信，苏雪至压在心上的石头终于落地，整个人都变得轻松了起来。

丁春山携了信，敲门人了办公室，将信双手奉了上去，说刚才苏少爷来过，送来这一封信。

贺汉渚从文件里抬起头，接过信，随口问道：“人呢? ”

“交了信就走了。”

贺汉渚直接拆开信，洋洋洒洒地写了两页纸。他很快看完，放下信，往后靠在椅背上，沉思了片刻，把丁春山再次叫了进来，让他去打听苏家儿子这几天在学校的动静。

丁春山大约二十分钟后回来汇报，说刚联系到了他的表弟，问来了这几天的情况。

“说吧。”贺汉渚低下头，继续浏览文件。

“我表弟说，这几天苏少爷出了个大事。他去附属医院值夜班，遇到一个罹患阑尾炎的病童，就是马家的儿子，司令您应该也知道这家人。当时病情危急，医院不接，结果苏少爷站了出来……”

“跳过这段，说后续。”

丁春山一顿，见他依然低头扫视着文件，只好跳过：“病童是康复了，但校方的学生监认为苏少爷没有毕业证照擅自行医手术，决定开除他，就等校长回来批复。前天和校长提前回来了，没想到，他非但没有同意开除，还因为学生监的话，当众发火，说……说不能开除……”他想起表弟告诉自己的话，不禁吞吞吐吐了起来。

贺汉渚抬头看了他一眼，笑了笑：“校长是说了我什么不好吗？那就不用学舌了，我也不想听，这段也跳过！”

丁春山松口气：“校长这么发话了，苏少爷自然没事，最后就被记过处分，得以留校，一切又都恢复原样。”

贺汉渚不再说话，一目十行地翻完了文件，签上自己的名，放在一边让他代交给秘书，然后看了眼时间，起身拿起外套，朝外走去。

王孝坤过两天就过寿了，今早刚乘火车到达，他此次低调出行，知道他来的人不多，大概连他的儿子王庭芝也没说。

贺汉渚亲自去火车站接。

十点钟，他开车抵达车站，在豹子和几名便衣的随同下进入月台，静静等待。

十分钟后，一列火车从北边吐着黑烟咆哮着靠近，车速渐渐放缓，最后停了下来。

中间的一节包厢车门打开，从车里先下来了几个便衣护卫，然后是名头发灰白、神采奕奕的人，约五六十岁的样子，身穿长衫马甲，手里拄着一根拐杖，正是当今的陆军总长王孝坤。

王孝坤一眼就看见了贺汉渚，脸上露出笑容。

贺汉渚也快步走了上去，笑道：“伯父路上辛苦了，等下我给您开车，送您到府上。”

王孝坤笑着摆手：“你如今是天城的卫戍司令，大忙人，要你来接，就已经麻烦了，怎么还能让你给我开车？”

贺汉渚对他十分尊重，扶住他的一臂，并肩朝外走去，说：“应该的。您有事，我再忙那也不叫事。”

王孝坤笑着拍了拍他手臂，神色欣慰：“说起来是我僭越了。有时候我常想，我要是有你这么一个儿子，这辈子可真就无憾了！”

贺汉渚一笑：“庭芝人中龙凤，资质过人，只欠几分历练。将来成就在我之上是必然的事，指日可待。”

王孝坤笑着叹气：“借你吉言，但愿吧。不敢指望在你之上，将来能有你一半，就是我老王家烧对了高香。”

一路说着话，贺汉渚将人引到了车前，亲自打开车门，接过拐杖，等王孝坤坐定，仔细地把拐杖在他身旁放好，随即让司机下去另外乘车，自己坐了进去，在前后一车的随同下，驾车离去。

王孝坤上车后，大约是乘火车劳累，便闭目养神。等车开出火车站路大约几里后，他忽然说道：“先去西山承恩寺，有个小事先处理下。”说话时，他眼睛依然闭着。

贺汉渚没多问，调转车头，开往西山。

大约半个小时后，汽车停在山下，王孝坤下了车，抬头看了眼半山的那座庙宇，带头往上爬山。爬了一百多级石阶，来到承恩寺，穿过大殿，来到殿后，走出寺庙的后门，最后停在了后山的一块空地上，他双手搭在拐杖的龙头之上，突然喝了一声：“把人带出来！”

贺汉渚迎着头顶略带刺目的阳光，微微眯眼，看去。

几个人抬着一只长口袋从一旁的一条山路走了出来。口袋里应该是装了人，被放下后不停地挣扎扭动，发出一阵呜呜的声音。

第十章

王孝坤说："烟桥，上回你遇刺的事，不能就那么作罢，我一直在追查。我本以为是陆宏达派人干的，但你是总统跟前的红人，总统希望你们双方和解，他就算想要你的命，也不敢在这个时候动手。于是我又往别的方向查了查，最后终于揪出了背后的主使人！"

他命手下将袋子解开，里面露出一个人的上半身——竟是王孝坤从小收养的亲侄儿，名王彪，在军部担任要职，平日与王孝坤跟前的另几人一道，向来与贺汉渚称兄道弟。王彪人称三爷，贺汉渚行四，故被称为四爷。

王彪看见他，拼命地挣扎，眼睛里露出恐惧和乞怜的神色。

王孝坤却没什么表情，说："我一手栽培他，本指望他能出息，没想到他竟愚蠢到了这样的地步，利欲熏心，以为你没了，他就能取代你的位置？"他转向贺汉渚，"动了我，乃至伤了我的儿子，都没关系，骨血尚在，我可以不赶尽杀绝。但无论是谁，意图对你下手，还险些害你丧命，我王孝坤是绝不能容他活在世上的，即便是我的亲侄儿，也不例外！有一就有二，我得给你一个交代，给天上的老太爷一个交代！"

"杀人偿命，他得死！这个人，我交给你了，随你处决，完事了，正好埋在这里……"他环顾一眼山峰四周，"也算是块宝地。"

王孝坤说完，丢下地上的侄儿，从一旁走过，身影很快消失在了羊肠道的尽头。

山风劲吹，失了手脚和口舌自由的王彪瘫在地上，恐惧地睁大眼睛，他看着贺汉渚点了支香烟，抽了两口，然后走到自己的面前，蹲了下来，两道目光落在自己的脸上，仿佛在打量着他。

他再次奋力地挣扎，拼命地点头。

贺汉渚端详了他片刻，解了缚住他的绳索，又将他口里的嘴塞拔掉。

"烟桥！烟桥！我错了！我不该一时鬼迷了心窍！求求你，饶了我，我后悔了，真的后悔了，要是这次你能放过我，从今往后，我一定知恩图报，做牛做马……”王彪一骨碌从地上爬了起来，拼命地磕头。

贺汉渚笑了笑，将自己吸了两口的那支烟塞进了王彪的嘴里，说：“咱们以前也一起起过义的，算是同袍，对吧。”

香烟从王彪的嘴里掉出来，他慌忙捡起来，放回嘴里，咬着，拼命地点头。

“你想要我的命，可老实说，我不是很想要你的命。但你又干了这样的事，我也不能当什么都没发生，对吧？”

贺汉渚手伸进上衣内兜摸出来一把枪，他的手指勾住扳机孔，转了几圈，放在地上。

“你自己决断。要是不想死，那就给我滚得远远的，往后不许再出现在我的面前。毕竟，我还没大度到能容忍和一个想要我命的人共事。你说是吧？”

王彪吃惊地看着他，见对方神色平静，竟然仿佛不是玩笑，那支香烟又从嘴里掉了下来。

贺汉渚说完站了起来，丢下王彪，沿着山路，朝着寺院的方向走去。

王彪回过神，颤抖着手拿起地上的枪，看了枪口几秒，倏然抬起头，盯着前方的那道背影，脸颊微微抽搐着。

他根本就不相信，这个姓贺的会真就这么轻而易举地放过自己。

不过是想逼自己自尽，或者等自己相信他的话逃走了，他再派人取自己的命，他好在伯父面前做人情。

开弓没有回头箭，一不做二不休。

姓贺的要是真的死了，在既成的事实面前，自己从伯父手底下脱颖而出的可能反而更大。

王彪不再犹豫，突然掉转枪头，朝着前方背影，迅速扣下扳机。

“咔嗒”一声，空枪。

他定住，再连开两枪，依然空枪。

再两枪，还是没有子弹。

他的眼睛里充满了不可置信的光，手抖得厉害，再也拿不住枪，枪滑落，掉在了地上。

贺汉渚又走了回来，用悲悯的目光看着已彻底瘫软在地上的王彪，慢慢俯身捡起了枪，将乌洞洞的枪口对准他，说：“子弹只有一发，就在这一枪。”

“我说出来的话通常都是真的，你们却全都不信。”他又道了一句，语气带了几分遗憾。

“砰”的一声。

王孝坤已回到了寺庙门前，听见后山传来的枪声，脚步一顿，闭了闭目，随即睁眼，继续朝前走去。

贺汉渚立在山道旁，背对着身后那具趴在血泊里的尸体，对着远处，抽完了一根烟。

他下山，上了车，转头对坐在车后位置上闭目的王孝坤说：“和尚会替他收殓，做七七四九天的法事。对不住您了。”

“人活世上，得替自己的行为负责。你给了他机会了，是他咎由自取，怨不得谁。烟桥，你老实说，你是不是早就知道是他干的？碍于我的面子，所以当作不知道？”王孝坤缓缓睁眼，凝视着贺汉渚，问道。

贺汉渚沉默了片刻，微微颔首：“什么都瞒不过您。”

“其实你完全不必有顾虑，应该第一时间告诉我的。他能对你下手，将来也有可能被人收买，转而对付我。算了，不说这个了！”王孝坤改了话题，微笑，“回吧，晚上把兰雪也接来，没有外人，就咱们一家人，好好吃个饭，我很久没和你们一起吃饭了。”

贺汉渚点头，开车离去。

傍晚，王庭芝照着母亲的吩咐，开车去贺兰雪就读的女中，将贺兰雪接来，一起回家吃饭。

桌上，饭菜热气腾腾。

王太太天生弯眉圆面，富态而和气，让贺兰雪坐在自己身边，热情地替她夹菜，言笑晏晏，贺汉渚陪王孝坤喝酒。几个姨太太带着王家下人伺候在一旁，端汤递水，人人面上带着笑容，气氛热闹而融洽。

寿宴在即，饭桌上的话题自然也离不开这个事。王太太和丈夫报了一串自己这边预备请的贵宾名单，又问：“就那个什么宗奉冼那一拨人，你说你自己请。怎么样，说好了没？”

王孝坤说：“打了电话，说身体不适，推了。”

王太太面露不快，哼了一声：“好大的架子！大总统都派特使来，他竟连你自己请也请不动，这是要公然扫你的脸？”

王孝坤皱了皱眉：“算了！宗老就这脾气，去年为了个教育部拨款的事，大总统都没了脾气。能请来最好不过，不来，也算不上扫脸。”

王太太原本期待那个宗奉冼能出席丈夫的寿宴，给寿宴增个光，又见丈夫这么说，只好闭了口。她忽然又想起个事，看向坐在自己对面，一直没有作声的儿子："对了庭芝，上次我还叫你招呼一声那位姓……姓什么的来着，就是在船上救过你的……"

贺兰雪提醒她："姓苏，叫苏雪至。"

"对对，看我这记性……"王太太轻轻打了下自己的额，"就那位苏少爷，叫他也来寿宴，你叫了没？"

今晚大家的心情很好，就王庭芝一个人百无聊赖，正用筷子戳着面前盘里的一条鱼尾巴玩儿，不耐烦地应："叫了，人家——"他本来想说"人家清高，看不上，不来"，话起了个头，一顿，改了口，"那天正好有什么事，来不了，让我转达致歉。"

贺兰雪的一双美目里顿时流露出失落之色。

正和王孝坤说着话的贺汉渚望了眼妹妹。

王太太狐疑地看着儿子："是你没叫吧？你爹的寿宴，多少人想求都求不来，他有什么大事这么要紧？我跟你说，人家救了你的命，这个礼数咱们不能没有，要不会被人家背后非议的！"

王庭芝说："得了，我是没叫，行吧？要叫你自己派人叫，我管不了这个！"

王太太也不打算指望儿子了，见他吃饭也没个样，怕丈夫不悦，轻声提醒："坐好，干什么呢你？"

王庭芝嘟囔了一句："都自家人，装什么装……"瞥见父亲果然停了和贺汉渚说话，似乎留意到了自己，忙收回筷子，慢吞吞地坐直了身体。

一顿饭吃了差不多两个小时，饭毕，王孝坤和贺汉渚又去书房说话。

外头，王太太让姨太太们陪贺兰雪打麻将，自己去吩咐管事办事，等转回来，叫住了要走的儿子，将人拽进屋里，关上门，低声问道："你和兰雪怎么样了？"

王庭芝感到莫名其妙："什么怎么样？"

王太太眉眼里都是笑，狠狠扭了一把儿子的胳膊："你装什么装！你俩从小一块长大，现在又三天两头见面，你爹的意思你会不知道？你爹年纪大了，兰雪也快十八岁了，要不哪天我找烟桥提亲，早点把你们的事情定下来，免得夜长梦多！"

王庭芝一把甩开母亲的手，跳了起来："什么？我和兰雪？怎么可能！我把她当妹妹！她对我也没半点意思！娘我跟你说，你赶紧去告诉爹，千万不要打这种主意！我是绝对不会答应的！"

王太太一愣："你看不上兰雪？"

王庭芝一字一字地道："跟看上看不上没关系，我压根儿就把她当妹妹！你们别逼我，逼急了，我可什么都干得出来！别当我吓唬你们！"

计划已久的好事竟是这么个结果，王太太也急了："你什么意思？这么好的现成亲事，你为什么不答应？你给我说清楚！"她压低声音，"不说你们一起长大，知根知底，你四哥现在就要娶大总统的侄女了，你娶了兰雪，双喜临门，对咱们家是个好事，你懂不懂？"

王庭芝郁闷万分："我不管这些！反正我是不会答应的。再说了，人四哥也看不上我！"

王太太说："你四哥怎么就看不上你？把妹妹嫁进我们家，他有什么不放心的？我会对兰雪不好吗？你给我当心，要是因为你坏了这个好事，让你四哥和咱们家生分了，你爹他不会放过你的！"

王庭芝气得要命，忽然说："既然这样，我就和你说实话了——"他盯着母亲，"我不可能娶贺兰雪，我也不喜欢她。"

王太太愣在当场，瞪大眼睛盯着儿子："你说什么？你父亲早就与你说过了，只等去贺家提亲了。"

王庭芝哼了一声："娘，你要是再打我和兰雪的主意，我立马就把这个事给捅出去！反正我是无所谓的，就看你和爹了，你们要是也无所谓，不怕别人知道，那就去提亲好了。"

"你……你……"王太太气得手直发抖。

"娘您别气。我劝您趁早打消这个念头，您儿子就还好好的，什么事都不会有！你们要和四哥亲近，法子多得是，何必一定要娶兰雪！我走了！"

王庭芝拔腿出了屋，剩下王太太一个人焦躁不安，又不敢告诉丈夫这个可怕的事，气得在屋里走来走去，头都疼了。

九点多，贺汉渚带着妹妹向王孝坤夫妇告辞，回到家后，已将近晚上十点。

贺兰雪显得有点累，没精打采的，上了楼，和哥哥道了声晚安，就往自己房间走去，忽然听到身后的哥哥叫了声自己，她停步转头。

贺汉渚走到她的面前，低声说："兰雪，以后，要是王伯母提出，要认你做干女儿，你不要答应。"

贺兰雪一怔："为什么？"

贺汉渚说："总之你不要答应就是了。"

贺兰雪点头："好，我知道了。那我怎么拒绝？"

“你就说亡母时常入梦，怕她伤心，不敢认干妈。但即便不认，你也当她如同亲母。”

“我记住了。”

贺汉渚点头：“不早了，休息去吧。”

和妹妹说完话，贺汉渚到了自己的书房，没过了一会儿，看见妹妹端了一碗夜宵进来。

“还不去睡？”他问了声。

贺兰雪把夜宵放在桌上：“吴妈给你做的。我睡不着，顺便送来了。哥你自己也要注意身体，别抽烟，还天天那么晚睡觉。”

贺汉渚笑了：“不错啊，也知道关心你哥哥了？”

贺兰雪咬了咬唇：“其实我是来向哥哥你道歉的。那天是你生日，我不该对你发脾气，哥哥你不要生我的气，是我不好。”

贺汉渚笑道：“知道不该发脾气就好。行了，哥哥没生气，你去睡觉吧。”

贺兰雪“哦”了一声，转身朝外走去。

贺汉渚望着妹妹的背影，忽然叫道：“兰雪！”

贺兰雪停步，转头见哥哥起身，走了过来。

“你喜欢苏家儿子？”

贺兰雪的心怦地一跳，在兄长的注视下，不禁低下了头，一声不吭。

片刻后，她听到哥哥缓缓地道：“苏家儿子确实不错，但他不可能和你一起的。往后你别想他了。”

贺兰雪慢慢地抬起眼眸，望着兄长，鼓足勇气问：“为什么？是你不同意吗？”

“他已经有心上人了，在老家，以后他要回去结婚的。”贺汉渚沉声说道，“别人情投意合，你不会希望哥哥破坏别人的幸福，成全你吧？”

贺兰雪呆住了，起先一动不动，渐渐眼眶泛红，忽然抬手，飞快地抹了抹眼角，摇头：“不会的，哥哥你千万不要逼他，那样他就算和我好了，他也会不开心的。我知道了，以后不会喜欢他了，就当他是朋友也很不错。哥哥你放心吧。”

贺汉渚看着妹妹，微笑：“你能这样想就对了，哥哥相信你。没事的，人活在世上，不可能事事顺心。再不高兴的事很快也会过去的。”他想了下，又道，“过几天不是王伯父的寿宴吗？到时候，京师和天城名媛淑女齐聚一堂，你的新裙子准备好了吧，够不够漂亮？我贺汉渚的妹妹，一定要做全场最美丽的公主，绝不能被别人压了风头！”

贺兰雪顿时破涕为笑，笑着，眼睛又一红，急忙吸了吸鼻子，低低地应：“嗯，都准备好了……”

“那就好，哥哥送你去回房间。”贺汉渚将妹妹送到房间门口，看着她推门而入，身影消失在了门后。

他回到书房，独自坐了一会儿，从上衣的内兜里摸香烟，带出了一张折叠起来的纸，掉落到桌上。

是今早收到的那封信。

他瞄了一眼，顺手拿起来，揿下了打火机，对着信纸的角，点着了。

火苗烧了起来，他将脸凑上来，就着纸上的火点了香烟，随后举了陷入火海的纸，看着火舌亲密地缠舐着写满了黑色小字的薄纸，在他的指尖慢慢往上卷去。

烧了将近三分之一，他忽然改了主意，将火纸掷到地上，抬脚两下，踩灭了火。

苏雪至的这一天过得十分忙碌，送完信后，她去警棚看望表哥。

前几天，她收到了家里寄来的一封家书，是母亲叶云锦写来的。说家里一切安好，舅舅的伤恢复得差不多了，荀大寿那边也再没有什么动静，又问她在医学校的近况，若有问题，或者觉得撑不住，让她不要勉强，随时可以回来。同时也附带了几句舅舅的话，让她有空给日本的表哥写封信，叮嘱他务必用心念书，早日拿到文凭回来，这样就能代替表妹和贺家往来，表妹也能早点回家。

苏雪至带了信出来。

叶贤齐十分忙碌，并不在警棚，她等了好一会儿，才见他回来，兄妹两人说了会儿话。

叶贤齐问她在学校的近况，苏雪至当然说一切都好。

叶贤齐深信不疑，说自己记着她的叮嘱，昨天还顺道路过了周家庄，去探了下小玉，让她放心，说自己以后还会去看的。

苏雪至告诉他自己打算租房的事，说以后给他住，自己休息日过来。叶贤齐自然一口答应。

苏雪至再把家书给他看：“舅舅那边怎么交代？表哥，不如还是……”

叶贤齐立刻摆手：“别，你千万不要说什么！你就说已经写信给我就行了。等我自己再想想，想好了，我自己说！”

苏雪至只好答应。

兄妹说着话，又有个巡警来喊叶贤齐，说一个东洋浪人和一个西洋水兵喝醉了酒，在妓院里争风吃醋，打了起来，闹得不可开交。姚能知道他会说点两边洋人的话，让他赶紧过去充当翻译。

“出血了没？”

巡警挠了挠头：“我走的时候，好像就那个东洋人流了点鼻血！”

“急什么，再等等。老子刚从外头回来，水都还没喝一口。等俩人的脑瓢子开了花，再去也是不迟。”

苏雪至见那个巡警一脸焦急，劝他还是早点过去好。

“知道了知道了，那你自己回去，路上当心。”他说完匆匆跑了。

表哥看着混得还挺不错，虽然苏雪至有点为他将来怎么向舅舅解释感到担心，但暂时也没别的法子，只盼他自己能早点想好。傍晚，苏雪至到上次的那间汤室洗了澡，随后回了学校。

让她意外的是，王家的一个管家等在学校门口，专门给她送来了一张寿宴的请帖，说太太邀他务必到时光临，略吃一杯水酒，以表谢意。

关于王家的寿宴，王庭芝上次叫她，被她婉拒了之后，苏雪至本以为这事就过去了。

自己也不是什么忙得脱不开身的大人物，王家还记着那么点事，殷勤相邀，自己若再拒绝，那就是自大和失礼了。

苏雪至只好做起了登门准备。

时间是三天后的晚上，因不是礼拜天，她要离开学校照例得去请假。

李鸿郗那天过后，不知道是羞惭还是真的生病，这几天都没见人，据说请了病假。苏雪至就去向校长请假。也是巧，一说这个，校长告诉她，宗先生也打算赴宴，既然她也获邀，到时候让她跟随宗先生一起去。

一个人去这种几乎全是陌生人的大交际场，苏雪至都能想象到时候自己像根柱子一样杵着的样子，忽然得知可以随宗先生同行，她如同获得大伞庇护，只要跟在宗先生身后就可以，她着实松了口气。

顺利请好假后，就该考虑去的时候带什么寿礼，穿什么行头了。

寿礼好办。没打算攀附往来，就不必费心，更不必费钱，符合时人通行的小辈给长辈贺寿的基本礼节便可。苏雪至备好寿糕、寿桃、寿果子三样，用个贴了寿字的大红纸包好，到时携着往门房一投就行。

穿什么，倒是让她费了一番脑筋。

原本她那套只穿过一次的西装应该适合，但是一想到上回在法国餐厅里和贺汉渚撞衣的窘迫，她就彻底打消了念头。

哪怕这回他不会再穿那套衣服了，她也不想再穿回这身。

幸好现在流行交际，热衷社交的人里，又不乏像她这种有体面的需要却没有自备服装的客人。天城就有不少专为这种客人提供体面衣帽租借的铺子，生意还十分红火。恰好同寝室李同胜家里有个做布庄的亲戚就开这种铺子，李同胜得知苏雪至有这个需求后，热情介绍了一番，并答应免费借穿，还特意请假带了苏雪至去，让伙计帮着选一套干净适合的。

伙计打量了人，点头："恰有一套，颜色尺寸都适合这位少爷，又是前两日新制的，还没借出去过！"说着提了过来，是一套浅银灰色条纹西装搭配白色马甲和黑色领结。

苏雪至试衣上身，果然合身，伙计和李同胜更是赞不绝口，说她穿了这套，一看就是要做大学问的斯文人。

苏雪至被夸得哭笑不得，道了谢，参加寿宴的准备就算妥当了。

很快三天过去。到了寿日的那天下午，苏雪至照着校长给的地址，来到了宗先生在这边的下榻之处，是上次曾为贺汉渚举办过欢迎酒会的天城大饭店。

宗先生说六点见面，苏雪至提早十分钟到。

这间饭店是诸多政要富商来到天城的首选入住之所。时令入冬，现在六点没到，外头天就擦黑了，饭店里灯火辉煌，显得愈发气派和华丽。

她等在大堂，发现今天似乎入住了不少的贵宾和要人，经理侍者还有各色衣冠楚楚的客人在下面穿梭来回，显得异常忙碌。

她猜测今天来天城到这里下榻的，应该都是像宗先生那样从京师过来预备去王家参加晚上寿宴的贵宾。苏雪至等了片刻，快六点的时候，见饭店电梯的方向来了几个人，正是宗先生，与边上同行的几位看着像是朋友的人一边说着话，一边出来，苏雪至忙迎了上去，叫了一声宗先生。

宗奉冼看见她，露出笑容，招招手，对边上的几个人说道："这个就是我刚和你们提及的年轻人，医学校的高才生，还没毕业，特殊情况之下，前些天替一个病童成功实施阑尾手术，医术果敢皆备，很是难得。"

说完，为她介绍起同行的人。一位是著名学者、翻译家，一位是京师大学校长，一位是著名报社的社长，剩下几位也都是当今的文化名人。

苏雪至一一行礼，恭敬鞠躬。介绍完，她就跟在宗老一行人后头出去，到了门口，迎面上来一个自称是王总长派来的人，说特意来接宗先生。

宗奉冼和友人道了别，领着苏雪至上了来接的车。

王家今晚张灯结彩，管事领着下人在大门口笑容满面地迎宾。

夜幕刚刚降临，在夜色的笼罩下，就有几位名字如雷贯耳的当今政坛大人物悉数到来，被引入了王孝坤平日用作独处的私密之室，另外招待。

贺汉渚入内，见王孝坤在外等着。

王孝坤快步走了过来，示意他随自己来，二人来到一处适合说话的静室，王孝坤屏退了左右，说："总统特使到了，陆宏达同行。特使想叫你也过去，一起坐坐，喝杯茶。"

特使姓章，名益玖，四十左右的年纪，在总统府参谋本部担任总长，是大总统的亲信。

参谋本部隶属于总统府，如同总统府的膀臂，有着特殊地位。

今天王孝坤过寿，总统派了这位亲信来代表自己，而贺与陆之间的恩怨无人不知，特使既然开口，自然是大总统的意思了。

见他沉默着，王孝坤低声道："大总统有这样的考虑，我想你应当能理解。你放心……"他压低声，目露厉色，"即便没有你贺家的事，我和姓陆的也是水火不容。这条疯狗从前就咬过我好几口，要不是我肉硬，现在怕早就进了他的肚子。现在是动不了他，等日后，一旦有机会，我第一个不会放过他，定会助你复仇！"

贺汉渚注视着王孝坤，脸上慢慢露出一丝笑意："多谢伯父。"

王孝坤目露欣慰，含笑轻轻拍了拍他的胳膊："来吧，喝了那杯茶，晚上你帮我一起去招呼客人。"

内室里已经坐了两个人。一位是大总统特使，另外一位和王孝坤差不多的年纪，自然就是陆宏达了。

陆宏达年过六旬，却看不出丝毫的衰老之相，鹰鼻薄唇，颧骨高耸，一头黑发，据说家里有十几房妾室，儿子也是十几个，家族兴旺。今天带过来的一个儿子，名陆天慈，传言正在和船王傅家的一个侄女议婚。

二人喝茶叙话，看见王孝坤和贺汉渚入内，停了下来。

章益玖和贺汉渚从前见过几面，也不摆位高的架子，笑着起身，以兄自居，握手寒暄后，指着坐一旁的陆宏达笑道："咱们这位老大哥，据说早就有话，一直想和贺老弟你说两句，奈何老弟你是忙人，一直没有机会。正好，今天趁着王总长的大寿，大家聚在了一起，千载难逢的机会，不如都坐下，一起喝杯茶，听听他想说什么？"

陆宏达自嘲似的干笑几声，随即从座位上起身，走了过来，对着贺汉渚道："烟桥，不瞒你说，我陆宏达冤枉啊！"他的脸上露出了极度的郁遬之色，"今天你肯来这里，是给我天大的面子，我再不把话给说清楚，日后怕是真要沤在肚子里了。当初尊祖父的案子真不是我的指使！想当年，我与尊祖父共事，虽我也因政见不同，有过意见相左的时候，但我一向敬重尊祖父，我陆宏达再黑心，也不可能在背后干出那样要遭雷劈的事！我实在是背了黑锅！”

“当时你还小，你可能不知道，朝廷下来旨意，我能有什么办法？我是被逼无奈！关键是，传言言之凿凿，朝廷有人信了令尊祖早年在地方就任之时私下和长毛有过往来的诬告，说令尊祖当时利用职务之便，私下放过了一个姓郑的大将。后来翼王在川地凌迟身死，长毛军四散，那个大将又继续抗击多年，自知复仇无望，临死之前，将长毛军积聚的窖藏下落托付给了尊祖父。”

“是上头的人听信谣言，起了贪念，要从你家起出什么窖藏，该我倒霉，事落到我的头上。我陆宏达那时区区一个四品小官，敢不照办？后来这些年，每每想到当年被迫充当鹰犬，我便自责万分……”他脸膛通红，停住，眼里隐隐闪烁泪光，猛地从腰间拔了枪，放到贺汉渚的手里，“这么多年，我一直想去令尊祖的安息宝地下跪认罪，便是要我死，也绝不皱眉。奈何一直没有机会，我因此日夜不宁！现在你若还是不肯谅解，这就一枪崩了我，我无怨言！”说完，他闭上眼睛，咬牙等待。

静室里没有半点声息，除了陆宏达发出的呼哧呼哧的呼吸之声。

章益玖看着两人，慢慢地煮着茶。

绿嫩的雨前龙井叶片随了沸水，在润泽的汝窑茶器里上下翻滚，激烈地扭动着，慢慢地在泛出翠色的水中静止了下来。

贺汉渚看了对面的人片刻，忽然转向章益玖：“王伯父的大喜日子，刀枪都出来了。章兄，不知你听过没，我被人叫阎王？不知道的，要是看见此情此景，想来以为会是真的。”

“什么阎王，我不过阎王殿前一只翻跟斗的小鬼罢了。”他笑了笑，放下了陆宏达放到自己手里的枪。

章益玖哈哈大笑，端起自己倒在新杯里的茶，走了过来，递上，道：“封建方是罪之源头，恶之温床！幸好如今宇宙大同，旧邦新造！来来来，烟桥，喝了这杯茶，笑泯恩仇，往后大家都是大总统的人，大家化干戈为玉帛，一道为大总统效力，共建时局，岂不美哉？”

贺汉渚接过茶，看着对面的陆宏达，喝了下去。

章益玖再次放声大笑，鼓掌：“好，这可真叫杯茶释恩怨，看来我这一趟是来对了！”他又转向贺汉渚，笑道，“听说曹小姐今天也来了？怕是要你亲自去接的吧？佳人有约，想必你也不乐意再耽搁了，若是有事，自便便是。”语气里已经带了几分促狭味道。

贺汉渚让几人慢慢喝茶，先行出了静室。

他走出庭院，渐渐放慢了脚步，最后从衣兜里摸出一包香烟，停在路边一处光线昏暗的角落，低头点了一支香烟，深深地抽了一口。

身后有人追了上来。

章益玖走近，不复方才一脸笑呵呵的模样，低声道：“烟桥，大总统命我私下转你一句话，大丈夫能屈能伸，只要你尽心效力，日后绝对不会亏待你的。”说完，看了眼四周，又道，“烟桥老弟，我再给你透个底吧。姓陆的表面对总统府顺服，背地小动作不断。人嘛，最难就是知道知足两字怎么写。现如今革命始罢，百废待兴，大总统为国事呕心沥血日理万机之余，四周也是虎狼环伺，亟盼稳定。希望你暂时隐忍，不要有所动作，这是出于大局的考虑，懂吗？”

贺汉渚含笑，谢他指点。

章益玖笑道：“客气什么，咱们自己人。我假公济私说一句，你来这里也小半年了吧，算是地主，一顿酒，你怕是逃不掉的。”

贺汉渚笑道：“这还要总长开口？我是位卑干苦力的，比不了总长位高阔绰，但也不至于连顿酒都请不起。天城几家大字号，随便你点！”

章益玖笑哈哈道：“那就说定了，一醉方休！我这边没事了，你赶紧走吧，免得曹小姐等急了，回头要怪我。”

贺汉渚一笑，告辞而去。

苏雪至蹭着来接宗奉冼的车，在六点半的时候抵达了王家。

宗奉冼下了车，带着苏雪至步行进去，走到那扇张灯结彩的大门之外，递上请帖。

门口的人一看，惊喜地“啊”了一声，随即回头高声喊道：“宗先生到——”

话音落，一个管事丢下正说着话的人，匆匆跑了出来，叫人进去通报贵客到，自己则面带笑容，恭敬地问好，随即领路，带着宗奉冼往大堂去。

里面迎出来一个目光炯炯的灰发老者，一身传统的万字喜庆寿袍，后头跟了王太太和一个穿西装的青年。

正是王孝坤夫妇带着儿子王庭芝，亲自出来迎接贵宾。

一见面，王孝坤便紧紧地握住宗奉冼的手，道：“宗先生怎就没坐车来？说您竟是步行来的？原本我是要去外头迎的，怠慢了先生，勿怪。”

宗奉冼笑道：“王总长客气了，是我自己下的车，有劳总长费心了。逢总长大寿，今晚带着学生，也来凑个热闹，送上一幅自己的题字，聊表心意，贺总长甲子寿喜。”

苏雪至忙从他身后出来，双手奉上一幅装裱好的卷轴。

宗奉冼的字也是十分有名，平日有人重金求取，往往也未必能够如愿。

王孝坤惊喜不已，忙叫人展开。

管事上来，小心展开卷轴，只见上面写着“如山如阜，大德大年”八字，盖有钤印，面带喜色地对着两边宾客高声念了一遍，念完，当场悬在乐寿堂的显眼位置，供往来宾客赏析。

王太太这几天虽因儿子那日的忤逆而烦恼不堪，但此刻，见宗奉冼不但登门贺寿，竟还送上了一幅有他钤印的题字——要知道，上回也就是大总统老母的七十大寿，方得他登门写了个寿字，见周围的宾客纷纷奉承，顿觉脸上无比增光，心情这才好了些，推了推一声不吭还往后退的儿子，示意上前见客。

王孝坤介绍儿子：“犬子庭芝，年方弱冠，冥顽不教，往后若能得到宗先生的一二指教，则是犬子莫大之幸事。”

王庭芝垂着眼睛，耷着头，好似没看见苏雪至，老老实实冲着宗奉冼鞠躬。

宗奉冼看他一眼，夸年少稳重，未来可期。

王孝坤红光满面，很是高兴，这时终于留意到了宗奉冼带来的学生，见他容貌颇为俊秀，看了一眼，说：“这位是宗先生的高徒？”

自己是跟着宗奉冼来的，不能给他丢脸。苏雪至自我介绍姓苏，随即躬身，祝贺大寿。

王家管事说：“总长，这位便是救过公子的那位苏少爷。”

王太太定睛看她，王孝坤则显得有些惊讶，打量了眼苏雪至，微微点头，随即对着宗奉冼道：“果然是名师出高徒！快请进！”

今晚的王家宾客，除了天城的政要富商名流，周市长、廖督办、孙孟先等人之外，京师的达官贵人和各国使节也几乎全部到场，可谓高朋满座。

宗奉冼入内后，就被寒暄的人围住了，苏雪至在后面跟了一会儿，听到身后有个女人的声音响了起来：“苏少爷！怎么你也在这里？”

她转过头，见竟是马太太，于是点了点头。

马太太惊喜不已，立刻丢下身边的太太们，过来和她说话，问她那件事在学校里的后续，说自己一直很上心，昨天还想着哪天有空再去问问。

苏雪至说自己没事，向她道谢，随即问她儿子的情况。

据她所知，马家的儿子昨天已经出院了。

马太太说儿子恢复得很好，自己会严格遵守医嘱，又向她道谢。

这时，又来了几位新的宾客，其中有道苏雪至熟悉的身影。

傅明城也来了！

在场宾客已经很多了，人声鼎沸。但傅明城好像一眼就留意到了她，停下脚步，含笑朝她的方向点了点头。

苏雪至也点头回礼。

傅明城随即跟上前头的几个人，去向王孝坤贺寿。

马太太的眼睛也盯着傅明城的背影，“嗳”了一声：“小苏，你跟傅家二公子也认识？”

苏雪至“嗯”了声。

“他人应该还不错吧？”

苏雪至点头。

“嗳，可惜了，命不好，不是太太肚皮里出来的。他前头的几个人，你看见了没？傅太太带着侄女，还有他大哥傅健生。那个傅健生啊……”马太太压低声音，“听说酗酒成性。别看平时斯斯文文的，喝醉了酒，竟当着家里下人的面辱骂自己的弟弟！傅太太当然不承认了，出去到处说兄弟关系好，我猜今晚上就是傅太太特意要他来的。但谁信啊！你说，船王现在又这样了，万一哪天没了，二公子以后会怎样就难说了……”

苏雪至以前就听说过傅明城家里的一些传言，现在又听到马太太这样说，留意了眼走在前面的傅家长子。

傅健生年约三十，个头高，微壮，衣冠楚楚的，和弟弟傅明城的外貌不大像，正和边上的人笑着谈话，与周围的人没什么两样。

苏雪至望了眼静静立在一旁，等着傅太太和兄长交际的傅明城。

“嗳，小苏，”马太太又说，“今晚居然这里遇到你，太巧了！你明晚有空吗，我派人去接你，请你来家里吃饭……”

苏雪至顿时想到她说要给自己介绍对象的事，急忙推脱，转身要溜。

马太太却十分坚持，跟上来问：“那后天呢？或者哪天有空，随时可以。小苏我跟你讲，我侄女条件真的不错……”

苏雪至正愁无法摆脱马太太，救星来了。

王太太笑吟吟地带着贺兰雪进来，顿时吸引了很多人的注意，包括身边的马太太。

贺兰雪今晚十分漂亮，穿了条洋红色的蕾丝花边长裙，围着白裘小披肩，华贵不失娇俏。

苏雪至感觉她好像在找人，心里有点发虚，急忙背过身，却一眼看见了贺汉渚。不知道他是什么时候进来的，她刚才一直没留意。

他穿了套熨得平整无比的军制服——不必有和自己撞衣的担忧了，他正在听宗奉冼说话，一副毕恭毕敬的样子。

宗奉冼看见了她，招了招手。

苏雪至有点莫名其妙，但还是走了过去，叫了声宗先生。见贺汉渚的两道目光投向自己，她略略迟疑了下，低声而礼貌地叫了一声表舅。

他没表情，略略点了下头，算是回应。

“贺司令，今晚我来，除了贺寿，其实另有一事，想请司令卖我个面子，不知道司令方不方便？”宗奉冼说道。

贺汉渚立刻从苏雪至的身上收回目光，含笑道：“宗先生言重了。但凡有事，尽管吩咐，只要力所能及，汉渚无所不应。”

宗奉冼笑道：“司令慷慨，那我就不客气了。实不相瞒，我是想替我的学生向司令要个人情。小苏年纪不大，刚来这种地方，可能言语行事会有不周，倘若从前有冒犯之处，还望司令海涵。”

贺汉渚一愣，视线随即瞥向苏雪至。

苏雪至则是吓了一大跳。来的路上，宗先生根本没在自己面前提过任何类似的话，诧异之余，她双目下意识地望向贺汉渚，正和他投向自己的两道视线撞到了一块儿。

她感觉他的表情似笑非笑，又好像有点不悦？

真的是尴尬万分，偏偏又不能说什么，苏雪至只好垂下眼皮，一声不吭。

贺汉渚收回目光，笑道：“宗先生如此郑重其事，我还当是什么呢。宗先生您放心，是场误会，早就说清楚了。何况……”他瞥了眼垂着眼眸一动不动的苏雪至，“他是我表外甥，我跟他能有什么过不去的事儿？”

贺汉渚算是个人物，既然答应得这么痛快，只要不是什么解不开的仇怨，日后想必也不至于再继续为难了。

宗奉冼之前因了此事在心里对贺汉渚存下了心胸狭隘的印象，虽一时仍难以拔除，但也算是恶感稍减，便与对方握手，致谢。

他那几位老友这时也到了，纷纷走了过来，与贺汉渚招呼寒暄后，就继续之前的话题，谈论起了近期的一项重大考古项目。

苏雪至搭不上话，贺汉渚也好不了多少，两人就默默听着，过了一会儿，宗先生说得兴起，顾不得苏雪至，和老友坐到了一旁去。

苏雪至的眼睛看着对面墙上一个写在销金红纸上的硕大寿字，喃喃地说："不是我，我不知道……"

贺汉渚顺着她的目光看了眼寿字，"唔"了声："我知道。"

苏雪至略意外，转头看他。

这时，刚才一直留意着这边的马太太迅速凑上来，热情地对着贺汉渚做起了自我介绍："贺司令，我家老爷姓马，是本城商会董事，您上任之时的欢迎酒会，我家老爷受周市长的委托，担任筹备之一，欢迎酒会他当时也在，司令应该有印象吧？我家老爷那天晚上回来，对司令您是赞不绝口，说司令天纵英才，百年难遇，今晚一见，果然才貌超群，我家老爷没有半分夸大！"

贺汉渚不知是听惯了别人的吹捧，还是他脸皮厚，这种在苏雪至听来有些尴尬的夸张恭维，他却好像没有半点不适，向马太太点了点头。

见对方居然挺好说话的，自来熟的马太太更是来劲了，笑眯眯地看了眼苏雪至："我今晚才听说，原来小苏是司令你的亲戚？司令我跟你讲，我儿子那天晚上要没遇到小苏，现在都不知道怎么样了，现在想起来，我的心还悬着。我们一家对小苏都是极其感恩。你们家小苏简直就是活菩萨转世，救苦救难……"

没想到马太太的恭维对象转眼又变成了自己，苏雪至听她越讲越夸张，实在受不住，正要打断她的话，忽然这时，近旁大堂的那扇正门里，又来了几个人。

苏雪至望去，见新到的是位丽人，很年轻，二十出头的年纪，长眉美眸，作西式打扮。一头精心做过的乌黑卷发，身穿佛橘色的曳地长裙，肩上也披了件狐裘，是小斗篷，配一套红宝石首饰，气质出众，高贵明艳。

她的身边簇拥着几个年长的妇人。

丽人入内后，稍稍停了脚步，视线环顾四周，很快望向这边，落在了贺汉渚的身上。

她的眼眸微微一亮，唇边露出微笑，朝这个方向走了过来。

"失陪。"贺汉渚道了一句，迈步迎了上去。

"抱歉，我脱不开身，所以让丁春山去接你。"苏雪至听见他对年轻小姐低低道了一句。

“没关系，”她笑，“我知道你很忙。其实你完全不必派人来接我的，只要和我说一声，我可以自己来，或者让别人接。也怪我母亲多事，她其实完全没必要给你打这个电话。”

二人说话的工夫，王太太已快步走了过来，脸上带着欣喜之色，笑道：“十二小姐，你可算来了！可把我给等的！刚才我还和兰雪在说你呢。我说你怎么这么晚还没到，正想问烟桥！”

十二小姐笑着向她致歉，说乘坐的火车晚点了。

“到了就好，到了就好。累了吧，赶紧先去休息下。十二小姐今晚真是漂亮，烟桥你说是吧？”

贺汉渚看了眼丽人，笑了笑。

“兰雪呢？”十二小姐问，看了眼前头。

“宴席还没开始，兰雪去休息了。我带你过去。”王太太又笑吟吟转向贺汉渚，“烟桥，人我先带走了，你放心，连同兰雪，她们两个人，晚上都归我照顾！”

贺汉渚目送王太太亲密地挽住十二小姐的胳膊走了，随后也迈步离去。

“这位就是大总统的侄女，在家排行十二，闺名听说叫作自华，不过大家都叫她十二小姐，说是曹家容貌最好、才情也最高的小姐了，好像以前还曾去欧洲留学过两年。”马太太望着十二小姐背影，对身旁的苏雪至说起了自己知道的八卦，“一开始他们家里是不同意她去留学的，是她自己闹着一定要去，还去求了大总统，最后是大总统拍板，同意让她去的。好像是去年回来的。”

“听说贺司令就要娶曹小姐了。两个人看起来真是登对啊，天造地设的一对。小苏你说是不是？”马太太口中感叹了一句。

苏雪至点头：“是。”

十二小姐应该是今晚的最后一位贵宾，在她到来后，没片刻，寿宴终于开宴。

苏雪至自然坐在男宾区。

大约是出于她曾救助过王公子的考虑，王家将她的座位安排在了贵宾席，和她同桌的都是一些年纪相仿，来自达官贵人家的公子和少爷，其中就有陆宏达今天带过来的公子陆天慈。

陆天慈和王庭芝差不多的年纪，身材瘦削，脸色泛青，据说是陆宏达以前宠爱的一个小妾生的，不但如此，在得了这个儿子之后，陆宏达的事业就开始飞黄腾达，陆宏达认为这个儿子是天降福星，对他极其宠爱。

宴席开始后，同桌的大部分人大都在围绕陆家儿子说话，奉承，敬酒，陆天慈喝了不少。

苏雪至感觉这个陆公子的一双眼睛时不时地瞟向自己，直觉不是很舒服，就尽量低头吃饭。到了宴席将近尾声的时候，陆公子看起来有些喝醉了。同桌的一个人问及他和傅家侄女的婚事，说今晚上看见傅太太好像把那位傅小姐也带了过来，问他有没和傅小姐见过面。

陆天慈脸面通红，嗤笑了一声："就那个丑八怪？老实说，我都不忍心看第二眼。我是没兴趣的，但我爹要我娶，娶就娶，我也无所谓，女人嘛，哪个不是那个样子？有什么区别？"

同桌的一帮公子少爷发出一阵笑声，表情猥琐，开始跟着陆天慈贬评自己今晚上遇到的各家小姐。

苏雪至实在听不下去了，加上宴席也近尾声，就站了起来，离席而去，想去解个手。

她问了王家下人，得知后院有一处可供使用的所在，于是找了过去，果然空无一人，顺利地解决了内急，出来正要回到前厅，看见不远之外，一处池塘的假山旁立着一道身影。

她一眼就认了出来，是傅明城。

今晚，王家前厅灯火辉煌，十分热闹，但后院这边却十分安静，刚才来的路上根本见不到人，王家下人几乎全都去了前厅帮忙。

周围静悄悄的，几盏孤灯照路，傅明城的身影显得有些寂寥。

她想起了马太太说的关于他的那些话，略一迟疑，还在犹豫着要不要和他打个招呼，这时傅明城也看见了她，走了过来。

苏雪至便迎了过去，两人闲谈几句，果然，他也是和自己差不多的原因，所以来了这里。

"感觉这边不错，挺安静的，所以站了一会儿。"他笑着解释。

月光和灯影照出他面庞的轮廓。

苏雪至好像在他的笑容里读出了几分无奈和落寞。

实话说，苏雪至对他的遭遇有些同情。但鉴于和他也还没到那种什么话都可以说的深交地步，也就装作什么都不知道，点了点头。

傅明城却好像猜到了她的想法，忽然自嘲地说了一句："晚上让你们见笑了。"

苏雪至急忙摇头，安慰道："你别多想。人为自己而活。何况，在我的眼里，傅先生你是最好的老师和朋友。”

傅明城凝视着她，慢慢点头：“你说得对。不说那些了。”他改了话题，告诉苏雪至，清和医院那边现在已经有了几个愿意献血也符合条件的对象，都登记好了信息。

对一个素不相识的孤女，他能上心到这样的地步，苏雪至感到十分温暖，赶忙向他道谢。

“木村先生常说，医者如同父母，对病患者要怀有仁爱之心。我这辈子恐怕做不到这样的地步，不过是尽点力罢了。”

苏雪至表示了自己的敬意。

他笑说小事，又说听说了她为马家儿子独立做手术的事：“你很厉害，恭喜你，坚持下去，将来你一定会在医学的道路上有所成就。”

“傅先生你也一样。”苏雪至说道。

他微笑：“你说得是，我也一样，只要我坚持下去就有希望。”

苏雪至感觉他的这句话似乎带着几分自嘲的味道，感觉自己可能无意间说错了话，就沉默了下来。

“要不回吧？”片刻后，她提议。

傅明城含笑点头，两人正要回去，这时，走廊那边走过来一个王家下人，带着傅家负责照料船王身体的护士，说有急事，要来找傅明城。

护士是清和医院派过去照顾船王的，此刻她表情焦急，说船王晚上出现了呕吐不适的症状，她当时立刻叫人将木村先生请了过去。经过紧急救治，船王情况已经稳定了，但木村先生建议傅明城最好尽快回去，顺便再去医院取一些药。

“医院的药放哪里您大概不清楚，所以我来找您，带您一起过去！”

傅明城脸色微变，和苏雪至道了别，立刻随了护士匆匆离去。

苏雪至目送他的背影消失在前方走廊的尽头，她又站了一会儿，也沿着走廊想回前厅去。

突然，身旁的一处暗影角落里，晃晃悠悠地出来了一个人，竟是陆天慈。他显然是喝醉了，手里还拎着一瓶洋酒，脚步虚浮，笑嘻嘻地凑了上来：“苏……苏雪至？你很厉害啊，咱们交个朋友，怎么样？”

苏雪至一顿，见他那双因酒精而发红的眼睛直勾勾地盯着自己，再想起他在酒席上对女人的极尽贬低之词，若有所悟。

苏雪至浑身立刻起了一层鸡皮疙瘩，从他身旁快步走过。

陆天慈追了上来，一把抓住她手臂：“美人，不要跑啊！别怕。我听说你认了那个贺汉渚做什么表舅舅？何必这么委屈自己。咱们做好朋友，往后你有什么事，尽管来找我，我来罩着你……”

“陆天慈，你给我松手！”一个充满了怒气的声音从对面的走廊拐角处传来，王庭芝奔了过来，上前一把就甩开了陆天慈。

陆天慈跌跌撞撞地后退了几步，一下摔倒在了地上。

“哟，是你呀，什么时候回来的呀？听说你去年像乌龟一样躲了起来，我还以为你都不敢露头了呢，现在又跑出来啦？”陆天慈摇摇晃晃地爬了起来，嘴里说着不堪入耳的话，充满了讥嘲和挑衅。

王庭芝目露凶光，一言不发，大步上去，捡起那只被甩出去的洋酒瓶，拎起来，冲着满口污言秽语的陆天慈，狠狠砸了下去。

伴着一道玻璃碎裂的声音，陆天慈当场倒了下去，人趴在地上，口里发出痛苦的叫声。

“我叫你瞎了眼！”王庭芝还不放过对方，拎着那只碎裂的如同匕首的瓶子，继续往陆天慈的脑袋上砸，又狠狠地踹了几脚。

很快，陆天慈没了声息。

苏雪至回过神来，冲了上去，一把夺过王庭芝手里那只已染满血的碎酒瓶，看向倒在地上的陆天慈。

他手脚痉挛，头破了个洞，污血不停地从伤口里涌出。

当苏雪至见到他头颅枕部的位置，被深深地插入了一片尖锐的玻璃，整个人当场血都凉了。

“住手！会出人命的！”她喊了一声。

王庭芝停了下来。

人的头颅内，尤其枕部脑干，关系到人体呼吸和心血管中枢，一旦外伤直接撞击这个部位，人瞬间就可能失去正常的生命体征，导致死亡。

何况现在，这个位置被插入了这么深的玻璃，如同刺入一把刀。

苏雪至跪在地上，拼命实施抢救，却是回天无力，很快，陆天慈的呼吸和心跳逐渐慢了下来，最后都停了下来。

苏雪至手中的动作也慢慢地停了下来，跪在一旁，看着自己也染了血的手，冷汗不停地往外冒。

王庭芝盯着地上的陆天慈，半晌，问：“真的活不了了？”

苏雪至没应。

他立了片刻，突然说道：“你立刻给我走！不要让人知道你来过这里！这个事我会负责！是我一个人的事！”

苏雪至望着他，心里乱糟糟的。见他说完转身就走，想叫住他，却不知道，就算自己叫住了他，又能干什么。

忽然，走廊的尽头又来了人，朝着这边跑了过来。

苏雪至的心脏一阵狂跳，等看清来人竟是贺汉渚和豹子，心跳终于缓了下来。

“四哥？”王庭芝叫了一声，停住脚步。

贺汉渚没看他，疾步走了过来，看了眼地上的陆天慈和插在他头颅里的那片玻璃，俯身伸手探了探鼻息，抬起头，望向一旁的苏雪至。

“还有救吗？”他沉声问道。

苏雪至心乱如麻，摇了摇头。

“怎么回事？为什么下这么重的手？”他转头问王庭芝，虽然压低了声，但声音里仍带着严厉。

王庭芝沉默着。

贺汉渚眉头紧皱，看了眼苏雪至。

苏雪至咬了咬牙，正要开口解释，王庭芝忽然抢着说道：“和他无关，是我一个人的事！刚才在这里遇到了，我们吵了起来，是我失手干的！四哥你也知道，我以前就跟他不对付，冲撞过的。”说完看着苏雪至，示意她不许开口。

“没关系的，一人做事一人当！大不了我赔他一条命就是了！四哥你们走吧，我去叫人了！”他转身就走。

“站住！”贺汉渚低低地喝了一声，转身将陆天慈头上插着的玻璃拔了出来，连同那只染满血的碎瓶和附近的酒瓶碎片一道，全部收了起来，最后将陆天慈拖进了假山后的阴影里。

做完这一切，他走出来，对着定定望着自己的王庭芝低声道：“听着，你现在立刻去换套干净衣服，擦干净，当什么事都没有，该干什么就干什么。这件事我会处理。”

王庭芝仿佛终于回过了神，迟疑了下，转向苏雪至说道：“四哥，和他真的无关……是我动的手……”

“没听懂我的话吗？回去，当你没来过这里！”他打断了王庭芝。

王庭芝望了眼沉默的苏雪至，咬了咬牙，转身疾步匆匆而去。

一阵夜风吹过，走廊附近悬着的几盏电灯晃动着，在摇曳着的昏黄灯影里，苏雪至看着贺汉渚走到守在走廊尽头的豹子面前，和他说了几句什么，豹子转身迅速离去。

贺汉渚一边往回走，一边脱外套，走到池塘边浸湿了外套，开始擦地上的血迹。

苏雪至明白过来，立刻从附近匀了些土，铺上去。

他看了她一眼，和她一起，铺完土，踩平，让它们和周围融为一体。

他最后又四下检查了一遍，确定没有留下什么痕迹，直起身，正要说话，走廊那头忽然响起了一阵踢踏踢踏的脚步声。

贺汉渚一把抓住她的手臂，拽着她迅速隐身到存尸的假山之后。

苏雪至屏住呼吸，从假山的缝隙里看出去，见是一个宾客模样的人捂着肚子冲进厕所。一阵惊天动地的响动之后，那人系着裤腰带走了出来，哼着小曲，往前厅去了。

苏雪至出了一口气，抬起头，见贺汉渚正看着自己，便慢慢地站直了身体。

周围黑漆漆的，在她脚边不远的地方，陆天慈那具已经没有了气息的身体就蜷在地上，仿佛夜色下的一坨土堆。

一个大活人，转眼就这样死在了眼皮子底下。

而自己，不但就在现场目睹了这一切，最后竟还主动帮助掩盖真相。

在她的身上居然发生这样的事情。

又一阵夜风掠过，附近的一丛树枝发出哗哗的声音。

她忽然生出一种魔幻之感，好像自己并非身处一个真实的世界。然而下一秒，她被耳边传来的一道声音给唤醒，回到了现实。

她听见贺汉渚在问自己："你有没有受伤？"

她回过神，看向他，摇头："没有。血是从陆天慈那里染来的。"

"很好，"他眼睛都没眨一下，继续低声吩咐，"你就在这里等着，暂时哪里都不要去，今晚更不能提早离开，你等宴会结束了和宗先生一起走。我妹妹在王家有房间，我叫她过来，带你去她的房间。以后，如果有人问你今晚离席后去了哪里，你就说，从这里离开后和我妹妹在一起。出去的时候，最好让人看见。"

他吩咐完，立刻丢下她，从假山后闪身而出，迅速离去。

苏雪至等这道背影消失在昏黄的灯影尽头，转过脸，看了眼自己脚边的尸体，立了片刻，慢慢地蹲到水边，无声无息地洗净了自己染血的手，又洗了把脸，最后，靠在背后的假山上，闭目敛息，在夜色的遮掩下，等待着。

贺汉渚没有让她等太久，很快回来，示意她出来。

苏雪至跟着他转过走廊的拐角，沿着一道围墙继续走了一段路，就看见贺兰雪立在前方的一扇门旁，见到兄长和她，立刻快步走了上来。

“哥哥，我们走了。”贺兰雪轻声说道，见兄长点头，带着苏雪至去往她的房间。

一路顺利，没有遇到意外，一进去，贺兰雪就反锁了门。

苏雪至径直进入盥洗室，洗涤后对镜再次检查自己的仪容，确定没有半点遗留之后，她走了出来，见贺兰雪站在一旁默默地望着自己，眼睛里流露出关切而担忧的神色。

苏雪至猜测贺汉渚并没有告诉她刚才发生了什么。她应该只是听她哥哥的话行事而已。

苏雪至本想安慰一下她，说没事，让她不要过于担心。

然而，这样的话却无论如何也说不出口，即便只是出于安慰的目的。

是大事，她从来没有遇到过的大事。

最后她终于还是什么都没说，慢慢坐了下去。

当她的思绪终于从片刻前的死亡现场里脱离后，苏雪至开始苦苦思索，贺汉渚到底会怎样处置这件事。

再过片刻，寿宴就要结束了。

王家的寿宴，王家的地方，陆宏达最喜欢的“福星”儿子却不见了。

活要见人，死要见尸，想悄悄处理掉尸体，以他自己失踪来结束这件事，是完全不现实的。

第二个可能，是他自己顶包，承担杀人的罪名。

不管他能给出怎样充足的杀人理由，即便是迫于无奈的自卫，等待他的，除了陆宏达的报复，肯定也会有法庭的审判，乃至全社会的舆论审判。他会陷入旷日持久极其被动的局面里，稍不小心就将身败名裂。

这样的代价太大了，不值，苏雪至否决了这种可能。

那么就剩第三个可能了——转移死亡现场。

苏雪至虽然对贺汉渚其人并不了解，但从他最后与王庭芝说话的口吻来判断，苏雪至觉得他极有可能会采取这样的手段。

倘若让王家成为第一现场，则不可避免今晚所有的宾客都将成为嫌疑人。这样的话，随之而来的就是长时间的调查和追索。

世上没有完美的伪装，只有没被发现的伪装。

事情拖得越久，风险就越大，很难保证最后不会怀疑到王庭芝和贺汉渚的头上。

苏雪至基于逻辑的推断到此断裂，再也无法继续下去。

她和他的世界，相距太远。

在她出神的时候，贺兰雪一语不发，安静地坐在了另外的一张椅子上，时不时地悄悄看她一眼。

时间一分一秒地过去，大约半个小时后，将近十点时，外面陆续传来走动的脚步声和隐隐的说笑声。

应该是宴席结束，来宾陆续告辞，那些路远、醉酒、关系亲近的，则留宿在主人家，将今夜前来为主人庆贺寿日的交情给延续下去。

片刻后，曹小姐过来敲门："兰雪？兰雪？你在里头吗？"

贺兰雪朝苏雪至点了点头，仿佛是在示意她相信自己，随即深深地呼吸了一口气，站起来走到门后，打开一道门缝，探出个脑袋问："曹姐姐，您有事吗？"

曹小姐站在门外，身后跟着她的保姆。

她笑道："我和王伯母多说了两句话，一转眼你就不见了，我有点不放心，这会儿终于脱开了身，所以过来看看你。晚上我宿在王伯母家，你要是不嫌，也别回了，咱们一起睡，正好可以说说话。"

贺兰雪道歉："对不起曹姐姐，我怕我哥哥一个人在家没人陪，他会孤单。我还是回家好。"

曹小姐一怔，随即柔声道："好，那我不留你了，你和你哥哥一起回吧。"她从保姆的手中的托盘上取了一只碗盏，"我看你晚上都没吃什么，是不合口味吧？这是另外炖的燕窝，你吃吧。"

贺兰雪摇头说不饿。

曹小姐劝道："就几口而已，何况我都端来了。"

贺兰雪迟疑了下，问道："曹姐姐，我可以请别人吃吗？"

曹小姐笑道："当然。"

贺兰雪道谢，随即打开门，接了过来，转身问道："苏少爷，你要吃燕窝吗？"

曹小姐这才看见房间里还有一个人，是个青年男子，正坐在靠窗的一张椅上，侧颜清俊，待他转过头，曹小姐便认出来，是今晚上跟着宗先生来的那个学生。那个天城商会董事马家的太太更是逢人就讲，是他做手术救了她的儿子，好像还是贺家不知道哪里来的表外甥。

苏雪至说自己不吃，让贺兰雪吃。

贺兰雪甜甜笑道："好，那我不客气了。"

曹小姐当即吩咐保姆再取一盏燕窝来，被苏家少爷辞谢了，他起身，说这会儿宗先生应该要走了，自己也该告辞了，随即离去。

曹小姐等贺兰雪吃完燕窝，收了碗，和保姆出来，见保姆看着自己欲言又止，声音转寒："你在想什么？他们是亲戚，坐坐又有何妨！"

保姆惶恐，忙低头应是。

苏雪至回到前堂，找到了宗奉冼，跟着他去向主人辞别。

王孝坤和妻弟佟国风正在送章益玖、陆宏达等人。

章益玖看起来喝了不少酒，走路摇摇晃晃的，嘴里却还说自己没喝醉。

王孝坤笑呵呵地拜托陆宏达，托他路上照顾着些。

陆宏达一口答应，随即扭头，问身后的一个随行陆天慈去了哪儿。

随行道："刚找过一遍，一时还没看见公子。问了和他同席的几个人，说他如厕后就没回来，还说他当时看着有些醉酒的样子。还在找。"

陆宏达皱了皱眉，看了眼王孝坤，显然是对儿子的举止感到丢脸。

王孝坤说："陆兄你放一百个心，在我家里还能出什么事？说不定喝醉了，现在正在哪里休息。我听说船王晚上病情有点反复，傅家人都提早离席。你既来了，想必明天也要去探望的吧？不早了，不如你先回去休息，我叫人找找陆公子，找到了，立刻将公子送回去。"

也只能这样了，陆宏达笑着抱了抱拳，和章益玖先回了大酒店。

王孝坤目送他们出了大门，他妻弟佟国风扭头对管事道："去，多派几个人，把几间茅厕都找找，可别喝醉了栽下去，最后赖到咱们头上！"

管事不知他是说真还是在调侃，也不敢问，忙派人再去找。

"庭芝呢？"王孝坤没看到儿子，皱眉问道。

佟国风环顾四周："来了，庭芝来了！"佟国风抢上前去，压低声对外甥道，"你刚去哪儿了？你爹一个人照应不过来，你赶紧过去帮忙！"

王庭芝一言不地走了过去，跟着父亲去送宗奉冼。

王孝坤客客气气地坚持亲自将人送出去。

王庭芝跟在他父亲的身后，沉默着，将贵宾送出门的时候，苏雪至见他望向自己，眼神里充满了自责和愧疚。

第十一章

苏雪至望了眼王家后院方向那片黑漆漆的夜空，压下纷乱的心情，只能跟随宗先生先行离去。

回到学校后，她彻底失眠了，几乎醒了一夜，脑子里走马灯似的回放着昨晚发生的那场彻头彻尾的意外，她的心悬着，不知道这件事接下来将会如何发展。

这是她遇到的第一个坎，最大的坎。和这个有着恐怖冲击力的意外相比，之前那些所谓的不顺，都不过如同脚前的一个水坑而已。

在这个坎面前，苏雪至生平第一次深深地明白了什么是无力渺小，如履渊崖，以及身不由己。

王家的寿宴进行时，王家的大门也难得的空闲了许多。两个门房闲来无事，坐在一旁，忽然听到外面起了一阵喧闹声，好像有人打架，出去一看，果然，也不知道是哪两家客人的车夫打发时间在推牌九，有个人不服输想要耍赖，因此大打出手。

门房看了一会儿热闹，怕出事，也怕管家会责备自己，便笑嘻嘻地上前劝架，将两人分开，待他转身回来，看见有个公子哥样的人从门里走了出去，仿佛喝醉了酒，晃晃悠悠坐上了一辆停下来的东洋车，走了。

门房只负责把住门，不能随便放人进来，至于里头的人出去，那就不是门房能管的事儿了。

与此同时，在王家的后侧门附近却是人来人往，和正门是完全不同的一番景象。

寿宴的酒席不少，菜品不可能全部都由王家家厨烹饪，有一部分是从天城的几家大饭店里订购的，整个晚上，送菜的人从这扇后侧门里进进出出，络绎不绝。

两个伙计抬着一挑子装满空食盒的担子从侧门出去。王家下人则袖着手，立在一旁看着。

“大冷的天，您老辛苦喽！”一个伙计和门房打了声招呼，笑嘻嘻地从最上头的一只食盒里掏出一个荷叶包，顺手递了过来。

门房捏了捏，是半只烧鸡，笑着挥了挥手，让伙计赶紧出去。

两人抬着担子出了王家，拐入老城，片刻之后二人来到一处关帝庙，一道人影从黑暗里走了出来，正是四方会的陈英。

他看了眼对方送过来的担子，示意身后的人接过，随即离开，一行人的身影迅速消失在了浓重的夜色里。

第二天开始，苏雪至陆陆续续得知了消息。

王家找了一夜，把整个前后院都给翻了个遍，厕坑都翻了个底朝上，也没找到陆家公子，王孝坤终于觉出事情有点不对。到了早上，他正要派人去向陆宏达传话，却收到了一个令他万万意想不到的消息。

陆天慈找着了，人不是在他王家，而是死在了老城一家妓院附近的断头巷子里。

住附近的人作证，半夜曾听到有人斗殴，还说洋文，他们怕惹事不敢出去，等天亮了才发现出了人命，于是赶紧报案。

一个西洋水兵躺在巷子口，醉得不省人事，边上是陆天慈，脑袋上插着一块玻璃碎片，四周则散落着染血的白兰地酒瓶碎片。这是一种劣质白兰地，是生活在租界的下等水兵惯喝的一种烈酒。

死的人是陆家公子，涉案的另外一方则涉及洋人，还没从昨晚的醉酒里醒来的警察局长孙孟先出了一身冷汗，立刻让姚能着手调查。

姚能带着手下赶了过去，随行的警棚长叶贤齐一眼就认了出来，说这个英国水兵常来这家妓院，前些天还打伤了一个与他争风吃醋的日本浪人，当时案子就是自己处置的，因为两边都是外国人，便和稀泥地将二人分开草草了事。他万万没有想到，这个醉鬼竟然又跑来这里，不但继续醉酒闹事，竟然还把陆家的公子给打死了。

出了这么大的事儿，老鸨不敢隐瞒，只得供认说，陆公子每次来天城都会来找一个叫白凤凤的小倌，昨天他深夜过来，没想到这个英国水兵也也要找白凤凤，两个人当时都醉醺醺的，互不相让，大打出手，当时自己害怕，就把两个人都劝了出去，没想到会是这样的结果。

英国水兵醒过来，自然不承认自己杀了人，说自己昨天晚上喝醉了酒，根本不记得自己来过这里，更不记得和那个陆公子发生过什么冲突，直说自己没杀人。

自然了，这在警方看来纯属狡辩。

孙孟先就怕没人担责，有现成的嫌疑人，还当场抓获，怎么可能放过。于是警方很快给出调查结论，陆家公子昨夜醉酒，和那个英国水兵发生冲突，最后被英国水兵误杀。

儿子就这样没了，陆宏达悲痛愤怒自然不用说了。虽然他对此有所怀疑，但儿子的丑闻在先，又牵涉到英国人，且事态发展已出乎所有人的意料。

报社嗅觉灵敏，第二天，满城的小报暗嘲陆家家风不正，儿子才会惨遭意外。主流则批判洋人无视租界法规，一向胡作非为，本以为他们会有所收敛，不料变本加厉，更是指责当局的毫不作为。

面对铺天盖地的批评和指责，满头是包的周市长被迫无奈，只能担起一切，出来道歉，发表声明，说一定会加强管理，私下则立刻去找贺汉渚，请他帮忙和英领事周旋下，试图平息舆论怒火，让事情早些过去。

监管租界秩序，互通往来，也是司令部的职能之一。

英领事和贺汉渚见面后，担心其他各国会趁机浑水摸鱼削弱自己的利益，加上死的人身份特殊，因此也是有所顾忌，答应将涉案的水兵送上法庭接受审判，并严肃军队风纪，往后严禁士兵私下外出。

一周后，这件闹得轰轰烈烈又涉及风月和政治的命案，在各方势力下场，一番唱念做打之后，终于有了一个结果。

喊着冤枉的英国水兵锒铛入狱，等待审判。

孙孟先一脸沉痛，胳膊上缠着白布，亲自扶着棺材，将人送还给了失去儿子的陆宏达。

这事还惊动了大总统，他发来一封电报，向陆宏达表示深切慰问之后，又打电话给贺汉渚，痛斥他严重失职，放任妓院非法经营，下令立刻整顿，取缔一切不合法规的经营行为，以避免类似惨剧再次发生。

对于陆家儿子的意外，负责全城安保和秩序的警卫系统，从卫戍司令部到警察局，全都负有不可推卸的渎职之责。

不仅如此，出事那天晚上的寿星王孝坤，也认为自己负有连带责任，在陆宏达离开天城的时候，他特意赶往火车站相送，向陆宏达赔罪。

王孝坤的表情沉痛万分：“全怪我，家里的下人玩忽职守。当时陆公子醉酒独自出去的时候，倘若门房能够加以阻止，也就不会发生这样的意外了。我已严惩下人。陆兄节哀！”

陆宏达的一双眼里布满血丝，望了一圈站台上相送的人，视线在贺汉渚的脸上停了一停。

贺汉渚面容平静。

陆宏达转回目光，什么都没说，掉头就登上了火车。

回来路上，王孝坤叫贺汉渚和自己同乘，就此事感叹了两句，说：“烟桥，你一向颇有见地，关于此事，你有什么看法？”

贺汉渚淡淡道：“表面看似只关风月，但实际牵涉颇多。大家的日子都不好过，各有各的难。事情既然发生了，早日过去，对谁都好。”

王孝坤一怔，随即反应过来，不复片刻前的悲痛表情，指着他哈哈地笑：“极是，极是！这种事情早日过去对谁都好！陆宏达也是一样！”

王孝坤回了家，佟国风跟着他进了内室，说那老鸨害怕陆宏达报复，把妓院盘给了别人，连同那个叫白凤凤的一道，昨晚连夜逃走了。

王孝坤往旱烟锅里填烟丝，慢吞吞道：“人之常情。坏了人儿子的命不算，还坏了名声。不跑，难道等苦主上门？他们惹得起吗？”

佟国风替他点着烟，迟疑了下，又小声说：“姐夫，会不会是烟桥对大总统的安排不满，表面不好说，趁着您这次的寿宴，暗地里搞事？”

王孝坤抽了口烟：“这么搞，他能得到什么好？”

佟国风顿住。

“大总统煞费苦心，特意派了人来说和，他转个身去搞事，除了泄愤，有什么好处？大总统会看得上能干出这种事的人？会把侄女嫁给他？大概也就陆宏达这么想吧。退一万步说，就算他真要搞事，以我对烟桥的了解，他也不会挑在我过寿那天。他不是那种人。”

佟国风狠狠拍了下自己的脑门：“姐夫您说得是！是我目光短浅了，受教了！那看来，这个事就是真的了，活该他陆宏达倒霉，养子不教！我听说他这个儿子在他们家里还是个福星？这可怎么说呢……”他顿了一顿，“也难怪陆宏达这么想不开，换谁都想不开啊！”

王孝坤慢吞吞地道：“事情嘛，应该不是烟桥干的……但未免也太巧了，全都碰在了一块儿……”他沉思了片刻，问道，“陆天慈那天晚上离席后，确实是如厕后才出去的？”

佟国风点头：“应该是。我查过了，家里有个下人当时正好路过，晃了一眼，他确实往后院那个方向去了。”

“查没查过当时还有谁也去了那个地方？”

“还有那个姓苏的学生。一个伺候客人的小厮说，当时他打听别的厕屋，就给他指了那个方向。我看时间，应该和陆天慈去的时间差不多。”

王孝坤一怔：“是救过庭芝，跟着宗奉冼来的那个学生？”

“是。”

“后来呢，去了哪儿？”

“和贺小姐在一起。我也特意去打听了，苏雪至和贺小姐关系不错，贺小姐之前经常去他就读的医学院找他。”

王孝坤沉吟片刻，问：“除了他，那段时间还有别人去过附近吗？”

“没有了！”他应得斩钉截铁。

王孝坤盯了他一眼，“嗯”了声：“没有最好。”他顿了一下，“那个学生是烟桥的人，这个事你藏好，不要让别人知道，免得惹上麻烦。”

“明白！”

“对了，庭芝不回京师，前段时间一直待在这儿，都干什么了？”

“他现在吃了教训，戏院都没去了，平时经常跟着四爷走。我看他比从前是懂事多了。”

王孝坤点了点头：“这样就好。你就剩这么一个外甥了，平常要多上心。我们这种家里，别的不怕，就怕子弟纨绔。那个姓陆的，就是个现成的例子。”

“谁说不是呢。姐夫您放心，我一定会上心！”

佟国风刚从王孝坤那里出来，就被王太太给叫了过去，屏退下人。

王太太得知陆宏达走了之后，皱眉道：“姓陆的是条疯狗。你说，他会不会觉着是我们害了他的儿子，要报复你姐夫？”

佟国风安慰她：“姐你放心，总统都出面了，意思就是这事差不多就这样了。至于私底下，反正以前也就那样，姐夫会防备的。”

王太太这才松了口气，开始骂起陆家：“陆宏达不是好东西，家里婆娘也一样。我前两天出于好意，特意打了个电话致哀，你猜怎么着，她自己儿子跑出去搞脏事做死了，弄得一副好像被我们害了的样子。洋鬼子不干好事，这回总算行好，除了个害！”王太太骂完，又赶紧双手合十飞快拜了几下。再想到自己的儿子，顿时又觉愁烦万分。

她对兄弟是完全信靠，就把儿子那天说的事说给了兄弟听，眉头紧锁：“你说，这可怎么办才好。我看他这几天也不大对劲，平常一个劲往外跑，现在都闷在家里，看着好像有心事，问他又不说。到底是哪个人把我儿子给带歪了，要是叫我知道了，我非撕烂他不可！”

佟国风吃了一惊。

他刚才其实对着王孝坤撒了个谎，那个看见陆天慈去了后院的下人当时也看见了王庭芝，就跟在陆天慈的身后，几乎是前脚后步。

也就是说，在陆天慈出去前，最有可能见过他的人，可能是姓苏的学生和自己的外甥，三个人先后去了后院，保不齐还碰到过。

佟国风也去找过外甥想问个究竟，但外甥否认，只说他就是路过，没看见陆天慈，更没遇到过姓苏的学生。

佟国风当时觉得他的神情有点异常，但也没特别在意。

自己刚才瞒着，只是出于在王孝坤面前替外甥遮掩的考虑。

联想到外甥当时的反常，他的第一感觉就是外甥撒谎了。

佟国风顿时觉得事情有点麻烦，事关重大。

他自然没必要替外人遮掩，就把自己查到的疑虑和王太太说了出来。

王太太脸色大变，一把攥住自己兄弟的胳膊："亏得你提醒了我！那个姓苏的不是救过庭芝吗？又长得那个模样，莫非真的是他勾引庭芝？不行，我管他是谁！这么糟践我儿子，看我怎么对付他！"

佟国风急忙拽住王太太："姐，你不要急，先不说这是不是真的，就算是真的，以那个学生和四爷的关系，咱们也不能把事情弄得太难看了。"

王太太勉强忍住气："那你说，怎么办？难道就眼睁睁看着我儿子走上歪路？我可就这一个儿子！他要是不好好的，我活着干什么？"

佟国风沉吟道："要不这样，姐你再去探探庭芝的口风，如果确定是那个姓苏的学生，你就去找四爷，把这个情况和四爷说一声。四爷是自己人，不会不知道庭芝对咱们家意味着什么，他绝不会让他的那个外甥扯后腿的。要是四爷也不管，咱们再另外想办法也是不迟。"

王太太点头："行，就照你说的办！"

王太太是个急性子，何况是关乎儿子一辈子的事，她恨不得立刻就能消除祸根。和兄弟分开后，一个人想了片刻，向家里的下人问了儿子的行踪，被告知他早起就一直在房里没出来，好像还在睡觉。

王太太皱了皱眉，不再犹豫，去了儿子的房间，推门进去，见儿子果真还躺床上，头蒙着被一动不动，于是上前扯开他的被子，责备道："你看看，都什么时候了，还不起来！当心被你爹知道，又要说你。"

她说完，见儿子睁开眼睛，却没什么反应，两只眼睛看着头顶天花板，一副出神的样子，便越发觉得儿子被勾走了心魂，她压下心里的不快，坐到床边，问："庭芝，你这些天到底是怎么了？你爹寿宴过后，我看你整天闷在房里都不大出去了。你要是有什么心事，尽管告诉娘，娘一定会帮你的。"

王庭芝懒洋洋开口："没什么事，就是这几天有点累。娘，你不要管我，你该干什么干什么。”说完又闭上了眼睛，朝里翻了个身。

王太太盯着儿子背影看了片刻，忽然单刀直入：“你跟那个苏家儿子，到底是什么关系？”

王庭芝一下睁开眼睛，转过头：“什么什么关系？能有什么关系？你什么意思？”

王太太盯着儿子：“你老实说，你是不是因为这个苏家儿子，所以才不肯娶亲。”

王庭芝一张脸蓦然涨得通红，咬牙掀开被，从床上一跃而起，快步走到房门前，一把打开门：“我不娶兰雪跟他有什么关系？我要起来换衣服了，娘你赶紧出去！”

王太太却不走，坐在床边，点了点头，脸上的笑容也消失了：“你不承认也没关系，我这就亲自去找那个苏家儿子，我去问问他。”

王庭芝仿佛被针戳了一下，倏然变了神色，迅速上前阻拦。他盯着母亲，咬着牙，一字一字地道：“娘，你给我听好，我跟他没有任何的关系！我那天之所以那么说，只是不想你给我安排婚事，我现在还不想结婚！就这么简单！我不许你去打扰别人！”

王太太端详了儿子片刻，脸上又露出笑意，站了起来，若无其事道：“你不早说清楚，那娘就放心了。行了，没事了。都快中午了，赶紧起来。厨房里做了你爱吃的，别饿着了，娘先走了。”

儿子从小到大对什么都是一副满不在乎的样子，更不用说对外人的态度了。刚才提到那个苏家儿子，他的反应竟然会这么大。

王太太从王庭芝的房间里出来，心里愈发肯定了自己的猜测。她先是一阵惶恐不安，又是一阵愤怒和焦虑。然后一个人回到屋里思虑了片刻，便不再犹豫，立刻起身出去，坐上了车。

贺汉渚今早从火车站回来，与王孝坤分开后，径直回了司令部。

豹子向他禀告，陈英那边今早派人悄悄来了口信，已全部安排妥当，扫尾工作也处理干净了，请他放心。

贺汉渚闭目靠在椅子上，在脑海里过了一遍那天晚上发生的事。

当时之所以那么巧，他会及时出现在那里，全是是因为他多看了一眼。他与寿星王孝坤一桌，与同桌的贵宾推杯换盏之时，无意之间看了眼相隔不远几桌之外的苏雪至，正巧见他站了起来，退席而出。

这原本没什么，但是有点特别的是，他留意到和苏雪至同桌的陆天慈在苏雪至起身走时，两只眼睛直勾勾地盯着苏雪至的背影，片刻之后，陆天慈也站起来，跟了出去。

关于陆家这个儿子的事迹，贺汉渚也是略有耳闻，他有些不放心，便悄悄吩咐豹子跟上去看看。

豹子很快回来，说陆家儿子确实是尾随苏雪至去了，王庭芝不知道从哪里冒出来，也跟了过去。

贺汉渚没有想到，王庭芝怎么又凭空掺和进来，隐隐觉得要出事，于是立刻离席亲自过去查看，结果还是迟了一步，王庭芝已经打死了人。

若任凭王庭芝站出来承担抵罪，这是他不愿看到的局面，而且无论是王庭芝的父亲王孝坤，甚至是自己，最后都免不了会被卷入这件事中。

不论是基于个人感情，还是从大局考虑，王庭芝绝对不能是杀人凶手。

现场除了王庭芝，剩下就是苏家儿子。

如果把苏雪至推出去顶罪，事情倒是简单了，即便他喊冤，也没人在乎他的声音。

但是当时，他很快就打消了这个念头。

虽然这个苏雪至有些倔强，不听话。写给自己的那封信，解释拒婚的理由，他也是半信半疑。但无论如何，毕竟他曾帮过自己，也是叫自己表舅的人，将他推出去做替罪羊，有些说不过去。

现在麻烦算是解决了，陆宏达怎么想并不重要，即便他认定自己是真正的幕后黑手，于贺汉渚而言也根本无足轻重。就好像自己现在还不能拿他如何一样，他现在也不能拿自己怎么样。

既然决定也一并保护住苏雪至，那就要做得彻底。

当他赶到的时候，虽然没看到前面的情况，但也能猜到是怎么回事。想必是陆天慈先动了苏雪至，王庭芝愤而出手，失手杀人。

如果被王家人知道，自家儿子是因为苏雪至而犯了这样的事，等着苏雪至的绝对不是一般的报复这么简单。

贺汉渚是个相当护短的人，所以这个事，王家那里也不能讲。

苏雪至那里，贺汉渚倒并不担心他会泄露什么，除非他自己不想活了。

他不放心的，是王庭芝。

现在细想，贺汉渚也有些费解，王庭芝何以会愤怒到那样的地步？当时竟没轻没重，下了这么重的手。

他不禁想起上次，王庭芝闯入司令部，责问自己为难苏雪至的一幕。

他和苏雪至的交情什么时候好到了这种地步了？

贺汉渚沉思了片刻，正准备去找王庭芝，再提点他一下，秘书处长陈天雄却来敲门，说王太太过来找他。

贺汉渚亲自出去，将王太太迎了进来，让座，吩咐人上茶。

王太太等送茶的秘书出去后，和他闲聊几句，随后欲言又止。

贺汉渚笑道："伯母有事尽管说，不必有任何顾忌。"

王太太一咬牙，道："烟桥，伯母也知道今天找你来说这个事儿，可能对你有所冒犯。但实在是事关重大，关系到庭芝的一生，伯母想来想去，没法当作不知道，也只能向你求助了。"

"伯母您请讲，我洗耳恭听。"贺汉渚神色也转为严肃。

王太太便将那天儿子在自己面前自认的事情说了出来，自然，略过了自己要他追求贺兰雪的引子："烟桥，这我可真是万万想不到。谁知我更想不到的，你知道那个人是谁？"

贺汉渚的脑海里下意识地浮现出了一张脸，他也顿悟了王庭芝反常的原因，面上却不动声色，等着王太太继续说下去。

王太太叹了口气："这话我本来不该对你说的，但实在是没办法。庭芝好好的，就是提及苏家儿子，他竟和我说话的调子都不一样了。我怀疑那个人应当就是苏家儿子。"她望着贺汉渚，神色愧疚，"烟桥，伯母也知道，苏家儿子是你的亲戚，但伯母实在是没有办法了，伯母知道你对庭芝好，想必也不想让他误入歧途，耽误一生。所以今天还是只能过来找你商量，希望你能帮帮伯母，能不能提醒一下苏家儿子，往后尽量离我儿子远些。"

她眼眶微微泛红："你也知道，庭芝原本有个兄长……现在我就这么一个儿子了，他要是再有个好歹，我这辈子，也就没有指望了。"

贺汉渚一直耐心地听，这时开口："伯母您的意思我明白了。这样的事情，您来找我，说明您信任我。您放心，这个事交给我。首先我想和伯母说一声，以我对我那个表外甥的了解，他应该不至于和庭芝有什么不该有的事，或许中间是个误会……"见王太太仿佛要插话，"您先听我说完。其次，我可以向伯母保证，万一要是真有您担心的那个事，我第一个不会放过他，立马将他送走。这辈子他也别想再在庭芝面前露脸。"

王太太等的就是这句话，听他如此答应，顿时仿佛有了主心骨，这才略略松了一口气，用手帕拭了拭眼角，点头道："那就有劳你多费心了，有你这句话伯母就放心了。伯母知道你忙，就不打扰你了，先走了。"

贺汉渚起身，亲自将王太太送到了司令部的大门外。

隔日，王孝坤也结束了在天城的行程，动身回往京师。

王太太原本是要和丈夫一道回去的，但现在因为儿子的事，自然放心不下，于是就留了下来。

贺汉渚自然要去送行。

火车入站，站台上，王孝坤和贺汉渚道别，又说："庭芝在这边，有劳你费心了。"

贺汉渚望了眼身侧双目盯着地面的王庭芝，笑道："伯父言重了，庭芝在我眼里，如同我的亲弟弟。"

王孝坤含笑拍了拍他的胳膊，又转向儿子训导了一番，临行前，将贺汉渚引到一旁，低声道："我刚从京师那边得来个消息，说陆宏达换了个儿子，还是要和傅家做亲家。听说船王现在身体不好，事情都是家里那个老大在做主。你在这边，稍微留意着傅家的动向，有什么情况，及时告诉我。"

贺汉渚点头应下，随后目送王孝坤上了车，等火车慢慢远去，转头对王庭芝道："有空吗？跟我去趟司令部，有个事儿想问你一下。"

贺汉渚亲自驾车，路上看了王庭芝几次，见他眼睛看着前方，一句话也无，仿佛在神游太虚，也没出声打扰他，径直将车开到了司令部，领着人进了办公室，吩咐秘书不要让人打扰，然后反锁了门。

"四哥，你找我是为那天晚上的事吗？我也正想向四哥道谢。我当时真的太过鲁莽……"王庭芝脸上露出浓重的懊悔之色。

贺汉渚"嗯"了声："知道就好。"示意他坐到自己对面，给他递了支烟。见他摇头，就自己点了烟，看着他道："那天晚上，是陆天慈独自外出，被一个水兵给打死的。此事和你无关，和任何人都无关。"

王庭芝沉默了片刻，低声道："谢谢四哥！我明白。四哥您放心，我知道利害，绝对不会说出去的。"

贺汉渚点了点头。

王庭芝见他盯着自己看，却没再说话，渐渐有些不自在起来："四哥你还有事吗？有什么话，你尽管说。"

"那我就问了。你和苏雪至是怎么回事？"

王庭芝的脸腾地热了起来，张嘴正要辩解，听见他又道："我今天叫你过来，是希望你能和我说实话。在我的面前，你完全不必有任何顾虑，什么都可以说。"

"四哥，是不是我娘找你说了什么？"

贺汉渚微微颔首："她说了什么，我想你应该也能想到，就不必我重复了吧。你和他到底有没那种关系？”

“绝对没有！”王庭芝猛地站了起来，“四哥你相信我！他和我连话都不怎么说！”

贺汉渚望了他片刻，说：“那你呢？你对他呢，怎么想的？”

王庭芝慢慢坐了回去，沉默了片刻，仿佛终于下定决心，说道：“既然是四哥问，我也不想撒谎，我和四哥你说实话……”他的脸微微涨红，“我也不知道我到底是怎么回事……有时我好像有种不一样的感觉……有天我做梦……梦见他居然是女人……”

他话还没说完，对面的贺汉渚仿佛被烟呛了一下，猛地咳了起来。然后见他迅速掐灭还没抽几口的烟，背过身去，好像在忍着笑，又连着咳了好几下才终于止住，又转过身来。

王庭芝早已是面红耳赤，像只斗败的公鸡，垂头丧气：“我知道，我不该有这样的想法，我错了……四哥你放心，我不会再胡思乱想的……”

贺汉渚坐直了身体，神色也随之变得严肃：“知道不妥就好。最关键的一点，你的家人如果认定你对他有什么不该有的想法，处于不利位置的是他。明白吗？”

王庭芝一愣，随即狠狠地敲了下自己的头：“我真蠢，那天为什么要说那种话！四哥，那天我娘要我追求兰雪，你也知道，我一直都把兰雪当成妹妹，我就说了，可我娘就是不听。我也不知道，我当时怎么脑子一热，就胡说八道……”他站了起来，“四哥你放心，之前是我考虑不周。我明白了，我不会连累他的。谢谢四哥提醒，没别的事的话，我先走了！”说完他转过身，大步出了办公室。

这一周，各种消息铺天盖地接踵而来，让苏雪至应接不暇。她表面看着和平常没什么两样，内心却如同经历了一场狂风暴雨的洗礼。

短短的一周，苏雪至觉得自己目睹了一场浓墨重彩又荒诞不经的大戏，但每一件事却又都真真切切地发生了。

现在，事情总算是过去了，苏雪至却依然有种恍惚之感。

按道理，她觉得贺汉渚应该很快就会找自己说些什么，或许是责备，或许是警告。

但她等了三天，那边也没动静。

这天下午，又是马术课的时间。

她已经连着几周没去上了，距离考试也没剩多长时间了。

她怕生疏了，加上也有点想看看大公马，压下心事，先过去上课。

这次她也终于知道，为什么以大公马的条件却没有骑兵要，居然沦落为学生用的培训马匹了。马夫告诉她，它食量巨大，吃得多就要经常跑，不跑就长膘，影响奔跑速度。不让它吃饱，它则没力气，根本跑不动，而且，它的吃食超出定额，也要主人自己掏腰包。

这样看来，之前大公马嘴里嵌了木刺，想必是饿慌了，胡乱啃食，这才遭了一番罪。

苏雪至不禁有点同情大公马，看着它和边上的一群马混在一起抢东西吃，颇有一种虎落平阳、英雄末路的感觉。

上完课，她向马夫要了一些精粮给大公马喂食，又将它牵出来，想再跑一圈，正要上马，忽然发现不远之外的马厩旁，静静地站了一个人。

是贺汉渚，她这几天一直在等的人。

她立刻松开大公马的缰绳，朝他走了过去，走近了叫了声表舅。

他恰站在马厩旁的一个风口处，他迎着冷风，微眯着眼，望了一眼她身后的那匹大公马，问："马术学得怎么样了？"

苏雪至一顿："还行吧。"

"让我看看你的骑术。"他转头打了个呼哨。

苏雪至这才发现原来他是骑马来的，随着他的召唤，一匹马从远处奔了过来，这是一匹毛色黑得发亮的高头大马。

他翻身上去，掉转马头，朝着野地的方向疾驰而去。

既然他有兴致骑马，她自然奉陪。见他纵马已飞奔出去了几十米，苏雪至急忙掉头回来，使劲拖着那匹趁机又跑回马厩里吃草的大公马，踩着马镫翻上马背，驾马追赶。

马术课上，教官也讲了点相马术。他的马一看就是身经百战训练有素的好马，但大约是为了检验她的骑术，他似乎并没全力跑马。

很快，她骑着大公马追了上来，渐渐和他拉近距离。

苏雪至倒没有非要压过他的胜负心，所以虽然胯下的大公马似乎跑开了，有点兴奋，一副蠢蠢欲动想撒开蹄子追赶的样子，却被她压制着，不许它放开跑，就在他身后十几米外不远不近地跟着。

这样跑了一段路，他忽然转头，挑了挑眉："就这？这也叫还行？"

苏雪至没吭声，但不再压制大公马了。很快，大公马超过了贺汉渚的黑马，但没片刻，又被黑马追了上来，超越而过。

大公马平常不是被用作训练，就是困于马圈，大约很难遇到这样竞速的机会，很快就野了起来，似乎要和黑马较劲，甚至不用苏雪至发令，它自己就撒开蹄子开始狂奔。

风在耳边呼呼地吹。苏雪至第一次发现，原来大公马疯起来竟可以跑得这么快，五脏六腑都差点儿要吐出来。但她在自忖能坐稳，确认没问题后，她也没打算下来。

随着狂奔，苏雪至的血液仿佛慢慢沸腾，整个人都变得兴奋起来。

风狂吹，她没在意身后那个人到底有没追上来，一人一马，纵驰在荒芜的野地里。

她第一次知道，原来自己竟喜欢这种感觉，无拘无束，宛若灵魂升到半空的感觉。

前面出现了一道缓坡，这时一人一马已经跑出去有点远了，这个地方，苏雪至是第一次来。

这时，她听到身后似乎隐隐传来贺汉渚的呼喊之声。但因为这里是上风口，风太大，根本没听清他在喊什么，回头，见他落在后头，正冲着自己猛打手势，似乎在让她减速掉头。

她以为他是在叫停，想和自己说正事了，于是控马减速，却没有想到大公马不听使唤，铆足了劲，竟一口气地冲上了坡顶。

她这才发现，坡下竟是一道沟涧，深两三米，宽度却竟有十来米的样子。

她顿时明白了贺汉渚的意思，他是在向她示警，苏雪至急忙用尽全力勒马。

但大公马似疯了一样，径直朝着坡下冲去，旋风一般冲到沟涧前，猛地一跃，苏雪至就如腾云驾雾一般飞起，朝着对面冲了过去。

苏雪至紧张得腰都要绷断了，但人已在半空，只能赌上一把。

她尽量保持身体的稳定，猛地收紧缰绳，往上提。

可算大公马还有点良心，之前喂的精粮没白吃，竟叫它越过了这道长长的沟涧，前蹄终于安全落地——苏雪至还没来得及缓口气，突然感到后面一沉，转头一看，它的一只后蹄踩空，掉在外面，正刨着坑壁上的泥巴使劲扒拉，它努力了几次，可算是爬了上去，站定，这下总算是安全了。

苏雪至被这刺激至极的一幕给弄出了一身冷汗，她惊魂稍定，立刻从马背上跳了下来，转头，见贺汉渚也追了上来，停在了沟涧前。

大公马居然冲着对面的黑马嘶鸣，好似在挑衅。

贺汉渚似乎有些恼怒，冲着苏雪至喊了一声："回来！"

苏雪至也知道刚才太过危险，只庆幸大公马没让自己丧命，急忙牵着它想沿着缓坡走回去。

这个蠢货刚才大概是热血上头才纵跃了过来，现在看着眼前的沟涧竟好像也知道害怕了，想让它沿着沟涧的坡爬下去，它竟十分抗拒。

苏雪至只好沿着沟涧，又跑了几里的路，最后终于绕了回来。

贺汉渚站在坡上等着她，道："如果这是考核，你已经失败。如果这是战场，你大概率已经没了。军事地形学也上了半学期吧？没学过吗？到了陌生环境里，第一件事是什么！"

苏雪至也知道刚才鲁莽了，正色答道："勘察地形，杜绝任何贸然行动。我记住了。下次绝不再犯！"

他的神色终于缓和了些，打量着她身后的大公马："这是你的马？"

"是。"

"还可以，但这样不受控制很容易出危险。你必须完全掌控它，让它完全服从你，让走就走，让停就停！马鞭不是让你作装饰的！畜生和人一样，不能只打，也不能一味地对它好。知道疼了才会害怕，才会听你的话！"

"是，知道了。"苏雪至又应。

他看了眼开始暗下来的天色："回吧。"

苏雪至和他一道骑马回去，路上他一言不发，仿佛在想什么。

她知道，一定和上周刚过去的命案有关。接下来，无论是责备还是教训，她受着就是了。

二人渐渐靠近营房，他也放缓了马速，最后停了下来，转过脸，两道目光落到她的脸上。

苏雪至知道他要开口了，迎上他的目光。

"苏雪至，你的身体方面真有问题？"

苏雪至诧异不已，起先还没反应过来，一顿，才想起自己写给他的那封信，心微微一跳："是……"见他没说话，试探着问，"怎么了？"

他的目光在她身上来回看了两遍："我的德国医生鲁道夫说有这样一种可能，在体内激素不足的情况下，会导致男性的外表不够阳刚，或者某方面的功能有缺憾。鲁道夫虽然不是这方面的专家，但他认识一位医生，那位医生可以说是当今全世界水平最高的生理专家了。他说如果需要，可以介绍你过去看病。我不敢说一定能治好，但建议你可以去看看，总比没希望要好。"

苏雪至的心怦怦直跳，都过去那么久了，他怎么突然生出了这样的念头！是怀疑了什么，想试探自己？还是真的想替自己治病？

她心里紧张，表面却装出受了羞辱而愤怒的样子：“表舅，我是出于信任且希望获得你的谅解，才向你解释原委。你却想让我遭受异样的目光，去做医学的试验品？”

他一怔：“你误会了。我的本意……”

“我知道，你是出于好意！但我不需要！当今万国的医疗水平如何，我非常清楚！倘若有希望，我难道会不想？就算是最高明的医生也没有那样的水平，因为医学本身根本就没发展到那个地步！”她一顿，“一个女性，想在有性接触的同时又不会怀孕，然而连安全的、能够保证效果的避孕药都没有！你知道一个阑尾手术，为什么要那样郑重其事吗？不是因为手术本身有多难，是因为还没有找到疗效好的、能够抑制细菌的药品！世界上还有这么多看似简单却尚未得到解决的医学问题，何况是我这种复杂的内分泌问题？您知道内分泌学从产生概念到现在，发展道什么程度了吗？我实话对你说，就算我听你的，去看病了，充其量我也只是一个实验室里的试验品，还是徒劳无功的试验品，你懂吗？”

“我非常感谢您的好意，但我不会去做试验品的！您要是没别的事了，我先回去了。”她骑马就走。

贺汉渚仿佛被她这一段话给压制住了气势，顿了一顿，追了上来：“你不必如此激动。我承认，我确实没你考虑得多……”

“理解！”苏雪至说，“毕竟，你不是学医的！”

他沉默了下去。

“不早了，我能不能回去了？”她礼貌地问。

他看了她一眼，还没回答，这时有人骑马飞驰而来，是丁春山。

“司令，出事了！”

“什么事？”贺汉渚转头问。

“傅健生死了！死在傅家的一个水池里，据说是醉酒掉下去溺死了！”

傅家在商业和财富上的地位不必多说，且傅太太的娘家是高官，这样一个结合了财富和权力的超级豪门，家族成员一举一动，原本就惹人注目，何况现在出了这样的事。

长公子傅健生意外死亡，而且，竟还死在了传言傅船王或许时日无多，他即将接管整个傅氏家族之时。

倘若傅家长公子真的只是因为醉酒而意外溺亡的话，外界最多也就是震惊唏嘘一番，但这一回，这件事注定不会平淡落幕，因为紧接着还有一系列更加耸人听闻的后续和内幕。

据说，傅家长公子从小不得父亲喜爱，父亲将更多的关注和爱倾注在二房所出的傅明城身上，但随着这几年船王上了年纪，而长子当壮，又或是碍于长房母族的缘故，船王开始让长子分掌生意，同时也没放弃幼子。传言里的矛盾也就渐渐浮出了水面。

傅健生出事的那天晚上，据说是因为父亲病情恶化，想到一旦父亲走了，他那个学医的弟弟和二房的母族，根本不足以与自己竞争。他心情愉悦，私下喝了不少酒，结果乐极生悲，失足掉进了水池里，意外溺亡。

他从前有酗酒的恶习，自然为这样的传言更增添了可信度。

对于这种描述得绘声绘色仿佛躲在床底窥伺而来的流言和诽谤，傅太太和母族自然坚决否认。

傅太太的态度极其强硬，她虽没有直接出面，但平日一干往来密切的亲友，无不暗示二公子傅明城是凶手，称他眼看父亲就要撒手人寰，长久以来企图掌管家业的愿望将要落空，在怨恨和失望的双重驱动之下，下手谋害了自己的兄长。

傅太太怀疑的主要理由，就是儿子傅健生虽然从前确实有过酗酒的恶习，但两年前他就开始戒酒，并且在最近这半年里取得了非常好的效果，滴酒不沾。连前些天在王孝坤的寿宴上，也只在寿星敬酒的时候，碍于主人情面，仅仅喝了一杯而已，同桌客人有目共睹。

关于他戒酒成功的这一点，替他做戒酒治疗的清和医院木村院长以及相关的病历也都可以作证。

就在傅健生死亡的第二天，一个受委托的律师对着来采访的记者转述，傅太太哭诉说，自己的儿子昨天根本没有喝酒，也不可能会去喝酒。照傅太太的说法，父亲的病情日益加重，他整日忧心，服侍在侧，怎么可能还会有心情去喝酒？

至于傅健生从水里被捞出来后一身的酒味，傅太太等人怀疑是在他被害之后，凶手故意灌进他嘴里，以制造醉酒假象，混淆视线，迷惑人心。

律师要求外界立刻停止无端的猜测和污蔑，以免令亡者蒙冤，生者愈悲。

虽然律师没有明说，但不难从他的话里听出，害他的人显而易见，自然就是傅健生死后的最大得利者，他的弟弟傅明城！

律师代表傅太太，要求警局派人前来验尸，以正视听，并彻查凶手，加以严惩，告慰亡灵。

自然，这种都是傅太太单方面的说法。

傅明城的母亲已经去世了。她的娘家虽不是大富大贵的人家，但也都是知书达理之人。傅明城的舅舅是位中学校长，外甥被人这样当作谋害兄长的凶手，他自然不会坐视不管，面对闻风而来的记者，当即严正反驳了对方的说法。

以船王对傅明城的偏爱和看重程度，如果傅明城有意争夺家产，他早就可以让船王将家里的生意分一部分给他了。

事实上，船王曾几次希望他能回家分管一部分的生意，但都被他给拒绝了，他一直表示无意从商，想要从医。

傅明城的舅舅说，他当年毅然选择学医，主动放弃了热门的经济或者商科专业，毕业后，还曾主动去往偏地医校执教，这就是他心志的力证。

而且，退一万步说，即便他真的图谋不轨，也不至于会在家里下手，让自己成为最大的嫌疑人。

两边的说法听起来都是各有道理，坊间也是各有偏向，议论纷纷。

傅家长房直接找到大总统，请求安排验尸，以获公道。

大总统指示负责天城治安的最高机构负责人，卫戍司令贺汉渚负责此事，应家属之求，又指派专业的医生前去验尸，探查究竟。

事关重大，贺汉渚亲自联系了一位著名的病理解剖专家，是个叫莱恩的英国人，他是苏格兰场特别顾问，恰巧这段时间，他即将出席接下来的万国医学大会，现在正在京师医科大学里任客座教授。

莱恩得知情况，欣然应聘，当天就乘坐火车赶到天城，执行验尸。

案件争论的焦点在于死者生前到底有没有喝酒，以及落水死亡是意外还是人为。

在司令部、警局和记者的现场监督之下，莱恩获取死者血样，最后检测出，血液里确实含有乙醇，对照血液酒精浓度标准，也就是BAC（Blood alcohol concentration），死者血液酒精含量，在0.15%左右。

要知道，当BAC达到0.03%以上，人就会出现协调能力、反应时间和判断力都变差的情况；超过0.12%，人可能会恶心呕吐；到0.25%，人可能陷入昏迷；超过0.4%，则人极有可能直接死亡。

人在死亡后，人体内部因为发酵，血液里也能测出一定的酒精含量，但现在是冬天，尸体经过冷水浸泡，从发现死亡到接受验尸没有超过两天，因为体内发酵产生的酒精含量，几乎可以忽略不计。

死者BAC测得0.15%，即便再考虑他生前对酒精的耐受程度，也可以毫不犹豫地说，他在死亡之前达到了严重醉酒的状态。

除了血检，莱恩也施行解剖，在检查到死者的肺部深处，发现死者肺部有池水里的杂物。结合BAC，莱恩最后做出结论，死者的死亡原因，是醉酒之后自然溺死。

这个结果一出，傅明城虽然还不能彻底洗脱嫌弃，但至少推翻了大房之前认为儿子是被人谋害在先，随后灌酒以制造溺水假象的观点。

在人死后或者昏迷之后灌酒，最多也就会在口腔、食道以及胃部检得乙醇，不可能会有血液酒精浓度如此高的血检结果。

长房在发现傅健生死亡异常报案后，警局曾第一时间将傅明城列为最大的怀疑对象，孙孟先当时已经派人将傅明城叫去，让他协助调查，现在调查仍在进行当中。

尸检结果出来了，虽然傅太太坚决不予认可，但因莱恩在业界的权威地位，警局自然也不能按照傅太太的意思继续拘留傅明城，孙孟先只得客客气气地将傅明城送出警局。

傅明城已经被关押了一夜。虽然他是在单人拘留室，甚至还有他舅妈给他送来的干净棉被。但一夜的囚禁还是令他显得有些憔悴。他的眼底带着血丝，显然是彻夜未眠，身上穿着的西装也有些皱了。

他听着孙孟先向自己赔罪，请他理解，他笑了笑，没说什么，平静地整理了下自己的衣服。

出去的时候，一群守在外面的记者蜂拥而上。

“二公子！关于您兄长的意外，您有何看法？”

“二公子！据说现在傅太太还是认定您是凶手，对此您怎么看？”

来接傅明城的舅舅带着家人，替他推阻记者。

在镁光灯发出的响声和刺目的光线里，他一言不发，弯腰进了汽车，一行人迅速离开。

虽然苏雪至和傅家没来往，但傅明城却不一样。不仅因为他做过她的老师，如果说她在这里有朋友，那这唯一的朋友就是傅明城了。

她一直密切关注着傅家的后续消息。次日一早，当她从报纸上得知，尸检结果排除了他先杀人后灌酒的嫌疑，他已被释放，苏雪至这才松了口气。

虽然尸检报告还不足以完全证明他的清白，如果傅太太依然坚持认定，是他导致醉酒的傅健生入水，鉴于傅太太对各方的强大影响力，在没有确凿的证据能证明他与此案无关之前，他或许还是要受到调查。

苏雪至为他感到高兴之余，也希望贺汉渚作为执法人能顶住各方的人情和压力，以公正立场去调查此案。

这天早上是一节实验课。

苏雪至正和同组的蒋仲怀、游思进一起合作搞一只被培养了肿瘤的老鼠。

蒋仲怀任组长，却从来都不会动手，就负责指挥苏雪至和游思进，苏雪至见游思进跃跃欲试，自然不会和他抢，就让他动刀，自己负责记录。

正忙着，一个同学进来，说外面有人找苏雪至。

苏雪至把本子丢给蒋组长，脱下外衣走了出去，来人竟是丁春山。

“苏少爷，司令叫我请您过去一趟，有点事。”丁春山说道。

苏雪至直觉贺汉渚叫自己过去，是和傅家的案子有关。

苏雪至找到和校长，征得他的同意，便匆匆来到了司令部。

办公室里除了贺汉渚，还有一个人，是个五十岁左右的女人，裹了件华丽的貂裘，双手戴这镶嵌着硕大宝石的戒指，但一张脸却憔悴不堪，双眼红肿，她坐在椅中，目光里满是绝望和愤怒。

苏雪至认得她，那晚在王孝坤的寿宴上打过一个照面，此人就是傅家太太，傅明城的那位大房的母亲。

苏雪至一顿，走了进去，和坐在办公桌后的贺汉渚打招呼，叫了声司令。有外人在，自然不便以表舅称呼。

贺汉渚指了指坐在一旁的妇人：“这位是傅太太，想必你也见过。”

苏雪至转向傅太太，还没来得及打招呼，就见她猛地从椅子上站了起来，疾步朝自己走来，两只手一下攥住了她的手，双眼直勾勾地看着自己：“你就是那个上过报纸的小苏？你快帮我！只要你帮我报了仇，你想要什么，我都能满足你！”

她双手冰冷，手劲异常的大，捏得苏雪至手都发疼了。

贺汉渚也起身走了过来：“傅太太，不要激动，坐下来慢慢说。”

苏雪至趁机抽出了自己的手，背在身后悄悄揉了两下。

贺汉渚瞥了眼她手部的动作，说道：“是这样的，虽然有了莱恩医生的医学检查报告，但傅太太还是坚持认定……”

傅太太迫不及待地打断了他：“小苏，我儿子戒酒了！是真的！他绝不会喝这么多的！你相信我！这叫我往后怎么办？黑心的人，不得好死！那天下午三点多的时候，我儿子才刚陪他父亲回到书房，忙着处理生意上的事！我儿媳妇和家里的几个用人都能做证……他怎么可能醉成那个样子，自己掉进了水里……他在书房里根本没有喝酒！那瓶酒是凶手栽赃陷害！该死的狐狸精，自己上赶着要做妾，能生出什么好东西，全都在装……”傅太太的情绪过于激动，说话有些语无伦次。

“长公子是在下午五点多在傅家后院犬房旁的一个水池里被发现的。他养了几只猎犬，平时经常会过去。我们在他的书房里找到了两瓶藏起来的烈酒，和一些空酒瓶。结合医学检测报告，推测是他应该在书房喝了酒，随后去了犬房，落水出了意外。”贺汉渚及时地插话，向苏雪至解释道。

“司令！不可能的！他爹都这样了，他哪里来的心情再去喝酒弄狗！就是二房的人搞的鬼！酒一定是他放进去的！我绝不会放过他的！”傅太太咬牙切齿地说道，转头又扑向了贺汉渚，死命地扯住他的胳膊。

“明白明白！”贺汉渚急忙挣脱出来，哄着将人弄回到椅子里，随即转向苏雪至，“傅太太不接受第一次的尸检结果，莱恩却坚持认为没必要再重检。她知道你之前协助警方破过几个案子，点名请你再去检查一下。”

傅太太红肿的眼睛里不停地流泪：“小苏，你一定要替我儿子查清楚真相！他是被人害死的！我的感觉绝不会错！”

苏雪至望向贺汉渚，他既然把自己叫过来，想必是已经答应了傅太太，同意二次尸检。

果然，他道：“劳烦你了，再去查一遍吧，看看是不是有新的情况。”

苏雪至点头：“没问题，我尽量。”

傅健生被从水里捞起来时已经气绝，但傅家人不死心，还是将他送去清和医院抢救，现在遗体就在医院的停尸房里。

苏雪至带上工具来到清和医院，在她准备进入停尸房之前，遇见了闻讯赶来的莱恩先生。

他对司令部再次安排人来复检一事感到不满，认为这是对自己的不信任。等得知这个细皮细肉的年轻人竟还只是个军医学校的本科班学生时，莱恩先生忍无可忍，语气生硬地道：“贺司令，我是看在你的面子，才放下手头的事，从京师赶来这里协助调查的。您这样做，是在侮辱我的专业性！”

贺汉渚笑着安抚：“我可以向您保证，我对您和您的专业权威是绝对尊敬和信任的，否则我也不会想到请您来这里帮我的忙。这次实在是特殊，死者的母亲只有这一个儿子，无法接受这个尸检结果。您也知道，人在这种情况之下难免会失去理智。是她坚持点名一定要这位年轻人再来检查一次的。我这边实在没有理由不去满足一位可怜母亲最后的愿望，所以才有了今天的安排。相信以您的气度，应该能够理解。”

莱恩的情绪这才平复了些，打量了苏雪至几眼，说：“年轻人，死者母亲声称儿子生前没有喝酒，那只是一个可怜女人的自我催眠而已！在我将近三十年协助苏格兰场破案的工作经历中，我不是没有遇到过用注射毒物杀人的凶手，注射酒精自然也是一种犯罪的方式。但我已经检查过了，死者身上没有针孔的痕迹，可以排除注射酒精伪造醉酒的可能！”

苏雪至感谢他的提点，穿戴完毕后，带着医院提供的助手，进入了停尸房。

贺汉渚不是很情愿，但最后还是从一个医生那里接过口罩，戴好，准备跟着进去前，问莱恩：“您也进去看下？”

莱恩点头：“我想我可以去看看，这个年轻人到底还能做些什么。但愿上帝保佑，他拿刀的时候，不要错切了自己的手指头。”

死者已被除去衣物，头发应该是在上次尸检时被剃掉的，平躺在一张水泥台上。目测身高一米七八上下，体重约在一百六十斤左右，属于成年男子里壮实的身型。

来医院的路上，苏雪至已经看过了贺汉渚提供的和案件有关的各种记录。

死者的死亡时间在两天前的下午，根据傅家人的证词，准确的死亡时间是下午五点到六点之间。

五点左右，傅家有下人看见他从书房里出来。

六点，负责给猎犬定时喂食的下人进入犬房，发现了尸体。

也就是说，死者在水里浸泡最多不会超过一个小时，加上是冬天，气温很低，现在尸体的外表除了尸斑，基本没有变化。

莱恩先生第一次尸检的主要目的，是验证死者在死前有没有喝酒；是落水前死亡，还是在水中溺亡。

他的结论是：死者死前喝了酒，醉酒状态，死于落水之后。

现在，因为傅太太的坚持，苏雪至二检的主要目的和第一次也差不多，也是为了查证死者在死亡之前的酒精摄入状况。

就像莱恩先生说的，在血液里检出高浓度的乙醇，只有两种可能。

第一种，自主摄入。

第二种，通过静脉注射，进入血液循环。

苏雪至先检查了一遍可能注射的位置，头部、肘正中、手腕、手背、足背、踝，最后连脚底静脉也仔细地检查了。

见她重复自己昨天的步骤，莱恩说："年轻人，这些位置我都看过了，如果有针孔，是不可能逃过我的眼睛的。"

确实没有可疑的针孔。

苏雪至没说话，让助手协助自己撑开死者的眼皮，取器械刺入眼球，抽取玻璃体。

体内发酵产生的酒精会影响到血中酒精含量的检测结果；或者，经过防腐处理的尸体，其血液酒精浓度检测结果也会发生偏差。

因此，为了得到相对更准确的检测结果，只能使用另一种办法，那就是用眼球玻璃体来代替血液进行检测。

玻璃体的酒精浓度变化通常会比血液中的酒精浓度变化要迟滞一到两小时左右。法医可以通过对玻璃体的检测结果，来了解死者死亡前一到两小时内的酒精摄入状况，并判断那时死者血液中的的酒精浓度。

见她从死者的眼睛里抽取了玻璃体，莱恩看着，皱了皱眉："年轻人，你在干什么？"

苏雪至把原理解释了一遍，说："如果你们对此持怀疑态度的话，回去后可以在实验室里验证。我想，实验鼠和人体一样，应该有着相类似的循环系统和变化结果。"

苏雪至携带玻璃体样本和另外取得的比较血样，到医院的实验室进行酒精含量的检测。

这个年代，用来检测酒精含量的法子还是化学方法。

用强氧化剂重铬酸钾溶液检测。如果混合剂中含有酒精，溶液加热后，颜色会由橙色变为灰绿色，颜色越浓，表示酒精含量越高。

她先检测了第一份样品，混合加热后，混合剂的颜色没有变化。

随后，她检测了第二份样品，依然是同样的结果。

而第三份血样，却获得了与昨天莱恩一样的结果，混合剂的颜色变为灰绿色，表示这份样品中含有高浓度的酒精。

如此矛盾的结果，不用她说，在场的每一个人也都明白。

假定她用玻璃体样本测试的方法是科学的，那么很显然，傅健生在死前的两个小时里，确实根本就没有喝过酒。

他血液里的高浓度酒精，是人为注射进入体内的！

莱恩先生嚷道："这太奇怪了！你刚才也检查过的，死者的身上根本没有针孔！”

“小苏，会不会是你的那个办法根本不足以说明结果？”一个医生跟着问道。

贺汉渚看着她。

苏雪至沉吟了片刻，忽然想到一种可能，立刻回到停尸房。

她抬高死者的胳膊，检查腋下。

死者体毛丰盛，但腋下却干干净净，看起来好像是刚剃过不久的样子。

“莱恩先生，这是您昨天剃除的吗？”她问道。

“不是！昨天就没有了！”英国人回答。

苏雪至仔细检查两侧的腋下，很快，她在右侧腋窝的一道褶皱里发现了一簇针孔的痕迹。

虽然已经不大明显，但还是能看得出来，这里曾经进行过不止一次的穿刺。

她示意医生们上前观察。

“我的上帝啊！腋下静脉！这个凶手到底是谁！他怎么能想到在这个位置注射！”莱恩先生惊叹了一声。

他没有想到，有人会在这个位置进行穿刺注射，也是情理之中的事情。

据苏雪至的了解，应该是当心脏手术发展到可以埋植心脏起搏器的时候，为了避免一种叫挤压综合征的并发症，心内科的医生们才开始了经腋静脉穿刺的普遍实践，随后推广到婴幼儿的穿刺。

“我明白了！”莱恩先生一改之前的傲慢态度，兴奋地说，“凶手经过腋下静脉对死者注射高浓度的乙醇，随后将人推入水中，造成溺水的假象！但是……”他顿了一下，“还有一个疑点。如果死者清醒着，当然不会任由凶手摆布，但体外检查又没有任何的伤痕……”

“以托。”苏雪至说，“凶手既然掌握了这种注射的方法，肯定也知道以托。”

“你说得太对了！先用以托令他昏迷，就像做手术一样，然后再注射酒精，多注射几次确保剂量足够，再将他推入水中！”

“上帝啊，差一点！要不是你，这就是一次完美的犯罪！”莱恩先生看着苏雪至，两只灰色眼珠子闪闪发亮，“年轻人，你要是去犯罪，我敢打赌，那将是所有人的噩梦！现在让我们看一下，死者是不是留有吸入过以托的痕迹。”他一副兴致勃勃，迫不及待的样子。

苏雪至仔细检查死者口鼻，不放过任何的蛛丝马迹。在鼻孔内部鼻膜的表面，发现了毛细血管出血局部破裂的痕迹，并且在鼻毛里得到了一小根类似纤维的外来物质。用显微镜检查之后，疑似是一种麻料的残留物。

至此，苏雪至完成了今天的复检。

这个复检，彻底地推翻了之前的结论。

苏雪至转向贺汉渚，说出了自己的看法。

傅健生死于一场精心设计的谋杀。

凶手用洒了以托的手帕迷晕傅健生，令他处于短暂的麻醉状态，然后向其注射大剂量的酒精，随后将人扔入水中。

“我只能说，凶手大概率懂医学……”

停尸房的门被人猛地推开，只见傅太太冲了进来，双目血红，定定地看着蒙着白布的儿子尸体，片刻之后，发出一声尖锐的哭号之声：“傅明城，你不得好死——”

接着她两眼一翻，当场昏死过去，一头栽倒在了地上。

凶手的调查范围，一下就明朗了起来。

发现尸体的水池，应该就是凶案的第一现场——那个时间，除非傅家下人集体撒谎，要不然想将尸体从别的地方转移过去，不可能没人看见，也不可能消除掉转移过程中全部的痕迹。

而这些，警局都已经调查过了，确实没有。

可怀疑的对象范围由此缩小，甚至有所暗指。

在案发日的那个时间，既懂医学，人又在傅家，根据目前的了解，只有船王次子傅明城了。

第十二章

就这样，释放还没满一天的傅明城，就再次作为嫌疑人被警局请了过去，请他继续接受调查。

傅明城再次入了讯房后，据苏雪至从贺汉渚那里打听来的消息，他一直保持沉默，一句话也没说，既不认罪，也没否认。

因为没有真凭实据，作为凶器的注射针也大概率已被销毁了，对他的指控仅仅是凭借第二次医学检查后做出的推理和判断，且又碍于他的身份，警局也不好动粗。

就这样又拖了几天，但外界关于傅明城就是凶手的论断已经铺天盖地，大有定罪之势。

这天下午，苏雪至人在图书馆，眼睛盯着面前的资料，脑海里浮现的却是那天验尸时的种种所见。

这几天她始终这样，精神有些恍惚，总觉得自己好像遗漏了什么重要的东西，一时却又想不出来。

不找出来，她寝食难安。她再次闭目，在脑海里重新构建了一遍当时的场景，又回到了医院的那间停尸房，再一次开始了检视。

检查躯体、抽取玻璃体、找到穿刺痕迹、检查口鼻、找到凶手使用乙醚留下的痕迹……

突然，苏雪至灵光闪现。她心跳加快，猛地合上了书，一下站了起来，在近旁几个学生投来的诧异目光里，她疾步而出。

她想说的话不适合通过电话交流。

已是傍晚时间，她请了假，急匆匆地去司令部找贺汉渚。她坐东洋车赶到司令部前的街口，下车的时候看见司令部的门口有个人。

是曹家的十二小姐，头戴一顶雪青紫的圆帽，手上戴着小羊皮手套，身穿镶饰着白色皮毛的同色呢子大衣，从大衣的下摆露出了一圈带着美丽繁复刺绣花纹的裙裾，脚上则是一双黑色的小高跟尖头长筒靴。

她安静地等在门口。一道夕阳正射了过来，夕阳下的丽人身影，将司令部那堵灰暗的冷墙都衬得仿佛是一幅西方油画里的背景。

大院里的丁春山看见了她，急忙快步走了出来。

苏雪至走过去时，听见丁春山说：“曹小姐，您真的不需要进去？要不要我去帮您通报一声？”

曹小姐笑说：“不必了。我和你们司令晚上要去参加一个宴会，我来之前已经和他约好，他说五点下来。”她低头，看了一眼自己的腕表，“五点整了。”

话音刚落，司令部的院里开出来一辆车，停在她的身边，是贺汉渚自己开车出来了。

丁春山和卫兵立刻站直身体，向他行礼：“司令！”

他点了点头，朝着丽人走了过去，低声道：“你何必过来，我可以去接你的。”

十二小姐笑道：“你忙，反正我空着，来这里等你也是一样。”

他不再说话，亲自替她打开车门，等她坐进去又关好门，随即回到驾驶室的位置。

他和十二小姐说话的时候，苏雪至停下了脚步，等两人说完话，她略略犹豫了一下，随即快步上去：“贺……”

车门已经关上了。

他没听见，也没留意到苏雪至，驾着车就走了。

“咦？苏雪至？你怎么来了？”丁春山忽然看见她，走了过来。

“有点事……”苏雪至解释。

“找我们四爷对吧？他刚和十二小姐走了，你应该也看见了吧？怎么没叫住他？”

“没关系，下次也一样。”苏雪至略略解释了下，转身走了。

她有点懊悔，自己刚才怎么没喊大声一点。不过就几句话而已，根本耽误不了他和曹小姐几分钟。

既然请假出来了，她自然不想就这么无功而返。她没立刻回学校，索性去办了点自己的事，来到上次的房牙子那里问租房的进展。

她希望租的房子最好靠近表哥做事的警棚，方便他来回，另外一定要带独立的洗澡间，有抽水马桶。

房牙子看见她，连声道歉，说她想要的房子，别的都好办，但洗澡间里带抽水马桶这一项，有点困难。

“少爷，我为了给您办妥帖事，我上个月刚买的新鞋都磨平了底，不信您瞧！”房牙子诉苦，“要不您看，我给您在别的地段找找？”

苏雪至也觉得有点为难他了，警棚在旧城区，一时之间想找个带最新浴室设备的房子确实有困难，就同意了他的建议。

“好嘞，记住了，您说什么就什么。我们是干什么的呀，就是天生替您跑腿，叫您满意的。少爷您玉树临风，是面带桃花啊……”

苏雪至莞尔一笑，顺手从兜里摸出两个角子，给了这位口若悬河滔滔不绝的房牙子。

房牙子连声道谢。

她没走几步，又来了个客人，就听见那个房牙子说：“您老可来了！好消息！我给您找到了您要的好房子！为了给您办事，我上个月刚买的新鞋都磨平了底……”

苏雪至顿时心疼起自己刚给出去的那两个角子。

天黑了下来，她随便吃了点东西，尽管知道贺汉渚不会这么早回，但她也无事可做，便在路人投来的注目中，一口气跑步到了贺公馆的附近，权当锻炼了。

有几个女同学来找贺兰雪玩，现在正好要走，苏雪至远远地看见她送人出来。

苏雪至也没上前，就等在旁边的梧桐树后。

夜越来越深，估摸到了晚上十点半，贺汉渚还是没有回来。

苏雪至等得浑身发冷，尤其是脚，即便是冬鞋也没法阻止寒气，脚趾冻得几乎麻木。

苏雪至决定再等半个小时，他再不回来，那就只能明天了。

她出来得太急，也忘了戴手套。她搓了搓手指，呵了口气，在原地蹦跶了几下，正想在附近再跑跑，这时，有一辆汽车朝着这边开来，开向贺公馆，停在了大门外。

老夏开了门。

苏雪至不再犹豫，立刻跑了过去，敲了敲车窗玻璃。

贺汉渚扭头，看见她，一怔：“是你？”

苏雪至叫了声表舅：“有点事想找你说。”

他朝里指了指：“进去吧！”

“不用了，就几句话。”

他看了她一眼，下了车。

“什么话？”他靠得很近。

苏雪至的嗅觉非常灵敏，在冬夜冷冽的空气里，闻到了一股幽幽的香水味道，是玫瑰香水。

她往后稍微挪了一下。

“等很久了？”他问。

“也没很久……”苏雪至含糊地应了一句，不想继续这个话题，她抬起头望着他，直接道，“我思考了几天，有一个新的看法，认为有必要和你说一下。当然，仅仅只是我自己的看法，供你参考而已。”

“说。”

“我个人认为，现在就判定是傅明城作案，存在不确定性。”

贺汉渚没说话。

这里没路灯，只有贺家大门口有一些光亮。他背对着那片昏冷的光源，面容轮廓在黑夜里也不甚清晰，但一双眼睛却闪着微亮的光。

苏雪至能感到他在看自己，就补充了一句：“所以最好还是扩大调查范围。当然，只是我个人的建议。”

“你就这么相信傅明城？”他幽幽地问了一句。

苏雪至正色道：“我相信证据。目前的证据确实指向他，但我认为，凶手并不一定就是他。凶手当时肯定是用了足够剂量的以托，以傅明城的身高和力量，在短短几秒内，迅速制服死者是完全有可能的。这样的话，就不会在死者的口鼻部位留下明显的痕迹，更不至于造成死者鼻黏膜毛细出血和局部破裂的状况。”她顿了一下，“所以，我有一个新的想法。凶手也许对麻醉剂量不是很熟悉——这也正常，即便是医生，非专业麻醉师，也未必能掌握不同体重需要怎样的剂量。或者，麻醉剂量足够，但凶手本身力量不够，在死者下意识挣扎的时候他脱了手，导致麻醉剂量吸入不够，于是重复操作，导致了我所见的创伤。”

贺汉渚沉默了片刻，说道：“你认为不是他干的？你还是执意要追求正义，还原真相，追查真凶？”他语气平静，倒也听不出讥嘲的味道。

苏雪至隐隐也有点明白，其实包括贺汉渚在内，他们追求的大概只是一个结果。

她想起寿宴那夜，自己亲身参与并掩盖证据的一幕，想起傅家被各方看中的资源和实力，她的心情先是一阵沮丧，又是一阵翻腾。

不知道为什么，大概是有了黑夜的掩护，苏雪至的眼眶微微热了起来：“不，您误会了。我已经没有资格再说这句话了！我只是出于一个医学检验者的职责，向你阐述我全部的发现，希望你们在可能的前提下，尽量接近事实真相，继续追查凶手而已。”她很快止住了眼底的热意，“我想说的就是这些。您进去吧，我不打扰了。”

她一个人迎着冰冷刺骨的夜风，踩着足底沙沙的落叶，然后逐渐加快脚步，越走越快。

忽然，身后驶来一辆汽车，停在了她的身边。

她急忙偏过脸，再次逼退自己眼里刚涌出的热意，随后转头，看向车窗，见他对着自己说：“你回去不方便，上来吧，送你！”

车灯的光束刺破浓夜，照亮了前行的道路。

贺汉渚驾了片刻的车，微微转脸，瞥了眼坐在一旁的苏雪至。

苏雪至上车后，将身子蜷在座椅里，一言未发，沉默无声。

贺汉渚想起片刻之前的情景，在自己那样发问后，他说再没有资格去提所谓的正义真相时，眼里仿佛涌出了一层薄薄的雾光。

当时，贺汉渚忽然觉得心底好似有什么被微微触动了。

自然了，贺汉渚那点淡薄的触动，稍纵即逝。

苏雪至不是女人，不像自己的妹妹，需要妥善的保护。

男人面对世界，要靠自己去碰撞，去学习。经历得多一些，知道星空高远，脚下泥地方是立身之所，早点知道这些对他而言绝不是件坏事。

不过，话虽如此，在留意到他上车后情绪依然沉闷，贺汉渚决定还是逗他一下，让他高兴点。

“几点来的？”他主动关心，语气温和。

苏雪至诧异他又提这个，想到反正丁春山也见过自己，没必要隐瞒，就说傍晚去过司令部，当时正好看见他和十二小姐说话，怕打扰他们，没立刻上前，等他们说完话，她还没来得及说话，他已经走了。

“你等了这么久？抱歉，我确实没听到，不是故意的。本来可以早点回，曹小姐跳舞时脚扭了下，我送她去清和医院照了下爱克斯光，又送她回去，所以晚了。”他解释。

苏雪至完全无法适应他这样的和善态度，简直疑心他是不是另有深意，胡乱应道：“没事，和您无关，怪我自己，当时声音太小！下次要是有事，我会大点声的。”

他哑然失笑，把着方向盘，眼睛望着前方道：“对，下次记得大点声。”

苏雪至观察他，实在摸不透他是怎么想的，就闭上嘴，没接话——其实也不知道接下来该说什么，随即又沉默了下去。

他也不说话了，继续开了一段路。苏雪至见他忽然转脸看了自己一眼，仿佛想起什么，突然驾车拐了个弯，像是往清和医院的方向去。

苏雪至想起他刚才说晚上送十二小姐去清和医院，以为有什么后续需要折道去办，也就任由他开车了。

很快，果然见他把车开到了医院前，贺汉渚从车的一个暗格里随手拿了几只银圆，下车后却没进医院，而是大步走向对面的一间杂货铺——就是上次自己和傅明城送小玉来的时候，傅明城曾买过奶油球棒棒糖的那间。

这个时间，铺子大门紧闭，无论是下面的铺面还是楼上的住宅，都已漆黑一片。

他却上去，啪啪啪地拍门，声音很大。

片刻后，楼上房间亮起了灯光，一个五六十岁老板模样的人从窗户探头出来，没好气地嚷："深更半夜的，干什么！"

"开门，买东西。"

"不卖了！赶紧走！"老板赶人。

"叫你开你就开，快点！"

老板大约是被这种无赖气势给镇住了，又发现来人穿了身皮子，看着不大好惹，只好提了个灯下来，打开门。

贺汉渚进去，视线一眼就落到了其中的一只糖果罐上。罐里还有半罐裹着美丽糖纸的棒棒糖，就是那天办公室里苏雪至曾拒绝丢掉的那种。

"这个！"他指了指。

老板拧着盖子，问道："几颗？"

"都要了。"

老板一愣，扭头看了眼："全都要了？"

"嗯，连罐。快点。"说着，将手里的几只银圆扣到了柜上。

老板眼睛一亮，喜笑颜开，忙连罐子带糖塞给了面前这个面容带着几分冷薄的青年男子。

"爷您真是好眼光，这可是最新进口的洋奶油糖，不是我吹牛，全天城卖这种糖的没几家，奶油味儿浓郁！要不，我再给您添点别的……"

"不用了。"贺汉渚接过罐子，抱了出来，径直回到车上，将东西递给苏雪至，随即开车掉头，继续往北而去。

苏雪至抱着糖罐子，莫名其妙地看着他："您这是……"

"给你的！"他眼睛看着前面说。

苏雪至愣了一下，下意识地将糖果罐放在了一边：“怎么买给我这么多？我不要，我也不爱吃糖。”

他慢慢地停下车，转脸看她：“真不要？”

苏雪至顿了一下，心里是真的不想要，但看他好像有点不高兴？拒绝的话一时就说不出口了。

“不要算了。”他眉眼一沉，拿起糖果罐子就要往车外扔。

“哎，等一下。要了要了！”虽然不懂他为什么一下子要给自己买这么多的糖，但反正是糖，也不是贵重的东西，拿回去分给室友，也可以下次带给小玉，何必惹他不愉快。

她从他的手里夺过糖果罐，紧紧抱住。

他看了苏雪至一眼，仿佛突然觉得这个事有点可笑似的，转过脸，朝着那边车窗的方向，唇角微微抽搐了下，这才继续开车，将她送到了学校门口。

车停稳后，苏雪至本想问，他到底有没打算再继续调查，但又想到这种事根本轮不到自己干涉，最后还是什么都没说，抱着糖果罐子默默下了车。

回到寝室已经很晚了，室友都睡了，苏雪至把罐子放在桌上，自己摸黑到厕所，借着夜色的一点自然光，洗了脸和手脚，确定周围没有人后，用毛巾伸进衣服里胡乱抹了几下身子，就回去睡觉了。

第二天早上，糖果罐子被室友看见，他们很是诧异，对苏雪至买这么多糖的行为表示鄙视。

苏雪至当然不会说是贺汉渚强行送的，大方地请他们吃。一开始全都嫌弃，后来还是游思进给她面子，先拿了一颗，舔了几口：“嗳，好像蛮好吃的。你们也试试？”

他一说，其余几人也就陆陆续续放下身段，过来各自拿了一颗。

寝室里的几个人正笑闹着，校长室的一个助手跑了过来，说有苏雪至的电话，是警局局长孙孟先找。

苏雪至去接电话。

孙孟先在电话里客客气气地请她去一趟警局，让她帮忙，用她检验得到的科学结果，奉劝傅明城早点认罪，这样大家都好完事。

“小苏，医学检验报告是你出的，结论也是你给的，毕竟咱们这边对这方面的东西不熟悉，只能劳烦你了。”孙局长在电话里说道。

和校长自然知道傅家出了命案，学生既然参与了医学检验，他索性特许苏雪至在参与案件调查期间，有事可随时出校，不必每次都来请假。

事实上，苏雪至也想见见傅明城，只是心里在犹豫，不知道有些话以自己和他那有限的交情适不适合说。

现在既然有这样的机会，她也就不再犹豫，当即赶了过去。她到的时候，发现傅太太竟也在孙孟先这里。

傅健生的遗体在解剖完毕之后就被领了回去，但傅家还没落葬。

比起上次见面，傅太太的面容憔悴更甚，目光里原本的绝望之色，此刻已彻底被仇恨取代了。

“小苏，你再帮我个忙！你帮我做个证，就是那个天杀的狐狸精生的儿子，谋害了他的哥哥！我给你钱，一千大洋，够不够！”傅太太当着孙孟先的面叫嚷着，又要伸手来抓她。

苏雪至这回有了防备，眼疾手快，预先躲开。

傅太太道：“你嫌少？没关系，我加倍！只要你帮了我这个大忙，多少都行！”

苏雪至没法和这个已经歇斯底里的母亲交流，出言拒绝之后，傅太太的脸上露出极度失望的表情，又愤怒地嚷：“莫非你也包庇傅明城？我听说他以前教过你，你们关系不错？否则，他杀了我的儿子，你怎么连这么个小忙都不帮！”

孙孟先清了清嗓子，走过来劝傅太太冷静。

苏雪至没再说什么，撇下她，跟着孙孟先的手下姚能来到了关押傅明城的囚室。

天气已经很冷了，他身上只穿一件被带走时穿的单薄夹衣。铁床上有条可能是他舅舅后来送来的厚毯子，但他没有裹在身上，折叠得整整齐齐放在一边。苏雪至透过铁门上的小窗看进去，他独自坐于床沿，低着头，借着囚室里的昏暗光线，正在专心致志地看书。听到门被打开，他抬起头，微微一怔，脸上随即露出笑容，放下书，站了起来。

苏雪至走进去，见他刚才看的是关于血型研究的日文原版书籍。

他似乎留意到了苏雪至的目光，解释：“木村先生对血液很有兴趣。这是他不久前出版的一本著作，谈及人的血型，他可能发现了一种新的类型，但还在继续研究当中。”

从医学界发现人类血液分型到现在，也就不过短短十来年的时间。目前为止，医学界还只知道A、B、O，以及AB四种血型。

“之前太忙了，木村先生送给我后一直没时间看。现在正好没事，前两天叫我舅舅帮我顺便带了过来。”他笑着说道，又让苏雪至坐。

苏雪至望着他：“傅先生，我很抱歉，让你陷入这样的境地，这不是我的本意。”

傅明城说：“我知道，他们是根据你的医学检验结果再次将我逮捕的。我理解，怎么可能怪你？你只是根据你的检验结果做出了你的判断而已。”他的目光凝落到她的脸上，“我让他们给我看了你的医学检验报告，完全出乎我的意料。连苏格兰场的老手都没看出来的犯罪证据，却被你查证了。我真的……”他一顿，笑了起来，“还是以前那句我已经说了不止一次的话，你非常优秀。现在我甚至可以说，我很钦佩你。关于这一点，我认为你已经完全可以做我的老师了。”

他的理解和宽容，令苏雪至感动不已，也让她终于有了说出自己想法的勇气：“傅先生，关于这个案子，你是不是知道点什么？或者，你是在保护谁？”

傅明城一怔，笑容慢慢消失：“你为什么会这么问？”

“抱歉，我知道这很冒昧。但如果我的判断没有错的话，我个人认为，你未必是凶手。”

他沉默了下去。

苏雪至斟酌着，又说：“我知道我没有资格多说什么，但我真的不希望你因为自己没有做过的事而承担如此严重的后果。傅先生，我记得你曾对我说过——”她望了眼那本刚才被他放下的书，“你想做最前沿的医学研究。如果这个梦想就这样中断了，不但对您热爱的医学事业是个损失，就你自己而言，难道你不觉得遗憾吗？”

傅明城继续沉默着，良久，忽然笑道：“这是我的命吧。我从小就觉得人生无常，所以才想学医，以尽量抗衡无常。我早就知道了，这想法太过幼稚。我知道你的好意，但我真没什么可说的，也没什么遗憾，真要说有，希望你将来能在医学的道路上继续奋勇前行，这样也如同弥补我的遗憾。”

“这里不是好地方，你回吧。谢谢你能来看我，我很感激。”他朝她点了点头，坐了回去，继续拿起书，低头看了起来。

苏雪至走后，孙孟先向贺汉渚汇报了二人见面的情况。

两人见面，照规矩门口自然是有人旁听的。

“司令，现在外头天天盯着这个案子，警察局的门口恨不得蹲满了记者，我们都出不去！那个傅太太又天天来我这里闹！还有报社，那帮人正事不干，整天光知道骂咱们没用！听这个二公子的意思，就算咱们定了他的罪，他好像也不会上诉。既然这样，我看不如就这么定罪！需要的证据，只要你一句话，我这边要啥有啥，全都可以做！”

贺汉渚说：“等等看，再说吧。委屈局长了，新闻界那边，你再挡挡。”

上司这么说，孙局长只能答应，挂了电话，破口大骂他缺德，站着说话不腰疼。他的幕僚秘书侯长清赶紧去关门，提醒他小点声。

孙局长这才生生地忍下怒气，等气顺了些，问：“他还不结案，到底是想干什么？”

侯长清说：“傅家老二定了罪，傅家谁能获益？”

“那还用说，傅太太！”

“傅太太后面呢？”

孙局长略一想，明白了：“傅太太娘家跟陆宏达是一伙的？”

“是。现在您知道了吧，为什么贺汉渚还不想结案。”

“他是想保住傅家老二，将来把傅家也捏手里？”

侯长清说：“不是没有可能。傅家那口肉，谁不想吃？”

司令部里，贺汉渚挂了电话。

不必亲耳听，他也知道，孙孟先此刻一定在跳着脚地骂自己。

他回想着孙孟先刚才汇报的关于苏雪至去找傅明城谈话的经过。

他还是挺老实的，果然遵从内心的想法。

自己说随便，他就真的随便了。

让他去劝认罪，他去劝人否认罪名。

贺汉渚看了眼时间，想到以豹子办事的效率，现在应该差不多回来了。他正想起身到窗边抽支烟，就听见门外传来脚步声，豹子敲门而入。

贺汉渚昨晚让他去调查案发当天，所有在傅家具备作案可能的人。

豹子向他汇报，那天上午，木村医生带着一名姓李的护士来过傅家替船王看病，看完之后，两个人中午前就离开了。

木村医生那天后来一直在医院里坐诊，病人和其他医生可以做证。李护士下午也在医院正常上班，因此一并排除作案嫌疑。

除了这两个人，傅家没有外来人。

傅家的人中，还有傅太太、傅家大奶奶、傅小姐。

傅太太首先被排除在外。

傅家大奶奶姓杨，和死者傅健生的夫妻感情一般，据说因为傅健生在外拈花惹草，二人时常争吵。但经查，她没有任何医学方面的背景，且结婚多年没有生育，娘家几年前也出了事，现在衰落了，对她的支持不大，丈夫死了对她没有任何好处。因此推断她作案的可能也不大，基本排除。

剩下第三个人，傅小姐。

傅小姐是傅明城的堂妹。傅明城小时候，有次不慎落水，她父亲为了救侄儿，意外死亡，傅小姐后来就养在了船王家。

她和傅明城关系很好，如同亲生兄妹，因她平时性格温顺，傅家想将她嫁去陆家，傅明城曾为她出面极力反对过。

“她有过医学相关经历吗？”贺汉渚问。

“经调查，也没有。”

贺汉渚沉吟了片刻，忽然，手指叩了叩桌面：“据说船王身体不好之后，清和医院有个护士常居傅家。人呢？当天人不在？”

“不在，一周前就走了。那个护士姓江，王总长寿宴的晚上，船王发病昏迷后，第二天，她因为感到愧疚，加上傅家人的迁怒，引咎辞职了。医院也考虑傅家人的感受，让她暂时休息一段时间。”

贺汉渚眉头微皱。

豹子也是一脸无奈：“司令，会不会，人就是傅家二公子杀的？”

想来想去，最后还是只有这个可能。

这个时候，陈秘书敲门，说有人来访。

“谁？”

“傅小姐！”

傅小姐名傅玉敏，圆脸，中等身材，一进来就对贺汉渚说道：“贺司令，我是来投案的。我大哥是我杀的！”

她面容苍白，但声音却是十分清晰，语气沉稳。

豹子等人诧异万分。

贺汉渚看了她一眼，示意她坐。

她没动，依然站着，说：“贺司令，你想必也知道，陆家那个儿子五毒俱全，倘若我就这么嫁过去了，我这辈子就毁了！我甚至想过去死，但我没办法，我是傅家人，况且大哥又那样坚持，非要我嫁过去不可，这件事，连伯父他也没法完全做主。”

“前些时候，在王总长寿宴那天，陆家儿子竟突然死了！我得知消息，当场就哭了起来……”说着，眼泪一下涌了出来，她迅速抬手地抹掉，“当然了，我哭不可能是因为伤心。我是侥幸，觉得自己命好，终于可以逃过这个劫难了。可我万万没有想到，大哥趁着伯父昏迷，竟又马上和陆家商议重新定了个儿子，还是要我嫁过去！”

她的眼睛里迸出了恨意：“我恨透了他！他不是个好人，他该死！他要是死了，二哥就有能力保护我，我也不用嫁到陆家，从今往后，二哥也再不用看他们的脸色，受他们的欺辱！所以我决定下手！”

“贺司令，不瞒你说，我其实早就有过杀死大哥的念头。他以前酗酒，我就想到利用注射酒精的法子来杀他。我谋划了很久，看了不少二哥的医学书，知道了腋静脉的位置，我还向二哥打听过，得知医生不会在这里注射，别人肯定不会发现！于是我就悄悄买了注射器和人体模型，熟悉位置，还利用二哥的方便，偷了清和医院停尸房的钥匙，复制后潜进去，利用那里的尸体进行注射的练习。我从医院弄来需要的以托，全部东西准备好后，决定动手。”

“大哥养了几只猎犬，每天傍晚他会自己去喂狗。那天我先在大哥的书房里藏了酒，然后等在犬房里，等他来了，我恳求他不要把我嫁过去。他当然不会答应，我趁他不注意，用浸泡了以托的布拼命弄晕了他，然后从腋下往他体内注射酒精，最后再将他推到水池里。”她一口气说完，神情显得十分激动。

“是我运气不好，竟然叫你们发现我大哥是被谋杀的。我更没想到，二哥竟然为我顶罪！”她再次流泪，“他一定猜到了是我，所以你们抓了他之后，他什么都没说。我不能害了二哥！人是我杀的，我来自首！随便你们怎么处置，我无话可说！”

她话音落下，四周寂静无声。

豹子、陈处长以及门外渐渐聚拢了过来的司令部工作人员，人人屏住呼吸，用复杂的目光看着她。

她直视着对面的贺汉渚，神色里带了几分坚毅和悲壮。

贺汉渚和她对望了片刻，忽然问：“凶器呢？你杀人后，注射器是怎么处理的？”

傅小姐一怔，顿了一顿，随即道：“自然是丢掉了。”

“丢在哪里了？”

“大哥被发现后，家里上上下下全都乱了套，我跟着家里人送他去医院抢救，趁乱丢在了医院的医疗废弃收集桶里。”

“你撒谎！人根本就不是你杀的！”贺汉渚冷冷地看着她道。

傅小姐眼睫抖了一下：“贺司令，我不知道你这是什么意思。我说了，人就是我杀的！”

贺汉渚笑了笑："傅小姐，你大哥出事后，你家的后院作为凶案现场被封锁了，你大概还不知道，凶手杀人后，把注射器丢在了水池里。水池下面都是淤泥，注射器陷了进去，后来被我们打捞上来作为物证，现在就在我这里！我不妨给你看一眼。"

他站了起来，走到一个文件柜前，用钥匙打开了锁，从里面拿出一只包裹着尼龙纸的盒子，他转身回来，将盒子扔到桌上。

"你可以打开看看。"他淡淡道。

傅小姐双目盯着那只盒子，人仿佛僵住了，一动不动，渐渐地，她的身体开始战栗，突然，她身体里所有的气力仿佛被瞬间抽光，人慢慢地软坐在了地上，抬手掩面，哭泣道："求求你了，不要再查了！我二哥他是好人！你们就当人是我杀的！我去赔命就是了！求求你们了！"

贺汉渚扯开盒子，"哗啦"一声，从里面掉出来十几包还没开封的雪茄。

傅小姐陡然瞪大眼睛，放出绝望的光，脸上更是半点血色也无。

"傅小姐，你想替谁顶罪？傅明城？还是另有别人？"

贺汉渚的声音不大，但话语里的那种寒凉之意，却令人不寒而栗。

傅小姐双眼直勾勾的，整个人抖得厉害，忽然，她身体抽搐，嘴角冒出了一些白沫，双目紧闭，人往后仰，倒在了地上。

"她服毒了！"豹子大叫一声，急忙招呼人将傅小姐送去医院进行抢救。

当天下午，豹子告诉贺汉渚，医院说傅小姐服了乌头，这种药服下后，大约一到两个小时发作。

她服的药量太大，虽然抢救及时，但人还昏迷着。医师说不知道什么时候能醒来，或者也有可能就这样死掉。

她应该是抱着必死的决心来的，计划认罪后，毒发身亡，这样她就能完美地顶下所有罪责。

"司令，会不会杀人的就是傅明城？傅小姐是感激他平常对自己的关照，所以过来顶罪？否则，我实在想不出，傅家的人里，还有谁有可能是凶手！"豹子再次将注意力放到了傅明城的身上，"当然，也有可能是傅家篱笆有洞，外面的人潜伏进来，杀了人，然后嫁祸给傅明城？"

贺汉渚沉吟了片刻："去傅家走一趟看看。"

这是案发之后，贺汉渚第一次亲自来到傅家。

傅家宅邸中西合璧，整个天城，论占地之大，宅邸之豪，唯一能和王家相媲美的就是傅家的大宅。

船王依然昏迷不醒，傅健生的妻子平常就管不了家，这会儿更是一蹶不振，傅家的事全是傅太太和来帮忙的娘家人在管着。

傅太太自然也知道了侄女去替傅明城顶罪的事，眼睛通红，痛骂傅玉敏没有良心，这回一定是受了指使，替傅明城顶罪。

贺汉渚没作声，带了人先去傅小姐的房间察看。

傅小姐应该是个喜欢看书的人，房间里的书架装满了书，大多是中外文学著作。

豹子带着人忙活的时候，贺汉渚浏览着书架，又拿起床头柜上的一本书，随手翻了翻。

豹子找完一圈，说没有发现医学方面的东西，更不见所谓的人体模型。

贺汉渚从房间出来，又去了发现尸体的地方，后院犬房旁的水池附近。

水池和犬房被封着，即便傅家人也不能随意进入，原本养着的几只猎犬，现在也暂时换了地方，关在外面。

贺汉渚在几条狗发出的狂吠声中，来到了水池边。

水池里早几天就全部打捞过了，淤泥也淘了，并没有找到注射器之类的有价值的证据。

凶手思虑严密，没在现场留下任何的印迹。池边原本可能留下的足印或者搏斗的痕迹，也因为傅家人在此打捞尸体，全部被破坏。

贺汉渚在周围看了一圈便出来了，再次经过关狗的地方，犬吠声再起，几条狗一起狂吠，声音震耳欲聋。

他走了几步，忽然停下脚步，扭头看着冲自己狂吠的狗，站了片刻，突然若有所悟，叫来傅家门房，问出事的当天，傅家有没有可能还有别的熟人出入。

门房已经被孙孟先的人不止一次地问过这个问题，连声否认，说老爷病倒后，傅家现在就只有自己看管的这扇大门能够出入，他白天黑夜都在门房里，要是有人进来，不可能不知道。

“出去呢？当天，傅家有没有谁出去过？或者，有没有和平常不一样的事？无论多小，都不要落掉！你仔细想想！”

门房思索了片刻，说：“司令你这么一说，我确实想起来有个小事，傅小姐当天下午曾来过，说要出门，临走又说她有本书要还给朋友，忘了带，她懒得去拿，叫我帮她拿，她就在门房等我，等我拿过来，她又说改主意了，下次再去，然后就进去了。”

“那么，傅家平日经常进出往来的熟人里，通医的，除了木村院长和之前的那个江护士，还有谁吗？”

门房果断摇头：“论熟人，绝对没有了！就只有他们俩！”

贺汉渚掉头，吩咐豹子：“马上去抓那个江护士！”

苏雪至坐着司令部来接的车，匆匆来到了位于清和医院附近的一处住所，下了车，看见前面的巷口围满了人，个个面带惊疑，议论纷纷。

来接她的丁春山告诉她，豹子带着人去抓最新确定的嫌疑人，清和医院的护士江小姐，赶到时发现人已经吊死在了这个租屋里了。

江小姐的房间里还留有一封遗书，她承认傅健生是自己杀的，和旁的任何人都无关。她杀人后，趁着傅家大乱混了出去，注射用的器具不敢乱丢，怕万一被发现，还没来得及处理，就埋在自己窗台的花盆里。现在自知无路可走，唯有一死，愿就此终结一切，勿再牵累旁人。

贺汉渚让苏雪至检查，死者系自己上吊自杀，还是有他杀的嫌疑。

苏雪至进入房间，闻到了一股排泄物的臭气，叫人将遗体放下，经过仔细检查，最后给出了结论。

死者的死亡时间不超过两个小时，这里是自杀的第一现场，死者没有任何被胁迫的痕迹。

基本可以判定，江小姐是自主自缢。

天已经黑了，天城的警局里却是灯火通明。

贺汉渚带着苏雪至和她的检验报告一起过来了。

当听说是护士江小姐杀了傅健生后，姚能吃惊：“她是怎么进去的？我调查过，门房说，当天根本没有外人进来过！”

贺汉渚说：“傅家有江小姐的同谋傅小姐，两个人里应外合，你还没看出来吗？”

船王的病势日益严重，陆天慈死了，傅健生却还不放过自己，傅小姐绝望之下，便决定和江小姐谋划杀人，于是江小姐提前辞职，使自己消失在傅家人的视线里。案发当天，傅小姐支开门房放她进来，她预先藏在犬房，等喂狗的傅健生过去，实施谋杀，随后趁乱离开。因为身高力量不够，所以在麻醉傅健生的时候，留下了痕迹。

“至于傅健生书房里用作证明他喝酒的酒瓶，应该也是傅小姐的手笔。可以对比下指纹。”

贺汉渚用手帕垫手，拿起一只酒瓶，举到头顶的一盏电灯前，众人就着光线看去，果然在玻璃瓶上看到了几个清晰的指纹。

从还躺在医院里的傅小姐那里取来了对比的指纹。

果然，一模一样。

孙孟先顿时松了口气，他只想早点结案，谁是真凶和他没半点关系，他也不感兴趣。

豹子还是有点困惑，忍不住问道："司令，你是怎么想到有可能是江小姐的呢？"

贺汉渚说："今天我经过猎犬时，因为面生，犬吠不停。凶案现场就在犬房旁。如果有陌生人来，那几只狗怎么可能没有响动？当时傅家没有人听到任何动静，显然，此人是个熟人。是熟人，懂医学，还可能因为力量不够，在麻醉时遇到点麻烦。傅家总共就这么几个人，排除傅明城、自己投案的傅小姐、有人证不具备作案时间的木村，剩下的自然就是那个曾在傅家久居的江护士了。案发前她就辞职了，怎么进来？自然是经由内应。这是一个精心策划的杀人计划，如果不是被小苏勘出破绽，此案很有可能就会以意外落水而结案。至于江小姐和傅小姐是怎样成为合谋的，那是另外一回事了，和案件本身无关！"

"贺司令高！实在是高！您一出马，果然大不一样，马上就查明真凶，兄弟我佩服得很！"孙孟先跷着大拇指，大拍贺汉渚的马屁，边上的人也纷纷附和。

贺汉渚说："孙局长，你往后少骂我几句，我就感激不尽了。"

孙孟先老脸一红，打着哈哈："开什么玩笑，兄弟我和你什么交情，怎么可能骂你呢！你可千万不要听信谗言，让别人挑拨咱们的关系！"

贺汉渚笑了笑。

孙孟先趁机转移话题："赶紧的，既然有结果了，证明二公子无辜，那我这就把人给放了！也是委屈人家了，又平白关了这么多天！也怪他自己，明明不是他干的，怎么一声不吭！"

苏雪至的心里其实还有疑虑，但这样的场合，她也不方便问出口，便沉默了下来。

她向外走去，快到警局门口的时候，恰见傅明城正被笑容满面的孙孟先给送了出去。他走下台阶，望着蜂拥而来的记者，神色平静，一言不发，忽然，他仿佛有所感觉，转过头朝她这边望了一眼。

苏雪至心里为他感到高兴，朝他挥了挥手。

他深深地凝视着她，脸上慢慢露出笑容，朝她点了点头，随即转身，朝着迎向自己的几个傅家下人走去，接过他们递来的外套，被簇拥着上了一辆汽车，在身后记者的追赶下坐车离去。

苏雪至望着那辆汽车消失的方向，回想着这整件事，出神之时，忽然听到身后一个声音说道："怎么，想跟着你的傅先生一起去？"

她扭头，见贺汉渚也出来了，高高地站在她身后的一级台阶上，手里拿着双皮手套，看着也是要走的样子，也正望着傅明城坐车去的方向。

苏雪至不知道他突然和自己这么来一句是什么意思，但感觉似乎没什么恶意，便也没生气，就老老实实地应道："没有！"

他似乎没料到她会这样回应，见她一本正经的样子，突然将脸转向一边，抬手用皮手套压了压口鼻，随即转回脸，没再理会她，自顾快步下了台阶，朝他停车的地方走去。

苏雪至对贺汉渚的反应感到莫名其妙，不知道自己的回答哪里好笑了。

贺汉渚到了车前，看见被傅明城甩掉的记者发现了自己，正纷纷涌过来，扭头见她还那样立着，挑了挑眉："你还不走？等着接受记者采访再上报纸？"

苏雪至反应过来，急忙追上去，自己打开车门，一头钻了进去。

贺汉渚的唇角忍不住又微微动了动。随即自己也上了车，在记者赶到之前迅速驾车离开。

"怎么样？肚子饿吗？要不要去吃点什么？"车开出去一段路，他随口问了一句。

苏雪至没吃晚饭就被他叫来干活，一直忙到现在才空下来，但她没什么胃口，摇了摇头："不想吃。"

"随便你。时间还早，我送你到前面街口，你自己回学校。"

苏雪至"嗯"了一声。

现在车里就只有他们两个人，苏雪至忍不住提出了刚才存在心里的疑问："表舅，这个案子，我还有点想不明白。"

"说。"他眼睛看着前方，应道。

"人是江小姐动手杀的，傅小姐是内应，这一点毫无疑问。但是江小姐为什么要杀人，杀人后，她明明有足够的时间可以逃走，为什么她不但不逃走，反而直接选择了自杀？"

根据苏雪至的经验，一般来说，除非有着特殊的原因，比如同归于尽式的复仇，否则，杀人之后畏罪潜逃才是人正常的第一反应。

贺汉渚说："想得还挺多。怎么，对真相就这么执着？江小姐是凶手没有错，这样就可以了，足以向各方交代了。"

贺汉渚说完，见她沉默着，摇了摇头，再次开口：“古希腊的莱斯博斯岛，有一个领袖名叫沙芙，她也是一个女诗人，柏拉图也曾盛赞她的诗作，称她为缪斯附体。搜查傅小姐房间的时候，我发现了一本沙芙诗歌集，应该是高价购自欧洲的。傅小姐放在床头，显然是经常会读。所以我推断，江小姐和傅小姐应该是有一段故事的。至于这个推断是不是真的，就看傅小姐的命够不够大，能不能醒来了。”

苏雪至终于明白，他之前在警局里为什么没有提及这一段。

她沉默了片刻，忽然道：“表舅，你这里停车吧，我下车。”

贺汉渚看了眼四周：“再过去一点，前面有很多东洋车。”

“我想去清和医院，看看傅小姐的情况。这里下车，更顺路。”

贺汉渚盯了她一眼，摇了摇头，表情仿佛有点无奈，想了下，说：“算了，我送你去吧，顺便看看。”说完调转车头，开往清和医院。

傅小姐依然昏迷着。

警局的人也在。木村院长带着几个医生正在严密观察。

到的时候，苏雪至看见今晚刚从警局出来的傅明城也在。他就站在傅小姐的病床前，默默望着傅小姐，神色沉重，身影凝固。

见贺汉渚来了，木村院长出来，低声向他介绍情况。

乌头具有活血、祛风散寒的功效，但如果没有经过充分的炮制煎煮，服用会导致中毒，四肢麻木，恶心呕吐，胸闷心悸，心律不齐等症状。

现在，医院对乌头中毒的救治方法，一般是洗胃、利尿，静脉输入葡萄糖，再使用阿托品针对心律问题加以治疗。

木村先生五十多岁，清瘦而儒雅，能说一口流利的中国话，介绍完情况，神色沉重：“贺先生，非常抱歉，我已经尽力，只能做到这样。傅小姐能不能醒来，老实说，我没把握。”

苏雪至走进了病房。

傅明城见她来了，点了点头，他眼底泛着血丝，神情无力而悲伤。

一个护士进来，替昏迷中的傅小姐再次进行输液。

苏雪至望着病床上双目紧闭的傅小姐，也在思考着有效的救治方法。

阿托品治疗心律失常的原理是抑制迷走神经兴奋。

而据她对乌头的了解，乌头碱还直接作用于心肌，引发快速室性心律失常，是中毒致死的主要原因。

所以，如果中毒者摄入乌头的剂量过大，仅靠阿托品，就想要达到完全恢复心律正常的目的，效果十分有限。

重症者还需要联合使用抗心律失常的药物，即使将来的医学中，常用的胺碘酮、利多卡因等，但现在还没有这些药物。

她努力思索，是不是有什么可以替代。

她想到了一样——奴佫卡因，即后世所称的普鲁卡因，也就是上次替马太太的儿子做阑尾手术时，麻醉师使用的局麻药。

奴佫卡因目前刚问世不久，被视为局部麻醉最先进的药剂。但利多卡因脱胎于普鲁卡因，普鲁卡因除了麻醉，对心律失常也有一定的疗效。后来基于普鲁卡因制出的普鲁卡因胺，就属于现代抗心律失常药的一种。

老实说，她不确定奴佫卡因的效果会如何，但现在不妨一试。

她将自己的想法告诉了傅明城，说奴佫卡因或许对恢复心律也有功效。

傅明城叫来木村院长。

“木村先生，或许可以试试，在阿托品的基础上，联合奴佫卡因静注！”苏雪至建议。

木村神色微微诧异，端详了她一眼：“您是？”

“我姓苏，苏雪至。”

“是您？我知道！”木村立刻点头，随即望向傅明城。

“给药，试一试！”傅明城看着昏迷不醒的妹妹，没有丝毫的犹豫。

这其实也是没有办法的办法，之前的药物给用，对于中乌头毒的重症患者显然不起疗效了。

木村凭着他丰富的经验，对傅小姐实施了奴佫卡因的静脉注射。

随着药物进入血液，一段时间后，经测量，发现傅小姐的心律果然有所纠正。

这个结果，让所有人都松了口气。

傅明城眉头微舒，和木村一起控制用药。终于，在经过紧张的治疗后，傅小姐的心搏慢慢恢复正常，护士报告，她的血压和呼吸指数也都比之前平稳了许多。

苏雪至在医院里待了一夜。

第二天的清早，昏迷了一天一夜的傅小姐终于苏醒了过来。

在她精神略好转得知江小姐认罪自杀后，当场泪如泉涌，不再有任何的抵抗，供认了自己和江小姐合谋杀人的经过。

“她太傻了……为什么要自己一个人顶罪……该死的，是我……”她哭得伤心欲绝，不能自已。

贺汉渚叫来护士，给她打了一针镇定，她再次昏睡了过去。

至此，这个案子，所有的疑虑都已经解开了。

熬了一夜，苏雪至忽然感到无比的疲倦，她从门后悄悄离开，走到医院门口，正要找辆东洋车回学校，却听到身后传来了脚步声。

她转头，见贺汉渚和傅明城一起从里面走了出来。

傅明城叫了她一声，随即对贺汉渚道："贺司令，谢谢你的帮助，我十分感激。我送小苏回学校吧，过后我再具礼登门拜谢司令。"

贺汉渚面无表情地看了眼苏雪至，随即微微颔首，戴上皮手套，伴着皮鞋踏着台阶发出的橐响声，快步下去，上了他的汽车，很快走了。

傅明城快步到了近前，让苏雪至稍等，去将他的车也开了过来，下车帮她打开车门，温柔地说："上来吧，我送你回去。"

这个时间，附近一时确实也遇不到东洋车。

苏雪至向他道了声谢，上了车。

傅明城专注开车，没说话，往城北的方向去，速度不紧不慢。

路上也寂静无声，太早了，几乎看不到什么行人。

苏雪至靠在座椅里，脸偏向车窗，眼睛看着外面，想着心事，渐渐出神。

车出了老城，转上去往学校的道，道路两边变成旷野，气温骤低，寒风也不知道从车的哪个缝隙里钻进来，丝丝冷气往衣领和袖口里钻。

昨天下午被丁春山叫走的时候，因为听说江小姐自杀，她急着过去，外套也忘了带，现在坐着不动，她觉得发冷，瑟缩了一下，就见车慢慢地停在了路边。

她不解地转过脸，见傅明城脱下了身上那件绒呢外套，递了过来。

苏雪至婉拒，说自己不冷。

傅明城看了她一眼，也没勉强，但没再继续开车向前，说："苏雪至，你是不是有问题想问我？如果有疑虑，尽管问，不必有顾虑。"

苏雪至猜他主动说送自己回去，应该就是有话要说。

"傅先生，案发之后，你是不是就已经知道了什么？"

傅明城眺望着远处，片刻后，低声道："你还记得之前的一件事吗，罗金虎案那天晚上，你打电话给我，叫我过去进行二次医检，我当时答应了你，但最后却没去。"

苏雪至点头："记得。"

"我父亲那天晚上出了意外，中风，后来我告诉你了。但你知道他是怎么出事的吗，当时，父亲和兄长为了要不要将堂妹嫁到陆家，发生了争执。”他顿了一顿，转过头看着她，“你应当也知道，把堂妹嫁到陆家，并不是简单的儿女婚事，嫁过去，就意味着傅家这条船往后要彻底和陆家绑在一起了。婚事是陆家先提的，去年就表示了意愿，我父亲对此存有犹疑，当时虽然没有拒绝，但也没答应。我虽然对政治是门外人，但也知道陆家轻易碰不得。事关我的父亲，还有堂妹，所以下半年我辞了省立医校的工作，回了天城。在我的劝说下，父亲的态度终于倾向拒绝。但我兄长却不一样，他极力主张联姻，那天晚上他和父亲争执激烈，我父亲的情绪过于愤怒和激动，突然倒了下去。”

苏雪至怔了。

“现在你知道了吧，这就是我这个家庭不为人所知的真相。外人眼里，傅家是豪门巨富，要风得风要雨得雨，何等的风光。”他笑了笑，神色里带了浓重的自嘲和苦涩，“至于我，更是不堪。”

“我父亲白手起家，年轻的时候经营了一间小船厂。在他事业开始有起色的时候，他爱上了我的母亲，一个落魄的前清举子家的女儿。但他最后还是娶了现在的太太，也就是我的嫡母。十年后，他飞黄腾达了，我那位嫁过人，后来又做了寡妇的母亲就进了门，做了二房，然后生了我，但随后没几年她也去世了。当时我还小，记得是外祖去世，我父亲忙，母亲带我，还有叔父婶母，我们一道坐船回去奔丧。途中，半夜的时候，船不知怎的起火，我的叔父被火烧伤，却拼死带着我游上了岸。最后整条船，就我一个人活了下来，其余同行的，包括我的母亲，全部都死了。”

苏雪至定定地望着他。

他也看着她，当讲述这些的时候，他的语气已经变得平静了，仿佛只是在说一件遥远的往事。

他摇了摇头：“可以说，玉敏的父母，是因为我而死的。案发那天，在家人发现大哥死在水池里，上下乱成一团的时候，玉敏往大哥书房藏酒，恰好被我撞见。她将她和江小姐的事告诉了我，苦苦哀求，说人已经死了，我要是说出去，她就完了。”

“这就是为什么，我希望玉敏能过上自己想过的日子。但人算不如天算。”他望着苏雪至，“我没想到玉敏会主动站出来认罪，更没想到她会服毒自尽。最后，事情会变成这样……”

他沉默了下去。

感情这种东西，有时很玄妙。遇到了对的人，彼此气场相投，感情自然而然就会被激发出来，两情相悦，生死不渝，虽然苏雪至没有体会过这样浓烈的感情，但不代表别人没有，这没什么可奇怪的。

苏雪至心绪纷乱，低着声，有气没力：“傅先生，我很抱歉……”

“不，不，你不要误会，我和你说这么多，不是要你有任何的负罪感。别说你现在救了玉敏，我对你感激不尽，就算玉敏不幸去了，你也没有半点错。之前你来囚室看我，我就说过，你只是在做你该做的事，并且，你比任何人做得都要好，仅此而已。错的是我！”

苏雪至一愣。

“从前我只想让自己得到解脱，于是就把精神寄托到了追求学术上面。我太过自私，只想逃避现实。事实上，我的出身决定了我永远都不可能获得所谓的精神平和。我不妨告诉你，那场火灾，其实根本不是意外。这几天，在出了这件事后，我更是想了很多。假设，让我就这样彻底地脱离这个家庭，将来我的父亲没了，他用一辈子心血换来的傅氏产业也将随着政治倾轧而灰飞烟灭，那个时候，我难道真的会心安理得毫无遗憾继续去做我的学问吗？我恐怕做不到。我毕竟是傅家人，是我父亲的儿子！我也万分懊悔。倘若当初，我能早点醒悟，及早参与经营家业，帮助我的父亲，他或许也不会病倒，玉敏更不用遭遇这样一番痛苦的经历……”他闭目，慢慢地握紧了拳，额角微微迸出几缕青筋。

她屏住呼吸，看着他。

片刻后，他的情绪又平复了，睁开眼睛，转过脸，再次望向她：“从今往后，我想为傅家做点事，让我父亲的心血能延续下去。如果——”他顿了一顿，“如果我这样做了，苏雪至，你会不会看不起我？”

苏雪至诧异于他怎么会向自己问出这样的话，但立刻摇头：“不会的！傅先生你能有这样的感悟和决心是好事，真的，我为什么要看不起你？”

她确实是这么想的。

“无论是做学问，还是入世，只要出于本心，去做就是，这本无对错之分，更不必瞻前顾后，患得患失。”她想了下，又说了一句。

他凝视着她，慢慢地道：“谢谢你的肯定。也谢谢你和我说了这么多的话。”

苏雪至忙道：“傅先生你别客气。”

他微笑着沉默了片刻，转头看向旷野深处渐渐泛出一缕红晕的地平线，仿佛顿悟，道：“你昨晚一夜没睡，累了吧，我这就送你回去。”

他发动车，继续前行，很快将她送到了学校门口。

苏雪至和他道了声别：“傅先生再见。”说完便往校门里去，却听到他在身后又叫了自己一声。

“苏雪至，往后我大概没机会再回来任教了。你不必再叫我先生，可以直接叫我名字的。”

苏雪至对称呼倒没有什么特别的讲究。就好比叫贺汉渚、表舅、司令，还有不快吵架时的贺先生，随时随地自由切换，全看当时的心情和场合。她觉得，经过这一番谈话，和傅明城的距离虽然感觉一下拉近了不少，但这么叫习惯了，突然改口还是有点别扭，就说：“你做过我的先生，往后就算不再任教，也是我的先生。我还是叫你先生吧，反正也叫惯了。”

“也好，随你的意。你进去吧，记得请个假，回去补觉。”

“好的，您也回去休息一下。”苏雪至和他再次道别。

傅明城目送她消失在校门后，又独自站立了片刻，才上车离去。

贺汉渚他们要的都已经得到了。

苏雪至也不想再追查下去了。这就是一场悲剧，一个原本用幕布遮盖的悲剧，因为自己的意外闯入，揭开这场悲剧的大幕。

她真的累极了，头疼，可能是昨夜穿得太少又熬夜的缘故。回校后，向校长简单说了下事情经过，请了个假，回到寝室，趁着他们都去上课，苏雪至蒙头大睡，结果睡了没一会儿就被吵醒了。

校长办公室的助手来叫她，说贺司令打了电话过来，让她去接。

苏雪至忍着一肚子不快地爬起来去接。

贺汉渚说孙局长今天要召开傅健生一案的记者见面会，会上需要向公众提供医学检查证明的医生，问她要不要去。

苏雪至一口拒绝。

贺汉渚本也没打算让她来。

傅家长子谋杀案的详细调查结果，自然不会全部向公众透露。

那个自杀了的护士将会是唯一的凶手，至于作案原因，是她被辞退之后心怀不满，蓄意施加报复。

必要的证据，孙孟先那里都已准备齐全。

他不过是客气问一句罢了，听她拒绝，就说：“没问题，那我叫他另外安排人。”说完，感觉她说话声音有点发闷，顺口问，“怎么了你——”

“没事。挂了。”

“砰”的一声，那头电话就扣了下去。

贺汉渚耳朵被震了一下，一时有点没反应过来，握着话筒顿住，等反应了过来，皱了皱眉，也放下了电话。

还是第一次被人这样挂电话，说实话，很不习惯。是最近自己对苏雪至太好了？还是他觉得往后可以有傅明城做靠山了？他居然敢挂自己的电话了！两个人今天早上到底都说了什么？

电话刚挂下，又立刻响了起来，似乎是回电。

贺汉渚没立刻去接，等响了足足七八下，这才不紧不慢地接了起来。

“烟桥吗？是我啊！”电话那头传来了王孝坤的声音，“你刚在忙吧？难为你了，最近事情多，全都挤在一块了。”

贺汉渚一顿，神色立刻转为整肃，叫了声伯父：“还行，不是很忙。刚没在位子边上，没及时接。伯父您有事？”

王孝坤在电话里笑呵呵地道：“也没什么大事儿，就是关于傅家老大的那个命案，你做得不错，这么快就侦破了案情。我把结果转呈给了大总统，大总统也非常满意，夸你能干，让我替他转达一句，你辛苦，等这个案子彻底结案了，你好好休息一下。”

贺汉渚客套了两句。

“对了，大总统很关心这个案子，百忙之中，还特意问了详细的侦查经过，知道是咱们军医学校的一名学生慧眼识凶，连西洋专家都没看出来的问题，竟被他看出来了。大总统对此非常赞赏，对咱们军医学校能培养出这样的年轻人才欣慰不已。”王孝坤的声音听起来微微带了点自得。

军医学校是他军部下辖的一所学校，出了这样的人才，现在连大总统都亲自过问，对他来说自然是脸上增光。

“大总统还说，有空或许可以见一见这位年轻人，对其勉励一番，这对提高我们军医学校的知名度也是一件好事。你上个心，看看什么时候可以安排一下，难得的机会。”

贺汉渚一口答应：“我会把总统嘉奖的意思转告他的。”又说，“不过伯父，那个学生是从乡下刚来天城的，还没半年，对人情世故一概不通，性格也有些迂直，我怕他到时候万一出言不当冒犯总统，反而不美。”

王孝坤奇道：“就是我寿宴那晚上见到的那位姓苏的学生，是吧？我看他模样文雅，言辞也并无不当，何况还是宗先生的学生，不至于吧？”

贺汉渚一顿，说：“他是我表外甥，所以我对他相对比较了解。当然，总统如果确实有空，也有意接见，我当然可以安排，没问题！”

王孝坤也知大总统大概只是随口说了一句罢了：“烟桥，这回的事情，你办得确实漂亮。那个小苏，也是个人才，你得好好笼络下。傅家的二儿子顺利上了位，你卖了个大人情，他要是个明白人，往后该当如何，想必心里有数。姓陆的这把如意算盘打了好久，结果竹篮打水一场空。往后你再留意着点傅家，有什么新的动向，立刻和我说。”

贺汉渚知道他是误会了其中的案情，以为是自己操纵了调查结果，但也没必要解释，就应了。

王孝坤又说了些京师那边的最新动向，谈完正事，语气转为轻松："昨天晚上你伯母来了个电话，家里有人送来了几头南方来的鲍鱼，怕自家厨子做不好，特意把天霄酒楼里最擅长做参翅的一个大厨叫了过来。今天晚上，你把你妹妹也一并带过去，陪你伯母吃顿便饭。”

贺汉渚应下，挂了电话。

第十三章

王太太最近依然十分烦恼。

王庭芝那天回家和她明讲，说他不喜欢贺兰雪，只把贺兰雪当妹妹看，她想安排他的婚事，没问题，别家谁的小姐都可以，就是贺兰雪不行。

但让儿子娶贺兰雪又是计划了很久的事，王太太左右为难，和兄弟佟国风私下商议了一番后，昨天晚上给丈夫打电话，告诉丈夫，儿子不愿意娶贺兰雪，又说了自己新的想法。丈夫最后也同意了她的想法，王太太无可奈何，只好忍痛放弃原本的打算，让丈夫开口，把贺汉渚兄妹请到家里来吃饭。

晚上，贺汉渚接了贺兰雪，一起来到王家。

王庭芝白天出去了，说找朋友玩儿。他出门前，王太太千叮万嘱，让晚饭前务必回来，好陪贺家兄妹一起吃饭，谁知他现在还不见人影。

王太太压下心里对儿子的不满，笑容满面，亲自出来迎接。

饭桌上，少了个王庭芝，不过另有一人补位，便是曹家十二小姐曹自华。

王孝坤寿宴过后，她原本也是要回京师的，但被热情好客的王太太给留住了，让她陪自己在天城再住些日子。

这段时间，十二小姐自然住在王家。前几天她和贺汉渚去参加一个晚宴，跳舞不慎扭了脚，所幸没有大碍，休息两天也好得差不多了。

吃饭的时候，贺兰雪询问她的脚伤状况。

十二小姐笑道："没有大碍，就只挫到筋罢了，当时出了丑，还要麻烦你哥哥送我去医院，想起来就觉羞惭。"

贺兰雪摇头："曹姐姐不要这么想，你没事就好。"

王太太赞叹："兰雪真是聪慧，心地又善良，我做梦都想有这样一个女儿，可惜，我没这样的命。"

曹小姐笑："怎么没有？现成的，不就在眼前？"

王太太的目光落到贺兰雪的身上，眼眸突然一亮，“呀”了一声。

“是啊，我怎么糊涂了！”她看着贺兰雪，越看越欢喜，随即转向贺汉渚，“烟桥，伯母能不能提个非分的想头？”

贺汉渚夹了一筷子的菜，笑：“伯母别客气。”

王太太道：“那我就说了啊。我能不能认兰雪当我的干女儿？你要是答应，尽管放心，往后我一定会把兰雪当成我的亲生女儿，不，不，比亲生女儿还要亲。庭芝也一样，会把兰雪当亲妹妹疼爱。”她转向十二小姐，感叹，“我是说真的，兰雪要是能认我做干妈，就是叫我少活几年，我也心甘情愿！就是不知道烟桥放不放心了。”

贺汉渚微笑：“我有什么不放心的？”

他望向妹妹：“兰雪，伯母想认你做干女儿。”

王太太和十二小姐都看着贺兰雪，站在饭桌后伺候的王家下人们也都笑容满面。

贺兰雪从位置上站了起来，微笑道：“伯母您对我的好，我一直都记在心里，正好趁着今晚，向伯母您致以我的感激和谢意。”说完，朝着王太太恭敬地鞠了一躬。

王太太喜笑颜开，忙让她坐下。

十二小姐恭喜：“行了，伯母，我看你的心愿就要圆满了。我赶紧的，去挑个好日子，伯母摆上认女宴，将亲戚朋友都请过来，到时候大家热闹一下——”

贺兰雪接着说道：“伯母肯认我做干女儿，我本是求之不得，只是我有点担心……”

王太太忙道：“怎么了，别怕，你放心说。”

贺兰雪咬了咬唇，说：“不瞒伯母，我其实经常都会梦见我的娘亲。到现在，梦里还能看清她的模样，我怕我要是认了伯母为干娘，娘亲她会伤心，以为我不要她，不想念她了……”

她的眼眶忽然泛红，声音也微微哽咽了。

饭桌上的气氛一下凝固了。

贺汉渚慢慢抬起眼，望着自己的妹妹。

十二小姐一愣，停了凑趣，见贺汉渚神色凝重，忙起身走到贺兰雪的身边，轻轻抱住她肩，低声安慰了几句，转头正要叫人将自己的帕子取来，贺兰雪已飞快地抹了抹眼角，摇头说自己没事，脸上重新露出笑容，对王太太又道：“伯母，我知道您一向对我极好，我在伯母这里也住了好些年。其实在我的心里，伯母您早就是我的另一位母亲了。”

王太太的本意是想退而求其次，认贺兰雪做干女儿。却没有想到，贺汉渚这边没问题，贺兰雪却说出了这样的一番话。

王太太压下心里的失望，也笑着起身，忙过来握住贺兰雪的手，拍了拍她的手背，连声安慰，说自己刚才只是玩笑，叫她不要多想。

贺兰雪再次朝王太太鞠躬，让她勿怪。

王太太牵着她手，对着十二小姐道：“懂事得真让人心疼，怎么能不叫我爱？”说着将贺兰雪按着坐下，又安抚了几句。

晚饭继续，十二小姐照旧妙语如珠，王太太也是慈和如故，但终究是没了刚开始的兴致，几人又尝了几道菜便饱腹了，下人随后送上茶，众人又略略坐了一阵，贺汉渚便带着妹妹向王太太致谢，告辞回去。

王太太热情挽留无果，只得作罢，笑道：“烟桥，今天我陪十二小姐去医院复查，回来经过新街口，那里新开张了一家百货商店，是马家投了钱和洋人合伙开的。马太太早几天就再三地来请了，叫我们今天过去。我无事，便拽着十二小姐，让她陪我去看了看，那叫一个热闹，东西也多，什么都有。十二小姐自己没买什么，倒是替你和兰雪都买了东西。”说着催促曹小姐，“还藏着做什么？赶紧拿出来。”

曹小姐也不否认，大方地笑着叫自己的丫头将白天买的东西取来。送给贺兰雪的是一双装饰着蝴蝶结的红色高跟鞋，十分精美。送给贺汉渚的，则是一条银紫色菱花纹的领带。

“兰雪快十八岁了，可以尝试一下高跟鞋。我见你的领带纹样都偏老气，所以特意挑了这条亮眼些的，偶尔换个样式也是不错的。”

王太太笑道：“十二小姐的眼光和品味，那还有错？别说天城了，全京师和上海的名媛小姐加起来，也比不过她。”

贺汉渚接过礼物，道了谢，随即带着妹妹离开王家，开车回去。

路上，见妹妹情绪十分低落，始终一言不发，便问她怎么了。

贺兰雪抬起头：“哥哥，你怎么知道伯母会认我做干女儿的？”

贺汉渚说：“随便猜的。”

贺兰雪又沉默了下去。

贺汉渚想起她在婉拒王太太时那潸然欲泣的一幕，心里隐隐明白，妹妹大约是真情流露，而非完全照着自己的吩咐在说话。

“兰雪，你在想什么？”他的声音十分温柔。

贺兰雪低低地说：“哥哥，我昨晚上就梦见娘亲了。是真的。”

贺汉渚“嗯”了一声，也不再说话。

兄妹到家后，他叫住了要回房间的妹妹，说：“兰雪，你平常没事，可以多和同学往来，或者一起去玩。要去哪里，只要预先和我说一下就可以，不要总是待在家里。”

贺兰雪闷闷地应了一句：“哥哥，我明年就中学毕业了，我想过了，要么照你说的，去留学也好。等我想好了要学的专业，我就告诉你。”

书房里没开灯，贺汉渚一个人倚靠在窗边，对着窗外抽着烟。

猩红色的烟头在夜色里明灭不定，烧得快要到指，贺汉渚还浑然未觉，直到灼痛了手指，贺汉渚方惊觉，将烟头捻没在窗台的一只烟灰缸里，他走回来，打开书桌边的一盏台灯，拿起电话，拨通了一个号码。

“贺先生？上帝，这么晚了，现在天气冷，不会是你的老毛病又犯了吧？”电话那头，从睡梦里惊醒的鲁道夫听起来有些紧张。

“抱歉这么晚打扰你。不是我的老毛病。”鲁道夫的中文不是很灵光，贺汉渚就用德语和他交流，“还是关于我上次问的那个问题，我想了解得更多些，您能说得再具体点吗？或者，有没有别的什么可以试一试的治疗法子？”

“上帝啊，难道是你自己？”德国人脱口而出。

贺汉渚一愣：“当然不可能了！这方面，我绝对没半点问题！”

鲁道夫受聘于京师医科学校任教也有几年了。老头子已经知道大部分的中国人讲话喜欢迂回，况且是这种有损男性尊严的事。

“我是在替一位朋友打听。”贺汉渚又解释了一遍。

“明白，我亲爱的孩子，你不要急，你听我说，”心地善良的老头子安慰他之后，随即告诉他，这种症状分为轻度、中度和重度三种。接着，他仔细向年轻人解释了这三种情况的不同表现。最后说，如果是重度，那么非常不幸，以现在的医学水平，几乎不可能治愈。

“另外我还了解到一点，”鲁道夫不厌其烦地解释，“男性体内的那种雄性物质，即便分泌不够，甚至导致第二特征不明显，也未必一定就会影响到这方面的功能。何况您……”

“总之，最好就医，但如果实在没条件，建议对自己有信心，再加上一些辅助手段，或许可以重新试一试。”

贺汉渚和鲁道夫交流完，向他道谢，并且再次为自己在这个不合适的时间打扰他而致歉。

过了几天，又到了一个礼拜六，现在无论是学校还是当局的部门机关，实行的都是礼拜一到礼拜六工作，礼拜天休息的制度。

忙了快一个礼拜，终于到了周末，可以松口气休息了。

傍晚，室友们说说笑笑地回到寝室，气氛十分融洽。

今天恰是张景易的生日。寝室的人约好晚上一同出去，到城里找个饭馆庆祝。差不多六点，大家换了便服，打打闹闹地结伴出了校门。

“九仙女，明天干什么去？不会又一个人出去吧？话说我看你每个礼拜天都一个人出去，差不多傍晚才回来，你干什么去了？”蒋仲怀追上她发问。

苏雪至说找表哥。这时，路上开来一辆车，停在了对面。

来人居然是贺汉渚。

因为开学典礼时他来过，大家都认得他，见他突然来了，纷纷停下脚步，看着他。

贺汉渚之前从没亲自来学校找她。有事，要么是打电话，要么是派人来接。

现在却自己过来，看他也没穿制服，西装领带，梳个背头，风度翩翩的样子。

苏雪至见他示意自己过去，室友都看着自己，就走到了他面前。

“您有事？”

“去换身衣服，长衫或者西服都行。我等你。”他看了眼她的衣着，简短地吩咐了一句。

同寝室的人都听见了，向贺汉渚打了个招呼，随即和苏雪至道别：“九仙女，那我们先走了，回来给你带蟹黄蚕豆——”

他朝学生们点了点头，瞥了她一眼。

苏雪至不知道他来找自己有什么事，只好回去换衣服，她换了长衫，再次出来，上了他的车。

“去哪儿？有什么事？”快入城的时候，她忍不住问了一句。

“到了就知道。”他的眼睛依然看着前方。

苏雪至只好闭嘴，眼睛看着外面，忽然想起一件事。

其实她通常不会挂人电话，那样未免太不礼貌，那天也不知道怎么回事，大概是人不舒服，起床气又大，居然没等他说完就挂了电话——现在回想着，好像当时他也没说什么惹自己生气的话。

她不禁有点小小的心虚，也觉得不好意思。

“那个……表舅……那天我不该挂您电话。对不起。”她真心实意地道歉。

他转头看她一眼，说：“是不舒服？还是吵了你睡觉？”

“总之是我不对，下次不会了。”

他没应，忽然说：“你和他们处得还不错？他们叫你九仙女？”

苏雪至又一阵心虚，唯恐自己的这个绰号引他往不该想的方面去想，随即解释，只说他们乱开玩笑。见他不置可否的样子，赶紧转移话题：“对了表舅，您过来找我，到底有什么事？”

“去了就知道。”

苏雪至只好再次闭口。

车拐入新界，最后停在了一间餐厅的门口。

苏雪至诧异万分，他居然带自己来吃饭？还是上次来过的那家法国餐厅！

“请你吃个饭。”他终于说道，“最近你替我办事，辛苦你了。算是犒劳。”

餐厅门口的侍者飞快跑来，替他打开车门。

苏雪至没法想象，他们对坐在这种地方吃饭，会是一种什么样的情景。

而且，虽然这间餐厅还不错，但鉴于上次吃饭后发生的不愉快，让她有了阴影，根本不想再在这里用餐了。

但那个侍者又笑容满面地跑到她这边，躬身打开侧门，等着她下来。

他也停步，扭头看她。

苏雪至没办法，只好下了车，跟着他默默走了进去。

就座的位置还是上次的老地方，桌上依然铺着雪白的桌巾，漂亮的餐具在灯光下闪闪发亮。

领班亲自接待他们。

他让她点菜：“想吃什么，随便点。”

苏雪至是饿了，但只也点了两样，又要了一杯苏打水。

他看了她一眼。

“我出来的时候已经吃了东西，不饿。”她解释。

他接过菜单，照着上次她点过的菜全部点了一遍，最后还加了一瓶五十年的香槟。

“不用不用！我真的吃不了！”苏雪至坚决推辞。

“就这样吧。”他冲领班点了点头，把菜单递了回去。

“跟我不必见外，吃个饭而已。”他说了一句。

苏雪至无可奈何，只好接受了他的慷慨。

等着上菜的工夫，苏雪至听到他说大总统有意接见自己，以兹鼓励，她很是惊讶。

“你要是有兴趣的话，我可以帮你安排。”

见他说完看着自己，目光里仿佛带了几分审视，苏雪至立刻说道：“我很荣幸，但不适合。我想大总统应该只是随口之言。就算是真的，也麻烦您帮我应付一下。”

他笑了笑：“没问题。”

菜很快上来了。美食当前，不可辜负。

苏雪至闷头吃东西，吃到一半，发现他好像没怎么吃，似乎时不时地看一下自己，顿时觉得这顿饭或许没这么简单。但她也不再多想，反正应该不至于吃完饭就要自己的命。

期间他居然还站了起来，走到她的身边，亲手给她倒香槟，见她抬头吃惊地看着自己，含笑点头：“喝吧。”

快到西国的圣诞节了，餐厅里提早装饰了圣诞树和彩灯，灯光璀璨，映得他目光灿若星芒，他穿着剪裁合体的西装，手持香槟酒瓶，人又英俊，又绅士。

苏雪至差点噎住，咽下嘴里的一口龙虾肉，迟疑了下，接过他递来的那杯冒着细小气泡的液体，慢慢地喝了下去。

“我吃饱了。”她取餐巾，拭了拭唇。

“行。那走吧。”他侍者把费用记在自己的账上，随即带着她出了餐厅。

此时已经晚上七八点，上了车里，苏雪至说：“谢谢你请我吃饭，我想回去了。”

“不急，还有点事。”他继续往前开去。

“什么事？”

“到了就知道。”

他不说，苏雪至也没办法，总不能撬开他的嘴，只好沉默着。

过了一会儿，他主动和自己闲聊，竟又谈起了上次说到过的那位生活在两三千年前的希腊的女诗人。

“小苏你知道吗，传说，沙芙除了才华，也是一位非常美艳的女子。据说有一次她犯罪，被送上审判席，法官要判她死刑，沙芙当庭脱下衣服，露出身体，旁听席因此爆发抗议，人们被她的身体所倾倒，不允许法官处死如此美丽的女人，最后法官迫于压力，对她从轻处理。”他扭头看他，“你觉得这个故事怎么样？”

苏雪至一听到女人、身体这种词汇，就敏感地想到了自己。

难道是出了什么纰漏，他在怀疑自己？

她立刻警铃大作，不安起来，表面却装作若无其事，含含糊糊回答：“挺有意思……”

他笑：“是啊，有意思。小苏，你看过女人的裸体吗？”

冷不丁，他居然这么问了一句。

苏雪至差点没被口水呛住，扭过脸，见他注视着自己，勉强定住神，试探着和他周旋。

“您呢？”她反问。

“我在问你。”

“你先说。”

他一顿，微笑：“当然。”

苏雪至当然也见过，不止女人，她见过各种各样的身体，她见过的只会比他更多。

她沉默着，恰这时，车慢慢停了下来。

她抬头，见竟来到了著名的天城饭店。

天城饭店除了住宿和饮食，也集多种娱乐功能于一体。饭店的地下几层，有着全天城灯光最炫、最适合上流人士交际的高雅舞厅、设备最齐全可通宵的棋牌房。另外，还有一间俱乐部。

俱乐部除了供住宿的客人晚间娱乐消磨时间，也对外开放——前提是客人得是俱乐部的会员，另外，女士谢绝入内。

俱乐部位于一楼大堂的后方，大概是考虑到私密性，从前堂进去后，还要穿过一道有巴洛克风格浮雕装饰的长长走廊。

天城饭店苏雪至只来过一次，她自然不知道原来这里别有洞天。

她跟着贺汉渚穿过前堂和走廊，来到两扇雕饰着玫瑰和天使纹图的大门之前，立在两侧穿了雪白衬衫和黑色燕尾服的侍者齐齐躬身，叫了声贺先生，各自握住一边的镀金门把，打开了门。

顿时，伴着一阵如潮水般骤然涌出的嘈杂乐声，苏雪至仿佛掉进了兔子洞。

门内灯光闪烁，人头攒动，除了陪酒和陪舞的女郎，其余全部都是男人，更不乏外国人。

入目的先是一个吧台，靠墙的一排红木酒架上，摆满了林林总总来自世界各地的酒。英俊的酒保站在柜台后，手法娴熟地为客人调酒。

前方则是装饰着深红色天鹅绒幕布的大型舞台，舞台两侧的楼上，有一支二三十人的乐队，正演奏着节奏强烈的摇摆乐，台上则正在进行着一场歌舞的盛宴。

一群来自东欧的漂亮姑娘，姿色一流，上装暴露，正伴着乐声踢腿掀裙，动作整齐划一，绚丽的彩虹裙摆和不时划过视线的雪白长腿，令人目不暇接，心醉神迷。

苏雪至看着眼前这个新世界，停了一下脚步。

贺汉渚应该是这里的常客，一进去，周围的人就注意到了他，纷纷上前殷勤地和他打招呼。

他含笑点头回应，一路来到吧台前，靠着吧台，向酒保要了杯酒，扭头，见她还立在原地，示意她过来。

苏雪至走了过去："表舅，我想回去——"

不知道是不是他耳背，还是周围的乐声太大，他没听见。

"喝什么？"他反而问她，但没等她回答就代她做主，对酒保说了句"给他来杯野格利口酒，加冰块"，随即向她解释，"这是一款调配酒，我以前在德国时常喝，入口是茴香、薄荷的味道，还带了点蜂蜜和甘草的回味，酒精度也不算很高，你可以尝试一下。"

"你带我来这里干什么？"苏雪至只好把嘴巴凑到他的耳朵边，大声地吼了一句。

他仿佛嫌弃似的，脸往后仰了仰，随即摸了摸自己耳朵，说："还早，你那些室友应该还没回去，你回去也没事，先坐一会儿吧——"他指了指台上那一排火辣得让苏雪至的眼睛无处安放的漂亮洋妞，"没事的话，看看跳舞。"

他很快就被人叫走，走之前脱了外套，顺手就丢到了她怀里。

酒保沿着平滑的桌面，动作优雅地将酒推到她的面前，恭敬地道："先生请慢用。"

苏雪至无可奈何，只好贴着吧台坐了下来，帮他拿着衣服。

她有点嫌弃，两个手指拎着衣领悬空提着，将他的衣服放到了边上。放下他的衣服，又觉两手空空，就端起酒，但她又不敢喝，怕万一醉了，出洋相事小，出大事就完了。她看了看贺汉渚，愈发确定他是这里的常客，只见他如鱼得水，穿梭来回，无论去哪儿，边上都有人围着，笑声阵阵，还有个长得很漂亮的女侍者紧紧跟着他，不停地往他空了的杯里倒酒，看着像是老相识了。

苏雪至撇了撇嘴，又想起之前的那个柳小姐，还有现在他在交往的十二小姐……

她压下心里涌出的鄙夷，把注意力转向舞台，适应以后，她发现舞蹈还挺好看的，女孩子们也是又漂亮又专业。

苏雪至欣赏了一会儿，很快就发现，附近的人都不住地瞟向自己，慢慢地，她也浑身不自在起来，忍不住又朝贺汉渚张望，很快找到了他，他仿佛有所感应，恰也扭头看她，随后他放下手里的酒杯，走了回来。

“怎么，不喜欢洋女人？”他扭头，看了眼舞台的方向，随即盯着她，这么问了一句。

苏雪至没回答，直接说：“表舅，我想回去了。”

他又看了她一眼，示意一名男士过来，随即转向她：“他带你去顶层的房间休息。休息完了，你再下来，咱们一起走。”

苏雪至听得莫名其妙：“您有事尽管去忙，我自己回去就可以了，不用您送！”

“你听我的。”他的语气不容置喙，又吩咐侍者，“带他上去吧。”

侍者朝苏雪至恭敬地弯腰：“先生，请随我来。”

苏雪至盯了他一眼，转身跟着侍者进了一部俱乐部会员专用的电梯，被领到了一个房门前，侍者用钥匙替她开了门。

“先生，您请进，好好休息。”侍者放下门的钥匙，躬身而退，带上了门。

房间是个豪华的套房，灯全部开着，灯光柔和，摆设讲究。

苏雪至打量了眼客厅，小心地走了进去，见卧房里有张很大的床，铺着熨得不见一丝褶皱的雪白色床单，一旁还有一个浴室。

果然没有别人。

她实在是搞不懂，贺汉渚今晚上到底在干什么。

先请吃饭，再带她喝花酒——那个俱乐部就是男人喝花酒寻欢作乐的鬼地方，然后又让她来这里。难道他真的在下面还有事，身为长辈，觉得应该照顾自己，所以特意给自己开了这么一个房间，让她在这里好好休息？

直觉告诉她，他不可能是这样的大善人。

但如果不是这样，这又是什么意思？

苏雪至里外溜达了两圈，试了试床垫，最后开始研究浴室。

浴室空间很大，有个很大的圆形洁白搪瓷浴缸，有抽水马桶，还有可以自动出热水的设备。

应该带点消毒液来，消毒之后就可以泡澡，泡完澡睡一觉，然后再回去也不迟，这里比公共浴池更安静。这里简直太适合享受了。

苏雪至正在考虑等洗澡票用完了，要是租的房子还没着落，是不是可以考虑来这里的时候，忽然听到有人敲门。

她以为是贺汉渚，打开门，她一怔，见门外竟站着一个美丽的年轻女人。

女人二十三四的年纪，穿着一条藕荷色的软缎旗袍，披了条镶毛的精美云肩，天鹅颈，丰满胸脯，细细腰肢，还有圆润的臀线和修长的腿。女人身段如柳条袅袅，面容更是娇艳如花，红唇欲滴，双眸含水，笑吟吟凝睇，酥媚入骨，叫人一见难忘。

苏雪至的记性相当不错，这位竟然是先前在欢迎贺汉渚的酒会上看到过的那个姓唐的美人!

唐小姐名叫唐秋水，身为一城花帜，她原本根本不屑做这样的生意。奈何雇主特殊，一来，不敢违逆他的意思；二来，也是存心想要讨好对方攀上关系，所以这才应承，打算倾尽全力完成此事，好叫雇主满意。

现在见了人，分明是个俊美潇洒的少年郎，却不幸罹患这样的隐疾，心里不禁添了几分怜惜，含笑走了进来，关上门。

“唐小姐？怎么是你？你来做什么？”苏雪至十分吃惊，后退了几步。

唐小姐忍不住掩嘴笑了起来，柔声道：“苏少爷，你别紧张，也别怕，咱们可以慢慢来，我不赶，你更不要急，有一夜的时间呢。我年纪比你大几岁，你要是不嫌弃，可以叫我一声姐，咱们聊聊天，我可以唱个小曲儿给你，或者先伺候你去洗个澡？我也会推拿，手法还算不错，等我帮你放松了，就容易了，你想怎么样，我都可以——”

苏雪至可算是明白了，一口老血上冲，差点就要脑卒中了。

不用说，这肯定是贺汉渚的安排。

他想干什么？验证自己是不是女人？

苏雪至很快就否认了这个猜疑。要是他怀疑的是这件事，根本不必迂回成这样，有的是更方便的验证手段。

她回想起上次他来看自己骑马的事，又想起今晚在车里和自己说的那些奇怪的话。

苏雪至顿悟，先是一阵后怕，又一阵恼怒。见唐小姐已经脱去她的云肩，露出两只雪白的圆润胳膊，笑吟吟地朝着自己走来。

“洗澡也可以。唐姐姐，那你先去放水吧，衣服我自己会脱……”苏雪至缓了缓语调，轻声说。

唐小姐见他放不开手脚，有着一种少年郎才有的青涩，心里反而更加喜欢了，掩嘴轻笑，袅袅婷婷往浴室去了。

苏雪至看着她，在门口，还回首朝着自己嫣然一笑，这才入内。接着，一阵哗哗的水声传了出来。

苏雪至再不犹豫，抓住机会朝外冲去，顺手拿了钥匙反锁了门，电梯也等不及了，顺着楼梯落荒而逃，一口气下了十几层，最后终于逃到一楼，在饭店侍者的诧异注视下，缓了口气，改奔为走，继续朝着饭店大门而去，等匆匆出了饭店，站在台阶上四处张望。

她正要找辆东洋车赶紧走，却突然看见贺汉渚此刻就坐在他的车里，一个人。

车停在对面街道旁，车窗半落。他坐在驾驶室，头往后仰，嘴里叼着烟，人一动不动，仿佛在想着什么。

苏雪至一看见他，气就往上冲，直接过了马路，走到他的车旁，弯下腰，冲着车窗里的他横眉叱骂：“贺汉渚，你自己下流就好了，拉我干什么？你什么意思？”

贺汉渚早就看见了她，刚才本想下车，见她怒冲冲地走来，就没动身，他慢吞吞地坐直身体，一侧胳膊支在窗上，答非所问：“唐小姐你也不满意？”

苏雪至更加气恼了：“和唐小姐无关！你在干什么？你太荒唐了！”

他微微倾身过来，借着街道上的灯光，端详了她一番，随即又靠坐了回去，淡淡道：“这是对你之前的奖赏，也是男人的正常需要。你放心，唐小姐很干净，去医生那里检查过的，没问题，我才让她去的。你也不必如此激动。我是想着，你之前大约没有过这种经历，所以让你尝试一下。”

“既然你不喜欢，那就算了！”

他努努嘴：“上车吧，送你回吧！”

“你有病！”苏雪至从没看他这么不顺眼过，伸手探进车窗，从他嘴里夺了香烟，丢在地上踩了两脚，冷冷道，“我自己也是医生！说了没得治就是没得治！你别再枉费心机了，我是不可能娶你妹妹的！”

他一愣，瞥了眼地上那支被踩扁的香烟，顿了一顿，再次开口，语气有点软了："行了行了，别气了。实话和你说吧，我就照着医生的建议试试而已。你就当唐小姐是一剂药，何至于这么生气？"

苏雪至讥他："贺汉渚，你可真厉害，要我娶你妹妹，又安排我到这种地方，又是艳舞又是美人，你就不怕我就此沉迷，流连风月？"

他一笑："人这一辈子很长，诱惑也多。假设你身体好了，我妹妹嫁给你，我不会要求你发誓一辈子就忠诚于她一个人，这一点不太现实。但你要是连这点对皮囊色相的定力和自控力也没有，正好早点让我知道，也不算坏事。"

苏雪至一噎。

这个人的想法，她从来就没弄明白过。

她慢慢呼出一口气，克制住情绪，说："我请你以后不要再就这方面的事对我抱有什么可笑的希望。我快期末考试了，很忙，没空浪费时间！我走了！"

恰一辆东洋车从对面路过，苏雪至挥手要叫，被他阻止："上车吧。"

"不用。"

"晚了，城外治安不好。"

苏雪至很快就说服了自己。

不要因为别人的错误而为难自己。

她绷着脸上了车，坐到后面去。

他仿佛有点懊恼，揉了揉额，一言不发地发动汽车，驾车离去。

回去的路上，他也没再开口说话。

苏雪至觉得，他大概是被自己冒犯到了。但和以前不同的是，大概是相处多了，她也不像一开始那样对这个人心怀畏惧了，说什么做什么也不再考虑会不会得罪他惹他报复。

况且，今晚上的事，她现在想起来，心里还是有点恼，就没管他。

到了学校，他停好车，转头看去，见她垂着眸，说了句"劳烦您，您路上开好"，随即下了车。

贺汉渚自然听出了这句话里的敷衍之意，他坐在车里，看着那道背影快步而去，头也不回地进了医学校的大门，忍不住微微皱了皱眉。

老实说，他现在操这个心，虽然主要还是因为妹妹的缘故，但也不是全是为了妹妹。也有几分，他是替苏雪至惋惜。

自己确实是为了苏雪至好，他却果然还是天性难改，有点不知好歹。

不过，贺汉渚也懒得和他多计较。

接下来的一周，贺汉渚也没再找自己。

苏雪至感觉，他应该是放弃了，终于稍稍放心，开始调整状态，努力让自己尽快从前段时间接连发生的两件命案的阴影里走出来，好投入接下来的学习和生活。

圣诞一过，离过年也不远了，这个学期也要结束了。

她重点关注的两件事，一是继续锻炼，加强体力，迎接考试；二是，她得跟着校长，为年底前的医学大会做好准备。

和校长这些年侧重外科临床实用技术的研究，曾成功地为一个心脏受到刀刃损伤的伤者进行过修补手术，且预后良好，伤者活了下来。这是国内首例成功的心脏手术，他可称得上是国内外科医生里的佼佼者。这次大会，他被安排做专题报告。

他一直对苏雪至提出的不同手术采用不同缝合方式的事情很是上心。苏雪至前段时间也根据自己的所知，把这方面的内容整理完毕，一一绘图，交了上去。

和校长十分重视，看过之后，很快组织人手建立了一个实验组，特许还是学生的苏雪至加入，在动物身上，用惯常的缝合方法与她提出的缝合方法在不同部位进行对比，他尤为关注血管的缝合。

在初步获得正向结果之后，和校长放弃了他原本准备的关于那次心脏受损手术的演讲，准备以此为主题重新准备演讲内容。他认为这比自己成功实施过一次心脏手术，更值得和同行交流。

苏雪至现在俨然已经成了校长的得意亲传弟子，校长无论遇到什么手术或者实验，他都必会将她带在身边。

和校长的医德远近闻名，不但经常替前来求医的农民看病，有时候也会帮诊断牲口的病。上周有个寡妇带着十几岁的儿子，用箩筐抬了一头仔猪过来，眼泪汪汪地说仔猪快不行了，恳求校长帮忙看看。

农户生活很是困难，医疗条件更是薄弱。一头猪仔，于富人而言，不过一餐佐味，但对农人意味着什么，校长很是明白，他并没拒绝，检查发现是仔猪得的是脐疝，需要手术，正好可以试用一种新的内翻缝合法，他让苏雪至操刀。

苏雪至采用疝环闭合疗法，将皮下组织与皮肤表层缝合，成功做了一回兽医。苏雪至的名气一下就在乡下传开了，前来求医的农人络绎不绝。

这天，她又去了乡下，替一头产后的母猪做子宫脱出的手术，回来，校长神色沉重地告诉她一个不幸的消息。

船王在清和医院因治疗无效，去世了。

三年前，为普及医学、破除大众对解剖的恐惧，宗奉冼与和校长等人曾在社会发起过一次关于身后自愿接受医学解剖研究、为本土医学发展出力的倡议活动。

鉴于国情，当时的响应者里大部分自然都是医学界人士。但也有开明的具有社会影响力的非医学界名流加入。其中最著名的一位，就是傅氏船王。

根据船王生前签的声明和家属的许可，将解剖时间定在明天上午十点，地点就在清和医院。

第二天上午，苏雪至跟着校长来到了清和医院。

现场气氛肃穆。

傅明城作为家属代表立在一旁。

有些天没见，他显得憔悴了许多，默默地看着众人向遗体鞠躬，表敬之后，他闭了闭目，点头表示可以开始了。

和校长主刀进行医学检验。

船王的死因和苏雪至预想的差不多，属于脑卒中里的脑出血。

经探查和推定，具体死亡原因是小脑出血。

船王和长子傅健生发生争执的那一夜，脑出血量应该不大，当时经过清和医院的治疗，病情暂时稳定。

但好景不长，在王家寿宴的那夜，船王脑内再次大量出血，压迫延髓生命中枢，从而导致了昏迷和最后的死亡。

解剖结束后，和校长出来，握了握傅明城的手，低声安慰。

傅明城在门外望着被白布覆盖着的轮廓，神色悲伤。

苏雪至看着他的身影，心里除了难过，更是深深地遗憾。

她上去低声说："傅先生，令尊非常了不起，请您节哀。"

他慢慢转回脸，望着她，点了点头，哑声道："谢谢，我会的。"

船王出殡的那天，全城瞩目，苏雪至跟随学校里的教职人员也去送了一程。但因为人太多，道路拥堵，加上没什么特殊的关系，送了一半就回来了。

在傅家长子命案、船王葬礼之后，傅家依然是社会关注的重点。现在吸引大众注意力的是船王遗产的继承。

苏雪至在繁忙的学业之余，从报纸和身边人的热议里，获悉了经过。

据说，船王在中风病倒又苏醒之后，就提前秘密立好了遗嘱，交托给一位著名的大律师。

宣读遗嘱的当天，现场除了傅太太和她的的亲戚、傅明城等人之外，还有傅氏公司的经理、总会计师、船王生前的两名挚友，另外周市长和贺汉渚也被请过去做见证。

律师宣读了船王的遗嘱，傅氏名下的船业以及相关子公司，因为规模扩张，之前一直处于亏损的状态，这两年盈亏才勉强持平，全部由次子傅明城继承。

船王名下另有一家资产为两百万，每年可稳定盈利百分之二十的独立烟草公司和若干的股票、房产，这些则分给傅太太和长子。

除此，船业公司的相关业务傅太太和长子不得干预。因为长子已经去世，按照相关法律，这一部分由傅太太和儿媳妇共同持有。

这个遗嘱一出，傅太太当场就闹了起来，说根本就没听说过船王曾立过遗嘱，这个遗嘱一定是假的。

据说，律师当场将一份不知名文件交给了傅太太。

傅太太恨恨离去。

从船王中风一直到现在，傅家这场持续长达几个月的各种意外和纷争，至此终于宣告结束，一切尘埃落定。

傅明城继承了傅氏船业，成为新的北方船王。同时，他也被推举为北方商会会长——这也是他父亲从前的头衔。

一周之后，军医学校收到了一笔来自傅明城的捐款。他以他父亲的名义向医学院捐款两万元，专款专用，用以建造一个最为先进的医学研究实验室，指定由和校长和苏雪至二人为实验室的负责人。

要知道，去年马太太的丈夫为市政捐款八百元就上了报纸，被称为是慷慨的善举。

两万元，这绝对是一笔巨额的捐款。

和校长十分意外，出于礼节，第二天他带着弟子，亲自去傅家登门道谢。

到的时候，苏雪至意外发现，贺汉渚也在。

他好像刚和傅明城谈完事，被傅明城从里面送出来。

见和校长带着苏雪至来了，贺汉渚瞥了一眼，结束了叙话，和傅明城握了握手，又向和校长微微颔首，寒暄了两句，直接略过了她，驾车离去。

这是苏雪至第一次来傅家，她感觉这就是豪门大户该有的样子，下人也很多。二人随了傅明城进入主人楼，几个下人和管事正在忙活着，但苏雪至还是看出了他们的谨慎，他们应该都是刚来不久。

她没看到傅太太。听说傅家大房的人全部搬走了，再结合所见，显然，在傅家做事的下人很多也都换过了。

傅明城请和校长与苏雪至入座，上茶。

和校长开口谈及捐款，向他致谢。

傅明城笑说，这是他现在唯一能为医学尽的一点力了，希望能对他们的工作有所裨益。

和校长提议实验室以船王傅氏命名，并设一个介绍船王生平的陈列室，以兹纪念。

"小苏，这个事你来负责。"

苏雪至答应。

傅明城沉默了片刻，微笑："家父虽然走了，但精神能用这种方式得以延续，于他是一种荣耀，于我更是安慰。我应该感谢您。"

他站起来，向校长躬身致谢。

和校长忙还礼，又坐了片刻，他让苏雪至先和傅明城初步交流陈列室的陈列内容，他另外有事，先行离去。

傅明城送走和校长，回来领着苏雪至来到船王生前工作的书房，给她介绍了一番，道："劳烦你了。有需要的话，你尽管来，我这里随时配合。"

虽然苏雪至和逝者没有往来，也不了解其生平，但冲着船王几年前就愿意响应身后接受医学检查研究倡议的这一点，她也对逝者充满了敬意。

参观完书房，大致了解了船王的生平后，苏雪至想到船王的病症和解剖的经过很是典型，就询问能否同时也建立一份医疗档案，以供医学生参考和研究学习之用。

傅明城一口答应，说会亲自把他父亲生前所有的就诊和医药记录整理好，送过去给她。

苏雪至见不时有人或电话来找他，知他刚接掌傅氏，事情一定很多，就带着一些用于陈列的资料，先行告辞。

资料都是纸张或者卷宗，有些重，傅明城让下人用箱子装了，他送她到了门口，说："我送你回去吧。"

苏雪至忙婉拒，说自己叫个东洋车就可以。

傅明城微笑道：“你带着只大箱子，搬上搬下不便。我没什么重要的事，再说了，你是在为我父亲的事而费神。送一下，于我不过举手之劳。”说完让下人将箱子搬到自己的车上去，又替她打开了车门。

他这么客气，苏雪至便不再推辞，上了车。路上，他专心开车，没说话，苏雪至自然也没话，就想着自己接下来的时间该怎么合理分配。

快到学校的时候，忽然听到他说：“苏雪至，我感觉你前段时间好像在躲着我，不知道是不是我的错觉，还是你真的有什么不便？”

“啊？”苏雪至回过神，正对上了他投来的目光。

他面含微笑，又重复了一遍。

苏雪至没想到他会这么敏感，或者是自己太蠢，做得太明显，竟让对方都觉察到了。

她略微尴尬。否认，他说的是事实；承认吧，又不知道怎么解释，总不能说贺汉渚曾误会自己和他的关系，还有傅家和陆家的往来。

“这个……傅先生你大概是误会了……”

她正绞尽脑汁想着怎么混过去，忽然见他粲然一笑：“你别多想，是我冒昧了，本不该这么问的。但因为我很珍视咱们的……”他顿了一下，“说师生也好，友人也好，总之，我不希望你对我有任何的芥蒂。如果你是顾忌我之前傅家和陆家联姻的关系，你以后不必再有这样的顾虑了。”

苏雪至一愣，看着他，诧异于他居然连这个也能猜到。

到了学校，他将车停好，转过脸，加重语气再次说道：“我向你保证。”

在苏雪至的印象里，傅明城一直是个做学问的文人形象，她总是不自觉地将他与和校长等人归类在一起，用欣赏的心去看待。但回来后，她想了想，他现在已经不是之前的他了。作为一个新的掌舵人，在这样的时代，要撑住傅家的这条大船，光会做学问，恐怕是远远不够的。

感谢他的直白和坦诚，苏雪至很快也就释然了，加上自己实在是忙，她很快也就将此事丢在了脑后，没再多想了。

隔日是周六，下午没课，苏雪至和蒋仲怀、游思进几个人一道，又去了附近的乡下。除了义务帮农人的牲口做了结扎手术，顺便也替几个腿脚不便的老者看了病。回来时，因为昨天下雨，苏雪至踩了满脚的烂泥巴，闻到自己身上好像还飘着一股疑似牲口圈的味，实在等不到明天了，趁着室友不在，收拾了换洗的内衣，出了学校，直奔那间日本汤池而去。

那个日本女人名叫菊子，现在和苏雪至已经很熟了。

她选择的依然是最靠里的单人小汤池，从头到脚洗了个痛快，她烘干衣服后，收拾好，出了浴间。

从学校到这里，相当于穿过整个天城，加上她为了锻炼，没坐车，有半程是跑步的，光是过来就花了一个多钟头，再洗澡、烘衣服，等弄好出来已经晚上十点多。

这个地方，苏雪至在来过数次之后发现，其实这里也不仅仅只是个沐浴的场所。

女池这边纯粹就是供女客沐浴休息的地方，一张巨大屏风相隔的男池，服务似乎很齐全，空间应该也很大，经常能看到颇有身份地位的人进出，他们应该也将这里当作是谈生意或者进行交际的场所。

这个时间，宾客已经不多了。大堂里只有菊子还带着两名笑容温婉的和服女郎站在那里。

从女池出来的走廊上，每扇门的门口都悬着一盏江户时代浮世绘风格的纸灯笼，光线昏黄，朦朦胧胧。

苏雪至朝外走去，就要进入公共大堂的时候，突然，她看见日式木门被移开，走进来两个男人。

菊子立刻带着两名少女上前，脚踏木屐，踩着急急的小碎步到了近前，口里喊着整齐的欢迎光临，等看清其中的一个男人后，菊子的笑容更加热烈，高兴地道："傅君！好久没见你来了！上回木村君来，我还问过您呢。他说傅君您最近很忙。您今晚能来，真是万分荣幸！"说完，又立刻转向和他一起来的那位穿军制服的年轻男人。

"菊子，这是我朋友，姓贺。劳烦你给我们安排一个安静的地方。"傅明城介绍道。

"贺君！您应该是第一次来吧！欢迎之至！请随我来。"菊子和身后的少女躬身行礼，随即亲自引着两名贵宾往男汤的方向而去。

姓贺的男人没说话，只环顾了一下四周。

大堂门后悬着的纸灯笼，映出男人半明半暗的脸部轮廓，他的身影投在脚下，仿佛一柄薄薄的剑。

虽然相距还有些距离，但苏雪至依然一眼就认出了来人。她吓得心脏差点爆裂，等反应过来，猛地掉头，一把推开了距离自己最近的一个汤池房间的门，一头冲了进去，人蹲在地上，屏住呼吸，一动也不敢动。

因为四周太过安静了，开门的声音便显得分外响亮。

大堂里的几个人都听到了，自然地循声转头，往发出声音的方向望了一眼。

贺汉渚的视线从前侧方的走道一掠而过，见一道背影一晃，进了一扇门，转眼消失不见。

走道的光线昏黄而幽暗，他自然没看清楚人。

但不知道为什么，贺汉渚心里却忽然生出一种熟悉之感，觉得那个背影之前仿佛在哪里见过，一时又想不起来。

菊子见他立着，忙笑着解释："那边是女汤，可能是客人不小心碰撞了下。惊到您了，万分抱歉！贺君您往这边走。"

贺汉渚收回目光，往男汤的方向走去。

所幸，运气还算没有差到底。因为时间晚了，苏雪至躲进的这间房里没有客人。

苏雪至就这样蹲在门后，耳朵贴在门缝上，整个人紧紧地绷着，侧耳听着外面的动静。片刻后，并没听到有往这个方向来的脚步声，也没有别的异常，外面静悄悄的。

她惊魂稍定，又等片刻，这才屏住呼吸，慢慢地推开门，顺着门缝稍稍探头望了出去，见大堂已是空荡荡的。

想必贺汉渚和傅明城已被菊子带往男汤了。

苏雪至再次观察了大堂，确定都不在了，才从藏身的浴房里出来，一路小跑着往大门去，奔到大门口，正要跨出去——突然，脚步又硬生生地顿住了。

就在门外不远的道路旁，停了两辆汽车。

一辆应该是傅明城的，另一辆，不用说就是贺汉渚的。

苏雪至看得清清楚楚，那辆车的司机位置上坐了一个人，面向着这边大门的方向，正是再熟不过的豹子！

冬夜寒冷，室外温度骤降，她却感到后背出了一阵毛刺似的热汗。她立刻退了回来，男汤方向的走廊上传来一阵踢踏踢踏木屐落地的声音。

菊子带着人回来了！

苏雪至没得选了，怕被菊子看见自己这样在门口徘徊，又立刻掉头回去，躲到了自己刚才洗澡的那间浴室里。

浴池可供出入的门，好像就只有那一个，苏雪至离开的路就这样被堵死了。

她没有办法，根本不敢出去，只能暂时躲在这里，心里忐忑不安，祈祷着那两个人能快点走。

男汤的一间私密极好的高级浴房里，有仿江户时代名家雪松图的金箔木座屏风、更衣间、休息或者用作按摩的床、可口精致的小食和清酒，以及服侍客人的身穿轻薄和服的年轻汤女，无不齐备。

中间的一口大汤池，更是泛着袅袅的水气，在这寒冷的冬夜充满了温暖和诱惑。

贺汉渚屏退了殷勤服侍更衣的汤女，脱衣后，往腰上随意裹了条白色浴巾，赤足而出，见傅明城也一个人从更衣室里出来了。

傅明城示意两个汤女出去，说："我从前在东洋求过学，那边有很多这种汤池。天城没有好的温泉眼，略为遗憾。不过，你要是看得起，下次咱们也可以一道去京师试试有名的温泉。今天承蒙你赏脸，来了这里。"

贺汉渚笑了笑，解了浴巾，下池靠在池边，环顾了一眼四周："地方选得不错，适合这个天气。"

傅明城也跟着下来，涉水停靠到他对面的池壁前，微笑道："司令能入眼就好。据说在古希腊，人们喜欢到浴池商议重要的事，以表示毫无保留，对对方完全坦诚。这也是我今天请你来这里的目的，希望能和司令畅所欲言，继续合作下去。"

贺汉渚没立刻说话。

傅明城继续道："首先，我得向司令你表谢，表以诚挚谢意。家父去世，傅家虎狼环伺，若非承蒙司令出手，家父的后事处置，恐怕不能这么顺利。"

两人手边的浴池边缘，各有一只放着清酒杯的托盘。

傅明城端起自己的酒，隔水，举杯："我先干为敬。"说完，一口饮下。

几个月前，船王在和长子傅健生发生冲突意外中风之后，就受到了来自廖寿霖的掣肘和监控。

船王出院回到家休养身体，此时他身边的人已经全是大房的人了，廖寿霖派人在傅家外面日夜监视，那时他监听电话，傅健生更是完全投向了廖寿霖，全力配合，控制身体不好的父亲。

不但如此，连医生的进出，也要受到监视。

船王曾试图联系自己的律师，却没有想到，律师随后就收到了死亡威胁，不敢应承。

王孝坤寿日的那一夜，船王突然再次发病，随后昏迷，接着傅健生意外死亡，船王去世，大房从丧子之痛中振作起来，虎视眈眈。

船王去世的当夜，傅明城就曾私下找到了贺汉渚。

“家父在清醒的时候，曾立下遗嘱文件，吩咐我，倘若他去世，立刻将文件交托给司令。家父认定，司令是能合作的信靠之人。这一杯酒，我代家父饮。”傅明城自斟第二杯，举了举，再次一口饮尽。

随后的事，便如公众所见的那样：船王丧礼过后，律师召集了各方之人，当众宣读遗嘱，傅家次子继承傅氏船业，成为新的北方船王。

“还是那句话，多谢司令仗义出手。我再敬司令一杯。”傅明城饮了第三杯。

贺汉渚开口：“令尊生前致力实业兴国，曾多次疾呼抵制洋货倾销，保护举步维艰的民族产业，且乐施好善。我对令尊一向怀有敬意。既然是他开口，在下自然不遗余力，能相帮一二，也是我的荣幸，傅公子大可不必如此客气。如果另外有事，直说就是。”

傅明城道：“司令确实是个痛快人，那我就直说了。我还有两件事，希望能得司令相帮。”

“说。”

“第一件，廖寿霖必须死。家父生前每年为他支付上百万所谓的军费，他竟还贪得无厌。是他挑动家兄，家兄才仗着他的势力肆无忌惮，屡屡冲撞冒犯家父！可以说，是这个姓廖的，间接导致了家父的不幸去世。他不死，我傅氏永无宁日。”他一字一字地说道，目光寒凉。

“没问题。”贺汉渚眼未眨，神色平静地道。

傅明城点头：“第二件，家父生前曾计划新增几条航线，已向商务部递交过申请。但一直卡着，没有通过。我想完成家父的遗愿，希望司令能从中相帮，转圜一二。”

“我会考虑。”

“多谢司令！我想说的就是这些。现在该司令了，你需要我做什么？”

贺汉渚注视了他片刻，道：“等想到了，再告诉你。”他斟了一杯酒，对着傅明城举杯，喝下，随即放下酒杯，朝他点了点头，“你慢慢喝，我先走了。”

他攀着池缘，纵身出水，湿漉漉地入了更衣间，用水冲过身体，擦干身上的水滴，开始穿衣服。

他对镜扣着扣子，当扣到位于领口最后一颗扣子时，忽然又想起进来时，在女汤的那一侧，偶然晃了一眼的那个背影，沉吟了片刻，心里竟莫名涌出了一个人的样子。

难怪觉得似曾相识，好像有点像是苏家儿子？

贺汉渚立刻否决掉了自己这种荒唐的感觉。

他一个男人，学校又这么远，怎么会跑到城南这边的女汤来？

他都要被自己的这个古怪想法给弄得要发笑了。

大概是最近夜里又起咳，有时只能坐着过夜，没睡好觉，所以看花了眼，疑神疑鬼。

他不再多想，扣好最后一颗扣子，拿了外套，朝外走去。

菊子不停地鞠躬，笑脸相送。

贺汉渚上了车，闭目假寐。

豹子开车，径直回了贺公馆，车停稳后，豹子替他打开车门。

他睁开眼睛，下车的时候，吩咐了一句："去查一下那个畏罪自杀的江护士的籍贯，还有她的全部过往。"

"注意，不要让任何人知道。"他又提醒了一句。

豹子应是。

苏雪至还躲在浴室里面，留意着外面大堂的动静。终于，她从门缝里看见贺汉渚被菊子送出去了，又过了一会儿，她看见傅明城也走了，这才长长地松了一口气。

已经很晚了。

菊子送走男宾，想到女汤仿佛还有一个客人久久没有出来，担心出事，以前也不是没发生过客人晕倒在浴池的意外，就踩着木屐踢踏踢踏地走了过去。

苏雪至稳了稳神，急忙拉开门，走了出去。

"小姐，今晚洗了这么久啊？"菊子见她没事，松了口气，笑着说道。

苏雪至说自己睡着了，刚刚醒来。

"您喜欢就好。我这里的条件和服务，凡是来过的客人，没有不满意的。"菊子的语气很是骄傲。

苏雪至含含糊糊应付了两句，走到大门处观察门外，确定那两个人都已经走了，和菊子道了别后，落荒而逃。

这个深夜，她在空旷的街上吹着冷风，走走停停，最后总算遇到一辆东洋车，付了比平常要多一倍的车钱，吃饱冷风，终于回到了学校，但她仍担心了一夜。

这个日本汤池，以后是万万不能去了，剩下的澡票，浪费虽然肉疼，但也没办法，小命要紧。

想来想去，还是只有自己租房，让表哥打掩护，最是安全。

第十四章

第二天是周日，苏雪至赶跑非要跟着自己一道进城逛的蒋仲怀，去找房牙子。

她甚至已经想好，这回即便没有符合自己条件的房子也是无妨，租一个差不多的就得了。

却没想到，运气终于还是回来了。

房牙子一见到她，就笑嘻嘻地恭喜她，说就前两天他找到了一个要租的房子，无论是地段还是房屋条件，全部符合她的条件。是个带院的小四合房，房主是个知识分子，房子是新装修的，本来作结婚用，谁知出了点变故，结不成婚了，所以房主打算出租。

苏雪至大喜，立刻去看，果然，这处房子离表哥近，设施也很不错，她当场租了下来，拿到钥匙，又马不停蹄地去找表哥。

叶贤齐却不在，说是请客吃饭去了。

他上次破陆天慈案有功，前几天又奋不顾身救起了一名落水群众，那名群众的家人十分感激，带着街坊敲锣打鼓地往警局送锦旗。上头给叶贤齐记了一功，奖励三个大洋，今天趁着礼拜天休息，他就带着几个手下去天霄楼吃饭。

苏雪至只好又跑到天霄楼，找到他的包厢，将正和人划拳猜枚不亦乐乎的叶贤齐给叫了出来，二人站在路边，苏雪至告诉他自己租到了房子，让他这两天就尽快搬过去。

“钥匙给你。”

叶贤齐接过钥匙，连声答应：“你吃了没？上去吧，我给你新点两个菜，这里的菜味道还行。”

“我不上去了，你自己吃吧，我先走了。”苏雪至惦记着学校里的事，哪有时间在这里吃菜，她刚要走，又被拉住了。

“等一下等一下，那我帮你打包两个点心，你带回去吃也好。这边的酥糕和桂花糕很有名！你等等，我马上下来。”说着转身进去。

苏雪至等了一会儿，忽然看见从天霄楼里出来几个蓝衣黑裙的女学生，说说笑笑，结伴而出，其中一人正是贺兰雪。

苏雪至上次见贺兰雪还是在王家的寿宴上。没想到会在这里偶遇，见她也看到了自己，苏雪至只好站着，朝她笑了笑。

贺兰雪迟疑了下，和身边的同学说了一声，然后走了过来，叫了声苏少爷，随即轻声道：“今天有个同学过生日，我和哥哥说了来这里和同学吃饭。”

苏雪至笑道：“好。你们吃好了，要走是吧？”

“对，刚吃完，等下还要去慈恩寺逛一下……”她顿了一顿，一双妙目落到她的脸上，“苏少爷，你最近很忙是吧？”

苏雪至正要开口，这时，叶贤齐提着打包好的点心还有一只荷叶包，飞快地跑出来，嘴里说道：“雪至，我看见还有刚出炉的荷叶烤鸡，就顺便也带了一只。你拿回去吃——”他忽然看见贺兰雪，眼睛顿时就挪不开了，“雪至，她是谁？”

苏雪至只好介绍，说她是贺小姐，又对贺兰雪说，这是自己表哥。

叶贤齐看着贺兰雪，连表妹也不管了，见贺兰雪望向自己，反应过来，抢着道：“我姓叶，叶贤齐！见贤思齐！在这边的警棚做事，贺小姐往后你要是有事，尽管吩咐！”

贺兰雪见这人两手提满东西，手忙脚乱的，还只顾忙着自我介绍，模样有点可笑，但碍于对方是苏家少爷的表哥，出于礼貌，点了点头。

被叶贤齐的出现打断了和苏少爷的对话，贺兰雪看了眼一旁等着的同学，只好先告辞。

“贺小姐你要去哪儿？我送你啊！”叶贤齐立刻问道。

“谢谢你，不过不用。我和同学一起走。”她礼貌地点了点头，又看了一眼苏雪至，转身走了。

等贺兰雪的身影彻底消失，叶贤齐才回过头问道：“雪至，怎么以前都没听你说过贺小姐？长得还挺不错啊。”

苏雪至“哼”了声：“你想干什么？我劝你一句，饭可以多吃，没的事别想。她的哥哥你能应付？”

叶贤齐嘿嘿一笑：“也是。”说着把东西往苏雪至的手里递，大概觉得自己刚才有点厚此薄彼，讨好道，“我送你回去？”

“不用。”苏雪至叮嘱，“表哥你尽快搬过去就是帮我最大的忙了。”

“没问题没问题，我今天立马就搬！”

苏雪至这才放心走了。

叶贤齐当天确实搬了过去，但令苏雪至万万没有想到的是，第二天他竟打听到了贺兰雪就读的私立女中的地址，以巡逻为名去那边等她放学，没想到贺兰雪被司机给接走了。他也不气馁，接连几天都是这样。

贺兰雪没觉察，司机却是留意到了异样，回去后把情况和豹子说了，说这几天有个巡警鬼鬼祟祟，十分可疑，怕对小姐不利。

第二天，豹子就亲自去接贺小姐，果然，发现了司机口中那个巡警，他一眼就认了出来，是夏末时一路同船来的叶家儿子，苏家少爷的表哥。当天回去，他就把事情和贺汉渚提了一下，说叶家公子似乎想接近小姐，不知道他的意图为何。

叶贤齐那天是被贺兰雪给惊艳到了，生出了追求的念头。空等了好几天，根本找不到半点能接近的机会，他自知两人地位悬殊，也渐渐气馁。这天又忙着清查所辖警区内的妓馆情况，事一忙，也就渐渐把那个念头给抛开了，谁知一个手下巡警跑了过来，说卫戍司令部那边来人，让他过去一趟。

“小官爷脸生得很，新来的？”一个脸擦得粉白的女人故意上来，用胳膊挤叶贤齐，在周围同伴的吃吃笑声里，冲着叶贤齐抛了个媚眼。

“老实点！”叶贤齐用警棍一将女人拨开，把这边的事交代给几个手下，自己赶紧一溜烟地跑了出来，赶到司令部，对门口的卫兵说自己就是叶贤齐，司令部有人找他。

没等多久，很快，他就看见曾在船上和自己打过交道的豹子走了出来，说贺司令找，随即领他进去。

叶贤齐又不傻，来的路上就猜十有八九是前几天自己想打贺小姐主意的事被这位便宜表叔贺汉渚知道了。

他被带到楼上的一间大办公室里，见贺汉渚坐在办公桌后，外套搭在椅背上，身上只穿了件制服式的衬衫，低着头正在看文件。

叶贤齐迟疑了下，寻思着，是壮着胆叫他“表叔”猛拉近乎好，还是叫他“司令”以表敬意，正犹豫着，见他已抬头，放下了笔，目光投向自己，说：“不是说你留学东洋了吗，怎么没去？”

两道剑眉之下，目光意外的温和，语气平易近人，和半年前叶贤齐和他同船所得的印象判若两人。

叶贤齐松了口气，立刻叫了声表叔。

这个事他不敢撒谎，也没必要，就老老实实地说："不想学医，改念了经济，和日本人打架被开除，就回来了。"

"家里还不知道？"他打量了一眼。

"怕我爹知道了要气倒，所以暂时还瞒着……不过，正打算尽快说！"叶贤齐扯了个谎。

他略略点头，随即道："听说你入警后，表现不错。今天把你叫过来，是想问你一声，要不要把你调到司令部来做事？或者，我和你们孙局长说一声，调你去担任文职？"

原来竟是这种好事，叶贤齐这下彻底地松了一口气，当即正色道："多谢表叔的美意，不过，我这边就不用了。现在干的差事挺适合我。何况，表叔您已经对我表弟多有照拂，我们全家都很感激了。"

苏雪至从没有在叶贤齐面前抱怨过半句自己之前在学校里遇到的困难，更没有提及半句贺汉渚如何，迄今为止，他压根儿就不知道表妹之前遇到的那些难，也不知道表妹已经搬到了男生集体寝室里。

贺汉渚"唔"了声，说："也好，你还年轻，在下面磨砺一下，也有好处。"

"是，我也是这么想的！表叔您和我想到了一块去！"叶贤齐趁机拍了个马屁。

没想到贺汉渚却不买账，到了下一句，话锋突然一转："我还听说，你认识我妹妹？"

果然！叶贤齐心咯噔一下，急忙解释："说不上认识，就是前几天，我表弟在外面租了个房，平时我住，他周末过来，那天找我给我钥匙，正好遇到了贺小姐，就这么认识了，说了两句话。"顿了一顿，猜他应该确实是知道了自己的举动，索性又抢先说，"我去贺小姐学校边上巡逻，那是出于保护的意思。听说那一带最近时常有混混出没，贺小姐是我表姑，保护表姑，是我应尽的职责！"

贺兰雪所在的女中位于新界，根本不属他管辖。亏得他脸皮厚，面不改色，语气真挚地这种话说出来。见贺汉渚不置可否，盯着自己看，他心里渐渐又有点发虚。正忐忑着，忽然见贺汉渚点了点头，淡淡地道："你知道你要叫她表姑就好。记住自己说的话。"

他的话仿佛另有所指。

叶贤齐连声答应。

贺汉渚微微颔首："没别的事了。你若忙，可以回去了。"

叶贤齐如逢大赦："那我先走了，表叔您忙！"说完立刻准备溜之大吉，他伸手正要开门，忽然听到身后又传来一个声音："等一下。"

贺汉渚是突然想起来一个事，于是叫住了他："小苏的身体情况，你们家里，就没有任何想法了吗？"

叶贤齐大吃一惊。

表妹的身体情况？谈及身体，那还会有什么事情？

实话说，表妹从小就以男人身份示人，这么多年过去，在叶贤齐的心里，都几乎把表妹当成男人来看待了。他万万没想到，苏叶两家隐瞒了十八年的秘密，贺汉渚竟然知道了？

叶贤齐一时被吓得厉害，扭过头，舌头打结，说话都有点结巴了："您，您都知道了？您怎么知道的？"

贺汉渚道："他自己讲的。实话说，既然当初都到了投河的地步，我以为，若就这样放弃，听之任之，不大合适。"

叶贤齐这才魂魄归窍，哪敢多问表妹怎么会在贺汉渚跟前吐露她是女儿身的秘密，一听到贺汉渚连她投河都知道了，第一反应，就是替表妹开脱，赶紧辩白："表叔，雪至她真的是没办法啊！绝对不是故意骗你的！她从小这样长大，自己没得选，我姑妈也是实在没办法！总之，全怪我，我太没用了！我要是读医能读下去，来军医学校念书，她也不用这么委屈辛苦！"叶贤齐狠狠敲了下自己的脑袋，见贺汉渚盯着自己，神色有些古怪，急忙又解释，"投河那个事，虽然确实是为了傅明城，但现在不一样了！她那会儿只是不懂事，现在出来，见识多了，以后绝不会再那样了！司令你可千万不要误会她的为人！反正来了这里后，我就没听她再说过喜欢傅明城了！她绝对正派，不是那种胡来的……"

"你是说，他喜欢傅明城？是因他而投的河？"

震惊、被骗的恚怒，或者还有几分别的，譬如类似于酸嫉这种连自己也说不清道不明的古怪情绪。

贺汉渚没法想象，苏雪至竟然真的看中傅明城？！

叶贤齐一向善于察言观色，见他脸色突然变了，语气也开始生硬，且听他这话竟好像不知道这一茬？

叶贤齐一顿，立刻收口，迟疑地一边看着他，一边含含糊糊地说："这个……雪至是怎么和您说的……其实呢，我说的也不一定就是真的，全是我自己胡乱猜的……"

贺汉渚目光阴沉，冷冷地看着他。

叶贤齐心知自己刚才肯定说错话了，懊悔万分，大冷的天，脑门都冒出了汗，他定了定神，试图糊弄过去："表叔您这么看我干什么？我刚才都说什么了？对了！我昨晚喝多了，现在脑子还糊里糊涂的，刚才我自己说什么，我都忘了……表叔你不知道，我这个人吧，从小就不靠谱，所以我家还有姑妈家的事，大人从来都不和我说，我什么都不知道，真的，全是自己瞎猜胡扯的……"

这话掰的，连他自己也知道不像样，实在编不下去了，只好停住，一边擦汗一边在心里打定主意，接下来，不管他怎么逼问，就算是严刑拷打，自己也要闭口，绝对不再多说一个字了。

贺汉渚一言不发，盯了他片刻，忽然道："出去吧。"

叶贤齐如逢大赦，赶紧朝他弯了弯腰："好，好，那我走了，不打扰表叔了……"说完拔腿就走。

贺汉渚起身，踱到窗前，见叶贤齐从司令部的大院里出去，身影急匆匆的，很快就走得不见了人影。

自己被骗了？居然被一个乡下来的比自己妹妹大不了多少的人给骗了？

一开始，他也觉着苏雪至是对傅明城生出了不该有的想法，但苏雪至否认了，后来还写了信来解释，说是自己有什么隐疾。

贺汉渚生平第一次，体会到了什么叫作阴沟里翻船。

他还有一种感觉，叶贤齐嘴里一开始说的什么他从小这么养大，委屈辛苦之类的，极有可能是他会错了意，和自己问的隐疾是两码事。

他们隐瞒的秘密到底是什么？

他阴着脸，想了片刻，叫丁春山进来，嘱咐他盯着点苏雪至。

叶贤齐逃出生天，怕再出纰漏，一出司令部，第一件事就是赶到军医学校去找表妹，他将苏雪至拽到一个偏僻的角落，把刚才自己在司令部里发生的事，一五一十全都说了出来。

"雪至，你到底和他说了什么？他知道你是女的了？"

苏雪至听完表哥的话如五雷轰顶，没想到自己之前用来拒绝婚事的借口，竟还有这样的后续。

事情来得太突然，她一开始也慌了神，勉强定下心神后，就询问叶贤齐和贺汉渚的对话，让叶贤齐一句句地复述出来。

不幸中的万幸，表哥没在他面前直接说出自己是女的这种话。

拿身有隐疾来解释表哥一开始的那一番话也是勉强说得过去的。希望贺汉渚就算有所怀疑，也不至于往自己是女的这个方向去想。

退一万步说，即便运气不好，真的是最糟糕的结果，现在事情都出了，慌也没用。

照苏雪至的推测，就算他知道了真实情况，再愤怒，应该也不至于会把事情搞大。

最坏的结果，应该就是自己退学，被赶走。

至于表哥说的她喜欢傅明城，是为了傅明城才跳河……

说都说了，还能怎样？即便让他误会，认定这是事实，也不算什么大不了的事。

不过是自己的私事而已。

况且，就算现在打死叶贤齐，也追不回他说出去的话了。

“雪至，你之前到底都跟他说了什么？”叶贤齐见表妹脸色难看，就盯着自己，一句话也不说，他心急火燎。

苏雪至不方便跟叶贤齐说贺汉渚曾有意要将妹妹嫁给自己，怕损了贺兰雪的颜面，就含含糊糊解释了下，说之前遇到一个意外，为了蒙混过关，就骗了他，说自己患病。

叶贤齐这点倒挺好，没怪表妹没预先和自己通气，只是懊悔不已，不住地责备自己蠢。

苏雪至安慰了他几句，说没大事，大不了自己不读了，回家去。

接着她又叮嘱叶贤齐，接下来，要是贺汉渚再找他，无论他怎么问关于自己的事，都别答。

“知道，放心吧，不会再说半个字了！”叶贤齐见表妹没有责怪自己，松了口气。他本来就是大咧咧的性子，天塌下来有高个顶，实在不行，大家一起埋，也不算亏。两人对好口风后，叶贤齐也就走了。

苏雪至在暗自紧张中等待了几天，庆幸的是贺汉渚那边一直没什么动静。

或许，真的是自己多虑了。他清楚了自己不想娶他妹妹，就算知道自己用身有隐疾的借口去骗他，应该也不至于还是盯着自己这么个小人物不放吧？毕竟，每天有那么多的事，想来也够他忙的。

譬如昨天，一件意外的大事占据了今天的报纸头条。

唐小姐投的一个戏园子开张，昨晚是首场的开箱戏，请来名伶压场，更邀得不少本城名人到场助力，其中就有督办廖寿霖。

但谁都没有想到，廖寿霖遭遇刺杀，被枪手在戏园子的门口射杀，身中数弹，当场气绝。

更令人意外的是，枪手竟没逃走，自己去投案自首了。

根据报纸的深入报道，原来这场刺杀竟牵涉到几年前的一桩风流旧事。

当时，廖寿霖看上了手下军官的貌美太太，威逼利诱，夺了别人的太太做自己的姨太太，后来他担心被报复，寻了个借口杀了那个军官，他的妻子闻讯，吞了鸦片，自杀殉夫。

当时这个事闹得沸沸扬扬，随着后来被压下去，日子久了渐渐也就没人提了。

而这个枪手，据说就是当年那个军官的儿子，当年父母出事后，他逃了出去，现在回来替父母报仇。

一个在贺汉渚到来之前，堪称是本城第一号的大人物，就这样死在了众目睽睽之下。不用说，这桩刺杀案造成的轰动效果，绝对不亚于前些时候傅家出的那些事。

苏雪至对这个新闻本身倒没有什么特别的感觉。她也不认识那个被刺杀的大人物，除了感慨一下，自然也不会有什么悲哀之感。

她反倒暗暗抱了希望，但愿贺汉渚会被这个意外的大事牵绊住，不再记着自己的芝麻小事。

这一日，就在天城因为刺杀案引得各方瞩目，舆论沸沸扬扬尚未平息之际，一列北上的火车吐着黑烟，鸣着长笛，进入天城的火车站。

车厢里最后出来的一拨人，其中一人年过半百，面皮黑紫，头上扣了顶毛帽，穿身长袍马褂，那人下来后，望了一眼四周。

叶汝川，苏雪至的舅舅，在养好伤后，因挂念外甥女在这边的情况，加上也想亲自拜会一下贺汉渚，上个月在和妹妹叶云锦商议后，在苏忠和两个年轻小厮的随同下，不辞万里一路辗转，终于于今日抵达天城。

叶汝川早年走南闯北，关外关内的到处做药材的生意，像天城这种北方重埠，自然不会落下，但那都是早年的事了，他现在看天城的变化竟是极大，出了火车站，险些连路都认不得了。

他的老友庄阗申要明天才能到，先前联系的时候，庄阗申让他到了天城就到庄宅先住下去。但叶汝川不想扰人，便做住旅馆的打算。

既然是要拜会贺汉渚的，自然要撑门面，于是他来到了天城最有名的饭店。

这家饭店最贵的顶层套房，一夜需花费十个大洋，远远超过一个普通工人每月做工的工钱。

安顿好后，叶汝川洗了把脸，换了身体面的衣裳，第一件事就是去外甥女就读的那间军医学校，先去看人。

虽说外甥女上次的来信里说，她在这边一切都好，让家里放心。但她终究是个女孩子家，混在一个全是男人的学校里，别说叶云锦了，就是叶汝川自己，也总是免不了挂心。

他找到学校，见门口有穿着军服的门岗，就上去报出外甥女的名字，说自己是她的亲舅舅，从老家过来看人的。

苏雪至现在已经是学校里的名人了，门岗一听来人是苏同学的舅舅，顿时客气起来，他告诉叶汝川，很是不巧，苏同学今天出去了，好像是校长派的任务，不知道什么时候回来。

叶汝川扑了个空，未免有些失望，先谢过门岗，又打听起了外甥女在学校里的情况。当听到门岗说外甥女成绩优异，表现出众，是校长的得意门生时，叶汝川悬着的心一下就放了下去，十分高兴，出手也大方了，从身上摸出一只银圆，直接拍到门岗手里，报了自己在天城饭店的房号，让他记住，等苏雪至一回来，就让她去找自己。

既然没见到外甥女，那就继续此行其次的事——拜访贺汉渚。

对方虽然名义上是自己的远房兄弟，但年纪相差悬殊，之前又从无直接往来，当然不可能就这么直接上门。叶汝川按照时人的规矩，投了一封拜帖，派小厮送了出去。

按照社交的规矩，如果对方人在，也愿意见他，一般来说，最迟不会超过第二天就会送还拜帖，客人次日便可登门造访。

叶汝川在饭店的房间里等，送信的小厮回来，说信顺利送到了卫戍司令部，也被投了进去，但门岗说贺司令今天不在，也不知道去了哪里，不知道什么时候能回信。

今天好像运气不大好，先是外甥女没见到，贺汉渚也不在，大白天的，饭店房间再好，叶汝川也待不住，何况他根本就不习惯住这种西式装饰的房间，见无事可做，他准备带着苏忠去拜访一个生意上的老伙计。

二人见面后，喝了两口茶，闲聊几句，说起城隍庙附近有个这几年新聚起来的药材市场，还有一间极其有名的东亚大药房，里头出售制药厂独家秘制的西药戒烟丸，烟瘾上来，吃一颗就能止住；另有一种提神丸，专门用来振奋精神，消疲解乏，全都卖得极好，几乎到了断货的地步，叶汝川一听就来了兴趣，盘算着是不是可以做这个生意，于是叫人带路，预备过去亲眼看看。

城东新界的廖宅这几天里外缟素，大门外摆满了各界送来的花圈，沿着道路延伸，密密麻麻的，摆放的花圈长得几乎看不到头。

大总统在惊悉消息、惋痛之余，也派人送来了花圈，此刻就摆在灵棚最显眼的位置。

十个来记者模样的人，正守在大门附近，这时远处开来了一辆汽车，从车上下来一个人，军服马靴，衣冠整齐，记者们认出是卫戍司令贺汉渚，全都兴奋起来，纷纷开始拍照。

他在众人各色心思的注视下，迈步走到那座贴着巨大奠字的灵堂前，等前面一脸沉痛的孙孟先上过香后，他走上前，亲手烧了一串纸钱。

围着灵柩正在哀哀痛哭的廖家女人们，哭声渐低。

无数道目光如暗箭飞刺，投向了他。

贺汉渚神色无波，手提纸钱，任火苗在空气里灼燃。

火光跳跃，映着他五官深刻的沉静脸容。

他微微垂眸，看着，待火卷燃了金箔，烧到一半，他提起纸钱，投进香炉，随即躬身两下，祭拜完毕，朝一旁的司仪点了点头，转身，待要步出灵堂，突然，一个披麻的男子拔枪上前，将枪口对准了他的胸膛。

“姓贺的，你有种！还敢露头？就是你指使人干的！你来得正好！我这就替我兄长报仇！”

是廖寿霖的堂弟廖寿光，廖寿霖手下的一个师长。他双目圆睁，鼻翼愤怒地翕动着，咬牙切齿，看着贺汉渚的目光里充满仇恨。

“咔嗒”一声，他打开枪栓。

气氛顿时凝固。

周市长坐在桌旁，见状猛地跳了起来，待要上去阻拦，却见孙孟先朝自己暗投个眼色，迟疑了下，慢慢停了脚步。

灵堂里，女人们的哀哭声也陡然消失，四周鸦雀无声，只剩下廖寿光那呼哧呼哧的显示着他此刻决心的粗重喘气之声。

贺汉渚看了眼对着自己的乌洞洞的枪口，竟走上去，抬起手握住枪杆，将枪口直接送到自己的眉心位置，顶住。

香炉里，方投入的那串纸钱迅速被烧得通红的炭火彻底卷燃，发出一阵强烈的火和光，随即又迅速暗了下去，剩几缕残余的青烟，慢慢散开，最后彻底消失在了周围那片泛着淡淡焦味的空气里。

贺汉渚双目直视着廖寿光，片刻后，道：“怎么不开枪了？”他的声音平静。

廖寿光那只被迫高举的手在微微发抖，目光已经没了片刻前的狠勇，避着来自对面的直视，犹疑不定。

贺汉渚反手，轻而易举地从廖寿光的手里取了枪，随即翻转，毫无预警，下一刻，枪托重重地砸在了廖寿光的脑门上.

他的力道之大，令廖寿光直接跌倒在了地上，额头皮开肉绽，一股污血沿着脸庞流了下来。

众人大吃一惊，纷纷涌了上来，却不敢靠近他们二人。

贺汉渚看着跌坐在地捂住头显然还没回过神的廖寿光，丢掉染血的枪，两手提了提裤管，蹲到了他的面前，端详着他止不住往外冒血的额，摇了摇头，从自己上装的内兜里摸出一块雪白的手帕，在廖寿光惊恐地注视下，伸手过去，亲自替他擦拭已经糊住一边眼睛的污血，最后压住伤口。

“廖师长，出了这样的事，大家心情都不好，我能理解，但你这样，很容易会让人误会。我这个人向来珍惜名声，所以需要澄清一下，一时手重，师长不要见怪。”他微笑着，最后抬起了廖寿光的手，让他自己压住手帕，贺汉渚站了起来，脸色转为冷肃，也没看四周一眼，便丢下廖寿光走了出去，在记者又一阵拍照声里，在两名随行的簇拥下离开了廖家。

他回到司令部，第一件事便是用皂水洗手，出来刚坐下，电话就响了起来。

是总统府参谋部那位曾作为特使出席王孝坤寿宴的章益玖打来的，他在电话里大笑：“烟桥，听说你刚才去了廖家？在灵堂发生的事，大总统也知道了，他刚对我说你太皮了，哈哈哈哈——”又是一阵大笑，“杀得好！杀父辱母，不共戴天！连大总统也认为枪手情有可原，私下和我说，法庭应当轻判。当然，他不便开口，但诸多舆论亦是如此看待！”

贺汉渚握着电话，微笑着没有说话。

等笑完了，章益玖的声音放低了，道：“这个事做得好。姓陆的暂时不能动，下头的爪牙，还不能敲打敲打了？大总统让我告诉你，好好干。另外，傅明城请你代为转达的心意，大总统收到了。不过，我这边的，我看就免了吧，无功不受禄，怎么好意思凭空拿？”

贺汉渚笑道：“既然章兄你这么说，那我就再代傅明城带个话。他有求于你。”

“什么事？”

贺汉渚将傅明城之前申请航线被阻的事说了出来。

章益玖起先显得有点为难，说牵涉到别家的利益，这不是自己的事，很快又笑：“不过，既然是烟桥你开的口，再难我也得想想办法。这活我接了，你让傅明城等消息。”

贺汉渚笑着道谢，二人又闲谈几句，这才挂了电话，等在外头的秘书处长陈天雄便叩门而入，汇报过几件日常的事务后，递上一封拜帖。

“谁的？”贺汉渚看都没看，漫不经心地问。

“叶汝川送来的，就是那个小苏的亲娘舅，他今天刚到天城，住在天城饭店。”

贺汉渚微微一怔，取出拜帖看过，说：“你亲自回一下，说我明天有时间，随时都可以过来。”

陈处长应是，走了出去。

贺汉渚摸出一支香烟，正要点，忽然想起一件事，又立刻放下，把丁春山叫了进来，问他之前派人盯苏雪至的进展。

丁春山报告，苏雪至一切正常。这几天的活动轨迹基本是早上五点多起床，和同寝室的人跑步、早锻炼，白天上课或者在实验室，晚上有时会去学生活动中心，跟着一个名叫蒋仲怀的室友练习拳击，打沙袋。

“就这样？没半点反常？”

丁春山见上司对自己的工作成果似乎有些不满，绞尽脑汁，终于又想起个听来的事，忙道：“说起反常，倒确实有一桩。”

“什么？”

“说他买了好多奶油糖，天天分给寝室和隔壁寝室的人吃。对了，他还有个绰号，叫九仙女。”

贺汉渚嘴角抽了抽，让他继续叫人盯着。

“对了司令，还有一个事，他今天被傅明城接走，先是去了清和医院，随后出城去了木村先生的家，好像是木村先生请他们去做客。”

贺汉渚拂了拂手，让丁春山出去，点了刚才的那支香烟，吸了一口，独自微微出神，这时，电话又响了起来。

是曹小姐打来的，说再过几天恰逢西国的重大节日圣诞节，英法俄等诸国公使馆将会在天城饭店举办庆祝酒会，英公使的夫人是她的好友，给她送来邀帖。她听说他也收过邀请，问他当晚愿不愿同行。

贺汉渚答应了。

曹小姐道：“多谢你了。要不到时候，你系我上次送你的领带？我正好有条裙子，颜色恰和领带相配。”

“没问题。”贺汉渚再次答应了。

曹小姐笑道：“那就这样说定了！对了，兰雪晚上有空吗？要是有空，我去接她。马太太说，百货商店刚刚新到了一批洋装和首饰，我带她过去逛逛？省得她总是一个人闷在家里。”

“她快期末考试了，最近忙于功课。你自己去吧。”贺汉渚道。

曹小姐一顿：“行，没问题，考试要紧，那我自己去，顺便帮她看看有没合适的东西。你忙吧，我不打扰你了。”

贺汉渚“唔”了声，通完话，他想到这几天自己早出晚归，到家时，妹妹已经睡了，都没怎么打过照面，也不知道她最近心情如何，就顺手又往家里打了个电话，问妹妹的动向。

接电话的是梅香，说小姐早上出门前，提了一句学校今天安排了什么社会活动，好像是响应本城戒烟会和不缠足会的号召，组织学生到城隍庙广场那里宣传戒烟和不缠足，小姐也去了，司机跟着同去。

“我也想去！小姐都同意了，还说我也有机会去妇女读书会里参加识字班！吴妈偏偏不让我去！”梅香趁机抱怨了一句。

贺兰雪的司机是豹子亲自选的人，贺汉渚很放心，就笑着安慰了小丫头一句，说自己下回跟吴妈说一声，放她有空去学认字。

城隍庙附近市场云集，从早到晚，人来人往，车水马龙，但各种扒手和“翻戏党”也是十分猖獗，群众怨声载道。

警察局长孙孟先这两个月狠抓治安，让下面每天都派巡警在这里轮班巡逻，严厉打击。

负责这边治安的是二区警棚，警长恰也姓叶，和叶贤齐认识，见叶贤齐找过来，递上一包烟，满口叫叔，说今天想和自己换地方，替他在这边巡逻。

老叶见叶贤齐竟自愿换岗，未免觉得奇怪，顺着他的目光看去，见前方不远处，一群蓝衣黑裙的女中学生正在那里向路人发放传单，顿时了然，哈哈一笑：“行，看在本家面上，成全你小子了，交给你了！”

叶贤齐连声道谢，说下回请他喝酒，等老叶走了，就让手下四处巡逻，自己站在一旁，看着那群学生和妇女会的人做事。

他们宣传的是不缠足和戒大烟，感兴趣的路人寥寥，更怕被拉住宣讲耽误时间，纷纷避道，主动上去的人屈指可数。

天色渐渐阴了下去，似乎要下雨。苏雪至见贺兰雪手里拿着一堆纸，半天也没发出几张，眉头一皱，叫来一个机灵的手下吩咐了几句。很快，附近路过的人都被赶了过来。

贺兰雪正愁烦路人没有觉悟，不听宣讲，忽然看见来了一大堆人，争着要宣传单，急忙叫来同学，一边发，一边宣传缠足和大烟的危害，很快，他们就将宣传单基本都发了出去。眼看天也转阴，仿佛要落雨了，组织活动的妇女会干事就宣布解散，将剩下的宣传单带回去，下次活动再发。

贺兰雪和几个同学道了别，正要离开，忽然看见路边站着一个警察，正在认真在研究传单的内容，她一眼就认了出来，正是那天在天霄楼外碰见的苏少爷的表哥，好像是叫……叶贤齐？

“叶少爷！”

她走过去，打了招呼，叶贤齐抬头望来，惊喜地道：“表姑？这么巧，你也在这里？”

贺兰雪听他张口喊自己表姑，想到他明明年纪比自己还大，忍不住扑哧一声笑了出来，随即清了清嗓，正色道：“你今天这里巡逻？”

“是。刚才恰好看见你们发单子，我就拿了一张。你们做的事情，太有意义了！就该多宣传！没人叫醒，大众糊里糊涂，不知要蒙昧到什么时候社会才能进步！这张传单，等我带回警棚，叫他们全部背下来，回家都给我宣传去！”说完郑重折好，放进衣兜，又让一个手下去把剩下的单子都拿了，“交给我们了，保你发完！”

同学们都很高兴。

贺兰雪顿时也生出知音之感，向他道谢，这时，看见自己的司机走了过来，就礼貌地和他道别，说要走了。

司机说这边道路太过拥挤，车开不进来，只能让她先步行出去。

贺兰雪应好，正要走，却见叶贤齐叫稍等，然后他跑到一条巷子里，很快推出来一辆西洋单车，拍了拍后座，说送她一程。

“不用不用，我走出去好了！”贺兰雪急忙推辞。

“你是我表姑！我得照顾你！这段路不短，还是我送你好，又不费我什么力气！你要是不坐，那就是看不起我。”说着和贺家司机打了声招呼，自己先上了车，一脚蹬地，扭头看着贺兰雪，等她上来。

贺兰雪见他态度恳切，又考虑到他是苏少爷的表哥，也不好意思太落人的脸，推辞不过，只好让司机先去，自己坐上了后座。

叶贤齐眉开眼笑，喊了声坐稳，把住车头，两脚一蹬，单车两个轮子就朝前滚去。

现在这种西洋单车和汽车一样少见，全部都是进口的。一辆单车的价钱，动辄上百大洋，是富家子弟才能买得起的玩物。

贺兰雪顺口问："你们警局都给你们配这种西洋车了？"

单车自然是叶贤齐自己以前买来玩的，他顺口胡诌："对，对，上头配的，方便我们做事！"

贺兰雪惊叹："你们局长很不错啊，这么体谅你们。"

"全是你哥哥的功劳，领导有方！"

贺兰雪听他说话有趣，忍不住又笑了起来。

叶贤齐听到她发笑的声音，回头看了一眼，更是浑身来劲，把单车踩得虎虎生风。路人见状，唯恐他撞到自己，纷纷避让。

近旁，他的一个手下拿着剩下的传单朝着路人发放，见近旁溜达过来一个双手背后、东张西望看着像是外地来的老头儿，就递了一张过去："老头，拿着！别给我丢了，回去好好研究！"

叶汝川听到叫声，扭过脸，眼角瞥见前头有个正蹬着西洋单车还带了个女学生的警察，顿觉背影熟悉，忍不住盯着看。

这时，叶汝川见那警察不知道说了什么，女学生笑，蹬车的警察微微扭头，偷偷看了眼女学生。

皇天啊后土，叶汝川竟看见了自己的儿子！

那个现在本该在日本留学念医科的儿子！

他差点以为自己看花了眼。揉了揉眼，再看一眼，当场就丢下老伙计，拔腿追了上去，追了一段路，奈何儿子单车蹬得飞快，自己腿脚自从上次受伤后便不太灵活，赶紧叫了辆路边的东洋车，爬上去，一边喘气，一边指着前面："给我追……快点！"

"得咧，您老坐稳咯！"车夫应了一声，拉起车撒脚就追上了去。

前头的叶贤齐终于获得这个能载美人的机会，分毫也未觉察来自身后的危机，恨不得这段路没有尽头，他愿意一直蹬下去，蹬个一辈子也乐意。可惜天不从人愿，他额头一凉，落了一滴雨。

身后，贺家的司机也开着车，追上来了。

贺兰雪就让他停下，说自己要回家了。

叶贤齐不舍，却也只好停车，眼看她要走了，他灵机一动，说："你不是认识我表弟吗？我们现在租了一个房，就在附近，他周末会过来。表姑你要不要去认个路？下回说不定可以一起吃个饭，我孝敬表姑，我做菜的手艺很是不错！"

贺兰雪听到苏少爷，心一动，迟疑了下，就答应了，她让司机在这里稍等，叫叶贤齐带自己过去看看。

叶贤齐高高兴兴地踩着单车来到了住的地方，指着门给贺兰雪看，又邀她进去坐坐。

贺兰雪记下了地方，摇头婉辞，说以后有机会再来。

叶贤齐自然不敢勉强，今天能有这样的机会已经是意外之喜，简直快活上天，于是送她回到街上，看着她上车离去，这才推着单车回到了住的地方，把车架回在院里，双手插兜吹着口哨，脚步轻快地正要出去，门口堵了一个人。

他抬起头，对上了一双恶狠狠地盯着自己的眼睛，他顿时吓得魂飞魄散，差点没滑倒在地。这可真叫乐极生悲。

“爹！你怎么来了！”

“我怎么来了？我来，就是专门来打死你这个兔崽子的！”

叶贤齐反应过来，想跑，却被叶汝川一把揪住衣领，一个大巴掌就呼了下来：“兔崽子！还想跑？什么日本留学！竟在这里混！你还骗女孩子？气死我了！我今天非打死你不可！”

叶贤齐结结实实地吃了几巴掌，那顶硬盖帽都飞了出去，咕噜噜地滚到了墙角，最后可算被他挣脱出来，扭头往里逃去。

院子里有棵树，他一溜烟躲到树后，绕着树躲避叶汝川。

叶汝川做梦也没想到，儿子竟在骗自己，他根本没去留学，居然藏这里当个什么警察在厮混，自己之前所有的期待全部落了空，见他还躲，愈发愤怒，靠墙有根扁担，他一把抡了起来，一扁担就狠狠地打到了儿子的屁股上。

叶贤齐吃痛，捂着屁股一边逃一边嚷，说自己不想学医，学经济又被开除，没办法只好回来，之前不说，就是怕他骂。

叶汝川现在是半句话也不想听，抡着扁担只顾追打：“你个狗东西！我还以为你在留学回不来，没办法才让雪至去念书，和贺家打交道！没想到你竟在这里混，还眼睁睁看着她在男人堆里过日子！你的良心呢！老子今天非打死你不可！”

叶贤齐腿上又吃了几下扁担，痛得直跳脚，赶紧一把攥住又朝着自己抡过来的扁担，胡乱地嚷：“雪至可厉害了，都上了几次报纸，比我强多了！再说了，我也没听她说在那边念书有什么不好！爹你打死我事小，我真要死了，等你将来没了，谁给你摔盆做头七？我要是真死了，雪至一个人就要顶两家！爹你难道真想让她一辈子都这样冒充下去？我保证，我将来会顶替她的，让她成家好好过日子！”

叶汝川毕竟上了岁数，刚才太过气愤，打得狠了，现在有点脱力，也敌不过儿子的力气，扁担被握住，抡不动了，气得一把松了手。

“兔崽子，还在这里给我狡辩！我……”四周没什么趁手的物件，叶汝川干脆脱下一只鞋，用鞋底狠狠地扇儿子的脑袋，一边扇一边骂，“你个没用的狗东西！但凡你有半点出息，能担待起咱们两家，雪至何至于如此，要这样不男不女！全都是你害的！”

叶贤齐自知理亏，任由老父亲拿鞋底扇自己的头，难看是难看了点，反正也没旁人，就抱着脑袋，一声不吭任凭叱骂。

贺兰雪方才上了车，才走出去一段路，忽然想到苏少爷和他的表哥刚搬来这里，他这个姓叶的表哥，不但热情，还口口声声叫自己表姑，自己也不好意思没表示，就让司机掉头回去，停在巷口，想看看他还在不在。要是在，就问一声，他们缺不缺什么，自己可以送给他们恭贺乔迁之喜。

贺兰雪却没有想到，她透过虚掩的门，竟看到了这样的一幕。

叶家表哥被一个老者抡着扁担满院子追打，狼狈不堪。

她吃惊不已，起先想喊司机进来帮忙，忽然听到叶家表哥叫老者爹，原来他们竟是父子关系，顿时就不敢相帮了，她既不敢进，也不放心走，心惊肉跳一时怔在门口，正不知道该怎么办才好，忽然听到他们又提到了苏少爷。

父子的对话，贺兰雪听得有些懵懂，好像是说苏少爷肩负了很重的责任，不得已才来这里读书。接着又听叶家表哥说自己将来会顶替，让他成家过日子。

她顿时想起之前哥哥曾对自己说苏家少爷在老家已经有心上人了，将来回去是要娶了成家的。

虽然她不止一次暗暗劝过自己，不要再想这些了，但再一次听到了这样的话，贺兰雪顿时又觉伤感，再听到叶家父亲说苏少爷不男不女，她愈发困惑了，呆立时，面庞一凉，仰面见雨大了，这才回过神来，按捺下满腹的伤感和困惑，悄悄后退，低头匆匆出来。

她回到家，一个人在房间里回忆着今天无意听到被确证了的那句话，不停地劝自己放开，却又忍不住伤心，难过极了。

贺汉渚晚上十点到家。

外面下着夜雨，罕见得起了冬雷。

这个时间，妹妹通常已经熄灯睡觉了，他撑着伞走过庭院的时候，却看见她房间的灯还亮着，贺汉渚走进去，收拢了伞，递给来迎自己的吴妈，顺口问道：“兰雪还没睡？”

吴妈低声说：“贺先生，小姐今天也不知道怎么了，白天出去时还高高兴兴的，傍晚回来就闷闷不乐，晚饭都没吃两口，回到房间就没出来了。我听梅香说，她进去帮她放衣服的时候，看见小姐好像哭过，眼睛有点红。”

贺汉渚跨步登上楼梯，来到妹妹的房间门口，叩了叩门：“兰雪，开门。”

“我睡了，哥哥你去休息吧。”里头传出妹妹沉闷的声音。

“听话，开门，哥哥有事。”贺汉渚哄她。

片刻后，房间的门慢慢打开了，贺兰雪站在门后：“哥哥你有什么事？”

贺汉渚见她眼皮果然还带了点浮肿，便走了进去，笑着问道：“你今天怎么了？遇到什么事了？跟哥哥说。”

贺兰雪起先摇头，说没事。贺汉渚再哄两句，她眼眶便又红了，扭过脸。

“哥哥我真的没事。不早了，你也去休息吧。”贺兰雪说完要往屋里去。

贺汉渚望着她的背影：“是司机没保护好你？我去问他。”转身要走。

“是我自己的事！”贺兰雪急忙叫住他。

贺汉渚转头，见妹妹已经垂泪了，他一阵心疼，上去轻轻揽过她瘦削的肩，拍了拍她后背，柔声哄道：“怎么了？你和哥哥说。”

“哥哥！”贺兰雪再也忍不住了，在兄长的怀里哭了出来，终于把今天后来叶家父亲打儿子，听见他们提到苏家少爷以后要成家的事给说了出来。

“哥哥，你以前就和我说过这个的。我知道我不该再有幻想。现在他们也这么说了，我真的不会再想了！”贺兰雪从兄长的怀里抬起脸，“我心里好过多了。这是最后一次了，我保证！哥哥你放心吧！”

贺汉渚含笑点头，去取了妹妹的手帕。贺兰雪自己擦着眼睛，过了一会儿，抬头说：“哥哥，我就是有点不放心。我听叶家伯父的意思，要是叶家表哥没用，苏少爷好像就有什么事要冒充一辈子，他还说，叶家表哥害他不男不女什么的。他们到底是什么意思？苏少爷他是身体不好吗？”

贺兰雪仰面看着兄长，目光里，带着几分困惑和担忧。

贺汉渚安慰了妹妹几句，说自己会留意这个事，让她不必再挂心，哄好妹妹，吩咐她休息，便回了自己的房间。

夜咳加上各种纷沓而来的事情，最近他连着多个夜晚都没睡好觉。他感到有些疲乏，今夜想早些睡，便径直除了衣物，赤脚踏入浴室，拧开龙头。

水哗哗地冲在他的头上，浇淋而下。

妹妹的情绪是被抚平了，但在贺汉渚的心里，却有个疙瘩一直难以解答。非但难解，因为妹妹今夜的一番话，反而愈发膨胀，堵在他的胸中，令他很是不适。

直觉告诉他，苏雪至那边一定有什么事在瞒着他。

或许和他并无干系，只是不愿让人知道罢了，其实他完全没必要深究下去。

但怀疑的种子已经种下，他便不喜欢这种仿佛被人愚弄雾里看花的感觉。

这会令他生出一种不安全的感觉。

在渐渐凝聚而起的水雾当中，他闭着眼，反复回味着妹妹听到的那些话。

冒充一辈子……

不男不女……

他又想起前些天，叶贤齐来司令部说的那一番乍听起来有些莫名的话：他从小那样长大，自己没得选，委屈……辛苦……

脑海里，仿佛渐渐有什么聚拢了起来。

在耳边哗哗不绝的落水声里，他忽然想了起来，王庭芝曾说，觉得他像……并且，为之深深困扰。

他又想起来了，自己也曾握过他的胳膊，触手绵软，就好似……

还有！

他终于想起来了，记得刚开学不久，他去出席开学典礼，曾无意看到他仰头和傅明城说着话。

当时阳光照落，勾勒出他侧颜的线条，当时有那么一瞬间，他觉得哪里仿佛有什么不对。

就在这一刻，他突然明白了过来。

苏家儿子，他没有喉结，异常平滑！

贺汉渚的心咚地一跳，在水帘下，慢慢睁开了双目。

水珠宛如瀑雾，不停地飞溅到嵌了白色马赛克方砖的浴室墙面上，碎开，又凝聚在一起，变成一道道长短不一的水柱，沿着瓷面不停地坠落。

他凝神盯了片刻，突然，眼中掠过一缕水刀似的锋芒。

他想起那天，在日本的汤所里，他忽略掉的那个身影。

他的心跳蓦然加快。

真的是他?

怎么可能?

这太过荒唐！简直是匪夷所思！

贺汉渚再次闭目，继续冲淋，片刻后，却再也无法忍耐，他伸出手，一把拧上龙头，随即睁眸，扯过浴巾擦干全身出来，迅速地穿上衣服，跨步下楼，径直出门而去，开车，冒着寒冬的夜雨，消失在了夜色之中。

深夜，快要十二点了。

城南的那间日本汤所也快停止营业了。

因为今夜下了大雨，客人不是很多。菊子叫人去检查了一遍汤池，确定没有滞留的客人了，吩咐众人可以提早清理打扫，结束后，早些回去。

她回到柜台后，搓了搓手，拿起在火炉上温着的烧酒，喝了一口。这时，看见有人进来，她急忙放下酒，趿着木屐迎了上去，躬身笑道："这位客人，实在抱歉，今晚太迟，已经不营业了，明天下午两点钟后，欢迎您再光临……"

"贺君！"靠得近了，菊子认出来贺汉渚，有些吃惊。

她当然知道他的身份。

见他身上衣裳整齐，头发却湿漉漉的，不知是不是被雨水淋湿的，进来后，又低低地咳了两声。大约是冷的缘故，他的脸色看着也有些苍白。

菊子忙扭头，叫人送来干净的干毛巾。

贺汉渚接过，随意擦了擦头发，没说话。

菊子又送上热茶。

"您有事吗？有事您请说，我会为您效劳。"能在异国开这样一家汤所，菊子自然也不是一般人，一番殷勤的接待过后，笑着问道。

贺汉渚看了眼女汤的方向。

那里此刻空无一人，悬在每扇门前的灯笼，静静地散发着昏黄的光，令这落了冰雨的冬夜多了几分暖意。

他迟疑了下。

实在太过荒唐了，但却还是压不下心里那个驱使他连夜来到这里想要求证的疑团。

他不再犹豫。

“我与傅君来的那次，你这边的女汤，有没有来过一个形貌类似男子的女客？”他问道，语气平静。

菊子略一想，便笑了：“是！我所有的客人，只要来过一次，我便不会忘记，何况是那位小姐！她喜欢打扮成男子的样子，却比真的男子还要迷人！我这边有几位女客，甚至向我偷偷打听她呢！”

她用肯定的语气，回答了贺汉渚的询问。

“那位小姐，她长什么模样。”贺汉渚又问。

菊子回忆着，一边用手在自己的脸上比画。

“我第一次看到她，以为她是一个男子，美男子！她的眉毛长而英气，像是画匠用我家乡出产的最好的铃鹿墨画出来的。她的额头饱满，眼尾挑，就跟要飞进鬓里似的。总之，她的面容会令我联想到秋天夜空里的一轮满月。贺君您能懂我意思吗。她每次来，话都不多，她的眼睛明亮又清冷，所以我总有这样的联想。其实我也有些期待，希望她下次来的时候，能穿一回女儿的装束，想必一定也是非常美丽的……”

贺汉渚听着菊子用言语渐渐描摹出一幅肖像，果然和自己脑海里的那张脸重叠了起来，分毫不差。

他面上不见表情，手指却不自觉地微微攥紧了手里的热茶杯。

“她是什么时候开始光顾你这里的，还有印象吗？”他压下心中那已然开始波动的情绪，出于最后的谨慎又问了一句。

菊子仿佛觉察到了他情绪的变动，惊觉自己刚才说得似乎有些多了。

泄露客人的隐私，这被视为汤池这一行的最大忌讳。

她飞快地看了他一眼，迟疑了下，小心地问：“贺君，您为什么打听这个？”

“不是打听，是你必须要说。”贺汉渚用命令的口吻说道。

菊子不敢再多问，应了声是。

“差不多是十月中旬吧……”她想了一下，说道。

正是那段时间，她被取消了单人宿舍，搬到了集体寝室里。

菊子见他沉默着，神色喜怒莫辨，于是又小心地道：“不过不知道为什么，上个礼拜她没来。之前她每个礼拜天都会来的。不知道她这个礼拜会不会再来，我这里还有她没用完的汤票。”

苏家儿子……不，现在开始，应该改叫“苏家女儿”了。

她是不可能再来了，贺汉渚心里冷冷地想道。

那天在这里一晃不见的背影，现在想来，显然是她看到了自己，仓促躲避罢了。

他慢慢地放下了手中的茶杯，蓦然起身，走出大门，上了车，在身后菊子的送别声中，驾车离去。

现在，不过是证明了先前其实已呼之欲出的那个猜测罢了。

贺汉渚本以为，关于“苏家儿子”其实是“苏家女儿”的这件事，他完全不必有任何的惊诧。

然而，事实却是他无法控制情绪。

当真的从菊子的口中听到了那些符合她的描述，他依然感到震惊，极大的震惊。

苏家儿子竟是女儿身？！

太蠢了！自己真的太蠢了。

现在想来，之前她也不是没有半点破绽。除了先前想到的那些异常之处，他想起有一回被她顶撞，生了气，随手抄起文件夹要砸她，当时，她惊叫抱头。

如此一个下意识的反应，他却也完全忽略了。

甚至，当王庭芝告诉自己，觉得她像女人的时候，自己甚至认为王庭芝的想法可笑。

为什么？一向自负聪明的自己，竟然眼瞎心盲到了这样的地步？

他很快就明白了。

因为，在他的意识里，一个女人是不可能做到她做的那些事的。

出众的学业和专业，在男人的世界里，她游刃有余，凌驾其上。

面对尸体时的冷静，甚至可以说是毫无感情。

贺汉渚的脑海里，不禁浮现出自己第一次见她执行医学解剖的那一幕。如果不是亲眼所见，他无法想象，一个女子能做到那样的地步。

除了专业，苏家这个女儿的性格，她的冥顽不灵，或者，换个好听点的说法，她的顽强，也是令他此前根本不会想到她是女儿身的重要原因。

贺汉渚从不知道，女孩也能倔强坚忍到那样的地步。

几个月前，她被罚雨中跑步，被粗暴的教官鞭笞，甚至至今还被迫和男人混寝，连洗澡这种最简单的事，都只能来到这么远的一间浴室，她却竟都承受了下来，还一一克服了。

这样的一个人，怎么可能叫他想得到，她是一个女孩？

贺汉渚在震惊过后，又被一阵席卷而来的懊悔之情给攫住了。

是强烈的懊恼和后悔。

他也无法想象，如果换作是自己的妹妹被逼得去和一群男人同住，那将会是怎样的情景。

苏雪至忍受的这一切，全都不过是因为当初自己的一念，和随后出口的一句话而已。

他的心里，涌出了一阵浓烈的自责和怜惜。

别的都还好说，当务之急必须尽快让她从男寝里搬出来。

贺汉渚长长地呼吸了一口气，人还没完全从这种情绪里出来，忽然，他又感到有点恼火。

就算有着迫不得已的原因从小以男子身份示人，但既然是个女人，为什么要这么倔，非要和自己顶着来？遇到了这样的难处，竟也不肯有半分的示弱！

是她认定，即便来找自己说明情况，他也会冷血到毫无反应的地步，还是她根本就不屑于向自己说明情况加以求助？

或者……

贺汉渚忽然又冒出了一个奇怪的念头。

或者，是她早就认定了傅明城，决意以他为依靠，所以即便再难，也根本不屑于来找自己？

从前，大概只是因为傅明城在家族里处境艰难，所以她体谅他，没告诉他，免得他增添烦扰。

而现在，傅明城已经掌握傅氏，她觉得他开始有能力去保护她了，所以最近两人往来频繁。傅明城大手笔捐款，她昨天又跟傅明城出去了。

她会不会很快就告诉傅明城她是女人的这个秘密？

或者，傅明城其实根本已经知道了？

这个念头一冒出来，就仿佛一条吐着毒液的蛇，迅速地盘在了贺汉渚的心里。

他感到极是不快。又想到认识她后，从她这里受到的种种欺骗，方才的自责和怜惜之情立刻荡然无存，甚至变得老羞成怒起来。

苏雪至在骗自己，一直耍他。

自己全然相信她，真心实意地打算让她娶自己的妹妹，还大费周折给她治所谓的隐疾，结果却证实，自己就是个被她骗得团团转的蠢货。

“嘎吱”一声，贺汉渚猛地踩下刹车，汽车轮胎摩擦过积水的地面，发出一道沉闷而刺耳的怪异之声。

不知什么时候起，雨水渐小，却又夹了雹雪，从夜空落下。雹子急急地敲着车顶，发出砰砰砰砰的嘈杂之声。

贺汉渚五指握着方向盘，双目盯着前方那片车灯照不到的漆黑，片刻之后，他重重踩下油门，轮胎劈开积水，向北疾驰而去。

今晚的事还没结束，也不能就这样结束。

他还需要最后的回答，把她的伪装当面撕破，看她在自己的眼皮子底下如何狡辩和应对。

他本就不是什么正人君子。报复是件能给人带来快感的事，既然有快感，为什么要压抑自己？

第十五章

在这个又落起了雹雪的湿冷寒夜里，汽车仿佛一头咆哮的钢铁猛兽，很快就穿过那条沉默而漆黑的荒坟道，最后来到了军医学校。

这个时间，整个校园漆黑一片，只有门岗那里亮着一盏昏灯。

贺汉渚停下车，踏着地上的积水大步来到近前，拍门，惊醒了值夜的门卫。

对方看清来人是他，睡意顿消，急忙披衣开门。

“去把苏雪至叫出来。”他简短地吩咐了一声。

门岗一怔，说：“贺司令，苏同学昨晚没回来。”

“为什么？军医学校不是半军事化管理吗？非周末学生能随意留宿在外？”

门岗听出他语气不悦，忙解释：“是这样的，苏同学负责建立船王的纪念室，需要不定时外出，校长特许，允许他自主进出。白天他应该就是为了这个事出去的。至于昨晚为什么没回来，就不清楚了。”

贺汉渚顿了一顿，没再说话，转身而去。

他回到公馆的时候，已是下半夜的一点钟了。

躺下去后，他根本无法入睡，辗转了片刻，索性起身，来到书房。

在黑暗里，他靠着窗，一个人对着夜色抽了半支烟，转身走到桌边，打了个电话，让丁春山立刻联系人，查一下苏雪至今天的动向，晚上是不是留宿在傅家。

“现在？”丁春山从睡梦中被惊醒，看了眼时间，子夜两点，忍不住问了一句。

“是。现在，马上。”电话里，上司的声音听起来毫无感情。

丁春山不知道到底出了什么事，要凌晨去查苏雪至，但感觉到了事态严重，不敢，自然也不必再多问为什么，应是，挂了电话，赶紧从暖和的被窝里爬了出来。

幸好之前安排盯梢的人办事稳妥，半个小时后，他就打回去电话，向上司禀报，说昨天苏雪至先去清和医院，应该是去接收老船王生前的医疗记录等资料。随后，和傅明城一道去了木村位于城外的居所。昨夜没见回城，应该是留宿在木村家中。至于原因，推测很有可能是因为雨雪导致的交通问题。他已经派人去城外察看，若有消息回来，就立刻报告。

再过一个小时，凌晨三点半，丁春山打来第二个电话。说，确实是路况出了问题，手下人的汽车被阻在半道，开不进去。

既然开不进去，那么自然也就出不来了。

丁春山禀完，屏息等着上司的新指示。

片刻后，听到电话那头说："撤回来吧。不必查了。"

丁春山暗暗吁了口气，应是。

昨日，苏雪至午后接到傅明城打来的一个电话，说他整理好了手头他父亲的医疗记录，但还有一部分在清和医院，问她有没有时间，可以一起过去遴选。

将近学期末，本科班的课程安排变少，主要是学生自习和实验。苏雪至下午没有课，校方想在放假前将船王纪念室的内容初步定下来，她便答应，乘了傅明城的车，一起到了医院。

整理好有价值的医疗资料并归档后，傅明城说，木村太太今天过生日，所以木村院长没来医院，在家中陪太太。得知他们今天可能来医院，让他代为转话，请苏雪至和他一道去往家中吃顿便饭。

苏雪至考虑自己和对方素无往来，有些不便，便婉辞，傅明城却说，木村院长拜托他，如果可能，务必将她请过去，有事想请她帮忙。

苏雪至实在想不出来，木村院长会有什么事要自己帮忙，但话都这么说了，也就不好再推，于是随了傅明城一起去往木村家中。

路上，傅明城告诉苏雪至，木村喜欢清静，宁可每天多花些时间在路上，也要安家在城外的一处山村附近，家里只有一位太太，多年前就随他来了中国，平时太太在家，夫妇感情很好。

"你不必拘束。木村太太是有一半中国血统的，人也非常和善，你见了就知道。"

木村家果然住得很偏，从南城出去之后，又开车将近十里才到，木村家在一个村落的山麓附近。

木村先生和太太一道出来迎接客人。

确实就像傅明城说的那样，木村太太十分温柔和气，不但能说中国话，接待亦是非常得体，让苏雪至很快就消除了初次登门的陌生之感。主客见面过后，木村太太带着第一次登门的客人，略略参观了一下房舍，苏雪至看见客厅的墙上挂了一张三口全家福的照片。

应该是年轻时的木村夫妇。太太膝上，抱坐了一个小女孩。

见客人的目光被照片吸引，木村太太微笑："她是我和木村君的女儿。可惜很多年前，不幸生病去世了。我们后来再也没有孩子。所以木村君经常对我说，每次当他帮孩子治好病，他就会觉得，我们女儿的生命，好像在那个孩子的身上得以延续。"

苏雪至不禁想起木村先生特意为周小玉建医疗档案的事。医者仁心，令人起敬，原来还有这样的一段往事。

冬日天黑得早，吃过晚饭，木村请二人用茶，谈及清和医院之前因为那桩手术意外而惹上的官司，除了感叹术后感染防不胜防，更为自己上次的失误深感愧疚。

现在听木村先生又谈及这个问题，苏雪至心里愈发感到早些做出抗生素的必要性，且这才知道，原来到现在，清和医院这项手术的医疗许可还没恢复。

木村说完，竟转向苏雪至，他跪坐在榻榻米上，以额叩地，对她恭敬地行礼，说："十分惭愧，虽然知道不该开口，但实在没有办法。因为没有这方面的许可，之前已经耽误了不少病人。这件事情，想拜托苏君您帮忙，以便能让医院早日恢复正常的医疗活动。"

苏雪至忙辞礼，说自己很愿意帮忙，但实在不知道能做什么，让他不要这么客气。

木村说，医疗管理的权力在警察局。他之前也找过孙孟先，想让警局重新委派专家对清和医院进行审核，以便再次发放许可。但孙孟先大约不想多事，所以这个事一直压着，不予办理。

他听说苏雪至和卫戍司令贺汉渚不但是亲戚，且平日相交颇多，所以今天借着太太生日，厚颜将她请来，恳请她能帮自己，将医院的困境转达给贺汉渚，希望他能施以援手，予以解决。

苏雪至十分诧异。她一直觉得自己和贺汉渚关系一般，不知道什么时候起，在别人的眼里自己和他竟然已经熟密到了这样的程度？

对清和医院的困境，同样身为医者，苏雪至自然能够理解，也颇为同情。见状，只好说道："其实我和贺司令只是关系很远的亲戚，平常也没什么往来，我怕我对他并不具备任何的影响力，木村先生您应该是误会了。这个事我是有心无力，所以不敢答应，怕耽误您的正事。不过，据我所知，贺司令也算是个开明的人，所以我建议您，不妨找个机会直接跟他说，或者写信陈述您的困境。事关医疗民生，我相信他一定不会置之不理的。”

木村感谢她的建议，说照她说的办法试试，尽快联系。

晚上八点多，外面雨下得很大，因为是山里，气温更低，头顶的瓦面上响起撒豆似的声音，竟又落下了冰雹。

再待下去，怕路更不好走，傅明城和苏雪至向主人辞别，开车沿着来路出山，没想到才开出去几里，就遇到前方道路坍塌，汽车开不过去了。

这里偏僻，附近只有零星几个村落，这个时间，除了车灯照明，路上漆黑一片，根本看不到半个人，骑车走路回城，不现实，没有办法，开了回来，今夜只能留宿木村家中，等明早天亮了再走。

木村先生晚上喝了些酒，已经去睡了，木村太太安排二人住宿。

照日本人的习惯，铺好铺盖，睡在地上便可，简单方便。她问两人，今晚是要同住一屋，还是各住一屋。

苏雪至虽然已习惯和同寝的男生睡在一个屋里，但在她看来，蒋仲怀他们都是哥们一样的人，几乎没有性别区分了。

而傅明城，自然不一样。

苏雪至还没开口，就听一旁的傅明城说道：“我晚上睡觉习惯独眠，边上有人，怕睡不好。麻烦您了，帮我和苏君各自安排房间吧。”

木村太太笑着应好，忙去准备。

苏雪至没想到他也有独眠的要求，正好，省了自己开口。

房间准备完毕，还没到晚上九点，睡觉稍早了些，傅明城邀她烤火小坐。两人围坐泥炉，他用炉火温着一壶清酒，烧着松枝。

松枝在火里哔啵作响，瓦顶有噼里啪啦的雹子声。

傅明城今晚谈兴颇浓，主动和她说了些他从前在东京留学的往事，又谈及与室友同寝，说因为生活习惯不同，颇多不便，后来申请独立住宿搬了出去，这才得以安生。

“苏雪至，你现在住得真习惯吗？要是有需要，自己不便开口，你和我说，我可以帮你说两句话的。”

苏雪至已经租好了房子，现在，借筹备船王纪念室，可以随时出去。虽然日常还是有些不便，但最难熬的时间已经过去了，这个学期也快结束了，现在要是又搬去独寝，怕惹来没必要的猜疑和侧目。

她斟酌了下，说现在暂时不用，谢谢他的好意。

傅明城应好。

酒温好了，他取了过来，要给她倒。

苏雪至忙阻止，说自己不会喝酒。

她发现，现在的自己酒量很浅，稍饮即有酒精反应，怕出事，在外一概拒饮。

傅明城看了她一眼，也没强劝，自己斟了一杯，喝了一口，笑道：“也是。记得去年也是差不多这个时候，圣诞节在省立医校，你就不小心喝醉了酒，出来摔了一跤，恰叫我遇到，送你回了你舅舅家。”

他感叹了一声：“真的是光阴似箭，才一年而已，却物是人非。现在想起来，感觉那时候的事，竟仿佛极其遥远了。”

苏雪至听他提及从前的事，使劲回忆，依稀想了起来，好像确实有那么一回事。但那都是以前的事了，苏雪至不是很想提，加上刚才走神之时，又想起这些天一直困扰自己的关于表哥在贺汉渚那里惹下的口祸，不知道到底有没惹他疑心，她含含糊糊应了两句，就说有点困了。

傅明城立刻起身。

苏雪至和他道了声别，回到自己的房间，睡了过去。

她睡不惯地铺，加上有心事，第二天，天刚蒙蒙亮她就起来了，发现外面下雪了，已经变成一个银装素裹的世界。

傅明城也早早起来了。

吃过早饭，木村家的一个仆役回来报告，说附近的村民已经将道路清理好了。

两人向木村夫妇辞别，预备回城。

木村家门前的一段积雪道旁，此刻，正立着一人。

是贺汉渚。

他是今早五点多出城的。

他昨夜一夜无眠。他被心底灼滚着的不快和怒气驱着，实在等不及了，一大早就直接来了这里。

他要亲眼看看，那个苏家的女儿，满口谎言者，女骗子，被自己当面戳穿她的伪装之后，她将会呈出怎样的一番面目。

远远地，他看见木门开启，主人夫妇出来殷勤送客。

她出来了！

风吹着她利落的一头短发，她的眼眸明亮，顾盼生辉。

贺汉渚总觉得她仿佛就要看见自己了，忽然竟生出心虚之感，下意识地往后退了两步，站定，再次看了过去。

她穿了件鱼白色的西服常服外套，下面是条格子马裤，可能没料到骤然下雪，衣衫显得略微单薄了些。

她手上有条围巾，展开，随意系在肩上，这时傅明城也跟了出来，替她撑开伞。

她转脸朝对方笑了笑，随即接过伞，自己打着，踏着积雪，朝停在门外的汽车走了过来。

傅明城立刻上来，帮她打开车门。

她朝傅明城点了点头，合伞，随即弯腰坐了进去。

傅明城也上了车。

贺汉渚看着这一幕，心里竟生出了一种她和傅明城极为登对的感觉。

昨夜那令他一夜无眠的所有恼火和不满，似乎随了这种感觉也忽然消散了。

傅明城启动汽车，暖车后，缓缓地驾车驶离。

他原本应当立刻上去，将她从车里叫下来质问。

但是他却立着，动弹不得，只看着傅明城开车，将她带走，渐渐消失在了视线里。

一阵风刮过，从他头顶的树枝上落下几簇积雪，跌溅进他的衣领里，冰雪沾上他皮肤的热气，很快融化，沿着他的背，往下延伸。

衣下很快变得湿漉漉的，一片冰冷。

他那颗原本被恼怒充斥了大半夜的心脏，好像也跟着慢慢地凉了温度。像窗纸落了雪，融化，浸湿，没有破，却变得软绵绵的。

贺汉渚忽然觉得没有滋味，极是无趣。

这是怎么了?

一夜不睡不说，他居然还做出了这样无聊可笑的事。

苏雪至是男是女，又关他什么事?

自己偶然得知而已，凭什么去逼问她?

再想，受到的所有欺骗和羞辱也都是自找的。

是他看上了她，有了让她娶自己妹妹的念头。

也是他蠢，信了谎话，想着要给她治病。

不过都是自己倒贴罢了。

她一直在推辞，并没有半分主动要靠近自己的意思。

现在，他又有什么立场去质问她向自己隐瞒这个秘密。

又站片刻，又一阵风吹来，头顶再次簌簌作响。

贺汉渚没动，任积雪落满了头，他慢腾腾地摸出一支香烟，低头，用手挡风，啪啪地打着打火机，打了好几下才点着了，抽了一口，转身，踩着咯吱作响的积雪，走了。

苏雪至回到学校，就得知了一个消息。

就在昨天，她出去后，她的亲娘舅叶汝川竟然从老家到了天城，找来学校看自己了！

她的第一反应不是惊喜，而是惊吓。

她怕被舅舅知道自己搬到了男寝会起风波。

不仅不能说是贺汉渚搞的名堂，自己还要大费口舌解释，安抚舅舅。她也怕自己的那个缺心眼的表哥万一运气不好，被舅舅撞破了事，那就糟糕至极。她一阵心慌，赶紧先问门岗，舅舅昨天有没进到自己的寝室，幸好，门岗说他没进去，听说自己不在就走了，留了个天城饭店的地址。

苏雪至这才稍稍松了口气，就想赶紧再请个假，出去找表哥。

这回无论如何，一定要拉他立刻去找舅舅坦白认错。

之前相隔甚远，所以一拖再拖，现在舅舅人都来了，再躲，实在是说不过去。

她定了定神，把学校这边的事匆匆处置好，正要去找表哥，却看见叶贤齐竟自己来了。

苏雪至以为他不知道叶汝川来了天城，立刻先告诉他这个消息，让他和自己一起去饭店认错，没想到叶贤齐说："晚了！昨天就碰见了，差点没打死我！下手可狠了，现在我腿还疼！我都怀疑我不是他亲生的了！"

苏雪至吃惊不已。

叶贤齐就把昨天自己运气不好，在城隍庙巧遇老爹被他跟踪到家暴揍一顿的事讲了一遍。

苏雪至原本很是担心事情露馅，没想到真竟这么离奇地露了馅，听完一呆，一时竟不知该做何反应，看了眼表哥，见他哭丧着脸，一脸愁容，也顾不得讥笑，忙问他来找自己干什么。

"你那个亲娘舅，昨晚骂我骂到半夜！我好不容易才脱身，早上苏忠叫人来找我，说他病了，又不去看医师。我不敢一个人去看他，就想找你跟我一起，你顺便给他看看病，再帮我求个情，说两句好话，叫他养好病赶紧回家去！"

苏雪至听到舅舅病倒了，有点担心，急忙答应，和叶贤齐一起到了天城饭店。

原来舅舅也没大碍，就是大概昨天气狠了，又睡不惯饭店的床，在地上打了一宿地铺，一早醒来，体温略高，上火牙痛，一边的腮帮子也有点肿。现在躺回到床上，有气没力的，他看见外甥女来了，脸上才露出点笑意，又见儿子跟在后头躲躲闪闪地进来，顿时再次怒从心头起，从床上掀被下去，走过去一脚就踹了过去："你还有脸来！你给我滚！"

叶贤齐立刻滚了出去。

苏雪至见舅舅还要追出去，急忙拉住，扶着让他坐下，说自己去药店给他配点药吃。

叶汝川说没事，让她不用去，接着大骂儿子不孝，是个狗东西，又说对不起她，十分惭愧，这趟回去，都没脸见她母亲了。

苏雪至把药名写在纸上，让舅舅的小厮去西医那里配阿司匹林等药，随后继续劝解舅舅，自己也向舅舅认错，说之前应该早些告诉他，也不至于让他现在这么生气。又说她在学校里一切都好，校长对自己也非常看重，还准备破格带她去参加即将举行的医学大会，她很庆幸来了这边念书，所谓无心插柳柳成荫，表哥学不学医，对自己影响并不大，让舅舅不要再生气。最后又夸了一顿叶贤齐，说他入警短短半年不到，已被提拔成了副警长，不久前还立功，获了奖赏。

叶汝川听了外甥女的这一番话，心情才终于略略好转了些。

这时苏忠进来，说昨天收到了来自司令部秘书的一封回函，道司令今天会在贺公馆里等候。

一般来说，拜访也不会大早就登门，须等午后。

别的都还好，但叶汝川的一边腮帮子肿着，怎么上门见人，只好让苏忠代替自己再去赔个罪，说今日身体不适，改天再登门拜访。

苏忠应了，正要出门，被苏雪至叫住了："还是我去吧。我和他比较熟，帮舅舅您解释下，另约个时间。"

苏雪至之所以主动揽事，主要就是想去试探贺汉渚到底有没起疑。否则这样吊着，她寝食难安。

再说今天不是周末，贺兰雪也不会在家，不必担心碰见。

叶汝川把躲在外头的儿子吼了进来，命他同行护送。

叶贤齐唯唯诺诺，连声答应。

苏雪至出发前，检查了下自己的衣着。

她最近时常外出，穿学校制服不便。但比起长衫，她则更喜欢穿裤子——以男人的身份生活，有这点好，可以自由穿裤装。

她原先只有那一套西服，但平时穿显得太过正式，且自打那次撞衫后，她就打心眼里不愿再碰那套西服，所以前段时间她又添了两套平常外出穿的衣物。

她现在穿的就是去木村家时穿的那套白色西服，从学校出来前，又加了件驼色的呢子外套，围上围巾，再戴一顶礼帽，既不冷，装束也不算太过随意。

她稍稍整理了下仪容，和表哥一道下去，到了饭店门口，正要出发，一个巡警跑了过来，说有个中学教师来报案，称他的一个朋友无故失踪，怀疑被人所害，请求警局予以立案，进行调查。

叶贤齐道："我有事！你们先录，我回去了再说！"

苏雪至见巡警似乎面有难色，欲言又止的，就让叶贤齐去做事，不必特意陪自己。熟门熟路的，她坐东洋车去就可以了。

叶贤齐本也有些惧怕去见贺汉渚，见表妹这么说，警棚里又出了案子，也就不坚持了，替表妹叫了辆东洋车，自己也匆匆走了。

苏雪至到达贺公馆时，离十一点只差一刻。

雪下得更大了。这一带的房子都是独栋，中间有间隔，平时就人少安静，到处是树木，现在冰天雪地的，周围全都变成了白皑皑的一片，看起来更是寂静。

老夏开了门。

苏雪至问贺汉渚在不在。

老夏道："贺先生一早回来，没出去，人在的！"说着让她进去。

苏雪至穿过庭院向内走去，在门外除净了脚上的雪。

吴妈迎了出来，听明来意，道："贺先生应该还在睡觉，苏少爷你稍等，我上去看看。"

都快中午了，他竟然还在睡觉？想必昨夜又去哪里通宵作乐了，如此昼夜颠倒，生活无律。

吴妈来到贺汉渚的房间外，轻轻敲了两下门，等了片刻，没听到里头有回应，正要离开，忽然听到门里传来一道沉闷的低哑话声："什么事？"

吴妈忙道："贺先生，苏家少爷来了，说他舅舅突然身体不适，下午实在无法出门，特来向您赔罪。您见是不见？"

门里沉默了，吴妈等得几乎怀疑他又睡过去了，听到有声音懒洋洋地传了出来：“让她稍等，我下去吧。”

吴妈忙应是，下来笑道：“贺先生醒了。苏少爷你稍等，他会下来的。”说着忙让座，梅香也端来茶水，接过苏雪至脱下的衣物。

苏雪至足足等了半个小时，连吴妈也觉得不对劲，从厨房过来说自己帮她再上去看看，这时，终于从楼上传来了一阵皮靴踏着木地板缓步而来的声音。

苏雪至抬眼，见贺汉渚从二楼的楼梯玄关口现身了。

他穿戴整齐，身穿熨得不见丝毫褶皱的制服，挺劲的腰上系着皮带，脚蹬一双擦得一尘不染的皮靴，一臂随意挂了件大衣，另一只手插在裤兜里，嘴里叼着支烟，沿着扶梯，快步而下。

苏雪至便站了起来，一边悄悄观察他的神色，一边叫了声表舅，贺汉渚走到她的面前，正眼也没瞧一下，态度淡漠，让苏雪至连日来一直悬着的心顿时放了下去。

回去可以安心睡觉了。

她可以肯定地说，贺汉渚没有对那天表哥的话起疑心。

否则，态度不会是这个样子：他一贯目中无人。

“表舅，抱歉打扰你休息。是这样的，我舅舅昨晚可能受了寒，早上人不舒服——”

“无妨，随便他什么时候来，到时提早打个招呼就可以。我有事先走了，你自便。”他根本没有耐性听完，直接打断了她的话，淡淡道了一句，随即从她面前经过，朝外而去。

“贺先生，都中午了！饭做好了，你先吃了再出去——”吴妈追上去喊道。

“不吃了。”音落，身影已经消失在了客厅的门外。片刻后，苏雪至听到一阵汽车发动的声音，走过去看了看，见车开出大门，走了。

吴妈叹气，转向苏雪至，留她吃饭。

苏雪至自然婉拒，道谢后，穿回自己的大衣，戴上帽子，系了围巾，也出了贺公馆，她打算先回饭店向舅舅说明情况，然后回学校去。

附近没有东洋车，她沿着那条梧桐道，踩着积雪朝前走去，走了几百米的路，忽然看见前方的路边停着一辆黑色的汽车。

好像是贺汉渚的车？

苏雪至心中疑惑，走到近前，看见车窗开着，几片雪被风吹进车里，落到贺汉渚的肩上。

“上车！”他嘴里依然叼着烟，说道。

苏雪至有点意外，看了他一眼。

他眼睛看着前方，压根就没朝她望来，但边上也没有别人，就打开车门，坐了进去。

他关上车窗，问：“去哪儿？”

“天城饭店，找我舅舅。谢谢表舅！”

他没应，一踩油门，车子朝前开了出去。

车窗密闭，他燃着烟，狭小的空间里逐渐弥漫着烟草的气息。

苏雪至不喜欢吸二手烟，以前也从贺兰雪那里听说过他有咳嗽的老毛病，憋了一会儿，实在忍不住，出言相劝：“表舅，不知道您有没听说过，吸烟有害健康。尤其是您，听说有夜咳的症状，烟草会刺激呼吸道，加重咳嗽的症状。”

他叼着烟，斜睨了她一眼，哼了声：“你会这么好心？”

苏雪至觉得他这反应有点古怪，但还是正色点头：“您别嫌我多管闲事。我真的是出于为您健康的考虑。”

他短促地嗤笑了一声：“这年头，想寻常作个老死床箦，可不是件容易事。马革裹尸就是修成正果了，死于非命才正常。苏少爷，你还是替你自己多操点心吧。”

苏雪至第一次听到他用苏少爷这种称呼来叫自己，觉得有点讥嘲味。更是生出鸡同鸭讲的感觉。于是放弃了劝诫，闭了口。

他依然自顾叼着烟，弄得车里愈发烟雾弥漫，他抽的烟草应该属于烈烟，苏雪至被熏得不行，实在忍不住了，最后开了自己一侧的车窗。

冷风挟裹着雪，猛地扑了进来，差点掀掉了她的帽子。

她忙伸手压住。

他瞥她一眼，终于将嘴里的香烟吐了出去。

剩下的这段路，苏雪至没再说话了，他也沉默着，最后二人来到饭店，贺汉渚将车停在了对面的马路旁。

苏雪至下了车，礼貌地向他道谢后，正要进饭店，忽然听到他说：“你舅舅远道而来，不必搞那套虚礼了，我做东，看你舅舅哪天身体好了，我请他吃个饭！”他顿了一顿，“你和你表哥也都来吧。”

苏雪至站在雪地里，看着他说完，驾车而去，不禁莫名其妙。让自己足足等了半个小时，只说一句简单的话便扬长而去，然后又莫名地送自己回饭店，最后居然还好心做东，请舅舅吃饭？

不过，相比他从前留给她的种种印象，早上这么点事情，根本就不算什么。他的喜怒无常和她也没半点关系。

反正了却了自己的心事，顺便也帮舅舅办了事，她还是挺高兴的，她回到舅舅的房间，把见面的结果告诉舅舅。

叶汝川本是有点顾虑的，想必贺汉渚日常必定十分忙碌，今天特意留出时间给自己，自己却失约，难保他不会见怪。没想到外甥女走了一趟，带回来这样一个消息，贺汉渚主动做东，还让带着孩子来。

叶汝川拉着外甥女，细细询问早上她和贺汉渚见面的详情。

苏雪至当然不会说他让自己等了半个小时，为了满足舅舅的好奇心，只好编造一个正常的见面经过。

叶汝川听完十分满意，更是欣慰，对这位未曾谋面的“远房老表”，印象更是好到了空前的高度。

关于自己现在住男寝的事，是万万不能让舅舅知道的。苏雪至留了个心眼，回去前叮嘱叶汝川和苏忠，让他们不必再去学校看自己了。

叶汝川心情好转，配合吃药，安稳地睡了一夜，第二天腮帮子就消肿消得差不多了。

贺汉渚那边很快回了消息，约定今晚七点，在天城最著名的传统菜馆天霄楼，贺汉渚做东。

苏雪至得到消息，只好又从学校出来，跟着舅舅还有表哥一道去了天霄楼。

掌柜得知今晚是贺汉渚请客，亲自在外迎接，得知苏雪至三人就是贺汉渚要请的客人，殷勤招待，亲自将他们领去预先留好的一个最好的包厢。

叶汝川坐下后就板脸教训儿子，命他今晚务必打起精神。

正教训着，听到外面传来一阵夹着说笑声，叶汝川知道是掌柜引着贺汉渚到了，忙住了口，带着儿子和外甥女起身迎接。

包厢的门被掌柜推开，贺汉渚当先走了进来，后头跟着庄阗申。

原来贺汉渚得知庄阗申也来了，知他和叶汝川是好友，就叫他今晚一起吃饭，权作陪客。

叶汝川暗暗地迅速打量了一眼这个当先而入的军装男子。只见他年轻英俊，步履沉稳，脸容轮廓清朗，横眉如墨，眼锋隐隐透出了几分凛冽。

叶汝川不敢怠慢，快步迎了上去，先自我介绍了一番，自然少不了一些场面话。

贺汉渚看向他，很快，脸上露出笑容，主动伸手和他相握，问他身体如何了，又说："倒是我来迟了，莫怪。"

叶汝川忙道："贺司令客气。我也是刚带着两小辈到，司令何来得太迟之说！"

贺汉渚微笑："都是自家人，不必见外。我表字烟桥，直呼就是。"

初次见面，叶汝川当然不敢以老表兄自居了，便笑道："司令太抬举我了，美意心领。"说着扭过头招呼儿子和苏雪至。

叶贤齐垂着头，恭恭敬敬地叫表叔。

苏雪至也跟着老老实实地叫了声表舅。

这时庄阗申笑哈哈地说自己沾了光，让大家不要站着说话，赶紧入座。

上首之位，贺汉渚请叶汝川坐，叶汝川万般推辞，道自己和他辈分相平，何况今晚还是贺汉渚做东，无论如何，这个位置要贺汉渚坐。

贺汉渚却也不坐，说年长为尊。

至于庄阗申，更不敢去坐。

苏雪至就看着这俩人推来让去，最后还是把位置空了出来。

贺汉渚先坐到了近旁的一个位置上，叶汝川坐隔位，再是庄阗申，最后才轮到苏雪至和叶贤齐。

掌柜领着伙计上菜，很快菜就上齐了。

叶汝川先带着儿子和外甥敬酒，贺汉渚喝了，又回敬他，饭桌上的气氛，一下就热络起来了。

叶汝川又单独敬贺汉渚，为他之前对自家的帮助而道谢。几杯酒下肚后，他见贺汉渚十分亲切，渐渐就放松了下来，闲谈间，又说了些自己生意上的事。

庄阗申借着酒劲，更是谈兴大发，不知怎么的，中途扯到了这两天的雪，说了两句冷，忽然想起什么似的，转向一直闷头吃菜的苏雪至，让她当心寝室里用作取暖的炉。说他那边有个人独住，就是因为取暖不慎，前几天被煤烟给熏倒了，幸好当时有人来找，发现得早，把人拉出来透风，这才没出什么大的事情。

庄阗申以为苏雪至还住在原来的独寝里，大概也是出于好心，这才出言提醒。

苏雪至停箸，飞快地看了眼贺汉渚。

晚上他进包厢后，苏雪至就感到他当自己是空气，一直就没正眼看过自己。这一刻，却恰见他也望了过来，忙收回目光，"嗯嗯"地点头，说知道了。

说者无心，听者有意。

叶汝川被提醒，想到外甥女一个人住，忽然担心起来，就说：“雪至，要不舅舅明天去你学校寝室看下，帮你检查下炉子，免得哪里出了纰漏。”

苏雪至吓了一跳，下意识地又看向贺汉渚，再次和他目光相接。

见他略一迟疑，随即望向自己的舅舅，似乎想要说什么的样子，苏雪至一心急，抢着出声：“舅舅你放心吧，你不用来！就前两天校工刚检查过，没半点问题！”说完又盯着贺汉渚，用眼神示意他不要说出自己已经搬了寝室的事。

他好像明白了她的意思，顿了一顿，没开腔。

叶汝川听她这么说，又叮嘱了两句也就放心了，又和贺汉渚谈起了别的事。

苏雪至这才松了口气。

饭局继续，宾主尽欢。

结束后，叶汝川再次叫来儿子和苏雪至，紧紧地握着贺汉渚的手，说后辈不才，往后恐怕还是要他多费心照看。

贺汉渚笑着一口应承下来。又见叶庄二人都有些醉意，提出自己开车送他们回去。两人极力推辞，但贺汉渚十分坚持，最后只好接受了他的好意。

叶贤齐今晚如坐针毡，好不容易熬到平安结束，哪敢再乘贺汉渚的车，便说今晚自己要在警棚值夜，方向不同，自己回去就可以了。

苏雪至也说和表哥一起走，却没想到贺汉渚说：“你回校是同路，上来吧，还有位置。”

天寒地冻的，苏雪至学校的位置又荒僻，还是大晚上，叶汝川正有点不放心，听贺汉渚这么讲，见他果然对小辈十分照顾，很是感激，忙代为道谢。

苏雪至只好也坐进了车里。

贺汉渚将叶汝川和庄阗申送到饭店后，让叶汝川放心去休息，说自己会将苏雪至平安送到学校，在叶汝川的感谢声里，他驾车继续往城北去了。

车里只剩下他和坐在后排的苏雪至，气氛一下就沉闷了下去。

饭桌上，苏雪至跟着舅舅敬酒喝了几杯，刚才出来人就有点熏熏然的感觉，现在耳边安静了下来，车也开得很是平稳，她渐渐有点犯困，就闭上眼睛，头靠椅背，假寐着。

贺汉渚开车出了北城，半晌没听到身后有动静，忍不住回头瞥了一眼，见她缩在后座的一个角落里，头歪靠着，一动不动，好像睡了过去。

有点晚了，车内也有寒气侵入，温度很低。

他迟疑了下，终于还是慢慢停了车，下车后脱下自己的外套，走到她所在位置的车旁，轻轻打开那扇车门，拿着自己的衣服，想盖在她的身上。

苏雪至其实没有完全睡着，朦朦胧胧间感觉车门被人打开了，她立刻惊醒，看见身旁竟站着一道黑影，她认出是贺汉渚，见他双臂仿佛正伸向自己要探过来，顿时吓了一大跳，下意识地往里挪了进去，身体也直坐了起来。

“你干什么？”她戒备地盯着他。

贺汉渚一怔，拿着衣服的手便停住了，目光随着她肢体的挪动，落到了她平得像搓衣板的胸上，停了一停，呼的一下，将衣服往她身上一丢，恰好罩在了她的脑袋上。

周围光线本来就暗，这下苏雪至什么都看不见了。

她只觉得一阵暖意当头而下，包裹住了自己。

紧接着，她灵敏的鼻子又闻到了一股若有似无的仿佛混合了烟草和皂味的古怪的气息。

倒也不难闻，但一想到这是他的衣服，她赶紧屏住呼吸不去闻，又一把将衣服从自己的头上扯了下来。

“你说我能干什么？”他仿佛不屑似的说了一句，随即“砰”的一下关了车门，走到前头，坐回到驾驶位，继续朝前开去。

苏雪至就算醉得再厉害，也感觉得出来，因为自己刚才的反应，他有些不悦。

她也明白了过来。

大概是他记着晚上舅舅对他的再三拜托，刚才见自己睡着，好心脱了衣服给自己盖罢了。

何况，他说得也是，自己是他的表外甥，他能想要干什么？

想到这，她不仅尴尬，更为自己刚才的过度反应感到不好意思，不敢立刻就拿掉他的衣服，免得他愈发觉得自己不识好歹。

他的衣领罩着她的脖子，她忍着脖颈皮肤上仿佛有虫子爬过的毛毛的感觉，道歉：“对不起，我刚才不是故意的。睡着了一时有些发蒙，没想到是你。谢谢表舅，我不冷了，你还是自己穿吧，免得像我舅舅一样，冻到了身体。”说着，顺势将他的衣服从自己的身上拿开，拢好，递回放到了前面的空位置上。

他没反应，继续开了段路，停了车，推开车门下去，站在路边的积雪地里，点了支烟。

苏雪至看着他突然停在路边抽烟，又是一阵莫名其妙。

她心里正猜测着，冷不丁听到他说：“你就没有需要向我交代的事吗？”

苏雪至还没反应过来，见他转过脸看着自己。

“我给你一个机会。有隐瞒的事，你自己向我说清楚。无论什么事，只要说清楚了，在我这里就都不是事。”他的语气平淡，但苏雪至看得清清楚楚，他朝向自己的一侧面容仿佛蒙了层雪光，目光幽暗，表情莫测。

她陡然生出一种感觉：他今晚主动送自己回来，好似就是为了这一刻。

苏雪至还带了几分醉意，头有点昏，她使劲地想了想，恍然大悟。

还是表哥上次惹出来的那个口祸！

贺汉渚绝对是个眼里揉不得沙的主，想起刚认识他不久，他就给自己上了一堂讲忠诚的课，这个事忍到现在才对质，想必已是给了自己极大的脸面。

一想明白，苏雪至立刻下车走到他的身旁说：“你是说我从前向你隐瞒投河原因的事吗？我承认，这个我确实对你有所隐瞒。但当时，我之所以隐瞒，也是迫不得已。别管我喜不喜欢傅明城，这是我自己的事，他分毫不知，你当时问我，我不便把别人牵扯进去。况且现在，我也和以前不一样了。姑且就算是真的，也全都过去了。人是会变的，现在的我是个全新的我！”

贺汉渚看着她，一时竟不知该说什么才好。

虽然他告诉自己，不该为她向自己隐瞒身份这事而责难于她，但心底终究还是存了几分不甘，所以决定再给她一个机会，让她自己坦白。

没想到，她的脑子里想的是这个！

她是装男人装久了，不会真以为自己就是男人吧？

贺汉渚打量着她。

苏雪至刚才说的那一番话就是她心里所想，不是撒谎。又大概是酒精给了她勇气，说完，自觉心里头敞亮了不少，很是爽快，就和他对望着。

半晌，终于听到他又幽幽地道：“之前我叫你吃了些苦头，你还搬去了集体宿舍，你是不是有怨恨？”

还当他在想什么，原来是这种事。

苏雪至差点没笑起来："你眼里，我就是这么放不开事的人吗？我承认，当时我确实遇到了难处，"她一顿，"可以说是很大的难处。但现在回想，对我而言那未尝不是值得记住的经历，起码让我对自己更有信心，将来再遇难处，不要轻易退却，能做几分，就尽全力去做几分——"

旷野寒风凛冽，刀子似的呼呼刮过，她的面颊很快变得冰冷，但大概是身体里的酒精作祟，苏雪至却丝毫不觉得冷，心口暖呼呼的，甚至她感到自己的身体仿佛都变得轻快了许多。

其实今晚，看到他竟一改平日的傲慢，对舅舅这么客气，苏雪至的心里还是存了点感激之情。

"我对你没有怨恨，半点儿也没有！"她使劲地摇头，郑重地道，说完见他依然沉默着，以为他不信，心口一阵热血上涌，又道，"其实我为自己能有机会来到这里求学感到庆幸，是真的。刚来这里的时候，我对将来没有想法，我也不知道我能做什么。但现在，我明白了！"

她的眼眸微微闪亮："我越来越觉得，我的所学是有意义的！个人固然渺小，却不妨碍发挥个人的价值。表舅我告诉你，我还有一个计划，就是不知道能不能实现——"

她差点就要说出来了，忽然惊觉自己的话有点多，她忙打住，改口："抱歉，我话有点多了。表舅你当我没说。总之，我的意思是我对你没有不满。"

贺汉渚不知道自己为什么要冒着晚上回去可能又整夜咳嗽的痛苦，在这里吃着冷风，听她滔滔不绝地说了这一大堆的话。

奇怪的是，他还不觉得乏味无趣，反而隐隐有点想要继续再听她这样说下去。

此刻面前的她举止活泼，贺汉渚觉得她仿佛变了一个人，和平常的样子不大一样。

他感觉……其实还不错。

"什么计划？"他听到这句话已从自己的嘴里问了出来。

她仿佛一怔，看了他一眼，随即笑了起来，摇晃脑袋："不和你说了！"

这是她撒娇的方式？

是眸色撩人，还是雪色映人？

贺汉渚觉得自己一定是看花了眼，面对着这么个没半点女性魅力的人，心居然好像漏跳了一拍。

他忍不住又瞟了眼她扁平的胸。

她是天生如此，还是缠成了这样?

他发现自己的脑海里居然冒出了如此的念头，再想到今晚她的亲娘舅对自己的郑重拜托，忽然又生出一种浓重的罪恶之感，忍住想要再继续逼问下去的念头，暗嘲自己大概真的是被她给气昏了头。

自从发现她是女人后，这几天，他大概因为一时没法接受这一点，所以老是干出一些他过后想起来就后悔的蠢事。

算了，随便她，做女人还是男人，喜不喜欢傅明城，和自己都没关系。

军医学校原本是不允许女人存在的，但她……或许可以是个特殊的存在。

就这样吧。

难得有人能够活得随心所欲。

让她照她的心意生活也是不错。

贺汉渚很快驱走了心里的各种杂念，掷掉烟头，冒着红光的烟屁股在雪地里嗤嗤地熄灭了。

他说："走吧，你该回去了。"

他迈步，踏着道上的积雪，上了车。

苏雪至心情轻松，应了一声，也跟着爬上了车。

接下来，再没有什么意外了。

苏雪至被他送到学校门口，和他道别后，下了车，走了进去。

贺汉渚坐在车里，看着她踏着积雪，脚步轻快地消失在校园里，想起了昨天从丁春山那里得知的一些关于她住男寝的细节。说她现在不但和那七个男生同进同出，关系亲近，有时还会帮一个叫蒋仲怀的家伙洗臭袜子。

贺汉渚没法想象，她是怎么能做到安之若素的。

自己刚答应她的亲娘舅要照顾她，所以他绝对不能再让她继续这样和一堆男人混住在一块了。

但他又有一种感觉，现在他要是把她从寝室里弄出来，搬回到独寝，她未必就会领自己的情，说不定还要胆大包天地在心里嘲讽自己几句，当初就是因为他，才把她赶到集体寝室去的。

贺汉渚沉吟了片刻，忽然想到了前几天从王孝坤那里得知的一个消息，很快做了决定，驾车掉头而去。

苏雪至回到寝室时已经熄灯了，她摸黑收拾好，上了床，大家都还没睡，还在议论着这两天学校里收到的一个文件，军部组织军队进行内部冬训，需要军医随军，对士兵进行必要的卫生培训，因为人手不够，向军医学校征用二十人，为期一个月，让学校安排好随行人员，三天内立刻动身。学生处下发通知，让学生自愿报名。

大多数人对这个事兴趣不大。一是冬训的地方很远，更重要的是，就要过年了，谁不想放假早点回家。

校方一看势头不对，今天火速出了优待政策，说去参加冬训的人，不但期末考试可以单独延期，而且冬训还可额外算作学分。

根据今天的小道消息，据说校方见凑不够人，很有可能明天会直接指定参加的人员。

苏雪至的寝室里只有游思进有点动心，其余人都没兴趣，还担心自己会被强行派走，议论一番后，大家陆续睡着了。

苏雪至当然也没兴趣，带着几分醉意，她很快也睡了过去，一觉醒来，没想到变了天。

学校一大早又下达了一个最新的紧急通知，说是军部的最新文件，但凡自愿参加冬训的学生，资历记入档案，毕业后，相同条件下有优先录用的优待，并且升一级军阶。

这下大家全都来了兴趣，争先恐后跑去学生处询问详情，苏雪至的七个室友统统报了名。

中午，冬训人员名单就下来了，苏雪至的室友们运气极好，七个人竟全被选中了，要求参加的人员即刻动身，当晚就坐火车奔赴营地。

名单出来后，寝室里热闹极了。

后天就是西国的圣诞节，恰好又是礼拜天。

这个洋节，现在在社会上层和学生当中已经颇为风靡，原本大家约好到时一道进城游乐，现在活动只能取消，忙着收拾东西，说说笑笑，倒也没人觉得遗憾，就是替留下的苏雪至感到惋惜。

别说一级军阶了，就算让她直接升成司令，苏雪至也不会替自己没事找事，笑看他们打好行装挥手道别，和其他被选中的学生一道离了校。

当天晚上，偌大的一个寝室就剩下了她一个人。

已经有点习惯聒噪和热闹了，说实话，当晚她还有点不适应。不过，好处自然显而易见，不用等到下学期了，现在，门一关，窗帘一拉，她就提早又过上了独寝的生活。

她的舅舅叶汝川，自从那顿饭后，心情也变得很是愉快，甚至连对儿子的恼恨都消减了不少。那晚被贺汉渚送回来后，和老友庄阗申在饭店的房间里又畅谈许久，到了半夜，二人才意犹未尽地歇了。

快年底了，家里还有一大堆事情，他此行的主要目的就是看望外甥女、拜访贺汉渚。现在两件大事都完成了，第二天又去拜会了一个生意上的伙伴，谈了点生意的事，商量好后，在天城也就无事了。

儿子反正是没得救了，打死他也无济于事，叶汝川劝自己想开点，又寻思着留他在这里和外甥女有个伴也是好的，就也随他了，遂计划次日离开天城，好在年底前赶回家中，准备过年事宜。

各人各自忙碌，眨眼到了礼拜天，西洋圣诞节的这一日。

快年底了，司令部里事务也日益繁忙，贺汉渚这一天都没休息，直到下午四五点，他还在办公室里和孙孟先通话，让孙孟先务必立刻重新组织专业人员审核清和医院的手术资格。

上司亲自过问这事，孙孟先只好答应了下来。

贺汉渚挂了电话，丁春山进来，说了两个事。

第一是关于苏家少爷在学校里的最新动向，昨晚他同寝室的七个室友结伴全部上了火车奔赴冬训营地，只剩下苏少爷一个人了。

贺汉渚浏览着手里的文件，没反应。

丁春山见他对这消息似乎不大感兴趣，正想结束，忽然听他道：“人撤了吧，往后不用再盯了。”

丁春山应是，接着说第二件事。

叶汝川在这边的事已结束，拟乘今夜火车南下归家，派人送来了辞帖，感谢司令对他的盛情款待，邀他日后叙府做客。

贺汉渚接过辞帖，看了一眼，又放下。

丁春山事情说完出去，陈秘书又紧跟着进来，提醒他今晚上要去参加在天城饭店举行的圣诞酒会，七点钟开始。

贺汉渚揉了揉眉心，看看时间也差不多了，站起来穿上外套，回了公馆，预备更衣，做好出门的准备。

回到家，他得知妹妹今天没出去，也一个人在家，找过去，发现她在看书，就问她晚上想不想和自己一起去饭店参加圣诞酒会。

贺兰雪摇头：“没意思，我不想去。也快期末考试了，我要复习功课。哥哥你自己去吧。”

贺汉渚点头，叮嘱妹妹吃了饭晚上早点休息，等他从妹妹房间里出来，正要去洗个澡，吴妈跑了过来，说刚刚一个自称唐小姐的女人派人来传了个口信，道王家公子在她的场子里喝醉了酒，不走，她应付不来，担心不已，知道他和王公子的关系，希望他能过去看看。

王太太原本安排儿子和贺兰雪联姻，如今被儿子搅和了，只能打消念头，想到早两年因为一心放在贺兰雪身上，根本没留意别人，现在合适的恐怕早被人挑光，懊悔不已，哪里还有心思再留天城，上周就回去了。

她本要带儿子一起走，但王庭芝不回，让她自己去选人，说看好了人，他娶就是。王太太没办法，临走前请贺汉渚代为关照。

上次唐小姐新开张的戏院发生刺杀案，令廖寿霖喋血殒命。结果这个事非但没有坏了唐小姐的牌子，反而因为这件颇具传奇的案子，她戏院的名字频频登上报端，吸引了不少人来围观。

王家公子是前夜来的，当时喝得酩酊大醉，醒来又喝，醉了再睡，如此反复，就是一直不走。

唐小姐见他不大对劲，渐渐担心起来，担心他在自己这里出事，那就是大麻烦，她想到了贺汉渚，就派人将他请去救场。

贺汉渚当即赶了过去，一进去，就见王庭芝衣衫不整，还在和几个舞女喝酒作乐，他左拥右抱，一个舞女搂住他脖子，红唇贴到耳边不知说了什么，他哈哈狂笑，笑声未落，突然脸色一变，松开舞女冲到屋角的一个风水池前，趴在池边弯腰一阵狂吐。起先吐出来的全是酒水，最后却是连胆水都出来了，这才终于停了下来。

半晌，他依然那样趴在池前，一动不动，没有起身。

几个舞女便笑吟吟地上去，有搀他的，有搂他脖子的，有要给他擦嘴的。

“王公子你怎么了，吐完了，还不起来——”

“都给我滚！”王庭芝不知为何突然暴怒，一把拂开了一个拽着自己的舞女。

那舞女被他一扫，胳膊吃痛，惊叫一声，摔倒在了地上，剩下几人见他突然变脸，慌忙后退。

贺汉渚停在门口，带他进来的唐小姐见他脸色凝重如霜，有些惶恐，小声解释：“贺司令，真不是我要故意留他，我昨天就劝他了，他反倒恼了，我也就不敢说……”

王庭芝赶跑了舞女，自己从池边挣扎着爬了起来，才抬起头，见贺汉渚大步走了进来，一愣，随即脸上露出笑，朝他晃晃悠悠地走了过来：“四哥！你怎么来了，你也来这里玩儿——”

贺汉渚让跟来的人把他弄到车上去，自己取了他外套，转身就走。

王庭芝在车上睡了过去，横在后座上，闭着眼睛一动不动。

贺汉渚将他直接带到家里，弄到客房的床上。

这时梅香跑进房间，说曹小姐刚打来电话，问他几点过去接她。

“说我有事，叫她自己先去，我晚些再到。”

梅香“嗳”了声，转身走了。

贺汉渚勾了张椅子过来，坐了下去。

才五点多，外面的天便暗了下来。

他点了支烟，抽到一半，床上的王庭芝忽然慢慢睁开眼睛，说：“四哥，我没醉。你有事就忙去吧，不必耽误了。”

他的嗓音嘶哑，仿佛破了似的，十分刺耳。

贺汉渚叼着烟，起身过去开了灯，走回来，取过暖水瓶倒了一杯水，递过去，说：“你想干什么？”

他的语气温和。

王庭芝没接，沉默了片刻，慢慢地坐了起来，说道：“四哥，我心里很难受，我快憋死了。一直以来，我都把你看得如同我的亲兄长。你也比我懂很多事，我想问你一件事。我真的不能去喜欢我喜欢的人吗？如果我还是喜欢他，你会不会帮我？”

他望着贺汉渚，慢慢地问出了这一句话。

仿佛知道自己的荒唐，不待他回答，王庭芝抢着又道：“我都想好了，我有钱，我可以带他定居西洋！这样他就不会受到非难，我可以保护他一辈子……”

“你做不到的。”贺汉渚突然打断了他的话，神色随了语气，不复温和，变得冷硬了起来，“庭芝，我没有权利阻止你去喜欢谁，但我劝你，你不要去招惹苏雪至！”

王庭芝摇头：“四哥，我知道我不该，但我真的很想去找他……”

“找她做什么？说你喜欢她，要带她远走高飞？庭芝，你不小了，脑子该清楚了！你根本就不适合她！就算她真的是女人，你也不是她的良配！”

“为什么！四哥你凭什么这么论断我！”王庭芝的神色变得激动起来，从床上猛地翻身而下，“我为什么不能去追求我喜欢的人？我也有这个权利的！四哥你为什么拦我？是我母亲让你这样的，是不是？你们都是一样的人！”

他说完，大步朝外走去。

贺汉渚将手里的水杯重重地放到了床头柜上。

杯里的水剧烈翻涌，溢了出来。

“因为你们不是一条道上的，你真的不清楚吗？”他的声音严厉，“她和你不是同道人！她需要的，是一个能给她相对安稳平静生活的人，和她有着共同兴趣的人。你有什么？一个位高权重所以更需要维持这一切的父亲？一个注定要沿家族替你铺好的道路走下去的出身？”

王庭芝停在门口，背影僵硬，一动不动。

贺汉渚缓缓地吐了口气，再次开口，语气变得缓和了些：“道不同不相为谋，交友尚且如此，何况是一辈子的人？庭芝，你为了她，冲动之下打死陆天慈，我不能说你不好，甚至，我还可以激赏你的热血。可是单凭热血是不可能走完一辈子的。你是个聪明人，道理我不信你不明白，只是你不愿直面罢了。你如果坚持你的所想，就要背叛你的出身，放弃现在的一切。姑且不论你的家庭会不会允许，先问问你自己，你真有接受烈火焚身的勇气吗？你真有直面一切的能力，而不是什么带着你喜欢的人逃到国外去的可笑的懦夫行径吗？”

半晌，房间里再无声息，只有水淌落到地板发出的断断续续的轻微滴答之声。

王庭芝终于慢慢地转过了身，问道：“四哥，我真的不能去试一试吗？我真的愿意为了我的感情付出代价……”

“不能。”贺汉渚的话冷酷而无情，“如果最后，你退却了，你或许依然可以全身而退，但她不能。她叫我表舅，所以我就对你直说，就算你真有能力去保护她，我也不希望你去招惹她。我再说一遍，她和我们不是同类人！别去打扰她现在的生活！”

王庭芝眼睛通红，看着贺汉渚，半晌，哑声道：“四哥你说得对，全都对，我过去二十年享受过的一切富贵和荣华，都是我的债，我得还。但我真的不甘心！这根本不是我自己想要的！四哥，我想知道，如果换成是你，你喜欢上了一个人，喜欢到了愿意为她付出一切乃至你生命的地步，你会怎么办？难道你也会像现在无情地阻止我一样地阻止你自己吗？你真的会吗？”

“我不可能会这样。”贺汉渚神色平静地道，“庭芝你记住，这个世上，任何的感情，在利益的面前都是可以标价的。所以如果万一哪天我真遇到了你所说的情况，我会像劝你一样地告诫自己去执行。”

王庭芝定定地看着他，脸色灰白，最后笑了起来，笑容却比哭还难看，他喃喃地道："四哥，我知道了。是我喝醉了，我也该回京师了。这里不是我该待的地方……"

贺汉渚叫司机将王庭芝送回去。又打电话让丁春山通知王太太的兄弟，派人来接王庭芝。

他转身上楼，见妹妹不知道什么时候出来了，站在楼梯玄关口，睁大眼睛看着王庭芝离去的背影，神色惊讶而担忧，他上去安慰了几句。

劝回了妹妹，贺汉渚回到自己的房间，换上今晚要穿的西装，最后从衣柜里挂着的几条领带上掠过，扯出了十二小姐送的那条，对镜系上，他走到楼梯口，脚步略略一顿。

曹小姐披着斗篷，斗篷的下摆露出一段和他领带颜色相配的紫色华丽裙裾，打扮得极是美丽。

她安静地坐在楼下的客厅里，大约是听见了他的脚步声，抬头看了过来，脸上露出笑容，站了起来。

贺汉渚快步下了楼梯。

曹小姐解释："我也不急着过去。听小丫头电话里说你在家，所以我自己过来等你。"

贺汉渚颔首微笑："有劳你了，我们走吧。"